MR. PEANUT

ミスター・ピーナッツ

アダム・ロス　谷垣暁美訳

国書刊行会

ベスに捧ぐ

人が動くごとに震える嫉妬の網の目のどこにわたしはいるのだろうか？
わたしたちは皆、すぐれた刑事でなくてはならない。

——ハロルド・ブロドキー

二階にもどって妻を見て、体に触れ、首筋の脈を調べて、死んでいるのだとわかりました。というか、そう思いました。何が何だかわけがわからなくなっていました。というか、そう思いました。自分は変な夢の餌食になったのだと。

——サム・シェパード医師の陳述。一九五四年七月十日、弁護士団との相談後、カイホガ郡保安官事務所で聴取されたもの。

ミスター・ピーナッツ

デイヴィッド・ペピンが妻を殺すことを初めて夢見たとき、その夢想の中で自ら手を下すことはしなかった。彼は好都合な神の御業が顕れるのを夢見た。ふたりがビーチでピクニックをしていると、暴風雨前線がやってきた。デイヴィッドとアリスは椅子やタオルケットや酒を片づけはじめた。稲妻が光るのを見て、デイヴィッドは妻が燃え上がるさまを思い描いた。子ども向けのアニメのように、焔の中に骸骨が浮かびあがり、それが崩れて灰の山ができ、煙が立ち昇るのを。彼は、アリスがさくさくと砂を踏んで歩いてくるのを見つめた。彼女はよく開けたこの場所で、一番背の高い物体だ。その上、立ち止まって、盛り上がる積乱雲を眺めさえする。「そうとうな嵐になりそうね」とアリスは言った。彼は傲慢にも、心の中で宣言した。「おれ、デイヴィッド・ペピンは、神よりも賢く、神よりもものがわかっている。そしておれ、デイヴィッド・ペピンは知っている。今この瞬間、このジョーンズ・ビーチで、神がおれの妻を撃つことはないと」神は彼の妻を撃たなかった。デイヴィッドのほうが神より上手(うわて)だった。ふたりがバンに乗りこんで、じきに洗車機にはいったような土砂降りになると、彼は妻に向かって自分の神々しさを自慢した。かくも大きく、かように屹立している（ということはつまり、むきだしになっている）ペニスが、神々しいもの以外の何であろうか、と修辞疑問を発して、荒天によって人目から守られたフロントシートで、怒りと情熱をこめて妻を愛した。

夢見るときはいつも、きっかけもなく、いつのまにか夢見ている。空想がわいてくるのだ。アリスが職場から電話してくると、「何かあったのか?」とデイヴィッドは訊く。アリスの帰りが少しでも遅いと心配になる。彼は彼女の予定に沿って、夢想するようになった。「きょうは電車に乗る?」朝、デイヴィッドは尋ねる。「乗るわよ」とアリスは答える。東に一ブロック行ったレキシントン・アヴェニューから地下鉄に乗って、四十二丁目まで行き、グランドセントラル駅からメトロノース鉄道に乗ると三十分でホーソーンに着く。アリスはそこにある学校で、時折危険な存在になる情緒障害の子どもたちを教えている。こっちとあっちの間では、どんなことでも起こりうる。プラットフォームのへりの近くで、ふたりの少年が取っ組み合いをしている。列車が猛スピードで駅にはいってくる。故意にではなく、つきとばされて、アリスは旋回し、やみくもに腕を後方に振り上げながら、落ちていく。一巻の終わり。彼はぎょっとした。なんてことを考えるんだ! アパートメントの窓から、アリスが通りを歩いてくるのをデイヴィッドは見ていた。ヘリコプターが頭上を飛ぶ。レキシントン・アヴェニュー沿いのビルの建築現場では、ビームがウィンチで巻き上げられている。これが妻の見納めだ——これが、記憶に残る最後の姿だと、彼は空想した。すると悲しみが湧き起こり、喪失感がほんのわずか感じられた。子どものとき誰もが抱く、両親が死ねばいいという願いに似た、その微かな味わい。

バイオレンスがあってはならない。それがデイヴィッドの空想につきまとう奇妙な道徳原理だった。彼はクレーンが倒れたり、制御不能になったヘリコプターが錐揉み降下したりするのを夢見る。だが、恐怖と痛みはすべて、編集によって削除される。瓦礫の下にアリスがいて、即死している。そうではなくて、デイヴィッド自身が最期の瞬間の直前に挿入されて、アリスの傍らにいることもある。彼は彼女の手を握り、最後の言葉を交わし、彼女を安らかな死に送り出す。

「デイヴィッド」とアリスが言う。「愛してる」

「アリス」とデイヴィッドが言う。「ぼくもだ」

アリスの目から生気が消える。これだと、バイオレンスはない。だが、ときに、デイヴィッドは殺人という分野におけるウォルター・ミティ*となった。彼は自分が行動することを夢見た。自分でやることを。アリスを銃で撃つ。バットで殴る。枕を押しあてて窒息させる。だが、これらの空想は切り詰められた。これらの空想が脳裏にひらめくと、彼は結末の瞬間が来る前に中断させた。うまく不意打ちすることができないからだ。ナイフ、バット、あるいは銃を手にして、物陰から出たとたんに、彼女と目が合う。枕を彼女の顔の上にもっていったとたんに、腕をつかまれる。そんなのは考えただけでもぞっとする。

「おまえなんかクジラじゃないか！」デイヴィッドはわめいた。実際アリスは巨大だから。「鬱の（ブルー・）クジラ（ホエール）**め！」（アリスは鬱病と懸命に格闘していたが、また薬を服用するようになっていた）。

言い争いをするときは、ものすごいことになる。結婚して十三年になるが、まだお互いの急所を突くのをやめない。

「あなたは天才よね」とアリスは言った。まさにその言葉が、デイヴィッドをかっとさせるのを知っていて。彼は、波に乗っている小さなテレビゲーム制作会社スペルバウンドの社長で、筆頭デザイナーだ。業界の人々には、天才と呼ばれつけている。だが、心に疑念がきざす折々に、彼はアリスに思いを打ち明けたことがあった。自分たちの制作しているゲームは、よくて無意味、悪くすると、自分自身にとっても、プレイする子どもたちにとっても心をだめにするものなのではないかと。

「おまえなんか死ねばいいのに！」デイヴィッドはわめいた。

*ジェイムズ・サーバーの掌編『虹をつかむ男』の主人公の夢想家。

**ブルー・ホエールはシロナガスクジラの意。また、ブルーには、「憂鬱な、陰鬱な」という意味もある。

「あんたなんか死ねばいいのに！」

ちょっとほっとする。少なくともこの願いは双方向だ。自分は完全に孤立しているわけではない。

静かな時間が過ぎたあとで、彼は謝った。「ごめん。あんな言い方、すべきじゃなかった」

「ごめんね」とアリスが言う。「わたしだって、あなたと喧嘩したくないのに」

ふたりは抱き合う。もう夜なのに、アパートメントにはひとつも灯りがついていない。何時間も別々に、居間の暗闇にすわっていたのだ。

妻に対する彼の愛は一新した。よくあんなことを考えたものだ。ふたりは一緒にシャワーを浴びた。それはふたりが好んですることのひとつだ。肘から先を壁にあててもたれる彼の背中でアリスが石鹸を泡立てて、彼の尻っぺたを洗い、耳の後ろを洗う。彼の顔を剃るとき、アリスは無意識に表情を真似る。それから、バスタブに湯を注ぎはじめる。

「きょう、誰のことを考えていたかわかるかい？」とデイヴィッドは訊いた。ふたりの間にまだ、傷つきやすいもの、すでに傷ついていてまだ癒えていないものがあった。だから、会話をしたかった。

「さあ。誰？」

「オットー博士」

アリスはちらりと見て、悲しげにほほえんだ。その名から何かを連想したせいなのかどうか、デイヴィッドにはわからない。そして、オットー博士の授業に一緒に出ていた――ふたりはそこで出会った――のがどのくらい前だったかも。デイヴィッドは、バスタブのふちに腰掛け、アリスの足首をつかんでいた。アリスのふくらはぎに石鹸を塗りたくり、注意深く剃っているところだった。アリスの毛は、場所によって違う方向に生えている。

「先生と連絡をとったの？」

「もう何年も会っていないよ。同窓会誌を読んで、奥さんが亡くなったのを知ったんだ」

「それはお気の毒にね」

「大変だったろうな」

「奥さん亡くして、平気な人がいるかしら」

　アリスがはいると、湯がバスタブの縁近くまで上がる。体の両側で膨らんでいる上腕三頭筋は、イルカのヒレのようだ。胸はふたつの小さな島のようにぽっかりと浮かぶ。その上、アリスは最高に美しい顔をもっている。とても長くて細い栗色の髪に、とびきり美しいハシバミ色の目も。だが、アリスの体はいつしか巨大になっていた。その重量に耐えて動き回るのが大変なのはわかっているが、デイヴィッドは同情する気になれなかった。アリスの体重の今年の最高値は、百三十一キロに達した。アリスはデジタル体重計（医療用）を買いこんでいた。鮮やかな赤い文字が出るやつだ。彼女は毎朝、目覚めるとすぐ、体重を測るのが常だった。長い髪を顔に垂らして、足の間を見つめて言う。

「死んじゃいたい」と。

　デイヴィッドはどうかというと、アリス自身の幸福のためには痩せてほしいと思うが、自分自身にとっては、太ったままでいてほしかった。アリスの巨大さが大好きだった。小山のような尻にしがみつくのが大好きだった。後ろからセックスするときは、自分が巨人国にいるガリバー（ポルノ版）になった気がした。桁違いのサイズの違いが欲情をそそる。目を閉じて、アリスの大きさを誇張して思い浮かべる。自分自身がなおのこと小さく感じられるように。両腕を伸ばしてしがみつき、後ろから突き上げる。おれは生（ライフ）きてる、生（ライフ）きてる、生（ライフ）きてる……。アリスは彼の妻ではなく、巨大な雌の獣、特大のセックスペットだ。突っこむもの。世話をして、養う持ち物。セックスのあと、アリスはベッドの上にうつぶせに横たわる。掌は開かれて天井を向き、目はうつろに見開かれ、体はじっと動かない（肉の重さが、彼女を醜く歪めることはない。曲線を強調し、彼女をヴィレンドルフのヴィーナス*のように豊かに押し広げるだけだ）。デイヴィッドの力ある愛に撃ち殺されたアリス。

子どもはいない。結局のところ、それは彼女が選んだことだ。

「この間、マーニーとおしゃべりしたの」とアリスは言った。

書斎でパソコンに向かっていたデイヴィッドは、画面を最小化した。「それで?」

「彼女、妊娠したんですって」

アリスは返事を待った。デイヴィッドは続きを待った。机に頬杖をつく。

「で、つい最近、女の子だとわかったの」

「それで?」

「あの人たちのアパートメントには寝室がふたつしかない」

「うん、それで?」

「上の子は男の子だから、女の子と一緒の寝室にはできないでしょ。だけど、もっと広いところに移る余裕はない」

「だから?」

「あの人たち、郊外に引っ越すことにしたの」

デイヴィッドは眼鏡をはずし、テーブルの上にそっと置くと、立ち上がって寝室に歩いていった。そして入り口の柱にもたれた。

「想像できる?」アリスが言った。彼女の目がテレビの画面に向けられた。ケーブルチャンネルA&Eで、ヒッチコック映画『知りすぎていた男』をやっている。ふたりは目を合わせ、共通の記憶をなぞる笑みを浮かべた。そしてアリスは画面に目をもどした。彼女の手は、リッツ・クラッカー(低脂肪タイプ)の筒の奥深くまで伸びている。それに、二本目のワインが半分以下に減っている。胸と腹をクラッカーの屑が雪のようにおおい、唇の両端から、葡萄色の牙が上向きに生えている。

デイヴィッドは歩み寄って、アリスを抱いた。ぎゅっと抱きしめると、彼女のシャツについたクラッカー屑が砕けた。

「ぼくはきみとふたりきりでいられて幸せだ」デイヴィッドは言った。

「ねえ、デイヴィッド」アリスはささやいて、彼の体を引き寄せた。「あなたがどうして愛してくれるのか、時々わからなくなるの」

これで万事解決というわけではない。だが、役には立った。

頭で考えれば、申し開きしなくてはならないことは何も残っていない。思いやり深い行ない、良い亭主ぶりについての信用は守られた。それでも、アリスを喜ばせたあとで、いつも心にきざす思いがある。おれはどうして、いつもこのぐらいいいやつでいられないのか？　いや、今だって、気持ちがぴったりと彼女に寄り添っているとはいえない。なぜだ？

小説を書いているせいだ。机にもどって、それを画面に広げたときに気づいた。その小説は彼の頭を一杯にし、心を蝕む。書きさしのまま、確固として存在している。書きはじめたのは一年ちょっと前で、最初はテレビゲームの案のつもりだったが、それ以上のものになった。いまやこれはデイヴィッドにとってのトップシークレットであり、彼は二重スパイのように、それに従事する。アリスが出かけているとき、食器洗いをしているときやネットサーフィンをしているとき――結婚生活の中で、半ば目を閉じている時間に。彼は書斎の机の下においた大きな箱にプリントアウトした原稿をしまっている。これを書くことは、気まぐれなストップとスタートの繰り返し。いくらでもどんどん書ける時期とまったく行き詰まる時期とが交替するプロセスだ。今、彼は行き詰まっている。ひどく行き詰まっている。それでも、投げ出すのはいやだった。この小説の構造は複雑だ。複雑すぎるかもしれない。だが、単刀直入に語ることの不可能な物語なのだ。彼はにっちもさっちも行かなくなり、長期に

＊（9ページ）オーストリア、ヴィレンドルフ付近の旧石器時代の遺跡で発見された肥満を誇張した女性の小像。

わたって、この書き物から遠ざかることを余儀なくされている。何週間も、書き物の存在を無視しつづけていると、存在していないのではないかと心配になり、もどってきてみて、存在しているのを確かめて安心する。アリスが寝入ったあと、原稿を見たくて、書斎にもどり、箱から取り出すこともある。プリントアウトには、画面からは決して感じとれない、何か特別なものがあるから。デイヴィッドはお気に入りのテストをしてみる。たまたま引き抜いたページが必ず読み手の心をつかみ、川の流れのように読み手を引っぱっていくことが、力強い語りの目印だから、一ページ引き抜いて読んでみる。うん、たしかに心をつかむ力がある。たしかに読者を引っぱっていく。新しい考えが彼の頭に浮かぶ。進むべき新しい方向が、この行き詰まりを回避できるかもしれない道がひらめく。ちょっと考えて、書きさしの章を捜し、数行、心覚えを書きとめる。

「デイヴィッド」アリスが呼ぶ。「何をしているの?」

「別に」と答えて、じっとしている。

「じゃあ、ベッドにもどってきて」

デイヴィッドは箱を机の下にもどす。明日の朝一番に書こう。ベッドにもどったあとも、頭の中で、いくつもの文が、流星のように光を放った。

だが、翌朝には、その輝きは衰えていた。霊感がわいたと思ったのに。ひと晩でどうしてそんな大きな違いが生じるのかわからないが、とにかくそうなるのだ。

わからないことといえば、どうしてアリスの体重がふえたのかもわからない。結婚生活がスタートしたときには、アリスは七十五キロの豊満な女性だった。まあ、最初から大柄なほうで、骨格ががっしりしていて背も高く、靴をはかないで、一メートル七十五センチあった。それが結婚十三年めには、百三十一キロになっていた。どうしてそんなことになったのか、デイヴィッドにはわからない。アリスの食生活は、厳格に制限されているのに。アリスはエビ、ムール貝、牡蠣、エスカルゴなど、殻をもつすべてのものにアレルギーがある。一度ディナーパーティーで、うっかり一滴のクラムソースを摂取してしまい、たちまち蕁麻疹を発症した。てっぺんが白く根元がピンクの発疹だ。目は腫れてあかなくなり、腕の肌は月の表面そのもの。そして呼吸が浅くなった。医師が居合わせ、しかも、その人がたまたま、ハチ毒のアレルギーをもっていた（アリスもハチ毒に対するアレルギーがある）。それで、アリスにアドレナリンの注射をしてくれた（アリス自身はいつももっているエピペン*を忘れてきていた）。そのおかげで、速やかに腫れが治まり、発疹も引っこんだ。アリスはカシューナッツもだめだし、アーモンド、マカデミアナッツも問題外だ。ピーターパン・ピーナッツバターのラベルには、髑髏（どくろ）マークを描いておいてほしいくらいだ。アリスは毎日、彼女にとっての毒物の量を按配する。冷蔵庫のドアにチェックリストが張ってあり、その紙の下のほうには換算表がついている。微量の○÷△×微量の□。マッシュルームで代用すること。グレープフルーツの場合は差異を減ずること。アレルギー持ちの代数だな。アリスが食事前に表とにらめっこしているのを見ると、デイヴィッドは思う。錬金術みたいなものだな。

妻に対する彼の愛は一新した。ものを食べるとき、アリスは皿の上にかがみこんで、うっとりと咀嚼する。目は虚空を見つめている。デイヴィッドの左胸のすぐそばの虚空を。ふた口、三口ごとに、髪を耳にかけなおす（彼女の心はのびのびしている。食べることは常に彼女をくつろがせるから）。彼女の顔つきに若さがもどってくる。彼が結婚した若い女性がここにいる。デイヴィッドがちょっと想像力を働かせれば――アリスは今、三十五歳だけれど――自分と出会う前の少女の面影が見えてくる。彼は彼女のじゃまはしない。彼女はとてもおなかがすいているのだ。彼女を失うことを夢見るな

＊ハチ毒、食物、薬物などによるアレルギーによって起こるアナフィラキシーの症状を緩和するための自己注射用治療剤の商品名。注射針一体型の注射器にアドレナリンがあらかじめ充塡されている。

んて、そんなことがどうしてできたのだろう。
　ある空想の中で、デイヴィッドはアリスの葬儀に出ていた。参列者たちが彼を取り囲み、お悔みを浴びせる。ミサの間、人々は言葉巧みに彼女のことを語った。アリスはいつもひとりで行動していたのに、いったいこの人たちは誰なのだろうと、デイヴィッドはいぶかったけれども。そのあと、アリスが埋葬される段になると、特大の棺が穴の中におろされた。そして、ふと気がつくと誰もおらず、自分ひとりが取り残されてすわっていた。このあと何をしたらよいのか、考えられなかった。グレイフライアーズのボビー*と同じことをするぐらいしか。ペピンは身震いした。自分はアリスの支えにならなくてはならない。妻に対する彼の愛は一新した。そしてある日、アリスの体重が減りはじめた。

*スコットランドのグレイフライアーズ墓地の主人の墓を離れず、忠犬として有名になった小犬。

何をするにせよ、とりかかるまえに儀式が必要だ、とシェパード刑事は考えた。走る前に膝を深く屈伸したり、野球選手が打席に入るまえに股間をつかんだりするように。ポンプに呼び水を入れる努力。頭と体と魂のプリショット・ルーティン。習慣のもたらす安らぎ、そして習慣のもたらす効果――パイプに煙草を詰めながら、シェパードは思った。家の中の動線どおりに擦り切れているカーペット。長年、歯を磨くうちに、歯から離れてきた歯茎。シェパードは、警察署に連れて来られた年配の娼婦が化粧をするのを盗み見て、彼女が口紅を塗ったり、精密計器の照準を合わせるみたいに鏡を掲げ、首を回して小さな鏡に像を映しだしたりする、その技の繊細さに心を奪われた。娼婦は自分の仕事のできばえを確認すると、ぱちんとコンパクトを閉じ、ハンドバッグの中に落とした。さあ、容疑を言いなさい、聞くわよ、と言わんばかりに。

殺人は――シェパードはさらに思いを巡らす。あれは習慣の中断だ。いや、習慣の大団円というべきか。

だが、何に着手するにせよ――尋問の場合でさえも――その前に、決まった一連の動きがなされる、とシェパードは考えた。おれたちは軌道を回る。おれたちはくり返す。すでにハストロール刑事はマジックミラーの前にすわり、容疑者を見つめているはずだ。自分自身の姿が相手に見えないことに興奮しているに違いない。自分が部屋にはいっていったときに、ハストロールが自分の存在を感じとったのがはっきり感じとれることに、シェパードはいつも驚かされる。ハストロールはこちらに背を向け、容疑者をじっと見つめて、分析したり、考えの焦点を絞ったりするのに余念がない。それでも、部屋の中に足を踏み入れたとたん、シェパードが感じとった微細な反応があった。それは、ハストロールの体の動きではなく、むしろ、エネルギーの伝播のようなものだ。電気的な何かのような。自分が来たせいで、じわじわと嫌気がさして、ハストロールが目をしばたたくのがわかった気がした。

「ウォード」シェパードは呼びかけた。

「何だ、サム」

「どう思う?」

「クロだ」とハストロール。「まっくろけのけだ」

シェパードは相棒の隣に立った。マジックミラーの向こうにすわっている容疑者、デイヴィッド・ペピンが泣いているのが見えた。

「このようすじゃ、どっちにもとれるんじゃないか、ウォード。少なくとも疑問の余地はある。この男の悲嘆ぶりは本物だ」

「クロだ」ハストロールの肩幅の広い猫背気味の背中がいつも以上に丸まっている。「やっちまったのを後悔しているんだ」

「被害者遺族の嘆きだったらどうする?」

「クロだ、クロだ、クロだ」

ふたりの男はしばらくの間、容疑者を注視した。

「甘い刑事が先か、おっかない刑事が先か」

「先に行ってくれ」とハストロールが答えた。

マジックミラーにはスリルがある、とハストロールは思った。それは、録音された自分の声を聞いたときや、写真の背景に自分が写っているのを見つけたときに感じるスリル、家電店の店頭でテレビ画面に映った自分自身の前を通るときに感じるスリルに似ている。自分の像が近づいてくるのをちらりと盗み見る、わくわくする気持に。というのは、自分というものは常に、自分自身には隠された秘密だからだ。けれども、その秘密がちらりとかいまみえたり、それに通じるヒントや手がかりが見つかったりすることがある。

シェパードが取り調べ室にはいり、ペピンの真向かいにすわった。

「馬鹿げている。わたしを疑うなんて」ペピンが叫んだ。「わたしが妻を殺したりするものか」

たしかに、今回の減量へのアリスの取り組み方はいつもと違っている。

これまでの方法は、さまざまな種類の装備を必要とした。ありふれたものから、テレビの深夜放送のCMで宣伝しているものまで――そう、VISA(ビザ)、アメックス、マスターカードがお使いになれます、というあれだ。バカマヌケアプローチ。デイヴィッドはそう呼んでいた。飲み薬に特別なスポンジ、プロテイン入りシェイクに激痩せマジックベルト。そのあたりがよくあるインチキ商品で、彼はアリスにねだられると、いつも気前よく買ってやった。「これは特別な感じがするわ、デイヴィッド」とアリスは言う。「きっと奇跡を起こしてくるわ」そして、アリスは八〇〇で始まるフリーダイヤルの電話番号を手渡し、部屋を出ていく。彼の顔に浮かぶ表情を見たくないのだ。七営業日ないし十営業日で、小包が届く。

機械の場合は、たいてい組立てが必要になる。結局はデイヴィッドが呼び出され、アリスを救うために居間に駆けつける。止めネジ、ボルト、板、車輪、包まれた金属片、5QとかF9とかいうように数字とアルファベットが記されたパーツが無数に散らばっていて、そのまん中にアリスがすわっている。まるでアリスがグラウンド・ゼロであるかのように。そして、それらの部品や留め具のすべてを、デイヴィッドが二、三時間かけて拾い集め、組み合わせることになる。

その混乱の中から立ち現れるのは、世にも珍奇な機械、フランケンシュタインめいた道具で、妙に昆虫っぽかったり、甲殻類っぽかったりする。そして常になんらかの種類の台座がある。そこにアリスは両手をあてたり、尻をあてたり、両足をくりつけたりして、さかさまにぶらさがったり、ぐるぐる回ったりするのだ。アリスがもみしだいたり、押したり、足で踏んだりしているうちに、機械はエクササイズの要(かなめ)から移動機械へと進化するようすを見せはじめ、最終的には、身を震わせてばらばらになるしかないことがはっきりする。そのプロセス全体からデイヴィッドが連想するのは、むちゃくちゃな飛行機やヘリコプター――ライト兄弟以前の代物――が飛び上がろうとして、崖や斜面や塔から落ちたり、爆発したりする古い映画だ。

そんなこんなで運動を諦め、アリスは食生活に細心の注意を払った。間食をやめ、炭水化物を避け、カロリーが高く栄養価の低いものを断(た)った。そして大抵はみじめな気分だったが、体重は速やかに減った。元のサイズがサイズだけに、最初の五キロが減るのに二週間とかからなかった。アリスは減量のことばかり考え、とりつかれたようになって、デイヴィッドに報告を欠かさなかった。アリスは便通の時間を、分単位で認識していた。とぐろを巻いていたり、ひょろりと長かったりするその外形を見て、おおよその重さを推算することもできた。職場ではエレベーターに乗る代わりに階段をのぼり、コーヒーにはクリームでなく豆乳を入れた。アリスは剃刀の刃がささっていないか点検したあとで、リンゴを食べた。というのは、たちの悪い頭のいかれた生徒たちが、彼女の机の上に剃刀の刃を置いていくことがよくあるからだ。アリスは性衝動を失い、触れられることを拒んだ。そして、減量の進捗ぶりをどう思うかとアリスに訊かれたとき――ダイエットを始めて二か月が経ち、十キロ余り減っていたころだ――デイヴィッドは彼女を励ますような返事をした。実際、彼女の体の変化は、ビフォー／アフター写真のように劇的だったから。アリスは大喜びで、ズボンのウエストを引っぱってゆとりを示し、ベルトに新たな穴をあけた。ほんとに細くなった気がする、とアリスは言った。だが、デイヴィッドは内心、悲観的だった。いや、きっと失敗すると信じていた。クロゼットのひとつには、アリスの冬用の服のはいった箱がたくさんしまってある。デイヴィッドが、毎年秋の同じ時期に、アリスに頼まれて上の棚から下ろす箱だ。

「これ全部？」脚立の上からデイヴィッドは尋ねた。

「もちろんよ。全部おろして」下からアリスが答えた。箱の中には、細かりし日々のドレスがはいっている。もう時代遅れのドレス――アリスのファッションは循環する。そして、毎朝、デイヴィッドが朝食をとっているときに、アリスは彼の前でファッションショーをする。タイル床の上で、くるっと回ってみせる。

「このドレス変かしら？」指先でつまんで、スカートを広げ、大きな三角形をつくった。一対の翼のように布地が広がる。デイヴィッドは笑わずにはいられない。そのくすくす笑いを喜びの笑いだとアリスは考える。アリスは寄ってきて、両手で彼の頭を挟んだ。髪をつかみ、彼の顔を自分の胸に押しつけた。「これで決まり！」とアリスはささやいた。「これにするわ」デイヴィッドが目を上げると、アリスは彼の顔を仰向かせてキスをした。それから顎を上げ、胸を張ってドアから出ていった。高度を上げたんだ、とデイヴィッドは思った。砂袋を捨てた気球みたいに。大股な歩調にこめられたアリスの自信に怯えて、デイヴィッドは身震いした。

これがいい、だって？　デイヴィッドはいぶかしがる。これで決まり、だって？

そうかもしれない、と彼は思った。だが、たぶん違うぞ。アリスは午後に落ちこむことがよくあった。努力を始めて三か月経った十二月。体重は十五キロ近く減っていた。だが、アリスにとって、このプロジェクトは永遠に続くように思われた――もう無理だと。アリスの決意は揺らいだ。減量なんかできっこない。この一週間半の間に、一・五キロしか減っていない。一度――正直に言えば二度――ずるをした（通勤の途中で誘惑に負けて、マクドナルドに立ち寄り、エッグマフィンセットを二人前食べた。それに、きのう、デイヴィッドがふいにキッチンにはいったとき、驚いてふりかえったアリスは粉砂糖だらけの顔で、両手に、まだ口をつけていないドーナツをひとつずつつかんでいた）。アリスはデイヴィッドの職場に電話してきて、彼を、このところ毎日やっている新作ゲーム、〈エッシャーX〉（正式名はエッシャー・エグジット）のプレイテストから引きはがした。このゲームは高いプログラム技術と卓抜なコンセプトの結晶だ。世界の設定は、エッシャーの有名な版画——『相対性』『物見の塔』『上昇と下降』そのほかたくさん——に基づいており、ゲームの課題は、プレイヤーのアバター（『出会い』＊の白い人間もどき）を導き、逃れることのできないそれぞれのレベルの堂々巡りの王国を旅させて、ついには秘密の逃亡手段——その世界のメビウスの帯をほどくボタンやタイル——を見つけてやることだ。だが、このゲームの最高の魅力（『相対性』レベルでもっとも見事に示されている）は、プレイしているときに、エッシャーの作品を見る体験、階段を昇っていて、ふいに自分が階段をおりていることに気づく体験、部屋にはいると、天井に人がすわっていて、その天井が床になり、滝が下から上に昇っていくのを見る体験ができることだ。もちろん、エッシャーの生み出したあらゆる種類の怪物との戦いがある。『もう一つの世界II』のヒトの頭をもつ鳥、『爬虫類』のワニたち、『竜』の竜、『予定説』の肉食魚などだ。戦いで勝利を収めるたびに、プレイヤーの能力レベルが上がり、アバターに新たな武器が与えられる。やがてプレイヤーが十分に力をつけると、プレイヤーのもうひとつの分身——この王国全体を支配する前かがみの黒い人間もどきとの対決が待っている。こいつには、メビウスといういかにもふさわしい名前がついている。

　このゲームはすばらしい。だが、同時にバグもいっぱいあって、当初の発売予定日はふっとんでしまっていた。電話に出たとき、デイヴィッドは不機嫌だった。だが、アリスの声には必死な響きがあ

＊訳者あとがき付記を参照。

った。

「デイヴィッド、わたしを愛してくれてる？」

「もちろんだよ」

「わたしがこんなでも？」

彼は目を閉じ、窓ガラスに頭をもたせかけた。「きみがどんなだって？」

「優しいのね」

デイヴィッドは黙っていた。

「だって、できそうにないんですもの」

「何ができないって？」

「あれよ。ダイエット。何だと思った？」

「アリス……」

「ごめんなさい」

「どうしてできないと思うんだい？」

「だって、すごく時間がかかるんだもの」

「たしかにそうだね」

「すごくゆっくりとしか進まないもの」

「それはきみが、真ん中にいるからだ」

「真ん中にいるの？」

「真ん中の話は前にしただろう？」

「もう一度教えて」

「真ん中は長くて苦しい」

「わたしは、体の真ん中のサイズを減らす試みの真ん中で行き詰まっているわけね」アリスは声をたてて笑い、それから泣きはじめた。

「ぼくも真ん中にいるんだよ」

「そうなの？」

「ゲーム作りのね」おれの小説の、と心の中で言った。「何でも、真ん中とはそういうものなんだ。水に溺れて、とてもできないと思うぐらい長く息を詰めてなきゃいけないようなもの。気を失いそうになったとたんに、浮かびあがる。その直前が一番苦しいんだ。下り坂にかかる前の最後の上り坂――一番高い場所。それなんだよ。わかるかい？」

「わかんない」

「きみは行き詰まってなんかいない。前に進んでいる。きみにはわからなくても。ぼくにはわかる」

「ああ、デイヴィッド。わたし、ブリートが食べたい。チーズたっぷりのチミチャンガが食べたい」

「でもきみはがまんする」

「そうね」

「食べたい気持ちをねじふせる」

「そうね」

「きみならやれるよ」

こういうやりとりがアリスを元気づける。アリスの決意は一新した。学校から帰ったあと、アリスは北に向かう長い散歩をした。セントラルパークの貯水池まで行き、池の周りの土の遊歩道を歩いてもどってくるのだ。この散歩はデイヴィッドに、貴重なひとりの時間を与えた。彼は自分の書き物にもどった。机の下の箱から最近書いたページを取り出す。眺めを変えることが必要だったので、キッチンのテーブルに移動し、ノートパソコンを置き、腰を下ろす。頭がすっきりしているのを感じる。

何もかもきちんと整っている。ものを書くのにふさわしい安らかさを数年ぶりに得た気がした。

こういうふうになるんだろうな、とデイヴィッドは思った。アリスがいなくなったら。

「そこにいるの？」アリスがキッチンにはいってきて、キスをした。アリスの顔は紅潮している。頬はひんやりとして、わずかに湿っている。冬がアリスの後ろについてきたみたいだ。「今度こそ、やりとげられそう。ほんとうよ。みんな、あなたのおかげ」

アリスは笑みを浮かべて立っている。そして、彼がテーブルの上に広げたものに目をやった。

「仕事？」

デイヴィッドは指でボールペンをくるくる回す。「今、終わるところだ」

アリスは毎晩、翌日の昼食のサンドイッチを包む。アルミフォイルに折り目をつけて、プレゼントみたいに小綺麗に包み、セロテープで封印する。紙袋に入れて、ホチキスで止め、正面に黒のマジックで「わたしのランチ」と書く。そして、いとおしげに冷蔵庫にしまう。食品庫も同じように印をつけられた品であふれている。「わたしのクラッカー」「わたしの桃」「わたしのツナ」。アリスは自分の朝食も同じように前夜に用意する。スプーン、ナイフ、ナプキンがすぐ使えるように配置され、シリアル用の深皿が伏せられ、その下の位置に、満面の笑顔の口のように、バナナがカーブを描く。デイヴィッドは、冷蔵庫の明かりを頼りに、用意された一人前の朝食用セットを見ながら、アリスのバニラ風味の豆乳（「わたしの豆乳」と、彼女はマスキングテープに書いていた）をこっそり飲み、侘しい光景だな、と思った。テーブルには計量カップと並んで、シリアルの箱が置いてあり（「わたしのシリアル」）、箱には運動選手の絵が描かれている――フットボールのレシーバーや障害物競走選手、バスケットボール選手が跳んだり跳ねたりしている最中に凍りついた姿。

「眠れそうだわ」アリスが言った。

アリスはすでに、上掛けの下にもぐりこんでいる。アリスは頭の下に手を差し入れ、睡眠時無呼吸を改善する鼻マスクを装着する。そして、仰向けに横たわる。ぽっかりと見開いているその目は、次の食事のイメージに向けられている。見よ！　それがどれほどアリスを慰めていることか、とデイヴィッドは心の中で言う。羊を数えるように、アリスはカロリーを数える。

彼が明かりを消すと、アリスはたちまち眠りについた。

アリスは眠りながら、音楽的に息を吐いた。子どもっぽく楽しげな鼻音は快い機械音のようでもある。急な暗闇に慣れることができず、眠くもないデイヴィッドは、横たわったまま、考えを巡らした。〈エッシャーX〉について。自分の小説について。偶発的なアリスの死について。だが、それからアリスの息に耳を傾けた。そうしているうちに、アリスへのもっとも強い共感を覚えた。それは、アリスがじっとしていて無意識であることを必要条件とするらしい同情だった。彼女は毎日、多くの苦痛を与えられながら生きているはずだ。デイヴィッドは、一緒に小学校に通った太った女の子のことを思い出した。自分やほかの子どもたちが、みんなして、どれほど容赦なく、その子をからかったかを。「ボビー・ジョーはカバ、ボビー・ジョーは牛、ボビー・ジョーはウシガエル、ボビー・ジョーは豚」今でもそのはやし歌をはっきりと覚えている。もちろん、アリスの学校の生徒たちもアリスを苦しめているに違いない、とデイヴィッドは想像した。なにしろ、非行歴や前科のある頭のいかれた連中なのだから。分別などまったくないのだ。暴言を浴びせられたという話をアリスから一度も聞いたことがないのに、彼らに対する怒りで腹が煮えくり返った。そういえば一度、セントラルパークで若い男女が、アリスのことを話の種にしているのが聞こえたことがある。「見てみろよ、あそこの女」と、男が連れの女に言った。アリスのためにアイスクリームバーを買いに行ったデイヴィッドが、彼らの背後を通りかかったときのことだ。「なんでまた、自分があんなになるまでほっとくのかね？」女は全身タイツでローラーブレードをはいている。派手な色のヘルメットにプロテクター、ひきしまった体。アニメのスーパーヒーローのようだ。「わたしがあんなになったら、殺してね」と女は言った。

「約束よ」ああ、殺してやる、ゾウ撃ち銃でな、と男は答えた。「ひどーい」女は笑いながらそう言うと、滑っていった。ひどいのはおまえだ、とデイヴィッドは思った。いや、おれだな——つられて笑ってしまったから。セントラルパークのシープメドウの芝生をアリスと一緒に横切るとき、背後に航跡のような沈黙の筋が伸びていくのを思い出した。人々の会話が中断し、ふたりに視線が注がれる。その視線がアリスに向けられたものであることを、ふたりとも知っている。アリスは手早く髪を耳にかけ、まっすぐ前を向いて歩く。パーティーに出たときも同じだ。初対面の人たちに紹介されるとき、相手がアリスに何も変わったところがないかのようなふりをするのを、彼は気にせずにいられない。できる限り、アリスのすぐ横に立つようにしている。彼自身が身長一メートル八十を超える肩幅の広い男なので、アリスのもつインパクトがいくらかでも薄まるだろうと期待してのことだ。

今、ベッドに横たわるデイヴィッドは、上掛けの下で身を滑らせて、アリスの背中に耳をつけた。アリスの心臓の鼓動に耳を傾ける。パフ、パフ、パフ……。枕を掌でたたくような、小さいが確固たる音。体のサイズに対するこの音の大きさの比は、恐竜にとっての脳と同じだ、とデイヴィッドは考えた。それから、彼女の魂を思い描いた。いや、彼女の魂に限らず、魂一般について思いを巡らす。魂はどんな姿なのだろう。きっと、あの釣り目の宇宙人に似た、ひょろっとした霊体だろう。魂の仕事でとりわけ重要なのは、死すべき運命にある乗り物——体を操縦することだ。だが、アリスの体の場合は特別なオン・ザ・ジョブ・トレーニングが必要だ。アリスの体には、人より多くのレバーがあり、それを引くには最強の魂パワーが必要だ。手動式ギアの扱いにはコツがあるし、もちろんパワーステアリングはない。トレーラートラックの後ろについているような「どうだい、おれの運転？」とか「大きく右折します」とかいう看板は出している。だが、道路上のトラックに向けられるような敬意を受け取ることはない。

暗闇の中で、アリスは相変わらず、同じ高さの音の鼻音を発しながら眠っている。デイヴィッドはこっそりとアリスの体をもてあそんだ。乳房は羽毛のように柔らかく、体は寝具に包まれて温まっている（運転手である魂は、計器をチェックして調整するのに忙しいことだろう！）。アリスが反応しないので、彼は仰向けになって、開いた目を天井に向けた。じっとしていると、心の漂うままに、この五年間のことが思い出された。アリスの変身。そのほんとうの源はどこにあったのか。すると、あの奇妙な共犯の感覚が忍び寄ってきた。自分こそがアリスの病気の原因であるような気がする。何かをしなくてはならない。アリスを治すために。

ハストロール刑事は考えた。誰でも他人の結婚生活のうわさはする。詳細を知り尽くし、見事に分析する。だが、自分自身の結婚生活について語れるだろうか？　それができたら、殺人事件は起こらないだろう。それができたら、残酷な仕打ちをしたり、罪を犯したりしないですむだろう。

家でベッドに横たわっている自分の妻のことを考えた。奥さんは元気かい、と訊くとき、シェパードにはそのことがわかっているのだろうか。やつは知っているのか？　おれが限界に来ていることを。おれが絶望のどん底にいることを。

ハストロールは、シェパードが入院患者のベッドサイドに立ち寄る医師よろしく、モードを切り替えて容疑者に接するのをマジックミラー越しに観察した。シェパードの口調には威厳とともに温かみがこもっていて、たちまち、このふたりの男の間に絆が生まれた。シェパードがテーブルの上に手を伸ばして彼の手首と腕に手を添えても、ペピンはされるがままになっている。心に寄り添い、優しい言葉をかけ、そして何よりも、傾聴するという元医師らしい作戦のせいで、ペピンのむせび泣きが、痛みの場所と性質を伝えようとしてうまくいかない患者の訴えのように聞こえる。

「『甘い刑事』方式か。反吐が出そうだ」ハストロールはひとり毒づいた。マジックミラーのすぐそばに腰かけているので、息で表面が曇った。

シェパード刑事がこういうことをしているのは、容疑者をリラックスさせるためだ。ぺピンの気持ちを束の間、悲しみからそらして、話せる状態にしようと考えているのだ。もっとも、シェパード自身は、被害者から自分の気持ちを切り離すことができそうになかった。キッチンに足を踏み入れ、アリス・ぺピンに出くわしたときの衝撃を忘れることはできない。アリス・ぺピン。三十五歳の白人女性。体重はおそらく六十キロ弱。大変な美女だった。ロングヘアーの細くて茶色い髪。ハシバミ色の目。誰もまぶたを閉じてやらなかったので、その目は見開かれたままだった。そう、かわいそうに、この女性は死んで冷たくなっていた。彼女はキッチンのテーブルのそばに倒れていた。椅子ごと真後ろにひっくり返ったのだ。顔の脇に、割れた皿のかけらとピーナッツが散らばっている。両手が首にかかっていた。まるで自分の首を絞めているみたいに。皮膚は色が変わり——雷雲のような、新しい痣のような紫色を帯び——ひどく腫れた唇は腸のようなピンクで、ナメクジのようにぼってりしていた。口角と歯の表面に血とピーナッツのかけらがついていた。

その現場でシェパードは検死官のところに歩いていった。「何かわかりましたか、ハリー？」

「死亡原因はアナフィラキシー・ショックのようだ」

シェパードはアリス・ぺピンの遺体に目をやった。両手でつかんでいた首の皮膚が、爪にかきむしられて傷ついている。「アレルゲンは？」

ハリーはメモ帳に何か書いていた手をとめて、遠近両用眼鏡の縁の上からシェパードを見上げ、ボールペンでテーブルを示した。テーブルの上には、蓋のあいたプランターズのピーナッツの缶があった。「食道が腫れ上がって塞がっていた」

シェパードはそばに寄った。ラベルのミスター・ピーナッツがシルクハットを傾けて微笑している。ハストロールの眼鏡に光が反射しているときと同じで、モノクルは不透明だ。黒いステッキを肩にあて、帽子のふちをつかんでいる手の小指をぴんと立てて、自己紹介をしようとしているかのように、シェパードを見ている――挨拶しようとしている伊達男。

　夫のデイヴィッド・ペピンが両手に顔を埋めて、居間のソファーにすわっていた――左手の人差し指と中指がガーゼにくるまれている。デイヴィッド・ペピンはハストロールのようにがっしりした体つきで、背も高かった。黒い髪は乱れている。シェパードは数分間、彼に質問してから、短い電話を一本かけた。そして、別の部屋から出てきたハストロールに近寄っていった。

「夫の話では」シェパードは言った。「帰宅したら、妻がピーナッツの皿を前にしてすわっていた」

「それから」

「妻がピーナッツを食べた」

　ハストロールがううむと唸った。

「ふたりは諍いをしていたそうだ」シェパードはつけ加えた。

「妻は、ピーナッツを食べたら死ぬと知っていたのだろうか？」とハストロール。

「夫が言うには、妻は自分がアレルギー体質なのをよく承知していた」

「エピペンはもっていなかったのかな？」ハストロールが尋ねた。

「数回分もっていたそうだ」とシェパード。「妻がエピペンをどこかに隠したと、夫は言っている」

　ハストロールはペピンをちらりと見た。それからささやき声で言った「やつがやったな」

「安易だよ。ウォード」

「指はどうしたんだ？」

「妻の気道を確保しようとしたそうだ」シェパードはパイプに煙草を詰め、火をつけた。「そのときに噛まれたようだな」

「自殺なんて話を信用するのか？」

「妻には鬱病歴があった。ウェルブトリンとプロザックを併せて服用していたそうだ。夫の話ではひどい時期を抜け出しかけていたそうだ。それに、体重もずいぶん減らした」

「ずいぶん、というのはどのくらい？」ハストロールが尋ねた。

「七十キロ以上も」

「だったら喜んでいただろうに」とハストロール。

シェパードは首を振った。「甲状腺機能亢進症もあったんだ。これは、譫妄状態を引き起こすことがある。つまり、極度の興奮だ。妻は頭がおかしくなってしまったのだと、夫は言っている」

「妻の主治医とは話したかい？」

「精神科医から薬についての裏づけはとれた。だが、患者が何を考えていたか、については何も」

シェパードとハストロールは、ちょっとの間、ペピンを眺めた。ペピンはまっすぐ視線を返した。

「サム、この場所からどういう感じを受ける？　あんたの鋭い勘は何と言ってる？」

「ちょっと時間をくれ。嗅ぎまわりたい」

「了解」とハストロール。

「エピペンを探してみてくれ。見つかったら、誰の指紋がついているか調べてくれ」

「それはもう、私服にやらせてる」

「夫の手に、ピーナッツのかけらか塩の痕跡がないか調べてくれ」

「それも済ませた」ハストロールは答えた。「どちらもついていなかった」

「流し台、洗面台のシンクを調べろ。手を洗ったかもしれない。石鹸とタオルを袋に入れろ」

ハストロールはビニール袋を掲げた。その中のタオルは血まみれだった。

「夫の爪の下から標本をとったか？」シェパードが尋ねた。

ハストロールは、大きな飛び出しナイフの刃を出した。「よい考えだね」

「そのあとで、彼を事情聴取のために連れていってくれ」シェパードは言った。

ペピン家のキッチンでは、鑑識班が皿の破片に粉をふりかけて指紋を検出したり、アリスの口や歯から、綿棒で血液標本を採ったりしていた。検死局から来たふたりの男がストレッチャーをもってきていて、犯罪現場カメラマンが写真を撮る間、外で待っていた。カメラマンが仕事を終えると、検死局の男たちは遺体の輪郭をチョークでかたどった。彼らが遺体収納袋を遺体の下に差し入れているときに、シェパードはその女性の顔を観察した。上下の唇は歯茎から離れて広がっていた。むきだしになった歯は固くかみ合わせられ、拒否しているかのようだった。両手は喉を包んでいる。指先から棘を取るときにするように、詰まっているものを気管から押し出そうとしているかのようだ。自殺者の表情とはまったく違う、とシェパードは思った。自殺者は眠そうだったり、悲しげだったりすることが多い。くたびれている。消耗している。ナルコレプシー患者みたいに、突然眠りに落ちたかのように見える。シェパードはかつて捜査した自殺者のひとりを思い出した。それは若い美女で、男に捨てられて、エンパイア・ステート・ビルディングの展望台から飛びおり、タクシーの上に落ちたのだった。タクシーの屋根は、柔らかいマットレスのようにぐしゃぐしゃになった。彼女の左手は拳に握られ、心臓の真上にあてられていた。もう一方の手は頭より高く上げられ、だらりとしていて、掌が少し開いていた。肩を揺すったら、動きだして、ごろんと車の屋根からおり、よろよろ歩いてベッドにもぐりこむんじゃないかと思えてならなかった。脳を吹き飛ばして社長室の中にばらまいた経営者もいた。左のこめかみに銃をあてて撃ったので、右側の壁に灰白質と血が飛び散っていた。絵具をたっぷりつけた筆をキャンバスになすりつけたみたいに。その男には顔が半分しかなかった。ほんとうだ。頭の反対側は吹き飛んでいたから。だが、残っている半分には、恐怖の色も苦痛の色もなかった。

「美人だね」検死局の男の片方が言った。二十代前半の若い男だ。彼は遺体の足のほうにしゃがみこんだ。「亭主にやられたのかな？」
「ピーナッツを食べたせいだ」とシェパード。
「そんなばかな」若い男は遺体の突っぱった脚の一方を袋の中に入れた。
「ピーナッツのせいで死ぬこともあるんだ」相棒はそう言うと、シェパードに訊いた。「そうなんですよね？」

だが、シェパードは聞いていなかった。

若者はもう片方の脚を袋に収め、次いで両方の肘を入れた。相棒が両肩の上に垂れ蓋をかぶせた。そして、袋のジッパーを締めた。三人の男は皆、不恰好な黒い塊を眺めた。

それから検視局の男たちは身を屈めた。「一、二の三でな」と年かさのほうが言った。やがて、遺体の袋はぶじにストレッチャーの上に載り、引き出されていった。

ちょっとの間、シェパードはチョークで描かれた輪郭を見つめた。あの女性の表情を頭からふり払おうとしたが、どうしてもできなかった。アパートメントの中を歩いて、彼女の写真に出会うたびに、あの表情が写真の顔に取って代わった。おぞましい特殊効果のように、あの顔が重ね合わされた。壁や小テーブルの上に飾られた額入りのスナップ写真の上に。たくさんのポラロイド写真の上に。シェパードが長い時間をかけて見たそれらのポラロイド写真は、黒い冷蔵庫のドアに一面に貼りつけられたもので、すべて冷蔵庫の横に立つアリス・ペピンが映っていて、その下に、何月第何週という日付と減っていく体重が記されている。時の順番に横に配置した列が何列も続き、ビフォー／アフターの写真記録を成している。時間の経過とともに、彼女は自信を増しているように見え、体重が軽くなればなるほど、その外見を飾る新しい工夫を試している。むだな肉を落とすにつれて、相対的に唇がふっくらと見え、その唇がさまざまな色の口紅で彩られる。月が進むとともに目が大きくなり、その周囲の睫毛もどんどん濃くなる。真ん丸な顔から脱していくにつれて、髪の長さが短くなる。それでも、それらの写真には奇妙な悲しみが漂っている。とても幸せそうな表情の写真にさえ、この儀式のもつ、生気を奪う効果のようなもの、レンズの後ろの目の熱意のなさのようなものが感じられる。それらの写真をしげしげと見ながら、シェパードはそれらに向けて自分の想像力を——自慢の共感力のすべてを差し伸べても、跳ね返されるだけなのを感じていた。妻のマリリンがよく言っていたことは何だったろう？　閉じたドアの向こうで何が起こっているか、あなたには絶対にわからないわ。そう言ったときの彼女の姿が今も目に浮かぶ。心の目の前に浮かぶ、その姿。シェパードはそれを保持しようとした。ガウン姿でキッチンに立っているマリリン。背中を向けて窓の外を見ている——道路に面した窓だ。彼女があぁ言ったのは、観察結果の報告ではなくて、非難として言ったのだ。もちろん、シェパードに向けられた非難だ。そして、あの言葉と彼女の失望、あの言葉が伝える後悔。シェパードにはわかっている。自分はそれを死ぬ日まで忘れないだろう。彼女を初めて見たときのことを決して忘れないのと同じように。

　ペピン家の居間には、北に面した高い窓がある。窓の外は、夕暮れの終わりの、あのひととき——マンハッタンの灯りが金色と銀色に輝いて、それ自身の世界をつくり、降る雪を封じこめたガラスの水玉さながら、建物がその世界を封じこめているように見えるひととき、無数のヘッドライトを担う通りが、溶解した鉄が流れる溝のように見える、あのひとときだった。堅い材木でできた、ペピン家の真新しい床はコニャックの色をしている。長くて座面が低く、それ自体アレクサンダー・コールダーの造形作品のように繊細な感じがするイタリア製のソファーが二脚、外の街と同じくらい複雑な模様の東洋緞通を挟んで向かい合う。造りつけの本棚が天井まで達していて、壁紙代わりの本の背が、教育、静謐さ、本を読む時間などの贅沢を享受できるゆとりを示している。キッチンは現代的だ——ダブル・オーブン、みかげ石のカウンタートップ。大部分がステンレスと石材なので、大砲の弾が飛んできても大丈夫じゃないかという気さえする。キッチンに隣接して、小さなダイニングルームがある。寝室に至る長い廊下に沿って飾られているのは、額にはいったポスターや、テレビゲームの画面の写真（上にタイトル文字がでかでかと出ている。〈バアン！　もう死んだ〉〈エッシャーX（エックス）〉〈兇器〉など）、そしてエッシャーの版画だ（複製ではなく本物で、サインと番号がはいっている）。シェパードは版画の前で立ち止まって称賛せずにはいられなかった。このオランダ人の巨匠ほど、見る者に目を動かさせる画家がいるだろうか。見る者が全体をつかもうと努力するように仕向けておいて、その努力をはねつける、そして同時に、罠にかかったように感じさせる――そんな画家がほかにいるだろうか。白鳥と黒鳥とがメビウスの帯の上を通って渡りの旅をする。悪魔の輪郭をなぞる天使と天使の輪郭をなぞる悪魔が、円の中心から出発して縮みながら、無限のモザイク模様をつくる。真っ白な男の形と黒い地の精（ノーム）の形が噛み合っていて、背景でお互いと分かれ、円弧の上の別々の道をたどり、二次元の姿から三次元の姿に変わりながら、最後の出会いに向かう。シェパードは再び歩きだした。廊下は小さな書斎の前を通って寝室に至る。寝室に君臨しているのは、キングサイズのベッド、そして、その向かいの壁に取りつけたフラットスクリーンのテレビだ。ベッドのヘッドボードを取り囲む本棚はさらに上に伸び、どうということのない小物や彫刻、写真が置かれている。彼女がイルカと泳いでいる写真。彼がシーカヤックを漕いでいる写真、ふたりが腕を組んでいる写真――ハワイでバックパッキングをしているのもあれば、パリの橋の上で手を振っているのもある。パリの写真のアリス・ペピンは途方もなく太っている。

　人は変わらないものだ、とは到底言えない。

　取り調べ室。シェパードはペピンが落ち着きを取りもどすのを待った。容疑者のペピンはテーブルに肘をついて前屈みになり、組み合わせた両手を見つめていた。だが、やがて体を起こして、手首の外側で鼻水を拭って鼻をすすり、泣き濡れた目に前腕を押しあてた。そして、咳払いをして腕を組むと、ふいに堂々と落ち着いて見えた。「結構です」と彼は言った。「何でも訊いてください」ペピンは大柄な男だ。骨が太く、ソーセージのような指をしている。腕には黒く太い毛が逆立っている。毛の上に鉛筆が載るんじゃないかと、シェパードが思ったぐらい密集している。ペピンの黒い口髭は顎髯につながっており、豊かな黒い髪はまっすぐ後ろにときつけられている。オートバイ乗りのような、暴走族のような見かけだ。注意深くない人なら、彼の知性を過小評価してしまうだろう。そして、彼には否定できない魅力があった。分厚い胸の堂々たる体と切れ長の黒い目にみなぎる自信。シェパードの見るところ、世にもまれな、王者のカリスマだ。ヘンリー八世をユダヤ人にした感じかな。

「では、ちょっと話をもどしましょう」とシェパードは言った。「きょうはどこにおられましたか。順序だてて話してください」

基本的なストーリーはすでにつかんでいたが、ペピンがそれをふくらませるのを聞きたかった。もう一度話をさせれば、強力なヒントがきっと見つかるはずだ。省略されるディテール。つけ加えられるディテール。話の食い違い。嘘とそれにつきもののちょっとした仕種——一秒にも満たない仕種が真実を語る。テレビレポーターの背後で手をふる子どものように、体は無邪気に人を裏切る。そういった仕種は数えきれないほどある。嘘をつくときは、自分の肩を質問者から遠ざけることが多い。瞬きが増える。手近なものをもてあそぶ。役者と同様、小道具が必要なのだ。呼吸が浅くなる。視線が動く。喉がからからになるので、やたらに唾を飲みこむ。瞳孔が拡大する。カメラのシャッターが開くみたいに、目に見えて広がる。嘘をつくときに出る表情の癖は山ほどある。鼻にしわを寄せるとか、唇を固く結ぶとか、目を狭めるとか。そういうわずかな動きは長年の間に顔にしわを刻む。象形文字同様、訓練次第でそういう溝の解読もできるようになる。もちろん、嘘というのは、ほかの人がいて初めて不真実になるのだ。そのあとは——とくに取り調べの場合は——それは目には見えないけれど、ふたりの人間の間に物理的に存在するものになって、押し出したり、押し返したりすることになる。シェパードは心の奥で、そういうふうに感じている。真実を語る人にも特有の癖がある。相手をまともに見ないで、その左側に目をやる。まなざしが内面に向き、記憶がまなざしを乗っ取る。しゃべっているときは動かない。話しぶりは必ずしも明晰でない。はっきり言うと、冗長さや流暢さ——途切れなく流れるような語り方——は、少しも信用できない。無実の人が真実を話しているときは、むしろうわの空のように見えるものだ。

「きょうは仕事に行ったんですか?」シェパードは尋ねた。

「行くつもりだったが、行きませんでした」

「どうしてですか?」

「妻に会いたかったんです。サプライズプレゼントがあったので」

「何です?」

「誕生日のプレゼントです」とペピンは言った。「旅行を手配したんです」

「どこへの旅行ですか?」

「オーストラリアです」

シェパードは眉を上げた。「どのくらい留守にする予定でしたか?」

「無期限に」

「何週間もということですか? それとも何か月も?」

ペピンは肩をすくめた。「帰りの日は決めていなかったと言いたかったんです」

大した見つけものだ。ふりかえってマジックミラーに目配せしたいという衝動を抑えるのに、シェパードは大いに苦労した。「その計画はかなり前から立てていたんですか?」

「いえ」とペピンは言った。「厳密に言うと、そうではありません」

「ええと、答えはイエスですか、ノーですか」

「去年、そのことについて話をしました。アリスは、ずっと前からグレート・バリア・リーフを見たかったと言っていました。けれどもわたしは、その旅行の計画を立てませんでした。何もしませんでした。わたしたち、ふたりとも」

「つまり、急にその気になったってことですね？」

「そうです」

「急にその気になるにしては、大旅行だと思いませんか？」

ペピンは肩をすくめた。

「いや、もはや旅行とは言えないのでは？」とシェパードは言った。「永遠の休暇とでも呼んだほうがよさそうだ」

「そんな話にはなっていませんでした」

「チケットを買ったのはいつです？」

ペピンは背もたれに体を預け、気弱な感じで目をそらした。「けさです」

彼と話していて初めて、直感がうごめいた。「で、奥さんの誕生日は？」

「来週です」

「それなのに、きょう、贈り物を渡さねばならなかった」

「そうです」

「自分が抑えられなかった？　奥さんが帰宅するまで待てなかった？」

「ええ」

シェパードはこのことについて考えた。「いつ出発するつもりでした？」

「今晩」

シェパードはうなずいた。鉛筆を取り上げて、テーブルをコツコツたたいた。上着のポケットのパイプが気になり、煙草を吸いたくてたまらなくなった。「ちょっと変わった話だということはわかっておられますね」

「理解してはもらえないでしょう」

「そんなふうに、何もかも放り出して立ち去れるものでしょうか」

「ふつうはやらないでしょう」

「仕事があるし、家族だって」とシェパード。

ペピンは肩をすくめた。「わたしたちには親兄弟も祖父母もいません。金はうなるほどある。だが、さっきも言ったように、理解してはもらえないでしょう」

「わたしには理解できるかもしれない。詳しく話してみてはどうですか」

ペピンはシェパードの指輪をさした。「結婚して長いんですか」

シェパードは口を開く前に、その問題について考えこんだ。一筋縄ではいかない問題であるかのように。自分の人生のすべて、魂丸ごとが崩れ落ちたあとの残骸が、結婚している状態を形作っているかのように。マリリンは死んでも、自分の結婚は永遠の現在だ。サメが泳ぎ続けなくてはならないのと同じくらい必要なものだ。だから、それを数量化することは不可能に思われた。まして、「長い」となんていう言葉では。「はい」と彼は答えた。

「アリスとわたしが話していたのは、ただ……離れるということです。何もかもおいて立ち去ること」ペピンはまあ、黙って聞いてくれと両手を上げた。「それぞれの生活から」

シェパードは目を狭めた。

「わたしたちがここに縛りつけられる理由はない」ペピンは続けた。「いや、どこでも同じだ。わたしたちを縛るものはない。子どもはいない。ふたりきりだ。十三年間、ふたりきりで過ごしてきた」

「だから？」

「だから、わたしたちの関係は行き詰まっていたんです。わかってもらえますか」

シェパードの心にマリリンの姿がまた現れた。秋だ。彼女は古いスクールセーターを着て、広いテラスを囲った網戸にもたれている。湖に背を向け、手に煙草をもって。彼は彼女に何かを言った――彼は話しながら、ロッキングチェアを揺すっていた――すると、彼女は険しい顔になり、ガラスの灰皿を彼の頭に投げつけた。灰皿が椅子の背板にあたって砕け、ガラスのかけらが彼の顔に飛び散った。彼が血まみれの手から目を上げると、彼女はすでに外に出ていた。彼女の車のエンジンがかかり、急発進するのが聞こえた。だが、彼はその場に留まり、静まり返った中で、ぴちゃぴちゃとうち寄せる波の音に耳を傾けた。傷が乾いていくのを感じながら。

「続けて」

「何か新しいことをする必要があったのです。今までとは全然違うことを」

「何のために」

「自分たちを救うために」

「何からですか」

「わたしたち自身から」とペピンは言った。「それで、何もかも置いて立ち去ろうと、彼女が提案していたんです」

「奥さんが、ですか？」

「ええ」

「いつのことです？」

「去年です」

「じゃあ、なぜ、そのとき出発しなかったんですか？」

「たぶん、わたしが、自分たちに救いが必要だと考えていなかったせいです」

「だが、きょうはそう考えたのですね？」

「そうです」

「なぜです？」シェパードは相手がリラックスしているのがわかった。何かが変わっていた。ペピンは真実の緩やかな流れに乗り、小刻みに回転椅子を回しては、もどしていた。取り調べの最初のほうでシェパードが、自分が優位に立てたと考えていたとしても、今ではその立場を失っていた。

「アリスの言う通りだとわかったからです」

「なぜ、気が変わったんですか？」

「それをお話しする必要はないと思います」ペピンは言った。

「殺人罪で告発されたら、話す気になってくれるでしょうね」

「そうかもしれない」とペピン。「だが、告発されるまで待つことにします」

シェパードは椅子の背にもたれ、ひじ掛けに腕を置き、腹の上で両手を組んだ。「そのチケットを買ったあと、何をしましたか」

「アリスに会うために、車で学校に行きました」

「何時に着きましたか」

「九時十五分前ぐらいです」

「あなたを見た人はいますか。奥さんの職場の人とか。あなたがそこにいたことを証言してくれる人がいますか」

「もちろんです」

「で、何が起こりました？」

「教室にいる彼女を見つけて、旅行のことを話しました。すぐに出発しなくてはいけない、と」

「奥さんの反応は？」

「いやだと言いました」

「何か理由を言いましたか」

「彼女は、わたしがほんとうに行きたいわけじゃないと、考えていたんです。ただ自分への同情から、そうしようとしているんだと。いや、どうかな。わかりません。確かめる機会がなかったから」

「それから？」

「わたしたちはそのことで言い争いをしました」

「あなたは奥さんに腹を立てた？」

「いいえ。でもわたしは必死でした」

「どうしてですか」

「危険にさらされていたからです。わたしたちふたりとも」とペピン。

「どういう危険です？」

「結末に至るということです。わたしたちはずっと……つらい時期を経験していました。アリスはひどい鬱状態で、体重がずいぶん減りました。そのせいで、行動もおかしくなって」

「どんなふうに？」

「かっとしやすくなりました。妄想も抱いていました。アリスは……人と一緒に暮らすのが無理な人間でした」

「それまで、別居の話は出ていましたか？　離婚の話は？」

ペピンは首をふった。「だが、わたしは精も根も尽き果てていた」

「しかしあなたは、今すぐ逃げ出すべきだという考えを、奥さんに受け入れてもらえなかった」

「ええ」

「それで、どうしたんです？」

「アリスはクラスの生徒を引率して、自然史博物館の見学に出かけることになっていました。それでわたしは車の中で待ち……」

「そして？」

ペピンは深く息を吸いこんだ。

ペピンが自分の物語を確固たるものとして語っていくのに耳を傾けるのは、驚くべき体験だった。訓練を受けていない聞き手には、まったくの作り話に聞こえるかもしれない。ペピンの話はあまりにも疑わしく、奇妙だから。それでも、ペピンが何を言おうと、たとえ冥王星で人と会う約束があったと言おうと、シェパードは信じただろう。シェパードは全身で感じていた。ペピンは真実を語っているのだと。

「わたしはアリスのあとを追いました」

「なぜです？」

「アリスを見失いたくなかったから」

「でも、彼女がどこに行くか知っていたわけでしょう？」

「変に聞こえるでしょうが、そのときはそうすべきだと感じたのです」

「博物館までずっと、後ろについていったんですね？」

「ずっとというわけではないんです」ペピンは片方のももを手でもみはじめた。「事故に遭ったので」

「どこで？」

「ウェストサイド・ハイウェイで」

再び、シェパードの直感がうごめいた。「もっと詳しく」

ペピンは左手で方向を示した。「わたしはバスのあとを追って中央レーンにいた。左のレーンに移ろうとしたときに、背後の死角になっていたところから誰かが出てきたんです」ペピンは肩をすくめた。「で、その男の車にぶつけてしまった」

「厳密に言うと、どこですか？」

「九十六丁目のすぐ北です」

「ほかに巻きこまれた車は？」

「直接的には……ありません」

「その人の名は？」

「誰の？」

「相手方の運転者の」

「わかりません」

「名前を訊かなかったんですか？　ナンバーも？　保険のことも？」

「その男はそのまま走り去ったんです」

「じゃあ、どうして男性だとわかったんです？」

ペピンは数回、瞬きをした。

シェパードは何かひっかかるものを感じた。「質問に答えてください」

「なぜかというと……見たからです、彼を」

「いつですか？」

ペピンの声が高くなった。「ぶつけたときに、ですよ！　車をぶつけて、窓越しに相手の男が見えた。そいつはそのまま運転を続けたんです。保険にはいっていなかったのかもしれないし、指名手配中の犯罪者かもしれない。知るもんですか。こんなことは毎日起こっていることでしょう？」

「あなたがおっしゃったようなことが、毎日起こっているとは到底思えませんね」とシェパード。

「わたしは真実を語っています」

「じゃあ、続けてください」

「車がめちゃくちゃになったので、九十六丁目でおりて、ウェストエンド・アヴェニューとリヴァーサイド・ドライヴの間の駐車場に入れました。エンパイア・パーキングといったかな。車はまだそこにあります。調べればわかります」

ハストロールがさっそく外に出ていることだろう。

「それからタクシーで博物館に行き、中でアリスを見つけました」

「話しかけましたか？」

「いいえ、ただ……あとについていきました」

「どうして？」

「煩わせたくなかった」

「奥さんはあなたに気づかなかったんですか」

「全然」

「それは何時ごろのことですか」

「十時近かったと思います」

「どのくらいの間、あとについていきましたか」

「アリスが博物館にいる間ずっとです」

「なのに一度も、奥さんの前に姿を見せなかったんですね？」

ペピンは、一度も、と首をふった。

「なぜですか」

「言ったでしょう。人前で喧嘩をしたくなかったんです」ペピンはテーブルに片肘をつき、手を額にこすりつけた。そして悲しげな笑みを浮かべた。「それに、そうしているのがちょっと楽しかった」

「どういうことですか」

「あなたは、日中、奥さんのことをあれこれ考えたことがありませんか。自分がいない間、何をしているのか。どんなようすでそれをしているのか」

結婚している男だけが刑事になるべきだ、とシェパードは思った。結婚している男たちは誰でも、独身男の知らない、心の中の場所を訪れたことがある。結婚している男は誰しも、こっそり女房を尾行することを空想しかねないし、それどころ、一番ひどいことだって空想しかねない。「あなたはどのくらい博物館にいたんですか？」

「ランチまでです」

「要するにこういうことですね。あなたは奥さんと話したくてたまらなかった。車で学校に行って、博物館までついていって、それなのに、博物館にいる間じゅう、ひと言も話しかけなかった」

「もし、話しかけていたら、あとで話をするという唯一のチャンスが失われていたでしょう」

シェパードは椅子の背にもたれた。「ランチのあとはどうしました？」

ペピンは目を閉じて、大きな息を吐き、目をあけた。「ばらばらになりました。わたしはアリスを見失った」

「どういう具合に？」

「手洗いに行って食堂にもどったら、アリスも生徒たちもいなくなっていた」

「もう一度見つけることができましたか」

ペピンは首をふった。「捜しましたよ。でも、そのときあの事故が起こったのです」

「何の事故です？」

ペピンはわかりきったことを訊くなと言わんばかりに、両手を上げた。「シロナガスクジラです」

そう言われて、シェパードは思いだした。CNNのニュース番組で大きくとりあげられていた。興奮したインタビューと目撃者の談話。テロ攻撃ではないかという不安。だが、シェパードにはまだつながりがわからなかった。天井から吊りさげられていたシロナガスクジラの模型が粉々に壊れて、来観者の上に落ちたのだ。驚いたことに、誰もけがをしなかった。だが、博物館は警戒措置として、ただちに館内の全員を立ち退かせた。「あれが起こったときに、あなたはどこにいましたか」

「〈海洋生物の部屋〉にはいろうとしていたところでした」とペピンは言った。「ものすごい音がして、ガラス繊維か焼き石膏かしらないが、白い粉塵がもうもうと立ちこめました。みんなパニックになって、走り回っていました。わたしも走り出て、外でアリスを捜しました。だが、むちゃくちゃな状態で。消防隊と救助隊が人々を押しもどしていました。誰からも情報は得られそうにありませんでした。そこで、しばらくしてうちに帰ることにしました」

「どうして立ち去ることにしたのですか」

「まったくの混乱状態でしたから。うちで待っているほうがよいと思ったんです」

「何時でしたか」

「覚えていません。二時間くらい留まっていたかもしれない。三時か、もしかしたら四時でしょうか」

「そして、アパートメントに帰ったんですね?」注意深く見つめているシェパードには、ペピンがその場面を思い出しているのがわかった。

「アリスは……キッチンのテーブルに向かってすわっていました。あの皿を前にして」ペピンの目がうるんだ。「どういうふうにしてか、彼女はわたしより先にうちに帰っていた。そして、そこにすわっていて、それから……」ペピンは首をふった。

「奥さんはあなたに何も言わなかったと言うんですね?」

ペピンは口をおおった。

シェパードは言わずにはいられなかった。激しい怒りにかられていた。

「奥さんは突然の決断を下した――あなたたちふたりの間には意見の不一致以外、何もなかったのに。一緒によそに行こうという誘いがあっただけなのに。それなのに自殺を決めた。そういうことなんですか？」

だが、答えはなかった。ペピンは泣いていた。「この話はもうこれ以上できません」

ダイエットにのめりこんで――初めてから十週間、十五キロ近く減ったところだ――アリスの振る舞いが変化した。鬱病が始まったとき――アリスがデイヴィッドに相談せずに薬を飲むことをやめ、徴候はいろいろあったのに、デイヴィッドがつい見逃してしまっていたあの頃――と同じような感じだ。アリスは奇矯な振る舞いをし、怒りっぽいくせに忘れっぽく、その上、突然涙にかきくれた。わけがわからず、こっちの頭がおかしくなりそうだ。

今、アリスはとても気短になっている。

「何が見えるか言って」とアリスが言った。アリスは机に向かっていたデイヴィッドを立たせ、自分についてこさせた。居間に引っぱっていき、蠟燭立ての蠟燭を指さした。彼女は夜、アパートメントに蠟燭をともすのを好んでいた。

「蠟燭が見える」デイヴィッドは言った。妻に同情する気持ちから、彼が買ってきた渦巻き型の蜜蠟蠟燭がそこにあった。妻が気づくまでこの贈り物のことは言わないつもりで、きょううちに帰ると、蠟燭立てに立て、暗くなるのを待って火をともしたのだ。

「わたしには、ぐねぐねした蠟燭が見えるわ」とアリスが言った。「そして、わたしのテーブル一面に落ちた蠟が見える」

デイヴィッドは目を向けた。桜材の天板の上に、なめらかなかさぶたのような蠟の広がりがあった。「ちらりとも頭に浮かばなかったの？」アリスがなじった。「こんな角度に突き出ていたら蠟が垂れるだろうってことが」

たしかに、そういう考えがちらっと頭をかすめたが、なぜか気にとめなかったのだった。「ぼくがきれいにする」とデイヴィッドは言った。

「取り除いてくれなんて言ってないわ。どうしてぐねぐねの蠟燭に火をつけたか、そのわけを訊いてるの」

「何も考えなかったんだ」

「だったら、どうして何も考えなかったか、そのわけを教えて」

アリスの目が稲妻のように光り、彼女の腹が遠くの雷鳴のようにごろごろなった。秒数を数えればよかった、とデイヴィッドは思った。嵐は近づいているのか。遠ざかっていくのか。「不注意だった」と彼は認め、蠟をはぎとるための剃刀の刃を取りにいった。

「たしかに不注意ね」とアリスが言った。

アリスは罵りながら、彼のあとについてきた。デイヴィッドは、道具類をしまっている玄関のそばのクロゼットのところに歩いていきながら、自分たちの結婚生活のことを隣人たちはどう思っているだろうか、と考えた。彼自身は、アリスがわめくのはすべて、食べ物についての不満が原因だと承知しているけれども。道具箱には工作用カッターしかなかったので、バスルームに折り畳み式の剃刀をとりにいった。そして、洗面所のキャビネットの扉を閉めてふり返ると、すぐそばにすごい目つきのアリスの顔があった。彼はアリスを廊下に押し出し、自分との間に空間をつくった。そして走者に「セーフ！」と叫ぶ審判よろしく両腕をふりまわした。

「太ったままでいろ！　そのほうがいい」

アリスはその場に凍りついた。

「聞こえたか？」

彼はアリスのほうに一歩踏み出した。アリスは一歩下がり、動きを止めた。石になったかのように。

「二、三か月ごとに同じことのくり返しだ」デイヴィッドは言った。「ダイエットを始めるたびに。あれは何もかも乗っ取ってしまう。きみはぼくの仕事中に電話をかけてきて、家でいくらでもできる話をする。あれはきみの気分を乗っ取る。セックスを台なしにする。ぼくが自分のためにほんの一分ほしいと思うたびに、ようやく調子が出てきたと感じるたびに、時計のように正確に、きみはまたあれをやりだす」デイヴィッドはアリスの顔の前で、立てた人差し指をふった。「あれがなかったら、ぼくが今までにどれだけのことをやりとげていたか、わかるかい？　おい、どうだ？　だから、きみが太ったままでいるほうがいいと言っているんだ」

アリスはそこに立ったまま、壁にすがろうとした。彼はそのとき初めて、自分がもう一方の手に剃刀をもっていることに気づいた。

デイヴィッドはアパートメントを出て南に向かって歩いた。どこへ行こうというのか、自分でも見当がつかなかった。雪がしんしんと降っていた。車がささやきながらよってきては、シューッと離れていって静かになり、雪の帳の向こうに浮かぶブレーキライトの輝きを最後に消えていく。戸外に出た今、彼はもはや怒りをそのまま抱えていることができなかった。怒りは拡散し、夜の闇の中へ、高いところに隠れている給水塔のほうへ飛んでいった。彼は剃刀をポケットに突っこみ、自らの猛々しさの欠如を叱った。屋内にはいって、怒りの火を再度かきたてるべきなのかもしれない。クリスマスの豆電球のついたパブの前を通った。カウンターはにぎわっている。だが、見知らぬ場所で見知らぬ人々の間にすわって飲んでも気詰まりで、早々にうちに帰ることになるだけだとわかっていた。デイヴィッドはコートの襟を立てた。粉雪が首筋に落ち、彼の黒い髪の上で融けた。西に曲がって五十七丁目にはいると、真っ暗な店先のガラスに映る自分自身の姿が目に留まった。彼自身も減量したほうがよさそうだ。ティファニーの前で立ち止まった。小さな陳列窓が彼の息で曇った。そこに収められたわずかな宝石を囲うために、建物全体が建てられたかのような感じがする。それから彼は北に曲がり五番街を歩いた。金とエメラルドで飾られたグランド・アーミー・プラザに目をやった。この広場は改修されて、光り輝いている。翼のある勝利の女神とシャーマン将軍の像には、足を止めさせるだけの力がある。デイヴィッドはピュリツァー記念噴水の前に立ち、その魅力に心を奪われた。さざなみの立つ水たまりは、下からの光に照らされて、ダイヤモンドの滝のようだ。急に寒くなった。山で遭難した人や真冬に街頭で眠りこんだ人たちが感じるような骨まで凍るような寒さだ。彼にはわかっていた。アリスはダイエットをやめるだろう。そして、数週間のうちに減らした体重を取りもどすだろう。万事、元どおりになる。彼女は彼の妻である存在にもどる。いつもそういう道筋をたどったのだから、いつもそうなったのだから、とデイヴィッドは思った。代価が高すぎると思うときもあるが、今は、自分の忍耐力にはまだまだ余裕があるという気がしていた。彼は考えた。彼女がどれほどの困難を通り抜けてきたかを。この結婚が彼女にとってどれほど高くついたかを。彼女がどのように変わったかを。そして彼は自分自身に対する憎悪に苦しむあまり、ひざまずいて衣服を引き裂き、聖書の流儀で悔恨を表現しようか、それとも凍てつくことで痛みが忘れられるように噴水に飛びこもうかと、ちらと思った。

急ぎ足で家にもどった。

アパートメントのドアを開くと、吐こうとしている音が聞こえた。床には生ごみが落ちていた。開いたテイクアウト用の箱が、ヘンゼルとグレーテルの通った道を示すように、キッチンまで続いていた。彼が買った蠟燭は燃え尽きていた。妻の名を呼んだが、返事はなかった。キッチンのテーブルには、エンチラーダ、チレス・レジェノス、タコスが散乱していた——どれも食べさしだった。ひどいもんだ、と彼は思った。食の狂乱発作だ。アリスはついに壊れてしまって、十二人分注文したのだ。ブリートには歯をたてたあとがあり、そこから具の肉があふれだしていた。カウンターやレンジの上にサルサが飛び散っていて、そこから、ゲロの道が始まっていた。

「アリス」ともう一度呼んだ。バスルームからうめき声が聞こえた。

アリスは洗面台と便器の間に倒れて、もうろうとしていた。片腕は便器のふちにかけ、もう片方の腕は洗面台の排水管に引っかかっていた。バスルームは胃酸と糞便のにおいがした——彼女の脚はそれにまみれていた。彼女の呼吸は動物のそれのようだった。鳥のような浅い呼吸だ。壁にも床にも、ゲロが筋や斑点を描いていた。髪の先にもゲロがべっとりついて、サンゴのように、固くもろく見えた。

「アリス！」デイヴィッドは半狂乱の声を発した。電話をつかみ、救急の番号を押し、彼女のところに駆けもどった。「アリス、何をしたんだ？」

肩をもって引き起こし、寝かせようとした。アリスは白目をむいた。頭がだらんと垂れ、タイルにぶつかった。

「何をしたんだ？」

アリスが何かささやいたが、聞きとれなかった。口角に泡ができて、はじけた。

デイヴィッドは身をかがめ、顔を近づけた。

「〈ミ・コラソン〉」アリスは弱々しい声で言った。ふたりの行きつけのメキシコ料理店だ。

《……落ちついてください。電話を切らないでください。そして、患者の容体を説明してくださいい……》

サワークリーム、サルサ、モレ、カイエンヌペッパー、クミン、チポトレ。それらの名は舌の上から滞りなくすべり出てきた。それと同じくらいなめらかな動きで、アリスを載せたストレッチャーは病院の床を移動していた。アリスは目をあけてデイヴィッドを見た。彼の顔はさかさまになって彼女の顔の上を飛んでいたはずだ。アリスは急遽、手術室に運びこまれた。だが、デイヴィッドは彼女が連れていかれる前に、身をかがめて、頬にキスをした。彼女の手を放し、今一度、名前を呼んだ。そして、廊下の先の両開き戸が彼女を吸いこんでいくのを見つめた。

病院の部屋で、デイヴィッドはアリスのベッドの前にすわり、何時間も彼女を見ていた。時折うとうとし、何度か眠りに落ちては目を覚ましたが、そのたびに、彼女は意識のないままだった。一度は立ち上がって、彼女の鼓動を確認するために耳を澄ました。それから窓のところに歩いていった。下の街灯の円錐形の光で、まだ雪が降っているのがわかった。ふりかえって、再びアリスを見つめた。何の変化もない。彼は椅子にもどり、彼自身も眠りこみ、夢も見ず眠った。朝になって目が覚めると、地面に雪が積もっていた。窓辺にも、マンハッタンじゅうのビルと給水塔の上にも積もっていた。風が強く、時折、突風が吹きつけてガラスが音をたてた。カモメたちが傾ぎながら、ハドソン川のほうに飛んでいく。晴れ渡った青空に太陽が昇った。温かみのない白い太陽の光が雪に反射し、その照り返しで世界全体が明るくなった。やがてアリスが目を覚ました。再び嘔吐したときの用心に、上体を枕で支えられている。目覚めたとき、アリスは大きく目を見開いて、静かなまなざしで光あふれる室内を見回した。夫を見て瞬きし、彼だとわかると、目をそらした。

「わたし、自分の人生を変えるわ」とアリスは言った。

彼女がどういう意味でそう言ったのかも、どう反応していいかもわからなかった。それでも、アリスが生きているのを見てすごくほっとしていたので、「そうだね」とだけ言った。彼女は何時間も意識がなかったが、その時間を深く考えるのに使って、心の底でその決断を下したかのようだった。午前中、アリスは話したがらず、そのあともそうだったので、夕刻には、デイヴィッドは話しかけるのを断念していた。病人が相手だから、そのことをとやかく思う気持ちはなかったが、その状態が続くと不安が募った。自分の言ったことのせいで、彼女が怒っているのはわかっていた。あの喧嘩を思い出すたびに、恥じ入る気持ちがいっそう強まった。

「アリス」翌朝、彼は言った。「ごめん。ぼくが悪かった」

アリスは横たわったまま腕を組み、彼の背後の高いところにあるテレビを見ていた。彼女が画面に向けてリモコンを押すたびに、彼はテレビが自分の頭の上に落ちてくると確信した。

「何が悪かったの？」

「あんなことを言って。きみをひどい気持ちにさせて」

「そんなことを考えているの？」とアリスが言った。

まさにそれが今、彼が考えていることだった。だが、彼女の顔の嫌悪と驚きの色がとても強かったので、嘘をついたほうがいいのじゃないか、と真剣に考えた。

「喧嘩のせいで、こうなったと思っているの？　あなたが何か言ったから、こうなったと？」

「うん」デイヴィッドは答えた。「そういうことだと思う」

アリスはリモコンを押した。一回、二回、三回。「じゃあ、あなたは間違ってる」

彼は説明を待った。だが、何も与えられなかった。

「だったら、きみがぼくに腹をたてているように見えるのは、どうしてなんだ？」

「ここに閉じこめられているからよ。ここに閉じこめられているせいで、自分の人生を変えることにとりかかれないから。そう言えばわかる？　納得が行った？」

「いや」と彼は答えた。「さっぱり」

「ふうん」とアリスは言った。「じゃあ、とりあえず、こういう感じで行くしか仕方がないんじゃない」

　夕方遅く、担当の医師が回診に訪れた。医師が部屋にはいってくると、アリスは愛想よくしゃべった。ろくに知らない人に対して、夫に対するよりも礼儀正しく親切に接することができるらしいのを目の当たりにして、デイヴィッドはいっそう傷つき、混乱した。医師は心拍と血圧を調べ、目に光をあて、舌を観察した。彼はインド人で、ほっそりとした長い指の先で――掌は燻製のチキンのようなピンク色だった――アリスの背中をたたいた。医師がアリスに触れているという事実に、デイヴィッドは、まったく筋違いではあるが、激しい嫉妬にかられた。

「血液検査の結果が出ています」と医師が言った。「貧血があります。それから、急性の甲状腺機能亢進症も。この病気の症状に気づいていましたか？」

　アリスは首をふった。

「今後、ダイエットをするときは、自分の栄養状態をもっと注意深く管理しなくてはなりません」

「そうします」アリスは言った。「先生、ちょっとふたりきりでお話ししたいのですが」

「いいですよ」

　医師とアリスの両方がデイヴィッドを見やって、退出するのを待った。デイヴィッドは自分を指さし、それから、立ち上がって部屋を出て、後ろ手でドアを閉めた。廊下に立って、靴先でトントン床を打った。

　二、三分のうちに、ドアが開いた。

「ありがとうございました」アリスが医師に言っている。

「どういたしまして」医師が部屋を出ながら答えた。「何もそんなに苦しまなくてもいいんですよ」

　ふたりともデイヴィッドをちらりと見た。

「明日、ご退院です」

「うれしいです」とアリス。

「今のあなたにとっては、心と体を休めることが何より大切です」と医師は言い、デイヴィッドが脇をすりぬけて部屋にはいるのを待って、静かにドアを閉めた。

デイヴィッドが椅子にもどるとすぐ、アリスは寝返りをうって、彼に背中を向けた。

「これから眠るの？」デイヴィッドは尋ねた。

「ええ」

「何かしてほしいことがある？」

「明日を早く来させることができる？」

「それは無理だな」

「じゃあ、何にもないわ」

デイヴィッドは暗闇の中に二、三分すわっていた。新たな不安の波が襲いかかってくるのを感じた。隣のへやで男性患者がひどく咳きこんだ。「アリス」デイヴィッドは遠慮がちに声をかけた。

アリスは返事をしようとしなかった。

「ぼくはきみを失ってしまったと思っていた。でも、せっかくもどってきてくれたのに、これでは行ってしまったのと同じだ」デイヴィッドは規則正しく穏やかな呼吸をしている妻、耳を傾けているはずの妻を見つめた。「何か言ってくれ」

だが、彼女はすでに眠りに落ちていた。

翌朝、アリスは遅くまで眠っていた。目覚めたあとも、やはり、デイヴィッドとかかわろうとはしなかった。アリスは朝食後、仮眠した。目覚めてすぐ、看護師が来て、バイタルサインを調べた。病院中の誰もがアリスとの間に、無言の協定を結んでいるようだった——デイヴィッドを完全に無視するという協定を。看護師が去ると、きのうとは別の医師がレジデント*の一団を従えて、アリスを診察した。彼はアリスが長期にわたって、自分を実質的に飢餓状態に置いたために、体のシステムが変調をきたし、突然の暴飲暴食が特定のたんぱく質へのアレルギー反応と結びついて、その結果、有害な作用を及ぼしたのだと説明した。「今、わたしたちが目にしているのは、クワシオルコル**に似た状態――要するにタンパク質不足――になっているところに、血管性浮腫が起こった症例だ。まずい組み合わせだな」と彼は言った。レジデントたちはうなずき、アリスは、協力できるのがうれしくてたまらないようすで、微笑とともにうなずき返した。「先生のおっしゃるとおりです」とアリスは言った。「ほとんど何も食べていなかったのです」そのあと、食物アレルギーの専門家が来て、長い間アリスと話した。昼頃、彼女の着替えを取りにアパートメントにもどったデイヴィッドは、二、三時間かけて室内を掃除し、申し分なくきれいにした。病院にもどると、アリスは再び、医師たちや看護師たちに取り囲まれていた。結局、退院したのは午後遅くだった。デイヴィッドとアリスはタクシーの後部座席で、ようやくふたりきりになった。アリスが窓にぴったりくっついてすわり、彼も自分の側の窓にくっついてすわったので、ふたりの間には、肥満者がひとりゆうゆうすわれるくらいのスペースがあった。デイヴィッドは前の日彼女が中断したところから、会話を再開した。「どうやってやる？」と彼は尋ねた。

「やるって何を？」

「どうやって、きみの人生を変えるんだい？」

「それはわたしの問題だわ」

「なるほど」とデイヴィッドは言った。窓の外を見ると、角を曲がってレキシントン・アヴェニューにはいろうとしている男が目についた。風がふきつけて、男の帽子をさらった。男は風船を失った子どものように茫然として、飛んでいく帽子を眺めた。「ぼくと別れるつもりかい？」少しして、デイヴィッドは尋ねた。

アリスはうんざりしたように目を閉じた。「何もかもにあなたが関係しているわけではないのよ、デイヴィッド」

アリスは家に帰ってからもそんな調子だった。床はモップをかけたばかり、シーツを替えてベッドメイキングをしたし、便座は新品同様にぴかぴかで、水回りのステンレスは顔が映るぐらいだ。それなのに、アリスはせわしく動きまわって、やり直しをした。壁の裾板のふちを指でなでて、いらだたしげに首をふり、「汚れてる」と、黒ずんだ指をデイヴィッドに見せた。「こんな環境では暮らせないわ」と。バスルームのタイルの目地を漂白しようとするのを、デイヴィッドが止めると、こう言った。「わたしが自分の居所を整えようとしているときに、いちいちついてこないでよ」そこで彼は引き下がり、何も映っていないテレビの前にすわった。しばらくして、後ろめたく思いながら、テレビをつけた。音は消した。解説がないと、フットボールは少しも楽しめなかった。ゲームは、単にでかい男たちが意味もなくぶつかりあっているだけのものと化した。CMは大昔の無声映画のようで、そこに出てくる子ども向けテレビゲームの映像は、おぞましい悪夢の断片のようだった。その中には彼自身の作品もあったけれど。アリスがバケツとスポンジをもって部屋にはいってきたとき、デイヴィッドは耐えられなくなって、会社に出かけた。とくにやるべきこともないのに。

そこで、彼は小説にもどった。パソコンの画面に小説を呼び出し、机に掌をついて立ったままで読んだ。それから、椅子に腰をおろし、一、二の文をいじくり、前に行き詰まったところを読み直した。画面をながめ、再び彼は待つことにした。何につけてもそうだが、待つということが、どうにかやれる唯一のことである場合がしばしばあるものだ。

＊（57ページ）専門医学実習生。インターン終了後、専門分野における高度の訓練を受ける有給常勤の医師。
＊＊発展途上国の小児にしばしばみられる、食事が原因のタンパク質欠乏疾患。

「調子はどうだい」その晩、ベッドで彼はアリスに訊いた。

「いいわよ」胸の上で両手を重ねて天井を見つめたまま、アリスは答えた。

「ほんとうに？」

「ええ、ほんとうに」

「話したいことはないのかい？」

「ないわ」

「ぼくに言いたいことが何もないのか？」

「ないわよ」

とりつく島もなかった。それはそれ自体、新しいことだった。「そうか。じゃあ、おやすみ」とデイヴィッドは言った。そして上体を起こしたまま、待っていた。

「おやすみなさい」とアリスは言い、灯りを消して寝返りをうった。

デイヴィッドは横たわって、アリスを眺めた。彼女の目は開いているのか、閉じているのかと考えながら。寝返りをうって自分を見てくれればいいのにと期待しながら。彼女がそうしないことがわかって、彼は仰向けになり、天井を見つめた。がまん強くなくてはならない、と自分に言い聞かせた。忠実でなくてはならない。それがとるべき道であるように思われた。忠実な気持ちで、がまんをすること。

翌朝、目が覚めると、隣は空だった。

ふだんは彼が先に起きる。それでほんの束の間、方向を見失い、見捨てられた気持ちになった。子どもの頃、友だちの家に泊まると、目覚めたとき、一瞬どこにいるかわからず怖い思いをしたが、そのときの感じと同じだ。コーヒーの香りがした。キッチンに行くとアリスがテーブルに向かってすわっていた。テーブルの上に、ノートパソコンとぎっしり書きこんだレポート用紙を並べ、今はゆで卵の殻をむいている。デイヴィッドが自分のコーヒーをついで、自分の席に着くとすぐ、アリスは手をとめ、パソコンを閉じ、レポート用紙の上に、重ねて置いた——彼は自分の目を疑った。

デイヴィッドは、マグカップをもった手を動かしてテーブルの上のものを示した。がまん強く忠実であろうと自分に誓ったのではあったが、言わずにはいられなかった。「これは、きみが自分の人生を変えることに関係しているの?」

アリスは黙っていた。彼も黙っていた。

「わたしをからかっているの?」

からかっているとも言えるし、そうでないとも言える。からかっていると認めるのはまずい。「もちろん、違うよ」と彼は言った。

沈黙。

「だけど、ぼくにだって何が起こっているのか知る資格はあると思う」

「それはそうね。でも今はだめ」

「ほう。じゃあ、いつになったら知ることができるか、教えてくれ」

「まだわからないわ」

「じゃあ、いつそれがわかるようになるか教えてくれ」

「ご希望には沿えないわ」

話の続けようがなくなり、ふたりはにらみあった。

デイヴィッドはふいに心が決まった。もう引き下がらないぞ。この感情戦の行き詰まりで、そっちよりも粘り強く待てるところを、意地でも見せつけてやる。けじめをつけてやる。このキッチンで。Tシャツにボクサーパンツという姿で。これがアリスのやりたいゲームなら、やってやろうじゃないか、とデイヴィッドは思った。彼は身じろぎもせず、立っていた。ふたりの間の沈黙がばかばかしく無用なもの――キス・マラソン大会のようなエネルギーの無駄遣いに思われてくるまで。やがて彼は自分の表情のこわばりを感じた。上唇が乾いた前歯にへばりついている。瞬きがしたくてたまらず、目がうるんできた。だが、アリスは平気らしい。彼は盛んに唾を飲みこまずにはいられなかったので、喉が詰まりそうだった。

そして、デイヴィッドは敗れた。アリスの不可解な内心の決意には太刀打ちできなかった。彼は肩を落とした。コーヒーのはねが彼の足の間に落ちた。

「わかった」とデイヴィッドは言った。「話す心準備ができたら、教えてくれ」

デイヴィッドはシャワーを浴び、服を着た。そして「行ってくるよ」とも言わずにアパートメントを出た。

会社に出るとほどなく、これはすべて妻の回復の一局面、一種の心的外傷後作用に過ぎないもので、自分は耐えるしかないのだと思い定めた。しばらくの間、妻には何も期待するまい。そう考えることで、ずいぶん気持ちが楽になり、仕事が大いにはかどった。彼は自信と目的意識をとりもどした。そして自分にはそうする資格が十分あると思って、ジョージーン・ダーシーをランチに誘った。ジョージーンは入社したばかりのプログラマーで、大変な美女だ。

「誘ってくださるのに、ずいぶん時間がかかりましたね」と彼女は言った。

ジョージーン。妻とは正反対だとデイヴィッドは思った。ジョージーンはしなやかな体の、見るからにスポーツが得意そうな女性だ。鼻っ柱が強く自立心に富む。生まれも育ちもブルックリンの、脚の長い金髪娘。アリスと比べると曲線部分ははるかに少ないとはいうもののそれなりの曲線美はある。十八歳のときに前十字靱帯を傷つけるまでは、プロのダンサーだったという。二か月前、彼女は、デイヴィッドと彼のパートナーのフランク・キャディーのところに、初めてデザインしたゲームを送ってきた。それはとても楽しい作品で、傑作ボードゲームの〈ラビリンス〉に基づいたものだった。ボードゲームの〈ラビリンス〉では木箱の中に迷路がはいっていて、迷路の傾斜が一対のノブで制御される。そのノブを操作して、小さな黒い玉を転がし、穴を避けつつ、迷宮の中を進ませるのだ。ジョージジーンのゲームは、玉の視点をとっている。プレイヤーのアバターである小さな黒い人は玉の中にいる。レベルを完了するごとに迷路は複雑さを増し、プレイヤーのアバターはコントローラーのジョイスティックによって調整されて、壁にぶつかったり、直角の角にもたれて休憩したり、あえいだり、悲鳴をあげて穴に落ちたりする。

　デイヴィッドはジョージジーンを〈ニューヨーク・ヌードル〉に連れていくことにした。チャイナタウンにある小さなレストランで、お気に入りの店だ。選んだ理由は料理がうまいことに加えて、この地球上で、妻が偶然はいってくる可能性がもっとも低い店だということだった。「ダックを頼もう」とデイヴィッドは言った。「きみがいやでなければ」と、窓の前に一列に並んだ鳥たち——鉤で吊るされた頭のない、ブロンズ色に焼けた鳥たちを顎で指した。「牛の胃袋のスープもうまいよ」

「お任せします」ジョージジーンはメニューを閉じた。テーブルに肘をついて身を乗り出し、両手の指を組み合わせて、その上に顎を載せている。豊かな金髪が顔の周りに垂れ、口紅はリンゴのように赤い。「わたしは何でも食べますから」

　青島(チンタオ)ビールを二本頼んだ。いつもならランチのときには飲まないが、きょうは気分が乗り、リラックスしている。こんなことは、ずいぶん久しぶりだ。

　ジョージジーンはビールの小瓶に口をつけたが、瓶の先が上唇をかすめたかどうかというぐらいだった。「告白したいことがあるんです」と彼女は言った。

「そんなふうに言われると、立場上、警戒心がわく」

「わたしがスペルバウンド社にはいったのは、あなたがいたからです。笑わないで。ほんとうなんですから。〈バアン！　もう死んだ〉のためだったんです。あのゲームをプレイして、最高だと思ったことを覚えています。友だちとわたしは、キャラクターに同級生の名前をつけてプレイしたものです。ほら、ミス・ガーガスだ！　ミスター・ロマーノだ！　撃て！　気をつけろ！　後ろから狙われてるぞ！　あのゲームをしたあと、わたしは思いました。『これはわたしが一生をかけてしたいことだ』と。〈ラビリンス〉には、あなたの作品への感謝がこめられています」

「そう言ってもらうと悪い気はしないな」

「それに実は、去年ラスヴェガスで催された〈エレクトロニック・エンターテインメント博覧会〉でお話しになったのをじかに聴いているのです。『マルチプレイヤー射撃ゲームの全知性』についてのセミナーで」

「そのとき自己紹介してくれたらよかったのに」

「そんなこと、畏れ多くて。この人は天才だわ、すごいって、そんな感じだったんですから」

「おいおい」

「今、温めているゲームのアイディアについてお話ししてもいいですか？」

「ぜひ聞かせてくれ」

「スケールの大きなゲームです。細かいところは、まだできていないけれど。でも、絶対に、諦めたくないんです」

「全身を耳にして聴くよ」

「では」とジョージーンはいっそう身を乗り出し、テーブルの上に腕を重ね合わせて置いたので、胸がぎゅっと真ん中に寄った。

　オッパイがいっぱい、乳首がチクチク、とデイヴィッドは頭の中でつぶやいた。ジョージーンのTシャツには「ヒヨコはどうしてメビウスの帯を越えたのか？」と書いてあった。さっき店にはいってテーブルまで歩いていったときに、デイヴィッドはリンゴのように引き締まったジョージーンの尻から目を上げた拍子に、その答えを見ていた。「反対側に行きたかったから」というのが答えだ。

「名前は〈プレイワールド〉というんです」ジョージーンは話しはじめた。「子どものころ読んだ『分裂した無限』という題のピアズ・アンソニーの小説に、大枠では基づいています。この世界は誰もが一日中ゲームをしているのです。物質的なニーズは国が満たしてくれます。ゲームの腕前が唯一の、価値あるものなのです。宇宙でもっともかっこいい共産主義国家といえそうです。人々は成績の記録によって格づけされ、それにふさわしい地位をもっています。見知らぬ人にであれ、友だちにであれ、あらゆる分野のゲームやスキルにおいて、挑戦状を発することができます。肉体的なものから知的なものまで、障害物競争であれ、ボードゲームであれ、肉弾戦であれ。社会的相互作用を及ぼすのも、恋人と出会うのも、生きること自体も、すべてゲームを通して行われるのです。そうそう、誰もが裸で歩きまわっています。そして、セックスをするときには服を着るのです」

「それ、いいな」

「服を着てセックスするのが、ですか？」

「裸で歩きまわるというのが」

「同感です。〈プレイワールド〉ではこのアイディアを採用し、二種類のインターフェースを結びつけます。わたしが考えているのは、〈ワールド・オブ・ウォークラフト〉みたいなものです。巨大な規模のマルチユーザー対応のもの。全世界の人がプレイできるもの。収益面では、会費システムで。でも、〈フェイスブック〉に似ている面もあります。参加者はプロフィールを出す。でもこの場合は、スキルレベルも含まれます。世界でのランクですね。それに自分自身の肖像。これには、自分を特定されるものではなく、詳細に設定されたアバターを用います。たとえば〈セカンド・ライフ〉のアバターを考えてください。自分自身のウォーホール的ポートレイト、自分の好みや理想にあったバージョン、自分を漫画化したもの。たくましくするのも、ほっそりさせるのも、かっこよくするのも、風変わりにするのもお好み次第です。自分だけど、自分じゃないんです。この部分は、アート中心の対話式の優れたものにします。自分のアバターを生み出すには〈スポア〉*を始めるのと同程度の事前の熟慮が必要なのです。オンラインゲームに参加するときには、〈ヘイロー〉のようなヘッドセットをつけます。そしてゲーム王国にはいります。そこは広い世界で、カーニバルみたいな、巨大ナイトクラブのような、今から百年後のバーボン・ストリートのようなところで、ピンボールマシンのようにカラフルで、アバターが至るところに――いろんな基地やグラウンドにいて、競争をしています。プレイヤーはそれを観戦して、応援することができます。プレイヤーの言うことやすることはすべて、背景ノイズの一部になります。競争相手とリアルタイムでコミュニケートでき、自己紹介をしたり、おしゃべりをしたり、誰かに挑戦してゲームに誘ったりすることができます。スクラブルも戦艦ゲームもチェスもできるし、〈エッシャーX〉の障害物競争もできるし、〈バアン！　もう死んだ〉をプレイしてもいい。何だってできます。スペルバウンド社のゲームを全部、この世界に織りこんでもいいんです。それは何でも内に含むことのできる世界です。いわば、果てしなく広がるディズニーランドのようなもの。新しい競争、新しいゲームが無限の広がりをもたらすのです。ところで、プレイしているときには――ここが肝心なところなんですが――自分自身と相手のプレイヤーと両方を見ることができます。スクリーンを分けるんです。わたしたちは全知の視点と限られた視点の両方をもつのです。これがウリの一部です。だって、世界の中の自分も見たいし、ほかの人たちも見たいでしょう？これは誰もが、いつも見たいと思っている見方です。その上、さらにいいことは、知らない人とプレイしたあとで、その他者――彼であって彼でない人や、彼女であって彼女でない人とこのヴァーチャル空間で知り合えることとです。その人はプレイワールドでの友だちになります。これこそがウリです。オンラインの匿名性の根本的な素晴らしさ。言いたいことを何でも、誰にでも言える。ほかの人にもなれるし、自分自身にもなれる。これこそ究極の形の率直さです」

ジョージーンは非常に前のめりになっていて、まるで内緒話をしているかのようだった。彼も前のめりになった。

「あなたはどうかは存じませんが」とジョージーンは言った。「わたしはこんなふうに感じるのです。みんながいつも、このもうひとりの自分――言いたいこともやりたいこともあるのにできないでいる自分を連れて動きまわっていると。だから、プレイしましょうってことです。たとえばわたしが今、あなたにこんなふうに言ったらどうでしょう。『デイヴィッド、あなたが好きです。ルックスが好き。頭の働き方が好き。あなたはすごく才能がある。あなたの手と口が好きです』でも、わたしにはそんなことは言えません」

「どうして言えないんだい？」

「言ってしまったら、ゲームをしているのではなくなるから」

デイヴィッドは会社にもどるとすぐ、うちに電話をかけた。だが、アリスは電話に出なかった。一時間後にまた電話したが、やはり応答がなく、彼はたたきつけるように受話器を置いた。満たされない思いが尾を引いたが、夕方には気持ちが和らいだ。うちに帰る途中、アリスのために花と生パスタと低脂肪アイスクリームを買った。アパートメントに着くと、鍵はもっていたが、呼び鈴を鳴らした。アリスの足音がだんだん大きくなるのを聞きながら、お帰りなさいのハグを夢想した。きっと仲直りできるだろう。デイヴィッドは花束を自分の体の前に突き出した。だが、アリスはドアをちょっと引

＊生命の進化をシミュレーションしたオンラインゲーム。前出の〈ワールド・オブ・ウォークラフト〉もオンラインゲーム。〈セカンドライフ〉はインターネット上仮想世界。後出〈ヘイロー〉はビデオゲームシリーズ。

っぱって半開きにしただけだったので、すぐにドアが閉まりはじめた。彼はあわてて隙間に足を突っこんだ。中にはいると、アリスはすでに廊下をもどっていくところだった。デイヴィッドは言葉もなく、玄関ホールに立ちすくんだ。アリスが退院してきて以来初めて、彼女に腹が立った。彼はキッチンにはいり、鞄を置いた。そのときになって、家の中に、灯りがまったくついていないことに気づいた。「人生を変えるために節電してるのか？」と大声で言った。コートを脱いで椅子の上に投げ、ひとつひとつ灯りのスイッチを入れてまわるうちに、寝室でアリスにでくわした。アリスはベッドの上にすわり、ノートパソコンを膝に置いていた。パソコンの画面に照らされた顔は、死体のように青白い。

デイヴィッドは相手の出方を待った。

「今、忙しいの」

デイヴィッドは暗い部屋の中を見回した。窓に彼女のトルソーが映っていた。きらきら輝く街の上に浮かんで。「それだけか」

「どういうこと？」

「『きょうはどうだった？』も『元気？』も『何か変わったことは？』もないのか」

「きょうはどうだった？　元気？　何か変わったことは？」

彼はベッドサイドの灯りをつけた。「目が悪くなるぞ」と言って、笑顔をつくった。

「大丈夫よ」アリスは手元の仕事にもどった。

デイヴィッドは長い間そこに立っていた。自分がそこにいてもアリスはまったく意に介さず仕事を続けるだけだと、ようやく理解した。どういう感情に襲われたのか、自分でもわからないままに、くずおれて膝をつき、彼女のスカートの裾を両の拳に握りしめた。「お願いだ、アリス。許してくれ。きみ自分が何をしたのかよくわからないけれど、ぼくのしたことを。何が悪かったのか教えてくれ。きみのためなら何でもする。約束するよ。どんなことでもする」

アリスの匂いを吸いこみ、アリスのスカートの生地の肌触りを感じた。彼の体全体がわなないた。耳を澄ましても聞こえるのは、彼女がキーボードをタイプする音だけだった。彼はとてつもなく重いバーベルをかついでスクワットをしている男のように身震いして、のろのろと立ち上がり、よろめきながら部屋を出た。「何であれ、ゆっくりやるといい」と彼は言った。「好きなだけ時間をかけてくれ」

キッチンにもどり、自分のために夕食をつくった。空腹だった。料理をするという考えは――それに必要な努力はとても面倒で、ほとんど不可能にすら思えたけれども。鍋に水を注ぎ、塩を入れた。オリーブ油を加え、水の表面の玉を見つめた。そして、ホワイトクラムソースの缶詰を高い棚からおろし――彼はアリスにとって致命的な食べ物を密かに貯えているのだった――缶をあけ、潮の香りを吸いこんだ。湯がようやく沸いたとき、ずっと湯の動きを見つめてぼうっとしていた自分に気づいた。そして今、孤独の中で、再び明晰に思考できるようになったことに気づいた。ジョージーンのアイディアと、彼女が率直さについて言ったことを思い出した。今すぐ彼女に電話して、セックスしようと言おうかと思った。自分とアリスの結婚生活のうちのこの五年間のことを考えて、自分たちは新局面に到達したのだと思った。いや、むしろ、新局面にはいろうとしているところだと言ったほうがいいかもしれない。自分たちはあまりに長い間、同じところにいたから、ここに永久に留まるか――それは不可能だ――それをやめるかどちらかなのだ。やめるということは未知のことで、その未知の世界には相手はいないかもしれない。ふたりが一緒にいるということは、結局は、双方の努力を必要とするから。

「デイヴィッド」アリスが言った。

驚いて目を上げると、アリスはキッチンから数歩離れたところに立っていた。かろうじてソースの匂いが届かない場所だ。アリスは身綺麗にしていた。仕事よりはデートにふさわしい装いだ。デイヴイッドは一歩、彼女に近づいた。アリスはドアを指さした。

「出かけるわ」

「どこへ」

「約束があるの」

「今、何時？」

「七時近く」とアリスは答えた。「十時前にもどるわ」と言い置いて、出ていこうと背を向けた。

「おい、どこへ行くんだ？」

アリスは玄関の前で足を止めたが、彼の顔を見ようとはしなかった。「わたしは自分の人生を変えるつもりよ」そしてその決意の強さを示すかのように、大きな音をたててドアを閉めた。

ある日の夕方、ハストロール刑事がうちに帰ると――晩春だが、季節に似つかわしくなく蒸し暑かった――妻のハンナがベッドに寝ていた。金曜日だった。どうしたのかと訊くと、気分が悪いので、仕事を早退して横になったのだと答えた。喉がいがらっぽいの、風邪でも引いたのかしら、と彼女は言った。ちょっと休めば治るわ、と。ハンナはシーツを足元でくしゃくしゃにして、スリップ姿で横たわっていた。中庭に面した窓が開いていた。風はそよとも吹かず、部屋の中の空気はむっとしていた。ハストロールは、ハンナの鼻の下と胸元の汗の玉に気づいた。ハンナは彼を見ようとしなかった。

「何かもってきてやろうか？」

「けっこうよ」

「腹はすいてないか？」

「いいえ」

「ほんとうに？」

「ええ、ほんとうに」

「何かきみのために、おれにできることはないか？」

ハンナはハストロールに目をやり、泣きだした。「何もないわ」と彼女は言った。「何にも」と言い、上体を起こして彼を指でさした。「あなたがわたしのためにできることなんか何にもないわ。わたしの目の前から消えてくれること以外には」

ハンナは相手のようすをうかがった。ハストロールも相手のようすをうかがった。

「わかったよ」ハストロールはそう言い捨てて、居間にはいっていき、自分のために飲み物をつくり、お気に入りの椅子にすわった。

それが五か月前のことだ。

ハンナはいまだにベッドに寝ている。

ハストロールはどうしていいかわからなくなっていた。

殺人は人の基本原理を露(あらわ)にする、とハストロールは考えた。人々の個性ははぎとられ、数種の非常に単純な欲望だけが残る。

たとえば女性が配偶者を殺すのは、ほとんど常に自己防衛のためだ。それは証明済みの事実だ。もちろん例外はあるが、妻が夫を射殺したり、毒殺したり、刺殺したりした場合、十件中九件において、夫が何らかの意味で、そうされても仕方がない男だったことが明らかになる。

一方、男が妻を殺す理由はたいていの場合、次の四つ――金、セックス、復讐、自由のどれかである。最初の三つはほとんど説明の必要もない。とてもありふれているので、既婚女性が自宅で、死体で発見された場合の一種のチェックリストとして、捜査官に用いられているぐらいだ。容疑者である夫が妻以外の誰かとセックスしていたかどうか。妻が夫以外の誰かとセックスしていたかどうか、夫がそれについて知っていたかどうか。妻に、夫が受益者になるような高額の保険金契約や信託財産があったかどうか。もしそうなら、夫のアリバイは鉄壁かどうか、等々。

だが、自由はどうか。配偶者を殺す理由としては、もっともまれでもっとも複雑なものだ。結婚したことのある男のほとんどすべてが、それが配偶者を殺す理由になりうると理解しているだろうけれども。自由が前の三つの理由の基礎にある動機になっている、いわば共通要因だと主張する者もいるかもしれないが、ハストロールは経験上知っていた。自由のための自由を求めての殺人は、ほかの殺人とはまったく別物だということを。

男は再出発を夢見る。別の女との再出発でなくともよい。男はまっさらな状態を夢見る。消えること、待機中の飛行機をおりて歩き出し、グランドラピッズか、ナッシュヴィルか、どこか知らない都市で新生活を始めることを夢見る。自分だけのものであるアパートメントを夢見る。静寂を夢見る。デルタフォースに入隊し、イラクで戦うことを夢見る。昔から使いたいと思っていたニックネームで自己紹介をすることを夢見る。今は知っていて、あの頃は——つまり結婚する前は——知らなかったものすべてを利用できる時と場所を夢見る。それが実現したら幸せになれるだろうと。

居間のお気に入りの椅子にすわって、妻がベッドで何時間もすすり泣いているのを聞いているうちに、ハストロールはこの夢を理解した。十分に長い間、暗がりの中でひとりですわっていれば、それが十分、殺人の理由になるという気がしてくるだろう、と彼は思った。

「はでな喧嘩は何度かありました」ペピンの隣の部屋の住人、ランド・ハーパーが言った。「でも喧嘩なら、ぼくとヘイヴィスだってしますし」彼の妻、ヘイヴィス・ダヴンポートは、彼と並んでソファーにすわっている。ふたりは二十代後半の新婚夫婦だ。ヘイヴィスは妊娠したばかりだが、すでにかなり腹が目立っている。結婚式の写真が住居内の至る所にかかっている。先刻、トイレを借りたハストロールは、そこにも〈タウン・アンド・カントリー〉誌の一ページが額に入れられて飾られているのを見つけた。その結婚式の報告記事によれば、彼らは先祖の偉業と極上の不動産を誇る大層な名家の出のようだ。豪華なハネムーンに出かけるためにリムジンに乗っている花嫁花婿の写真が出ていたが、若いふたりは落ちつきはらってポーズをとり、見るからに優雅だった。こんなじゃ、あとは下り坂しかないな、とハストロールは思った。

「あら、わたしたちなら、とてもうまく行っていると思うけど」とヘイヴィスが言った。

「そうじゃないとは言ってないよ。喧嘩の一度や二度はしたことがあると言っただけさ。だからと言って、殺し合う寸前だというわけではない、ということもね」

「もちろんだわ」とヘイヴィス。

ハストロールはメモ帳から目を上げた。

「ランドは以前、リーマンで働いていたんです」とヘイヴィスが言った。

「そんなことと何の関係があるんだい？」

「ストレスがあったでしょ」

「刑事さんはぼくの仕事の環境のことなんか興味がないと思うよ」

「そうね。わたしは心配したけど」

ハストロールはメモ帳をめくった。「つまり、普通でないような騒ぎは耳にしていない、ということですね」

「ええ」とランドが答えた。

「アリスが亡くなった日に、ふたりのうちのどちらかを見かけましたか」

「実を言うと」ヘイヴィスが言った。「わたしはふたり一緒のところを、ほとんど見たことがありません」

「もっと、ずばっと言っていただいていいんですよ」

「数か月間、奥さんのほうを全然見かけませんでした。この一年の大部分は、別居してたんじゃないかしら。奥さんはいなかったと思います」

「お得意の『みにくいアヒルの子』物語が始まったな」ランドが茶々を入れた。

ヘイヴィスが夫の腕をぴしゃりとたたいた。

「いや、たしかにそうなんです。あの奥さんは、以前はかなり肥満していて……」ランドはハストロールの顔を見た。「要するにデブだったんです。ところが――」

「ところが、何よ?」ヘイヴィスが言った。

ランドは妻を見て、ハストロールに目をもどした。

「彼女は……魅力的になりました」

ヘイヴィスは腕組みをした。それから立ち上がって、コーヒーテーブルの上のカップを集めた。

「わたしにお尋ねになりたいことがまだありますか、刑事さん」

「いえ、もうけっこうです」ハストロールは答えた。

「では、失礼します」ヘイヴィスはキッチンに行き、シンクに乱暴にカップを置くと、寝室にはいり、ばたんとドアを閉めた。

ランドがため息をついた。ふりかえって背後を確認してから、前屈みになり、声を落として言った。

「あれの腹の中には悪魔がいるみたいです」

「ばかな」

ランドは寝室のドアが閉まっているのを再度確認した。「刑事さん、実は変だと思ったことが二、三度ありました。ヘイヴィスの前では言いたくなかったんです。もし、隣の人が奥さんを殺っちゃったなんて考えたら、今よりもっと手がつけられなくなる」

「どうぞ話してください」

「たしかに、数か月間、アリスをまったく見ない時期がありました。何が起こっていたかはわかりません。あの人たちは自分たちのことは話しませんから。だが、一度、ぼくが遅く帰ってきたときに――それはアリスのいなかった時期のことです――見たことのない金髪女性が、隣から出てくるのを見かけました」

「いつのことですか」

「何か月も前です。三か月前、いや四か月前かな。はっきりとはわかりません」

「ほかには？」

「アリスが亡くなる前の晩に、デイヴィッドが通りで、携帯電話で話しているのを見かけました」

「そんなに変なことでしょうか」

「ぐるぐる歩きまわりながら話していて、そのうちすごく興奮してきて」

「何を言っていたか、聞こえましたか」

「『これを終わらせるには、何をすればいいんだ』みたいなことを言っていました。一言一句聞きとれたわけではありません。でも、何か、万策尽きた、という感じでしたよ」


ハストロールの一日の、もっとも期待に満ちた瞬間は、正面のドアに鍵を入れる直前に来る。帰ってきた自分に、ハンナは何と言うだろうかと思うのだ。彼は犬が高い口笛に敏感であるのと同じくらい、彼女の声に対して敏感だった。

「ただいま」とハストロールが言う。ハンナが何も言わない場合がある。期待にふくらんでいた彼の気持ちは、ぺしゃんこになる。テレビがついていることもある。寝室にはいると、ハンナはテレビ画面に向けていた顔を、束の間こちらに向けて、「あら、あなたのはいってくる音が聞こえなかったわ」

と言い、そしてまたテレビに目をもどす。彼はもっと何か言ってくれるのではないかと待ち、彼女が何も言わないので、居間に行き、自分の飲み物をつくる。

「ただいま」とハストロールが言う。するとハンナが「わたしはここよ」と言う場合がある。それはもしよかったら、はいってきて、という意味だ。だが、はいっても何も変わらない。

「ただいま」とハストロールが言う。するとハンナが「ウォード、あなたなの？」という場合がある。その強調の仕方が熱意の名残、愛の名残だ。「ぼくだとも」と彼は言い、急いで彼女の顔を見にいく。もしかすると彼女は起き上がって、彼を抱きしめるかもしれない。もしかすると唇にキスをさせてくれるかもしれない。もしかすると、「きょうはとても気分がよくなったのよ、あなた」と言い、立ち上がって伸びをして、彼の首に腕を巻きつけるかもしれない。もしそうなったら、きっと泣くだろうと、ハストロールは本心から思う。ハストロールは寝室に走っていって言う。「もちろん、ぼくだとも」するとハンナはがっかりした顔で言う。「ああそう、そうだと思った」と。それでおしまい。

「ただいま」とハストロールが言う。すると、時折ハンナはこう応える。「こちらに来てくださらない？」今夜もそうだった。ハンナの声には、明らかな無防備さがあった。欲望があった。彼女ははちきれそうになっている。何かもっと彼女に言いたいことがあるのだ。注意深く、おずおずと、ハストロールは部屋にはいった。彼女は最初に寝こんだときと同じスリップを着ている。どうやって清潔を保っているのか、ハストロールは不思議に思う。密かに洗濯しているのだろうか。シンクに水をため、おしゃれ着用洗剤を入れて洗うのか。それにしても、どうやって間に合うように乾かすのだろう？日中、彼のいない間にコインランドリーに行くのだろうか。ハンナは髪の手入れやメイクアップをする。それは明らかだ。彼が置いていったものを食べる——結局のところ、飢えてはいない。しかし、彼が家に帰るといつも、ハンナはベッドの中にいる。新たに汚した皿は見当たらない。冷蔵庫のミルクも朝と同じだけある。そしていつも同じものを着ている。

「いいとも」とハストロールは言い、ベッドのかたわらに立った。

「ウォード」とハンナは言い、手を差し出した。

ハストロールはその手を取った。ハンナの掌はじとっとしている。

ハンナは彼の手を左右にふった。それから目を閉じ、彼の手に唇と歯と湿った歯茎をあて、こすりつけた。猫みたいに。

ハストロールは膝をついた。ハンナの手を一度も放さず、両手で包みこんだ。彼女はしげしげと彼を見た。ハシバミ色の目をちらちらと動かして。だが、目をまともに見ようとはしない。

「どうしたんだ、ハンナ？　教えてくれ。お願いだ」

「いやよ」と彼女は言い、口をおおった。「いいから、あっちへ行って」


ペピン宅から見て、ランド・ハーパーたちとは反対側の隣には老人が住んでいた。呼び鈴のところには、《バグダサリアン》と記されている。彼はブリーフ一枚という姿で、ハストロールにうわの空であいさつした。「さしつかえなければ」ハストロールは警察のバッジを見せて言った。「お尋ねしたいことがあるのです」しかし、バグダサリアンは彼を廊下に残して背を向けた。ハストロールは部屋の中に足を突っこんで、彼のあとを追って中にはいった。居間は大きなピアノに占拠されていた。ハストロールは、ガラス瓶の中で組み立てた船の模型を連想して、どうやってこのピアノを部屋に入れたのか訊いてみたい誘惑にかられた。バグダサリアンは彼に背を向けたまま、鏡と写真をたくさん飾ったマントルピースと向かいあって立っていた。ハストロールが肩をたたくと、バグダサリアンはふりかえって、初めて見るような目で彼を見た。それから、バグダサリアン自身より三十歳ぐらい年下に見える女性の写真を指さした。その女性は、緑色のドレスを着て、小さな黒いトーク帽を頭に載せている。髪はリンゴ飴のように赤い。通りを走っている車と彼女の背後の風景から察するに、その写真は数十年前に撮られたものだった。

「あで、ジュディフ」と彼は言った。舌はもつれ、音節は不明瞭なものに変質していた。

「ジュディス？」

老人は歪んだ笑みを浮かべた。「あで、わだちのづま」彼は写真を見て、再び指さし、同じ指で自分の唇に触れた。「あで、ジュディフ？」と彼はハストロールに問いかけた。

ハストロールはアパートメントを出て、静かにドアを閉めた。どれほど苦痛を感じているにしても、何を願うかには気をつけなくては、と自分に言い聞かせながら。

ハンナはハストロールが食事を与えることに抵抗しなかった。ハンガーストライキをしているのではないようだった。それどころか、ハストロールが彼女の夕食をトレイに載せてもっていくと、ほかのときとは段違いにおしゃべりになった。「仕事はどう？」とか「外は暑そうね」とか「最近忙しいようね」とか。実際、目に余る感じがした。というのは、彼女はスリップの胸元にナプキンを押しこむ直前のひととき、五か月間ずっとベッドにいた女性のようにではなく、たとえばインフルエンザなどの病気の回復期にあって、あと一日休めば職場に復帰できる女性のようにふるまったからだ。

ハストロールは驚き、あきれてそこに立っていた。だが、何も言わなかった。彼は何かほかにほしいものはないかと訊き――「結構よ」という返事だった――キッチンにもどった。ベッドでものを食べるのを見ると、いらいらするからだ。それから、彼はキッチンを片づけた。朝起きたときに、汚くなっているのを見るのもいやだからだ。だが、今は、洗い物でいっぱいのシンクを見下ろしながら、今晩ハンナにつくってやった料理――クスクスの上にバターで焼いたチキンを載せ、レモンバターソースとイタリアンパセリを添えたもの――を最近よくつくるようになったなあと考えた。そして、ふたりで過ごした年月をふりかえってみて、その時々のふたりの関係を、どんどん変わっていくメニューとして、あるいはハストロールがシェフで、ハンナが唯一の顧客であるふたり用レストランのタイプという形で表現することができると気づいた。もし、おいしいものをちょっとずつ食べる献立の決定版――始まりから今日にいたるまでのふたりの歴史の中のさまざまな時代のひとつひとつを、ひと皿ひと皿が示すような献立をつくるように頼まれたら、最後はこの料理で締めくくるだろう。さて、そこに至るまでの献立は、まず、満腹感があり、ありがたいことにとても安上がりな、ケール、ニンジン、白インゲン入りのトスカナ風リボリータ。それから、ゴマだれ冷麺の豚の胃袋焼き添え。これはハストロールが中華料理に熱中していた時期を示すもので、朝も昼も夜もおいしいが、セックスのあとに食べるととりわけうまい。それから、ハストロールが伝統というものに突如惹かれるようになってから、金曜の夜の伝統料理となったエビと黒インゲンのエンチラーダ、レモン汁とブラックペッパーコーンで煮て、キュウリヨーグルトソースで仕上げたサケの切り身（金銭的な余裕ができはじめてから、魚を食べる機会がふえた）、そして、ようやく、フェットゥチーネとホウレンソウをクリームソースで和えたものに、マスカルポーネチーズとナツメグ少々、パルメザンチーズ一握りを加えた自慢の料理が登場する。つくるのは簡単だし、まだまだ空きのある彼のおなかを満たしてくれる。そもそもハンナとふたりきりなのだから、どちらかが太ろうと大した問題ではない。

ハストロールはハンナの食器を回収するために、寝室にもどった。

「何か甘いものはないかしら？」とハンナが尋ねた。

ハストロールは二度瞬きをした。「冗談だろ」と彼は言った。

「冗談？　どうして？」

「ブルーベリーパイとかのことか？」

「そうよ」

「パイナップル入りのアップサイドダウンケーキとか？」

「わあ、おいしそう。でも、アイスクリームでいいわよ」

ハストロールは自分の胸を指し、せわしなく突いた。「デザートまではつくらないぞ」それから彼女を指さした。「きみがやれ！」

ハンナは脚にかぶさった毛布のしわを伸ばして、ため息をついた。「まだ、何にもわかっていないのね」


「デイヴィッドとわたしはビジネス上のパートナーです」とフランク・キャディーは言った。「一緒にこの会社を始めました。この騒ぎはいったい何ですか」

「彼と奥さんが何か、結婚生活の問題を抱えていたかどうか、ご存知ですか？」

「何かあってもデイヴィッドがわたしに打ち明けるような、そういう関係じゃありませんでした、わたしたちは」

ハストロールはキャディーの執務室を見回した。壁はマーベル・コミックスのスーパーヒーローたちのポスターでおおわれていた。その一部は、彼でもわかった（ハンナとの間に子どもがいたら、きっと全部わかっただろう）。スパイダーマン、シルヴァー・サーファー、ハルク。大型キャビネットの上部の棚にはアクション・フィギュアが並んでいた。その傍らには、〈ダンジョン・アンド・ドラゴンズ〉の関連書や〈デューン〉シリーズ、〈指輪物語〉の本が立ててあり、ウルヴァリアンのキャラクター・グッズの電話がガラスケースに収まっている。キャディーとジョージ・ルーカスが写っているサイン入りの写真を背景にして飾られているライトセーバー。「通るべからず」の文字に魔法使いらしきシンボルが添えられている道路標識。フィギュアの棚の下には、コンピューターのディスプレイが四つ、張り出し金具に支えられて設置されている。四つの画面のうちの二つは、ユーチューブとゲームをやっていて、一つは無限に続く無韻詩のようなコードの列で埋め尽くされている。最後の一つは、スクリーンセーバーのスライドショーで子どもたちの写真が次々に出てくる。キャディーの子どもたちだろう、とハストロールは推測した。今現れて消えようとしている男の子はキャディーにそっくりだ。奥の壁のフラットスクリーンのテレビは五人のコメンテーターを映し出していて、その下にニュースのテロップが流れている。世界じゅうの人がアバターを通して人生を生きている。幻の形で。たくさんの世界の中のたくさんの世界の中で。

「あくまでわたしの印象ですが」とキャディーが言った。「問題を抱えているようには思えませんでした。少なくとも、アリスの健康問題以上の問題はなかったでしょう」

「どうして、そのように思われますか」

「アリスは長年の間、体重のことで苦労してきました。そして、ようやくコントロールできるようになったのです。でも、そんなこと、どうでもいいでしょう」とキャディーは言った。「デイヴィッドが奥さんをどうにかするなんてことは、ありえません」

「この職場で、ペピンと親しかった人はいますか?」

「刑事さん。彼は目の前で奥さんに自殺された気の毒な男です。彼の名誉を傷つけて、この上にさらに苦しめるのはやめてください」

「もしそのほうがよければ、皆さんに訊いてまわりますよ」

キャディーは首をふった。キャディーの携帯のメール着信音がした。「ジョージーンがいます。ジョージーン・ダーシー。若手デザイナーです。彼女はある重要プロジェクトに、デイヴィッドとともに携わっていました」

ハストロールはひと目見ただけで、ダーシーにバレエの経験があることがわかった。外股で歩いてきたからだ。彼女は金髪で、ぷっくりした唇をもっている。貧しい男にとってのスカーレット・ヨハンソン。もっとも彼女の周りには孤独感が泡だっている。近くに来る前からよそよそしさが感じられる。ハストロールは、ペピンの隣人のランド・ハーパーに彼女を確認させること、と頭の中にメモした。

「ミス・ダーシーですね？」

ハストロールが警察のバッジを見せると、彼女はまっさおになった。

「会議室があいているか、見てみましょう」彼女はそう言うと、先に立って廊下をたどった。目は床に向けられていた。「ここなら、誰にも聞かれずに話せます」彼女は灯りをつけ、ドアを閉めると、腰を下ろした。胸の前で腕を組んで、ハストロールが椅子を引き出すのを見ている。ハストロールはメモ帳をテーブルに置いて、彼女を見つめた。相手が目を伏せるまで。

「デイヴィッドのことですね？」

「ミスター・キャディーのお話では、あなたとミスター・ペピンは常に一緒に仕事をしていた、とのことですが」

「わたしたちはいくつかのゲームを一緒に開発しました」

「おふたりは親しかった、ということでしょうか」

ダーシーは拳を口にあて、咳払いをした。「そうです」

ハストロールは間を置いて言った。「おふたりの関係は――」

「ご想像のとおりです」

「どのくらいの期間、交際していましたか」

「一年ぐらい。二、三か月前に別れました」

「ふたりとも別れる気になった？」

彼女は無表情にハストロールを見た。「彼が関係を断ちました」

「どうして？」

「その関係のせいで混乱する、と彼は言いました」

「混乱とは、どういうふうに？」

ダーシーは瞬きせずにはいられなかった。痛いところをついたのだな、とハストロールは思った。彼は相手の真っ正直な反応を決して見逃さない。「彼は奥さんに対する自分の気持ちをはっきりさせたかったのです。奥さんはしばらくのあいだ彼から離れていて、そのあと、もどってきました。でも、あれは奥さんがもどってくる直前のことでした。彼が言いだしたのです。わたしたちが一緒に過ごしている限り、自分とアリスとの間に問題があるから、きみに惹かれるのか、ほんとうにきみとの間に特別なものがあるのか、わからない、と」

「それで、あなたは同意した？」

その言葉に、大粒の涙がふたつ、ダーシーの目からこぼれ落ちた。「こういうことになると、いつも、わたしには選択の自由がないみたいです」彼女は両手の人差し指で鼻筋をおさえて目を拭い、泣くのをお終いにした。

「彼はよくアリスの話をしましたか」

「いいえ」

「でも、話したことはあるんでしょう？」

「ごくたまに」

「彼が『問題』という言葉を口にしたとおっしゃいましたね。あなたは、あのふたりの関係はどういう性格のものだったと考えますか」

「わたしが言うんですか？」と彼女は言った。

「ひとりの女性が亡くなっているんです」

「彼は見棄てられたと感じていたと思います。無理もないと思います。彼女は彼にとって違う人になってしまったのです。彼女は体重を減らしました。それはあのふたりが何百回も経験したことです。彼女が体重を減らす。それから、また体重が増えて、元どおりになってしまう。彼女は自分自身をものすごくみじめに思う。そして彼はそんな彼女を支えてあげる。いつもいつもそのくり返しでした。ところが、今回、彼女はまったく新しいことをやりはじめたんです。体重を減らし、それをずっと保つということ。まったくの別人になるということ。その結果、どんなことが起こると思います？　彼は、そのプロセスで自分がお払い箱になるのではないかと心配していたのだと思います」

「妻が自分と別れるつもりでいる、と彼から聞いたのですか？」

「いいえ」

「妻が自分と別れるつもりでいるようだ、と彼から聞いたのですか？」

「いいえ、でも、わたしは彼女が別れるつもりでいたことを知っています」

「どうしてです？」

「女性でなければ、わかりません」

「わたしにもわかるように教えてください」

「わたしたち女性は、自分が心を決めたと気づくずっと前に、心を決めているものです。彼女は心を決めていた。ただ、行動に移していなかっただけなのです」

「人間みんなそういうものだと思いますが」

「女性は、行動に移す前に、安全であると感じる必要があるのです。彼女のことを聞いて、飛びおりる場所を探している人のようだと、わたしは感じました」

「わたしにはどうも、女性のことがよく理解できないようだ」

「あなたをひと目見ただけで、そうだとわかりました」

ハストロールはうなずいた。メモ帳に「ハンナ」と書き記した。「ペピンにそのことを話しましたか」

「何を、ですか」

「奥さんが彼のもとを去ろうとしていると」

「はい」

「彼は何と言いました？」

「それはきみにはわからないことだ、と言いました」

「彼はあなた方ふたりに将来（さき）があるようなことを口にしていましたか」

「奥さんと離婚するとは一度も言っていません」

「あなたはどうです？　彼との未来について、話したことがありますか」

「何度か」

「彼はおとなしく聞いていましたか」

ダーシーは肩をすくめた。

「ペピンが関係を断ったとき、あなたはどう受け止めましたか」

「最初のうちは、なかなか受け入れられませんでした」

「なんとか関係を続けようと努めましたか」

「ほんのちょっとの間は。でも、すぐに彼が発しているメッセージを理解しました」

「彼につきまとったことはありませんか。職業的立場や個人的な立場からプレッシャーをかけたことは？」

「ありません」

「ミスター・ペピンに、最後に個人的な電話をかけたときのことを覚えていますか?」

「もう何か月も、デイヴィッドには電話していません」

ハストロールは立ち上がって、名刺を差し出した。「これがわたしの連絡先です。何か思い出したら、電話してください」彼は部屋を出ていこうとした。

「刑事さん」と彼女が言った。

「何です?」

「彼が奥さんを殺したとは思いません」

「なぜですか」

「奥さんを愛していたから。少なくともわたしを愛する以上に愛していました」


ハストロールはつくづく考え、自分はハンナの思う壺にはまっていると結論を出した。こちらがハンナを思うままにしなくてはならない。新しい戦略が必要だ。彼はハンナに食事を与えるのをやめた。

「ウォード」寝室からハンナが呼びかけた。「夕食は何?」

「さあ」彼は新聞で顔を隠して言った。「ぼくはもう食べた」

「あら」ハンナは言った。「そんならいいわ。そんなにおなかがすいていないから」

ハストロールは新聞を顔からはねのけ、くすくす、ひとり笑いをした。それから、また読みはじめた。

夜、ハストロールが自分のベッドにはいると、ハンナの腹が鳴った。「空腹のようだね」と声をかけたが、彼女は答えなかった。

翌朝も、ハンナに朝食をつくってやらなかった。ミルクの残りをシンクに流し、卵、パン、缶詰スープ、食品庫の豆や野菜、クラッカー、パスタ、トマトソース、チキンブロス——要するに家の中にあるすべての食べ物——をゴミ袋に入れ、それを仕事に出るときにもっていけるよう、玄関のドアの脇に置いた。ハンナが電話で注文することができないように、ハンドバッグからクレジットカードや現金——それに小切手帳まで——をすべて抜き、自分の上着のポケットに突っこんだ。ハンナに「行ってきます」のキスをするために寝室にはいると、ハンナは顔をしかめ、少し動揺していた。鍵をどこに置いたか忘れてしまって見つけられない人のようだった。

「ひと口も食べられないの？」ハンナが言った。

ハストロールの決心が少し揺らいだ。「ごめん。遅れているんだ。署に行かなきゃならない」

「そう」とハンナは言った。「いいわ」

ハストロールは冷蔵庫の中を最後にもう一度覗いた。何にもない！　自信がわきおこるのを感じた。これはうまく行くに違いない！　大きなゴミ袋ふたつをつかんで（盗品をかついでいるサンタのような気がした）うちを出た。そのあと一日中、ハンナは大丈夫だろうかと心配したけれども。

「ただいま」その晩しばらくの間、玄関ホールに立っていた。ハンナが返事をしないので、まっすぐ寝室にはいっていった。

ハンナはテレビを見ていた。「ねえ、気がついてた？　食べ物のコマーシャルってすごく多いのよ。びっくりするぐらい。『ミルク——体にいいんです』『ココア・パフに夢中！』『牛肉百パーセントのパティ二枚、スペシャルソース、レタス、チーズ、ピクルス、タマネギ。そのすべてをセサミシードバンに』」

「それがどうかしたか？」

「『A1（エーワン）ソース、ステーキはかくあるべきだ』」

「厳密にいうと、それは調味料だぞ」

「『インクレダブルのおいしすぎる卵』『ビーフ――これこそディナーにぴったり』『大好き(ヨキエロ)、タコベル』」

「タコベルなら、すぐそこに一軒ある」

「食べ物以外のもののコマーシャルなのに、食べ物が出てくるのもあるのよ。フルート・オブ・ザ・ルームのTシャツとか、バナナ・ボート日焼け止めクリーム。気がついてた?」

「いや」と彼は答えた。

「おなかがすいてないのね、きっと」

「今はすいてるよ」ハンナが食べ物の名を並べたてたせいで、弱気になっていた。「きみは?」

ハンナは肩をすくめた。

ハストロールは、彼女の肩甲骨が張り出してきたように思った。

「ねえ」と彼女が言った。

「何だい?」

「夕食は何?」

ハストロールはすっくと立ち上がり、窓の外を見た。「自分のことは自分でやれ」

「そう」ハンナは言った。「でも、水くらいもってきてくれる?」

「忙しいんだ。立ち上がって、自分で取りに行ったら?」

「ふうん」と彼女は言い、力なくヘッドボードにもたれた。

ハストロールは自分自身のために中華料理をテイクアウトした。

この新戦略を始めて四日経ち、ハンナの顔はやつれてきた。ハストロールは彼女の胸の上の肋骨を見分けることができた。七日経ち、ハストロールはハンナのことが心配でたまらなかった。だが、決意は固かった。テイクアウトしていないか知るために、生ゴミを細かくチェックした。何も見つからなかった。ハンナは何ひとつ口にしていない。ハストロールはドアマンのアランに、ハンナがこの建物から出るのを見かけなかったかと訊いてみた。「正直に言いますと」と彼は言った。「あんまり長いこと、ミセス・ハストロールをお見かけしないので、亡くなったのかなと思っていたところです」その晩、ハンナが「お休みなさい」と言ったとき、ハストロールは彼女の口の隅に白い唾がたまっているのに気づいた。

ハストロールはベッドサイドの灯りを消し、テレビからの光を頼りに彼女を盗み見た。「何を見ているんだい」と彼は尋ねた。

「『奇跡のドキュメンタリー、九死に一生』よ」とハンナは言った。

九日目、ハンナはベッドサイドテーブルの上の本を取ろうと手を伸ばしたときに気を失い、床に落ちた。

ハストロールはぞっとした。二、三回平手打ちをして意識をよみがえらせ、ベッドにもどした。「ハンナ」と彼は呼んだ。「ハンナ、頼むから何か言ってくれ」

「お水」とハンナは言った。

ハストロールがもってきた水のグラスを、ハンナはがぶがぶと飲んだ。四杯空にしてから、「ピザ」と言った。

ハストロールはペパロニ付き、チーズ増量のLサイズのピザを注文した。ハンナは息もつかずに六切れ食べると、上体を起こしてすわりなおし、口の隅から赤いソースの汚れを拭いとった。たくさんの炭水化物をとって眠気がさした顔で、後ろにもたれてテレビをつけた。

「あなたはまだわかっていないのね」と言うやいなや、彼女は眠りに落ちた。

「アリスは生徒にとってすばらしい先生でした」感情障碍や性的虐待の被害経験をもつティーンエージャーたちの学校、ホーソン・シーダー・ノルズ・スクールの美術教師、ジェスリン・ファックスは言った。「子どもたちは彼女が大好きでした」五十四歳のファックスは、小柄でずんぐりした女性で、茶色いワンピースを着て、白いセーターを肩にまとっていた。両耳に補聴器をつけていて、声をはりあげ、楽しげに話す——凡庸な才能の持ち主によくある永遠の楽天主義だな、とハストロールは思った。彼女の教室の壁には、ゴッホの「星月夜」、ピカソの「ゲルニカ」、モネ、マネ、ロスコ、レンブラント、ムンク、モンドリアンの印刷画があり、エッシャーも一、二点張られていた。これらの絵は、生徒たちの木炭デッサンや静物画や自画像と壁面を共有していた。生徒たちの作品は、そのすべてが平凡からへたくそまでの範囲にはいるものであり、点在する巨匠の作品は、生徒たちの作品が今もこれからも決して到達しないレベルが存在することを冷酷に思い知らせていた。部屋の一隅には、油絵具のこびりついたイーゼルがたくさん積み重ねてあり、別の隅には粘土でできた大きな抽象作品があった。「体育館で彼女の追悼会を行ないました。生徒たちがこの喪失の悲しみに耐えられるように。ベニー・バートレットが——ほら、あそこに黒っぽい髪の男の子がいるでしょう?」

ハストロールはそちらを見た。バートレットはせいぜい十四歳ぐらいのがっしりした少年で、外のコートでもうひとりの少年とバスケットボールの練習をしていた。

「その追悼会ではあの子が、すばらしいスピーチをしました」とファックスは言った。「ペピン先生がどのようにしてアナログ時計の読み方を教えてくれたかをみんなに話したのです」

ハストロールはちょっとの間、その少年を見ていた。ハストロール自身の父は、運動が苦手な太った男で、彼と一緒にスポーツをしたことがなかった。子どもが生まれたらスポーツを教えてやろうと、ハストロールはずっと思っていたものだ。「ベニーはどうしてこの学校に?」

「あの子は深刻に病んでいるのです。あの子は生まれてからずっとひどい目にあってきました。叔父が何年にもわたって性的虐待を加えました。母親はコカイン依存症です。父親はメトアンフェタミン依存症で、彼が三歳のときにいなくなりました。あの子の知能は小学校三年生ぐらいです。そして彼は妹をレイプしました」

「なるほど」

「でも、とても優しい子です。外に、もうひとり男の子がいるでしょう。ハンサムな子。あれはラルフ・スマイリーというのですが」

ハストロールはふり返って、また目をやった。スマイリーはバートレットからボールを奪うと、フリースローレーンの先端まで進んで、方向を変え、バスケットにシュートした。

「あの子もアリスとは親しかったのです。あの子はアリスの指導のもとで、オーストラリアのグレート・バリア・リーフについてのとても野心的な社会科プロジェクトをやりとげました。あの子からその話を聞くといいですよ」

「ラルフはなぜこの学校に？」

「幼い頃から社会病質者（サイコパス）的傾向を示していたからです。家の近所の犬や猫をたくさん殺して、細かく切り、それをあちこちに埋めました。それに自傷癖もあります。機会さえあれば、剃刀を腕や性器にあてます。ほんとうにかわいそうに。上腕から手首まで、傷痕のケロイドがびっしりとついています。だから、長袖の服を着ているのです。それにあの子の小さなペニスときたら、まるでミシュランのタイヤ男みたいです」

「アリスはここで、何の科目を教えていたのですか」

「主に、高校卒業資格試験に備えるための授業をしていました。それから社会科も。でも彼女の主要な専門分野は数学です」

「彼女の夫に会ったことがありますか」

「デイヴィッドでしょう。いい人ですね」

「もしかして、アリスから結婚生活の悩みについて聞いたことがありますか」

「いいえ、全然」

「亡くなる直前の数週間、アリスは抑鬱的ではありませんでしたか」

「抑鬱的？」

「ふさぎこんでいたとか」ハストロールは言った。「社交的でなかったとか」

「はつらつとしているように見えましたよ。この一年で七十キロも減量できたんですから」

「ありがとうございました。ミズ・ファックス」ハストロールはドアのところで足を止めた。「さしつかえなければ教えていただきたいのですが、そこの隅の作品は誰がつくったのですか？」

　ファックスはふりかえって、その作品を見た。三つの球が、大きな球にあいた深い穴の中にはいっている。それはのしかかってくるように見えるほど存在感があり、何かを発信していた。この部屋の中で唯一才能を感じさせる作品だった。

「あら、それはアリスがつくったんですよ」そう言うと、ファックスは口をおおって、泣きはじめた。

「タイトルは『空腹』というのです」

　ハストロールはアリスの教室だった部屋を訪れた。彼女の体重グラフが黒板の左の壁にピンでとめてあり、週ごとの棒グラフが丸一年の記録を示していた。赤い画用紙の棒が彼女の進歩を示して、階段のように着実にくだっていく（上には「成せば成る」と書いてある）。ある週は〇・五キロ減、次の週は二・三キロ減、次は一・八キロ減。大したものだ。彼女の机の引き出しには、公園のベンチで抱き合うペピン夫妻の写真があった。アリスは太っている。夫婦は明らかに愛し合っている。だが、拳で殴ったかのように、ガラスの真ん中が砕けている。ハストロールはそれを手に取って見つめた。

それから、少し捜索をした。

「トラブル」誰かが言った。

ハストロールは目を上げた。ナースのユニフォームを着た女性が教室の出入り口に立っていた。

「わたし、トラブルには鼻が利くんです。この部屋はぷんぷんにおうわ」

「あなたは？」ハストロールが尋ねた。

「そういうあなたは？」

彼はバッジを見せた。

「ナースのリッターです。生徒たちのケアにあたっています。怪物に薬を与えておとなしくさせるのをケアと呼べるなら、ですけれど」

「ミズ・ペピンをよくご存じでしたか？」

「よく、というほどではないわ」と相手は言った。「でも、自殺するような人ではないと、はっきり言えます」リッターはドアを閉めて、椅子にすわった。


ハストロールは何が何でもハンナをあの部屋から出したかった。何か方法があるに違いない。彼女をおびき出したら、脇を駆け抜けてドアに鍵をかけるのだ。それだけは決まった。いろいろ手だてを考えてみた。たくさんの蛾を瓶に入れてあの部屋にぶちまけるのはどうだろう？　ハンナは鳩であれ、蛾であれ、コウモリであれ、ぱたぱたするものは大嫌いだ。だが、そんなにたくさんの蛾をどこでつかまえる？

ハストロールは家具を処分することに決めた。売るのではない。文字通り、手放すのだ。毎年、家具を買うとき、ハンナは念入りに選んだ。「よけいにお金を払っても一生使えるものを手に入れるほうが」と彼女はいつも言っていた。「けちけちして変なものを買い、五年後にそれを粗大ごみに出すより、よっぽどいい」（ああ、なんとけなげな賢い奥さん！）この家にはハンナにとって、思い出の詰まった大切なものがたくさんある。彼がそれらを処分しようとしたら、ハンナは飛び起きて、止めずにはいられないだろう。ハストロールは救世軍に電話した。「決してお断りになれないようないい話があるんです」と彼は言った。だが、相手は断った。もう少し正確に言うと、一週間後でなければ回収に行けないと言ったのだった。ハンナがベッドにいるままの一週間は、彼には永遠に等しく思われた。「わかりました。ではほかに寄付します」ハストロールは精神遅滞市民協会に電話した。電話を取ったのは、精神遅滞っぽい話し方をする人だった。「家具を全部処分したいのです」とハストロールは言った。

「わかりました。どこに住んでますか」と相手は訊いた。

「グレニッチ・ビレッジです」とハストロール。

「悪いけど、コネティカットには行ってないです*」と、相手は電話を切った。

「誰に電話してるの？」ハンナが寝室から言った。

「きみの知ったことか！」ハストロールは怒鳴った。

「あらあら。誰かさんはご機嫌が悪いようね」

ハストロールは委託品販売店〈ファインダーズ・キーパーズ〉に電話した。だが、彼が品目を並べたて――ソファー、安楽椅子、テレビ、ステレオ、銀器、グラス、食器、鍋とフライパン、ランプが四つ、コーヒーメーカー、食卓と椅子、食器棚、本、鉈と鋸、シャンデリア、机――状態の悪いもの

＊ハストロールの住んでいるのは、マンハッタン南部のグレニッチ・ヴィレッジだが、電話の相手は、コネティカット州南西部の高級住宅地グレニッチと間違えたらしい。

はひとつもなく「すべてが上等品です」と声をはりあげると、申し訳ないが、それらの品はすべて在庫がある、と断られた。次いでホームレスのシェルターとアメリカ少年少女クラブに電話したが、そのような品は必要としていない、とのことだった。グッドウィルにも電話したが、引き取りはやっていないという。とうとう、ハストロールはやけくそになり、車でアルファベットシティー*に行って、目についた最初のふたりの、いかにもうさんくさい悪漢をとっつかまえ、彼らの頭をそっと押さえて車に押しこんだ。ハストロールは状況を説明し——「わたしの家具を盗んでくれ。輸送代は払う」——ふたりを連れて自分のうちにもどってきた。

その男たち、ロスコー・ブラウンとリー・ブラウンはアパートメントにはいって、中を見回した。

「ありゃー」ロスコーが叫んだ。

「何だ、何だ?」

「こりゃ、いかにも罠くさいぞ」

「うますぎる話だよな」とブラウニー。

「罠じゃない」とハストロールが言った。「うますぎる話でもない。これは慈善だ」

「おれたちは慈善はいらねえかもしれねえぞ」とロスコー。

「これはわたしに対する施しだと思ってくれ」

ふたりの男は顔を見合わせ、憐れむように首をふった。そしてふたりとも「ケッ!」と吐き捨てるように言った。

「どうも、あんたの物が気に入らねえな」結局、ブラウニーがそう言った。

「お願いだ」ハストロールは言った。「もってってくれ。頼むよ。もってってくれなきゃ、逮捕するぞ」

男たちは家具を運び出しはじめた。

「そこで何をやっているの？」ハンナが言った。

「何でもない」ハストロールは答えた。「家具を処分しているところだ」

「まあ、そうなの」とハンナ。

「そうなんだ」とハストロール。「外へ出している」

「全部」

「うん」

「ねえ、ウォード。冗談でしょう？」

「自分の目で見るといい」

それに続く沈黙の間に、ハストロールは寝室のドアのところに走り、いつでも飛びつける体勢をとった。

「いいえ」とハンナが言った。「あなたの言葉を信じるわ」

ロスコーがハンナのお気に入りのランプを落として粉々にした。ブラウンはハストロールの育てた薔薇をハンナが描いた絵をおろし、これまた落として、額が外れた。

「なんだか大変な作業のようね」とハンナ。

「まったく信じられないよ」とハストロール。「どろぼうがふたり来ているみたいだ」

「広々としてきたのが音でわかるわ」とハンナ。「洞穴みたいによく響いているもの」

「空っぽのスタジアムみたいだよ」

「わたしたちが若い夫婦だった頃みたいなのね」

「うん、貧乏だった頃みたいだ」

＊マンハッタン南東部にある治安の悪い地域の通称。アルファベットの文字のついたアヴェニューがあることから。

「何ももっていなかった頃みたいなのね」

「そうだよ。結婚したての頃と同じだ」

「あなたはフトンをもっていたわね。そしてヨーグルトの容器をコップに使ってた」

ハストロールは顔をほころばせて、ドアに掌をあてた。「そうだったね」

「でもあなたはバスルームをいつもぴかぴかにしていたわ」

「出てきて見てごらん。思い出の小道を散歩しよう」

ベッドがきしんだ。ハストロールの心臓が飛び上がった。だが、すぐに音はやんだ。

「ふたりがけソファーももっていったの？」

「うん」

「食堂のテーブルは？」

男たちがテーブルの脚をぶつけて戸口の柱をへこませたのを見て、ハストロールはぞっとした。

「ああ、もうないよ」

「部屋が前より広々としている？」

「自分の目で見なきゃ。でないと信じられないだろう」

ハストロールは彼女が動く音がしたと思い、再びドアに走った。

「いいえ」とハンナが言った。「わたしはここにいるわ」

ハストロールは額をドアにあてた。

一分ほどして、ハンナが言った。「ウォード、そこにいる？」

「何だ？」

「ありがとう」

「何のことだ？」

「あれをみんな処分してくれてありがとう」

「どうしてそんなことで礼を言うんだ？」

「だって、もう、手入れや掃除をしなくていいもの」

ハストロールは男たちにひとり四十ドル払い、すべて元どおり、運びこませた。


「いかにも怪しげな出来事がありました」リッターはハストロールにそう語ったのだった。「アリスが死んだ日のことです」

リッターはタフな若い女だ。ジョージーンと同じくブルックリン育ちで、そのことを誇りにしている。父親はニューヨーク・ジャイアンツのフルバックだったという。彼女は小柄だが、障害物を薙ぎ払って進んでいく荒っぽさは、父親譲りなのだろう。

「彼女の夫のデイヴィッドが突然学校に現れたんです。汗びっしょりで、不安そうで、気が立っているようでした。彼女と話をしなくてはならないと言っていました。それも、今すぐ、と。どうしてわたしがそんなことを知っているかと不審に思われるでしょう。実は」リッターはひと息入れて続けた。「保健室はアリスの教室の隣なんです。とにかく、ふたりはそういう大喧嘩をしていました——ブロンクスの長屋の地下室でお互いの喉笛を引き裂く二頭の闘犬のように」

「暴力沙汰になったということですか」

「いいえ、今のは言葉の綾です。でも、彼は彼女の腕をつかみました」

「彼らの言っていることが聞こえましたか」

「わたしにわかった限りでは、休暇のことで言い争っていました」

「彼らが言ったことを覚えていますか」

「覚えています。結婚式を挙げた日の晩に初めて愛を交わしたあとで、夫が最初に言った言葉を覚えているのと同じぐらい、はっきりと」

「で、何と言ったんです？」

「彼は言いました。『なんてこった。セルマ。おまえは処女じゃなかったのか』と」

「いや、ペピン夫妻の言葉を」

「あら」とリッターは言った。「その晩、何もかもほっぽって、オーストラリアに発つことについて話してました。荷造りをする必要もない、と彼が言い、そんな無茶な、と彼女が言いました。でも、そのとき、ふたりが口論しているのを聞きながら、わたしは考えはじめました。夫が突然現れて、妻に一緒にどこかに行くことを強要するのはなぜか。夫が何かよからぬことにかかわっているからに違いない、と。そう、何かから逃げ出そうとしているのです」

ハストロールは黙って眼鏡を拭いた。「その言い争いのあと、何が起こりましたか」

「アリスは猛然と外に出ていきました。デイヴィッドも出ていって、車の中にすわりました。まるで彼女を見張っているみたいに。でもそれから、彼の携帯に電話がかかってきて、また、すごく動揺していました」

「動揺というのは、どんな風に？」

「びくびく、そわそわしていました。売店で雑誌を見ているときに、店主のアラブ人が落ち着かなくなることがあるでしょ。あんなふうに」

「それから？」

「生徒たちがバスに乗りこんでいました。アリスに引率されて見学に行くために。アリスもバスに乗りました。彼はバスのすぐ後ろをついていきました。そしてその次の日、聞いたんです」リッターの声が裏返った。「アリスが死んじゃったって」

リッターは首をふった。「トラブルだわ」ティッシュで鼻をかみながら、彼女は言った。「わたし、トラブルには鼻が利くんです」

ハストロールはこの五か月間、妻とセックスをしていなかった。

ハストロールとハンナがふたりの修道僧のように暮らした時期は以前にもあったが、今回のそれは記録を更新しつづけている。彼は強い欲求に駆られていた。しばらくの間は、定期的なマスターベーションでがまんした。こっそり欲求を満たすことがとてもうまくなって、その熟達ぶりにわれながら驚いた。ハンナの高価なコンディショナーを潤滑剤に用い、シャワーを浴びながら事を致す。あるいは便器に射精する。そのあとの小便は長い時間をかけてちょろちょろと出て、わずかに痛い。あるいはハンナが眠りに落ちて数秒も経たないうちに、ベッドの中でマスをかく。パンツをおろし、膝を立て、彼が好んで、お楽しみテントと呼ぶものを脚で形作る。おかずは選び放題だが、どういうわけか、ハリウッドスターが出てきたためしはなく――ぱっとしない刑事には似つかわしくないからか？――彼が知っている女たちが主だ。最近はよく、ジョージーン・ダーシーを泣くまで攻めまくる妄想にふける。あの事情聴取によって、妄想の具体的な基盤が形作られたのだ。お気に入りの妄想はこういうのだ。彼が帰宅すると、ジョージーンが彼のアパートメントにいる。彼女は空巣にはいって、ハンナの宝石類をかき集めていた。そして人の気配に驚いて逃げ出そうとしているところを発見されたというわけだ。

「何をしているんだ、こんなところで？」

「あら、ハストロール刑事さん」とジョージーンは言う。「たまたまこのあたりに来たもんですから、寄らせてもらおうと思って。デイヴィッドのことで思い出したことがあるんです。ドアがあいてたものだから、中にはいって、奥様の宝石を拝見して、ちょっとつけてみようと思って。でも、もう失礼します」

彼は彼女の手首をつかみ、ソファーに押し倒す。「帰すものか」

彼女は立ち上がろうとして、彼ともみあう。彼は再び彼女をソファーに押し倒す。たちまちむくむくと立ち上がってきたものにジョージーンが気づき、手の甲を額にあててハストロールの巨大なふくらみを見つめる。「助けて！」と彼女はささやき声で言い、靴を脱ぎ捨てる。「おまわりさん、助けて！」彼がワンピースの裾をめくり上げると――なんてこった！――彼女はガーターだけで、パンティーをつけていない。茂みは幅が狭く、きれいに刈りこまれている。黄色いミンクの毛皮の切れ端のようだ。淡い色の幼子の髪のように明るく輝いている。

「おまわりさん！」彼が彼女の中に押し入ると、彼女は悲鳴を上げる。「おまわりさん！」

「ウォード」ハンナが寝室から声をかけた。「あなた、大丈夫？」

妻の声には魔法の力がある。鋼鉄のように硬く勃起させるか、死んだふりを命じられた犬のようにぐんにゃりさせるかのどちらかだ。

「何でもない」と大声で言って、水を流し、ズボン下を引き上げようとして、クリネックスの箱を床に落とした。

ハンナの今の状況を考えると、ハストロールがミスター・ペニスを相手に何をしようが、気にしないだろうと思われた。ところが、彼女が自分に課した刑期が五か月過ぎたある夜、ハンナは寝返りをうって言った。「ウォード。起きてる？」

「うん」彼は答えた。ペピン事件のことを考えていた。

ふたりともしばらく黙っていた。ハンナのベッドは窓際にある。ブラインドはおりていたが、ハストロールは彼女の体の輪郭を見分けることができた。ハンナは仰向けに横たわり、誘うような吐息をもらした。それから、両手でスリップの絹の布地をなでおろした。乳首がつんと立っているのがわかる。そしてハンナは一本の指で、ハストロールがほとんど忘れかけている場所を突いた。暗がりの中に浮かぶ彼女の姿は、ボンド映画のオープニング・タイトルの魅惑的な女体のシルエットのようだった。

「愛して！」ハンナが情欲のこもった声を出した。「ああ、ウォード。今すぐ愛して」

ハストロールはシルク・ドゥ・ソレイユの曲芸のように巧みに、パジャマのズボンを脱ぎ捨てた。だが、スリップを脱がせようとすると、「そのままで」とハンナが言った。ハストロールはなおのことそそられた。砂漠で水を見つけた旅人のように、ハストロールはハンナのあそこに顔を埋めた。おしっこ風味の熱いビスケットの味がした。ハンナはハストロールの首筋をつかみ、彼の顔を自分の顔の前に引っぱり上げた。ふたりはキスをした。それから、彼女は彼のペニスを手に取り――ルイヴィル・スラッガー社製のバットみたいに膨張している感覚がある――自分の中に導き入れた。爆発したとき（彼は速やかに爆発した）、ハストロールは自分の心臓が溶けて液体になり、自分の体から発射されて、彼女の膣と子宮と卵巣を通り、横隔膜を越えて、大静脈にはいり、彼女の心臓に達した気がした。いまや彼の心臓が彼女の心臓をコーティングしている。

「ハンナ」ハストロールはうめいた。「愛している。何でもするよ。ぼくはもっとちゃんとする。何をしてほしいか、教えてくれ」

「ああ、ウォード」ハンナは優しい声で言った。「まだ、わからないのね」彼女は彼が体からおりるのを待った。

ウィリアム・ステイシー刑事が言った。「あんたが興味をもつかもしれない話があるんだ」

ハストロールは回転椅子をステイシーの机に向けた。机のそばにステイシーの相棒のエディー・パーカーが立っていた。

「あのペピンというやつだが」とステイシーが話しだした。「あんたとシェパードは、やつの妻の変死を調べているそうだね。ひと月あまり前に、おれたちは電話を受けて、あの家に行っているんだ。空き巣にはいられたという通報で」彼はハストロールにファイルをよこした。「ただし、何も盗まれていなかった」

ハストロールはその報告書に目を通した。

「自作自演の押し込みの特徴をすべて備えている」とステイシーは言った。「妻を殺す夫が、その前に、悪い奴らが悪さをしに来ていたと見せたいときにやる類の。でっち上げだが、それ自体は犯罪とは言えない。現場はひっくり返っていて――」

「いやがらせの破壊行為という感じだった」パーカーが補足した。

「机の上に、未記入の小切手が置かれていた」とステイシー。「妻の宝石類がドレッサーに載っていた。値打ち物だぜ。それがそっくり残っていた。バスルームの薬品類も調べた。妻のほうが鎮痛剤のパーコセットをひと瓶丸ごとに、何種類もの抗鬱薬を山ほどもっていたが、それもみんなあった」

「どんなふうに見えた」ハストロールが訊いた。「あの夫婦は」

「押し込みについてかい？　もちろん動揺していたよ」とパーカー。

「実際のところ」ステイシーが言った。「夫のほうが妻よりも重大視しているように見えた」

「怯えきっているというふうだったね」

ハストロールはそのことをちょっと考えた。「ほかにも何か？」

「うん。押し込みの犯人は変態に違いない。あそこのうちの便器でマスをかいた」

ハストロールはステイシーからパーカーに目を移した。「標本は採集したかい？」

「いや、そこまで熱心ではないよ」

ステイシーとパーカーは声をたてて笑った。ハストロールは回転椅子をもとにもどした。

「どういたしまして」ステイシーがあてつけがましく言った。

ハストロールは眼鏡を外し、目をこすった。あのペピンという野郎はクロだ、クロだ、まっくろけだ。だが、パズルはまだばらばらだ。ハストロールはちょっと考えて、首をふり、腕時計を見た。ほとんどランチタイムになっていた。

彼はハンナに電話をかけた。十回呼び出し音が鳴ったあとで、これは自分にとってチャンスだと気づいた。彼はあっという間に外に出ていた。車にストロボを取りつけさえして、猛スピードでダウンタウンに向かった。自分がアパートメントに飛びこみ、ハンナを驚かせている場面を想像した――どうして今まで思いつかなかったのだろう。だが、そのあと、別の考えが浮かんだ。

ハストロールのアパートメントのある建物は西九丁目に面している。だが、彼は八丁目に駐車し、自分の建物の真後ろの建物にはいっていった。地上階の錠前をこじ開け、一階上に昇り、どの部屋がいいか頭を働かせて、ノックをし、覗き穴にバッジをあてた。看護師が彼を中に入れてくれた。彼女はジャマイカ人で、白いユニフォームを着ていた。車椅子の老人を介助して、ランチを食べさせているところだった。青いパジャマを来た老人は、肩の間から頭を垂らし、亀のようだった。禿げた頭、皺のよった首、しみの多い皮膚のせいで、一層、爬虫類めいて見えた。目の下の三日月形のふくらみが下まぶたを引っぱっているため、泣いたあとのように目のふちが赤く見えた。彼の車椅子は中庭を見下ろす窓に向けられていた。

ハストロールはつかつかと歩いていき、老人の傍らに立った。ハンナがベッドに横たわったまま、彼の用意したランチを食べているのが見えた。小鳥のさえずりが聞こえた。一瞬、彼はきょうが何曜日かもわからなくなった。

「何かあったんですか、刑事さん」看護師が尋ねた。

「あの女性」ハストロールは庭の向こうを指さした。「彼女が危険にさらされているかもしれないのです」

「あら、いやだ」看護師が言った。「どういう危険ですか」

「それはちょっと申し上げられません」

相手は舌を鳴らした。

「あの人が起き上がるのを見たことがありますか」ハストロールは尋ねた。「歩きまわっているのを見たことがありますか」

「ありません」彼女は言った。「病気なんでしょう。わたしはそう思います」

「なにか気にかかることはありませんか」

「いいえ。ただ、あの人のだんなさんをちょくちょく見ますけれども」

「その人には、何か変なところはありませんか」自分だと気づいていないだろうかと、ハストロールは心配した。だが、大丈夫そうだった。

看護師は首をふった。「毎日、奥さんに食事を運んでいますよ」

「ふたりは愛し合っているように見えますか」ハストロールは尋ねた。

この質問は相手を笑わせた。

「何てことを訊きなさるんでしょう、刑事さん。この距離からそんなことがわかる人がいますか」

シェパード刑事は、ペピン事件についての完璧な報告を求めていた。

気難しくて尊大で杓子定規——はっきり言えば管理マニア——の相棒が、ハストロールはぞっとするほど嫌いだった。おまけに声が耳障りだ。大柄なスポーツマンタイプの男には似合わない、鼻にかかった高い声。その上、扱っている事件が配偶者殺しのからむものだから、細かい話をするのは、ハストロールにとって二重に苦痛だった。

「ウォード」

「サム」

ハストロールはシェパードと向かいあってすわっていた。シェパードのパイプ挿しの隣に彼の妻、マリリンの写真がある。もしハンナが死んだら、とハストロールは思いを巡らす。おれはあいつの写真をずっと身の回りに置いておくだろうか。

「捜査の現状は?」とシェパードが尋ねた。

ハストロールはペピンがジョージーン・ダーシーと不倫関係にあったことを話した。それについて、さらに詳しく調べてみたが、どうやら、このふたりの関係はアリスの死のずっと前に終わっていたらしいとわかってきて、動機としては除外しなくてはならないようだ、ということも。ハストロールはペピンの爪の下から採取した標本を分析した科学捜査専門家からの報告についても説明した。薬指と人差し指だけの爪の下に、微量のピーナッツが発見された。また、それぞれの指の甲と腹にあった嚙み傷は、彼の妻の歯型と一致した。この事実は、ペピンが妻の気道を確保しようとしたという話を裏づけるともとれるし、彼が彼女の喉にピーナッツを押しこんだことを立証しているともとれる。彼女はペピンの指によって、歯を一本損傷していた。右上の切歯だ。しかし、意見を求められた歯科医の意見は割れている。ウェンデル・コーリー歯科医師は、破損は鈍器損傷による――被害者の喉に押しこまれた手による――と考えた。一方、イフィジェニー・カスティリオーニ歯科医師は、夫が二本の指を抜き出したときのねじる力のためだと考えた。アリスの手についていた微量の塩と唾液は、自殺だという主張を裏づけている。また、皿そのものに、彼女の指紋は残っていたが、ペピンの指紋はついていなかった。また、ハストロールはシェパードに、アリスのかかりつけの精神科医であるフレッド・グレアム医師が、彼女は長い鬱病罹患歴をもっていたが、死の四週間前の最後の診察では、それまで見たことがないほど幸せそうで、安定していたと述べたことを話した。グレアム医師は、大幅な減量とそれに伴う自己評価の高まりだと考えている。ただし、そのあと、アリスは前と同じ薬を処方されている、とハストロールはつけ加えた。ハストロールはまた、ヘンリー・ハドソン・パークウェイとウェストサイド・ハイウェイ、そして自然史博物館の監視カメラのビデオテープを調べているところだと報告した。夫婦の財政状態について言えば、共同口座に加えて、それぞれが密かに、さまざまな銀行に口座を開いていた。どちらも私書箱を借り、クレジットカードや支払口座からの通知はそこに送られていた。しかし、それらのカードでの支払いはどれも非常識な額ではなかった。アリスは自分専用のカードをセラピー料金や医療費の自己負担分、ダイエット関係の処方薬、ジムの会費、衣料品などの支払いに使っていた。一方、ペピンは進行中だった情事に関係する支払い——ホテル代や贈り物、ときには大人のおもちゃなど——に使っていた。ひと言で言えば、この夫婦は、彼らがこれまで調べたことのある夫婦と大差ないと思われた。要するに、軽度の虚偽のゲームによって関係を維持し、相反する感情や行動から成る生活を送り、はた目には、まあまあ幸せそうな夫婦である。ペピン個人が妻の死から大きな金銭的利益を得ることはないし、そのような利益は彼にとって必要ではない。ゲーム・デザイナーとして非常に成功しているのだから。というわけで、金が動機という可能性は排除される。興味深いことに——ハストロールは、ペピンの隣に住むカップルやアリスの学校の事務局に再度接触して知ったのだが——アリスは職場から一年間の休暇をとり、復職したばかりだった。その休暇中、彼女は九か月間世界一周と思われるものに取り組んでいた。九月十三日にラガーディア空港から、ロンドン行きの飛行機で飛び立ち、六月の十三日にオーストラリアのメルボルン経由で帰ってきている。アリスは夫と和解して、二か月間、一緒に住んでいた。その間、夫婦間の不和を示す徴候は見られたが、最終的に起こったことを暗示するような出来事は何もなかった。

　自分たちが扱っているのは、夫と妻との間にまれに起こるおぞましい事件――ふたりきりのときに生じる実際的なもしくは感情的な暴力の爆発――であって、証拠は服の虫食い穴のように測り知れない謎めいたものしかなく、生き残った片割れだけが真実を知っているのだ、とハストロールは解説した。このことを口にしたとき、彼はシェパードの顔を見なかった。

　とはいえ、頭に引っかかっている手がかりがふたつある。ひとつは、やらせの空き巣。これはハストロールには何ともわからない。ふたつ目は、アリスの死の前の数週間の間に、ペピンの携帯電話が同じ電話番号からの通話を何度も受信していることだ。ハストロールは、これらの通話の発信源がコロンバス・サークル近くのタイム・ワーナー・ビルディングの公衆電話であることを突きとめた。ペピンの隣人ランド・ハーパーは、ペピンが最後に、この公衆電話からの電話を受けているのを目撃した。激したやりとりであったようだ。そしてその翌日、アリスが死んだ。


　ハストロールは時折、自分がハンナとの新しい取り決めにだんだん慣れてきていることを実感した。それは完璧な結婚に近かった。少なくとも男の観点からはそうだった。朝、彼女のベッドの隣の自分のベッドで目を覚ます。たいていは彼女より数分早く。それからキッチンに行き、ふたり分のコーヒーをつくる。ハンナが自分に課した刑期が始まって以来、彼女はコーヒーにミルクと砂糖を入れるようになった。この五か月間、彼は砂糖壺の中の白いグラニュー糖の表面が、砂時計の砂のように沈んでいくのを見ては、その分の甘味が妻の体を流れているのを思い浮かべた。ハストロールはハンナのマグをもっていって、彼女がベッドの上にすわり、枕を積んで、もたれるのを待つ。ハンナがベッドで暮らすようになる以前からそういう習慣だった。彼らはそれぞれのベッドから、しばらく話をする。

ハストロールのその日の予定によって、どのくらいそうしているかは異なるが、いずれ、彼はシャワーを浴びに行く。ハンナが家に閉じこもる以前の慌ただしい朝とは打って変わって、トイレの時間や（髭を剃ったり、眉毛を抜いたりするための）鏡の前のスペースを奪い合うこともなく、シャワーを独占し、洗面台を散らかしたければ、好きなだけ散らかしていいし、好きなだけ時間をかけて思う存分、排便できる。署に向かう前に、ハンナの額にキスをし、朝食と水差し、そしてあとで食べるためのハムとチーズのサンドイッチをもっていってやる。それから彼は出勤する。帰宅すると、テレビがついていて、水差しは半分からになり、皿は床においてある。そしてハンナは依然としてベッドの中にいる。

ハストロールは慣れた。実際、この取り決めには良い点がたくさんあった。ハンナ自身も認めるであろうことだが、彼女は物事について奇妙な決まりをもっていた。それはある種の個人的制限で、ハストロールは長年の間、無意識のうちにそれに抵触しないように努めてきた。ハンナは睡眠を必要とした――八時間ぐっすり眠ることが必要だった。彼女はそれを決然と守り、その睡眠が脅かされるときには、非常に機嫌が悪くなった。夜更かしをすると、そのつけは翌日に回り、大変な怒りっぽさとなって、本人がつらい思いをする。ハストロールはハンナが早寝するのをいいことに、新作映画のレイトショーに行ったものだった。ハンナは週末の昼の上映にしか行かず、暴力的でない映画しか見なかった。いまやハストロールは何でも見ることができた。前から、見たいと思っていた映画を全部見て、インディペンデント映画もたくさん見て、おまけに古典的名作の修復版まで見ることができる満足感に浸っていた。生まれて初めて、文化的に時代の動きについていっている感じがしていた。そういう自分自身とのデートのあとでカクテルを飲みに、しばしば立ち寄るソーホー・グランド・ホテルのバーで、たまたま、愛嬌のある若い女性（たとえば、そこのカクテル・ウェイトレスのアイリーン・ウィンストン。ベッド暮らし以前のハンナの、よりスタイルのいい、よりセクシーなそっくりさんだ）が話しかけてきても、ハストロールは彼女の言語で話すことができるだろう。映画は若者の共通語だから。そしておしゃべりのあとで、彼女がたとえば、奥さんの代わりをしてあげるわと申し出て、セックスさせてくれたり、あるいは、しばらく一緒にいたあとで、罪悪感を伴わない方法で奥さんを殺して（もちろんそんなことは不可能だが）、人生の再出発をしたらいいと勧めてくれたりしたら、彼はそのことをよく考えてみるだろう――ほかの女性に対する彼の感情が、ハンナに対する感情と絡み合っていることが、これほど明らかでなかったならば。彼の不貞行為――現実のものではなく想像上のもの――は、実際は罪悪感にまみれた三角関係（メナージュ・ア・トロワ）で、ごく受け身のものである。しかも、より若く、よりセクシーで、よりスタイルのいいバージョンのハンナが、ハンナのようなベッド暮らしを始めないという確信が（浮気する前に、書いたもので保証してもらうことによって）得られる（もちろんそれも不可能だ）のでない限り、ハストロールがこの浮気をスタートできないのは言うまでもない。それに、これらの空想のどれもが、彼が勇気を奮い起こして、もうひとりのハンナと話をする（これは彼が決してしないことだ）ということにかかっている以上、こんなことをごちゃごちゃ考えても、何の意味もないのだ。

ハストロールは慣れた。通常は、食べ物の好き嫌いの激しいハンナが、彼がつくってやったものを何でも食べる。ブロッコリーまでも。ハンナはブロッコリーが大嫌いだが、ハストロールは大好きだ。抗酸化物質を多く含むからだ。小麦の麦芽も同様だ。かつてハンナは、ヨーグルトやシリアルに小麦麦芽を加えることをいやがっていた。小麦麦芽は葉酸に富んでいて、自分たちが子どもをもとうと決めた場合は、赤ん坊の奇形を防ぐのに役立つとハストロールが指摘しても、鼻で笑ったものだ。ところがいまや、良い子のように最後のひと口まで食べる。

ハストロールは慣れた。ハストロールの帰宅後は、テレビのチャンネル権は全面的に彼のものだ。ハンナが「ウォード、リモコンを渡してちょうだい」と言うこともある。だが、彼はリモコンをわざと遠いところに差し出し、ハンナが「届かないわ」と言っても、肩をすくめてテニス専門チャンネルを見つづける。

ハストロールは慣れた。壁の裾板の埃をはらう必要も、ソファーの後ろに掃除機をかける必要もない。気が向けば、シャワーを浴びながら小便してもいい。便座をおろしたまま、小便してもいい。これは彼がよくやることだった。ほんの少しの皿とカップしか入れないで、食器洗い機を回してもかまわない。色物と白い物を一緒に洗濯機で洗ってもかまわない。犬を飼ってもいい、猫でもオウムでもインコでも魚でもいい。水槽にヘビをたくさん買ってもいい。アレチネズミでも、ハムスターでもマウスでもいい。げっ歯類に飽きたら、そいつをヘビに食わせてもいい。ヘビがいやになったら放してやり、ニューヨークの下水道で巨大化するに任せたらいい。このアパートメントをノアの方舟にしてもいい。ハンナは何と言うだろうか。彼女はベッドに寝たきりだ。そこでは、存在すら知らないものに、害を与えられることはない。しかし、ハストロールは何もしなかった。彼はただ、自由に浸った。ベッドの中にいるハンナは、もはや妻ではなく。病身の姉か妹、あるいは母親のようなものだった。

ハストロールは慣れた。実際、彼は自分たちのセックスが決まりきったものになったことを楽しんでいる。それは相互性の期待を伴わないセックス、単に彼のためのセックスだ。売春婦のセックスだ。彼はハンナが寝入ってしばらくしてから、彼女のベッドにはいるのが好きだ。ハンナがワインを飲んだあとにそうするのが特に好きだ。変態じみているが——はっきり言えば病的だが——彼女が深いレム睡眠にはいっているとき、夢とワインに酔っているとき、彼は彼女の胸をまさぐりはじめる。彼女は彼の名を、ときにはほかの人の名を、そして、記憶と幻想に根差した奇妙な言葉を不明瞭につぶやく。彼が彼女の体をなでまわすと、彼女はうめき声をあげる。そうしなくても、うめいたかもしれないが。彼はパジャマのズボンを脱ぎ、彼女の手をミスター・ペニスにあてる。彼女はそれを注意深く、かつ自動的になでる。乳首を口の中にいれられた赤ん坊のように。彼は彼女の脚を広げ、両手を尻にあてて、彼女を押し広げ——彼女は常に、申し分なく濡れている——半分眠っている妻を思う存分犯す。彼が果てたあと、彼女がまだ、むにゃむにゃつぶやいていることもある。かと思うと、夢がわずかな間、中断されただけで、何事もなかったように眠りにもどっていく場合もある。ときには、目を覚まして、もっととせがむこともある。そんなとき彼は「眠りなさい」という。すると彼女は眠る。単に混乱しているようなときもある。「ゆうべ、セックスしたかしら」と翌朝、尋ねることが一度ならずあった。彼は、ああ、したよとほんとうのことを言ってもいいし、いいや、と嘘をついてもいい。彼女が目覚めていたかどうかはそれでわかる。彼もワインをたくさん飲んだときには、ぼくも思い出せない、と言った。それはしばしば真実でもあった。

ハストロールは自分のやりたいことをした。アパートメントの外にいる時間が必要なときは、敷地内の庭に出て、薔薇の世話をする。花壇を長く幅広くつくってあるので、人を二人並べて埋められるぐらいだ。肥料をやったり、剪定したり、殺虫剤をまいたりして、やがてその真心が、生き生きとした色やまっすぐ伸びた姿によって報いられるのは、心癒される経験だ。切った枝をもって帰ったとき、とくに美しい花をハンナの朝食や夕食のトレイに載せることがある。しかし、この行為はあらゆることの中で、彼女をもっとも怒らせることであるらしく、彼女は彼に花を投げつけ、精一杯罵る——これも新たな取り決めのうち、ハストロールが気に入っていることのひとつだ。ハンナが彼を怒鳴りつけるとき、彼女の言葉はいくらか鋭さを失っている。起き上がろうとしない以上、それは廃疾者の苦情のようなものだ。だから、ハストロールはただハンナに背を向けて歩き、寝室を出て、ドアを閉める。

外の世界に出ているとき、ハストロールはハンナを恋しく思った。ほんとうだ。かつて頼みもしないのに彼の手をとったり、腕を絡めたりしてくれたことや、後ろから寄り添って彼の腰の周りを抱きしめたり、あとでこれこれのことをしようと耳元でささやいたりしてくれたことを思い出して。だが、今では、ハンナがどこにいるかを彼は常に知っている。ハンナが家にいて、ベッドの中にいることを知っている。それでも「ただいま」と帰ってきて、料理と食事を済ませ、「おいしかったかい？」と訊いて皿を洗い、冷凍庫に行き、ウィスキーを注ぐときに氷のキューブがグラスの中でたてる音に耳を傾けたのち、お気に入りの椅子にすわっていると、恋い慕う気持ちに襲われる。それは、自分にも完全には理解できないハンナを恋う気持ち、自分が結婚した女を恋しがるだけではなく、現在というものが自分を押さえつけ、肩を丸めさせ、背中をこわばらせることのなかった時を恋しがる気持ちだ。若さを恋う気持ちかな、と彼は思う。いや、それよりもっと複雑で、彼がもはや思い出すことのできない心の状態にかかわるものだ。それはアルツハイマー病患者を混乱させる憧れに似ている。思い出せないものへの束の間の憧れ。そういう憧れがもたらす気持は、混んだ地下鉄で誰かにぶつかられたときの感じと同じで、まったく新しいもの、予想しなかったもの、独特のつらさをもつものだ。

それは、ふたりが最初に恋に落ちたときの感じを思い出したがること。これこそがともに老いていくということの意味だろうか、とハストロールは思う。

彼がこの取り決めに慣れた今、問題がひとつだけあった。自分たちの生活がもともとどんなふうだったか、どんなに一生懸命思い出そうとしても、思い出せないことだ。記憶が蘇らない。一緒にいろんなことをしたのは思い出せる。だが、それは、音を消して見る映画の中の登場人物たちや、誰かほかの人の夢の中の影法師たちに起こったことのように思われる。ハンナの両親に初めて会うために、ニューヨークからノックスヴィルまで長いドライブをしたことは覚えている。十二時間ぶっ通しで走ったのだ。だが、そのときハンナについてどう感じていたか、旅行中、どんな会話を交わしたかは、まったく思い出せない。彼女の口が動くのを見て、わくわくしたのがどういう感じだったか忘れてしまった。サウスカロライナ州のキアワ島に新婚旅行に行ったこと、その広くて平坦な砂浜を、何時間も手をつないで歩いたこと、彼女の手が乾いたままだったことは覚えている。沖でトロール漁をしている手長エビ漁船に、なぜかロマンを感じ、そういう船を一艘買って、一緒に素晴らしい生活をしようとハンナと話したことを覚えている。しかし、そのとき、ハンナがどう感じていたかは、彼女自身が口にしたにちがいないのに思い出せないし、彼女の肉体が貴重で目新しかった時期があったのは、頭ではわかっていても、そうであったはずのその当時、愛を交わすとどんな感じがしたかも思い出せない。

ハンナがかつて言ったことをどんなことでもいいから思い出そうと、彼はこのところ、苦しい努力をしている。

人はどうしてこのように、自分自身を消すのだろうか？　彼はいぶかった。

今はただ、ベッドの中のハンナがいるだけだ。

ベッドの中のハンナ。

ハンナ。

ハンナの名をもう一度口にしよう。何度も何度も言おう。つづりを逆に読もう。後ろから読んでもHannah（ハンナ）はHannah（ハンナ）。最初は彼女の名前だけれど、やがて心臓の鼓動のようになり、そして、心臓の鼓動と同様、聞こえないものになる。それは自動的に無効になる仕組み。丸見えのところに姿を隠す魔法。ハンナはふたりが一緒に過ごした半生をまんまと消した。

ある日突然、ハストロールに、ジョージ・ジーン・ダーシーから電話がかかってきた。

「さしつかえなければ、ふたりきりでお話ししたいのですが」

「ソーホー・グランド・ホテルのバーで会いましょう」

ふたりはブース席のひとつに座を占めた。そこは暗くて、周囲を囲まれていて、安全な感じがした。

ダーシーはマティーニを一杯、注文して飲み干し、もう一杯注文した。それが来るのを待っている間、震える手で煙草に火をつけ――「わたしを逮捕して」と彼女は言った――そして、彼女が灰を落とす仕種は、枝をたたいて果物を落としているかのようだった。

「いつも最低な男を選んでしまうんです」とダーシーは言った。「冗談めかして言うとすれば、生まれつきそういう『才能』があると言うところだけど。でも、それでとても困ってるんです。わたしの中の何かが問題なんです。わたしは、ある種の男性だけを惹きつける電波を出しているみたい。自分でもどうかしていると思うけど、それとは正反対の要素をもつ男性を探すように、どんなに自分に言い聞かせても、何も変わらないんです。わたしを愛してくれる男性は好きになれないし、わたしが、その人なしでは到底生きていけないと思う男性は、わたしを愛してくれないし」

ハストロールはまだ続きがあるだろうと待った。

彼女は言った。「どういうことか教えてくれませんか、刑事さん。お仕事柄、気づいていることがあるでしょう?」

ハストロールはテーブルの上で組み合わせた自分の大きな手を見下ろした。自分が目撃証人として明晰に話せるとは思えなかった。「人の心は」と彼は話しはじめた。「半分は犯罪者のようなものです。コツは用心すること。両目をよく開いていること。そうして、自分のそういう面を見ることができれば、自分のことがよくわかります」

ダーシーは新しい煙草に火をつけた。「そのあとはどうするんです?」

ハストロールは肩をすくめた。「自分を密告する」彼は時計に目をやった。「何かわたしに話したいことがあるんでしょう、ミス・ダーシー?」

「これをお渡ししたかったんです」彼女はテーブルの上を滑らせて、数インチの厚みのある大きな封筒をよこした。「きっとご覧になりたいだろうと思って」

ハストロールは飛び出しナイフを使って封をあけ、ひと束の書類を取り出した。

「デイヴィッドの原稿です。関係を断つ前に、彼がわたしにくれました。読むようにと。言うまでもないけれど、そのあと、これを読むことはわたしの優先順位の中でぐんと下がりました。ところが先週、突然、彼が電話してきて、返してくれと言うのです。それでわたしは好奇心に駆られました」と彼女は言った。「そして最初の数行から、ショックを覚えました」


デイヴィッド・ペピンが妻を殺すことを初めて夢見たとき、その夢想の中で自ら手を下すことはしなかった。彼は好都合な神の御業が顕れるのを夢見た。


ウォードとハンナの間にあるものが、ついに頂点に達した。

ふつう、ハストロールは仕事が終わるとまっすぐ家に帰る。だが、金曜の夜だったし、長い一週間だった。彼は何かをしたかった。見たい映画はすでに全部見たから、映画という選択肢はない。音楽を聴きに行こうかとも思ったが、それよりはむしろ、自分が実際に何かをするほうが常に好きだ。友だちと夕食をともにするのは楽しかろうと思うが、彼とハンナには友だちが全然いない。仮にいたとしても、ハンナがいないことをどう説明するのか。満たされない気分で、彼はソーホー・グランド・ホテルのバーに赴き、女連れでない、ほかの男たちにまじった——店内はそんな男ばかりだった。この連中の奥さんたちもベッドから離れないのかと、ふと思った。

四杯飲んで、家路をたどった。

ハンナは五月にベッドに寝たきりになり、今は九月だ。ハストロールは秋になって天候が変わり、街の灯が一年のうちでもっとも明るく輝いていることに、気づかずにはいられなかった。こういう、よく晴れた寒い晩には、すべてが鋭く研ぎ澄まされているようだ。だが、こんな生活を続けているとき、そういったことには何の意味もない。

ハストロールは自分の心と頭をさぐって、ハンナがひきこもっている理由を探した。だが、いつもと同じように、何も見つからなかった。そのとき、あることが頭に浮かんだ。ハンナをベッドから出す方法だ。まだ試していないことがひとつある。それは、単純に頼むということだ。

たしかに、何度もハンナに懇願した。だが、ベッドから出るということ自体を頼んだことはない。今度は違うぞ、と彼は自分に約束した。喧嘩をしたときに発見した、驚くべき技を用いよう。その技は、長年一緒に暮らし、相手のもっている不満がそらで言えるような人々にだけ独特の展開をもたらす。結婚して数年たったある夜、言い争いがエスカレートしはじめたとき、ハストロールはハンナに言った。「やめよう。ハンナ、ぼくはきみを愛している。さあ、リングからおりよう」奇跡のように喧嘩はとまり、ふたりは抱き合った。その喧嘩が、それさえなければ順調に進める、穏やかな夜の道路の速度規制用の隆起に過ぎなかったかのように、ふたりはそれを乗り越えた。すべては忘れられ、ゲームは終わり、リセットされたのだ。

愛の力で。

ハストロールはいい気分だった——はっきり言えば、酔っ払っていた——が、アイディアには自信があった。十分なプラスのエネルギーと元気づけパワーを帯びて、ハンナの寝ている部屋にはいっていき、「ハンナ、起きた、起きた。シャンパンとチーズとクラッカーを買ってきたよ。軽く食べて、きみが身支度をしたら出かけよう」と言いさえすれば、ハンナはベッドからおりるだろう。失語症患者のように、彼の言葉に対してではなく、彼の笑顔に反応することで、彼の熱意に応えるだろう。きっと自分では意識しないうちに、ベッドから出ていることだろう。ここで大事なのは、不意打ちすることだ。熱気でハンナを圧倒するのだ。ハストロールはこの計画に非常に自信があったので、酒屋とスーパーマーケットに立ち寄り、大枚をはたいて、ドン・ペリニョン一本とブリーチーズ（ハンナの好物）一個、カーズブランドのクラッカーをひと箱買った。彼が逮捕したやくざ者たちがよく言う言葉を使うと、彼はバーンと決めたのだ。

うちに帰ると、まったく灯りがついていなかった。

たしかにちょっと驚いたが、ひるまず、居間にはいっていった。窓のブラインドがおりていた。手探りで家具をよけ、寝室のドアをあけた。中にはいると、ベネチアンブラインドを通してはいってくる光で、縞模様に分割された妻の姿が見分けられた。妻はベッドにすわり、腕組みをしていた。

「ハンナ、さあ、起きた、起きた」とハストロールは言った。そして、電灯のスイッチを入れたが、何も起こらなかった。電球が切れたのだ。

「つかないの」とハンナが言った。

ハストロールはハンナにみぞおちを突かれた気がした。

「テレビもつかない」ハンナはリモコンをすばやく三回、押してみせた。「停電かと思ったけど、上の階の人のテレビが聞こえるわ」

ハストロールは手にもった紙袋に十キロもの重さがあるように感じた。彼はそれを置いた。

「リモコンの電池を替えてもみたのよ」ハンナはベッドサイドの引き出しをあけた。ハンナが電池をたくさんしまっておくところだ。「テレビを見すぎたのだと思うわ」

ハストロールは体から力が抜け、自分のベッドに腰を下ろした。

「テレビを見すぎて壊しちゃったのね」ハンナは悲しげに言った。

ハストロールは大きなため息を吐きだした。

「その袋、何がはいっているの？」

「シャンパン」と彼は言った。「ブリーチーズ」ほかに何を買ったか思いだすのに、袋を覗かねばならなかった。「クラッカー」

「あらそう」とハンナ。

「ほしいかい？」

ハンナは暗闇の中で目をこらし、それから背後の枕にもたれた。「いいえ」と彼女は言った。「いらないわ」

「ぼくは思ったんだが……」と言いさして困惑し、ハストロールは無意識に頭をかいた。頭がとても重く感じられて、顎先ががっくりと胸に落ちた。「ぼくは思ったんだ」彼は自分の脚に言った。「シャンパンと前菜と元気を携えてはいってきたら、きみが起き上がって、一緒に出かけてくれるんじゃないかと」

「出かける？」ハンナはそう言うと、声をたてて笑った。「どこへ？」

「外に」とハストロールは言った。「外の世界に。でも、居間に出てくるだけでもいい」

「やれやれ」とハンナは言った。ハストロールの目に、幽霊のようなハンナの姿がシーツの皺を伸ばすのが映っていた。「お断りするわ」

「どうして？」ハストロールは目を上げた。

ハンナは肩をすくめて、いったんそこに保ち、それから、すとんと落とした。

「そんなんじゃ、納得できないな」とハストロールは言った。

ハンナは子どものように、同じ仕種をくり返した。

ハストロールは立ち上がり、両手を膝にあてた。ふたりの目と目が合った。「そんなんじゃ、到底、納得できない」

ハンナは無言でしかめ面をつくった。それから「おあいにくさま」と言った。

自分の拳が彼女の口をまともに殴る映像が、ハストロールの目に浮かんだ。だが、彼は自制した。

「そんなんじゃ、納得できない、と言っただろ」

ハンナは彼を見るのをやめ、腕組みをして、黙って窓の外を見つめた。

「ぼくの言葉が聞こえているのか」

ハンナは身動きしなかった。

「そう来たか。きみはもうぼくと話す気もないのか」

ハンナは何も言わない。

「この……クソ女！」

ハストロールは食べ物の紙袋をつかんで、部屋から出ていった。ものすごい勢いでドアを閉めたので、アパートメント全体ががたがた揺れたようだった。「クソ女！」と彼は叫んだ。「聞こえてるか。寝たきりの、ガキっぽいクソ女め」彼は家じゅうの電気をつけてまわり、ブラインドを引き上げた。「暗闇のクソ女！」ハストロールはキッチンに行き、彼女の両親が結婚祝いにくれた一対のウォーターフォードクリスタルのシャンパングラスを取り出した。それから、彼女のものと考えたグラスを、全力で床にたたきつけた。グラスは割れた。「床ずれ尻のクソ女！」ハストロールはドンペリの栓を抜き、あふれ出たシャンパンをすすった。シャンパンを自分のグラスについで飲み干し、もう一杯ついで、また飲み干した。「もううんざりだ！」ブリーチーズを箱から出し、切りもせず、白カビの外皮ごと、ひと口かじりとった。それから、調理台にカーズ・クラッカーを五枚並べ、一枚あたりひと月分の思いをこめて、「クソ女、クソ女、クソ女、クソ女、クソ女」と叫びながら、たたきつぶした。

シャンパンをソーダのように飲み、空になった瓶を流し台で砕き、妻と会話を始めた。

それは妻との会話であると同時に、彼自身との会話だったが、長時間ひとりでドライブしているときにする類の会話、不思議な具合に思考への集中を助ける声出し思考だった。独白は芝居じみていて、ほとんどメロドラマの域に達している。そしてハストロールの言っていることが何らかの意味をもつとしても、彼らふたりにしかわからないだろう。ほとんど、別な言語で話しているかのようだった。それは異言*に近いもので、彼らの共通の歴史へのほのめかしによってのみ機能する言語、たまたま耳にはいった電話の会話と同様、コンテクストをもたない言語だ。暗くて、醜い言語。「けど、おまえは飛びこまない。そうだろ？『ただ、溶けるに任せろ』と言ったじゃないか。それが溶けるのを一度だって見たことがあるかい？」とか「わたしたちにはこうすることが必要だとか、ああすることが必要だとか、おまえは言うけれど、わたしたちというのはおれという意味で、おれにはわたしたちが必要なんだ」とか「おれのプライドを呑みこめってか？　呑みこめって言ったか？　もういっぺんいってみろ。そうか、呑みこめか。ごめん。おれ、それが何だかわからないよ」

酒を求めてサイドボードのところに行って、トールドリンクをつくり、お気に入りの椅子にすわった。明日はひどい二日酔いになるだろう、もうそれを避ける術はない、とハストロールは考えた。もちろん水を飲むことはできる。ビタミンC錠とアスピリン錠を飲んで、ビタミンB_2錠も飲んで、ピザかハンバーガーかチキンウィングにフレンチフライ、なんでもいいから食べる。ある程度の酔いを超えたら、もどることはできない。殺人と同じだ。

ハストロールは電話の受話器を取り上げ、ペピンの携帯電話から突きとめた番号にかけた。そして、へろへろになりながら、ページャー**の着信音を聞いた。やがて、ピーっという音がして、ハストロールはプッシュボタンで自分の番号を打ちこんだ。そして、永遠かと思うぐらい長く待った。頭をもたれさせて、天井をにらんだ。あんまり長い間、そうしていたので、天井が床だという気がしてきた。一度も歩かれたことのない完璧な床。そして彼は家じゅうを、そのようにして動き回るのを想像した。ハンナが天井で眠っているのを見下ろし、塩入れをふって、眼下の自分の皿に塩をばらまく。そのとき、ハストロール自身、びっくりしたことに、誰かが電話を返してきた。二度目の呼び出し音が鳴る前に出た。「誰だ？」

「誰だ?」相手の男が言った。音域の高い、厭(いとわ)しい声。

双方、黙りこんだ。

「そっちから言えよ」と声が言った。

「ハストロール刑事だ」

「聞いたことがないな」

「あんたは?」

「見ず知らずの相手に名前は教えない」

相手の声の後ろで、霧笛の音がした。むせび泣くサイレンの音。遠くの雷鳴――だが、それは自分の窓の外だ。嵐が近づいてくる。

「何か用か」と声が言った。

「そうだ」

「何だ?」

「自分がやったと認めてほしい」

「へえ?」

「自白が欲しいんだ」

「何のことかねえ」

「あんたが彼女を殺したんだろ」


---

*キリスト教で、宗教的恍惚状態において発せられる、しばしば理解不可能な言葉。

**携帯できる小型の無線受信端末。普通の電話機から呼び出してメッセージや電話番号を送ることはできるが通話はできない。日本ではNTTがこのサービスを「ポケットベル」と呼んだので、略してポケベルの呼称が広まった。

「誰を？」

「アリス・ペピンを。あんたはやつに雇われた。そうだろう？」

声が邪悪な笑い声をたてた。そして「あの女は自殺したのさ」と言った。

「信じない」

「おれには責任がない。申し分ない成り行きだった」

「じかに会って話してくれ」

「ばかな酔っぱらいが何を言うか」

「必ずつかまえてやる」

「ひとりぼっちの泣き虫のアホ」

「今すぐ会ってくれ。おれはおまえをこの目で見たい」

「あらあらあら」とハンナが言った。

驚いたことに、ハンナがそこにいた。彼と向かい合って、スリップ姿で立っていた。彼女が自分の足で立っているのを見ても信じられず、ハストロールは自分の下顎がカクンと音をたてて落ちるのを聞いた。ハンナはわずかに前のめりになり、少しゆらゆらしている。

だが、ハストロールが何も言えないでいるうちに、ハンナが噛みついた。「あなたのいい女（ひと）？」と彼女は言った。

「あなたを忙しくさせている女？　このところ、あなたを優しく世話してくれている女？」

「ばかを言うな」

立ち上がってハンナのほうに歩いていくと、彼女はあとずさった。ふたりの間の腕の長さほどの空間が、彼女を寝室に押していくための、目に見えない道具のように思われた。ハストロールは夫婦喧嘩のときによく経験した、あの奇妙な感覚にとらえられた。その一部は、恥の感覚だ。近所の人に喧嘩の声が聞こえただろうと思う。だが、一方で、自分たちが観察されているという疑惑も心を離れない。

「あなたはもちこたえられないだろうと、わかってたわ」とハンナは言った。「壊れちゃうとわかってた」

「ハンナ。きみは自分が何を言っているかわかっていない」

「病めるときも、健やかなるときも、ですって。はは」

「やめてくれ。お願いだ」

「孤独だったのはわたしも同じなのに。でも、あなたは孤独ではいられない。そうよね？」

「それは違う。真実じゃない」

「誰なの？　その女の人の名前を教えて」

「女なんかいない！」だが、ハストロールはうっかり、もうひとりのハンナのことを考えてしまった。自分の顔がほころぶのを感じた。

「何よ、にたにたして」ハンナがなじった。

ハストロールはもっとも強情な犯罪者相手に「おっかない刑事」役を演じることができるし、最低のくずの告白にもポーカーフェースを貫くことができる。だが、妻に嘘をつこうとすると、パジャマの中で勃起したペニスのように、本心が見え見えになってしまう。「してない」と彼は哀れっぽく訴えた。だが、内心では、もう少しで笑いだしそうだった。

「その女はわたしのしない世話を何もかもしてくれそうなの？　セックスも？　あなたは隠し立てばかりして、ちっとも腹を見せないのね！」

そういうと、ハンナは再びベッドに腰を落とし、泣きだした。

「きみにはうんざりだ」とハストロールは言った。立ち去りかけて、今一度ふり返ると、凍えてでもいるかのように、ハンナの背中が震えていた。彼はもどって彼女の背中にふれた。背中をなでてやるためにそうしたのか、なにか、まったく別な目的でそうしたのかは、あとになると覚えていなかった。いずれにせよ、ハンナは勢いよくふりむき、手をはらいのけた。

「さわらないで！」ハンナは金切り声をあげた。

ハンナにはたかれて、ハストロールはベッドサイドテーブルにぶつかった。水のはいったハンナのグラスが床に落ちて割れた。ハストロールは腕に痛みが走るのを感じた。ハンナのダイヤモンドの指輪が、彼の掌に切り傷をつくったのだ。

暗がりの中で、ハストロールは激しい怒りにかられ我を忘れた。枕をつかみ、ハンナの顔に押しあてた。「おまえにはうんざりだ」彼はうめくように言った。ありったけの力を使うのは甘美だった。彼女の挑発にもかかわらず、ずっと控えてきたすべてのパンチの力をこめて、顔を押した。枕の真ん中を何度も何度も、恥の感覚にひるむことなく殴りつづけた（男の第一のタブーは近親相姦ではない。それは女の子をぶつことだ）。ハンナは彼の手の下でもがき、首を浮かそうとした。そして腕をめちゃくちゃにふり回し、彼を打とうとした。それで、ハストロールは（その時にではなく、そのあとの恐ろしい時間に）知ることになった。殺人においては、決定的に重要な中間地点があり、それは、訓練を積み、決意を固めた者だけが渡れるギャップである、と。そして、未経験の仕事が皆そうであるように、殺人も実行してみて初めて、その展開の詳細や、完遂に必要なものや、実際に要する時間（秒単位、あるいは分単位、あるいは年単位の時間）がわかるのだ、と。ハストロールはハンナの胸を膝で押さえつけなくてはならなかった。枕をつかむ彼の手にハンナの爪がくいこんだ。ハンナはハストロールの鼻や口に指を突っこんだ。ハストロールの歯が、口にはいってきた指を噛んだ。小石のように硬い骨に達するまで。ハンナは最後の力をふりしぼって、どうにか顔を枕から離し、「ウォード、お願い……」とあえぎながら言った。だが、ハストロールは再び枕を押しつけた。嵐が街を襲っていた。雷鳴。稲妻。雨が窓ガラスをたたき、煉瓦を洗い、ハストロールの育てる薔薇の渇きを癒した。樋に集まった水が、滝のように下水へと流れこむ。そうやって集められた力が、ハストロールが枕を押しつけてハンナの口と鼻をふさぎ、金切り声を押さえこむ力の一部になった。そしてほどなく、彼女の腕のふり回し方は、酔っ払いのように鈍くなり、彼女の体から力が抜けていくにつれて、官能的にすらなった。やがてハンナはまったく静かになった。眠りに落ちた人のように。

ハストロールはあとずさりした。彼女から、ベッドから離れて。そして、見た。

彼女の頭は枕だ。シーツが脚を包んでいる。暗がりの中では、スリップは上掛けと見分けがつかない。彼女はベッドの一部になった。

さて、死体を処分しなくてはならない。

あれはショックの作用だったろうと、ハストロールはあとになって気づいた。トラウマによって、頭の接続が切れたかのようだった。ハストロールは、かつて見たさまざまな犯罪現場を思い浮かべた末に、道具を求めてうちの中を捜しまわった。そして足にジップロックの袋を履き、手にゴム手袋をはめ、ハンナのシャワーキャップをかぶってバスルームにはいり、シャワーの栓を開いた。死体をバスタブに入れ（死者はどうして生きているときより重くなるのだろう？）、鋸を用いて、腕を肩のところで、脚を尻で、頭を首で切り離した。鋸の刃は猛烈な臭気を生み出した。虫歯を削る歯科医のドリルみたいだ。ハストロールは作業の間じゅう、シャワーを出しっぱなしにして血を排水孔に流した。ハンナのトルソーは、関節の窪みのところから四肢を失っていても、古代ギリシャの彫刻を肉で形作ったかのように、無傷で完全に見えた。彼が切り離すたびに、腕や脚が大きな音をたてて浴槽の中に落ちた。それらの重さを伝えるその音は、上の階の住人が何か重い物を落としたときの音に似ていた。シャワーから立つ湯気で眼鏡が曇った。ハストロールは眼鏡を外した。自分のやっていることが、よく見えないほうがいい。それから、ハストロールはハンナを荷造りした。車のトランクに、荷物をうまく組み合わせて入れる要領で、体の各部分を自分のスーツケースに詰めこんだ。そしてハンナを手に提げ、暗くなった通りを川に向かって歩いていった。レインコートと帽子の下が濡れているのは、マンハッタンを包む冷たい雨のせいではなく、シャツをぐしょぐしょにする汗のせいだった。遊歩道の手すり越しに、スーツケースの中身を捨て、もはやハンナとは呼べないものが黒い水の中に消えていくのを見つめた。ハンナの体に血が残っていないのと同じように、彼の良心には罪悪感がなかった。そうしてようやく家に帰り、自分の椅子にすわった今、彼の耳に、自分がすすり泣いている声が聞こえてきた。自分が彼女を殺したことを理解したからだ。

彼は目を覚ました。

アパートメントの中は暗く、電話は膝の上にあった。

ハストロールは寝室に行き、ハンナが眠っているのを知った。そこに横たわっている彼女は、安らぎに満ちているように見えた。すぐに測り知れないほどの感謝の思いがわきあがり、それと同時に、二日酔いのような、喧嘩の苦い後味を感じた。それで、ふたりが若かった頃、彼がよくしたように、ハンナのベッドにもぐりこみ、「怖い夢を見た」と告げたくてたまらなくなった。ハンナはいつも「どんな夢だったの？」と訊いた。彼は一介の刑事以上のものであったことはないし、これからもそうだろうと思っていたけれど、そのひとときは、自分が、この世に生きている男たちの中でもっとも豊かな男だと感じたものだった。ふたりは腕と脚を絡ませて眠りに落ちた。だが、今夜、汗にぐっしょり濡れたハストロールは、バスルームに行き、水を出して顔をばしゃばしゃ洗い、その顔をタオルに埋めた。それから目を上げて、鏡に映る自分の顔を見てぞっとした。

彼が見たのは、ハンナがベッドに引きこもってから様変わりした男だった。スーツとシャツは皺だらけで、ネクタイはスーツの上着から飛び出ている。長期にわたって、気もそぞろであった人にしか見られないだらしなさだ。この五か月で灰色になった髪のせいで、三十五歳という年齢より十歳老けて見える。体重が増えてたるんだ顔。口は常に口角が下がっている。さらに悪いことに、彼が取り調べた殺人犯たちの一部に見られたのと同じ無表情な感じがある。そのことが何にもまして、彼にはショックだった。連続殺人の犯人たちには、独特の情動の欠如がある。それは彼らが部屋にはいってくる前から、物理的な圧迫感として、前もって感じられるものだ。彼らの表情の奥には、分厚い壁のようなものがある。サメのそれのような鈍いまなざしがある。彼らは、人の愛が届かない人々だと、ハストロールは思っていた。

ハストロールは自分の両腕に顔をうずめて、激しく泣いた。ふたりの人生がこんなふうになってしまったのが悲しくて。

ハストロールは泣いた。泣いているのに、誰にも知られず、アパートメントの片隅に隠れていて、ひとりぼっちだったから。

あまりにも激しい泣き方なので、笑いすぎて息を切らしているように聞こえた。

ハストロールは、自分がこの音そのものになるまで泣いた。

そのとき、ドアのところにハンナが現れた。

ハンナはアパートメントの暗がりから現れた。黒い淀みの中から現れたかのようだった。ハンナを見ること——ハンナの出現の思いがけなさ——がハストロールを怖がらせた。ハンナは半分眠っているように見えた。ベッドから連れてこられた子どものように、混乱している感じがした。ハンナは束の間、光の中に立ち、目を狭めていた。脚がやや頼りないようだった。それから彼女は彼の上に屈みこみ、手を伸ばして彼の首筋をなでた。「よしよし」とハンナは言った。その手が触れたとたんに静電気が伝わってきて、彼はびくっとした。ハンナは彼に魔法をかけて惨めにした魔女であり、呪文を解いて彼を救うことのできる魔女だ。そして今、自分が住んでいる穴倉に彼を迎えるためにやってきた。このふたつの本質のゆえに無制限の力をもつ彼女が、自分の前に立っているのを見て、ハストロールはいっそう怯えた。

「どうしたの？」とハンナが尋ねた。

「もうがまんできない」ハストロールはささやき声で答えた。

ハンナが一歩、彼に近づき、ハストロールは体を固くした。

「何にがまんができないの、あなた？」

「まるで自分が存在しないみたいなんだ」

ハンナは自分の腕をそっとハストロールの肩に回し、屈みこんで額を彼の耳にあて、鼻をこすりつけた。ハンナは甘い香りのする香水をつけていたが、口はくさかった。「とうとうわかってくれたのね」とハンナは言った。


ハストロール刑事とシェパード刑事は、タイム・ワーナー・ビルディングにいた。ボーダーズ書店のコーヒーショップにすわり、トイレのそばの公衆電話コーナーを張っていた。「たぶんマンハッタンに残っているただひとつの公衆電話だな」とシェパードが言ったこの電話コーナーは、ペピンへの何回もの通話が発せられた場所だ。「ちょっと整理させてくれ」シェパードが言った。「まず、こちらがそいつのページャーに電話する」

「そのとおり」ハストロールが言った。

「それから、そいつがあの電話コーナーから電話をよこすのを待つ」

ハストロールは電話をかけながら言った。「そして、そいつを逮捕する」

「そんなことは映画でだって、起こらないよな」とシェパード。

ハストロールは自分の番号を打ちこみ、携帯電話を置いた。

彼らは何時間もぶっとおしですわっていた。息抜きができるのはトイレに行くときと、急いで何か食べるときだけだった。

「ハンナは元気かい」シェパードがとうとう訊いてきた。

「うん。ありがとう」

ハストロールとシェパードはその時間を使って、ペピンの原稿を読んだ。ハストロールが先に読み、一枚ずつ、シェパードに渡していった。だが、その間にもハストロールは、ハンナが妊娠したことを打ち明けようかと、何度か思った。しかし、シェパードに打ち明けるよりは、路上の見知らぬ人に打ち明けるほうがまだ気楽だった。シェパードにだけは言いにくかった。遅かれ早かれ、自然にわかるだろう。それに、ハストロールの感覚では、幸運にも愛情を維持することができた者がそのことを話すのは自慢話のように聞こえるだろうと思われた。聞き手がいかに寛大な精神の持ち主であったとしても。

ふたりはランチに、スモークサーモンと生クリームを挟んだサンドイッチを食べ、ダイエットコークを飲み、一回も電話がかかってこないまま、何時間も待った。ハストロールの勘によれば、必ず容疑者を逮捕できるはずだった。彼はいよいよそいつを見る段になったとき、そいつがどんな姿をしているか、思い描いた。痩せていて、禿げていて、コブラみたいな頭をしている、ジェイムズ・カーヴィルみたいなやつ。風変わりで、舌足らずなしゃべり方をする自惚れ屋で、少々軟弱なところは、ジョン・マルコヴィッチのようだ。夕方になり、ついにその男が電話をかけるために、公衆電話コーナーの前に立った。ポケットの携帯が鳴りだすと同時に、ハストロールは立ち上がった。そしてその男をひと目見たとき、合成写真による容疑者像や心の中に思い描いている人物は、実際の殺人犯とは似ても似つかず、現実世界のその人物がそのようであることはほとんどありえない、ということを思い出した。この男の外見についての彼自身の驚きは、人は未来に背を向けているという永遠の真実を裏づけた。

　その男は極端に背が低く、高いヒールの靴をはいて一メートル五十センチというところだった。カーキ色の上着にブルージーンズという服装だ。茶色の髪で、前髪を長くまっすぐ垂らし、後ろ髪は非常に長く伸ばして、なびかせている——マレットと呼ばれる髪型だ。黒い目はアレチネズミの目に似て、おはじきのように丸く小さく無表情だ。背は低いが、がっしりしていて、レスラーやサーカスの小人怪力男のような体つきだった。重心が低いので倒すのが難しそうだ。

「すみません」ハストロールが声をかけた。シェパードは彼の後ろに立っている。

　男は受話器を置き、目を上げた。「何の用だ」

　ハストロールはバッジを見せた。「二、三、お尋ねしたいことがあります」

「何について」

「アリス・ペピンについて」

「その名前は訊いたことがない」

「彼女の夫は、そうは言っていない」とハストロール。

「おもしろい」と男は言った。

　ハストロールが肩をつかむと、容疑者はアイキドーの動きでハストロールをふりまわし、壁にぶつけた。そしてシェパードの喉元に猛烈なパンチを浴びせて動きを封じ、店から飛び出した。エスカレーターの手すりを滑りおり、ロビーを走り抜け、コロンバス・サークルを猛スピードで横切って、セントラルパークにはいった。ハストロールは大柄な男にしては驚くべき追跡スピードを誇っているが、さすがに息が切れ、シェパードがすでに応援を呼んでくれているだろうと頼もしく思った。現に、サイレンの音が近づいてきていた。男は野球グラウンドのほうへ走っていったが、フェンスを乗り越え、トンネルにもぐった。ハストロールがすぐ後に続いた。男はそこでふいに止まると、方向を変え、格闘に備えて脚を大きく広げ、袖口からバタフライナイフを取り出すと、何べんも練習したに違いない華やかな所作で回転させて開いた。その間に、ハストロールは体をふたつに折って息を整えた。男は開いた刃をロックして、ハストロールとの間の空気を切り裂きながら近づいてきた。イスラム教神秘主義者の舞さながら、カラテの動きで腕をめまぐるしく回転させ、空気を細かい薄切り、角切りにした。そしてものすごい速さで回し蹴りをするので、脚の後ろに風が起こり、ウィッフルボール*のバットを猛烈にふり回したような音がした。男は短い吠え声とともに死の舞を終えた。ナイフを頭上に構え、もう一方の手の掌を、ハストロールに向けた。止まれと指示する交通指導員のように。

「豚のようにばらしてやる」と男は言った。

ハストロールもいったんは飛び出しナイフを手にしたが、気が変わって銃を抜き、男の手のナイフを撃ち落とした。さらに、男の両膝に一発ずつ撃ちこんだ。「動くな」と彼は言った。「動いたら射殺するぞ」

その後、ハストロールは、シェパードがペピンの向かいに腰をおろし、パイプに火をつけるのを、マジックミラー越しに見た。シェパードは二回パイプを吹かすと、脇に抱えていたペピンのファイルを開き、原稿を取り出してペピンのほうに押しやった。

「そんなものは何の証拠にもならない」ペピンが言った。

「たしかにそうでした」とシェパードが言った。「あなたがこの男から受けた電話の発信源が突きとめられるまでは」シェパードはテーブルの上に顔写真を出し、押しやった。「昨日、逮捕しました」

*プラスチック製のバットとボールを用いる野球をまねたゲーム。

ペピンは腕組みをした。

「彼と興味深い会話をしました」シェパードは再びパイプに火をつけた。マジックミラーを挟んで背を向けているので、ハストロールには、彼の頭そのものがくすぶっているように見える。

ペピンは屈みこんで、写真を見た。それから椅子にそっくり返って言った。「わたしの弁護士に会わせてくれ」

たしかに、アリスの今回の減量への取り組みはいつもと違う経過をたどった。

錠剤なし。更新なし。お手頃な三回分割払いも、要組み立ての機械もない。三十日間お試しも、返金保証もない。ボウフレックスやサイマスター、逆さ吊り（インヴァージョン）ブーツといったエクササイズ用具もいっさいいらない。アトキンズやゾーンやサウスビーチといったダイエット法にも用はない。アリスは自分の食べ物にラベルを貼らなくなったし、減量の進み具合を細かく分析することもなくなった。ビフォー／アフターのスナップ写真も撮らなくなった（日々変わっていくアリスの姿がそのまま、アフターなのだ、とデイヴィッドは思う。以前とはずいぶん違う）。今、アリスがやっているのは、ＹＭＣＡの会員として、一週間に二度、トレーナーの指導を受けることだけだ。そのセッションについて、彼女はほとんど何も語らない。「きょうはよかったわ」とか「きょうはハードだった」とか「きょうはあまり集中できなかった」とか言うだけだ。それもデイヴィッドが話すように仕向けるからで、訊かれなければ、何も言わない。

「アリス」デイヴィッドがキッチンから呼びかけた。彼はキッチンで新聞を読んでいる。彼女はバスルームにいる。髪を乾かしているドライヤーの音が彼の耳にも聞こえる。「仕事帰りに、スーパーマーケットに寄るつもりだけど、何か夕飯に食べたいものがあるかい？」

「あなたがつくりたいものなら、何でもいいわ」とアリスは答えた。

「何でもいいのかい？」彼には信じられなかった。

「ええ。何でも」

しかし、アリスのよそよそしさは、まだ変わらない。彼はそれについて、船乗りが天候――スコールであれ、大なぎであれ――について考えるのと同じように考えるようになった。耐えるべきものであり、制御は不可能なものだと。なんとかやりすごすしかないのだ。所詮は、ふたり一緒の航海なのだ――そうだよな？

「どっちみち、家にはいないし」とアリスがつけ加えた。

デイヴィッドはバスルームのほうに歩いていき、開いたドアから覗きこんだ。アリスは上半身裸で、鏡の前で髪をといている。さっきまでドライヤーを使っていたので、その空間にはまだ熱がこもっていた。彼女の豊満さ――頬と肩と胸、そして相対的に華奢な足へとすぼまっていく太ももとふくらはぎ、長いこと触れていない彼女の体全体のなまめかしさ――に不意打ちされたデイヴィッドは、欲情のせいで膝ががくがくした。「どこへ行くんだい？」と彼は訊いた。

「学校が終わってから会合があるの」

デイヴィッドは改めて、アリスをしげしげと見た。今でも非常に大きいが、前よりはましになっている。これまでにないぐらい体重が減っている。彼女のために喜ぶべきだろう。「どういう種類の会合？」

アリスは髪にブラシをかける手をとめて、鏡の中のデイヴィッドをちらりと見た。いくつもの選択肢の中からどれを言おうか考えているようにも見える、と彼は疑った。「仕事関係の会合」とアリスは言った。

このところ、そういう会合がとても多い。何のために誰と会うのか、アリスは言おうとしないけれど。自分でも認めざるを得ないが、デイヴィッドはとても疑い深くなっていて、探偵めいた真似までした。アリスがシャワーを浴びている間に、ハンドバッグに手を伸ばし、ジッパーをあけ、そっと札入れを取り出す。奇妙な名刺——それらに記されたドクター・アレックス・ブルロフとか、ドクター・フレッド・リッチモンドとかいう名前は、心当たりのないものだった——を取り出したあと、のちの調査のため、電話番号を記憶し、そのカードに書かれたアリスの走り書きを読んだ。メモの中には、まるっきり暗号みたいで、どういう意味か考えようとすると頭がおかしくなりそうなものもあった。たとえば、「スペシャルのためDと会う　3」とか「歴　希望　調　機会　イリ　テキ　DC」とかだ。Dとは誰で、何がそんなにスペシャルなのか。「歴」は歴史だろうか。歴史を調べるのか。それとも、イリノイ、テキサス、あるいはワシントンDCの働き口のための履歴書のことだろうか。

デイヴィッドはアリスの携帯をチェックして、受けた電話、かけた電話、受け損なった電話を調べた。電話の相手の大半は、学校の同僚や、彼も知っている知人だった。だが、誰なのかわからない番号に電話をかけてみたら、聞いたことのない医師のオフィスにかかった。電話をとった受付の人に、何を訊いてもはぐらかされ——患者さんについての情報は、たとえ配偶者にでも明かせません、ということらしい——電話を切られた。アリスは独自の銀行口座を開いていたので、デイヴィッドは彼女の財政行動を把握するために小切手振出記録を見たり、カーボンの控えを調べたりした。しかし、彼の注意を引くほど怪しげな点はまったくなかった。アリスに内緒で学校の事務室に電話して、彼女のスケジュールを聞き、いると言ったところにいるのか確認したが、たいていの場合、アリスはいると言ったところにいた。さらにボイスメール用パスワードを探りあて（彼らの結婚記念日だった）、数件のメッセージを聴いた。すべて仕事関係で、自分を恥ずかしく思いながら、携帯を閉じた。Eメールアカウントも調べたが、何も見つからなかった。ただ、長く変えていないらしいハンドルネームが彼をとまどわせた。そのハンドルネームは「ミスター・ピーナッツ」だった。

すわり直して、ノートパソコンの画面を見つめた。あれは前世のことだろうか？　それとも、ついきのうのことだろうか？　デイヴィッドは自問した。

結婚が時を平坦化し、圧縮し、その推移を隠すのは不思議なことだ。過去の時と現在の時がループをなして、つながっている、前景が後景になり、そしてまた、もどってくる。やがて、新しいものが古いものと同じになり、過去がありえないほど新奇なものになる。もう何年も、彼らは静止状態で存在してきた。それは夢のようなものだ。実際よりはるかに長くも、はるかに短くも思われる反復が真ん中からひろがっていく。典型的な一日。デイヴィッドが起き出してキッチンに行く。前夜のディナーがどれほど手のこんだものであっても、キッチンはぴかぴかに磨き上げられている。自分とアリスのためにコーヒーをいれる。彼女のコーヒーに入れるミルクを泡立て砂糖を加える。自分のにはミルクを入れるだけだ。ふたつのマグカップを寝室にもっていき、彼女が枕を重ねるのを待つ。用意ができて、彼女は彼を見上げる。彼女の体は水平に近いので、遺体の上にカップを置くような感じだ。アリスはマグカップを口元にもっていくのではなく、唇をマグカップのところまで持ち上げて飲む。彼女は「ありがとう」と言い、ラジオをつける。音量は常に絞っている。明るくなっていく部屋の中で、ふたりは一緒にいる。デイヴィッドは彼女が完全に目覚めるのを待ち、よく眠れたかと訊く。どちらかが夢を見た場合は、それを分かち合う。もっとも夢を打ち明けるのはアリスのほうが多くて、彼女はいつもデイヴィッドに解釈を委ねる。やがて、「起き出さなくちゃ」とアリスが言う。学校へ行く身支度があるから、彼女が先にシャワーを浴びる。その間にデイヴィッドはキッチンにもどって、さらにコーヒーをいれ、玄関から新聞をとってきて、自分のために卵を一個茹で、沸き立つ湯を見ながら考える。自分の人生は、そのような朝の連続からなる歴史に過ぎないのではないか。卵の数がどんどん増えていくだけ。卵の殻はすでにキッチンをいっぱいにし、ほかの部屋部屋にあふれだそうとしている。彼は窓のそばの朝食コーナーにすわる。窓から見える屋上は朝日に照らされていたり、雨に濡れて光っていたり、こんもりと雪が積もっていたりする。新聞の第一面から始めて、署名入り解説記事を読み、スポーツ欄や全米の天気の衛星写真を見る。最初のセクションの二面以降や、長い真ん中の部分は飛ばす。その間ずっと、アリスのヘアドライヤーの音がしている。それから、彼女がメイクアップしている静かな時間がある。やがて彼女が服を着て現れる。きょう一日を過ごすよそいきの姿。彼は平日アリスが朝食をとるのを見ることがない。その癖、彼女は毎朝、冷蔵庫をあけて、空しく覗き見るのだけれど。アリスは「行ってきます」と言い、キスをしていなくなる。静かなアパートメントで、デイヴィッドは朝食を終え、シャワーを浴び、服を着て、ベッドを整え、自分の使った食器を洗い、いなくなる。

アリスは今、存在しているのだろうか。アリスはいぶかるだろうか、「彼は存在しているのかしら」と。アリスが午前中、用もないのに、学校から電話をかけてくることがある。たいてい、夕食の話をする。献立について合意し、愛していると言い合う。日中のほかの時間に、アリスのことが頭をかすめることはほとんどない。家に帰る途中、スーパーマーケットに立ち寄る。アパートメントに帰りつくと、アリスはキッチンにいて、何かつまみながら、新聞の第一セクションを半分に折って読んでいるか、ノートパソコンを開いている。最初のうち、ふたりはあまりしゃべらない。一日じゅう、生徒たちと過ごしたアリスは、静かな時間を必要としている。彼は冬にはウィスキーを、夏にはウォッカを自分のためにつくる。氷のキューブがグラスの底に落ちてたてる音が、沈黙の輪郭をなぞる。いつと決まっているわけではないが、そのうちデイヴィッドがラジオをつけ、料理を始める。夕食を食べながら、ふたりはそれぞれの一日について語る。それでもデイヴィッドは自分がアリスの生活の大部分について何も知らず、彼女が彼の生活の大部分について何も知らないことを思い知らされることがしばしばある。彼が皿を洗っている間に、彼女は顔を洗い、歯を磨く。彼女は寝室でパジャマを着る。このときが、一日のうちで、彼が彼女の裸を目にすることが決まっている唯一の時だ。それを見て、彼は思う。アリスの裸がひとつの奇跡であることをやめたのはいつだったかと。しかし、それはまだ、奇跡になりうるのかもしれない。ロバート・クラムの描く女のような豊満さ、ソファーのクッション並みの大きさの、雲のようにやわらかな乳房、その大きさと完璧さは注意を引かずにはいない。そこに耳をつけ、注意深く耳を澄ませば、鼓動が聞こえてくる。貝殻の中の潮騒のように。妻がふたりのベッドに近づいてくるのを見ると、彼の胸は期待に高鳴る。アリスはプールに近づく子どものように、慎重に距離を詰める。彼女の飛びこみには、内面的な交渉と物理的輸送プランが必要だ。まず、片膝を上げ、伸ばした手をマットにつき、そのポーズを保ちつつ、彼のほうにゆっくりと倒れこむ。アリスがスプリングをきしませ着地すると、その体重でマットレスの彼女の側がへこみ、デイヴィッドは彼女のほうに、ほんのわずか転がり落ちる。アリスは片腕を彼の胸に置く。腕がとても重いので、丸太を受け取ったみたいだ。ふたりはテレビを観る。コマーシャルには太った人はひとりも出てこない。減量のためのものの宣伝でない限りは。減量関係のコマーシャルのときと同じ重い沈黙が、赤ん坊が出てくるコマーシャル（紙おむつ、洗剤、おもちゃのコマーシャル）のときもふたりの間に広がる。自分たちの結婚生活の里程標は、自分たちの見る深夜のテレビ番組の移り変わりだ、とデイヴィッドは時折、思った。《ラブ・コネクション》、何という番組名だったか、レターマンがホストを務める番組、そして《デイリーショー》。誰かがどこかで脚本を書いているおかげで、自分たちは残りの人生を生きていける。「デイヴィッド」彼が眠りに落ちる前に、アリスはよく尋ねる。「眠りかけているの？」デイヴィッドは眠くなってきたし、アリスもそうだ。彼がテレビを消す？　彼女が消す？

　そして、また朝になる。

　このお決まりのコースからの逸脱ももちろんある——自分が残業したり、アリスに会合があったり。だが、次にそういう機会があるとすぐ、前のときのことは忘れる。デイヴィッドはそれが自分だけではないことを確かめたくて、彼女を試してみる。「わたしも覚えていないわ」と彼女は言い、声をたてて笑う。もちろん、彼らの人生には重要な出来事がある——つまり歴史がある。だが、しばらく前から、そういう出来事を思い出すのに、つまり、この意識を欠いた流れ、無限にくりかえすループから、ちゃんとした筋のある物語を引っぱりだすのに、再構築のための精神的努力が必要になっているようだ。この長い静穏の前にあった出来事——「ここと今」に圧倒され、そこから切り離されているそれらの出来事——に焦点をあてて、意識的に思い出さなくてはならないから。だが、たぶんそれこそが、いまやるべき仕事であり、唯一の出口なのだと、デイヴィッドは思う。「ここと今」の下に語られない真実が隠れているからだ。ふたりの結婚生活の基礎をなしている、すでに起こったことや、ふたりが待っていることが隠れているからだ。それらは、その時々の単なるトピック以上のものだ。デイヴィッドはよくよく考えて、三つの事柄に絞った。

彼女が太っていること。

彼の原稿がしあがっていないこと。

そして、ミスター・ピーナッツ。

一緒になって八年目の二〇〇四年の夏、ふたりは子どもをもつことについて話しはじめた。彼がその年をはっきりと覚えているのは、フランク・キャディーと始めた会社、スペルバウンド・ゲームズが彼らにとっての最初のシューティングゲーム、〈バアン！ もう死んだ〉を発売したばかりだったからだ。これはマイクロソフト社のゲーム機、X（エックス）ボックスでプレイするためのものだった。このゲームは数か月のうちに、世界的なヒット作となった。否定的な報道がかえって恩恵をもたらしたのだ。CNNも《シックスティー・ミニッツ》もニューヨークタイムズも、このゲームを大きく取り上げた。デイヴィッドとフランクは、《ラリー・キング・ライブ》でインタビューを受けさえした。

このゲームのレイティングは十七歳以上向けを意味するM（マチュア）だが、大規模で無秩序な公立学校を舞台にしており、決まりは子どもがやる遊びと同じだ。敵を見つけると、手——想像上の銃——で指し、発砲しながら言う。「バアン、もう死んだ」と。すると相手はドラマチックな死にざまを演じてくれる。デイヴィッドとフランク・キャディーのバージョンでは、自分のアバターが属する校内の派閥を選ぶところから始める——ジョックス、ゴス、チアリーダー、ナード、ギーク、教師その他のうちから。それぞれの派閥は、独自の防衛力とさまざまな形の敏捷さと可動性をもっている。次に、自分の外観を選ぶ。髪の色、人種、体型など。最後に——これこそゲームを非常におもしろくする要素だが——武器、つまり銃のタイプを選ぶ。レーザーポインターハンド、紙玉ハンド、静電気ハンド、輪ゴムハンド、バイキンハンド、酸剤ハンド、ドライアイスハンド、ブンゼンバーナーハンド、電気矢発射ハンド、催涙スプレーハンド、ドラゴンタッチハンド。いずれも付属物が人工補装具のように飛び出したり、引っこんだりする。ポパイの前腕のように異常に大きくて、機械仕掛けで交換可能で、もちろん、限られた量の弾丸、弾薬がこめられている。学校の一日のうちに始まって終わるゲームの中で、複数のハンドが蓄積され、補充される。ゴールは、ほかの派閥を全滅させ、自分たちが学校を支配すること。絵は漫画チックで、スーパーマリオそっくり。殺戮場面は派手だ。ドラゴンタッチハンドの場合はとくにそうだ（さわることができるほど近づかなくてはならないので、危険をはらんでいるが、接触したとたんに相手の頭が爆発するところがすごい）。一人遊び、複数同時参加、多人数同時参加のオプションがある。ほどなく世界じゅうの子どもがオンラインで戦うようになった。マスコミの反応はすごかった。心理学者たちの意見は分かれた。ゲームが暴力性を助長し、学校での銃乱射事件を誘発すると考える学者もいれば、非身体的に暴力性を発散できる場を提供し、カタルシスをもたらすと考える学者もいた。親たちは怒りに震えた。ゲーマーたちはお菓子を買うように、少しもためらわず、このゲームを買った。

「子どものころ、拳銃ごっこをしたでしょう?」デイヴィッドは、《ラリー・キング・ライヴ》の番組中に、怒って電話してきた視聴者に言った。「相手がほんとうに死にかけてるとは思っていなかったでしょう? その遊びをしたせいで、誰かを殺しましたか? もちろん、そんなことしてませんよね。そこでそうやってわたしと話しておられるのですから。今の子どもたちもその違いがわかっていると思います。バアン、もう死んだ。次の方、どうぞ」

開発料と使用料が、ものすごい勢いでスペルバウンドに流れこみはじめた。その金額があまりにすごかったので、彼はその年、即金で、今の住まいを買った。それぞれに疲れきって、それぞれに飲み物をもち、ベッドに横たわるふたり。アリスはテストや授業プランに追われ、デイヴィッドの網膜にはプログラムのコードの列や、テストプレイのときの映像が焼きついている。彼らの大人としての成功が、一対の翼のように、彼らの前に広がっている今、子どもについて話をするのは、自然なことのように思われた。ふたりが出会ったのは、ヴァージニア州の小さな大学だった。デイヴィッドは大学院でコンピューターデザインを専攻し、アリスは数学と教育の学士号を得ようとしていた。一年後結婚したときにも、社会的地位や生活の安定を最優先させることが、ふたりの共通の考えだった。アリスが二十代後半、デイヴィッドが三十代前半となった今、ふたりは幸運に恵まれたことを実感していた。仕事にも恵まれていた――アリスは名門私立学校、トリニティースクールで教えていた。よき妻、よき夫としてのお互いがいた。そして、マンハッタンでもっとも価値のあるもの――スペースに恵まれていることが、何よりありがたかった。

それは何か月も続く会話だった。いわば妊娠の最初の段階として、多くの未来の中から、その未来が選ばれて、ふたりの脳にしみとおっていくようにするために、その会話は続けられた。男の子がいいか女の子がいいかという会話。準備ができているとはどういうことかという会話。好きな名前についての会話――昔のボーイフレンドやガールフレンド、ばかにしていたクラスメート、大好きだった先生、いとこたち、敵、一夜限りの相手、死んだペットなどのたくさんの名前から、嫌なことを連想させるものや、ばかげた状況を思い出させるものを候補から外した、貴重な残りについての会話。そういう会話が一緒になって、デイヴィッドの中に、複雑な気持ちを生み出した。その第一は、わくわくする気持ちだ。子どもは結婚生活の魔法。結婚生活を家族の生活へと変えるもの。子どもをつくることは、ある意味で、核戦争を始めるボタンを押すことに似ている。それによって始まるものは核戦争とは正反対の相互確証創造*だが。子どもをつくることは、生活を全面的に変えるという意志的な行動であり、ラディカルなことだ。ひとりの子どもをつくろうと試みるだけでも、すべてが変わる潜在的可能性がある。保証はまったくないから。なかったよな、と今のデイヴィッドは思う。誰しも保証があると思って、そのプロセスを始めるが、保証はまったくない。だが、その一方で、ふたりの話し合いは、満たされない気持ちや不安を誘発した。彼には、まったくの抽象的な話のように思われることが多かった。また、ある程度までは、ほかのことへの集中を妨げるものでもあった。それは彼を自己弁護的にした。彼はアリスが以前ほど自分を愛してくれていないのではないかと、身勝手な考えを抱いた。自分たちの性生活が色褪せたのではないかと心配した。アリスが退屈しているのではないか、子どもとそれがもたらす忙しさや面倒が、ふたりの間で希薄になろうとしているものに取って代わるのではないかと心配した。子どもは何かの終わりを意味するだろうから、とそのときは思っていた。子どもをもつことは、ふたりきりでいることの終わりになるだろうと。

　彼はそのことを妻に話さなかった。

　その会話はずっと続いていて、場所柄もスケジュールもおかまいなしだった。朝食のときにも、職場から相手に電話したときも、話の続きをした。これまでの話と無関係なことが持ち出されることはなく、常に正々堂々としたやりとりだった。その会話はいつもふたりのそばにあった。通りやバスの中で見かけた子ども、飛行機の中で前のシートから、キルロイ**みたいに顔を半分だしてふたりを覗くようすがとても愛くるしかった子ども。子持ちカップルの開くディナーパーティー。たいてい、すごい美人のベビー・シッターがいる。子どもをもつことの余得でもあるかのように。子どもはお風呂上がりで髪が湿っている。ジョンソン&ジョンソンのコマーシャルのように清潔で、パジャマは無垢の香りがする。男の子でも女の子でも、また、一家にふたり以上の子どもがいる場合でも、みんなお行儀がよく、食べちゃいたいほどかわいくて、天才的に頭がよく、夜は早く寝ついて朝は遅くまで寝ている——親たちの言葉によれば「楽な」子だ。そういう人たちの子どもは、デイヴィッドとアリスのふたりだけの議論を暗示する。ふたりの結婚生活の次の章を暗示する。生み出すことが幸せを約束すると感じさせる——デイヴィッドがそういうものを受け入れる気分でいるときには。だが、そうではない気分のときには、子どもはある種の陰謀——子持ちの人たちがふたりを同じ境遇に引きこもうとする陰謀だ。子どもを見て反射的に心が動いても、それに反抗するべきだと彼は思う。

それでも時々——アリスと愛を交わしているとき、デイヴィッドは彼女のペッサリーをむしりとりたい衝動にかられる。それが彼女の中にはいっていると考えただけで、ちょっと息苦しいような気がした。自分の精子が全滅すると思うと——彼は肉体的な痛みを覚えた。何百万もの可能性が殺されてしまうのだ。ああ、かわいそうなペニスの民！　ゲームの〈ミサイル・コマンド〉がミクロのレベルでプレイされているような感じだろうと思う。その一方で、無防備なアリスの中で射精すると考えただけで、興奮が限界に近づいてしまう。

「ああ」と彼は叫ぶ。「それを外してくれ。早く。お願いだ、アリス」

＊核戦略の用語、相互確証破壊をもじったもの。相互確証破壊は、核による先制攻撃を受けてもその敵国に報復して絶対的な損害を与えることができる核戦力を保持することによって、核攻撃を抑止するという米ソ冷戦時代の核戦略構想。

＊＊キルロイは、第二次世界大戦の頃、米兵が各地に残した落書きに描かれた架空の人物。塀越しに顔半分をのぞかせた男の姿で「Kilroy was here.」という文句とともに描かれた。

「あなたは覚悟ができているの？」

デイヴィッドは動きを止める。「きみは？」

彼女は彼の顔を両手ではさむ。そしてじっと見つめ、首をふる。

「いいえ、わたしはまだ無理」

だが、あとになって、彼は心底ほっとする。もう少しで取り返しのつかない間違いをしてしまうところだった。

そして会話は続く。

あるとき、デイヴィッドは飛行機への搭乗が始まるのを待っていて、母親がどうしても泣きやまない女の子を静かにさせようと苦労しているのに出くわした。その出来事の独特さは、その女の子の声の大きさにあった。彼女は泣き叫び、わめき、金切り声をあげた。肺の能力を限界まで発揮して大声で泣いていた。そしてあまりに長時間泣いているので、その表現は直截的であると同時にシュールだった。彼女の首の中に梯子があり、一番上の段が扁桃腺の近くにある。その梯子に乗った小人がわめいていて、そいつがのどびこを引っ張り、女の子に口を開けさせて、頭全体を拡声器として使っているかのようだった。最初のうち、人々は母親を気の毒に思って、困惑していたが、長く続くにつれ、それは出来事から状況へと変わった。誰も呼ばないのに、警備隊が来た。「悲鳴が聞こえたので」と警備員は言った。その恐るべき声の聞こえる範囲の人々は、にやにやしはじめ、次いで笑いだした。デイヴィッドもそのひとりだった。彼は妻に電話しさえした。

「女の子が泣きわめいているんだ」と彼は言った。「まだ、小さい子だ。まあ、聞いてごらん」彼は携帯電話をかざした。

「聞こえるわ」とアリス。「これは何かの冗談なの？」

「いいや」と彼は言った。じきにアリスも笑いだした。まるで、それがかわいらしいことであるかのように。子どもだもんね、仕方がないね、と言うかのように。

ほどなく、この話は彼らの会話によく登場するネタになった。もっとも、彼はアリスに電話したあとで起こったことについては、何も言わなかった。子どもは泣きわめきつづけ、それがあまりに長く続いているので、その声は環境音になった。無視することが可能で、それがあっても居眠りさえできる音、TV番組が終わったあとに流れるアメリカ国歌のようなものになった。彼が畏敬の念と驚嘆の思いで状況を見守っていると、隣にすわっていたスーツ姿の男が雑誌から顔を上げて彼に言った。

「あなた、子どもはいますか?」

「いいえ」デイヴィッドは答えて、くすくす笑った。この女の子のエネルギーは驚くばかりだ。これだけのスタミナをもっているということ自体が、天分に恵まれた子だということの証明のように思われた。セイレンがセイレンの歌を歌っているのだ。

「子どもはもたないほうがいい」と男は言った。そして、こちらの顔をまともに見たので、デイヴィッドも思わず見つめ返した。「子どもなんかいたら、自分の人生がめちゃくちゃになる」

デイヴィッドはそのあとも、ずっとその子を見ていた。自分の乗る飛行機の搭乗が始まって、ふり返ると、その男はいなくなっていた。

会話は続いた。言うまでもないが、デイヴィッドとアリスの話の大部分は、同じような話題のくり返しだ。音楽用語でいう「拡大」。ひとつひとつの音が伸びて、同じ主題がくり返される。時とともに和音の音の幅が広がる。話題にするのを避けるということすら、それについて話しているのと同じことだ。

「また、その話か」デイヴィッドはそう言って笑った。彼とアリスはキッチンの朝食コーナーにすわっている。彼は酔っている。まだ火曜日なのに!

「麻薬を見つけてハイになってる、というところかしら」アリスが自分のグラスにワインのお代わりをつぎながら言う。

だが、彼の考えでは、アリスがわざと言わないでいることがあった。それは、「ハイになっていられる間に」ということだ。子どものようにふるまうことを選べば、もっと大人っぽくなれるかのようだった。ふたりは飲んで、飲んで、飲みまくり、それからやった。怒りにかられて、相手の下着をひっぺがすようなセックスを。朝になると、彼は思った。あとどのくらい、おもしろがっていられるだろうか、と。

いつもおもしろいわけではなかった。

会話はときに毒性をもち、姿を変え、癌のように転移し、ふたりを興奮させた。喧嘩をすると、ふたりは自分たちの間に、みごもられたことのない子どもを置き、どちらの味方をするか選ばせた。親になる前からある原罪。

「あなた、どうかしてるわよ」とアリスは言う。「わたしがあなたみたいに自分勝手な人と子どもをつくる気になると思うなんて」

「じゃあ、やめとけよ」と彼は言う。「ぼくは子どもなんていらないから。子どもがほしいのはきみじゃないか」

「わかってたわ、わたし」と彼女は言う。「ずっと前からわかってた」

「わかってた？　何がわかってたんだ。きみが何をわかっていたというんだ？」

「何にも。わたしには何にもわからないわ」

「どうして？」デイヴィッドは言う。「言ってみろよ」

「あなたが、自分はどう感じてるか決して言わないからよ！　わたしは子どもにこんな思いをさせたくない。絶対に！」彼女は背を向けて立ち去ろうとする。

「ああ、どうぞ」とデイヴィッドは言う。「出ていったらいい。大層なクソ説教を垂れやがって」

「クソ説教？」とアリスは言う。「なんでもかんでもクソ、クソ、クソ」

「やめろよ」

「クソやめろよ、でしょ」とアリス。「わたしたちはクソとうさん、クソかあさんね」

「いいかげんなこと言うなよ」デイヴィッドはアリスに一瞥をくれる。「母親になる覚悟もないくせに」

だが、生まれていない子どもが、ふたりのよい面を引き出してくれることもある。

「ごめんよ」あとになってデイヴィッドは言った。もう夜なのに、アパートメントには灯りがついていなかった。ふたりは何時間も、暗がりの中で別々にすわっていた。デイヴィッドは両手をポケットに突っこんで、寝室の入り口に姿を現した。

「きみの言うとおりだ。ぼくは口が悪すぎる」

「いいえ」とアリスは言った。「あなたの言うとおりよ。わたしが癇癪を起こしたの」

「ぼくが人格崩壊したんだ」

「そういうときは、休戦しなくちゃね」

ふたりは笑った。その笑い声が終わると、彼は言った。「アリス。きみがどう思っているかわからないけど、ぼくは――」

「言わないで」とアリスは言った。

練習のようなものだとデイヴィッドは思った。ままごとみたいなものだ。まだ、みごもられてもいない子どもがふたりを見ている。レフリーのように。そのおかげで、ふたりは正直でいられる。彼か彼女かわからないけれど、その子はすでにふたりの人格を向上させている。その子は将来、つれあいに言うだろう。「両親が喧嘩をしているのを見たことがない」と。

そのあと、デイヴィッドとアリスは愛を交わした。もちろん、ある考えが彼らの頭をよぎった。だが、喧嘩したせいでふたりとも用心深くなっていたから、それはしなかった。

ふたりは何を待っているのだろう、と彼はいぶかった。それとも何も待っていないのだろうか。こっちが言わなかったことが何かあるだろうか。あっちが言う必要があったことが、何かあるだろうか。

「あなたに話さなくてはならないことがあるの」とアリスが言った。

ふたりはベッドにいた。カリフォルニア・キング・サイズのベッドだ。何日も何週間も何か月も経っていた。夏ももう終わりだ。ふたりの会話は、ひとつの季節の間ずっと続いていた。夕刻だった。ふたりは手に飲み物をもち、テレビがついていた。ひどく貧乏だったときに、ふたりはこのベッドに大枚をはたいた。一緒に安らかに眠れるということが、どうしても必要だったのだ。どのカップルも決して破られることのないルールをもっている。共有の銀行口座をもたないこと。怒ったまま寝ないこと。食べ物の皿の最後の一個を残すこと。このふたりのルールは、別々のベッドで寝ないことだ。それは、離婚と同じことの空間的な表現、つまり単なる同居だ。別々のベッドで寝たら、そこでその結婚は終わる。

「一度、死んだことがあるの」とアリスは言う。

どうやって注意を引くか、よく心得ているなあ、とデイヴィッドは思う。それは孤独な人のもつ特技、必要なときに目立つことができる力だ。彼はテレビを消し、枕を置き直した。

「それはいつのこと？」

「八つの時」とアリスは答えた。

季節は早春、と彼女は言う。外は荒れ模様だった。両親は暖炉に火を焚き、テレビを観ていた――アリスが両親というときには、おじのラッドとその妻のカレンのことだということを、心得ていなくてはならない。このふたりがアリスを育てた人たちだ。デイヴィッドは、クリーヴランドの郊外の、オハイオ州ベイ・ヴィレッジ市にある彼らの湖畔の家を思い描く。彼らの長細い居間も目に浮かぶ。

松材を張った壁、カーペット、壁にかかった動物の写真――ライオン、狼の群れ、ヒョウ。ラッドが自然を愛する人だというわけではない。風潮に踊らされて、たまたま買ったに過ぎない。アリスが彼らと一緒に住むようになったのは悲しい事情による。アリスが六つのとき、母のドロシーが陣痛中に死に、アリスの弟にあたる男の赤ん坊も死んだ。父のトーマスは発明家として成功していたが、そのショックで大変気落ちしたため、アリスを預けて、自らの回復を図った。やがて彼は元気をとりもどし、四年後に再婚したが、ついに娘を引き取らなかった。アリスはいつもラッドとカレンについてなつかしそうに語るけれど、デイヴィッドが思うに彼女に根強く残っている、棄てられたという気持ちは、このおじとおばに子どもがいなかったということで増幅されている。アリスは到着したときから、いわば特権的な下宿人で、夫婦は父親からの送金に支えられてアリスの面倒を見たが、アリスは基本的にひとりぼっちだった。

アリスがすでに言ったように、そのとき、ラッドとカレンは夕食後テレビを観ていて、チャールズ王子とダイアナ妃のオーストラリア訪問の報道に目を釘付けにされていた。居間にふたつしかないリクライニングチェアを「両親」が使っているので、アリスは部屋の反対側の端の暖炉のそばで、学園漫画の『アーチー』を読みながら、種無しオレンジを食べていた。テレビの音量が高くて、雨風が屋根をたたいていた。おじとおばは時折、顔を横に向けて、お互いとしゃべっていたが、炎の燃える音、嵐の音、画面の音声にかき消されて、その声はアリスには聞こえなかった――それから、アリスはむせはじめた。

それは突然で予想外のことだった。背後から押されてプールに突き落とされるようなものだった。肺から空気を奪うことによって、体が彼女に意地悪をしているかのようでもあった。とっさに、どう反応していいかわからず、人前でおならをしたかのように、なんとなく恥ずかしかった。吐き出したものを受けとめられるように口元に手をもってきて、懸命に吐こうと試みた。だが、喉には何の動きも起こらず、アヒルの鳴き声のような音が喉元からわずかに出ただけだった。もう一度やってみた。あんまり力を入れたので、耳が変になった。いまやアリスはプールの底にいて、肺の空気が泡になって出ていた。アリスは目を上げた。ラッドとカレンは話すのをやめ、画面に集中していた。椅子の背の上からふたりの頭のてっぺんだけが見え、体は隠れていた。アリスはそちらに向かって手を伸ばしたが、やがて腕は力尽きて垂れた。彼女の体はふたつに折れ、手の指が喉をかきむしった。魔法をかけられたみたい。そうでなかったら、銃で撃たれたみたい。自分の全エネルギーがはいっていた大きな袋が、体の中で爆発して、中味が床にぶちまけられたみたいだった。黒い焔の舌がちろちろと視界の周辺を舐める。そのとき彼女の意識に、はっきりと刻みこまれた——この家に来ておじとおばと暮らすようになったときから、無意識に知っていたことが。母親が死に、父に棄てられたときから感じていたことが。おじとおばに一日の出来事を話したあと、話の中にすでに答えが出ていた質問をされるときや、夕食の最中に電話が鳴ってふたりのどちらかがテーブルを離れるときにいつも、わかってしまうことが。この部屋の家具調度のエッセンスである何かが。コーヒーテーブルやエンドテーブルの上に置かれていて、アリスの耳にたこができるほど、壊れやすいものだから気をつけて、とカレンがくり返し言う細々とした品々が。テレビの前の二脚の椅子が。子どもの存在を頭に置かずに配置されている、それらすべてのものが。それは、このときまで、アリスが明確に言葉にできなかったことだった。

自分で自分を救わなくてはならない。

アリスはすべての集中力を内側に——喉をふさいでいる繊維の拳に向けた。つっかえているものを押し出すことができるかのように喉の筋肉の制御に集中した。舌先を下の歯茎に押しあて、勢いよく吐いて、息の通り道を確保しようとしたが無駄だった。もう一度吐こうとしたとき、アリスは舌のつけ根の部分を意識し、首をふった。こめかみが爆発しそうだ。もう一度やってみたが、ベンチプレスで車を持ち上げようとするかのようだった。びくともしない。アリスは、その塊がきっちりと吸いついている力をはっきりと意識した。喉にはめこまれた丸い密閉栓の完璧さを意識した。彼女はいまや、胴体‐首‐頭だった。残りの部分――四肢は砂のように洗い流されていた。酸素を奪われて、四肢に対する感覚は縮み、意識はぐるぐる回って下水に流れた。

アリスは浮かびあがりはじめた。暗い夜、水面の下を泳いでいるような気がした。浮かびあがっているのか、さらに潜っているのか――どちらかわからなかった――一瞬の空気の味も、変温層の境目の凍りつくような冷たさも感じとれるかのようだった。実際のところ、かなり気分がよく、期待にわくわくしていた。アリスは最後の努力をした。真っ暗闇の中で自分の手を見ようとするのと、同じくらい不毛な努力を。

そしてアリスは死んだ。

自分が死んだことは、わかっていた。まったく未知の経験というわけではなかった。それは、ひとつの意識――今という状態がずっと続くことだった。母親のおなかの中にいる赤ちゃんと一緒だと、アリスは思った。あの待ち時間についての埋もれた記憶。彼女は沈んでいた。そこには何もなかった。時は概念ではなく、環境だった。

アリスは気がついた。とてもゆっくりと。四肢は静止していて、目だけが動いた。日溜りで目覚めようとしている猫のようだった。

口の中がいっぱいだった。彼女は息を吸い、細かくなった果肉を喉にもどし、それから吐き出した。長い間、そこに横たわっていた。

ラッドとカレンはまだテレビを観ていた。アリスはようやく手と膝をついて身を起こし、残りを吐き出した。よだれが長いロープになって、彼女の口から離れるのを拒んだ。

両の掌の間に、形のない塊があった。オレンジ色の色素はほとんど飛んでいた。目を上げると、涙にかすんで、テレビの光がちかちかした。子どもが描く星の絵みたいに。そのとき、ラッドとカレンがふりかえってアリスをじろじろ見た。

「わたし、生きてる」アリスはカレンに言った。

「あたりまえでしょ」とカレンは言った。夫のほうを向いて首をふり、テレビの画面に目をもどした。

「わたし、生きてる」とアリスは言い、すすり泣きはじめた。

とても長い時間、アリスはデイヴィッドの腕の中で泣いた。「請け合ってちょうだい」とアリスはあとでデイヴィッドに言った。「わたしたちは決して、子どもをそんな目にあわせないと」

「絶対に」とデイヴィッドは言った。「絶対にそんなことはありえない。ぼくが保証する」

アリスが長いこと泣いて、デイヴィッドのシャツをぐしょぐしょにした。それから彼の腕の中で眠りについた。

「もしかしたら」とデイヴィッドは思った。自分たちがしてきた会話のもっとも重要な部分を占めているのは、くり返したくない事柄なのかもしれない。

横たわったまま、考えた。おれに物語はあるのか。ない。それがおれの一番の問題だ、と。おれは、やるべきことをすべてやっている。仕事があり、成功している。よい夫だ。だが、一番根本的なレベルでいうと、おれ自身の人生はおれに起こらなかったような気がする。

彼は灯りを消した。

「今なら、赤ちゃんをつくってもいいと思うの」真夜中、アリスがささやいた。

何週間も経っていた。ふたりはよくするように、夢の中でお互いに向かって手を伸ばし、交合への道を手探りで進んでいた。夢遊病のような前戯のおかげで、ふたりはお互いに対してのびのびとしていた。アリスはそう言ったあとで、下唇を嚙み、暗闇の中でデイヴィッドを見た。彼女があの話をしてから、ふたりはこういうことについては、まったく話していなかった。デイヴィッド自身は、子どもをめぐる会話のことをほとんど忘れかけていて、アリスもそうなのかもしれないと思っていた。だが、どうやらこの会話は終わったらしい。決定がなされたのだ。彼が何らかの種類の試験に受かったのか、アリス自身が何か問題を解決したのか、どちらかだろう。この地点にようやく到達したにもかかわらず、重大な瞬間だという感慨がないことに、彼は驚いた。長い間、彼はアリスと目を合わせられなかった。「やめておこう」あるいは、逆に「そうだね。そうしよう」と言うこともできたのに、そうは言わないで、「それもありうるね」と言った。

デイヴィッドはペッサリーを掲げていた。この器具には白い殺精子クリームが塗ってある。アリスの中にはいる前に彼がそれを挿入するのは、ふたりの儀式の一部だった——通過儀礼、と彼はよく冗談に言った——けれども、時間をとってよくよく見たことはなかった。彼は今初めてそうした。それは、砂糖衣をかけたばかりのケーキのように見えた。彼はペッサリーをベッドサイドテーブルにそっと置いた。そして愛を交わしている間ずっと、それから目を離すことができなかった。早々と行ってしまわないように、死んだ子猫（デッド・キトゥンズ）、デッド・キトゥンズ、デッド・キトゥンズと三回頭の中でつぶやきながら、自分の快感を抑制している童貞のような気分だった。どうしようもなく心が冷めていた。自分たちは生殖をしている。性交している。二度、ミスター・ペニスがぐんにゃりして滑り出てしまい、ソーセージを皮の中にもどすみたいに、もどさなくてはならなかった。それは、それまでふたりがした一番お粗末なセックスだった。ようやく果てたとき、彼は思った。別に問題ではないと。

しかし、先に浮かんだほうの思い——自分は子どもをつくる道具に過ぎないという思いは、彼の頭からどうしても離れなかった。

「赤ちゃんができたみたい」アリスが言った。そしてふたりは、家庭用妊娠判定キットに二本の青い線を見出し、同じことを確認するために、産科医を受診した。バスルームと医師の診療所でアリスを抱きしめたときも（アリスは「わたしたちに子どもが生まれるのよ」と興奮して言ったが）、デイヴイッドは、自分は関係ないという奇妙な気持ちになった。その思いが、どういうふうにしてか、すでにアリスの子宮を汚染していて、胎児の奇形の原因になるのではないか、その思いがすでに何らかのカルマのさざなみを生じさせていて、それがもたらすのは災いだけではないかと、デイヴィッドは恐れた。そんなふうに考えるのが合理的でないことはわかっていたが、容赦ない不安に苛まれた。中絶させよう、と彼は思った。石盤を拭い、まっさらな状態でやり直そう。だが、次の瞬間には、そういう考えをもったことを後悔した。彼は何も感じない状態から、絶え間なく不安におののいて生きている状態に変わった。それで、その月の末にゲーマーの大会のために一週間ホノルルへ行く予定がはいると、これでアリスから離れられるかなと、わくわくした。アリスのそばにいるとそれだけで、彼の恐怖感はひどくなる。何かまずいことが起こっていると思わずにはいられないのだ。それはたぶん、アリスが妊娠以来ずっと、ひどい不調を訴えているせいだろう。彼女はさまざまな症状に苦しんでいた。子宮の痙攣による刺すような骨盤痛が襲ってくると、何をしていても、体をふたつに折ったり、急にすわりこんだりして、腹を押さえる。そしてしばらく、じっとしている。この症状をモーニング・シックネス（朝の吐き気）と呼ぶのは、一日のほかの時間のことを無視しているから間違っている。アリスはベッドから出るときも、ベッドにはいるときも、ベッドに向かって歩いていくときも、朝も昼も夜も、口に両手をあてる。電車の中でもバスの中でも嘔吐する。デイヴィッドが車で学校に送っていくときには、車の窓から吐く。よだれが彼女の口から、彗星のように尾を引く。特定の人や特定の場所の名を聞くだけでも、コーヒーやカレーの匂いを嗅ぐだけでも、吐いてしまうようだ。もちろん、これらの症状について、アリスもいくらかは心配した。とはいえ、そういう症状は妊娠のプロセスにつきものだと考え、妊娠について聞いていたことが事実だとわかった、テレビで見たことが自分の身に起こっている、と感じているようだった。「ほんとうに吐いちゃうものなのね」アリスは言った。「風邪を引いたみたいな感じ。みんなが言っているとおりね」彼女は妊娠に伴う不調に、おおむね冷静に対処していた。そして、たいていのときは、妊娠自体を大喜びしているように見えた。「きょうはミスター・ピーナッツのせいで」と彼女は言った。「むかむかしちゃった。ミスター・ピーナッツはご機嫌ななめのようね」時折、「ミスター・ピーナッツはどっちに似ているかしらね」と、考えを声に出していった。

アリスが十六週の超音波検査を受ける前夜のことだった。彼女がトイレで思いを巡らしている間、ベッドで思いを巡らしていたデイヴィッドは、新たな恐怖に襲われた。妊娠そのもの、アリスの中にいる胎児そのものが毒ヘビのように危険なのだという恐怖。子どもはふたりに大きな喜びをもたらすかもしれないが、彼女を殺すかもしれないのだ。アリスの母はそれで死んだ——デイヴィッドはその事実をうっかり忘れていた。医学と技術があるから、そして、焦点がもっぱら胎児にあてられるために、母親のことは忘れられがちだ。だが、だからこそ、気をつけなくてはならない。リスクが実際にあるのだから、軽く考えてはいけない。

「二、三週間したら、一緒にハワイに行こう」アリスが隣に横たわるのを待って、デイヴィッドは言った。デイヴィッドはアリスに同行してほしくなかったし、彼女が断ると知っていた。だが、アリスに、自分が必要とされていると感じてほしかった。そうすれば、喜んで留守番をしてくれるだろう。

「きみには気分転換が必要だよ」と彼はつけ加えた。

「無理よ」アリスは腹をさすりながら言った。「それはちょっとできないわ」

リスクが実際にあるのだから、軽く考えてはいけない、と彼は再び思った。翌日、アリスが暗くした超音波検査室で、検査台に横たわっていたとき、その考えはさらに強い力を伴って、彼の頭に浮かんだ。アリスは画面に映っている化石色の、遊園地のアトラクションにある不思議な鏡の像のようなものを見て安心したらしく、静かにしていた。技師がアリスの腹に塗った透明なゼリーが麻酔薬として作用したかのように、胃も落ち着いていた。デイヴィッドはアリスの手を握り、看護師の肩越しに画面を見ながら、自分とアリスの表情の違いを意識していた。腹にあてられる棒が幸せの強度を増すジョイスティックであるかのように、アリスの顔が輝いているのとは対照的に、彼自身は顔をこわばらせ、目を狭めていた。画面では、映像が移り変わっていく。胎児がしずくのように垂れたかと思うと、急速に焦点が合ってはっきり見えるようになる。骨が液体になって流れだし、くっつきあって、固体にもどる。そうなるとコウモリの骨のように細く脆い。そいつの動きは肉食獣のように素早い。スピードの出る体つきの獣。ふいにそれは丸くなって動きを止めた。体全体が妻の腹の中で、うずくまっていた。

「よく動いてますね」と技師がいい、ふたりを見て、重々しくうなずく。

その言葉に、デイヴィッドは、何か悪いところがあるんですか、と訊きたくなった。だが、怖くて訊けない。技師は装置を操作して、さまざまな映像を映し出しては、データを取りこみ、寸法を測ったり、切り詰めたり、拡大したりする。まるで、写真を治療しているみたいだ。脳と胃の直径を測り、脊柱と脊髄を調べ、心臓をあらゆる角度から見て、拡大する。心室がはっきりと見え、それらが、羊水——デイヴィッドは血だと思った——を吸いこむたびにウィンクするのまでわかる。まるでダイオウイカの口のようだ。

アリスが顔を向けてほほえんだ。「ミスター・ピーナッツを見て!」と彼女は言う。「あれがそうだなんて、信じられる?」彼はほほえみを返す。そして、彼女がまた画面のほうを向くと、彼はもう一度、目を狭めて画面を見た。自分が息を詰めていることをふと意識した。そのとき、技師が胎児の心拍の音量を上げた。それまで、胎児の心拍は、彼がほとんど気づいていなかった背景ノイズだった。ずっとあったけれども、それが何なのかわかっていなかった。だが、今は、プッという音がエッという音と一緒になり、唾液とまざりあったような音、舌足らずなしゃべり方の人が発するような音が部屋を満たしていた。男の子たちが銃声を真似ているような音だ。

おれの妻を傷つけたら承知しないぞ、とデイヴィッドはそいつに言った。

妊娠は正常な経過をたどっていると、検診のあと、産科医のレドゥンディ医師がアリスに請け合った。たしかにあなたの場合、モーニング・シックネスの症状は激しいが、それは珍しいことではない、と医師は説明した。子宮痙攣は、何かほかの問題——たとえば子宮内膜症——があることを示しているのかもしれない。子宮痙攣がもう一週間続くようだったら、食生活を注意深く調べてみたいが、きょうのところはこれでよい、と医師は言った。胎児は申し分ないようすだったし、彼女の不快感もいつ収まってもおかしくなかった。それで、デイヴィッドがハワイに発つ数日前に、症状がまったくなくなると（二十二週目だった）、アリスは考えを変え、彼に同行することにした。

アリスは飛行機に乗るのが好きではなかった。はっきり言えば、ぞっとするほど嫌いだった。映画がどんな力をもっているかの証拠ともいえることだが、アリスは『フィアレス——恐怖の向こう側』という、飛行機が墜落したが奇跡的に助かった人々についての映画を観て、癒えることのない心の傷を負っていた。衝撃の直後の客室内部のようすを描く長いシーン——デイヴィッドとアリスは一緒にこの映画を観た——が彼女のトラウマになっていた。座席がつながったまま何列も外れ、乗客ごと、物凄い勢いで飛ぶ。同じエネルギーが赤ん坊を母親の腕からもぎとり、猛スピードでかばん類を通路に沿って飛ばし、酸素マスクをぶらさげているコードの間を駆け抜ける。こんがらかったコードが、はみ出した内臓のように見える。機体の胴体が裂け、裂け目に空と地面が見えるのを、乗客たちは茫然と見つめる。このモンタージュが彼女の夢の中で、何度も上映されたに違いない。空港に近づくといつも、それが彼女の意識の表面近くに迫ってくる。搭乗口ですでに、アリスの呼吸は浅くなっており、乗客搭乗用の通路にはいる頃には、船酔いしたような青い顔でめまいを訴える。あなたが無理やり乗せたという非難のあと、飛行機がついに離陸すると、アリスは掌に自前の潮だまりをもっているみたいに、じっとりと汗をかき、どういうわけか、息がくさくなる。

低く轟く音がしたあと、「今のは何？」とアリスが訊いた。飛行機は上昇中で、クィーンズの景色が低く沈んでいく。アリスの結婚指輪が指をきつく締めつける。もう少しで皮膚が破れそうなぐらい。アリスはデイヴィッドの腕に顔を埋める。

「車輪だよ」とデイヴィッドは答え、額をアリスの額にくっつけた。「今、引っこめているところだ」

しがみつくアリスを抱きしめてやる。アリスがなんとか落ち着いてきたようなので、デイヴィッドもほっとした。アリスは目を閉じている。それで彼もちょっとの間、目を閉じた。物音がするたびに、アリスの指が彼の手の中で、びくっとする。満月の夜の飛行機便。ほどなく、飛行機は雲の上の、あのありえない土地の上に上がった。その氷のメレンゲは天井のように前人未踏で、これからも、誰も探検することがない。

　少年だった頃から、彼はこの眺めに心をときめかせてきた。この眺めは彼に空っぽを教えた。果てしなく続く雪原。人のいない都市。車の通らない広い通り。彼の思いは、ティーンエージャーの頃、好きだった黙示録的映画へと移っていった。『世界が燃えつきる日』、『少年と犬』、『オメガマン』（「地球最後の男」とポスターには書いてあったが、この男はひとりぼっちというわけではない）。これらの映画の筋は忘れてしまったが、別に筋が重要なわけではないのだ。デイヴィッドが覚えているのは、広々とした空間だ。自由。茫洋たる光景。時速百六十キロでパーク・アヴェニューを疾駆する。瓦礫の間を縫って高速道路を進む。内部が焼け、外側だけが残った建物のつくるスカイラインが煙に包まれて、視界に立ち上がる。まったく知らない人たちのアパートメントの初めてのベッドで眠る。ほかの人たちの部屋を罪の意識なく漁り、見捨てられた店の棚から衣類を引き出す。博物館に保存された大昔の家屋に寝泊まりする。きっとそういう場所で、愛する人が見つかるだろう。彼女はそこにいるから。ふたりが出会うとき、不安はなくなる。ふたりは見つめあい、すべてを理解する。

　このことが何度も心に浮かび、しかもそれが快いというのは奇妙なことだ。そんなことを望んでいるなんて奇妙なことだ。結局のところ、それらは夢、ほかの誰かの夢に過ぎないのに。デイヴィッドとアリスはそのような理解に到達したのだろうか。そうだと信じていたことがあることを、デイヴィッドは覚えている。もっともそのことを思い出すのは、夢の中――アリスを失い、自分がアリスをかけがえのないものとして必要としていることを悟る夢の中であることが多い。「ひどい夢を見た」目覚めてすぐ、半分眠ったまま、アリスに言うと、「どんな夢か教えて」とアリスは言う。「きみがいなくなってしまった夢を見た」と彼は答える。だが、今、彼を目覚めさせたのは、窓の外の眺めと、そういう究極の状況での暮らしについての考えだった。高度が増したおかげで、地が足についた状態になったのだ。おれたちには子どもが生まれる。それこそが重要なことだ。恐れと不安――アリスの身についての、そしてすべてについての恐れと不安が掘り進むのは、愛の通り道ではなく、もっとも偉大な力が通るのに十分なほど、幅広く頑丈な渓谷だ。おれたちには子どもが生まれる。子どもが動いているのが感じとれるだろうか？　デイヴィッドはアリスの腹に手をあてた。いや、感じられない。自分たちの子どもが彼女の体内にいることを意識するのは、彼の側の仕事だ。それは、美しく、素晴らしいことだ。空を飛ぶのと同じくらい、謎めいたこと、驚くべきことであり、人生の最大の驚きだ。なぜなら、子どもが生まれてくることが頭ではわかっていても、子宮の中に住むことはできないからだ。新しく生まれてくる人をちらっと見ることはできても、よく知り合うことはできない。それは、この窓の向こうの雲の世界を歩き回ることができないのと同じことだ。かいまみることはできる。だが、そのあとは夢見ることにもどるしかない。掌を妻の腹にあてたまま、デイヴィッドは、強くなろうと決意した。

アリスが食事時間の間ずっと眠っていたので、あとで食べられるように、アリスの分をとっておいてやった。満腹したあと、自分も少しまどろんだ。目が覚めると、最初の映画が終わりかけていた。デイヴィッドは時計を見た。機長が、グランドキャニオンの上空を飛んでいますと放送した。だが、暗闇しか見えなかった。安全のためのパンフレットを手に取り、緊急の際に飛行機から脱出するにはどの出口から出たらいいか考えた。大洋に墜落した場合、飛行機はそっくりそのまま、水に浮かぶ。まるでその目的のためにつくられたかのようだ。おれとアリスは絶海の孤島で生き長らえることができるだろうか？　そこで出産を迎えることができるだろうか？　まず、火を起こさなくてはならない。しかし、孤島は存在しないし、あったとしても、そこまで孤立することはない。知られていない場所など世界にひとつもないのだから。

デイヴィッドは飲み物を注文した。客室乗務員が飲み物を届けに来たとき、札入れに現金がないことに気づいて、ふたりの間に置いてあったアリスのハンドバッグを探った。そのときユニサムの小さな箱を見つけた。ユニサムは抗ヒスタミン剤を有効成分とする睡眠導入薬で、アリスが医師から服用を許可されている薬だ。デイヴィッドは残りの飛行時間を計算して、二錠飲み、もう一杯飲み物を注文して、すでに始まっていた映画『ドッジボール』を見はじめた。だが、イヤホンが故障しているらしく、音は変だし、雑音は多いしで、まるで嵐の真ん中から送られた遭難救助信号のようだった。それで、彼はイヤホンを外し、目を閉じた。ほどなく眠りが彼を襲った。お伽話の魔法の眠りのような深い眠り、この世でなすべきことをすべてなし終えたときに訪れ、この世からあの世へ導いてくれるような種類の眠りが。

ものすごい衝撃で目が覚めた。

飛行機の側面に何かが衝突したかのようだった。尾部に加えられた力により、機体全体がきしみながら、左に跳ね飛ばされた。乗客は皆、息を呑んだ。デイヴィッドも息を呑んだ。自分が怖かったからではなく（飛行機で飛ぶこと自体に関係することで、彼が恐れることは何もない）、アリスがいなくなっていたからだ。シートベルトライトが点滅し、あのゲームショーの鐘のような音が連続的に鳴った。機長が滑稽なほど平静な声で、座席にもどるよう乗客に頼み、気流の悪いところにぶつかったが、そこから出ようと努力していると説明した。「よい気流のところを探しています」と機長は言った。窓の外を見ると、雲はなくなっていた。下に見えるのは海だけだ。海は気持ちが悪くなるほど間近に見えた。溶けた鉄のような質感で、月の光を反射してチョークのように白い筋が光っていた。デイヴィッドは通路の端から端まで目をやった。ふたりの乗務員がトイレのドアをノックしているのが見えた。乗務員たちには、彼の妻が中にいて鍵をかけているのがわかっているのだ。どうしてアリスは自分を起こさなかったのかと思いながら、自分のシートベルトを外そうとして、留め金に触れたとたん、飛行機が急降下した。あまりに急だったので、彼の前の座席の乗客のもっていたカップから、飲み物がくっきりとした筋を描いてテーブルの上の空中に立ち昇ったかと思うと、すぐにまたカップの中にもどった。一滴も外にこぼれなかった。

この急降下で、乗客全体が再び一斉に息を呑んだ。上から酸素マスクが落ちてくると、悲鳴が上がった。彼らはいまや、激しく揺さぶられていた。震動は地滑りのように大きな音を伴っていた。デイヴィッドの頭蓋骨が震え、歯が鳴った。機長が再び何か言ったが、聞き取れなかった。通路をへだてた席の女性が「何と言ったんですか?」とデイヴィッドに尋ねた。肩をすくめて、「わたしもわかりませんでした」と答えながら、彼はすでに立ち上がろうとしていた。その女性は座席の肘かけをつかみ、頭を座席の背に押しつけて泣きだした。デイヴィッドは客室乗務員たちに近づいた。そのうちのひとりはすでに補助席に腰かけていて、四点式シートベルトを締めているところだった。彼女はデイヴィッドに気づいて、席にもどるように指示した。そのとき、もう一度衝撃があり、衝撃波がエコノミークラスの客室を鞭のようにしなわせた。目の前のチューブ状の空間がぐにゃぐにゃ歪んだ。彼はヘッドレストをつかんで体を支えると、梯子を昇るように、両側の座席のヘッドレストをつぎつぎとつかみ、トイレに向かって進んだ。乗客たちは茫然と前を見つめてすわっている。だが、何も飛行機で飛ぶのを怖がる必要はない、とデイヴィッドは思う。自分がコントロールできることではないのだから。それを言うなら、まあ、世の中のほとんどすべてのことが制御不可能だが。

「すわってください」さっきの客室乗務員が厳しい声で言った。「すぐに座席にもどってください」

「妻があそこの中にいるのです」

「通路にいるのは、とても危険です」

「妻は妊娠しています。席につれもどさないと」

震動が激しさを増したようだった。子どもの泣き声がした。

「急いでください」と客室乗務員が言った。

デイヴィッドはトイレのドアをノックしはじめたが、轟音と縦揺れに妨げられた。いったい何が、このものすごい音をたてているのだろう？　風なのか。飛行機のような複雑な機械が、こんなひどい目に遭いながらも機能しつづけていることへの驚きのせいで、怖いという気持ちはまったく起こらなかった。再びドアをノックし、大声でアリスに呼びかけた。応えはなかった。いっそう力をこめてノックし、彼女の名を叫んだ。中からかすかな気配が伝わってきた。アリスが彼に応えて何か言っているようだ。

「アリス、大丈夫か？」

ドアに耳をつけた。アリスが何と言っているかはわからない。

「アリス、一緒に席にもどろう」

飛行機がさらに降下し、束の間、彼は重さを失った。傾いた水面に浮かぶ泡のように、すべての質量が頭のほうに昇っていった。足裏が床から浮いた。そして着地した。ふたりの客室乗務員はどちらも補助席の背に体を押しつけ、目を閉じ、シートベルトの留め金のバックルをつかんでいる。遊園地の乗り物のハーネスを握り締めるみたいに。片方は唇をすぼめ、一、二、三と規則正しく息を吐いている。デイヴィッドの耳に、妻がドアの向こうで声をあげているのが聞こえた。トイレの中でどんな格好をしているにせよ、体裁を気にするどころではないに違いない。だったら、おれも気にすることはないのだ、とデイヴィッドは思った。彼女はパニックを起こしている。

「アリス！」ドアのハンドルをがちゃがちゃさせた。「あけてくれ。早く席にもどろう」

掛け金がはずれ、デイヴィッドは折り戸を開いた。それとともに、トイレの個室の灯りが消えた。アリスはその暗がりの中で、便器の上にすわり、泣いていた。腕もスカートもブラウスも血にまみれていた。彼女の膝の上で何かが爆発したかのようだった。彼女の両手がこさえた揺りかごの中から、新生児が手足と頭を垂らしていた。人間の赤子というよりは、飢えた異星人のように見えた。大きな目は不完全に閉じられ、口は、頭部の重みに引っぱられて開いている。それは男の子だった。べとべとした黄色いものと血糊におおわれ、へその緒をか細い脚の間に垂らしていた。その子はデイヴィッド自身にそっくりで、そのことが彼をうちのめした。

「お願い」アリスは贈り物のように赤子を差しだし、泣きながら言った。「この子をおなかにもどして」

乗客の中にいたふたりの医師が、客室乗務員の詰所に治療スペースを設け、カーテンを閉じた中で仕事を始めた。医師たちは座席のクッションと毛布と枕でつくった俄か仕立てのベッドに患者を横たえた。死んだ男の子はファーストクラスからもってきたタオルにくるまれ、アリスの胸で安らいでいた。若い腫瘍専門医のニーナ・チェンが、へその緒を切りたいかとデイヴィッドに尋ねた。彼には断る勇気がなかった。とはいえ、そうしたいと答えたとたんに、めまいに襲われた。チェンは、彼を壁にもたれさせてすわらせ、脚の間に頭を垂らすように指示した。気分が治ったデイヴィッドがカーテンの中にはいると、年長の医師――ソロモン・グリーンという名の病理学者の手で、アリスはすでに衣服を脱がされ、体を清められていた。血まみれのぼろぎれがいたるところにあり、医師たちはためらわずにそれを拾い、ゴミ袋に入れた。医師たちはアリスのショック状態に適切に対処しており、ちょうどグリーンがバイタルサインを調べているところだった。アリスは意識があり、動かない赤ん坊の頰を指先でなで、生きている子にするように話しかけていた。周囲の状況にまったく関心を示さず、ひたすら優しく語りかける彼女の言葉は、エンジンのうなりに消されて、デイヴィッドには聞き取れなかった。飛行機はようやくよい気流を見つけたようだ。アリスは悲しみを放射しているようだった。デイヴィッドは、言語を絶する彼女の苦悩が彼自身の内臓を締めつけると同時に、飛行機全体に広がっていくのを感じた。

チェンがデイヴィッドをカーテンの外に連れ出した。「奥さんの状態は安定しています」と彼女は言った。「多量の出血による悪影響はないようです」

「ありがとうございました」

「奥さんは、機内にバッグを持ちこまれていますか」

「はい」

「服がはいっていないでしょうか」

「わかりません」

「調べてみてください。着陸前に着替えさせてあげられると好都合です」

「はい、わかりました」

「鎮静剤を投与しようと思うのですが、奥さんには薬剤アレルギーがありますか」

「いいえ、ありません」

「あなたはどうです?」

「いいえ」とデイヴィッドは答えた。「いえ、その……薬は飲みたくないです」そして、チェンの顔を見て言った。「わたしには飲ませないでください」

チェンは疲れた顔に笑みを浮かべ、彼の腕に触れた。「奥さんのようすを見にもどります」

「何が原因でこうなったのか、おわかりですか」

チェンは首をふった。「いえ、わたしには何も申せません」

「まったく見当がつかないのでしょうか」

「あて推量でものを言ったら、無責任でしょうから」

背を向けたチェンに、彼はもう一度声をかけた。「先生、どうしたらいいでしょう、あの……」

チェンは目をせばめて、首をふった。「お子さんのこと？」

「ええ」

「しばらくは、お母さんのそばに」と彼女は言った。「お母さんに抱かせてあげてください」

ありがたいことに、アリスの機内持ちこみ荷物の中にワンピースがあった。それと一緒に、下着の着替えも取り出した。彼女のかばんを席にもどしに行ったとき、客室じゅうの人たちの視線が自分に集まるのを感じた。嵐の最中に話しかけてきた老女が彼の肘に手をあてた。ふり返ると、老女は、奥さんは大丈夫かと尋ねた。デイヴィッドは思った。大丈夫じゃなかったら、どうだというのだ。あんたはおれに何を言わせたいんだ。相手は彼の手を取った。赤の他人。がりがりに痩せていて、四十キロもなさそうだ。眼鏡のフレームが顔の横幅より大きく張り出している。老女はデイヴィッドを引っぱり寄せた。彼は膝をつきながら、同情の押しつけに怒り、彼女を憎悪した。

老女はもう一方の手を彼の手に重ねた。「わたしは娘がふたりいますが」と彼女は言った。「二度、流産したことがあります。それは神様のなさることです。あなたのお子さんは、この世のものではなかったのです。神があなたのお子さんを天国で必要とされたのです」

だが今、あの子はこの世に存在している、とデイヴィッドは思った。彼は老女に礼を言い、アリスにつき添うためにもどった。通路を通る間、乗客全員にじろじろ見られた。彼らの顔は臆面もない好奇心に輝いていた。彼は全員を呪ってやりたかった。

　チェンとグリーンのふたりの医師がカーテンの前に立って話していた。近づいていくと、彼らは静かにカーテンをあけた。アリスは同じところに同じように横たわっていて、腕に赤ん坊を抱き、話しかけたり、うなずいたり、喉の奥で優しい声をたてたり、そっと揺すったりしていた。錯乱しているように見えた。周囲からまったく孤絶して、彼の手も届かないところにいた。望遠鏡を反対側から覗いているような感じだった。アリスの振る舞いについて医師たちに尋ねたい気がしたが、自分自身が抱える恐怖がすでに大きすぎて圧倒されていたので、新しいことを知って恐怖をさらに大きくするのは避けたかった。そのとき、アリスが話しはじめた。

「ヘンリーという案が出ていたけれど、こうやって顔を見ていると、デイヴィッドという名のほうがずっと似合ってると思うの」

　アリスがその小さな人形(ひとがた)を見つめているのを見ると、デイヴィッドは彼女を永遠に失ってしまったような気がした。

　アリスが目を上げて訊いた。「抱っこしたい？」

　したくない。

「あなたにそっくりよ」アリスはにっこりして、赤ん坊を差し出した。

　その体はとても小さく――コカコーラの小瓶並で、両手を使うのが不必要に思われたぐらいだった。おののきながら、デイヴィッドはアリスの寝床の前に膝をつき、子どもを受け取った。落としはすまいか、小さな体を締めつけすぎて、ある意味で汚(けが)してしまわないか、子どもを見たら、自分が石に変わってしまうのではないかと恐れながら。あぐらをかき、赤ん坊をタオルのおくるみごと、前に抱えた。渦を巻くタオルの中の小さな顔は、ささやいているとき、あるいはキスをしているときのまま、凍りついたかのようだった。肌はピンク色で紙のように薄く、静脈が透けて見えた。その体はＧＩジョー人形のように小さかった。すでに黒い髪が密集して生えていた。四肢はぴくりともしなかった。だが、デイヴィッドはおくるみの中に手を差し入れて、親指と人差し指で、赤ん坊の片方の手を引き出さずにはいられなかった。手を指先で軽く挟むと、小さな爪がはっきりと見えた。足に目を移し——瓶の中で組みたてられた船の模型のように奇跡的な精妙さを示す骨組みや、足裏に向かって繊細な曲線を描く爪先に驚嘆し——おくるみの中に、注意深く脚をもどした。そういうことをしている間じゅう、彼は自分自身を上から見ているような気がしていた。この生物学的な仕事の目的は何だろう？　細胞の上に細胞が積み重なり、無限に複製をつくっていく、この創造行為の目的は何だろう。バランスの良さと悪さのすべての側面に、赤ん坊の未完成さが見てとれた。この赤ん坊を見ることに、何らかの救いや慰めはあるのか。自分にそっくりなのは不思議なことだが、自分と赤ん坊を結びつけることがどうしてもできなかった。むしろ、動物園で奇妙な動物を見ている感じに近かった。

ふいにアリスが言った。「この子をここに眠らせましょう」そして、空気を指し示すように漠然と手をふった。

救急車の窓のふたつの四角のガラスを通して見えるホノルルは、デイヴィッドの目に、アメリカのどの都市とも変わらないように見えた。天国の島ではなく、荒廃したビルや歩行者のいない道の上を走り抜ける高速道路が立体交叉して、網の目のように張り巡らされているところに過ぎない。デイヴィッドの顔もデイヴィッドの外的存在である体全体も、貝のようだった。アリスの脚に手を置いてはいたが、彼女のほうに——彼女と彼のほうに目をやろうとはしなかった。目を向けたら、自分が崩壊してしまいそうな気がして怖かった。空港を出たあと、高速にはいる前に、車は巨大クレーンや海軍の軍艦でいっぱいのウォーターフロントを通った。その光景はデイヴィッドにボルティモアを思い出させた。あとになってから、あれは真珠湾だったのだと気づいた。

しかし、走りはじめて十五分もすると、風景が変わり、緑豊かな山の斜面に建てられた住宅が目につきはじめた。家々の合間から、むきだしの黒い岩がところどころ覗いている。木々に囲まれたそれらの家々は、白い長方形の二階建てで、奇妙に簡素だった。広い窓はよく晴れた青空の光を採り入れるためのもののようで、すべて、デイヴィッドの右手にきらめく太平洋に面していた。邸宅と呼ぶにはささやかすぎるが、これらの家々を見るだけで、山の斜面、高度、海の眺め、そよ風、といったありえないほどの贅沢な楽しみが想像でき、すがすがしい気持ちになる。それに加えて、固い決意さえあれば、人生において自分にふさわしいものを必ず手に入れることができるという所有者たちの信念も伝わってくる。その決意というのはすごくシンプルなものだ。「わたしは将来、ハワイに住んで、毎日海を見るぞ」というような。ここに住んでいる人たちは、おれより賢いに違いない、とデイヴィッドは思った。彼らは自分自身をよく理解して、このような生活を可能にしたのだ。彼はアリスの脚に掌で軽く触れ、アリスと子どもに目を向けた。そして、また目をそらした。ああ、なんということだ。彼はアリスに謝りたかった。罪を告白したかった。アリスはおれとの子どもを抱いて横たわっているのに、なんと近づきがたいのだろう。道は急な上り坂になっていた。車がそれを登りきったとき、救急医療士の背後から前方に目をやると、フロントガラス越しに、巨大な船体の形をした岩山が見えた。岩山は船のへさきに当たる先端に向かって、新月刀のようなゆるやかなカーブを描いている。一番高いところに瘤があり、水面の上に躍り上った海の生き物の背のようななだらかな尾根がそれに続いている。やがて、この地塊全体が視野にはいってきた。それはワイキキのダウンタウンに列をなす高層ビルとビーチの白いホテル群が明るい日差しに濃い陰影を施されて建っている、その向こうに広がっている――オアフ島の突端だ。その山こそ、この地の象徴であるダイヤモンド・ヘッドだと気がついた。ダイヤモンド・ヘッドのスロープは、小川によって筋が掘られている。ちょうど、乾いた粘土を巨大な猫が引っかいたかのようだ。上の方の岩は無傷で、人が住むことができない。それはまったく新しく美しく思われる海岸沿いの人工的構造物と比べると非常に古い。ここでも、ふもとの周りに建てられた家々が目にとまった。山と同じくらい高い雲の下で、ダイヤモンドを盛ったかのように輝いている。彼は人生に対する自分の想像力の乏しさを思い知らされた。この光景のあまりの美しさに恥じ入った。そのとき、今だって、こんなことが起こったのに――傍らのストレッチャーに、妻が死んだ子どもを抱いて横たわっているのに、自分は場違いなことを考えているという思いが心をよぎった。

アリスに何か言ってやりたかった。だが、勇気をふりしぼって、アリスと子どもに目をやると、やはり怖くて言えなかった。「何という病院に向かっているのですか？」彼は救急医療士に尋ねた。救急医療士は現地人の男性で、体格がよく、淡褐色の肌をしていた。真っ黒な髪を長く伸ばし、後ろで結わえている。「カイザー・ペルマネンテ病院です」と彼は答えた。その病院であることが重要な違いをもたらすかのように。

到着するとすぐ、アリスは検査のために連れていかれ、子どもも彼女とともに移動した。デイヴィッドは、いつまたアリスに会えるのかも教えられずに取り残されて、とまどいながらも、待合室の椅子にすわって、ぼんやりとテレビの画面を眺めた。思いはとめどなく漂っていく。地元局のニュースレポーターたちはなぜか皆、同じに見えた。ここの人には、さまざまな人種の特徴がさまざまな割合で表現されているのに、みんな同じひとつの型に属しているようだった。ふいに、これは夢だと思った。ちょっとの間、呼吸が苦しくなり、アリスが語った窒息事故の話を思い出した。アリスはそれを語ることに希望を託していたのだと、彼は思った。それは長い孤独の物語の一部に過ぎなかったけれども。あのときのふたりの会話は、こういう不運を避けるためのお祓いのためのものだったのだ。いわば、信仰に踏み切る前の集会のような、長い祈りのようなものだったのだ。それなのに、とデイヴィッドは思った。おれの悪い考え――こんなのはどうでもいい話だという考えのせいで、効き目がなくなってしまったのだ。デイヴィッドはこのことを妻に告白したかった。告白したら、アリスはおれを永久に追い払うだろう。おれはそれだけのことをしたのだから仕方がない。だが、アリスのほうはおれを厄介払いして、安全な状態になれる。疲労がどっと肩にのしかかり、彼は眠りに落ちた。どのぐらい眠ったかはわからない。時計を合わせておかなかったので、目覚めたとき、何時だかわからなかった。彼は壁掛け時計を探した。もっとも、窓から差しこむ日のまぶしさと角度から、朝になったに違いないとは思った。荷物がまだ空港にあるということ、アリスの持ち込み荷物も忘れてきたことに、ふいに気づいた。アリスのための気配りができない自分が情けなかった。

そして、彼は腹ぺこだった。疲れているのに、何か食べたいということが頭を離れなかった。いつから食べていないのだろう。腹を満たせば、気持ちが落ち着き、寝つきもよくなるかもしれない。でも、一体どこで寝る？　どのくらいの時間、アリスを待つことになるだろうか？　ホテルを確保しなくてはと考え、そのあと、すでにマンダリン・オリエンタルホテルに予約を入れていることを思い出した。そもそも仕事でここに来たのだった。仕事？　もうスケジュールはふっとんでしまった。そのとき、デイヴィッドは確信した。ニューヨークからオアフ島までの旅のステップのひとつひとつ、今の時点まで、ふたりが口にした言葉のひとつひとつ、ふたりがしたことのひとつひとつが、子どもの死という目的に向けられたものだったのだと。

「ペピンさんですね？」

「はい」

目の前に立っている医師はインド人だった。背が高く、ほっそりした指と、存在感のある高い鼻をもっている。

一医師のアメドです」と彼は言った。「奥さんを担当している産科医です。今、話をしてよろしいですか」

「はい」

　待合室の中にほかに誰もいなかった。アメド医師は隣に腰を下ろした。

「子どもさんのことはお気の毒でした」と彼は言った。「ショックだったでしょう?」

「アリスの容体はどうですか」

「安定しています。機内の医師たちがすばらしい対応をしてくれました」

　デイヴィッドはうなずいた。膝においていた両手がむずむずして頭より高く上がっていきそうだったので、脚の間に挟み、膝頭を閉じて押さえこんだ。

「検査結果が一部出てきています」と医師は言った。「奥さんの妊娠が中断されたのは、血栓形成傾向と呼ばれる疾患のためです。これは血液が凝固する病気です。わりあい多く見られるもので、女性の五分の一近くがかかります。血液凝固の仕組みはおわかりですか」

　デイヴィッドは首をふった。

「組織が傷つくと、赤血球と血小板がくっついて、傷の上にかさぶたをつくります。かさぶたは傷口にかぶさって、傷口に封をします」医師は自分の片方の掌を、もう一方の手にくっつけた。「不運なことに、血栓形成傾向という病気では、不適切な血液凝固とも呼ぶべきものが生じます。言いかえると一種の認識間違いです。奥さんの体は、妊娠をけがのように取り扱ったのです。子宮の組織に生じた凝血塊のせいで、胎盤が剝離して」医師はマッチを擦るかのように、手の甲を掌でこすった。「それが流産につながりました」

　デイヴィッドは言うべき言葉が浮かばなかった。知ることによっていくらか心の慰めが得られるかもしれないと期待していたが、説明が抽象的すぎて、少しも気が楽にならなかった。

「ペピンさん」アメド医師は続けた。「お嘆きはよくわかります。しかし、帰りの飛行機に乗るまえに、奥さんの病気がわかったのは、とても幸運でした。わたしどもでは、この病気のある患者さんが長時間飛行機に乗る場合は、必ず事前に、血液をさらさらにする薬を投与し、集中的な治療をします。脚の血管の」と言って、彼は自分の太ももに触れた。「血液循環は、筋肉の収縮に助けられています。この病気をもった人が薬を飲まず、長時間フライトで座席にじっとしていると、ここに凝血塊ができ、それが心臓、肺、脳などに運ばれていきます。その結果、重い脳卒中や肺動脈塞栓症、心臓発作が起こります」

デイヴィッドは黙って聞いていた。

「帰りのフライトで、奥さんが亡くなっても不思議ではありませんでした」と医師は言った。「もちろん、ここに来るフライトでもそういうことは十分起こりえたのです。つまり、あなたは家族をすっかり失っていたかもしれないということです」

とても奇妙なことだ、とデイヴィッドは思った。自宅からこんなに離れたところで、もう二度と会うことのない男と、すべてを失うことについて話をするなんて。

「お尋ねしてよろしいですか」デイヴィッドは言った。

「どうぞ」

「その病気が原因だったということは確かでしょうか」

「ええ」

「ほかのことが原因である可能性はまったくありませんか」

「ありません」

デイヴィッドは間を置いて言った。「たしかにそうだと思われますか」

「間違いありません」医師はデイヴィッドの肩に手を置いた。

「妻に会えますか」

「今は鎮静剤を投与しています」

「子どものことはどうなっていますか。これから、どうなるのでしょう？」

「しばらくお母さんと一緒にしておきます——あなたがた、両親と一緒に。何も急ぐ必要はないですから」

「いつ、妻に会えますか」

「病室は三八二号室です。今すぐ行かれてもかまいません」

「子どももそこに？」

「ええ。でも、奥さんは、あと一時間は目が覚めないでしょう」

デイヴィッドは母子の姿を思い描いた。「実はとても腹が減っていて……」と彼は言った。「こんなときに、変ですね」

「そんなことはありませんよ」アメド医師は言った。「カフェテリアはこの階にあります。そこのドアから出て、矢印に従ってください」


デイヴィッドは皿に、自分でも驚くほどたくさんの食べ物を盛った。

カフェテリアではビュッフェスタイルの朝食を提供していた。定番の朝食メニューに加え、パイナップル（言うまでもない）、スイカ、カンタロープメロン（今まで食べてきたのとはまるで違う）、それにココナッツシロップがあった。ココナッツシロップはとても風変わりで甘く、パンケーキとよく合う。ハワイを離れる前にたくさん買いこもうと思った。そして、食べながら、再び、自分はどうしたのだろうといぶかった。どうしてこんなに空腹を感じることができるのか。まるで妻の妊娠中ずっと、ある種の断食をしていて、赤ん坊が死んだので、それが終わったとでもいうようだ。そしてまた、強い宿命論的諦観が彼を襲った。それは、何もかもあらかじめ定められ、変えることのできない順序で起こったこの旅の奇妙さについての、言葉では説明しがたい感覚だった。さらに未来へと、同じ鎖をたどって行きながら、デイヴィッドは自分自身の運命について、おぞましい予感を抱いた。

「ペピンさんですね？」

声をかけてきたのは、年上の男だった。最初に見たときは、パイロットだと思った。格式ばった青いユニフォームのブレザーには肩章がついており、胸元には、一対の翼をかたどったバッジがあった。男は左手に帽子をもち、ブリーフケースを脇に抱え、あいている右手を差し出して、握手を求めた。男の手は乾いていて、握り方は力強かった。「あなたはこちらだと、アメド先生から聞きました」と男は言った。少なくとも六十代だと思われたが、表情が生き生きとしていて、青い目には若々しい輝きがあった。アルビノに近いほど肌の色が薄く、生まれてこの方、日光を避けてきたかのようだった。バーバソル・シェーヴィング・クリームのペパーミントっぽい香りがした。痩せて引き締まった体の持ち主で、この男が平らな腹を誇らしげに平手でたたいているところが、デイヴィッドには想像できた。クルーカットの髪は白髪だが、密集していて、薄くなりかけている気配はなかった。きっと死ぬまで禿げることはないだろう。祖父のような懐かしい香りのする、きちんとした身なりの、姿勢のよい男から、久しぶりに気遣いの感じられる優しいまなざしを向けられて、デイヴィッドは安心できる気がした。

「ネイサン・ハロルドと申します」と男は言った。「ユナイテッド航空の者です。災難に遭われた方のお世話をするのが仕事です。専門分野は交通心理学ですけれども。ちょっとお時間をいただけますか？」

デイヴィッドはうなずいた。ハロルドは静かに椅子を引いて、腰を下ろした。薄型の黒いブリーフケースをテーブルの上で開き、タブに「デイヴィッド&アリス・ペピン」と書かれたフォルダーを取り出すと、ケースを閉じ、足元に置いた。そして一対の翼の紋章が描かれたフォルダーの表紙の上で、手を組んだ。「まず、弊社から、そして、わたし個人からも、心からのお見舞い申し上げます。ほんとうにお気の毒に存じます」

デイヴィッドは皿に山盛りにした食べ物のことが、急に恥ずかしくなっている自分に気づいた。そして、さっきよりも強い、押しつぶされそうなほどの罪悪感を覚えた。内心の動揺が顔に出たり、ほかの意味で不適切な表情を浮かべたりすることが心配だったので、ハロルドの親切な言葉にもかかわらず、彼のほうを向くのに努力が必要だった。

「奥さんはいかがですか？」ハロルドが尋ねた。

「まだ会っていません。鎮静剤を投与されているので」

「あなたは大丈夫ですか？」

デイヴィッドはハロルドの手ばかり見ていた。それは美しく、大きく、力強い手だった。彼の爪は、甘皮のきわの三日月から、きれいに切られた先端部に至るまで手入れが行き届いていた。見かけを気にしているのではなく、潔癖で几帳面なのだと思われた。一度も噛んだり、しゃぶったりしたことがない爪に見えた。そのとき、ハロルドが驚くべきことをした。組んでいた両手の指をほどき、左手の掌を差し出したのだ。デイヴィッドが関心をもっているのに気づいて、どうぞゆっくりご覧くださいとでも言っているかのように。その掌は、デイヴィッドがそれまでに見たどの掌よりも、筋がたくさんあり、複雑な模様を成していた。彼は思わず目を上げ、ハロルドの目をちらりと見て——ハロルドは温かい笑みを浮かべていた——また、その掌に目を落とした。

「イタリアで手相を観てもらったことがあります」ハロルドが言った。「シチリア島のパレルモで。まだ二十代でした。はるかな昔です。その女の人が——ジプシーでした——ふたつのことをわたしに言いました。ひとつは、わたしが長い時を経た魂だということ。彼女には、これらの線すべてから、それがわかったのです。わたしはそれまでにたくさんの人生を経験していて、偉大な知恵を得られる潜在的な可能性をもっているとのことでした。それはどうだか、わたしにはわかりませんが、そのとき、彼女がわたしに示したのはこの線です」ハロルドは人差し指で、掌の基部の、中指の下にあたるところから上に伸びている目立つ線をなぞった。その線は、それと垂直に走っている最初の線にぶつかり、そこで止まっていた。「彼女が言うには、これがわたしの運命線で、それがこんなふうに止まっていることから、わたしの運命が、あらかじめ定められたものではないことがわかるのだそうです。運命は開かれている。わたしが自分のことをわかっていないのは、そのせいだと彼女は言いました」

デイヴィッドは自分自身の両手を見た。初めて気づいたが、彼の掌には、複雑な筋の模様はなかった。だが、ハロルドと同じ運命線があった。中断している、未完の線。

「人に何か言われる場合、ほんとうに深く心に刻みこまれるタイミングというものがあります」とハロルドは言った。「今の話を彼女から聞いたとき、わたしは自分をできそこないだと感じました。自分自身のことが見えないのは欠陥だと。手相を観てもらったその日から、わたしは自分が人生でするすべてのことは、この線を完成させようとする試みなのだと思うようになりました。赤の他人がこんなに影響を及ぼすなんて奇妙なことですよね」

デイヴィッドはうなずいた。

「今は、自分に感情がないような気がしているのではありませんか」

「そのとおりです」とデイヴィッドは答えた。

ハロルドは指を動かして、デイヴィッドの皿を指した。ドアをノックしているように感じさせる仕種だった。「ごちそうさせてもらえませんか？」

「いえ、結構です」

ハロルドは札入れをしまった。「食事がとれるようで、よかったです」

ほんのわずかだが、デイヴィッドは気が楽になった。ハロルドの口調、声の音質そのものが、この出来事とは関係がない未来があることを約束してくれた。

「ペピンさん。わたしがここに来たのには、いくつか理由があります。第一に、手助けをするためです。わたしたちの管理する空でとても悲しいことが起こったとき、わたしたちは心からお見舞いやお悔みを申し上げます。でも、行動の伴わない気持ちでは、うわべだけのものにすぎません。わたしがここにいるのは、主に、帰還のお手伝いをするためです」

「意味がわかりませんが」

「適応です」とハロルドは言った。「地上の生活への。わたしがここへ来たのは、あなたがご自分の人生全部を空に置いてきたのではない、ということを確認するためです」

デイヴィッドは黙って聞いていた。紙ナプキンを丸め、テーブルに前腕を置いて、もう一度自分の掌を見つめた。助けてくれようとしているとわかっていても、尋問されている気がしてならなかった。

「謎めいた言い方に聞こえるでしょうね」ハロルドは言った。「実際的なことから始めましょう。あなた方の荷物をお預かりしています。それは今、外に駐車した車の中にあり、弊社の派遣した運転手がついています。その中のもので、あなたと奥さんが必要とするものがあれば何でも――全部でも、すぐにもってこさせることができます」

デイヴィッドはうなずいた。

「奥さんがどのくらい入院することになるか、ドクターから聞きましたか」

「家にもどるために、血液をさらさらにする薬の投与を受けなくてはならないと聞きました。今すぐ飛行機に乗るのは危険だそうです」

「あなたは病院に泊まりこみますか」

デイヴィッドは首をふった。

「どこのホテルに泊まるか教えてください。すぐに運転手に荷物を届けさせます。もし病院にいるのが長引いても、荷物はホテルのほうにみんなありますから、運転手に言えば、いつでも必要なものをもってこさせられます」

「マンダリン・オリエンタルホテルに滞在する予定でした。ですが……」

「ご自分がどこに行くか、まだわからない」とハロルド。

「そうです」

「まだ、移動の途中のような気がしているのではありませんか。長時間ドライブして、そのあと眠ろうとしても、心が風に吹き飛ばされてしまったみたいで眠れない。そんな感じでしょうか」

「そのとおりです」

「だからこそ、わたしはここにいるのです」ハロルドは左右の手の人差し指を並べた。「それは、ある状態です、デイヴィッド。ショック状態のような。旅行中に災いに遭う。ふたつの地点の間で。空中で。ふたつの理由で、これは独特なトラウマです。第一に、飛ぶということは信じる行為です。明白な事実ですが、飛行機に乗るには、それを頭から追い出さなくてはなりません。でも、あなたの脳の古い部分——爬虫類だった頃からの脳は、自分が高度一万メートルのところで、死の危険にさらされていることを知っています。第二に、わたしたちは猛スピードで、非常に複雑なシステムとルートで旅をしていますから、万一、二つの地点の間を動くのに必要な接続が何らかの理由で中断されるか、わたしたち自身がなんらかの理由で出発と到着という出来事の連なりから放り出されるかしたら、もっとも根本的な安心感が、わたしたちの手を離れて飛んでいきます。爆破されたかのように。そのような出来事は、人の心や魂に破壊的な影響を及ぼします」

デイヴィッドはようやく目を上げることができた。ハロルドの青い目は穏やかで、優しかった。

一ふたつの地点の間で何かが起こる」ハロルドは話しつづけた。「しかも、空中で起こる。わたしたち自身の魂が撃ち落とされたかのようだ。ギリシャ神話のパエトンのように、わたしたちはまっさかさまに空から落ちる。いわば抹消されるのです。信じることが――信頼感が魂から吹き飛ばされる。わたしたちの心から、活力や判断力が吹っ飛び、背骨から自信が吹っ飛ぶ。わたしたちの存在の核から、肝っ玉が吹っ飛ぶ。非常に多くの本質的なものが、わたしたちから切り離され、煙の尾を引いて飛んでいきました。そういうわけで、もとになった出来事は遠く離れたところで起こったのですが、永遠につづく災厄だと感じるのも無理はないのです。そういうことがあると、わたしたちは引きこもります。動きたくなくなります」

デイヴィッドは黙って耳を傾けた。

「スペースシャトルが爆発したときのことを覚えていますか？」

「もちろん」

「そのときどこにいたか、覚えていますか？」

「ええ」

「新たに宇宙船が発射されたら、必ずあの爆発のことを考えてしまいますよね。同じことが、また起こるのではないかと思ってしまいますよね。これは、ＳＬＳＤ――サドゥン・ロス・オブ・サスペンション・オブ・ディスビリーフ（不信の停止が突然失われること）――と呼ばれるものです。たとえば、これが原因で、年取った人が運転できなくなる場合があります。そういう人たちは、追い越したり、合流したりする勇気が奮い起こせなくなるのです。自分のレーンにトラックがはいってくると、怖くなって路肩に逃げてしまいます。彼らは五十五マイルの速度制限を必死で守ります。神経を落ち着けるために、法律を厳密に守ることが必要なのです。彼らは不運な出来事をたくさん見聞きして、身も心もすくんでしまったのです。道路は今にも起こるかもしれない災いに満ちているところだと信じているのです」

　デイヴィッドはうなずいた。

「マンダリン・オリエンタルホテルでしたね？」

「そうです」

「滞在費は弊社でもたせていただきます。ご希望でしたら、奥さんの回復を待つ間、お泊りの部屋をアップグレードします」

「わたしが家に帰りたい場合はどうなりますか？　あるいは妻がそうしたい場合は？」

「その場合は、ユナイテッド航空が、世界じゅうどこでもご希望の場所へ行く、もっとも早い便のファーストクラスのお席をご用意します。こちらに……」ハロルドはフォルダーを開き、カバーの内側にクリップでとめてあった名刺をデイヴィッドに渡し、自分のペンで電話番号にアンダーラインを引いた。「わたしの携帯の番号です。何らかの理由でわたしが出られないときは、待機中の係員に転送されます。でも、わたしは必ず出ますよ」

「ハロルドさん」デイヴィッドは言った。「いやな言い方をしてすみませんが、これでは、災いがあって却って得をしているような感じですね」

「とんでもないことです。必要な世話と手助けを受けていらっしゃるだけです。経験のある専門家たちからの。フレンドリー・スカイズ*からの。ご覧ください」ハロルドはフォルダーから、ホチキスでとめた紙の束を取り出した。「弊社と提携している医師のリストです。これからの数日間、どんな問題であれ、専門家の助言やセカンドオピニオンが必要な場合はまず、このリストの誰かに連絡してください」

「どうも」

「さて、一番、お話ししにくいことが残っています。どういう段取りにするか」

「なんのことですか」

「お子さんのことです」

驚いたな、とデイヴィッドは思った。死によって、どんなに多くのことが降りかかってくることか。そもそも、この出会いもそのひとつなのだ。

「こんなに早く、こんな話を持ち出すのはひどいと思われるかもしれませんが」とハロルドは言った。「それについても、ぜひお手伝いをさせていただきたいと思います。もちろん、お子さんのご葬儀の費用は、すべて弊社でもちます。提携している地元の葬儀社がたくさんありますし、ハワイのすべての島に墓地の区画をもっています。また国じゅうどこの州でも対応できます。このことも、わたしどもの義務だと思っています。お手伝いさせていただければ光栄です」

「何と言ったらいいか、言葉が浮かびません」

「何もおっしゃる必要はありません。わたしどもは、あなたがたおふたりが、地面にしっかり足がついたと感じられるまで、おそばにおります」

ハロルドはそう言い終えると、両手を前で組んで、しばらく無言でいた。

デイヴィッドは自分の食べ物を見つめた。新鮮さはすでに失われはじめ、いろんな色がまじりあっている。シロップが卵黄とまじり、それがバターとまじる。すべてが崩壊し、凝固し、変質していく。

「そろそろ上へ行ってアリスの顔を見てきたほうがよいかと」

「ああ、そうですね。どうぞ、いらしてください」

デイヴィッドは口元を拭い、紙ナプキンを皿の上に置いた。ハロルドに目をやり――彼は気遣わしげにデイヴィッドを見守っていた――また、目を伏せた。

＊ユナイテッド航空のこと。この表現は同社の宣伝文句や機内アナウンスで長く用いられていた。

「大丈夫ですか？」

デイヴィッドは肩をすくめた。椅子にピンでとめつけられたように、立ち上がるのが難しかった。

「わからないことがあったら、いつでも」とハロルドは言った。「わたしに訊いてください」

デイヴィッドは相手の顔を見ることができなかった。

「わたしに訊いてください」ハロルドが言った。

デイヴィッドの目が涙でいっぱいになった。「わたしのせいだったんでしょうか？」と彼は言った。

「考えてはいけないことを考えたから？　あなたにはわかりますか？」

「ええ、わかりますとも」

「教えてください。知る必要があるのです」

「あなたのせいではありません、デイヴィッド。あなたのせいでも、あなたが考えたことのせいでもない。あなたのした選択のせいでもない。あなたはまったくかかわっていなかった」

「たしかにそうだと思いますか？」

「ええ。間違いなく」

「どうして、確信がもてるのです？」

「それが、起こった事柄の本質だからです」

「それでは説明になっていない」

「では、聞いてください」ハロルドはテーブル越しに手を伸ばし、デイヴィッドの手の上に自分の手を重ねた。「あなたは、自分に起こったことが、一種の集大成だと考えていますね。章の終わりのようなものだと。それは起こるべくして起こったことだと。でも、そうではないのです。集大成なんかではありません。あなたはこのことにおいて、何ら、能動的な力をもっていなかった。あなたの錯覚は、旅の効果によるものです。人が旅をするときは――とりわけ飛行機で旅をするときは、その選択を特別なものだと考えます。それは、飛行機の旅にまつわる言い伝え、その奇跡あるいはロマン、その魔法の一部です。人々は出発の時点を特別視します。よく聞くでしょう？『あの墜落した飛行機、わたしはあの便に乗る予定だったんです。でもタクシーが渋滞に巻きこまれたおかげで……』なんて言うのを。まるで、神が介入したかのような言い方です。人々は、飛行機という交通手段に神聖な地位を与えているのです。彼らが、間に合おうと努めていたのは、ただのフライト、飛行機便に過ぎないのに、それがさまざまな出来事の連なりの終わりであるかのように、それが行こうとしていた場所であるかのように考えます。しかし、彼らは間違っている。乗りたい便に乗れた場合を考えてみましょう。彼らは旅行の隙間的な本質――何かと何かの間を満たしているという性質を、自分自身にあてはめます。飛行機に乗っているとき、人はその時間を人生の出来事の連なりの中休みだと考えます。一種の煉獄のようなもの、あるいは一時的な避難所のようなものと考えます。しかし、人生は人とともに旅をします。考えてみてください。空を飛ぶ飛行機の中で、離婚が生じます。婚約が成立します。一万メートルの高度のところで、子どもが身ごもられます。元気に生まれもします。人が死にます――心臓発作や脳卒中や動脈瘤破裂で。機内で一杯やって、永遠の眠りにつく人もいます。機内食で窒息する人もいます。まあ、助かりますけれども。人々が恋に落ち、本が書き終えられたり、読み終えられたりします。大発見や科学上のブレークスルーがなしとげられます。そういうことがいっぱい起こっているのに、それでも、人々は旅行を――移動を、生きることを猶予されている時間だと考えます。そういう考えは間違っています。移動は猶予ではありません。人生に猶予などない。移動は、わたしたちにとって、永遠に続く状態なのです」話し終えたハロルドは、デイヴィッドの手をぎゅっと握った。

「もう一度言ってください。確信していると」デイヴィッドは頼んだ。

「わたしたちのすべての考えのうちで、重要性があるように思われるのは、はっきりと形になって現れたものだけです。ある出来事が起こる前に浮かぶ考えは、中華料理屋のクッキーにはいっているおみくじのようなものです。おみくじも考えもたまたま出てきたにすぎません」

「請け合ってください。ほんとにそうだと」

「わたしたちの頭に浮かぶすべての考えについて考えてください。忘れてしまうものだってたくさんあるでしょう?」

「だから、頼みます。はっきりした言葉で請け合ってください」

「あれはあなたのしたことではありません、デイヴィッド。あなたにできたことなど何もないのですから。請け合いますよ」

デイヴィッドはもう一方の手を、ハロルドの手に重ね、握り合った手の上に額をあてた。ひとつの彫刻のような三つの手の上に、涙がふりそそいだ。「もっとよい人間だったらよかったのに。どうしてそうでなかったんだろう?」

「そうなれますとも」

「どうしてもっとほかのことを考えなかったんだろう?」

「もうすでに、考えたでしょう?」

デイヴィッドはむせびないた。何よりも、妻に会いたかった。妻を抱きしめたかった。

「奥さんをゆっくりと地上におろしてあげなさい」ハロルドが言った。「ゆっくりとね」


アメド医師はアリスに、抗凝血剤による治療を施しはじめ、その夜は彼女を観察下に置いた。翌朝、デイヴィッドとアリスは息子の火葬に同意した。

子どもの遺灰は小型の魔法瓶ほどの白い長方形の容器に入れられ、デイヴィッド・ペピンという名を記した死亡証明書とともに、ふたりのもとに届けられた。当然ながら、誕生の日付と死亡の日付は同じだった。遺灰はなぜか、子どもの体を抱いたときに感じたより重く感じられた。デイヴィッドはそれを実に不思議なことだと思った。

アリスは遺灰のはいった壺を受け取ったとき、これといった反応を全く示さなかった。彼女は自分の中に閉じこもる度合いをますます強めていた。同時に彼女の中に怒りが蓄積していることも、デイヴィッドは感じていた。だが、不思議に、怖くはなかった。ハロルドとの会話のおかげだと、彼にはわかっていた。

デイヴィッドは以前、アリスの妊娠が自分を彼女から切り離したと感じていたが、それとまったく同じことが、子どもの死によって起こったようだった。しかし、それについては対処の方法がなかった。彼はすでに、そのことをなんとか受け入れていた。だが、そのあとにやってきたのは、まったく別のものだった。

アリスの入院中、デイヴィッドはハロルドに数回電話し、彼との会話から、はかりしれないほどの慰めを得た。もちろん、デイヴィッドがもっとも気にかけているのはアリスのことであり、彼女が地上にもどるのをいかにして助けるかということだった。きょうの午後、退院できるでしょう、と医師に言われたとき、デイヴィッドはすぐさまハロルドに電話した。どのように進んでいったらいいのか、確信がもてなかったのだ。ハロルドの助言は謎めいてはいたが、高い実用性をもっていた。デイヴィッドはその助言どおりやってみて初めて、そのことを理解した。「彼女に対して、毅然とした態度をとりつつ、柔軟でありなさい。自分が主導権をとるか、あちらに従うか、どちらかにしなくてはならない機会があったら、注意深く耳を傾けることです。そうすればするほど、彼女の着地はスムーズになります」

二、三時間して、アメド医師がまもなく退院できますよ、と言いに来たとき、デイヴィッドはどうしたいかとアリスに訊いた。その質問にアリスは怒った。

「どういう意味？」とアリスは言った。

「うちに帰るか、それともここに留まるか」

「ここに？」

「うん」

「休暇を楽しむということ？」

「いや」とデイヴィッドは言った。「ただここにいるというだけだ。ふたりでね。それを何と呼ぶか別として。どうも、ぼくはうちに帰る気になれないんだ。トリニティースクールのソウブルさんに電話して、きみが医学的な緊急事態に陥って手当を受けたということを話した――だから、いつもどるか、はっきりしないということも」

アリスはそれを聞いて、目に見えてむくれた。「何が起こったか、あの人に話したの？」

「もちろん、言わないよ」

アリスは腕組みをして、窓の外をにらんだ。明るい日差しの中で、アリスが妊娠をきっかけに太ったことが、いっそうはっきりとわかった。腕が丸っこくなり、ガウンの上からでも腹部のふくらみがわかる。デイヴィッドは、アリスの視線の先に目を転じた。下の駐車場のヤシの木が揺れている。遠くには、火山の間に霧が漂っているのが見えた。

「ここで何をするの？」ようやく彼女が口を開いた。

「ぼくに任せてくれないか」

アリスは答えなかったが、デイヴィッドはその沈黙を決定だとみなした。

デイヴィッドは、すぐにハロルドに連絡し、ハロルドが車を寄越した。その車を見たアリスは「何、これ？」と言った。

デイヴィッドは躊躇した。あるいは、自分の勘を信頼した。そのどっちなのか確信がなかった。だが、自分たちが手助けを受けていることを彼女に知られてはならないのは確かだと思った。「車があったほうが便利だと思ったんだ」と彼は言った。次に何をするか、まったく考えていなかったけれども。明確なプランができるまで、ホテルを一種のホームベースと考えようと、彼は思った。

車に乗ると、アリスは遺灰の壺を膝に置き、しっかりと抱えた。デイヴィッドがそれに言及するのを待っていたかもしれないが、彼は何も言わなかった。

マンダリン・オリエンタル・ホテルはカハラ地区の通りの突き当たりにある。カハラ地区の家々は、信じられない地価の土地の上にある。海岸線に沿って、塀で囲まれたスペイン様式の化粧漆喰の邸宅が何ブロックも並んでいる。それらの邸宅と対照的なのが、近代的設計様式による豪華なホテルで、白と海の青とに彩られた高い建物がふたつ隣り合って建っている。この建物の輪郭を成す線は、各窓から張り出した白い梁に支えられていて、それぞれの棟は、積み重なった透明なキューブに包まれているように見える。言い換えると、建物を囲んで一種の足場のようなものがあるのだが、それが、このふたつのビルに軽快な印象を与えている。一対のグライダーのように風に乗って飛んでいきそうな感じさえする。ホテルの建物の背後には、コオロウ尾根のふもとに広がるワイアラエ・カントリークラブがある。ゆっくりと盛り上がる波のように斜面を登っていく、こんもりとした緑の木々におおわれた山腹に点在する家々は皆、海に向かって建てられている。もっとも、ホテルの敷地にはいるまでは、車の窓から海を見ることはできなかった。ホテルの第三の垂直方向の構造物——ポルト・コシェールと呼ばれる巨大なポーチ——の高い壁が視線を遮り、その向こうの浜を反対側から覗かれる心配のない、くつろげるものにしているからだ。デイヴィッドとアリスはホテルに到着すると同時に、王族のゲストのような扱いを受けた。ハロルドの計らいだと、デイヴィッドにはわかっていた。チェックイン後、マネージャーのひとりであるムラハシという日本人男性の案内で、敷地内の五つのレストラン、数店の商店、プール、スパ、ジムを見て回った。そのあと、彼らはビーチに通じるポルト・コシェールを通り抜けた。ふたつの長い防波堤の間に、静かな浅瀬の海があり、ヤシの木の木立に区切られた長いビーチがある。「ここは結婚式場として、とても人気があるんです」とムラハシが言い、それが合図ででもあったかのように、見栄えのいい日本人の花嫁花婿が現れ、海に面した真っ白いあずまやに向かって歩いていった。花嫁は嬉しげにドレスの後ろの裾をつまみ、花婿とともに、そよ風に向かい前のめりになって進んでいく。彼らの家族は、フェアウェイのようにきれいに手入れされた芝生の上に並べられた椅子にすわって見守っている。ムラハシはデイヴィッドとアリスを先導して、ビーチの脇のレストラン〈プルメリア〉の中を通り抜けた。風通しのよい部屋の至るところにマホガニーが使われ、床には涼しげな粘板岩が張られている。アリスはこの場所の美しさにまったく心を動かされていないように見えた。

「言うまでもありませんが」広々とした中庭にふたりを導き入れながら、ムラハシが言った。「当ホテルは、有名な方々が定住なさっていることで知られています」彼らの前には、巨大な人工のラグーンが広がっていた。その向こう側には、スイートのある二階建の建物がラグーンを囲むように建っている。ラグーン自体はふたつのプールにわかれていて、8の字をなしている。そこには一群のイルカが遊んでいて、トレーナーたちに面倒を見てもらっていた。トレーナーは全員、青い水着を着た若い女性で、プールを分割している、水に浮くプラットフォームの上に立っている。トレーナーたちは一様に美しく、イルカもすばらしかったので、イルカが姿を変えた神で、トレーナーたちは、その神々に仕えるニンフであるかのようだった。人々はあらゆるところから、ラグーンのあたりを眺めている。ポルト・コシェールから突き出た広いテラスから。ゲートのある、周囲の通路から。ビーチのそばの水泳用プールから。水が喜びを放射しているように思われた。水上のプラットフォームの上に、大きな青いマットが敷かれた。トレーナーたちのうちの四人がそのまわりに膝をつき、端を押さえた。それから、別のトレーナーが水面の上に手を差し出すと、一頭のイルカが現れて、彼女の掌に鼻先をこすりつけて鳴いた。甲高い音があたりに響きわたった。彼女が掌をひらめかすと、イルカは水面が少しも乱れないほど、しなやかに跳躍し、マットの真ん中に着地した。体全体が三日月形にカールしている。デイヴィッドが想像していたよりずっと大きかった。頭のあたりにいるトレーナーが、クリップボードになにか書きとめた。

「何をしているんですか」とアリスが尋ねた。

「体重を量っているんです」ムラハシが答えた。

「何のために」

「おなかの子どもがちゃんと育っているのを確認するためです」

デイヴィッドは視界のすみで、妻がにっこりするのを感じた。

彼らのスイート――ひろびろとして通風がよく、植物がいっぱいの、蜂蜜色の堅い木材とチーク材とラタンの家具が備えられた部屋部屋からは、イルカのいるラグーンと太平洋とが見下ろせた。デイヴィッドはスイートの中を探索する途中で、ルーバー式の引き戸をあけてラナイ*に立った。眼下のヤシの木は貿易風に撓(しな)い、葉擦れの音がイルカの鳴き声やイルカが宙返りして着水したときの音――水中爆雷のような音とまじりあっていた。着水の音のあとには、常にいる観客の喝采が続いた。デイヴィッドは風のささやきが耳を満たすに任せた。目を閉じ、そして開いた。外海の天然のラグーンでは、シュノーケルを楽しむ人たちが、ふたりひと組で浮かんで、ゆらゆらしている。彼らの体は自分からは動かない。空から撃ち落とされたかのようだ。彼らの体の下のサンゴ礁――青緑のまだら模様に見

＊ハワイ語で、ベランダの意。伝統的には、家具などを置き、居間のように使う。ホテルの部屋のバルコニーもラナイと呼ぶ。

える——が、デイヴィッドのいる高さからでも見える。さらに沖、何百ヤードも先では、漁師たちが砂嘴の上に立っている。砂嘴のすぐ向こうには、うずまく波の線が迫っているが、彼らのところまで到達することはない。真西にはダイヤモンド・ヘッドがある。まるで古代の船のように荘重で不動だ。どこを見ても、太平洋の大きさと、陸に閉じこめられた人間の卑小さが感じられる。

「アリス？」部屋にもどって、名前を呼んだ。

小さなサイドテーブルの上に、遺灰の壺と白い薔薇の花束が並んで置かれていた。バスルームで水音がしている。

バスルームのドアをノックした。返事がなかったので、心臓が飛び上がった。それで、勝手にドアをあけてはいった。アリスは大きなバスタブに身を横たえ、ジェット噴流の勢いを最大にしていた。マスカラが頬を流れている。タブからの蒸気のせいだろうか。それとも泣いていたのか。アリスと一緒にいて時間が経てば経つほど、ものを言うのが難しくなっている。

「お花、ありがとう」アリスは彼を見上げ、無理に微笑した。その努力によって、彼女のなけなしのエネルギーはすっかり使い果たされたようだった。

彼はそこに立ったまま、また、待っていた。何を待っているのか、自分でもわからなかった。

「こんな素敵なバスルーム、初めて見たわ」とアリスが言った。

デイヴィッドはバスルームの中を見回した。何もかもがグレーの大理石とチーク材でできている。部屋の両端のそれぞれに、洗面所とクロゼットがあり、木製のハンガーに上等そうなガウンがかかっている。ガラス張りのシャワー室もあり、シャワーの噴き出し口は、フリスビーの円盤ぐらいの大きさだ。シャワーとバスの間にあるトイレットには、プライバシーを守るためにドアがついていて、電話もある。「そうだね」と彼は同意した。

「こんなバスルームが自分のうちにあったら、自分たちは大成功したんだって実感がわくでしょうね」アリスは改めて周囲を見た。

「いつか、そんな日が来るかもしれないよ」

アリスは黙っていた。

「先のことはわからないからね」とデイヴィッドは言った。

「そうね」とアリスが言った。「先のことはわからない」

もう何も言うことがなくなったので、アリスをひとりそこに残して、寝室からハロルドに電話をかけた。「彼女と話ができないんです」とデイヴィッドは言った。「ふたりとも話せない。言葉がブラックホールに吸いこまれていくみたいだ」

「大丈夫ですよ。デイヴィッド。今はそれでいいんです」

「無理だ。耐えられない」

「時間が解決します」ハロルドの声は、いつものように静かだった。

一杯やりたくてたまらなくなり、デイヴィッドはカウンターの扉をあけた。「花をありがとう」デイヴィッドはそう言って、花束についたカードを見た。「愛をこめて」と書いてあった。

「花のことを思いついたのは、あなたですよ」とハロルドは言った。「わたしじゃない」

それはほんとうだった。ロビーにはいってきたとき、ちょうど、ひとりの花嫁が大きな花束を手にして、写真をとってもらっているところだった。それを見て、思ったのだ。アリスのために部屋を花でいっぱいにすることができたら、そうするのにな、と。「つまり、あなたはテレパシー能力の持ち主ってことですか?」

「わたしは耳を傾けるのが上手なだけです」

「今は何が聞こえます?」

「教えてくれたらいいじゃないですか」

デイヴィッドの心に、飛行機のトイレで子どもを抱いている妻の姿が浮かんだ。その姿を忘れたいと思えば思うほど、忘れられないのだ。それだけではなく、ほかのこともあった。

「告白しなくてはならないことがあります」

「何ですか」

「犯罪のようなこと。でも、わたしがやったことではない。どう説明していいかわかりません」

「話せるようになったら、話してください」

恋に落ちるのに似ている、とデイヴィッドは思った。こんなふうに、ある人をあっという間に、とことん信頼するようになるなんて。その感情は、空腹を感じるのと同じくらいリアルだ。そして、もちろん、彼は空腹だった。

「ディナーの予約をしましたか」ハロルドが尋ねた。

デイヴィッドは時計を見た。六時を回ったところだ。「いいえ」

「何時に食事に行きたいですか」

「一時間後に。でも、キャンセルしないといけなくなるかもしれません。アリスの気分がどんな風か、ようすを見たいのです」

「わかりました」

「何をしたらいいと思いますか」

「いつのことです?」

「あした」

「あなたは何をしたいんです?」

「さあ。旅行するときはいつも、アリスが何から何まで、計画をたててくれるので」

「なるほど」

「わたしは好奇心があまりなくて」

「そういう人もいるでしょう」

「自分から行くのは出張だけです」

「大丈夫ですよ。こちらで手配をしますから」

「何もかも彼女にさせて」

「そんなに自分を責めないで」

「自分は何もしないで」

「思い詰めないでください。デイヴィッド」

デイヴィッドは一瞬、ハロルドが実在するのかどうかも、あやふやになった。

「どうぞ」ハロルドは言った。「何でもわたしに言ってください」

「こんなときにこんなことを考えるのは変だと思うのですが」

「そんなことはないですよ」

「ダイヤモンド・ヘッドというのは、どういうものですか」

「死火山です。もっともハワイでは、完全に死んでいる火山はないように思われますが」

そのあと、ディナーのときに、アリスが同じ問いを発した。デイヴィッドが答えを知っていたことで、アリスが感心したかどうかはわからないが、そうだとしても、そぶりには見せなかった。そのやりとりは、ただの背景ノイズだった。それぞれががつがつ食べる合間の短い休止にすぎなかった。ダイヤモンド・ヘッドは、食べるのを休止して話題にした唯一の事柄だった。彼は猛烈に食べた。そして、アリスがこんなに食べるのを初めて見た。アリスはまず、イカを注文した。それは二人用の大皿で来たので、彼女は息継ぎもせず、せっせと食べた。アリスはツナ・タルタルを注文し、次いでハワイアン・シーバスを注文した。シーバスはリゾットの上に載って出てきた。そして、締めくくりのデザートはチーズの盛り合わせだった。食事の間じゅう、彼はアリスが鼻で呼吸するのを聞いていた。

「あしたはどうするの？」最後の皿を空にしてから、アリスが尋ねた。

「サプライズということにしておこう」

「もし、わたしがあなたのサプライズが気に入らなかったら？」

「その場合は、やめるだけさ。代わりに何がしたいか、きみが言ってくれればいい」

「もし、わたしがうちに帰りたかったら？」

「いいよ」

「『今』っていう意味。今晩てこと」

「それでもいいよ」

「逆らわなければいいと思っているんでしょ、デイヴィッド。やめてよね、うわべだけへいへいするの」

デイヴィッドは待った。アリスは怒りを抑えることがほとんどできないから、こちらとしては縮こまっているしかない。

「今度のことを楽しみに変えようとしないで」

「そんなつもりはない」

アリスはため息をつき、それから、無表情にナプキンをたたんだ。

「しばらくの間、ここにいるのがいいと思う」と彼は言った。「じっとしていたいんだ」

そのあと、アリスは無言だった。

その晩、デイヴィッドが目を覚ますと、アリスがすすり泣いていた。何度か、泣き方がひどくなり、大きな声になったので、警備員が飛んできてドアをどんどんたたくに違いないと思った。何度もアリスを抱きしめようとしたが、そのたびに、肘や腕でふりはらわれた。とうとう諦めて、ベッドを離れた。物理的に距離を置くことで、わずかでも彼女の気持ちが落ち着くのではないかと思った。アリスは上下のシーツの間で体を丸め、枕に顔を伏せて、何かつぶやいていた。暗がりの中でも、背中が細かく上下しているのがわかった。彼はラナイに出て、ドアを閉めた。アリスの悲嘆に臓腑がかきむしられる思いだった。

数分後、室内にもどった。

「話してくれ。頼むよ」

デイヴィッドは待った。アリスはぴくりとも動かず、何も言わなかった。それから、ふいに体を起こし、ベッドの上に膝をついた。シーツが絡みついたまま下に落ち、彫像の台座のように見えた。

「わたしに言わせないで」とアリスは言った。

彼は部屋から逃げ出した。下のバーへ行って、瞼をあけていられなくなるまで飲んだ。部屋にもどってきたときには、アリスは眠っていた。

デイヴィッドが真夜中にまた目を覚ましたとき、アリスはいなくなっていた。ラナイに出るドアが開いていて、風にしなうヤシの葉の葉擦れの音が聞こえた。カーテンがクラゲの触手のように、ふわふわと浮いていた。デイヴィッドはアリスの名を呼んだ。恐怖のあまり、息をするのが苦しくなった。ラナイに出て飛びおりたに違いないと思った。その確信がとても強かったので、起き上がったあとも、手すりから身を乗り出して下を見る気になれなかった。発見されることなく、月光の中に白々と浮かび出ている彼女の体が頭に浮かんだ。そんなに悪い死に方ではないかもしれない、と思い、束の間、それを自分のこととして考えた。まず、落下を思い浮かべた。落下がもたらす安らぎが想像できた。落下にどれくらいの時間がかかるだろうか。それと同時に、アリスを伴わず、何ももたず、うちに帰るのはどういう感じだろうかと彼は思いを巡らした。帰りの飛行機。家に向かうタクシー。ドアを開いて中にはいる。アリスの声をもう二度と聞くことがないというのは、どういう感じだろう？　ある種の淋しさだろう、と自分が今感じていることから推測した。まるで自分が存在しないような淋しさ。今は、ありありと思い浮かべることができない淋しさ。愛のまっただ中にいるとき、愛をほしがるというのがどういうことだったかは、思い出せないものだ。愛のまっただ中にいるとき、相手がほんとうにいなくなってしまうということを思い描くのは不可能だ。子どもが生まれて、ふたりきりでなくなること——これもやはり、それに向けて自分の気持ちの準備をすることはできない。実際にそれが起こるまで何もわからない。まったく新しい経験だ。

デイヴィッドは下におりていって、アリスを捜した。店は皆閉まっていて、ゲートもおりていた。ロビーのフロントデスクでは、日本人スタッフが書類仕事をしていた。彼女はデイヴィッドを見て、にっこりほほえみ——午前三時過ぎという時刻にしては、華やかすぎる笑顔だ——仕事にもどった。ハワイ人の男がひとり、床を磨いている。ラウンジではすでにコーヒーメーカーを準備したり、調味料の小袋を補充したり、世界じゅうの新聞の載ったカートを押したりしている。デイヴィッドはイルカのラグーンを見下ろせる広いテラスに出て、そこから、下の通路にいるアリスを見つけた。

アリスはラグーンのふたつのプールを囲むフェンスにもたれ、組んだ腕の上に顎を置いていた。デイヴィッドが近づいていく気配に気づいていたはずなのに、隣に立っても、ものを言わなかった。湿度は高いのに、ひんやりしていた。薄暗かったが、デイヴィッドは自分の腕に鳥肌が立っているのがわかった。アリスと同じようにフェンスにもたれて、彼女の反応を待った。自分から抱きしめることは、怖くてできなかった。時折、黒い水の上に、灰色のイルカが浮かびあがった。イルカは小さなジェット音をたてて、息を吐いた。

「もどれる気がしない」アリスが言った。

「もどるって、どこに？」

「うちに」

彼はふと思った。長いこと人間のそばにいる、このイルカたちは、人間がイルカに対してもってい
るような好奇心を人間に対して抱いているのだろうか。

「ここにいたい？」

「そうは思わないわ」

「どこへ行きたい？」

「さあ、わからない。でも、わたしたちのアパートメントが怖いの。うちの中を歩き回っている夢を
見て、目が覚めたの」

「なぜ怖いんだい？」

「あそこを出てきたときは、あの子がわたしの中にいたでしょ。だからよ」
一、二分、ふたりは黙りこんだ。
「どこに行くにしても、ぼくも一緒に行っていいかい？」と彼は訊いた。
「さあ、わからない」とアリスは答えた。
デイヴィッドはイルカが通り過ぎるときのエナジーの拍動を感じた。その拍動は、水面をかき乱す
ことさえしない。浅瀬をふちどる岩に突然小さな波が打ち寄せるのを見て初めて、人はイルカがかす
かな航跡を残したことを知る。イルカは決して水を切って進むことをしないようだ。水面をカーテン
のようにそっと広げ、頭と背中をその下にもぐらせる。「どんな感じだった？」と彼は尋ねた。
「何が……」
「妊娠」
「どういう意味？」

「どういう感じがするものなのかな、と思って」

デイヴィッドは、耳を傾けることについてハロルドが教えてくれたことを思い出した。もちろん、耳を傾けることにはさまざまなバージョンがある。いやむしろ、聞こえない音にたくさんの種類があるというべきか。飼い主が呼んでくれるのを待ちながら、リラックスしている犬が吐く息の音。喧嘩のあとの部屋の沈黙。負けが決まる前に人々が立ち去るスタジアムの音。遊び部屋で子どもを待つ玩具。持ち主にささやきつづける書棚の本。彼にはアリスがリラックスしているのが聞こえた。彼女の中で渦巻いていたものが、動きをとめたような感じだった。

「自分が特別な存在だという感じ」とアリスは言った。「わたしには、ほかに言い表しようがないわ。でも、世界が前よりよいところになったような感じ、と言ってもいいかな。自分の中に存在するもののおかげで、自分がもっと、いきいきと生きられるの」

デイヴィッドがアリスに話しかけることに困難を感じているとすれば、アリスはデイヴィッドの顔を見ることに困難を感じているようだった。

「わたし、寝るわ」と彼女は言った。

翌朝は遅くまで寝ていた。デイヴィッドはルームサービスのコーヒーを飲みながら、朝食を食べに行こうと提案した。

「そうしましょう」とアリスは言った。「わたし、おなかがぺこぺこ」

フロントから、十時半のイルカとの遊泳の予約を確認する電話がかかってきた。デイヴィッドがこの予定について話すと、アリスは嬉しそうな顔をした。

朝食は外の席にすわり、海のほうを向いて食べた。アリスはビュッフェを選んだ。細く巻いたパンケーキにシロップをかけたものにハムとチーズ、そしてオムレツバーの焼きたてのチャイブ入りオムレツ。もう一枚の皿にも山盛りの食べ物が載っている——果物、ベーコン、プロシュート、そして二、三個のスシまでも。デイヴィッドは前の晩飲みすぎたせいで胃の調子が悪く、オートミールとコーヒーだけにした。

「しばらくここにすわっていましょう」アリスはそう言って、海に顔を向けた。

ウェイターが来ると、アリスはオレンジジュース入りシャンパンのおかわりを頼んだ。そして、腹をさすった。

「あらあら」アリスがささやくように言った。目は太平洋に向けられている。

何が見えたのか、彼は訊かなかった。

アリスがイルカトレーナーとともに人工ラグーンの真ん中まで歩いていったとき、イルカトレーナーが彼女に何を言ったのかも、デイヴィッドは尋ねなかった。何の話にせよ、アリスはそれを聞いて大笑いしたのだ。彼はアリスが楽しそうなのが、単純に嬉しかった。ふたりはほかの四人の客とともに、トレーナーに導かれて、イルカたちと間近に出会い、曲芸を見た。イルカは体の半分以上を水から出して独楽のように回ったり、同じように重力をものともせず、水面すれすれに、後ろ向きに飛んだり、三方向から投げられる輪を、それらが水面を打つと同時にキャッチしてもってきたりした。そのあと、トレーナーがアリスだけを連れて、プールの真ん中に行ったのだ。ラグーンの中の小さな島に売店があり、人々はそこでアドベンチャーの申しこみをしたり、「シー・クエスト」というラベルのついた救命胴衣やマスクを借りたりする。デイヴィッドはプールを見下ろして写真を撮るために、その建物の狭い階段を半分だけ昇った。ラグーンの水面を輝かせている朝日がどのショットにも柔らかみを与え、過剰にきれいな絵葉書めいた映像にしてしまいかねなかった。だが、妻の顔に浮かぶ喜びがその欠点を補い、それらの映像をもっと人間味の感じられる、申し分ないものにした。アリスがイルカの曲芸を見ては喝采し、水の中を進みながらトレーナーの言葉に耳を傾け、まったくの他人である彼女と話をしているのを見て、デイヴィッドは、自分は今まさに、自分のいない世界のアリスが、ためらいも、後ろめたさもなく喜びと出会う貴重な瞬間を目撃しているのだと思った。そういう喜びは、アリスにとって、めったに出会うことのないものだし、それよりなにより、この喜びは、アリスがほんとうには信用してない感情のひとつだった。デイヴィッドはアリスの子ども時代の話を思いだした。彼女の強い孤独感、自分は望まれていないという気持ち、彼女の性格の核にくみこまれている、自分は愛される価値がないという信念を思った。そして、あんなことがあったのに、アリスがこんなに早く、今、ここでの楽しみにふけることのできる強さを取りもどしたことに、称賛の思いを抱いた。

「楽しかったようだね」ゲートの外でアリスと一緒になったとき、彼はそう言った。

アリスはぐしょぐしょの髪を絞り、救命胴衣を脱いで言った。「あれを楽しまないで、何を楽しむの?」

そのあと、ふたりはタクシーでワイキキに行った。だが、そこに着いたとたんに、デイヴィッドは大間違いをしたと思った。美しいもの、心を奪うものは何もなかった。アメリカのどこの都市にでもあるショッピング街に過ぎなかった。カラカウア・アヴェニューに立って通りに目を走らせても、アトランタやセント・ルイスにいるのと、何ら変わりがないことがわかるだけだ。ふたりはあてもなく歩き回った。ティファニー、バナナ・リパブリック、ギャップ、ナイキタウン、ブルックス・ブラザーズ、グッチ、アバクロンビー&フィッチなどの有名ブランドの店舗が、無数のTシャツ売店の間に点在している。売店の中には規模が大きく、多文化が混合した、全観光客のための多目的店もあり、安価なサーファーシャツやマカデミアナッツ、ココナッツシロップ(デイヴィッドはこれを購入した)、日焼け止め、麦わら帽子、サングラス、ワイン、ビール、蒸留酒などを売っている。露天の市場もあり、そこに並んでいる店――偽物のヤシの葉と本物の竹でできている――には、さまざまな品があふれている。雪景色を封じこめたガラスの水玉やレイ、腰蓑、水着、先住民のちゃちな工芸品や、トーテムポールからイルカ、シャチまでのインチキな伝統彫刻、「ハング・テン!」と書いてある標識など。写真撮影ボックスや食べ物のスタンドもある。トルコ石と銀の指輪、サメの歯のネックレスやウミガメの飾りのついたネックレスを並べた黒ビロードの四角い布が何枚も続く。天然のビーズであるプーカ・シェルのネックレスがひとつの釘に幾重にも重ねてかけられ、首長族の首の長さほどの厚みを成している。これら、センスがないか自分がないかどちらかの人しか身に着けないような地元特産の安物アクセサリーは、実は米国本土の人目につかない工場でつくられているか、そうでなかったら、インドや中国の子どもたちの手でつくられている。

アリスもうんざりしていた。「わたし、こういうのは必要ないの」

「わかってる」

「ショッピングには興味がないの。とくに、こんなちゃちなのには」

「そうだと思ってた」

「飲み物がほしいわ。それに、どこかに腰をおろしたい」

ママラ湾に面したホテルのテラスレストランにはいった。鋳物の椅子はすわり心地が悪く、動き回っているウェイターたちは皆、少年の域を出ていない。クルーザンラムのメニューには、「マイタイをどうぞ!」と書いてある。デイヴィッドが頼んだビールは透明プラスチックのカップにはいって出てきた。ゴミになって、海に捨てられるんだろうな、と彼は思った。たくさんの小鳥たちが待機していて、床に食べ物のくずが落ちるたびに飛びつき、食べ終わった皿を少年たちが下げるのが少しでも遅れると、たちまち群がった。太った人があまりに多いので、デイヴィッドはつい数えずにはいられなかった。

「おなかぺこぺこ」とアリスが言って、メニューを見た。

ここからは、ワイキキビーチがよく見渡せた。この有名な砂浜は、グランドキャニオン同様、誰もがどこかで——映画やテレビや絵葉書で目にしたことがあり、期待が大きいだけに、いざ自分の目で見ると、薄っぺらで安っぽく感じられる。老若男女のサーファーが視界いっぱいに広がる海の至るところにいる。浜近くにも沖合にもいて波に乗っている。サーファーも泳いでいる人たちも、双胴船(カタマラン)や海岸に向かって突進する大型観光船の間を縫うようにして進んでいる。頭上には小さな飛行機がたくさん飛んでいる。ビーチの人の多さは、タイムワープをして四〇年代のコニーアイランドにもどったみたいだ。モノクロ写真に残る、人があまりに多すぎて砂が見えず、楽しくもなんともなく、人と密着するのがどんなに苦痛か経験するため以外に訪れる理由がない、あのビーチに。こんなところに来るのは、用事もないのに、わざわざラッシュアワーの地下鉄に乗るようなものだろう。それに、ライフガードにとっては、この群衆を監視台から望遠鏡で見て、無数の頭や腕がうごめく中から溺れている人を見分けるなんて、不可能に違いない。ここから見ると、ダイヤモンド・ヘッドさえも、このものすごい数の人とビーチのそばに立ち並ぶビルに――この開発病を前に、たじろいでいるように思われる。というわけで、この壮大な眺めは、もはやアメリカの醜さと失敗の象徴になってしまったと言っていいだろう。ひどいもんだ、とデイヴィッドは思った。

「ひどいもんね」とアリスが言った。

カップル・テレパシー――ふたりがそう呼んでいるものが働いたのだ。とはいえ、この場所に対するアリスの反感が、彼女の食欲を削ぐことはなかった。アリスはシェフサラダをメインにして、ベーコンチーズバーガー、バナナ・ダイキリ、キーライムパイも注文した。料理が出てくると、アリスは息もつかず食べ、小鳥たちには何も残さなかった。

「こんなのがハワイであるはずがないわ」アリスがとうとう言いだした。

「きみのいう意味、わかるよ」

「ほかにもっと何かあるはずだ」

「そうだね」

「こんなことのために、ここに来たんじゃない」アリスは泣きだした。

「うん。その通りだ」

「じゃあ、ここから連れ出して」

ホテルにもどると、アリスはビーチのテントを手配した。デイヴィッドはしばらく部屋で休みたかったので、あとで行くと言った。

部屋に上がるとすぐ、彼はハロルドに電話した。

「どうしても、どこかほかのところに行きたいんです。汚されていない場所に」


ふたりはカウアイ島に行った。

デイヴィッドがそうと知って行ったわけではなかったが、ここはまさにアリスが必要としている場所、子どもが死んでから彼女が探し求めてきた場所だった——彼女も着いて初めてそう悟ったのだが。ホノルルから飛行機でわずか三十分のカウアイ島は、ハワイ諸島のもっとも西に位置している。形は丸く、外周は百五十キロにも満たず、開発不可能な山地が大半を占める。空港にチェックインしたとき、デイヴィッドは——ハロルドの計らいで——地図と地理的情報がたくさん詰まった分厚い小冊子（内容が豊富すぎて、ざっと見ることしかできなかった）と北海岸のコンドミニアムの鍵を渡された。

アリスはとくに美しさを求めていたわけではなかったが、この地は美しいものにあふれていた。デイヴィッドはのちに、この旅の写真をよく見たが、そのたびに、カウアイ島の美しさは写真では到底、捉えられないものだとしみじみ思った。

たとえば、海抜数十メートルの崖の上にある彼らのラナイからの壮大な眺め。北東には哺乳瓶のような形の灯台がある。この距離からは指の爪ほどの大きさにしか見えない。貝殻を原料とするガラスのレンズをもつ、赤と白の小さな灯台の淋しさは、写真からはうかがえない。この灯台は、消えてしまいたくなった人が余生を過ごすのにぴったりの場所だと、デイヴィッドには感じられた。

写真が捉えられなかったものはほかにもある。アリスが泣いているうちに眠りに落ちる夜々、ライで星をながめていたデイヴィッドの恐怖感。古いエンジンが際限なくくりかえす始動音のように、低いうめき声がアリスの口からもれ、デイヴィッドが耳を押さえていても、引き戸を通して聞こえてきた。デイヴィッドはこんなに広く明るい星空を見たことがなかった。こんなに烈しい空も見たことがなかった。毎晩、何十もの流れ星を見た。一度は彗星も見たと、彼は確信している。そいつの頭は、ほかのどの星よりもまばゆく輝き、しっぽもちらちら光っているのがはっきりとわかった。やがて大衝突をして――相手は何なのか、いつ起こるのか、何万光年先で起こるのかは知らないが――大変動を引き起こすのだろう。この空は、星をちりばめた空ではなく、星を投げ放つ空だ。ここから見る宇宙は爆発とニアミスの舞台だ。このときの彼の精神状態は、いかなる写真からもうかがえない。不安のせいで長く感じられる一分一分、一時間一時間を、身動きとれず、自問して過ごした。これまでほんとうの意味では、自分には何も起こっていないのだから、もしかするとこれはほんの始まりに過ぎないのではないかと。自分の残された人生は、息がある限り果てしなくくり返される、逃れられない苦しみなのではないかと。だが、同様に、写真からはうかがえない、ほかのこともあった。それは、朝日の輝かしさ、ベッドの端に横たわる彼に、朝の最初の光が与える安堵のありがたさだった。

写真が捉えなかったものはほかにもある。ワイメア渓谷の壮大さ。赤茶色の山々の沈黙。はるか遠くに百メートルを超える高さの滝が見えることによって、その静けさはさらに深くなる。いくつもの段々を流れ落ちる滝も、ここからはちょろっとした髪束のようにしか見えないが、その動きは感じられる。編んだ髪がきらめいているかのように。水音が聞こえるという錯覚にさえ陥る。そういうことは、写真からはわからない。ワイメア渓谷のふちの見晴らしのよいところから、六百メートル下の谷間にいるヤギを見つけるのは、どういうことかも写真からはわからない。はるかな昔、ポリネシア人が移住してきた頃の暮らしはどんなふうだったか、この場所に足を踏み入れ、天国を発見したのだと思うのはどんな感じか、夢想にふけることのできる嬉しさも、自分が下の谷間で狩をしていると想像する楽しさも、写真ではわからない。愛ではなくサバイバルを基本とする生活を理解することは、望ましいことかもしれない。ワイメア渓谷を見たあとでは、黙示録的な夢はすべて、そのような単純さへの感傷的な憧れのように思われた。そういうことを写真は語らない。崖から身を乗り出して下を見ながら、アリスは淡々と話した。自分はもう、女であるような気がしない。もし女であるという感じがもどってこなかったら死んでしまいたい、と。そのときのアリスの真剣さを、写真によって確かめることはできない。

プリンスヴィルのハイダウェイビーチまでの道の険しさについても、写真は語らない。屋根裏への階段のように急なセメントの階段に、がたがたになった錆びた手すりがついているが——ハイダウェイ（隠れ場所）ビーチじゃなく、フォーラウェイ（転落）ビーチと呼ぶべきだな、とデイヴィッドは言った——その階段自体、崖の上ではなく、空中にあるのだ。階段がもともとくっついていた家が、海に落っこちてしまったかのように。階段の最後の段が腐食してぼろぼろになっているので、道に飛びおりなくてはならず、この道中の怖さと滑稽さが一段と増す。つづら折りの道の滑りやすさも写真ではわからない。六十メートル転げ落ちて、ヤシの木の生える固い地面でバウンドするという危険にさらされながら、ロープにつかまり懸垂下降もどきにおりていくと、掌がこすれて火傷を負う。カウアイの美しさは常に、その裏側に、身の安全についての不安を伴っているという確信を、写真は伝えない。局所的な強い引き潮にさらわれるかもしれない。人食いザメが下で待ち構えているかもしれない。太平洋から広がってきた虚無に飲みこまれるかもしれない。

ハエナビーチの潮の力も写真ではわからない。ここは危険すぎて泳ぐことができない。命を奪う危険のある断崖や海岸の切れ目を示す警告の標識がたくさん立っている。棒人間が棒の波に襲われて流されている絵の標識もある（「近頃、棒人間を見かけないのも当然だね。あのアホどもは死に絶えちゃったんだな」とデイヴィッドは冗談を言った）。「危険な海洋生物がいます」という標識。「モンクアザラシに近づかないで」「海に背を向けてはいけません」。デイヴィッドの撮った写真は、ふたりがその午後、向こうに見えるサンゴ礁に行こうとして渡った河口の浅い水の、目には見えない速さを伝えてはいない。手をつなぎ、波の打ち寄せるサンゴ礁に向かっておそるおそる移動していたとき、その水に足をとられたのだ。水に飲みこまれそうな感じだった。結局、流れの中の一番浅いところ――急に深くなる手前の最後の安全地帯に逃れて辛くも難を避けた。まるで水に意思があって、ふたりの命を狙っているかのようだった（この体験を笑い合うことができたのは、時間が経って気持ちが落ち着いてからだった）。もっとも、三人のハワイ人の少年たち（一番大きい子でも、せいぜい十二歳）がサーフボードで、それと同じ恐ろしい波に乗るのを見たときのわくわくした気持ちも、写真には出ていない。彼らが突堤から飛び出すときの万全のコントロール、流れも潮ももののともせず、今にもぶつかりそうなぐらい岩の近くに行く自信の強さも、写真には出ていない。「この子たち、爆発を楽しんでるみたいね」とアリスが言っていた。写真は、突然現れた虹の見事さも捉えていない。水から砂へと弧を描くその虹の光が天井くらい近くに見え、高速道路と同じくらい幅広く見えたことも、アリスがつかもうと近づくと、虹が後ずさりをしたことも、写真には出ていない。

シークレットビーチへの八百メートルの下り坂がどんなに心安らぐものだったかは、写真からはまったくうかがえない。それは木の根が絡みあう石ころだらけの道で、木々がつくった天蓋におおわれている。木々の枝や葉が密集しているので、海はまったく見えず、波音も聞こえない。写真からわかるのは、その道を登ってきた若い夫婦が、すばらしく見栄えのよい人たちだったらしいということぐらいだ。男は背が高く、砂色の髪をしている。ひげは剃っておらず、くっきりとした目鼻立ちだ。サーフボードをかつぎ、岩から根っこへと、シロイワヤギのような確かな足取りで歩んでいる。彼のハワイ人の妻は、何らかの意味でこの島のプリンセスであることを示すように、百合の花を髪に挿している。夫婦の息子ははだしで、両親のすぐ後ろにくっついて歩いている。男の子は髪を長く伸ばし、リップカールのサーファーシャツを着ていた。デイヴィッドにとって、アリスが立ち止まってその子を見るのを目にすることは、愛する人の胸に矢が刺さるのを見るような、可能だった未来が自分のそばを通り過ぎていくのを見るようなものだった。

デイヴィッドは決して遺灰の壺の写真を撮らなかったが、それがどこにあるかはいつも意識していた。アリスはラナイへのドアの近くの小さなテーブルの上にそれを置いていた。彼女は蘭を一本、水差しに挿して、その隣に置いた。蘭の花のブルーがとても鮮やかで、花の中に灯りがともっているかのようだった。

写真からはっきりとわかること——それは二週間の滞在の間に、アリスの体重がふえたことだ。七、八キロの増加によって、頬はふくらみ、腕と脚は太くなった。滞在中の写真をまとめて順番に並べたら、その変化は、ビフォー／アフターを示すビデオのそれのように顕著だろう。アリスは毎食、大量に食べたあと、椅子にそっくり返って腹をさするのだった。

何百枚もの写真の中で、たった一枚だけ、ふたりが一緒に写っているものがある。この写真はカウアイ島滞在期間の終わり近くにナパリ海岸をハイキングしたときに撮られたものだ。ハイキングコースはハイウェイの途切れるケエビーチを起点とする。ハイウェイは全島をほぼ一周しているのだが、断崖絶壁で浸食の激しい、この十七キロの海岸線の区間だけは欠けている。このコースでは、崖っぷちを延々と歩くことになる。デイヴィッドは、ハロルドが用意してくれた地図とガイドブックを研究した末、三つの選択肢があると、アリスに言った。第一案は、ハナカピアイビーチまでの三キロを歩き、とって返す。第二案は、さらに六キロ歩いて、ハナコア渓谷に行ってみる。往復で一日がかりの旅程だ。第三案としては、アリスが究極のチャレンジに興味がある場合に限ってだが、さらに八キロ歩いてカラウビーチまで行ってもよい。ここは辺鄙なところであり、環境保全上、船から上陸することは法律で禁じられている。行くとすれば、ここでひと晩キャンプすることになる。それには許可を得なくてはならないし、完全な装備が必要だ。第一案から第三案まで、段階的にコースの難しさと危険度が増す、とデイヴィッドは警告した。実際、道の一部はとても狭くて、ちょっと雨が降っても通行不能になってしまうのだ。

デイヴィッドは以上のことを、軽蔑に近い気持ちをもって、淡々と説明した。彼は何晩もアリスに泣かれて、疲れはて、うんざりし、もうどうでもよくなっていた。アリスの体験がその悲しみに値しないと思っているわけではなかったが、アリスはいつも、慰められるものなら慰めてみろと言わんばかりで、その上、慰めると怒りをこっちに向けてくる。その怒りも、彼にはもうどうでもよくなっていた。ほかの寝室に行って眠ることにも、アリスが彼を見ようとせず、触れられるのをいやがることにも、アリスが言う必要のあることも言わないことにも、うんざりしていた。デイヴィッドはうちに帰りたかった。アリスがついてくるなら、一緒に帰りたかった。だから、アリスが顔を輝かせて、カラウビーチまでの十七キロ、少なくとも一泊二日の行程を歩きたいと言ったことには、ほんとうにびっくりした。こういう遠足をやろうとするなら、その理由からだけでも、コミュニケートする必要が生じるだろう、と彼は思った。こういうことをするには、お互いの間に信頼関係がなくてはならない。

デイヴィッドが電話でこのプランのことをうち明けると、ハロルドはやめたほうがよいと助言した。そのコースは経験豊かなハイカーにしか歩けない。毎年、数人の人がそのコースで命を落としている。ハナカピアイまで行くだけなら実行可能だし、ハイキング自体はなかなか骨が折れるので、達成感もあるだろう。だが、ほかの二コースについては、責任をもって同意することはできない、とのことだった。

デイヴィッドとアリスは三日後にハワイを発つ予定だった。もうすでに、午前中の遅い時間だ。アリスとの話では、このあと、ハイキングの装備を整えることになっていた。アリスはもうすっかり行く気でいる。「ずっと前から、こういうことをやりたいと思っていたの」と彼女は言った。

デイヴィッドは、ひと泳ぎしてもどってきたアリスがラナイにいるのに気づいた。彼女はこちらに背中を向けていた。キッチンにいたデイヴィッドは、ラナイに通じるガラスの引き戸越しに、アリスをながめた。ウエストの贅肉が目についた。ふくらはぎも太い。ビーチからコンドミニアムのほうに上がる道で手を貸してやるとき、重くなったと思っていたのはこれだったんだな。デイヴィッドはラナイに出る引き戸をあけ、アリスと並んで手すりの前に立った。「今度の遠出のことで話をしたいんだ」

地元の人に相談したんだが、と前置きして、彼は考えを述べた。危険すぎるという結論で締めくくると、アリスが言った。「あなたはいつから危険を気にするようになったの？」

「何を言っているのかな」

「わたしの言う意味、わかっているはずよ」

「わからない」

アリスは腕組みをした。

「何なんだい、アリス。はっきり言えばいいじゃないか」

「何でもないわ」

デイヴィッドは両掌の下部を目にあてた。「もう、これ以上、がまんできない。ぼくはただ――」

「ただ、何よ？」

彼には続ける言葉が浮かばなかった。「きみは何がしたいんだ?」もうどうでもよくなって尋ねた。「行きたいの」とアリスは言った。「ハイキングのエベレストみたいなものなんでしょう? 踏破したいの。わたしは何かをやりとげたいの」

「頼むよ。やめてくれ」

「連れていってくれないなら、ひとりで行くだけよ」

アリスの言葉は聞こえていたが、彼は耳を傾けていなかった。少なくともハロルドが助言したようには、耳を傾けていなかった。その代わりに彼は思い浮かべていた。目もくらむ高さの崖っぷちの道。重い荷物を担った自分たちふたり。突然雨が降ってきて、アリスは足をすべらせ、姿を消す。

アリスがひとりでも行くというなら、一緒に行く以外の選択肢はない。

「わかったよ」と彼は言った。

ハロルドが許可証をとる手助けをしてくれた。その日の終わりまでには装備もすっかり整った。デイヴィッドは、出かける前にうちに帰る荷造りをしておかないといけない、とアリスに言い、自ら帰り支度をした。

ケエビーチまでタクシーで行った。ケエビーチの駐車規則では、ひと晩、車を置いておくことができないからだ。車中、アリスとデイヴィッドはずっと無言だった。車はまず東に走り、島の最北端を回ってから、ジグザグ道路を登った。ジグザグ道路からは、木々の間に海が見えた。崖の岩壁には低木が点在している。崖を下りていかなくてはならないとしたら、必死でつかむだろう。車は一レーンしかない橋を何本も渡った。橋の下には、目に見える勢いで山を下って海へ流れこむ小さな流れがある。海辺には、「地図」「ガイド付きツアー」と書いた看板を出し、その後ろにサーフボードやカヤックが並んでいる差し掛け小屋がいくつもあり、その前に地元の人たちがすわっている。

「どういう意味で言ったんだい?」デイヴィッドがとうとう口を開いた。「ぼくが危険を気にしないというのは」

海側にすわっているアリスは、ヘアピンカーブのたびに窓から顔を出して下をのぞきこんでいた。

「またその話を持ち出すの？　ほんとにその話をしたいの？」

「うん。そうしたい」

「だったら、一日じゅう、独り言を言ってたらいいわ」

デイヴィッドは目を閉じ、首をふった。もしもこいつを人のいないところに連れていくことができたら、ほんとうにふたりきりになれたら、おれはきっと、こいつを殺すだろう。石を頭にたたきつけて、頭蓋を割れば、束の間でも、こいつの頭の中に何があるか見えるだろう。

ケエビーチは、ハイカーや海水浴客やシュノーケルをする人で賑わっていた。右手には海がよく見えるが、左手にはこんもり木が茂った山があり、ビーチへの入り口は薄暗かった。古い木々の根がぐねぐねと這い、交叉していて、それに囲われたスペースに誰もが駐車するので、車はまるで放り投げられたように、てんでばらばらな向きに置かれている。まるで、そこに棄てられて、悪さをされ放題になっているかのようだった。実際、泥がはねて汚れていた。デイヴィッドは怒り狂ったまま、タクシーをおり、運転手に料金を払うのはアリスに任せて、ひとり、ハイキングコースの起点へ歩いていった。アリスがぶつぶつ言いながら、後ろから追いかけてくる。注意書きを読んだり、地図を見たりしているうちに、デイヴィッドは、不安になるよりも先に、興奮に胸が高鳴るのを覚えた。道は高層建築の階段のように曲がりくねった登り坂で、溶岩の流れが凍りついたように見えるものでできている。彼はふり返って、アリスの姿を捜した。アリスは早くも立ち止まって、バックパックの肩紐を調節したり、ブーツの紐を結び直したりしていた。どうせこの先何が待っているか、わかっちゃいないんだろうな、と彼は思った。肩紐に腕を通して、バックパックを背負ったアリスは、その重みで後ろに、ちょっとよろめいた。そして腹立たしげに目を丸くし、声にならない声で文句を言った。まるで自分の意思に反してここに連れてこられたとでも言うように。それを見てデイヴィッドは胸がむかむかした。夫だからこそ、体に現れた予兆だった。この先、争いがあり、毒のある言葉をたくさん聞かされることになるだろう。バックパックがちゃんと背中に収まり、腰のベルトのバックルを留めたアリスの目とデイヴィッドの目があった。デイヴィッドは手を上げて、歩きだした。

デイヴィッドは最初の上り坂をハイペースで歩いた。怒りと不安が彼の足を急がせた。そしてアリスとの間に、常に二十メートルの距離を置いた。アリスと口を利きたくなかった。おれが安全に無頓着だと言いたいのか？　おれをここに引っぱってきたのはおまえじゃないか。デイヴィッドは怒り心頭に発し、いっそう足を速めた。ちらっと後ろを見ると、ふたりの間の距離は増していた。だが、アリスは彼がどこにいるか目で確かめようとさえしなかった。彼が何をしているか、アリスは知っていて、彼はそのことを承知していた。これは挑戦だった。意地の張り合いだった。デイヴィッドはアリスに、諦めて帰るか、そうでなかったら、ついてこい、と暗黙のうちに言っていた。ついてくれば、アリスは自分が言い出した遠出を完遂するのは不可能だと悟らざるを得ないだろう。彼がペースを上げれば上げるほど、アリスが負けるのが早くなる。つまり、ふたりは早く安全な状態になれるのだ。

だが、アリスはがんばってついてきた。とうとうデイヴィッド自身が速度を落とさねばならなくなった。それは、険しい道を登るのが難しいからだけではなく、ナパリ海岸があまりに美しいからでもあった。上り坂の間は、大きな石がごろごろしていて、またいだり、すべりおりたり、つかまって脇を通ったりしなくてはならなかった。小道はしばしば、小さな流れに中断される。木の根につまずいて転び、そのため荷物が頭のほうに移動して、前に倒れることもある。そういうとき、けがをしなくてすむのは、急な上り坂に受け止めてもらえるおかげだ。のちに下りになったときに、それを思い出すことになる。もっとも険しいところでは、目の前の道しか見るものがなかった。木があまりに鬱蒼と繁っていて、日光も風も通さず、湿気を保つ毛布の役割をしていた。しかし、登りきったところは開けていて、吹きつける風がほてった体をさまし、日光がシャツにしみた汗を乾かしてくれた。右手には、下にケエビーチがあり、海水浴客が点々のように見える。前方には海岸の何本もの縦溝のある崖がつづき、巨大な爬虫類の足指を連想させる。岩肌には植物が密生しており、まるで毛皮におおわれているようだ。この方向には、十キロぐらい先まで見通せる。岩と水との境界線に波が打ち寄せ、白いレース編模様を描いている。

上り坂が頭をすっきりさせてくれ、この眺めは気持ちを落ち着かせてくれた。デイヴィッドは自分が何を望んでいるか知っていた。妻をとりもどすことだ。彼には彼女が必要だった。一緒に、元の生活に帰りたかった。こういうことはもう終わらせなくてはならない。彼は来た道をふり返った。アリスが懸命に登ってくるのが見えた。追いついたのだ。彼がここに立って待っていた間、アリスもこっちを見ていたのかもしれなかった。アリスが足を止めたら、謝ろうと、彼は思った。この場所の眺めの素晴らしさが彼女の心も和らげてくれるに違いない。

「ほら、見てごらん」アリスがそばに来たとき、デイヴィッドは言った。

「ばか」アリスは言い捨てて、歩き続け、岩肌の向こうに見えなくなった。

デイヴィッドはあっけにとられ、半分笑いだして、急いで彼女を追った。

アリスのすぐ後ろに迫った。できれば横並びで歩きたかったが、道の幅が狭すぎた。左手には崖の岩肌があり、右手は崖っぷちだった。アリスのバックパックのせいで、最初、彼女の脚しか見えず、彼女が怒っていることを身ぶりで示したので、ようやく手と腕も見えた。デイヴィッドは仕方なく、バックパックに向かって話しかけた。「ばか、だって？　ぼくが何をした？」

「話しかけないで」

「ハワイに来てから全然しゃべっていないじゃないか」

「あなたが話したがらなかったからよね」

「冗談じゃない。ぼくはきみと話したくてしかたがなかったんだぜ」

「あなたは意味のあることは何も言わない。ただ、わたしの言うことをくり返すだけじゃない」

「ぼくはきみがしゃべってくれるのを待っている」

「やめてよ」

「ぼくはきみが一度でもいいから、まともにぼくを見てくれるのを待っている」

「ああ、いつもわたしが悪いのね」

「行こう」

「いつも、いつも、いつも、わたしが悪いんだわ」アリスはちらっと彼を見て、どんどん足を進めた。親指と人差し指の先を合わせて力をこめている。「わたしはあなたにとって疫病神なのね」

「ばかなことを言うな」

「疫病神なんだわ」

「その芝居がかった物言いをやめてくれないか。そういうのから抜け出したら気分も変わるよ。でも、それなら、ぼくがいつも下手に出て謝るほうでなくてもいいってことだね」

「あなたもあなたの謝り文句も、もううんざりだわ。ごめんと言えば、何でも帳消しになると思ってるでしょう。リセットボタンを押すみたいに。取り返しのつかないことだってあるのよ」

「たとえばどんなことだ？　ぼくが何かしたみたいな言い方をするね」

「わたしに言わせないでよ」

アリスが急に立ち止まったので、もう少しでぶつかるところだった。反対方向からくるグループを通してやるために、アリスは崖に背を向け、傾斜を後ろ向きに登った。この人たちに言い争いを聞かれなかっただろうか。デイヴィッドはひやっとした。

デイヴィッドとアリスはしばらく無言で歩いた。

「ぼくは待っている」デイヴィッドは沈黙に耐えかねて言った。

アリスは応えない。

「ぼくはきみがそれを言ってくれるのを待っている」

アリスは何も言わない。

「クイズ番組の賞品みたいだな。さて、三番のドアの向こうにある賞品は何でしょう？　いや、ほんと、聞くのが待ち遠しいよ」

アリスが転んだ。

きっといつかは転ぶと、彼にはわかっていた。実際に転ぶのを見たとき、アリスには全行程を歩きとおすのは無理だと確信した。アリスは体を鍛えていない、荷物は重すぎる。二キロ半歩いただけで、足がろくに上がらなくなり、こんな小さな石もまたげない。左足がその石に当たり、彼女の体は右に傾いて——崖っぷちのほうに倒れた。バックパックが浮いて前のほうにずれ、アリスは右肩をひどく地面に打ちつけて着地し、足は空中に上がった。一瞬、デイヴィッドの心臓が打つのをやめた。幸いなことに、アリスの体は止まり、そのままそこに横たわった。あと三十センチ滑っていたら、崖っぷちから落ちていただろう。デイヴィッドは身を屈めて、アリスを助け起こした。

「さわらないで」アリスはぴしゃりと言った。

新たなグループのハイカーたちが、ふたりに近づいてきた。アリスが体を手ではたいているのを見てリーダーが大丈夫ですかと声をかけた。ちょっと転んだだけなので大丈夫です、とデイヴィッドが答えた。よその人たちの前なので、アリスは速やかに立ち直り、愛想よくふるまった。それが彼の癇に障った。道の幅がとても狭いので、すれ違うには、いささか滑稽な身ごなしが必要だ。なるべく体をくっつけて向かい合い、お互いに体をずらして位置を入れ替えるのだ。

ようやく、そのグループが通り過ぎたが、アリスはちょっとの間、そのままそこに立っていた。へリコプターが頭上で、耳をおおうばかりの音をたてた。地下鉄よりも消防自動車よりも大きな音だ。機体には「ナパリ・スカイツアー」と書いてある。この場所の雰囲気をだいなしにしかねないけたたましさだ。

アリスは髪を耳にかけ、黙っている。

「肩を見せてくれ」とデイヴィッドは言った。

アリスはしぶしぶ体の向きを変え、彼に肩を調べさせた。

右肩の三角筋の上に擦り傷があった。点々と血がにじみ出て、ふちはすでに紫色になっている。

「腕を動かせる?」

「ええ」とアリスは答えたが、やってみせはしなかった。「何でもないわ」と目の隅から、ちらりと見る。

デイヴィッドは鼻の下の汗を掌で拭った。「ごめん」

アリスは突っ立ったままだ。

「荷物背負っていられる?」

「ちょっと痛いけど」

デイヴィッドはため息をついた。あたりは静かになっていた。後悔の思いがこみあげ、アリスにキスしたくなった。「美しいところだね」

アリスはうなずいた。

「とにかくハナカピアイまで行こう。そこで傷の手当をして、計画を練り直そう」

アリスは咳払いをした。

「先に立って歩く?」と彼が訊いた。

アリスは子どものように黙って突っ立っていた。「あなたが先に行って」とようやく言った。

向かい合って体を入れ替えなくてはならなかった。デイヴィッドはほほえんだが、アリスは目を上げようとしなかった。

次の半時間はペースをかなり落とした。彼がふり返るといつも、アリスは足をひきずったり、肩紐の具合を直したりしながら、苦しそうに歩いていた。「きついか？」と訊いても大丈夫だと言うばかりなので、訊くのをやめた。一時間後、崖っぷちが広くなっていて、十人あまりの人がゆったりと立っていられそうな場所に出た。小さな木の陰に、ベンチとして使うのにうってつけの石があった。理想的な休憩所だ。

アリスは立ち止まり、バックパックをおろした。肩を抜くときに、ちょっと顔をしかめた。それから、石に腰をおろし、右足を上げた。「靴擦れしちゃった」そう言って、靴と靴下を脱いだ。

「手当してあげよう」とデイヴィッドは言った。親指の外側に水ぶくれができていた。一部破れてぶらさがっている皮膚は生クリームのように白い。

荷物の中に靴擦れ保護パッドと絆創膏がある。デイヴィッドは準備のよさを誇らしく思った。アリスが手当をさせてくれたので、嬉しかった。アリスが靴を履くと、彼は言った。「とって返したほうがいいかもしれないな」

「わたしはこのまま進みたいの」アリスがすわったまま言った。

岩陰から、家族連れが姿を現した。彼らは水筒だけを携えた日帰りハイカーで、ケエビーチにもどるところだ。四十代後半に見える両親と十代のふたりの少年。デイヴィッドたちのいる開けたところで立ち止まり、眺めを楽しんでいる。デイヴィッドは軽く会釈した。

「写真を撮っていただけませんか」と一家の母親が頼んだ。

いいですとも、とカメラを受け取った。両親はしゃっちょこばって立ち、それぞれ息子をひとり、前に置いた。おれとアリスはこの先ずっと、こういうのを見るたびに悲しくなるのかな、と彼は思った。

「あなたがたの写真を撮りましょうか？」とその女性が訊いた。

デイヴィッドは妻の顔を見た。

アリスは足首の関節を曲げ伸ばししていたが、数週間ぶりに、温かみに近いもののあるまなざしを彼に向けた。

「ええ。お願いします」とアリスが言った。

アリスは立ち上がってデイヴィッドの隣に並んだ。彼はバックパックを背中からおろした。何が起こっているのかデイヴィッドが意識する前に、アリスが彼の腰に腕を回した。デイヴィッドは飛び上がりそうになった。アリスにさわられたことが、それほど大きな驚きだったから。彼は、アリスの傷ついた肩に腕を回して、そっと抱いた。

何か月ものち、彼は思った。誰かがこの写真を見たら、幸せそうだと思うだろうな、と。

アリスとデイヴィッドはそこを離れた。一時間もしないうちに、ビーチに向かってジグザグに下りていく道を歩いていた。道は一段高くなっていて、時折、ビーチが見えた。もっとも手すりのないテラスから下を見ているような具合なので、落ちるのが怖くて、崖っぷちからできるだけ離れた。ビーチに至る谷は、崖の間に打ちこまれた鏃（やじり）のような形をしていて、下っていくのは非常に難しい。最初に何度かバランスを崩したのに懲りて、デイヴィッドは慎重の上にも慎重になった。だが、いくら気をつけても、やはり滑った。うっかり、重心が後ろに行きすぎると、足の下の岩が逃げて、尻餅をついて止まるしかなくなる。デイヴィッドは別々のところで三回転んだが、休まず歩き続けた。ビーチに着けば一休みでき、食べることもできる。何よりこの重たい荷物から解放される。キャンプ地に到達するなんてことは頭から追い払ったほうがいい、と彼は思った。茶色く塗られ、黄色い文字が書かれた木製の看板の前で、ふたりは一度だけ足を止めた。一番上には白の塗料で髑髏マークが描かれている。一番下には、赤い丸の中で泳いでいる棒人間の絵があり、赤の斜線を引いている。「警告　このハナカピアイビーチは、おぼれて死ぬ人の数が、カウアイ島じゅうでもっとも多いビーチです。どのような条件のもとでも**絶対に**泳がないでください」。警告文の下に、四本の短い縦棒を一本の長い串で貫いたマークがあり、合計すると二十三になった。

ところが、ハナカピアイは少しも恐ろしげに見えなかった。むしろ、まったく無害な感じがした。下りの最後のところで、石がたくさん集まった中をわずかに水が流れる川によって道が中断された。そこの石はつるつるした肌の灰色の楕円形のもので、鳥の卵ぐらいの小さいのもあれば、車ほど大きいのもあった。川の流れは、台状の岩の上に落ちていて、砂浜におりたつには、その二メートル近い斜面を下らなくてはならなかった。ケエビーチ同様、ここも混みあっていた。日帰りハイカー、ハナコア渓谷への往復十二キロのコースを歩いたあと休んでいる、やや本格的なハイカー、そして数は少ないがカララウからもどってきた筋金入りハイカーもいる。ビーチは上から見ていたときの印象よりはずっと幅が広く、優に二百五十メートルはあった。砂浜の向こうの端には、巨大な洞窟があり、入り口は海に面している。洞窟の傍らの崖の岩肌の窪みに、人々はバックパックやブーツを隠し、ソックスや汗に濡れたシャツを干す。ハイカーたち自身も洞窟の陰に横たわったり、波打ち際にすわって、しぶきを浴び、涼しさを楽しんだりしている。海岸線と並行して、フットボールのフィールドほどの巨大な潮だまりがある。警告の看板にもかかわらず、二十人ほどのティーンエージャーが、その向こうの海で泳いでいた。

「気分はどう?」デイヴィッドが言った。

「疲れたわ」とアリスは答えた。「肩が痛いし」アリスは荷物を足元において岩にすわり、エナジー・バーを手にしていた。アリスはそれがとてつもなく骨の折れる作業であるかのように、エナジー・バーをかじり、水筒から水を飲んだ。「それに暑いわ」

った。

引き返すとしたら、これが最後のチャンスかもしれない。「そんなに危険そうじゃないね」と彼は言いてくるとともに、人工ラグーンでは泳いだが、海ではまだ泳いでいないことを思い出した。ここで

だが、アリスがもう怒っていないようだったので、デイヴィッドは有頂天になった。急に自信がわ

「ぼくもだ」と彼は嘘をついた。

「こんなに大変だとは思わなかったわ」

「ぼくも暑い」

デイヴィッドはアリスの顔を見て、それから、海に目をもどした。アリスの視線もついてきた。ここから見ると、彼が以前に泳いだことがある海よりも大きい波だとは思えなかった。

「ちょっと水にはいってくる」と彼は言った。

「泳いじゃいけないって書いてあったじゃない。危険だって」

「そりゃそうなんだろうけど。でも、あの子たちを見てごらん」ティーンエージャーたちが笑っている声が聞こえた。「ちょっと体を冷やしてくる」

アリスは心惹かれるようすで、海を見つめて、エナジー・バーを食べ終えた。

「一緒に行きたい？」デイヴィッドはぐいと腕を伸ばし、手を差し出した。さっきアリスが体に触れてくれたことと、態度を和らげたことで、大胆になっていた。「一緒に行こう。波打ち際まででいいから」

アリスは空き袋を丸め、彼の顔を見つめた。

「ぼくが溺れはじめたら、助けを呼んでくれ」

アリスはデイヴィッドの手を取り、水際に歩いていった。そこまで来ると、デイヴィッドは脅威の一部を見て取ることができた。数十センチ先に出ただけでショアブレイクが激しかった。波は思って

いたよりずっと大きかった。それまで見たことのないほど大きな波だった。コブラのように起き上がり、そして砕けた。デイヴィッドは地響きを足に感じた。ふたりとも、空中高く発せられたしぶきを浴びた。デイヴィッドはたじろがず、靴を脱いだ。アリスも脱いだ。ふたりは波が足を洗うところまで歩いていった。「気持ちがいいわね」水が引いたとき、引っ張られて、彼は不安を感じた。アリスはずっと彼の手を握っていた。ふたりは、半ば砂に埋もれた足が再び現れるのを見つめた。

「そんなに悪くなさそうだ」

「そうね」

ティーンエージャーたちが波のうねりに乗って笑っている。

「ひとつ波を通り抜ければ、あそこに行ける」とデイヴィッドは言った。

アリスが彼の顔を見上げた。デイヴィッドはハロルドの言葉を思い出した。アリスはおれが決めるのを待っている。

「大丈夫だよ」デイヴィッドは言った。

ふたりとも服を脱いで、下に着ていた水着だけになった。そして、よい波を待った。ティーンエージャーたちがきゃっきゃっと笑った。いくつかの波を見送り、それが砕けるのを見ながら、タイミングを計った。そして、今だ、と思ったときに、アリスを引っぱって、一緒に波の中に飛びこんだ。

逆巻く水の中には、深みが隠れている。たちまち、胸のところまで水が来た。デイヴィッドはいまや、流れのもつ力のすべてを感じていた。引き返そう、と彼は思った。だが、そのとき、スキーリフトに腰を下ろした直後の瞬間のように、引き波が足を前に引っ張った。彼の手を握ったままのアリスが、静かな声で彼の名を口にした。彼の足が水底を滑った。水は腋近くまで来ていた。「やっぱり——」と彼が言いかけたとき、新たな波が立ち上がった。怖いと同時に自分の愚かさがおかしくて、思わず声をたてて笑った。今まで見たことがあるのとは比べ物にならない大きな波だとわかったからだ。向かっていく以外のことをするには、もう遅すぎた。デイヴィッドはアリスを引っ張り、前に進んだ。波がてっぺんからしぶきをあげ、水自体の重さで崩れていく今、自分の力の限りを尽くして彼女の動きを速めようとした。水の壁に突っこんでいったとき、彼女の手が彼の手から奪われた。彼は泳がず、水底にへばりついた。まず沈黙が、ついで暗黒が訪れ、やがて光がさした。目を上げると、泡の氷河がそそり立っていた。まるで、北極地方の景色を上から見ているみたいだ。デイヴィッドは浮かびあがり、体の向きを変えた。波の丸い背に、妻が――いや、妻の四肢が見えた。ばらばらになったアリスが――腕、足先、脚、手、そしてまた腕が視界に転がりこんだと思うと、アリスの体は浜に放り出された。体のパーツが、列車に乗っているかのように速やかに運ばれて。そして波が砕け、しぶきが空中に放たれた。それに伴う激しい震動がデイヴィッドに伝わってきた。ものすごい勢いで投げ出されたアリスは、でんぐり返りをして、四つん這いになった。それから、砂の上にすわって咳きこんだ。

「大丈夫か」デイヴィッドは大声で言った。

アリスは無表情だった。デイヴィッドの顔を見もせず、何も言わなかった。

「大丈夫かい」

アリスは立ち上がって、荷物を置いた岩のほうに歩いていった。デイヴィッドは、背後に若い娘の笑う声を聞いてふり返った。まるで何者かの手で輸送されたかのようだった。さっきまで、ティーンエージャーたちと一緒にあそこに――浜から四、五メートルの海上にいたのに。「ぼくも上がろうか？」デイヴィッドはアリスのほうを向いて、大声で言った。

アリスはしょんぼりと岩の上にすわっている。

こうして、ふたりはしゃべらない状態にもどった。

デイヴィッドは海にもどり、ティーンエージャーのグループと一緒に浮かんだ。どうして、もっと早くこうしなかったんだろう？　波のうねりに乗っているときに、そのグループの二、三人と話をした。サンフランシスコから来た高校生たちだった。カララウビーチで一泊したそうだ。彼らはこの計画に何か月もかけた。すごいハイキングだった、と女の子のひとりが言った。あんな怖い思いをしたの、初めてだったわ。

何をしても、何を試みても、どうせ、いつもこの同じ場所――失望の場所にもどってくるのだ、とデイヴィッドは思った。さっきの女性がとってくれた写真のことが頭をよぎった。アリスが腰に腕を回して抱いてくれたことも。この場所に長くいたら、ふたりの間には、何も存在しなくなってしまうだろう。

浜をふり返ると、アリスはいなくなっていた。

アリスのバックパックもない。急いで浜にもどり、道を途切れさせている石の帯を見上げた。彼女の姿はなかった。だが、砂の上の彼女の足跡はこの方向を示している。デイヴィッドは自分の荷物の中からタオルを出し、体を拭いて、手早く服を着ると、急いで道を登った。日帰りハイカーたちが大きな岩に群がっていたが、どこを見てもアリスの姿はなかった。こんな短い時間に、どうしてそんなに遠くに行けたのだろう。分かれ道のところに来た。一方はケエビーチにもどる道、もう一方はナパリ海岸をさらに進み、ハナコア渓谷に至る道だ。ハナコア渓谷まで、あと六キロ。デイヴィッドはもう一度あたりを見回し、ビーチをざっと見た。何も手がかりはない。アリスの体の状態その他を考えると、もどる道をたどったのは間違いないと思われた。ケエビーチにもどるジグザグ道を見上げたが、少なくともこの角度からは、人の姿はまったく見えなかった。声をはりあげて、彼女の名を呼んだ。通りすがりのハイカーたちが好奇の目で彼を見た。何の応えも返ってこず、デイヴィッドは膝に手をあてて、ぶつぶつつぶやいた。うわごとのような意味をなさないつぶやきだった。思い乱れ、手を腰にあてて、目を上げた。重大な決断を下さなくてはならない。アリスがハナコアへの道を急いでいて、彼がケエに向かったとしたら、再び会うのに、まる一日かそれ以上かかってしまう。

彼はケエにもどることにした。

自分の判断には自信があった。アリスが反対方向に行く理由はない。ちゃんと考えたら、そのハイキングが実行可能だと思うはずがない。最初の三キロであんなに苦労したのだから。今だって、ジグザグ道をもどりながらデイヴィッドが感じている疲労は相当なもので、ハナコアまでハイキングするという考えは、自分のスタミナをはるかに超えたばかげた企てだと思われた。デイヴィッドは足に力をこめて大股に歩きだしたが、すぐに息切れした。アリスが波の中で回転し、放り出される姿が頭をよぎった。もう少しで、アリスの気持ちを救ってやれるところだったのに。もう少しであのことを過去のことにできたのに。アリスに対して埋め合わせをしなくてはならない気がした。ふたりが一緒にいる間、よくも悪くも、彼が考えていることは彼女のことばかりだった、ということを彼女に示そう。しかし、彼女がいなくならないと、そのことを思い出さないのはなぜなのだろうか。こんなに忘れっぽいなんて、おれの魂にどういう欠陥があるのだろう。

先を急いで、一歩一歩足を進めているうちに、彼は純粋で無心な状態になった。尾根の頂に到り、もう一度ハナカピアイビーチを見下ろした。アリスの姿を見たのはそのときだった。

幸運に恵まれて、デイヴィッドはハナカピアイの渓谷の向こうにいるアリスを見た。そこはハナコアへの道を大分行ったところで、ケエ側の彼のいる頂と同じくらいの高さだった。デイヴィッドのいる尾根を鏡に映したような、その尾根に立って、アリスは彼の方向に目をやり、それから、自分の前の道を見下ろした。お互いが、向かい合った高層ビルにいるかのようだった。アリスはバックパックの肩紐の下に親指をはさみ、何か考えているようだったが、やがてまっすぐデイヴィッドのほうを見た――彼はそう確信した。手をふったが、アリスはふり返さなかった。デイヴィッドは飛び上がって両腕をふった。最初は彼女の名を口の中で呼び、それから大声で叫んだが、彼女は気づいたそぶりを見せなかった。デイヴィッドは急に自信を失った。おれが見えていないのだろうか。この距離では、アリスの姿は彼の指の爪ほどの大きさだ。なぜか彼女は動きを止めた。デイヴィッドは必死に手をふりながら、無益な計算をした。今、時計は一時二十三分だ。今から下って登って、アリスが今いるところに着き、そして、アリスが先に進んでいる分も歩くとすると、彼女に追いつくまでに少なくとも一時間はかかるだろう。それも精一杯急いでの話だ。

再び彼女の名を絶叫し、両腕をふり回した。その声が聞こえたかどうかはわからないが、彼女は体の向きを変えて歩きはじめ、やがて見えなくなった。

デイヴィッドはやみくもに歩いた。スキーヤーのようにジグザグに進み、何度か滑り、ときには脚だけでなく手もついて下った。一度は落ちた拍子に膝を強く打ち、歩くのをやめて屈伸してみなくてはならなかった。血糖値は急激に落ちこんだ。朝からいろいろあって、怒ったり、ほっとしたりで、ろくに食べていなかった。バックパックをおろし、自分で作ったピーナッツバターとバナナのサンドイッチを出して歩きながら食べた。忘れずに水も飲んだ。今はもう怖い気持ちが強すぎて、怒るどころではなかった。ふたりの間の恐ろしい沈黙のせいで、ふたりは危険な領域と感じられるところにはいってしまった。大きく口を開けた深い谷の上に張られた綱の真ん中にふたりして立ち、なんとかバランスを取って渡りきる技術を見つけねばならない。そういう状況であるように思われた。半時間もしないうちに、デイヴィッドは石の川に到り、「ハナコア峡谷　二マイル（約三・二キロ）」と書かれた標識を通り過ぎた。おそらく食べ物を腹に入れたおかげで、元気は回復したが、ほどなく強い恐怖に襲われた。ハイキングコースのこの部分は、彼がこれまで出会ったものと比べて、桁違いに難しかった。ケエからハナカピアイへは地形的にも到達しやすい上に、そこを歩くハイカーの多さのおかげで、歩きやすい道になっている。無数の足が踏み均しているおかげだ。だが、ハナカピアイから先のこの部分の足元は、動きやすい石や脆くて頼りない泥板岩ばかりだ。しかも傾斜が急で、ずっと四つん這いで登っている気がするぐらいだ。おまけに、反対方向からこちらに来るハイカーもいない。もし、そういう人がいれば、アリスがどのくらい遠くに、あるいは近くにいるか、教えてくれるだろうに。アリスを見ているだろうし、アリスがどのくらい遠くに、あるいは近くにいるか、教えてくれるだろうに。コースのこの部分は、本格的ハイカー向け、ちゃんと体を鍛えている人向けだな、とつくづく思いながら、それでもデイヴィッドはやみくもに進んだ。さらに半時間が過ぎたが、人っ子ひとり見かけなかった。

アリスが立っていた頂に到着したとき、デイヴィッドの心は沈んだ。彼女もまた、ふたりの前途にあるものに思いを巡らし、そのために足を止めたのだろうかと、ふと思った。

ここからの道は——一・五キロはあるはずだ——平均台とさして変わらないぐらい道幅が狭くなり、とても難しくなる。左側の岩壁があまりにまっすぐ立っているので、岩壁に手を押しあてて、杭垣をかき鳴らしながら通り過ぎる子どものように指をずらしながら進んでいかなくてはならないだろう。右側は断崖絶壁の崖っぷちで、縁は浸食されて丸くなっている。とんでもないところだ。『北北西に進路を取れ』でケーリー・グラントとエヴァ・マリー・セイントがラシュモア山を下るシーンを思い出させる。右足が体の下に収まらず、外側に出れば、何もないところにすべり落ちることになる。前につんのめったら、バックパックが前に飛んで、そのはずみで体が横に揺れ、命がなくなるだろう。前に進んでいくには、自分の心のパニックをなだめる必要がある、道をちゃんと見つめる必要性と、それによって生じる眩暈との折り合いをつけなくてはならない。はるか下に、沈黙のうちに波が打ち寄せているところで。悪くすれば、葛籐の末に、恐怖で体がすくんでしまうだろう。岩壁の窪みに指を突っこみ、誰かが通りかかるまでは動くまいと決意するかもしれない。挙句の果てに、助けてくれようとする人にしがみつき、ともども転落するかもしれない。デイヴィッドは藁にもすがる思いで考えた。もう二、三分待っていれば、アリスの姿が見えるかもしれない。行く手には、崖が襞をなして続いていて、張り出しているところの道だけが見える。そういう部分のどれかに、アリスが今にも姿を現すかもしれない。しかし、永遠とも思われる時間が経ち、デイヴィッドは諦めた。アリスがそんなに先に行っているはずがないので、転落してしまったに違いないと思わずにはいられなかった。転落は手品のトリックのようなものだ。まったく痕跡を残さず消えてしまう。落ちるところは誰にも見られない。転落した人の死は、永遠に確認できない。その人を愛する人々が、死んだのだろうと想像するだけだ。転落は、神の手で世界からむしりとられるようなものだ。

前に進むもっとも安全で効率的な方法は、ここに——道がもっと狭くなる前に——荷物を置いていくことだと、デイヴィッドは確信した。肝心なのは、アリスに追いつくことだ。彼はバックパックをおろし、水筒と、ポケットに押しこめる限りのエナジー・バーを取り出した。それから、持ち物リストに目を通した。何かほかに必要なものはないだろうか。防水の上着があるが、空には雲ひとつない。日焼け止めはどうだろう？　救急キットは？　これらをもっていかなかったら、後悔するだろうか。雨具を携行するのは重要なことのような気がした。彼はハロルドの言葉を思い出した。「ある出来事が起こる前に浮かぶ考えは、中華料理屋のクッキーにはいっているおみくじのようなものです。おみくじも考えもたまたま出てきたにすぎません」。デイヴィッドは笑いたくなった。さっき、潜った波みたいだ。思い切ってやってみなければ、成功の可能性はゼロだ。思い切ってやることができないなら、危険にさらされる機会を避けて一生を送ればよい。

デイヴィッドは歩きはじめた。それを「歩く」と表現するのは、過大評価であるように思われたけれども。左側の岩壁に強くよりかかりすぎて、非常にのろのろとしか進めない上に、一歩（と呼ぶのも気がひけるような小さな一歩だ）踏み出すたびに慎重になりすぎて——部屋からこっそり抜け出すときのように、爪先の前にもう一方の足のかかとを静かに置くのだが——時折、後ろ足が前足につかえて動きがとれなくなり、おずおずと前足をさげて、まるまる一歩後退するはめになった。そして数回は、左にもたれすぎて足が体の下で動き——彼が背骨で感じたところでは、一・五センチほどすべり、そのはずみで右腕を投げ出してしまった。彼の左手の掌はつかまるところを探して、空しく岩壁をたたいた。すぐにバランスをとりもどして、体を回転した。両手、腹、頬がいずれも岩壁にぴったりつき、背中は海に向けられていた。この恐ろしい数秒間、彼はじっとして、目を閉じ、息をとめていなくてはならなかった。それから、また彼は進みはじめた。数分経つと、ペースの遅さが彼を消耗させはじめた。遅さは命取りになりかねない、と気づいた。速く歩いたほうが助かる率は上がる。ある種の動作では、細心の注意によってすべてが台無しになり、意識のし過ぎが危険を招くものなのだ。たとえば、ものを吞みこむことがそうだ。新たな方法を試してみる気になり、彼はまず、力強く三回呼吸し、前に進んだ。通常のペースで動くことに全力を尽くし、こんな機会でなかったらこんな素晴らしい光景は見られないと考えて、転落のリスクを忘れようとした。だが、それはうまくいかなかった。高層ビルの縁を歩いているようなものだった。数分間、歩くことに集中した。その間は妻を捜すためにここにいることも頭からすっかり抜けていた。

だが、ほどなく、少し楽になった。練習によるものか、自信がついたおかげか、それとも、ところによって、わずかに道幅が広くなったためか、はたまた自己保存の本能か、デイヴィッドは、今している旅についての不信の停止を達成した。死はすぐそこにあったが、左手指がほとんど岩壁に触れず、右腕が深淵の上にふりあげられていても、正常な速さで歩くことができた。やがて両方の腕は、少しの危なっかしさもなく体の両側に垂れた。視界はわずかに狭まり、視線が一・五メートルばかり先の点に固定された。そして彼は、速く駆けすぎて転びそうになる幼児のように、動きが速すぎてバランスが崩れそうなときだけ速度を落とした。自分に考えることを許した場合——そのようなことは非常にまれだったが——や、意識し過ぎになった場合は、いったん完全に動きを止めた。だがそのあと、内的リズムをとりもどして、考えない状態になり、次いで、考えない状態が恐れない状態になるとともに、速やかにスピードを回復した。このプロセス全体――当たり前だと思っている運動について考えること、それから、それを改めて当たり前だとみなすこと――こそが、このハイキングコースのすばらしい点であることに彼は気づいた。そして、そういうことができるようなったことは、ひとつの偉業だった。そして、長い時間の末に、視線を上げると（彼の試練の報酬であるかのように）アリスがすぐ前にいた。デイヴィッドは立ち止まった。

アリスも立ち止まっていた。だが、彼がすぐ後ろにいることに気づいていないのは明らかだった。アリスを見たとたんに、デイヴィッドの自信はがたがたになった。アリスはちょうど曲がり角にいて、悪戦苦闘していた。真後ろの彼には、道が非常に狭く危険であることがわかった。アリスがおぼつかない足取りで前に進んだとき、バックパックがいっそう危なっかしげに見えた。愚か者が箱をいくつも積み重ねて運んでいて、それが崩れ落ちてばらばらになる直前に、箱と箱の間の隙間が広がるのを目にするような、そんな感じだった。アリスはバランスをとるために、右腕を投げ出した。そのとき、彼は、アリスがその手に遺灰の壺をもっていることに気づいた。

「アリス！」彼は叫んだ。

アリスは再び立ち止まると、左側から慎重にふり返り、デイヴィッドとほぼ向かい合った。デイヴィッドの目に、バックパックのフレームからアリスの顔が覗くのが見えた。アリスは涙も恐怖も、諦めすらも、とっくの昔に通り過ぎた顔をしていた。それはデイヴィッドが見たことのない表情――空っぽの表情だった。それは、デイヴィッドが、自分自身の顔に浮かんでいると感じているのと同じ表情だった。

「そこにじっとしていて」とアリスが言った。「近寄らないで」

「何をしているんだ？」

「近寄らないで、と言ったの。わかった？　あなたは呪われているのよ」

デイヴィッドは足を止めなかった。近づかずにはいられなかった。「何を言っているんだ？」

「あなたが触れたものはみんな、しおれるの」とアリスは言った。彼女はまるで、並んで歩いているかのように話していた。その声からは何の感情も感じられなかった。「あなたがする選択はすべて、罠なの」

「アリス。わけのわからないことを言っていないで、引き返そう。早くもどろう」

「あと一歩近づいたら、飛びおりるわよ」

デイヴィッドは足をとめた。

「もどるところなんかないわ」とアリスは言った。「そんなこともわからないの？　もどるところはあそこだけよ」アリスは空を指さした。

「なあ、頼む。ぼくはいなくなる。頼むから、引き返すと約束してくれ」

「あなたのせいだったのよ」

デイヴィッドは体が凍りつき、岩肌にもたれた。

「はっきり言え、と言ったから、言ってあげてるのよ」

デイヴィッドは泣いていた。

「認めなさいよ」とアリスが言った。

アリスとは、ほんの数メートルしか離れていなかった。石を投げれば当たるところだ。だが、デイヴィッドは動けなかった。

「こうなることを、あなたが望んだの」とアリスは言った。「あなたは、この子にいなくなってほしかった。そして今度はわたしにも――」

「やめてくれ、アリス」

「だから、わたしがすべてを終わらせる。わかる？　これはわたしの選択なの。わたしがこの子の面倒を見るわ。死ぬまで、そう努めるわ」

アリスは手の届くところにいた。だが、デイヴィッドは手を伸ばす前にまわりを見回した。目をもどしたとき、アリスはすでに歩きはじめていた。

「待て」デイヴィッドは言った。

アリスが滑った。

それは彼が想像したかもしれないどんな光景よりもぞっとする光景だった。彼が抱いたかもしれないどんな夢想よりもはるかに恐ろしかった。再び前を向いて歩きだそうとしたとき、アリスは体を回転させすぎた。バックパックが崖の岩肌に当たり、ブレーキの働きをして、彼女の上体を後ろに引っぱった。彼女の足裏が体の前にすべり出て、両脚がまっすぐ突き出した。奇跡的に、アリスの上体はまっすぐ落ちた——背中を崖に、顔を海に向けて。彼女は尻餅をつき、それから、止まった。崖っぷちに近い道の端に右手首を押しつけ、その手はなんとか壺を保持している。両脚と尻の大部分は崖っぷちからはみ出している。バックパックのフレームの底面が鉤爪のようにくいこんでいるおかげで、とりあえず転落せずにすんでいるのだ。

アリスは背筋を伸ばしてすわり、ぐらぐら揺れている。

駆け寄ったデイヴィッドは、この姿勢を維持するのにどれだけの努力が必要かを見て取った。アリスの三頭筋が震えている。顎を突き出し、首にありったけの力をこめている。腹筋がぶるぶる震えているのが、シャツの上からでもわかる。

「ああ、どうしよう」アリスが言った。

「動くな」

「落ちてしまう」

「身動きするな」

今は完璧にバランスが保たれているが、そう長くはもつまい。デイヴィッドはアリスの体をつかみたかったが、そうしてはならないことを知っていた。アリスの体が滑ったら、腕かバックパックをつかんでいても、彼女の重みを支えきるのは無理だ。崖っぷちの側面には足がかりが何もない。上に上がるのに支えになるものが何もない。デイヴィッドはアリスの体全体を見た。触れることのできない高価な彫像に近寄るかのように。

「どうしてわたしをここに連れてきたの?」アリスが言った。

デイヴィッドはアリスの言うことに半ば耳を傾け、半ばは聞いていなかった。体の向きを変え、体の右側をアリスに近づけた。ほとんど膝をつくぐらい、深く屈すると、右手がアリスの右手の近くに来た。それを見ていると、どうしたらよいかアイディアが浮かんだ。

「どうしてわたしをここに来させたの?」アリスが低い声で言った。その口調は、諦めと激怒の中間だった。

「ぼくの言うことを聞いてくれ。どういうふうにすればうまく行くかわかった」

「わたしは無理だって言ったのに、あなたが来させたのよ」

ここは空と谷の間の開けた場所で、とても静かだ。デイヴィッドは頭の中でもう一度手順を復習した。

「あなたが来させたのだって、認めなさいよ!」

デイヴィッドは岩壁を調べ、何かつかめるものはないか探した。ひとつ見つかったので、頼りになるかどうかテストした。

「あなたはわたしたちを守らなきゃいけなかったのに」アリスが言った。

デイヴィッドはアリスにかまっている余裕がなかった。

「あなたはわたしたちを守らなきゃいけなかったのよ!」

「ぼくがこれから言うことをよく聞いてくれ。それができないなら、ふたりとも死ぬことになる」

デイヴィッドはアリスを失いかけていた。アリスは泣きだし、残された貴重なエネルギーを浪費している。アリスはバックパックに頭を打ちあてて、首を縦に激しくふった。

「ふたりとも死ぬのがいいのかい？」

アリスは答えなかった。怒りに燃える目でデイヴィッドを見た。「この子を受け取って」

アリスは手をわずかに開いた。デイヴィッドは壺を手に取り、道の上の安全なところに置いた。

「これから、きみは力を抜かないといけない」

「このひとでなし！」

「一瞬だけ力を抜いて、それからぼくの手を握るんだ」デイヴィッドは右手を上げてみせた。「きみの右手で」

「冗談じゃないわ」

デイヴィッドは、ささやきに近い低い声で言った。「わかったね？」

アリスは耳を傾けていた。

「あわてなくていい」彼は言った。「ぼくはきみの手首を握る。そして、一瞬だけきみは体の力を抜き、それからぼくの手をつかむ。お互いの手首を握るんだ」デイヴィッドは、アリスによく見えるように、顔のそばに手を出した。アリスは目を閉じた。デイヴィッドはアリスが目をあけるまで、くり返し名を叫んだ。それから再び、穏やかな声で話した。「最初、きみは滑るだろう。でも大丈夫だ。ぼくがきみの体をひっぱり上げる。きみが片方の足を上げて体の下に入れるのに十分なだけ。わかるかい？　まず、体の下に脚をもってきて、それから立ち上がるんだ」

アリスの目は再び閉じられていた。まるで、自分自身の計画をたてているかのようだった。彼女の体全体が激しく震えだした。姿勢を保持するのが大変になってきたのだろう。

「わかったと言ってくれ」デイヴィッドはアリスを失いかけていた。「そう言ってくれないなら、ぼくはきみと一緒に死ぬ」

アリスはうなずいた。

「きみが理解してくれることが必要なんだ。よく理解して頭に刻みこんでくれないとだめなんだ」

アリスは再びうなずいた。腕が震えている。

「一、二の三で行くよ」

デイヴィッドは声を出して数えた。左の掌と左頬とを岩肌につけたまま、左足の足裏に力を入れて、道のほうにねじり、左の腿を岩肌にしっかり押しあてた。両膝を曲げ、体重の半分を、アリスのバックパックのすぐ脇に置いた右足の外側に配分した。そして、右手の指をアリスの手首に優しく巻きつけた。まず、指先でそっと触れ、アリスがびくっとしないのを確認してから、できるだけ強く握りしめた。

「三」と彼は言った。

アリスはデイヴィッドの手首をつかんだ。それは選択の結果だった。アリスは彼を見棄てて、いやがらせのためにせよ、彼を救うためにせよ、ひとり飛びおりることもできた。あるいは、彼を前に引っぱりだし、自分が死ぬと同時に彼を殺すこともできた。だが、そのどちらもしなかった。デイヴィッドに手首をつかまれながら、アリスは彼の手首をつかみ、彼に言われたとおりにしようと努めた。

アリスの全体重が彼の手にかかり、前腕から二の腕へ、そして肩へと伝わった。彼女の命が彼の右半身全体を満たした。デイヴィッドは力をふりしぼり、アリスをまっすぐもちあげた。だが、アリスが右足を体の下に入れたとき、彼女が前のめりになるのを感じた。アリスはそうならざるを得なかったのだ。バックパックのせいで、彼女の体はほかに行くところがなかった。デイヴィッドは目を閉じていた。力をふりしぼりながら。恐怖に耐えながら。そして、アリスが右足の外側を彼の右足の外側に押しつけて立ち上がったとき、彼女の体全体が崖っぷちの外に漂っていこうとするのを彼は感じた。胴体が前傾し、頭が足より前に出ている。滑空するスキージャンパーのように。アリスはバランスをとるために、左腕をふり回している。くり返し、反時計回りに回して円を描いている。彼女はどうにか立ってはいたが、デイヴィッドは目を開いたときに、彼自身が彼女の体重を支える唯一のものであり、彼女が、彼が前に倒れるのを防いでいる唯一のものであることを悟った。その状態は一秒の何分の一かの、ほんのわずかな間しか続かなかったが、その何分の一秒かの間、彼らはお互いを全力で引っぱり、お互いに全力で引っぱられ、一種のアーチを成していたのだ。次いで、アリスが後ろによりかかることができ――その最後の移動は穏やかなものだった――再び、足の上に体が乗った。そしてようやく、アリスはまっすぐ立った。

「できた？」彼は言った。

デイヴィッドはアリスの手を、アリスはデイヴィッドの手を握っていた。アリスの顎は上を向いたままだった。見えるのは空だけだろうと、彼は想像した。それから、アリスは短く、一度だけむせび泣いた。そのはっきりした短い泣き声には安堵の響きがあった。

「やれたわ」とアリスは言った。

アリスはさっきまでと同じように海に顔を向け、バックパックを崖にもたれさせていた。彼女は大きく息を吸いこみ、そして、吐きだした。まだ手首を握り合っているふたりの手が震えていた。そのひとときをつんざくような、ものすごいエンジン音をたてて一機のヘリコプターが近くに飛んできた。アリスはヘリコプターが左に傾き、頭上を通過するのを眺めた。それからデイヴィッドに顔を向けた。

そのときの妻の顔のイメージ。助けられ、自らを助けたあとの彼女の表情は、疲労も悲しみも喜びも、はるかに超えるものだった。それは安堵の表情だった。恐ろしいことを体験したあとの安堵の表情。出産したばかりの女の表情はこんなふうではないか、と彼は思った。アリスはそれと同じ、驚きと苦痛、喪失と獲得の表情を浮かべているのではないか。創造の過程には多くの危険があるから、とデイヴィッドは思った。命の創造が、人の心を打ち砕くことは大いにありうる。それはモナリザの表情のように謎めいた表情で、アリスについての、彼が理解することのできない、この先も理解できないことのすべてを明らかにしている。そのイメージを心にもちつづけようと努めたが、やがてそれは失われてしまい、それがなくなってしまうと、デイヴィッドはふたりの結婚の悲しみと喜びのすべてを、二度とつかむことができなかった。そのイメージは、デイヴィッドが数日間心に持ち続けたイメージ、うちに帰るために島を離れる前の日にも心に抱いていたイメージだ。アリスは、あとひとつ、やらなければならないことがあると言った。それは子どもの散骨だった。彼女はどこに撒くか、はっきりした考えをもっていた。それをアリスから聞いたデイヴィッドは、ハロルドに電話して手配を頼んだ。

「彼女はあなたを許したのですか」とハロルドは訊いた。

「そう思います」デイヴィッドは答えた。

「そうですか。あなたがあなた自身を許すこともお忘れなく」

デイヴィッドはハロルドにしてもらったこと、してもらうことすべてについて礼を言い、電話を終えた。ハロルドはふたりのために、プリンスヴィル空港から出るヘリコプター島内観光ツアーを予約した。アリスは買ったばかりのワンピース——白地に赤い百合の柄のワンピース——を着て、髪に一輪の赤い百合を挿した。アリスはパイロットに要望を伝えた。もっとも、パイロットはあらかじめ、指示を受けていた。このヘリコプターの旅はスピードが速く、高度の幅が大きいので、襟首をつかまれて、地上何百メートルもの空中にぶら下げられている気がした。窓から見下ろす景色は千金に値する。だが、カウアイ島を描写しようとしても、うまく行かないに決まっている。この景色は自分の目で見なくてはわからない。ヘリはまず南西に向かい、ナパリ海岸に沿って飛び、カラウビーチ——

「ここに泊まれなくて残念だったわ」とアリスが言った——を過ぎたところで、真東に転じ、ワイメア峡谷の中を低く飛んで通り抜け、それから高度を上げて、ワイアレアレ山の上を通った。「ワイアレアレ山は標高千六百メートル近くあります」とパイロットが言った。「ここは地球上でもっとも雨量の多いところです」頂上は雲におおわれ、パイロットの言葉どおり、雨が降っていた。「しばらく待っていたら、雲に切れ目ができるかもしれません」と彼は言った。ヘリは上空を旋回しつづけた。

次の年、アリスは再び胎児を失ったが、そのときもデイヴィッドは、妻の顔のあのイメージを心に抱いていた。抗凝血薬を飲んでいたにもかかわらず、前回と同様、胎児は十九週までしか、アリスの体の中にいられなかった。アリスは通勤電車の中で、子宮が収縮するのを感じ、ハーレムで下車して救急車を呼び、搬送中に子どもを産み落とした。今度も男の子だった。

二年後、三十五キロ体重が増し、服用できる最大限の量の薬を飲んでいたにもかかわらず、血圧が危険なレベルに達していたアリスは、真夜中に、三番目にあたる子どもを失った。妊娠二十週になっていて、このときも男の子だった。

「わたし、もう疲れたわ」病院に来たデイヴィッドに、アリスは言った。

アリスはトリニティースクールの仕事を年度半ばでやめた。

「豊かな家の子どもたち。ヘリコプターをもっているような親たち。ここの人たちは誰も、わたしを必要としていないわ」

アリスの負担が軽くなることに、デイヴィッドが反対するはずがなかった。彼は、かつて夢にも思わなかったほどの金を稼いでいて、一家の暮らしを十分まかなえたし、アリスが元気になるまで守ってやることもできた。ゲーム会社は大躍進を続けていた。

その月のうちに、アリスは鬱病で入院した。数週間治療を受けて退院したあとも、五か月間は家で寝ていた。

アリスは立ち直った。だが、そのとき、ふたりは長い夢の中にはいりこんでしまったようだ。際限なく「今」をくり返すメビウスの帯の上に。

三年が経った。それとも、一ミリ秒しか経っていないのだろうか。

デイヴィッドは密かに、書き物を始めた。それは、あるビデオゲームのシナリオとして始まった。しかし、ほどなく、ト書きが語りに変わり、そこからどんどん発展して小説になった。どちらも創作の形式であり、創造的行為の形式だ。だが、彼はゲームを超える表現を必要とした。自分が書いたものを、アリスが読むことが決してありませんように、と彼は祈った。その小説は彼のさまざまな夢から始まっていた。アリスが死ぬ。飛行機事故で。カージャックで。空き巣に居直られて。路上強盗に抵抗して。サメに襲われて。闘犬や熊に引き裂かれて。動物園での不慮の事故で。自動車や列車の事故で。通勤中、座席にすわって本を読んでいるうちに脚で形成された凝血塊が血流によって心臓か肺に運ばれるか、花火のように脳に昇って爆発するかして。そして、彼は自由になる。彼はこれらの空想を偽装する必要があった。彼自身のためにいくつかの偽名が必要だった。遠回しでありながら、経験のもつ生々しさを提供する技術が必要だった。それは彼が自分自身の目で捜査することを許す、ベールでおおわれた自叙伝だ。第一章を描いたあと、彼はブレークスルーを得た。ゲーマーに任そう。ゲーマーがアバターたちを創造するだろう。

手品のように、彼の目の前でアリスは太った。

「ペピンさん」警官が言った。「奥さんについて、よくないお知らせがあります」

彼は目覚めた。

自分が何を書いたか、妻が知っていませんように、と彼は祈った。自分の気持ちを妻が知っていませんように。とりわけ、ワイアレアレ山上空での壮大な朝、おれが何を考えていたか知っていませんように、と。雲が分かれた。頂上には小さな湖があった。その短い晴れ間に、湖に日光が反射し、輝く目がウィンクしたように見えた。

「シートベルトをしていますね？」パイロットが確認した。

「はい」とアリスが答えた。

「では、どうぞ」とパイロットが言った。アリスはヘリのドアをあけた。風が彼女の髪の花を吹き飛ばした。パイロットはその場でホバリングした。アリスは壺を逆さにして、遺灰を放った。遺灰はローターブレードからの下降気流に散らされて、速やかに消えた。それを見てデイヴィッドはふいに、自分たちをここに連れてきたすべての事柄をひとつの連続体として見た。子どもについての考えに始まり、子どもをもつことについての話し合いを経て妊娠へ。超音波検査から死産を経て火葬へ。考えから存在へ、そして塵へという、男の子の存在の変化を連続的なものとして見た。というのは、このとき、デイヴィッドは、ハロルドからもアリスからも、そして自分自身からも隠してきたあることに気づいて苦しんでいたからで、そのあることというのは何かといえば、息子の遺灰がまかれるのを見るまで、彼の亡骸が湖と山と空の一部になるのを見るまで、息子が実在のものであるとは思えなかったということだった。

妻が殺されようとしていたとき、シェパード刑事はぐっすり眠りこんで夢を見ていた。酔っ払って、階段の登り口のそばのデイベッドで寝てしまったのだ。そこはよく仮眠をとる場所だ。彼の名を呼ぶマリリンの悲鳴が眠りを破った。ぞっとして一瞬、体が凍りついた。ここがどこなのかも、ほんとうに彼女の悲鳴が聞こえたのかもわからず、また眠ってしまおうかとさえ思っていると、再び、マリリンが彼の名を呼んだ。のちに彼はこのときの夢を、この夜の出来事と同じくらい鮮明に思い出すことになる。そのふたつの区別がつかなくなり、記憶に残るイメージのそれぞれがどちらから来たものかわからなくなる。それは、今日も彼を苦しめ続けていることだ。

夢の中で、彼は二番目の子どもを両手で抱えていた。マリリンは当時妊娠していて満四か月だったが、夢の中ではすでに女の子が生まれていて、彼はしっかりとくるまれたその子の顔をのぞきこんでいるのだった。彼が膝をついているのは、エリー湖畔の自宅のビーチ。彼はニューヨークに逃げだす以前、オハイオ州に住んでいた。その、前世のように思われるほど遥かな昔。マリリンは水際に立ち、こっちを見ている。さざなみが彼女の足元に寄せている。赤子の顔立ちには、両方の特徴が出ていた。マリリンの高い頬骨とハシバミ色の瞳に、彼自身の厚い唇。それらが組み合わさって、とても美しく、まったく新しいものになっていた。それは、彼が想像もしていなかった顔であり、言葉で説明しろと言われてもできない顔だった。笑いかけると、赤子はほほえみ返した。その反応が彼の顔の月面地図を模倣しただけのものだったか、彼の嬉しさに応えたものだったかはわからないが、それを見て、彼の心は明るく輝き、愛で満たされた。そのとき、妻が彼の名を呼ぶ金切り声が聞こえたのだ。

デイベッドから転げるように立ち上がり、寝室へ向かう階段の最初の三段をひと飛びに上がった。頭にあったのは、マリリンが痙攣を起こしたのでは、ということだった。最初の妊娠で子宮痙攣に苦しんだからだ。彼は、施すべき医学的処置の手順を思いうかべ、階段の手すりをつかんで体を引っぱり上げながら駆け昇った。夫婦の寝室は階段を上がってすぐのところだ。開いた窓からはいってくる湖からの穏やかな風を感じた。暗闇に目が慣れていく。駆け上がってきた勢いのまま、寝室に突っこんだ。ぼんやりとした形が見えた……。

首の後ろに衝撃を感じた。膝が抜け、目に黒い水が満ちてきた。意識を失う前に、今一度、自分を呼ぶマリリンの声を聞いた。

メビウス――それが、その男の告げた唯一の名だった――はハストロールと話すことを拒否した。彼が求めたのはシェパードだった。シェパードだけだった。ハストロールは拷問したり、自白薬を注射したり、裸にして青黒くなるまで尻をたたいたりしかねない、とメビウスは言い、ドクターとふたりきりで話すことを要求した。

「シェパード刑事のことを言っているんだね」

「今すぐ彼を連れてきてほしいと言っているんだ」

ハストロールは独房の鉄格子の間からメビウスを見て、首をふった。「取引はしない」

「結構だ」メビウスは言った。「なら、おれは自殺する」

ハストロールは、ちっこい男を無表情に眺めた。それから珍しく、おっちょこちょいな気分になって、自分の脇腹をつかみ、声をたてて笑った。

それに応えるように、メビウスは右手で自分の鼻をつまみ、包帯をした左手で口をおおった。すわったまま短い脚をぶらぶらふった――膝頭にも包帯が巻いてあった。ハストロールが催眠術にかかったように見つめる前で、彼の脚の動きがだんだんのろくなり、ついには顔面蒼白になった。

「ううむ」ハストロールはうなった。

メビウスは意識を失い、ひっくり返った。

翌日はシェパードがメビウスのところに来た。

彼が視界にはいるやいなや、メビウスは輝くばかりの笑みを浮かべた。「ドクター・サム・シェパード。ようこそ」

シェパードはパイプに火をつけ、二回ふかした。「わたしはもう医師ではない」

「たしかに」メビウスは言った。「でも、おれにとって、あんたは永遠にドクター・サムだ」

監視係がシェパードに椅子をもってきた。シェパードは鉄格子を挟んで、ちび男と向かいあって腰を下ろした。

「そのほうがいいな」メビウスが言った。「あんたの顔がよく見える。おやおや、ちっとも老けていないね。相変わらず、元気はつらつで、色男ぶりも変わっちゃいない。知ってるかい？　おれはずうっと、あんたの事件のことばかり考えてきたんだ」

シェパードは腕時計を見た。それから、パイプを口にもどしてふかした。束の間、メビウスはもうもうたる白い煙の世界の住人に見えた。

「なあ。アメリカで、女房殺しで有罪と無罪の両方の評決を下されたのは、たぶんあんたひとりだろうな。有罪判決を受けて、釈放されたというのは。やったのか、やってないのか。やってない。いや、やった。いまだに真相はわからない。そしてあんたの物語についての熱狂は……終わることがない。あんたについてのテレビ・ドラマ・シリーズ《逃亡者》がつくられ、映画にまでなった。本もたくさん書かれた。あんた自身も一冊書いたな！　もちろん、読んだとも、『耐えて勝て』。ひどい本だった。おまけに、あんたの最初の裁判を形容して言われた言葉が、英語の語彙にはいった。O・J・シンプトンの裁判のときに、〝祝祭気分（カーニバル・アトモスファイア）〟という言葉がさかんに聞かれたが、あれはトム・クラーク判事があんたの裁判を評して言った表現そのままだ」

「そういうことはみんな、忘れようと努めてきた」シェパードは言った。

メビウスはにやっとした。「それができると思うところがすごいや」

シェパードはさらに何度か、パイプをふかした。

「さて」とメビウスが言った。

「さて、何だ？」

「等価交換（クイド・プロ・クオ）を」

「言ってみろ」

「アリス・ペピンについての真実のすべてと引き換えに、ふたつのものを得たい」

「何だ？」

「第一に、奥さんの生涯最後の日に起こったことすべてを、あんたの口から聞きたい」

シェパードの脳裏に、ある光景がよみがえった。ベッドに横たわったマリリンのたたきつぶされた顔がこっちを向いている。額は三日月形の傷で埋め尽くされ、上の前歯が抜け落ちている。パジャマの上着が胸の上までまくり上げられ、パンティーはおろされている。恥骨のあたりが濡れて光っている。脚は膝から先がベッドの足側の横木の下から出て垂れている。部屋全体の壁一面に血が飛び散っている。びしょ濡れの犬が体を震わせたみたいに。彼女のベッド、そして彼のベッドを中心に外側に向かって、後光のように。血は全面の壁をおおい、天井にまで点々としみをつけている。彼女の頭部の周りにも、絵具を厚く塗って光輪を描いたような血溜りがある。シェパードはマットレスに膝をついて、脈を取ろうとした。何も感じられなかった。

「二番目は」

「デイヴィッドの小説が読みたい」

「なぜ?」

メビウスは声をたてて笑った。「おれがどういうふうに出てくるか知りたい」

シェパードはポンとパイプをたたいて、火皿を空にした。

「了解した」と彼は言った。

メビウスはパチパチと拍手し、それから嬉しげに手をこすり合わせた。「では始めようか?」と彼は言った。

「どこから始めたい?」

「もちろん、最初から」

「候補になる時点はたくさんあるが」

「あの土曜日の朝から始めてくれ」メビウスは言った。「一九五四年七月」

その朝、マリリン・シェパードはロケット花火の音で起こされた。

部屋の明るさからいって、まだ七時をいくらも過ぎていないはずなのに、ティーンエージャーたちは、もうロケット花火を打ち上げている。明日の七月四日を前に、このあたり一帯では、何週間もそんなことが続いていた。マリリンは平気だが、飼い犬の雌のイングリッシュセッターが花火の音に怯える。今も寝室のすみに縮こまって、震えながらよだれをたらしている。「コーキー」マリリンは体を起こして、上掛けをぽんぽんと二度たたいた。「大丈夫よ、コーキー。おいで」犬は大きな息を吐き、じっとしたまま、悲しげに見つめ返す。もちろんこの犬は、大きい音なら何にでも怯える。正午のサイレンが鳴れば、キッチンのテーブルの下に駆けこむし、湖の上空をおおう雷雲がわるさをするときには、バスルームにはいりこみ、便器の脇に小さくなって、首輪を鳴らして震えている。マリリンとサムが喧嘩をすれば、すくみあがる。しかもこのところ、気まぐれな恐怖の循環が際限なく続いていた。はじける爆竹、地元球団クリーヴランド・インディアンズの快進撃に伴うお祭り騒ぎ、時折湖上に打ち上げられる〝ホワイト・ワール〟や〝レッド・クリサンセマム〟といった花火に続いて、今夜の一斉打ち上げ――独立記念日前夜のエリー湖での行事――さらに、明日のグランドフィナーレへと。そのあとは？　マリリンは想像してみた。近隣のティーンエージャーたちが、残っている花火を使い切るのに、もう一週間ぐらいかかるだろう。かわいそうな犬を、どこか静かなところへ連れていってやれないだろうか？　父の家にでも？　けれど、父の住む場所までは一時間はかかる。それでなくても時間が足りなくて困っているのに。

ロケット花火がまたひとつ、窓を横切った。紙を裂くような音をたて、やがてパンと鳴った。コーキーが哀れな声を出した。

マリリンはベッドから立ち上がり、窓の網戸に口を近づけてどなった。

「やめてよ。うちの犬をこわがらせないで」

下のビーチでは、水着姿の少年がふたり、笑いながら藪からとびだしていく。ふたりともロケット花火の束を手にしている。マリリンのおなかの赤ん坊が二度蹴った。それとも、痙攣だろうか。鋭い痛みに、マリリンは窓敷居に体重を預けてこらえた。

神さま、お願い、女の子にしてください、とマリリンは思った。そばにいてくれるだけでいい。この家で劣勢な女性陣の一員になってくれるだけでいい。サムが何ひとつ家事をこなせないことに、やりたくないだけでなく、やり方を知らないからできないということに、いっしょになってあきれてくれる仲間がほしい。見てよ、あのベッド。マリリンは窓側の乱れたままのベッドをながめた。あの男は、人の胸をかち割って心臓をマッサージし、拍動をとりもどさせることならできるだろう。けれど、彼にとって、ベッドメイキングは底知れぬ謎なのだ。ああ、女の子でありますように。今夜のお客のための料理（アハーン一家がくることになっている）、用事のための外出、さらなる掃除と片づけ（どうせ息子のチップがすぐに散らかすのに）、そのあとには、明日、サムのインターンたちを呼んで、バーベキュー・パーティーをするための食料品の買い出しリストづくり（このパーティーでは、サムが午後じゅうインターンたちと水上スキーを楽しむあいだ、マリリンは陸で待たされる役回りになっている）と、家事に明け暮れる今日のような日に、娘がそばにいてくれれば、いくらかでも共感と手伝いが得られるだろう。

痛みが引いて、マリリンはもたれていた上体を起こした。

この前の火曜日、夕食のあいだにサムがいった。「あのインターンのあれ、またやろうと思うんだ」

マリリンはチップのフランクフルトをひと口ずつ切り分けてやっているところだった。七歳なのに、この子はまだ自分ではできない。「インターンのあれって?」

「独立記念日のパーティー。去年やったような」

フォークとナイフをもったマリリンの手が、皿の上で静止した。「サム、今日はもう火曜日よ」

「いや、もうやるって伝えてあるから」

「だれに?」

「インターンたちだろ、それから、おれの身内とホーク家と。あとは、アハーン家にも」

「それって、四十人以上よ」

「外でバーベキューをすればいいよ」

　マリリンはフォークとナイフを置き、テーブルの上で手を組みあわせて、夫を見つめた。夫は目下、自分のフランクフルトを飾りたてるのに余念がない。マスタードとケチャップとマヨネーズとレリッシュをまっすぐ線にして重ねていく。まるでレンガを積むように慎重に。レンガ。今ここに一個あったら、よかったのに。

　サムが顔を上げた。「何もごちそうを出すわけじゃなし」

　マリリンは顔をひきつらせてほほえんだ。パーティーの話はもちろん、やるという宣告であって、やってくれないかという頼みではない。しばらく前に、こういうやり方はもう二度としないように、もししたら離婚だと強く言ったのに。でも、何も変わらなかったということだ。マリリンは思わずにはいられない。夫の行動について、ちょっとしたことさえ変えられないのに、大きなことを変えるのは、到底、無理だと。

　ここで徹底的に言い争ってもいい。でも、言い争いがいったんはじまってしまえば、だんだんエスカレートして制御不可能になり、解決することの不可能な、忘れるしかない問題にまでいきついてしまう。忘れるしかなくても忘れられない、それらの問題についての記憶をたどれば、ふたりは二週間ほど前の状態に突きもどされるだろう。マリリンはそこにもどりたくなかった。そうそれが肝心なことだ、とマリリンは思った。もどらないこと。

「そうよね」と、マリリンは答えたのだった。

　窓辺に立ったまま、マリリンは少年ふたりがビーチを駆けぬけ、姿を消すまで見送った。それから、掌の下部で目をこすり、髪を耳にかけると、腕組みをし、湖面を見わたした。なんて美しい日だろう。風があって湿度が低いだけでなく、痛いくらいに光が明るい——白い光、とマリリンは思った。まるで八月のようだ。どこまでも見えそうな気がした。数百メートル離れたハンティントン公園の湖を見おろす駐車場にとまっている白いバンの中にいる男の人まで。その人もわたしと同じように、今日という日の美しさに驚いているのかもしれない、とマリリンは想像した。こんな日には、家の前のビーチが南国の光を浴びたように輝く。水はありえないほど青く、白い雲がたなびき、砂浜の照り返しは、まともに見るのがつらいほどまぶしい。風が二階の窓ぎわの梢を揺らすと、まるでこの家が船になって、帆を上げようとしているような気がしてくる。

何から始めよう？

隣の部屋で鈍い音がして、長々と引き伸ばされたうめき声が上がった。サムの友人のレスター・ホヴァステンが目覚めたのだ。午前中の間ずっと、この人とひとつ屋根の下にいるのだと思うとあまりに不愉快なので、マリリンは束の間、彼の存在を頭から追いだしていたのだった。今、ホヴァステンがうめきながらのびをする気配を耳にして、マリリンのいらだちは、いやが上にも増した――ホヴァステンも、サムの宣告のひとつだったから。「レスがクビになったんだ」水曜の朝、仕事に出かける間際にサムは言った。キッチンのドアのところで、マリリンに背を向けたまま。「しばらく、うちにいることになったから」

出かける間際に言うなんて卑怯だ。ほとんど捨て台詞のようなもの。「あなた、まさかレスにうちにくるように言ったんじゃないでしょうね？」とマリリンは言った。

「レスは仲間だぞ。困っているんだから、手を貸してやらなくちゃ」

「ちょっと待って、サム。わたしと彼との間に、ちょっとした意見の相違があっただけ、みたいな言い方をしないで」

「レスから見れば、そんなところだったんだろう」

サムは網扉をばたんと閉めて、車に向けて歩きだした。

マリリンが追いかけようとしたそのとき、チップがすごい勢いで駆けこんできた。マリリンの脚に全身で体当たりし、ショートパンツをつかんでぶらさがろうとしたので、マリリンは動きを封じられてしまった。この子は父親とタッグを組んでいるのか。マリリンは膝をついてチップの顔を見据えた。

「もう大きいんだから、こんなことしちゃだめでしょ」そう言って、チップの腕を揺さぶった。

そのとき、ドアのところにサムの黒っぽい輪郭がまた現れた。

「あなた、よくそんな、配慮のないことができるわね」

だが、そこにいたのは、ハウスクリーニング業者のディック・エバーリングだった。背恰好がサムと同じで、頭の禿げ方もよく似ている。実際、不思議なくらいサムにそっくりだ。エバーリングはばつが悪そうに、入り口に立っている。彼の背後で網扉が閉まる音がした。彼はうなだれている。

サムの車が敷地を出ていった。

「あら、いやだ」マリリンは額に片手をあてた。「ディック、ごめんなさい。サムだと思ったの」

エバーリングはいかにもほっとしたように顔を上げ、頬をゆるめた。「すみませんでした、ミセス・シェパード。ノックすればよかったですね」

レスター・ホヴァステンの声がして、マリリンは回想から引きもどされた。

「コーヒーは、はいってるかね?」と壁越しに訊いている。

マリリンはあわてて服を着て——ホヴァステンに寝間着姿を見られるなんて真っ平だ——下に降りていった。

そうだった、こんな朝だった。二年前、ホヴァステンとの間に「ちょっとした意見の相違」が生じたのは。サムは病院に出かけたあとで、チップはまだ眠っていた。ホヴァステンはサムより軽く十歳は年上だが、カリフォルニアの医学校でともに学んだ仲で、以来、親しいつきあいが続いている。マリリンの癪に障るのは、ホヴァステンが酒浸りの女好きで、ナースたちにむやみに言い寄り、ナース全員から彼とふたりきりになることを拒否されるようなろくでなしだから、というだけではない。この男は、マリリンが家を留守にするたびに、サムをダブルデートに誘い出していたのだ。

その朝、マリリンが皿を洗っていると、ホヴァステンが背後からぬっと近づいてきて、マリリンのガウンにむき出しの局部を押しあてた。ホヴァステンのはだけたガウンの裾が、触手のようにマリリンの脚を包みこんだ。「手伝おうか？」ホヴァステンはささやいた。

一瞬、マリリンは度を失って凍りついた。

そのためらいを同意と受けとったホヴァステンは、さらに強く局部を押しあて、マリリンの両肘に手をかぶせ、その手を手首へとすべらせていった。そして、マリリンのうなじに唇で触れた。「いいだろ、マリリン。ゆうべ、あんな風におれのこと見てたじゃないか」

マリリンはふりむきざまに、洗剤を吸ったスポンジでホヴァステンの胸をひっぱたいた。

「おいおい」ホヴァステンは笑ってあとずさり、泡の手傷を見おろした。勃起したペニスが右に傾いで、木の葉に乗りうつろうとする尺取り虫のようだ。「意地悪するなって」

「見ていたって、当たり前でしょう。話をしていたんだから」

「いいや、違うね」ホヴァステンは一歩近づいた。「おれを盗み見してただろ。気がついてたんだ」

たしかに、その覚えがあった。前夜の夕食のあいだ、サムとしゃべっているホヴァステンをマリリンは眺めていた。ところどころ湿疹の出ている禿げ頭を。ふくらんでいくしずくのように脂肪を蓄えつつある顎を。子どもの歯のような小さな歯を。いったいこの男に、女から見て魅力を感じられる点がひとつでもあるだろうか、といぶかしみ、さんざんわたしを侮ったあとで、よくもこうしてわたしの向かいにすわって、くつろいでいられるものだと、あきれていた。カリフォルニア時代にサムと一緒に大勢の女とダブルデートしたことを、どうでもいい過去の話として、水に流してもらえると期待しているのだろうか、と。そのとき、ホヴァステンの目がぱっと動いてマリリンの視線を正面から捉え、にんまりと笑いかけてきたのだった。マリリンは心の中で毒づいて、皿に目をおとした。その結果がこれだ。ホヴァステンは自分の勘違いにのぼせあがっている。

「レスター、わざわざあなたのものを見せてくれてありがとう」マリリンは脇に片手をあて、スポンジをもったほうの手で払いのける仕草をした。「さあ、どこかほかのところで、それで、ひとり遊びでもしたら」

ホヴァステンは鼻をフンと鳴らして首をふった。「焦らすなよ。わざとやってるんだろ、マリリン？」

「うぬぼれないで」

ホヴァステンはガウンの前を合わせて紐を結び、背を向けると、足音も荒く立ち去った。しかし、それ以来、マリリンを敬遠するようになったのだ。

マリリンはキッチンのコーヒーメーカーのスイッチを入れた。コーヒーの香りが鼻に届いたとたん、煙草を吸いたくなった。サムの朝食の皿とフライパンを洗おうかとも考えたが――サムは自分でベーコンエッグをつくり、後片づけをマリリンに残していった――気が変わって、ボートハウスを見にいくことにした。ボートハウスの中をちょっと片づけ、救命胴衣や引き綱やスキー板をそろえよう。そうすれば、しばらくのあいだサムの書斎に隠してある煙草のパックに足を向けないですむだろう。やがて、チップも起きてくるだろうから、ふたりで朝食を外に食べにいき、そのまま食料品の買い出しにいける。しかも、ホヴァステンの顔を見るのをできるだけ少なく、うまく行けば、ゼロにすることができる。この新しい計画は、効率性を尊ぶマリリンにとって魅力的だった。実際、時間内にすべてをやりとげるには、この方法しかない。明日は、空いた時間はないのだから。それでも考えてみれば、明日の集まりはそれほど悪くないような気がしてきた。インターンをふたりほど使って、焼くのや、配るのを手伝わせればいい。彼らは頼めば何でもしてくれる。わたしに（そして、サムに）気に入られたいから。そうすれば、わたしだって少しは水上スキーを楽しめるかもしれない。そして今日、運よく用事がスムーズに済めば、自分のための時間が何分か作れる可能性もある。

だが、ボートが泊めてある水面まで、いくつもの長い階段をおりていくと、マリリンの心は沈んだ。そこはひどい有り様だった。ボートにはスキー板に、濡れたタオル、救命胴衣、ビールの空き缶、アイスボックスが放りこんであり、アイスボックスの中は、腐った食べものとしか思えないものでいっぱいだった。ボート自体もきちんと綱で固定されておらず、弱い波でも、舳先が杭に打ちつけられる。要するに、悪意でこんなふうにしたとしか考えられない惨状だった。

「サム、あなたって人は……」

マリリンはボートに背を向けて、階段を昇り、家にもどった。

テラスを通ってキッチンにはいった。てっきりホヴァステンがコーヒーを飲みながら、新聞を読んでいるかと思ったのに、家の中は静まり返っていた。寝直したに違いない。マリリンは足音を忍ばせてサムの書斎にはいり、『心臓病学』を本棚から抜いて、チェスターフィールドのパックをとりだした。マッチの箱はサムのパイプ挿しの横にある。マリリンは紙巻き煙草に火をつけると、机の周りを回って、サムの赤い革張り椅子に腰かけた。暖房のラジエーターの脇には、弾をこめた散弾銃が三挺。片づけてくれと二十回もいったのに。机の上にはふたりの写真が立ててある。ずいぶん前に撮った写真で、ふたりともとても若い。どれだけ老けたかよくわかる。写真のふたりはサムの車、プリムス・フューリーに乗っている。幌はおろしてあり、ふたりはふりむいた格好で、サムがマリリンの肩を抱いている。これは一九四四年、カリフォルニアでの写真だ。サムが医学校に入学した年。このころ、サムは今より痩せていて、髪ももっとあった。もっと優しかった。ふたりがいるのは、ビッグサー。チャップマン夫妻が牧場に招いてくれたのだ。背景には断崖や、海から漂ってくる薄もやが写っている。この日のことでマリリンが覚えているのは、とても寒かったことと、サムが頑として車の幌を上げようとしなかったことだけだ。この写真は、すべての思い出に置き換わり、マリリンの人生の一時代を示す象徴となっている。夫には残酷なことなど何一つできないと信じていた時代。ふたりの将来がこれからより良い方向へ花開くと信じていた時代。だがやってきたのは、この永遠の現在だった。毎日が、前に進むか、終わりにするかの二者択一を迫ってくる。

ここにいたのね、とマリリンは思った。わたしが好きになった男。

マリリンはサムの椅子に腰かけ、机に足をのせた。椅子の背にもたれて、顔をのけぞらせ、吐いた煙が天井へ昇っていくのを眺めた。妊娠中の喫煙がよくないことはわかっているが、煙草は今のこの一瞬に閉じこもらせてくれる。家の中の静けさ以外、何も考えずにいられるひとときに。マリリンは最後の一服を深く吸いこむと、煙を一筋の長い流れにして写真に吹きかけた。

さて、何をしよう？

数分後、マリリンはキッチンでレポート用紙に書いたリストをにらみつけていた。外回りの用事や、家の中の雑用や、食料品の買い物など、膨大な数の仕事が、ページを埋め尽くしている。ふと、どれもやらずに、これからの二十四時間、涼しい顔をしていようかと考えた。夫はマリリンの手際のよさに感心することだろう。そうして、夫の客たちが到着する時間の直前、チップとコーキーを車に乗せて父の家に向けて出発し、それきり二度ともどってこないのだ。マリリンは目を閉じて深く息を吸い、この愉快な夢想にしばしふけった。

「夕食」と、マリリンは書きつけて、下線を二重に引いた。「コッテージハム、インゲン豆、ライ麦パン」

次に「デザート」と書いて、また下線を引いた。ペン先をくわえ、それから、書きこんだ。「ブルーベリーパイのアイスクリーム添え」

サムの大好きなデザートだ。

メビウスの包帯から血がにじみでていた。膝頭と手に真っ赤な円ができている。

マリリン殺害事件以来、シェパード刑事は血を見るのが苦痛だった。

「時系列に沿って話そう」とメビウスが言った。「おれが刑事役をやる」

「よかろう」とシェパード。

「あの朝から。七月三日」

「うん」

「あんたは早く起きた」

「わたしは六時に起きた」とシェパード。

「土曜日だったのにな」

「ああ」

「そして、病院に向かった」

「七時直前に病院に着いた」

「あんたの親父さんが病院を創立したんだったな?」

「そうだ。わたしの兄たち、リチャードとスティーヴンもそこに勤務していた」

「あんたは駐車場でスティーヴンに出会い、独立記念日の週末のプランについて話した」

「スティーヴンはその日をヨットに乗って過ごすつもりでいた。それでわたしは、インターンたちのためのパーティーのことを思い出させた。スティーヴンと奥さんを招待していたんだ。当然だが」

「そして、あんたがたは、ふたりとも手術に向かった」

「まあ、いつも通りの朝だった」

「あの男の子が運びこまれるまではな――

「そうだ」シェパードが言った。「その朝の十時頃、小型トラックにはねられた少年が運びこまれた」

「男の子は息をしていなかった」

「手術台に寝かせたとたんに、意識がなくなり、呼吸が止まった」

「それで、あんたは胸を切開した」

「そうだ」

「そして、心臓をマッサージした」

「そのとおりだ」

「心臓というのはどういう感触かね？」

「テニスボールみたいだ」シェパードは答えた。「素人が考えるより硬い。どんなに押さえつけても、跳ね返して元の形にもどる」

「興味深い」とメビウス。

シェパードは首をすくめた。

「だが、その子は死んだんだな」

「そうだ」

「その子の父親に告げると、ひどく責められたんだろ」

「父親はわたしに言った。あの子が死ぬはずがない。事故の直後に自分は息子に話しかけた。息子は意識がはっきりしていた。だから、おまえが息子を殺したに違いない、と」

「あんたはその父親に何と言った？」

「わたしは彼にこう言った。体の内部の損傷というのは、そういうものです。密かに命を奪うのです。患者さんの体が正常に機能していて、突然、臓器がだめになる、ということがいくらでも起こりえます、と。そして、お悔みを言った」

「それからどうなった?」

「病院の仕事を終えてから、両親の顔を見に立ち寄った」

「その訪問のあとは?」

「うちに帰った。ボートハウスとその周囲の仕事をした。翌日、病院のインターンたちを招く予定だった。水上スキーをすることになっていたから、船外機を調べて、パーティーに十分なガソリンがはいっていることを確認し、引き綱やスキー板や救命胴衣を整えた。やがて、カクテルの時間になった」

「何時だった?」

「七時十五分前からそこらだ。わたしたちは、近所のアハーン夫妻、ドンとナンシーのうちへ行き、一杯やった」

「いや、向こうがディナーを食べにきたんじゃなかったのか?」

「わたしたちは、ちょっと変わったやり方をするようになっていたんだ。片方の家で飲んで、もう一方の家で食べるほうが、片づけの手間が分散されてよいと女性陣が言ったので」

「彼らは近くに住んでいたんだね」

「隣の家だ」

「それぞれ何を飲んだ?」

「女性陣はウィスキー・サワー、わたしとドンはマティーニだった」

「どんな話をした?」

「わたしはドンに、自分の一日の出来事を話した。死んだ男の子のことを」

「あんたはくよくよしていた」

待合室。シェパードと向かいあっていた少年の父親は、二歩さがって、彼に人差し指を突きつけ、それから、待合室のほかの人たちを見回した。目が血走っていた。「おまえが息子を殺したんだ。どういうふうにしてか知らないが。ここに来る車の中で、おれは息子と話していた。息子は隣にすわって、しっかり受け答えしていたよ」父親は再び、人差し指をふりおろして言った。「おれの息子を死なせたかったんだろ！」そして、両腕を広げ、居合わせた人々に呼びかけた。「皆さん、ご家族をこの男に近づけてはいけませんよ。こいつは人殺しだ。おわかりですね。こいつはうちの子を殺したんです」

「そうだ」シェパードはメビウスに答えた。

「それからどうなった？」

「マリリンが料理の仕上げをしに家にもどった」

「マリリンがもどったあと、あんたはどのくらいの時間、留まっていた？」

「二、三分だと思う。電話で病院に呼びもどされた」

「どうして？」

「レントゲン写真を見るために。脚を折った少年の」

「何時だった？」

「八時半ぐらいだ」

「すぐに家にもどったのか？」

「その仕事が済むと、すぐに帰った」シェパードは言った。

「すぐに食事をしたのか？」

「いや。マリリンの用意が遅れていた。ドンはインディアンズの試合の放送をラジオで聴いていた。それでわたしは、女性陣が料理の仕上げをしている間、両家の子どもたちを地下室に連れていき、そこに吊るしてあったパンチバッグをたたかせた」

「どこで食事をした？」

「テラスで」

「子どもたちは？」

「キッチンで」

「気持ちのよい夜だったんだね」

「夕焼けがすばらしかった」

「マリリンのつくった料理はうまかったんだろ？」

「コッテージハムとインゲン豆の煮こみ。ブルーベリーパイ」

「そのあとはどうした？」

「食後、花火を見た。独立記念日前夜の花火大会があった。それから、ドンが子どもたちを寝かしつけるために、家に連れて帰った」

「それは何時ごろだった？」

「十時半ぐらいだ」

「彼はすぐにもどってきたのか？」

「ああ」

「それからどうした？」

「女性陣がキッチンの片づけをした。ドンはラジオのインディアンズの試合の放送を聴き終えた。わたしは居間にすわり、休息していた」

「それから、どうした？」

「わたしはチップが模型飛行機を修理するのを手伝った」

「夜更かしをさせていたんだね」

「そうじゃない。チップはパジャマ姿でおりてきた。あの子は飛行機や鳥が——飛ぶものなら何でも大好きだった。チップは下におりてきて、自分が寝る前に、模型飛行機を直してもらえないかと、わたしに頼んだ。それで、一緒に地下室に行って、接着剤を使って直してやった。でも、たぶん、もうちゃんと飛ぶことはできないよ、とわたしは言った」

「どうして？」

「翼が壊れていたから。バルサ材で、薄くて壊れやすいんだ」

「チップの反応は？」

「直す努力をしてみたことで気が済んだようだった」

「それから、どうなった？」

「マリリンがチップを寝かせた」

「それから、どうした？」

「みんなで映画を観た」

「何の映画だった？」

「『休暇異変』だ」

「主演は？」

「あの小男だ。きみのような」

「クロード・レインズだな」メビウスが言った。「どういう話だった？」

「ある男が休暇旅行から帰ってくると、アメリカがファシストたちに占領されていたという話だ」

「よかったかい？」

「ひどい映画だった。見るに堪えなかった。それにわたしは、もともと映画が大嫌いなんだ」

「映画のどこが、そんなに嫌いなんだね？」

「決めつけるところ」

「どういう意味だ」

「映画の中では、すべてのことに何らかの意味がある。たとえば、登場人物が『あのタンクには高圧空気がはいっている。気をつけないと爆発するぞ』と言ったら、その映画のどっかの時点で、必ず爆発する」

「だから？」

「人生はそんなもんじゃないだろう」

「きみは違うと思っている、ということだね」

「違うと、知っているのさ」

「知っていると言えば、おれは自分が、この独房で死ぬことになると知っている」

シェパードはパイプに煙草を補充した。「どういうふうにしてそうなるんだ？」

メビウスはにやにやした。「デイヴィッドの小説がおれを殺す」

シェパードはパイプに火をつけ、二度ふかした。

「それから、何が起こった？」メビウスが訊いた。

「わたしはくたくただった」シェパードが言った。「それで、デイベッドで眠りこんだ」

「それはどこにある？」

「居間のすぐ近くだ。二階に上がる階段のそばにある」

「次の記憶は？」

「ベッドで上半身を起こして、みんなが映画を観ているのを見ていた記憶がある。そのとき、マリリンがこっちを向いて、わたしに何か言った」

「何と言ったんだ？」

シェパードはパイプを二度ふかした。マリリンがロッキングチェアにすわったまま、こっちをふり返るのが見えた。彼女の顔はロッキングチェアの背で、一部隠れていた。髪はおろしていた。マリリンは、こっちへ来ておすわりなさい、と手招きした。だが、彼はデイベッドを離れなかった。動かないということ、今いるところに留まるということが、なんとなくとても快く安らかな気がした。子どものとき、両親がようすを見に来て一、二度名前を呼んだけれど、眠ったふりをしていたときのことを思い出して、それに似ていると思った。マリリンは白いショートパンツに、小さな翼のような、ひらひらのついた半袖シャツを着ていた。彼女はもう一度、こっちへいらっしゃいという仕種をした。結婚生活において、完璧に幸福であることは可能なのだ、と思ったことをシェパードは覚えている。

「あんたの返事が聞こえないが」

「マリリンは『ねえ、サム。だんだんよくなってきたわよ』と言った」シェパードは口元をほころばせずにはいられなかった。

メビウスは腕組みをした。「それから、どうした?」

「わたしは目を覚ました」

「なぜ?」

「マリリンがわたしの名を叫ぶのが聞こえた」

「そのとき、家の中にほかの人間がいるとわかっていたのか?」

「いや。何が起こっているのか、さっぱりわからなかった。マリリンが子宮痙攣を起こしたのかもしれないと思った」

「それで?」

「階段を駆け昇って寝室にはいった。とたんに誰かに殴られた」

「そいつを見たのか?」

「はっきりとは見ていない。人影をひとつ見た」

「どういう意味だ？」

「何も、はっきりとは見分けられなかったのだ。暗かったから。そいつのことは、時によって、違うふうに思い出す」

「どんなふうに？」

「時には、もじゃもじゃ頭だったような気がする。時には、わたしのように禿げていた気がする」

「いずれにせよ、誰かがあんたを殴り倒した」

「そうだ」

「それから？」

「気がつくと、床に倒れていた。わたしの警察協力医バッジが顔のそばに落ちていた。いつもは札入れに入れているものなので、どうしてかな、と思った。それから、ベッドの下の札入れに気づいた。わたしは上体を起こし、床にすわった」

「それで？」

「血が目にはいったのはそのときだった。右手のドアに血がついていた。細かい霧にいたるまで、あらゆるサイズのしずくがドアに飛び散っていた。それから、わたしは立ち上がって、マリリンを見た」

「彼女はベッドに横たわっていたんだね」

「顔はわたしのほうを向いていた」

「殴られていたんだな」

「誰だかわからないぐらいひどく」とシェパードは言った。だが、心の中でその表現に誤りがあることに気づいた。こんなのは言葉の綾だ。真実を言うならば、まったく疑う余地なく本人だとわかった。長い年月が経ったが、シェパードはよりいっそう鮮やかに思いだす。彼女の髪が厳密に言ってどんな色合いだったか。花が開くように、顔から周りに流れ出て頭の血にへばりついていた彼女の髪。ところどころ、長く海水につかりすぎたかのように固まって太い束になっていた。頬には汗でくっついたかのように、薄く貼りついていた。マリリンその人だとはっきりわかるのは、その表情のためだ。彼女は眠りを夢にさえぎられることが多くて、目が覚めると大抵いつも、どんな夢を見たか、夫に話した。そんなとき、いつも浮かべていた不安そうな、つらそうな表情、夜中にそれを見たシェパードに彼女を引き寄せて抱きしめたいと思わせた、その表情を、彼女は浮かべていた。

「それから、どうした?」

「わたしはふらふらだった。何が起こっているのか、わからなかった。だが、ベッドの上に膝をついて、彼女の脈をとった。彼女は死んでいた」

「それで?」

「チップの部屋を見て、安否を確かめた。チップは眠っていた」

「だが、あんたは叫び声がしたと言っていた。そして、マリリンはひどく殴られていた」

「チップはわたしに似て、ほぼ何事にも眠りを妨げられない質(たち)だった」

「どうして警察に電話しなかった?」

「階下で物音がしたので階段を駆けおりた。その男はまだ、わたしたちの家の中にいたのだ。その男がテラスに出るドアのそばにいるのが見えた」

「たしかに見えたのか?」

「人影が見えた」

「どんなだった?」

「男の影法師だとわかった」

「その男はどういうふうに見えた?」

「大柄だった。わたしのように。もじゃもじゃ頭で、髪が立っているように見えた」

「それから、どうなった」

「そいつはわたしが来たのを気配で知り、駆け出した。わたしはそいつを追いかけて、外に出て、段々をおり、ビーチに走り出た。ようやくそいつに追いついて、捕えようとした。揉みあいになった。わたしはまだふらふらしていたし、暗かった。いいパンチを命中させることができなかった。電話ボックスの中にいる誰かを殴りつけようとしているかのようだった。結局、そいつに殴られて、わたしはまた意識を失った」

「どうしてわかる？」

「目が覚めたら、ビーチに倒れていたから。わたしの着ていたシャツがなくなっていた。両脚は水の中だった」

「意識がなかったのは、どのくらいの間だろうか？」

「さあ、わからない。気がついたのは、夜明け間近だった」

「起き上がって何が起こったか知った、というわけだ」

「そうだ」

「マリリンが死んだことを思い出したんだな」

「わたしには彼女を失ったことがわかっていた」

「正確なところを教えてくれ、ドクター・サム。そのとき、あんたは何を考えた？」


リチャード（ディック）・エバーリングは、ハンティントン公園に停めたバンの中からシェパード邸を眺めていた。

上策は超望遠レンズのついたカメラの類を手に入れることだろう、とエバーリングは心の中で考えた。そうすれば、本人に感づかれることなく、好きなだけマリリンを眺められ、写真も撮れる。窓辺での姿や、テラスやビーチにすわっている姿を撮る。それを現像して、彼女がどれだけ美しいか、マリリン自身に見せてやるのだ。マリリン・シェパードと話していると、彼女が自分のことをそれほどきれいだとは思っていないことがわかる。そのことが、さらに彼女を美しくしている。撮った写真を見せて、こう言おう。ほら、見てごらん。これがきみだよ。おれ以外、だれひとり見ていないとき、きみはこの世界にこんな風に存在しているんだ。これが、おれが見るきみ。おれが好きところを挙げよう。きみのウェーブした豊かな髪とハシバミ色の瞳。いつも少し悲しげに見えるところが好きだ。ほっそりした脚と小ぶりな胸が好きだ。それから、とくにきみの笑い方が好きだ。みだらな笑い方、秘密を知っている女の笑い方だ。

きみにおれの秘密を教えたい。

三日前、マリリンに、ドクター・サムに似ていると言われた。今、バックミラーに自分を映してみると、彼女がそう言うのもうなずけた。濃い眉と厚い唇が同じで、耳まで同じ形だ。だが、禿げ方が違う。ふたりとも禿げはじめてはいるけれど、ドクター・サムは額中央の生え際がV字になっているのが特徴だ。ドクター・サムの歩き方を見ていると、今にも駆けだしそうで、駆けだしたら誰にも負けない、という感じを受ける。自分自身について知っている必要のあることをすべて知っているから、鏡なんか見ないというタイプの男のようだ。この前の水曜日、エバーリングが家から出かけていくシェパードを見かけた。ちょうどバンではいっていくと、シェパードがキッチンのドアのところから、妻になにか言ったところだった。エバーリングが掃除用品や道具をもって、バンの周りを回っていくと、シェパードめがけて歩いていく形になった。彼は出勤するところだった。エバーリングは、肩幅を広くし、ウエストを詰めた仕立てのダブルの背広や、高そうな赤い絹のネクタイ、タッセルつきのつややかな黒の革靴をほれぼれと見て考えた。ああいう服装をすれば、おれだってあれくらいハンサムに見えるんだろうな。おれがもし医者だったら、あんな風に見えるわけだ。ふたりはすれ違った。エバーリングはバケツやらワイパーやらを両手にもった恰好で挨拶した。「おはようございます、ドクター・シェパード」相手はエバーリングを見もせずに「やあ」といって通りすぎ、真新しいコンバーティブルのジャガーに乗りこむと――MGは処分したのだ――短くエンジンを吹かして走り去った。

エバーリングは足をとめ、車が角を曲がって消えるまで見送った。

外は明るかったので、エバーリングは家に入ると、目を慣らさなくてはならなかった。そしてそこに、この暗闇から忽然と現れたかのように、マリリンがいた。息子の前に膝をつき、両腕をつかんで怒っているようだ。とつぜん、マリリンはエバーリングのほうにふりかえった。

「あなた、よくそんな、配慮のないことができるわね」マリリンはそう言うと立ち上がった。

「あら、いやだ」とマリリンは言った。「ディック、ごめんなさい」彼女はエバーリングの肩越しに向こうに目をやった「『サムだと思ったの」

「すみませんでした、ミセス・シェパード。ノックすればよかったですね」

「違うの、違うの。あなたに怒るつもりじゃなかったのよ」マリリンは頭をふって笑い、ショートパンツから出ているむきだしの脚に、息子の頭を押しつけた。「マリリンと呼んでね。ミセス・シェパードっていわれると、おばあさんみたい」

今、バンの中にいるエバーリングは窓をあけた。だんだん暑くなってきた。暑くなると後ろに積んだ洗剤類がにおう。ファンタスティックやウィンデックスのにおい、雑巾にしみついたプレッジのにおい、モップから消えないアンモニアとオイルソープのかすかなにおい。今日は、四軒の家の掃除を頼まれている。独立記念日には、どこのうちもパーティーをするので、家の中をダイヤモンドみたいに光らせたがる。いつもそうなのだと、お客に思ってもらえるように。便座にウンチがついていたり、ソファーが犬の毛だらけだったり、洗面台の流しに歯磨き粉がこびりついていたり、なんてことは絶対になく、水まわりや蛇口にはいつも顔が映り、床に落ちたものも安心して食べられるのだと思ってもらえるように。客たちはうらやましがり、この家はわが家より、ずっと清潔でぴかぴかで素敵だと感心し、この家の住人たちは、自分たちより、ずっと素敵な人生を送っているのだと考えるだろう——そこで、家の者たちは、〈ディックのクリーニング・サービス〉の仕事ぶりに感謝……しないだろうな。だが、マリリンだけは別だ。

遠く離れたシェパード邸の寝室の窓に人影が現れた。エバーリングはマリリンだと確信した。バンからおりると、風が吹きつけた。強く、冷たい風だ。家の下の藪から、少年がふたり飛び出して、階段を駆けおり、ビーチに走っていった。エバーリングはマリリンがこちらを眺めているような気がして、ふと、向こうからも自分が見えているのかもしれないと思った。もし、おれだとわかったら、窓を開けて手をふってくれないだろうか？　何か合図をしてくれないだろうか？

三日前、作業が終わってから、エバーリングは家の裏側のテラスを囲う網戸の脇柱をノックした。湖を見渡すテラスだ。昼過ぎだった。マリリンは子どもといっしょにテーブルにいて、ミルクを飲みながらブラウニーを食べていた。太ももで短く切った白のショートパンツに、白いブラウスを着ていた。ボタンとボタンの間から、日焼けした肌と白いレースのブラジャーがわずかに覗く。

「終わりました、ミセス・シェパード」

「ありがとう、ディック」

エバーリングは、ブラウニーを食べているチップを見つめるマリリンを見ていて、突き刺すように鋭い、飢えに似た何かを感じた。「よかったら、確認してください」

「いいえ、その必要はないわ。いつもきちんとやってくれるもの」

エバーリングが笑顔になると、マリリンもほほえみ返した。エバーリングは、マリリンのハシバミ色の瞳は茶色よりも緑が勝っていることに気づいた。そのとき、子どもがミルクのコップをテーブルから落とした。

「あ、おれがやります」エバーリングはそう言って、尻のポケットから布切れをとると、床を拭きはじめた。拭きながら、子どもの太った脚が椅子からぶらぶらしているのを眺め、床に落ちていたバルサ材の模型飛行機を眺めた。エバーリングは翼に膝を乗せ、力をこめた。ポキッと音がするまで。拭いた布切れは、キッチンの流しに行って絞った。マリリンが冷蔵庫からミルクの瓶を出して、新しいコップに注ぎ直した。だが、すぐにはテラスにもどらず、エバーリングに尋ねた。「ブラウニー、食べていきません?」

エバーリングは両眉を上げた驚きの表情で、自分を指さした。

「今朝、焼いたばかりよ」

「そりゃ、ご親切に」と、エバーリングは言葉を途切れさせた。

「さ、来て。いっしょにどうぞ」

「それじゃ」

エバーリングは念入りに手を洗った。流しの横にきれいにたたんで置いてあるタオルを使うのは遠慮して、掌をズボンにこすりつけた。テラスに出て行くと、大ぶりのコップに注いだミルクが待っていた。その横には、白い皿に載ったブラウニーが五つ。皿はミルクのように、マリリンのショートパンツとブラウスのように白い。ブラウニーのようにこんがり焼けたマリリンの肌は、ブラウニーと同じくらい、柔らかそうでうまそうだ。こんな女に飽きる男がいるだろうか?

マリリンはテーブルの上に置いた両腕を組んですわっていたが、ぽんと隣の椅子をたたいた。「すわって。おなか空いてるでしょう?」

「実は腹ぺこです」

「どうぞ召し上がれ」

エバーリングは最初、下品に思われないよう、ゆっくり食べようとした。だが、マリリンと息子は、まるで世界で一番わくわくする光景だとでもいうように彼を見つめている。注目されて決まりが悪くなったエバーリングは、早く食べおえようと、大きな口をあけてかぶりつきはじめた。子どもは大いに喜んだ。それで、エバーリングは次から次へと口に詰めこみ、動物のような音を立てて咀嚼した。マリリンと子どもは笑いだし、はやしたてた。ブラウニーの塊はねっとりしていて、よくかまずに飲みこめば喉をふさぎそうだ。それで、十分ぐらいと感じられた時間のあいだ、エバーリングは物が言えなかった。

マリリンは笑い転げて、エバーリングの腕に手を置いた。

「まあ、まあ、ほんとうにおなかが空いてたのね」

「いっぱい食べたね！」息子がいった。

「たしかに」エバーリングはそう言って、口元を拭った。砂糖衣まみれの指を、テーブルの下で犬に舐めさせた。

「まだまだあるわよ」マリリンがいった。

「いや、もう食べられません。でも、ありがとう」

子どもがもう行っていいかと母親に許しを求めた。マリリンはいいわと言って、顔を拭いてやってから子どもを解放した。そのあと、マリリンとエバーリングは一瞬見つめあい、それから湖に顔を向けた。微風が湖面から吹いてくる。ふたりは無言で湖を見つめた。ボートが一隻、スピードを上げて波立つ湖面を渡っていく。しばらくの間、この世に存在する音は、ボートの腹が波を打つ水音だけに思えた。その音が次第に薄れていって消え、やがてボートの姿も見えなくなった。

「素敵なところですね」エバーリングはいった。

マリリンは目を前に向けたまま答えた。「そうね」

エバーリングはいつも、女に対していうべきことを心得ていた。とりわけ、女が悲しんでいるときや寂しがっているときに、何を言ったらいいか、よくわかっていた。今も、マリリンに言うべきことがわかっていたが、口に出す度胸がなかった。

「わたし、ここのよさを、もっとよく味わうべきかもね」

「そうすれば、もっと楽しくなるから?」

「そうじゃなくて」とマリリンは言った。「わたしの気難しさが少しは、ましになるかもしれないから」

エバーリングはマリリンの視線が自分に向けられるのを待った。そして予想通り、彼女に顔を覗きこまれると、エバーリングは皿に残ったブラウニーのかけらを指先にくっつけて取っていった。皿が真っ白にもどるまで。テーブルに載っているマリリンの両手が気になって、触れたいと思った。「あなたに気難しいところがあるなんて、想像もできないな」と彼は言った。

マリリンは頬に手をあて、エバーリングをじっと見つめた。エバーリングが居心地が悪くなって当たり前なぐらい、まともに見つめた。彼はふと空想した。ここは自分の家で、マリリンは自分の妻で、ふたりはそよ風が吹く昼下がり、子どもに邪魔されることもなく、会話を楽しんでいるのだと。すると、不安は消えていった。

「ねえ、気がついてる?」マリリンが言った。

「何にですか?」

「あなた、うちの人にそっくり」

「ミセス・ホークにも、よく言われます。シェパード先生に似ていると」

「ほんとうによく似ているわ。細かい違いはあるけれど」

「どう違います?」

マリリンはエバーリングの顔のあちこちに目を走らせた。一目ね。まつげが違う。夫のより柔らかくて、長いわ」

エバーリングは何も言わなかった。

「物憂げな目だわ」

「別に、物憂い気分ではないけれど」

「そう?」

「いやなことは考えないことにしているんです」エバーリングは満面の笑顔を作った。

「物憂げって、素敵っていう意味で言ったのよ」

おかしなものだとエバーリングは考えた。ドクター・サムは今、ここにいる。その存在感のせいで彼女は悲しくなり、こんなことを言う。その存在感のおかげで、おれは好きなだけここにいられて、おれがどれほどドクター・サムと違うか、見せつけることができる。そこがポイントだ、とエバーリングは思った。同じでいて、違っていること。彼女の夫そのものであって、別人であること。だが、これはエバーリングの望むことではなかった。それでは、いつもふたりが関連づけられてしまう。

「あなたは、おれの知っている誰とも似ていないいな」

マリリンは首をふって笑った。例のみだらな笑い。「それ、どういう意味?」

エバーリングはマリリンが笑いやむのを待った。これまでずっと夢見てきた。彼女にこれを告げることを。まさに今すわっているこの場所で。それが今、実現しようとしている。「つまり、おれがマリリンという名前を耳にするとき、いつでもあなたを、マリリン・シェパードを思い浮かべるってことです。ほかのマリリンは、ただあなたから名前を借りているだけだ」

沈黙が広がり、エバーリングの四肢のひとつひとつをその場に釘付けにした。その沈黙がマリリンを捉えたことを、彼は確信していた。

「それって」マリリンは言った。「今まで生きてきて聞いた、最高の褒め言葉かもしれない」

ふたりは見つめあった。もうほかに何もすることはない。ただ、この女にキスするだけだ、とエバーリングは思った。だが、彼はゆっくり構えすぎた。マリリンは下を向いてしまった。

「ブラウニー、ごちそうさまでした」エバーリングは立ち上がった。

「どういたしまして」

エバーリングは向きをかえ、歩きだそうとした。

だが、マリリンが腕に触れて引きとめた。「ねえ、ディック。今度来るとき、水泳パンツをもってくるといいわ」

「え？」

「お掃除が終わったあと、うちのビーチで泳いだらいいじゃない。遊んでいって」

エバーリングはビーチに目をやってから、マリリンの顔に目をもどした。「ほんとうですか？」

「そうしてほしいの」

「でも、どうして？」

「誰かがこの場所で楽しんでくれていると思うと嬉しいから」

「わかりました。次の水曜日に、また掃除に来ます」

「予定しておくわ」

「ではまた」

それが三日前のことだった。バンの車内からシェパード邸を眺めながら、エバーリングは来週の水曜日を夢想した。マリリンと話して以来、もう百回もそうしたように。ドクター・サムの書斎で服を脱ぎ、水泳パンツをはくおれ。家の中を通り抜け、テラスに通じるドアを出る。水際への階段をおりていく。そして、水にはいる。マリリンが寝室の窓から見つめていることを意識しながら。腕が痛くなり、仕事のにおいがすべて洗い流されるまで泳ぐ。それから、ビーチに上がって体を拭く。必ず、風と陽射しですっかり体が乾くまですわって待つこと。がつがつしていると思われないように。それから、家に引き返す。一階はひっそりしていることだろう。二階の寝室から、マリリンの呼ぶ声がする。そうなったら、今度は、テラスでのような失敗は犯さない。すぐに応じる心の用意ができている。家の中はほの暗く涼しい。泳いだあとで髪と水泳パンツは湿っているが、体は乾いている。階段を上がり、マリリンの待つ部屋へ向かう。彼女はベッドの中にいる。ドアに近いほうが彼女のベッドだ。シーツをはがすとき、いつもにおいを嗅ぐので知っている。彼女はベッドに横たわって、おれを待っているだろう。水着を脱いで寄り添おう。腕をまわして引き寄せ、背中にぴったりと体を添わせて、後ろから強く抱きしめる。マリリンの体は温かく、おれの体はひんやり冷たい。ふたりで、湖面からの微風や、網戸を撫でる葉擦れに耳を澄ます。そのときこそ、おれの秘密を教えてやるときだ。

「なあ、ドクター・サム」メビウスが言った。「女房を殺せと頼んだ男たちの一部に、奇妙なことが起こるんだ。おれがそいつらのカミさんを殺す前にな。買い物したあとで、後悔するのに似ているかな。というのは、金の受け渡しが済み、おれが標的の車のブレーキが利かないようにしたり、ポーチの屋根が崩れ落ちたり、ボイラーから一酸化炭素が出たりするように手筈を整えたあとで、決行の前の晩になって、パニックを起こした亭主から電話が来ることがよくあるんだ。亭主は申し訳なさそうに、ちょいときまり悪そうに話をする。手付金は返してもらわなくていいから、とにかくやめてくれ、と言う。おれは、ああ、いいですよ、と言う。手付だけでも結構な金額だからな。だが、決行したくなくなった理由を訊くと、決まって言うんだ。『よくなってきているんです。状態が改善したんです』とね。その声の響きには、底抜けの楽天主義がある。ほとんど新婚のメロメロ状態と同じだ。『ありがとう、ミスター・メビウス。あなたがいなかったら、妻とわたしは関係をここまで改善することは到底できなかった。わたしは、これまでで一番幸せだ。あなたは自分で思っている以上のことをわたしたちにしてくれたのだ』それで、お互いに電話を切る。おれはひとりでにんまりする。というのは、一、二週間すると、同じ男が電話してきて同じことを言うからだ」

「何と言うんだね？」

「女房を殺してくれ、と」

「きみは頭がおかしい」

「そしてあんたは質問に答えなかった」

「きみはわたしに質問をしなかった」

「あんたの結婚生活の顚末を教えてくれ」

シェパードは刑事なので、しばしば自分とマリリンの関係の歴史を見直し、何冊もの黄色いレポート用紙綴りに書きとめた。とりわけ、裁判の前に拘置所で過ごした数か月や、評決がくつがえされる前の十年間はそうだった。まず順番を追ってふり返り、それから、ふたりの関係のあらゆる側面のひとつひとつを吟味し、暗い場所をひとつひとつ明るみに出した。それは、自分自身に罪の有無や連座の程度を証明しようとする試みだった。というのは、時折、彼は彼女の死を、ほどくことができないほど、自分たちの愛と絡みあったものとして見ていたからだ。ふたりが一緒にいることの確かな論理的結末であり、彼の側の、ある行動パターン——彼自身意識しはしていたが、終わらせるのを遅らせすぎたある行動パターンの最終結果であったと考えたからだ。そして、自分自身が覚えているバージョンでのマリリンとの暮らしにおいて、シェパードは自分自身を、マリリンを殴り殺した男と同程度に、マリリン殺害について有罪であるとみなした。

「わたしたちは軌道を回る」とシェパードは書いた。「わたしたちはくり返す」

このパターンは最初からあったものだ。


息子の名は、ほんとうはサムというのだが、生まれてすぐに父親のサムがチップと呼びはじめた。これはもちろん、「ア・チップ・オフ・ジ・オールド・ブロック（古い木材の一片（チップ）、すなわち、父親そっくりの息子）」という意味だ。あの子はたしかにサムに似ていて、たとえ竜巻が通りすぎようとも、知らずに眠りこけている。だがマリリンは、チップという呼び名を別の意味に解釈していた。毎朝、寝起きのチップがとても怒りっぽいので、「ア・チップ・オン・マイ・ショルダー（わたしの不満の種）」のチップに思えてならなかった。一日いっしょに過ごすあいだに、チップの細々とした指図のうち、許容できるものにはすべて従い、そうでないものには異議申し立てをするのだが、チップは自分の思うようにならないと、いきなりたって癇癪を起こす。そのたび、マリリンは、この子は「わたしの正気を破壊（チップ・アウェイ）する」のチップだと思うのだった。

「チップ?」マリリンは階段の下から声をかけた。「起きた?」

「いや」ホヴァステンの声がした。「寝てるよ」ホヴァステンが、というよりもそのシルエットが階段の上に現れた。長い棒のようなものを手にしている。マリリンはぎょっとした。「今、ちょっと覗いてみたところだ」そう言って階段をおりてきた彼は、白い靴、白いパンツに白いベルト、シャツの上に赤い前開きのベストという出で立ちだった。棒のようなものはパターで、ゴルフクラブのはいったバッグを担いでいる。「あの、顔にはめてた変てこな仕掛けは何だ?」

マリリンは腕組みをした。「顎（チン）キャップよ」

「顎に欠陥があるのか？」

「別に。ただ、下顎が突き出ているの。今のうちに矯正しないと噛み合わせに問題が出る、というのがサムの考えなの」

ホヴァステンは肩をすくめた。「そうか、じゃ、サムに言ってくれ。専門家としてのおれの意見では、あんなものを毎晩はめさせられたら、子どもの自己イメージに悪影響が及ぶ、とな。あれじゃ、まるでフランケンシュタインだ」

「その予後診断、必ず伝えておくわ」

ホヴァステンはフンと鼻を鳴らした。目の周りに不眠の黒い隈ができている。マリリンは、ゆうべサムから聞いて知っていた。ホヴァステンの医師免許が停止されるといううわさがあり、「心の健康の問題」が取り沙汰されていると。マリリン自身、サムの病院のあるナースから聞いたことがある。ホヴァステンは乳房検査のときに、患者にガウンを脱ぐよう指示し、両乳首をつまんで、まるでブラインドの紐を引くように引っぱって言ったそうだ。「これには、なーんにも問題ない」

ホヴァステンは、うわつらだけの笑みをマリリンに向けた。

「悪いが、のんびりおしゃべりしている暇はない。ドクター・スティーヴンスンとゴルフの約束があってね」

「サムと一緒に病院で仕事するのだと思っていたわ」

ホヴァステンの目が泳いで、天井を向いた。「どうも、おれには少々、休息と気晴らしの時間が必要らしい。週末いっぱい、スティーヴンスンのところに泊まると、サムに伝えておいてくれ」ホヴァステンはゴルフバッグを階段の手すりにもたせかけ、パターを杖にして、大儀そうにまた階段を上がっていった。

「出かける前に、シーツをはがしてくださいね」マリリンは後ろから声をかけた。ホヴァステンのシーツに触れると思うと虫酸が走る。二階で、乱暴に引き出しをもどす音が二度ほどしたあと、寝室のドアが静かに閉じられた。ホヴァステンがのろのろと重い足取りで階段をおりてきた。ふたりの目の高さがそろった。小さめの旅行鞄を手に持ち、ゴルフバッグを肩にかけて、ホヴァステンはマリリンの顔を見た。

「その仕事は、掃除にくるやつのためにとっといてやる」と言って、ホヴァステンは歩きだした。

「サイテーね」

「悪態は慎んだほうがいいぞ、マリリン。死んだら、地獄に落ちるかもしれんからな」

「あなたは出来損ないよ。そのこと、わかってる?」

ホヴァステンは戸口で足を止めた。「ほう、そうかな?」

「どうしようもない出来損ないよ」

ホヴァステンはゴルフバッグを置いた。

「だってそうでしょ。病院から首にされ、奥さんには捨てられて。豚みたいに太って。あなたはうちの戸をたたいて、すがりついてきたんでしょう。援助と寝る場所を求めて。わたしたちは、それをあなたに与えた。食べさせて、泊めて、サムは仕事まで見つけてあげようとしているのよ。それなのに、わたしにそういう口の利き方をするの?」

「ほかには?」

「あなた、サムに浮気相手を世話したでしょう。カリフォルニアにいたころの、ナースたちのことよ。それでいて、よくも図々しくわたしに言い寄ってきたわよね。自分があまりにろくでなしだから、人もろくでなしにしたいのね」

ホヴァステンは平然として、パターに体重を預けて立っていた。そして、ゆっくり頭を振り、頬に舌を押しあてて言った。「それでおしまいか?」

「ええ」

「そりゃ、結構だ」と言うなり、ホヴァステンはパターの先でマリリンを指し示した。「というのは、出来損ないはそっちだからさ。きみは妻失格だ。どうしてサムの女遊びが絶えないか、知りたいか？　きみのせいだよ、マリリン。きみはもらうばかりで与えることをしない。欲しいものを与えられても、さらにまだ欲しがる。強欲な女だね、きみは。サムはきみにこんなきれいな住まいを与え、服やら何やらも、上等な品を買ってやってる。一方、きみに求められているのは、料理と掃除と子どもの世話と、一日に一度だけ、愛情深い妻になること、それだけだ。だが、それが求めすぎだときみは言うんだろう？　サムがおれに話さなかったと思うか？　こぼさなかったと思うか？　そいでもって、女遊びをおれのせいにするのかね？　大概にしろよ。デートしたがったのはサムだぜ、マリリン。息抜きが欲しかったのさ。なに、きっと今だって、その真っ最中だろうよ」

「サムはもうそんなことはしていないわ」

「ほんとうに？　そりゃ、よかった、サムが心を入れ替えたとはな。で、きみのほうは？」

「出ていって」

マリリンはキッチンのドアのところに立って、ホヴァステンが車を出すのをにらみつけていた。ホヴァステンは通りに出たところで投げキスをし、走り去っていった。

マリリンはキッチンのドアの外の段々に腰をおろし、首の後ろで指を組んだ。髪が顔をおおった。目を閉じると——思い浮かべるまいとしても——サムの姿が脳裏に浮かんだ。だれかとセックスをしているサムが。やがて、相手の姿がはっきりしてきた。見たくはなかったが、どうすることもできなかった。ホヴァステンがドクター・スティーヴンスンの名を出したせいで、スーザン・ヘイズが見えた。初めは、彼女が赤いMGの座席にすわって待っている姿。この三月にカリフォルニアからもどってきたときに、サムに処分させた車だ。次に、その車内でセックスするふたりの姿。マリリンは、嫉妬ではなく恐怖を感じた。その恐怖は、その行為や裏切りといったこととは関係はなく、ひとえに、サムがいると言ったところにいないかもしれない――そう、今、このときにも――という恐怖だった。それがマリリンを震えあがらせた。今、サムがスーザンといると思うなど非合理だ。彼女はとっくに過去の人となり、ロサンジェルスにいる。けれど、もし、サムがいると言った場所にいないなら、どこにいてもおかしくない。どこにいてもおかしくないなら――とマリリンは思った――いつの日か、サムはどこにもいなくなってしまうかもしれない。あるとき、家に帰ってみると、サムがいなくなっているかもしれない。何にもまして知っておくべきことは、この瞬間、サムがどこにいるか、なのだ。

マリリンは電話のところまで行って、ベイヴュー病院にかけ、受付係のパティーと話した。パティーは、マリリンだと声でわかって、サムの予定表を確かめ、外科へ回してくれた。外科の受付のダナ・ベイリーは、十五分ほど前に手術室でサムを見かけたと言った。「ちょっと待っててくださいね。どこにいらっしゃるか、調べてみますから」沈黙の間、マリリンは、今にもサムが電話に出てくれるかもしれないと思う一方で、出ないと確信していた。

「マリリン」ダナが言った。「つかまらないんです。でも、近くにいらっしゃるのは、わかってますから。午後もずっと予定がつまっているので、どこかでつかまえて、折り返し電話するように言いますね。なにかあったんですか?」

「いいえ」

「今、ご自宅ですか?」

ダナと話すのは気まずかった。サムのもっとも最近の裏切りを知る手がかりをマリリンにくれたのは、彼女だったからだ。ダナは、マリリンとサムがロサンジェルスからもどって、まだ二、三週間の頃、スーザン・ヘイズという差出人がロサンジェルスからサム宛てに送ってきた手紙を開封し、サムではなくマリリンに渡したのだった。「サム、あなたがこちらにいるあいだ、わたし、最低でした。

子どもじみたことばかりして。でも、それは、あなたの愛がもっとほしかったから。想いをもっとこっちに向けたかったから。今すぐ、何もかもほしいと焦りすぎてしまったの。でも、今もあなたを待っています、ほんとうに。心変わりしたなんて思わないで。今もこうして、あなたがくれた腕時計を眺めて、どうにかして、また会うことができないか考えています」ダナは、マリリンが電話をかけてきた理由をはっきり知っている。気遣わしげな彼女の口調には、かすかに共犯者めいた響きがあった。まるで、秘密を分かち合っているような。ダナと話していると、マリリンは自分とサムが偽物の夫婦のような気がしてくる。

「あの、やっぱりいいです」マリリンは言った。「そんなに大事なことじゃないから。明日、うちでインターンのパーティーをやるので、最終的に何人になるのか、買い出しに行く前にきいておこうと思っただけです」

「そうですか？　お捜しするのは、ちっともかまいませんけれど」

「いいえ、ほんとうに大丈夫です」

大丈夫だ。そう思いながら、電話を切った。彼はそこにいる。彼はそこにいるのだと信じなくては。それがコツだから——自らの不信を停止すること、夫の言うスケジュールを丸ごと信用し、ホヴァステンが口にする疑念に耳を貸さないこと。サムの居場所を確信し切って、一日を過ごすことだ。これからは、いると言ったところにいると彼が言ったのだから。それがふたりの至った合意だった。ごちゃごちゃ悩んでいるあいだに、やらねばならないことは山ほどあるのだし。

「チップ！」階段の下から呼んだ。「今すぐ、起きてちょうだい！」ことりとも音がしないので、上がっていってチップの部屋のドアを開けた。ベッドの上で黒鳥と白鳥のモビールが、風を受け、ゆっくりと回っている。バルサ材でできたモビールが風でかすかにぶつかりあう音が聞こえるほど、部屋は静まりかえっていた。チップは仰向けに眠っている。チンキャップのベルトを頬と額に回してとめている。眠るチップは、チンキャップのせいで口がわずかに開いたままになっているほかは、サムに生き写しだった。マリリンはバックルをゆるめて、チンキャップをはずした。ベルトの跡が赤くくぼみ、先住民が部族の伝統に従って顔に施すペイントのようだった。「ねえ、チップ」マリリンは息子の腕を手のひらで押してみた。「チップ、起きて」反応はない。わき腹を二度つついてみた。「チップ！　おはよう、チップ！」まるで死んでいるようだ。そこで、マリリンはやりたくない手に出るほかなかった。両肩をつかんで、思いきり揺さぶるのだ。小さな体がベッドから浮くほどに。まるで、そのまま壁にたたきつけようとするかのように。「チップ、お願い、起きて！」チップはつらそうな声をあげた。泣くかもしれない、とマリリンは思った。だが、なんとか目覚めたようだ。目を開いて、黙ったまま、むくれた顔をしている。「さ、着がえましょう」マリリンはチップをすわらせようと、腕をつかんで引っぱり起こした。頭ががくっとのけぞるところを、うまくバランスをとり、体の向きを変えさせて、ベッドの脇に足をおろす。チップはしばらくそのまま、背中を丸めてじっとしていた。目をつぶったまま、顎を胸に沈め、両掌を天井に向けている。糸の切れたマリオネットのように。

とにかく、一日、こちらのことに専念していよう。マリリンはチップを着替えさせながら思った。やることは山積み、余計なことまで考える暇はない。そうやって前に進もう。マリリンはベッドのそばの時計に目をやった。もうすぐ九時四十分だというのに、なにひとつ、なしとげてはいなかった。チップが朝食を終えるともう十時半だったが、サムからはまだ電話がない。きっと、大忙しなのだ。サムはゆうべ、予定がぎっしりだと話していた。予定にはいってるすべての仕事をなんとかして、二時までに終えるようにすると言っていたから、じゃましないのが一番だ。マリリンはチップを自分の部屋で遊ばせておいて、居間とキッチンをざっと整頓し、客用のバスルームの目につくところを磨いた。そのあと、大仕事を片づけようと、再びボートハウスにおりていったが、惨状を目にすると、やはりうんざりして引き返した。もう一回だけ病院に電話してみようと思ったが、受話器を手にとったところで気が変わった。テラスでもう一本、煙草を吸った。チップを車に乗せて、スーパーマーケットに向かおうとする頃には、十一時半になっていた。車を私道から外に出しかけたところで、メモを忘れてきたことに気づいた。もどってキッチンでメモを見つけ、電話が目にはいって、ダイヤルを回した。

「見つかりました」ダナがいった。「ちゃんとお伝えしました」

「ありがとう」マリリンは目をつぶって、鼻のつけ根をつまんだ。「今、いますか？」

「お出かけになりました」

マリリンは腕時計を見た。「食事に出たのかしら？」

「いいえ、とくに何もおっしゃいませんでした」

ふたりとも相手の言葉を待った。マリリンがわずかに覚えた安堵感は、一瞬にして消え失せた。

「そう」ようやく言葉を押しだした。「まあ、伝えていただいたのだから、それでいいわ」

「ええ、じかに、お伝えしましたから」

「いつ頃もどるか、言っていました？」

「すぐにもどるとだけ」

その後、チップを乗せて車で町に向かいながら、マリリンはつくづく思った。自分が夫のスケジュールについて、たしかに知っていることは、なんとわずかなのだろう。そして、逆に、夫も自分のことを知らない。実際、予期したとおりに、すべての用事が片づいてさえいれば、サムはマリリンの日々の行動になど考えを巡らせない。今だって、どこにでも行ける。サムの前提からはみださない限り。マリリンは対向車線のドライバーたちを眺めながら、レイク・ロードを走った。この人たちは、どこへ向かっているのだろう？　彼らの夫や妻たちは知っているのかしら？　彼らはいるべき場所にいるのかしら？　それとも、どの人もこっそり抜け出すところなのか？　わたしもそうしようかな？

マリリンはむしろサムよりも自由だ。そして、自分にその気があれば、もっと好都合な形の偽装が可能だ。それに引き替え、過去におけるサムの背信行為は、マリリンの長期不在を利用して、なりたっていたものだった。カリフォルニアの医学校時代、サムが火遊びに手を出すのは、マリリンがクリーヴランドに一時的にもどっている期間にほぼ限られていた。カリフォルニアを引き払って郷里にもどってきたあとは、緊急の呼び出しの合間や昼休みや帰りがけを利用して、女と会っていたらしい。きっと慌ただしい、急き立てられるような情事だっただろう。どこどこにいたと、無理なく主張できる時間内に、詰めこまなくてはならなかったのだから。マリリンのほうは、家にいながらにして好きなことができる。サムは家のことなど考えもしないから。水曜日の出来事が、ちょっとの間、マリリンの心に浮かんだ。ハンサムなディック・エバーリングとテラスで過ごしたひととき。あのとき、チップをアハーン家に遊びにいかせることもできただろう。アハーン家なら、チップがあちらの子どもたちと遊んでいるあいだ、ナンシーが見守っていてくれるから安心だし。そうしていたら、まったくふたりきりの世界で、ディックはマリリンを思う存分むさぼったことだろう。そして、そのあとで掃除も済ませ、その両方に対して、サムから支払いを受けていただろう。

もしサムがまだ病院にもどっていなかったら、一番早い機会にディック・エバーリングと寝よう。

そう考えると、マリリンは一瞬くらくらした。次の水曜、エバーリングが家に来るところを想像した。水泳パンツをもってくるように言ったから、もってくるはずだ。彼が何でも言うことをきくという自信がマリリンにはあった。サムの書斎で着替えさせて、ビーチに行って泳いでくるように言おう。わたしは寝室に上がっていって、服を脱ぎ、ベッドにはいる。そして、彼がもどってきた音がしたら、低い声で二階に呼ぶのだ。エバーリングは上がってきて、従順な態度で、わたしの命ずるままにするだろう――優しくして、と言えば、優しく。どうしてほしいか、どこに触れてほしいか、何でも好きなことが言える。彼は必ず、そのとおりにする。そしてそれから先、いつもわたしのために待機している……。

　この週末にそこらじゅうでパーティーが開かれるのだから、驚くにはあたらないが、スーパーマーケットは混雑していた。チップはカートの中にすわりたがったが、マリリンははじめ許さなかった。そんなことをするにはもう体が大きすぎるし、カートを押すのが大変になる。だが、残る選択肢は、チップを追いかけて店内を走りまわることだったので、しかたなく許した。進みはじめると、チップは棚の物を勝手に取るわ、体にひっかけて品物を落とすわで、二度も足を止めて、叱らなくてはならなかった。そのうち、チップはカートを中から足で蹴ったり、カート全体を揺さぶったりしはじめた。マリリンはチップの足首をつかんだ。「足をぶつけないでちょうだい」すると今度は、両手でマリリンの手をたたきはじめた。「チップ、車の中で待ってる?」

　チップはマリリンの顔を見て、笑いだし、体をふたつに折って、額をマリリンの手の甲にすりつけた。マリリンはつい頬をゆるめた。「ママはぼくを車に置いていったりしないよ」

「あら、そんなこと、どうしてわかるの?」

「だって、そんなこと、したことないもん」

「じゃ、今日が一度目になるかもね」

「ならないよ」

「どうして?」

「だって、暑いから、ぼく、死んじゃうかもしれない」

「車の窓を閉めておけばね」

「窓があいてても、ママは置いていったりしないよ」

「なんで?」

「だって、悪いおじさんに連れてかれちゃうかもしれないでしょ」

一あなたとかかわりあったら、悪いおじさんだって参っちゃうわ。こんな手に負えない子、いりませんって、すぐに車にもどして逃げだすわね」

ふたりは顔を見あわせて笑いだした。それから、マリリンはチップの顎を手で包んだ。

「あなたのいうとおりよ。だから、おとなしくすわっていてちょうだい」

チップが言われたことについて考えている数分間を有効に使って、マリリンは買い物リストの項目を次々に消化し、線を引いて消していった。やがてチップが言った。「いっしょに歩いちゃだめ？」

「かまわないけど、そしたら、いっしょに歩くのよ。探検しにいっちゃだめ」

チップは悲しげに首をふり、ふと棚の品に目をとめた。「ピクルス、買っていい？」

「いいわ。ピクルスは買い物リストにはいってるから」

マリリンは自分で棚からピクルスの大きな瓶を取った。

「もっていい？」

「いいわよ。でも落としちゃだめ。もし落としたら、お金を払わなきゃいけないの。そしたら、食べられなくなっちゃうのよ」マリリンは、しまったと思った。次にどうくるか、決まっている。

「今、食べてもいい？」

「だめです。お金を払うまではだめ」マリリンは瓶をとりあげようとしたが、チップはぎゅっとつかんで離さない。「お金を払うまでは、うちのものじゃないでしょ」

「だって、あとで払うんでしょ」

「それは関係ないわ」

「けど、いつだって払うんだから」チップは目をうるませながらいう。「もうお店の人に信用されてるんじゃない？」

「信用とかいう問題じゃないの、チップ」マリリンはもう一度、取りあげようとしたが、チップは、まるで嵐の中で船乗りがマストにしがみつくように、瓶を抱えこんでいる。「ここはレストランじゃないのよ」

「おなか空いた。ピクルス食べたい」

「だめ」マリリンはホットドッグ用のロールを三袋カートにいれた。「待ってなさい」

「おなか空いて死にそうだよ」

「死にません。駄々をこねているだけよ」牛挽肉五キロ、ホットドッグ用ソーセージ五パック、ドイツ風生ソーセージ三パック、切り分け済みの鶏肉三羽分を次々とカートにいれていく――な、に、も、ご、ち、そ、う、を、出、す、わ、け、じ、ゃ、な、い、し。

チップが泣きはじめた。「おなか空いてもう死んじゃう。ママ、ぼく死にたくない」

「やめなさい」マリリンはチップの腕をぎゅっとつかんだ。「いいかげんになさい」

「ねえ、一本の半分でいいから」

「だめ！」

チップはピクルスの瓶を開けにかかった。マリリンがこれほど怒っていなければ、滑稽に思えたことだろう。チップが両手で、力の限りに蓋をこじ開けようとしているようすは、大きさの対比からいって、おとなの男がワイン樽の栓を抜こうとしているかのようだったから。マリリンは、チップを熱中させておくために、空けられたら一本食べていいと言ってみたいという誘惑にかられた。だが、そのとき、チップが危うく瓶を落としそうになったので、ひったくってカートの幼児用座席に置いた。

チップは大声でわめきはじめた。

「チップ」マリリンは押し殺した声で言った。「今すぐ静かにしなさい。でないと、寝るまで自分の部屋で過ごすことになるわよ」

結果は、わめき声をさらに大きくしただけだった。すれ違う女性客たちが首をふっている。ある人は気の毒そうに、ある人はそうではなく。

「もうたくさん！」

「ピ……クル……ス……ちょうだい……」チップは喘ぎながら言った。

マリリンは冷凍品の棚の前で足をとめた。そこの通路はほかより広く、明るく、肌寒い。「最後のチャンスよ」

チップは真っ赤な顔になって、絶叫している。スローモーションで口を動かしながら。「ピ……ク……ル……ス」

「いいわ、わかった」マリリンはカートを思いきり突き放した。以前、駐車場で男の子たちが、ボウリングの要領でカートをほかのカートの背にぶつけていたときのように。突然の加速にチップは気を取られ、ぴたりと泣きやむと、目を見開いてマリリンを見つめた。ふたりの距離は刻々と開いていき、母親の姿は小さくなっていく。チップは食料品でできた鳥の巣に取り残された雛のようだった。女の子を連れた母親がふり向いて、飛ぶように通りすぎていくカートを見送った。「あら、今度やってみたいわ」

チップは茫然とすわっていた。「ママ……」

マリリンはチップに向けて手を挙げると、棚の角をまがった。

チップの呼ぶ声を聞きながら、通路を歩いていって、コーヒーの缶とオートミールを手に取り、ほかに何がリストにあったか思い出そうとした。奇妙な葛籐も感じていた。自分がいつもチップに味わわされている苦労を埋め合わせるものとして、チップの苦しみを愉快に思い、彼の恐怖を、姉が向けるような目で見て楽しんでいる一方、体じゅうの血が左半身に集まっていくような感覚もあった。まるでチップという磁石に慰めを与えるため、引き寄せられていくような、彼の恐怖に体が吸い寄せられていくような感覚だった。けれど、棚の角を曲がりながら、今、駆けつけたら、息子を父親のコピーにしてしまうことになる、わたしを思うまま動かせると思わせてしまう、と考えた。こういうふうに突き放されたことを、チップが心に刻みつけてくれますように。母親が一瞬、姿を消したことによって、今度こそあの子の行動に変化が現れますように、とマリリンは願った。そしてマリリンはおなかの子に語りかけた――あの子は置いていけるわ。チップとあなたのお父さん、両方とも、さよならしてもいいわ。でも、あなたは別よ。ね、わたしの赤ちゃん。あなたは離さない。

マリリンは片手をそっと腹に添えた。自分のカートのそばに、店員がひとり立っているのが見えた。年配の男性で、片目が白く曇っている。白内障だろう。新しくはいった人らしく、マリリンには見覚えがなかった。チップはカートの中で立ち上がっているが、飛びおりて探しにくる勇気はないらしかった。見知らぬ店員はチップのシャツをつかんで、落ち着かせようとしたが、いかつい上に、死人のような目をした老人の顔に、チップは震えあがるばかりだった。口は開いているものの、まったく声が出てこない。

「お宅のお子さんですか?」店員が訊いた。

マリリンは腕を組んで、チップにちらりと目をやった。

「さあ、わかりません。その子、名前はなんていうんですか?」

「ぼうや、名前は?」店員がチップにきいた。

チップは大きく息を吸いこんで、名前をいった。それから、また目をつぶって、声にならない悲鳴をあげはじめた。涙がぽろぽろと頬を伝う。

「ふうん。たしかにうちの子の名前ですけど、うちの子みたいに見えませんね。こんな泣きっ面じゃ、誰だかわかりませんし」マリリンはじろっとチップを見た。チップはマリリンに向け両手をさしだしている。店員がチップのズボンをつかみ、マリリンはチップの手の届かないぎりぎりのところに留っていた。「泣くのをやめれば、うちの子かどうか、わかるかもしれないわ」

「ほら、泣きやむように言われたよ」店員はチップのズボンを引っぱりながらいった。「泣くのをやめて、顔を見てもらいなさい」

チップは即座に泣きやんだ。蛇口の栓を閉めたかのように。荒い息づかいとともに、小さな肩が激しく上下している。

「さ、これでわかりますか?」店員がマリリンにきいた。

チップはすがるような表情でマリリンを見つめた。まるで、その判定に生死がかかっているかのように。

「そうね、見たところはチップのようね。でもチップはこんなにお行儀が悪くないわ。ねえ、あなたは、いい子なの?」

「うん」

「ちゃんと座席にすわっていられる?」

店員に手伝われて、チップはカートの幼児用座席にすわった。

「うちの子は、ちゃんとお母さんの言うことをきくわ。あなたはできる?」

チップはうなずいた。

「お店にいるあいだは、静かにしていられる?」

声が出ない分だけ、チップは、いっそう強くうなずいた。まつげが涙に濡れて、束になっている。

「わかりました。この子、うちの子だと思います」

「よかった」店員はチップの頭をぽんぽんとたたいた。「これからは、ママの言うことをちゃんときくんだよ」そう言うと、立ち去った。

レジの列に並びながら、マリリンは『映画年鑑（スクリーン・アニュアル）』を何気なくめくっていき、グレース・ケリーとジェイムズ・スチュアート主演の新しいヒッチコック作品、『裏窓』の広告写真を眺めた。監督はケリーを舐めるような目で見ていて、背後から忍びより、首を絞めようとするふりをしている。マリリンはスチュアートを見て感嘆した。完璧な男の人って、ほんとうにいるのねえ！　たしか、この人、アニタ・コルビーとつきあっているはず。アニタ・コルビーは、以前、クラーク・ゲイブルともつきあっていたんじゃなかったっけ。大したものね。グレースはほんとうにきれい。マリリンは、数年前、ハリウッドテニスクラブでグレース・ケリーを見かけたことを思い出した。実物はこれよりさらに美しかった。でもたしか、グレースは、共演者の結婚生活を破局に追いこんだのではなかったかしら。『ダイヤルMを廻せ！』に出ていた人。レイ・ミランドだったかな。グレースは、しょっちゅう恋人を変えている。彼女なら、男のように自由に生きるのもいい。そうしても、グレースの女性としての色香は少しも衰えない。もしかしたら、考えるより単純なことなのかもしれない。わたしの父はわたしを棄てた。弟を死産すると同時に、母親が命を落としたあと、父親は悲しみに耐えられないと言って、わたしをバッドおじとメアリーおばのところに預けた。だが、ほんとうはひとりになりたかっただけなのかもしれない。あるいは、妻の死を、最初からすべてをやりなおす機会だと考えたのかもしれない。そして、それは要するに、男だからそうしたということなのだろうか？　子どもが構図にはいってきたとたんに、女たちにはまずできなくなること——つまり、立ち去ること——をする可能性を男たちはもちつづける。マリリンは顔を上げてチップを見た。もちろん、チップを置いて出ていくことなどできない。とはいえ、サムはおおむねいつも、わたしに対して、できるものなら立ち去ってみろ、出ていってみろとけしかけ、追い詰めているようだったけれど。それは彼が別れの重荷を自ら担いたくないからだろうか？

「いらっしゃいませ、ミセス・シェパード」

「あら、こんにちは。ティモシー」

「パーティーですか？」

「そうなの。気が重いわ」

「花火、きれいでしょうね、今夜は。というより、週末ずっとかな」

「そうらしいわね」

「やあ、チップ」店員はチップに声をかけた。

チップはマリリンの顔色をうかがった。

「こんにちは、は？」

「こんにちは」

「ティモシー、今、何時かしら？」

「十二時十五分ですよ」

「電話を一本かけたいんだけど、チップを見ていてもらえない？」

マリリンは病院に電話をいれ、ダナにつないでもらうよう頼んだ。ダナはマリリンの声を聞いたとたんに用件を察した。

「先生は、最後の手術をキャンセルなさって、三十分ほど前にお帰りになりましたよ」

ありがとうと言って切ったあと、マリリンは黒い受話器を見つめた。スーザン・ヘイズがサムの車の助手席にすわって、車庫の中でサムを待っている姿が目に浮かんだ。

ほんとうのところ——買った物を車に運んでくれる店員の後ろを歩きながら、マリリンは考えた。サムが変われるなどと思った自分が愚かだったのだ。だが、それはいい。試しただけでも意味はある。だが、試みが潰えた今、今度は、わたしが変われることを夫に示す番だ。ほかの男をベッドに誘うことで。ひとりといわず、何人でも。きみもスポーツだと思えばいいんだ。かつて情事はある種のスポーツだと説明したときに、彼はそんなことまで言った。わたしと寝たいと思っている、すべてのディック・エバーリングたち、ドン・アハーンたち、スペン・ホークたちと寝よう。わたしがサムのお得意のゲームをやり、わたしに起こったことがサム自身に起こったとき、サムがどんなふうにスポーツ観戦を楽しむか、見てやろうじゃないの。サムを訪ねてきた患者たちがわたしとの情事を楽しんでいくとき、そのことが彼らの妻たちや、病院のナースや、スーパーの店員たちに知れわたったときに。結局のところ、サムにこんな真似ができるのは、わたしの貞節を信じ切っているからだ。彼のこういうふるまいは――彼の魅力も、わたしにとっての手の届かなさも含めて――片方が圧倒的に強い立場にあることを前提にしているのではないかしら。

車でレイク・ロードをもどる途中、ホーク家の前にディック・エバーリングのバンが停まっているのを見て、始めるなら早いほうがいい、と思った。敷地にはいったところで車を停めると、ちょっとだけ、おとなしく待っていてね、とチップに言って、ホーク家の玄関をノックした。

エスターがドアを開けた。家をきれいにすることで、頭がいっぱいなようすだった。

「ディック・エバーリングの車が停まってたから、寄らせてもらったの。掃除の予約を変更しないといけないので」

「彼なら二階のどこかにいるわ」

スペンはベイヴィレッジ市の市長で、肉屋を営み、自宅はいつも燻製のような、焦げたようなにおいがしている。二階は暗くて風が通らず、熱がこもり、静かだった。敷き詰められたカーペットの上を、マリリンは音もなく歩いていき、寝室のドアのそばで足をとめて、廊下からエバーリングの姿を眺めた。彼は窓の張り出し部分に腰かけて、ブランコに乗るように背中を倒し、窓ガラスの外側を洗剤で洗っているところだった。エバーリングがブラシで次々と8の字を描き重ねるうちに、彼の姿はぼやけて、泡をかぶったようになった。次いで、ワイパーを同じ動きで走らせて泡を切ると、たった今海から上がってきたかのように、エバーリングが姿を現した。夫そっくりで、気味が悪いほどだった。でも、こっちのほうがよけいにハンサムかもしれない。ひとつには、夫よりも引き締まっているから。上半身、下着だけになっていたので、湿った生地の上から肩や腹の筋肉のふくらみが見分けられた。手だけを見ても、力の強い男だということがよくわかる。夫の手も大きいが、常に入念に洗っているせいで、ほとんど歯医者の手のように柔らかい。だが、何よりもエバーリングを魅力的に見せているのは目だ。目の色はサムと同じだが、エバーリングの目は物憂げだ。かつて、彼の身に何かが起きたのだ。彼のまとう雰囲気全体がその恐ろしい体験について語りかけてくる。エバーリングがマリリンに目を向けるとき、何か話したいことがあって、それが喉元まで来ているように見える。

「ねえ、ディック」

「はい、ミセス・ホーク」

エバーリングは窓の内側に体をもどした。マリリンは寝室に足を踏み入れた。「違うの、わたしよ」エバーリングはぼうっと目を見開いていた。窓敷居に腰かけたまま、瞬きをくり返し、目が慣れてくるとうつむいて床を見た。「こんにちは、ミセス・シェパード」

彼の顎に手をかけて顔を見たい衝動に駆られながら、マリリンは言った。「外に車が停まっているのを見たから」緊張して、唾を飲みこむこともできなかった。

エバーリングは背を丸めて窓にすわっている。

「来週のことだけど。もしできたら、月曜日にお掃除に来てくれないかと思って」心臓が激しく打っている。想像していたより、事は簡単だった。エバーリングがひと言も聞き漏らすまいとしているのが伝わってくる。「午後にきて。チップはお隣で遊ばせてもらうわ。じゃまにはならないわ」

エバーリングは床を見つめたまま、ほほえんでいた。

「この前も言ったけど、水泳パンツをもってくるといいわ」マリリンはエバーリングに近づいた。エバーリングの肌は濡れた銅のようだった。黒といってよいほど日焼けしている。「遊びましょう」

エバーリングは無言で微動だにしない。

「どう？　そうしたい？」

「はい。でも……」

「でも、なあに？」

「もっと早ければいいのに」

マリリンはたまらなくなって、何も考えないうちにささやいていた。サム以外の男とこんな風に話したことはなかったのに。「ほんとうにね」自分で自分が信じられなかった。「今夜だったらいいのに」

エバーリングはマリリンの言葉を咀嚼しているようだったが、やがて顔を上げた。マリリンには、まるで怒っているように見えた。

「ミセス・シェパード、訊いてもいいですか？」

「どうぞ」

エバーリングは音を立てて、鼻から息を吐いた。「嘘をついているんじゃありませんよね？」

マリリンは面食らって瞬きした。「もちろん、違うわ」

「おれみたいな人間を好きだと思えますか？」

「ええ」

「ずっと先まで？」

マリリンは肩をすくめた。疑念が心をかすめた。「もちろんよ」

エバーリングはまたうつむいて、床に向かってほほえんだ。

「それじゃ、月曜ね？」

エバーリングはうなずいた。

「じゃあね」

マリリンは階段をおりながら考えていた。たったこれだけのこと。これで別人になれたのだ。エスターがさよならと声をかけたが、マリリンは返事をしなかった。ディックの言葉は甘く謎めいていた。ずっ、と、先、ま、で。思えば、不思議なことだ。愛が始まりもしないうちから、人は皆、それが長続きする確証を得たがる。

マリリンはエンジンをかけて、後ろ向きに道に出た。ホーク家と自宅の間には家が一軒しかない。ギアを変えようとしたとき、サムの車が自宅の私道にとめてあることに気づいた。

マリリンは自宅の敷地にゆっくりとはいっていき、サムのジャガーの横にとめた。そして、車をおりると、そっとドアを閉めた。買った物は車内に残したまま、チップの手を引き、家に強盗がいるのを察知したかのように慎重に近づいた。キッチンからはいって、声をかけた。「サム、いるの?」答えはない。チップを遊びに行かせ、地下室のドアを開け、またサムを呼んでみた。ドアを閉じ、今度は二階の寝室に向かった。サムの姿はなかったが、ベッドが整えられている。それを見て、マリリンは心臓が一瞬、止まりそうになった。

窓から、サムがボートハウスにいるらしい物音が聞こえてきた。

マリリンはボートハウスへの階段のおり口で足をとめ、木製の手すりごしにサムを眺めた。風は少しおさまっていたが、まだ結構吹いていて、そのせいで、マリリンが近づいてきた気配に気づかないようだ。サムはコーデュロイのパンツにTシャツという普段着で、せっせと働いていた。すでに、スキー板をひと組ずつ揃え、救命胴衣を吊るして干し、ロープをきちんと巻き、タオルを集めて積み上げていた。食べ残しやビール瓶を捨てるためのゴミ箱ももってきている。ボートを綱で固定しなおし、今は舳先を水で洗い流しているところだった。

マリリンがボートハウスにおりていくと、その足音に気づいて、サムがふりむいた。そして、マリリンがそばに寄ると、空いた腕で抱きよせ、首筋にキスをした。もう一方の手はホースを握り、ボートに向けたままだ。「残念だな。せっかく驚かそうと思ったのに」

「何のこと？」

「きみが帰ってくる前に、全部片づけておこうと思ったんだ。ここだけじゃなく、寝室と浴室も。でも、それはきみに先を越されたみたいだな」

「全部ではないわ」

「こんなひどい状態にしておいて、ごめん。手をつけないでくれてよかったよ」

「ここ何日も来ていなかったの」

「そうか」サムは一度首をふると、目を閉じた。立ったまま、眠ってしまいそうに見えた。

「どうしたの？　何かあった？」

「いや、いいんだ」

「話してみて」マリリンはサムの体に両腕をまわした。

「子どもが……トラックにはねられてね。まだ八歳の男の子だ。車がいきなりバックしてきて、ぶつかったんだ。内臓の損傷がひどかった。病院に運ばれてきたときには意識があったが、手術台に載せるとすぐ、息を引き取った。そのあと父親に……その子の父親に食ってかかられた」サムはホースを放してかがみこみ、両手で目をおおって、むせび泣きはじめた。「どうしてこんなにこたえているのか、自分でもわからないんだ」

　サムがあまりに激しく体を震わせているので、マリリンはサムをすわらせ、自分も隣にすわって抱きかかえた。サムが患者のことでこんな風に泣くのを見たのは、それまでに二度しかなかった。今、サムはむせび泣きをこらえようとして、喉をぜいぜいさせている。

「すまん」サムはようやく言葉を押しだした。「あの子の心臓を動かそうと、できるかぎりのことはしたんだが、無駄だった。父親に……人殺しといわれたよ。おまえが息子を殺したんだ、と。ごめんよ、マリリン、ごめん。片づけようと早く帰ったんだが、それでも遅すぎた」

マリリンは、無理に話さなくていいと優しく言って、まだ震えている肩に両腕をまわした。サムの体は苦闘と後悔とで熱かった。風が勢いを増し、マリリンも震えてきた。寒気を覚えた。サムへの愛情を感じる以上にひしひしと、自分がもう少しで危険な過ちを犯すところだったのを、感じていたからだ。でも、もう大丈夫。実害はない。わたしはもどってきたし、サムはほかのどこでもなく、ここにいる。マリリンはそのことに感謝の思いを抱いた。知っているということに感謝し、その男の子に感謝した。そして、そのほかの数えきれないほど多くのものに。とりわけ、こんなにも運に守られてきたことに。

「あんたの事件のことで、おれがとまどっている点がいくつかある」メビウスが言った。「どうしても心から離れない問題だ。あんたなら答えられるかもしれないな。証拠はいずれも、非常に両義的で、相矛盾している。悪魔の大将か、この世をうろうろしている邪悪な精霊が、あんたの人生を地獄のようなゲームに変えることに決めたんじゃないかと思わずにはいられない。そのゲームとは、よろめき歩くうちに、真実が穴にどんどん落ちていくような迷路ゲームだ」

「おれは悪魔の存在など信じない」シェパードが言った。

「何なら信じる」

「意識なら」

メビウスは目玉をぐるりと回した。「あんたは近所の家に電話した。ホーク夫妻――スペンとエスターに。朝一番、五時四十五分頃だ。あんたが電話でスペンに言った最初の言葉は、『どうしよう、スペン。すぐに来てくれ。彼らがマリリンを殺したと思う』だった。どうして彼らだったのかな、ドクター?」

「刑事だ」

「非常に興味深い代名詞の間違いだ。家の中で複数の人間を見たと思ったのか？　それとも単に、口が勝手にそう言っただけなのか？　それとも、あんたはけががひどかったので――歯が欠けて口が血だらけで、顔面の右側の、右目の上の打撲傷、首の後ろの打撲傷と、言うまでもなく、そこの頸椎損傷を負っていたから――すっかり混乱してしまい、脳が短期記憶にいたずらをして、階段を昇りきったときに見たという最初の人影をふたつに分けたのか？　最初にあんたをノックアウトした男と、ふたり目の男――あんたに湖まで追いつめられたが、あんたより力が勝っていて、二度目に、あんたをノックアウトしたのに、どういうわけか、あんたの体の半分がエリー湖の水に浸かり、あとの半分が水の外に出ている状態をそのままにして、立ち去った男。彼らはひとりの人間なのか、それともふたりの別々の人間なのか？　奥さんを殺したやつは、ずいぶん親切だね。彼女の顔がどろどろになるまで殴ったやつなのに、あんたを溺れないと思われる姿勢で残していくなんて。『どうしよう、スペン。……彼らがマリリンを殺したと思う』じゃなくて、『彼がマリリンを殺したと思う』、いや、『わたしがマリリンを殺したと思う』。それがあんたの言いたかったことじゃないのか？」

「違う」シェパードは言った。

「もちろん、違うだろう」メビウスは続けた。「あんたの傷の性質と範囲を考えると、自分でやったとは信じがたい。誰かがあんたを散々殴った。それが誰にせよ、あんたを死に至らしめることはなかった。ところで、マリリンはなかなかのスポーツウーマンだね。水上スキーが上手だし、テニスでは女ながらも、大学フットボールの選手で陸上の花形だったあんたを負かすほどの腕前だ。彼女なら、結構見事な戦いぶりを見せたのではないかな。少なくともあんたが怒りのあまりわけがわからなくなるほど、いい当たりを入れることができたのではないかな。それはありえないことではないね？」

シェパードは無表情に耳を傾けている。

—それからもちろん、傷の重さの問題がある。あんたの負傷はたしかに重傷だった。あんたの兄さんの医学的報告を信じることができるならば。スティーヴンは時を移さず、あんたを自分たち一族の病院に運びこんだ。あんたがスペンに電話してから一時間経っていなかったし、刑事が到着する前だった。ガーバー検死官は、自分の撮ったX線写真に頸椎損傷を見出さなかった。そうだね？　あんたのきょうだいが、シェパード王朝を守るためにX線写真をすり替えたということは、ありうるだろうか？」

シェパードはパイプの灰を落とし、それから床を見つめた。

「ちょっと先走ってしまったな」とメビウスは言った。「スペンとエスターはほとんどすぐに到着して、書斎にいるあんたを見つけた。ずぶ濡れで低体温で取り乱していて、上半身裸だった。『マリリンを誰かになんとかしてもらってくれ』とあんたは言った。だが、脈を取ったのだから、死んでいるのは知っていた」

シェパードはうなずいたが、目を上げようとしなかった。

「あんたのTシャツはどうなったのかね、ドクター？　もみ合っているうちに、その人影だか、それらの人影だかが、あんたのシャツをはいで、引き裂き、土産物としてもっていった、とそういう理解でいいのかね？　あんたの水際での姿勢と同様、好都合なことだね。誰であれ、マリリンを殴り殺したやつは、血まみれになっていただろうからね。あんたは血まみれになっていたはず、と言うべきかな。それとも、そのシャツは数日後、あんたの敷地の隣地で見つかったシャツ——ウエストから袖まで裂けていて、茶色のシミがあったのに、当局が血液の型の検査をせず、したがって無視される結果となった、あのシャツ——と同一物だったのかな」

「さあ、わたしにはわからない」

「あんたの体に口の開いた傷がなかったことは事実だ」メビウスが言った。「引っかき傷も切り傷もなかった。マリリンを殴ったのがあんたなら、マリリンが抵抗してつけた傷があんたの腕や手にあることが予想されるのに。ただし、あんたの体に血はついていた。ズボンの両膝に、大きな丸い血痕がついていた。マリリンの脈を取ろうとしてマットレスに膝をついたときのものだと、あんたは主張した」

「それは事実だ」とシェパード。

「あんたの膝の血痕はマリリンの血液型――Oマイナスと一致し、あんたの話を裏づけた。もしあんたが犯人なら――血煙がたち、血しぶきが飛散し、血のはねが上がる部屋で――ベッドも壁も犯人の白いシルエットを残して血痕だらけだというのに――どうやって自分の体に血をつけずにすむだろうか」

「わたしに血がついていなかったのは、マリリンを殺していないからだ」とシェパード。

「ときどき、おれはあんたの言うことを信用したい気になる。その根拠はマリリンのけが、とくに歯が折れていたことだ。彼女の上の門歯が根本から折れていて、それがベッドの寝具の中にあるのを、刑事たちが発見した。つまり、歯は、中に押しこまれたのではなく、外に引っぱり出されたのだ。おそらく犯人は彼女の叫び声が漏れないよう、彼女の口を手でおおい、彼女がその手を強く嚙んだので、犯人が指を引き出すときに、歯もとれてしまったのだろう。彼女は骨に達するほど深く嚙んだに違いない。血がたくさん出たことだろう。これに同意するかね、ドクター?」

シェパードはそのおぞましい情景を頭からふり払うように苦しげに首をふった。

「それでも疑問に思うことがある」とメビウスは言った。「スティーヴンはどうやって、その朝、電話を受けてから十五分もしないうちに、あんたの家に着くことができたのか――シャワーを浴び、髭を剃って、着替えて、ジャケットにタイまで締めて。たしか、クリーヴランドの刑事たちのひとりが同じ時間に、同じルートをドライブしたが、十二分かかったはず。スティーヴンは共犯者なのか? あんたはマリリンを殴り殺したあと、真夜中にパニック状態で彼に電話したのか？　スティーヴンとふたりで、強盗がはいったように見せかけたのか？　居間と書斎の引き出しをあけ、そこだけでなく、家のどこからも金目のものは何ひとつとらず、あんたの往診かばんを倒して、しかし、中の薬には手をつけず、血の斑点のついたマリリンの金時計も、弾をこめたあんたの散弾銃もそのままで——あんたが犯人を追いかけてビーチに出て行く前に、あの散弾銃のうちの一挺をあんたがつかんでいったかもしれないのに。寝室であんたをノックアウトしたあと、あんたの札入れをとることさえしない強盗、命を奪ってお宝を放っておく強盗。そんな強盗がいるだろうか？　そんな何の得にもならないことをするわけがない。そう思わないか？　あんたたちの見せかけだったと考えれば、あの晩二時にあんたの家の灯りが全部ついているのを見たという目撃者の言葉に、信憑性が増すと思わないか。そう、車で通りかかった老夫婦のことだ。あるいは、さらに勘ぐって深読みすれば——ゲーム的、メタ犯罪的に考えれば、あんたが犯罪を隠そうとしていると見せかけようとしていると、誰かが見せかけようとしたのではないか？　あっ」とメビウスは言った。「それ、おもしろいなあ」

シェパードはメビウスの独房の格子窓を見つめた。

「それにしても、ひと月前に、あんたの家族とのディナーの席で、マリリンとふたりして嬉しげに妊娠報告をしたばかりなのに、どうしてマリリンを殺す気になったのかなあ？　それとも、ドクター・ベイリー——ダナ・ベイリーの夫のドクター・ベイリーが、七月三日の朝、妊娠のことであんたにおめでとうと言ったら、『避妊を忘れちゃってね』という反応だったと証言したとき、彼は真実を言っていたんじゃないだろうか？　それがこの答えなのだろうか？」メビウスは深く息を吸いこんだ。

「たぶん、単に結婚生活の本質の二重性、暴力と愛の近似のせいだろう。マリリンの衣服はあんたたちの寝室の椅子の上にきちんと置かれていた。つまり、彼女はパジャマを着て寝るまえに、それをたたんだのだ。彼女はいつもどおり平穏に眠りについた。アハーン夫妻が主張しているように、真夜中過ぎに去った時に、あんたがデイベッドで眠っているのを見たのなら、あんたは目を覚まし、マリリンを殺す意図をもって二階に上がったということになる。それとも彼女が目を覚まし、あんたを起こして喧嘩を始め、それがエスカレートしてあんたがキレて、とうとう発見されずじまいになった武器で彼女を殴ったのだろうか。誰が妻の頭を二十七回も殴るだろうか？　そんなことをするには、どれくらい頭に来ている必要があるだろうか？」

「わたしにはわからない」

「どうして犬は吠えださなかったのか？」

「コーキーは臆病だった」

「ほんとうにあんたが彼女を殺したなら、あんたのような力の強い男が、硬膜をちょっと傷つけるくらいでなく、頭蓋骨をめちゃくちゃにたたきつぶすことができなかったのは、どういう事情によるものだろうか。犯人は信念に欠けていたのか？　弱い男だった、つまり、その犬のように臆病だったのか」

シェパードは目を閉じた。

「事件の朝、湖におりていく階段の途中の木立で見つかった緑色のスポーツバッグはどうなるんだ？　あんたのスクールリングや鍵や腕時計が中にはいっていた鞄だ。時計には血しぶきがかかっていた上に、四時十五分で止まっていて、ガラス面の内側が曇っていた。血のことを訊かれたとき、あんたはマリリンの脈を取ったときについたに違いないと言った。そればかりでなく、訊かれもしないのに、その数日前に雨の中でゴルフをしたときに濡らしてしまったと、刑事たちに言った。あんたがそれを説明する必要を感じたということは興味深いね。エバーリングが——当時、警察に関心をもたれてもいなかったのに——事情聴取をされた際に、自分の血がシェパード邸の至るところについているのは、前の晩に、窓の網戸を取り外していたときに、切り傷を負い、傷を洗うために地下室に行ったからだ、と口走ったのと同じようにね。たしかに、あの家の中にはたくさん血痕があった。寝室から、キッチン、テラス、地下室、階段の踏み板と踏み板の間の垂直な板に至るまで。通り道に血がついたというよりはむしろ、首を切られた鶏が駆け回ったみたいだった。おまけに、あんたの血液型ともマリリンのそれとも合致しない血液だった。それなのに警察は、あんたがやったという確信をもっていて、エバーリングにそれ以上質問もしなければ、彼の血液鑑定も行わなかった。興味深いことだ。同じくらい興味深いのは、マリリンの爪の下から採取された赤い繊維が、あんたが着ていたもののどれとも合致しなかったことだ。そしてまた、それに劣らず興味深いのは、殺人の前日、ホヴァステンがゴルフをしたと思われる相手、ドクター・ロバート・スティーヴンスンだ。おれの考えでは、本気であんたを殺したいと思いそうな男と言えば、この男だけだ。あんたはこの男のフィアンセのスーザン・ヘイズと関係をもっていたからな。何年もの間――その年の三月まで。あんたはためらわずに関係をぶった切ったが、それも彼にとって腹立たしいことだったんじゃないかな？ そして、もし誰かがまず、マリリン本人に害を与えることを望み、次に、あんたが彼女を殺して、しかもそれを隠そうとしたというふうに見せかけたいという病的な気持ちを抱いたとしたら、ホヴァステンを除外するわけにはいかないだろうな。それとも、あんたは、彼はそんなイカれたことはしないと言って除外するかね？」

シェパードは首をふった。

「あんたの話には穴がある。いや、あんたの話が落ちていく穴がある、というべきかな。時計の話にもどるよ。ちゃんと聞いているかな？」

シェパードはパイプに火をつけた。

「あんたは、一度目に意識をとりもどしたとき、ベッドの下に札入れがあるのを見たと主張した。そうだね？」

「そのとおりだ」

「立ち上がってマリリンを見た。そして脈を取った――そのために、時計のベルトとガラス面に血がついた。それで間違いないな？」

「続けてくれ」

「居間で物音がして、誰かがいると思った。階段を駆けおり、人影を見て、そいつを湖まで追いかけ、格闘し、再び気絶した」

シェパードは無言だった。

「あんたの腕時計のはいったスポーツバッグは、湖と家との中間で見つかった。そうだな？」

「そうだ」

「それが意味することはこうだ。マリリン殺害犯人は、一度目にあんたを気絶させたあと、札入れをベッドの下に、腕時計をあんたの手首に残して立ち去った。それから家じゅうかき回したあげく、金目のものは何も――奥さんの金時計も、あんたの医薬品も、散弾銃も――盗らなかった。そして、ビーチであんたともみ合い、二度目に気絶させたあと、その同じ強盗が、あんたの指輪と時計と鍵を盗った。しかもそれからどうしたかというと、そのお宝を逃げる途中で捨てた。誰にもじゃまされずに立ち去れたのに、どうしてもっていかなかった？　強盗の見せかけにしてはお粗末すぎるだろう。あんたをはめたやつがこの不自然さに気づいていなかったのか。それとも、単に、あんたが時間不足になっただけなのか。暗くて、静まり返った、恐ろしいほど淋しい家。マリリンは死んでいて、息子はベッドで眠っていて、あんたはひとりぼっちだ。けがをしていて、信じてもらえそうな物語をでっちあげる必要がある……。あんたはストーリーテラーの才能があまりないようだね、ドクター？」

「いいかげんにしろ」とシェパードは言った。

シェパードがその夜のことをふり返るとき、現実のこととそうでないことが区別できない場合がちょいちょいあった。

たとえば、マリリンが自分の名を呼ぶ声で目を覚ました瞬間を思い出すとき、自分がまた眠りこんだのか、そうでないのか、はっきりしなかった。人を二十七回ぶん殴るには、どのくらい時間がかかるのだろうか、と彼はよく考えた。殴る音そのものを耳にしたかもしれないと思った。あるいは、マリリンの声ともうひとりの声のふたつの声を聞いたと思った。だが、それ以上のものも聞いた気がする。マリリンとその攻撃者のうなるような声を聞いたのだろうか。セックスしているような。そして鈍器による損傷の音――物体が骨に当たる音、体をへこませるのに十分だが、つぶすほどではない重さのものの音も聞いたのだろうか。シェパードにはわからなかった。

彼は覚えていた。手すりを頼りに階段を駆け上がったこと。湖からの微風。それから、はずみで前へ飛び出し、彼らの部屋の中にその人影を見たこと。その人影はのちに彼が戦うもじゃもじゃ頭の男になった。しかし、夢か記憶かわからないものの中で、彼は部屋の中にはいり、殴打を感じた――波に打たれたような感じだった。何も見る暇はなかった。どちらが真実なのだろう。

医師だったシェパードは、自分が受けたような神経系の外傷が、見当識を失わせる作用をもつことを知っていたし、記憶がこれほど混乱しているのが驚くに当たらないこともわかっていた。だが、結局、その診断は大して心の慰めにならなかった。

わからないことはほかにもあった。彼は、マリリンの殴られてへこんだ顔と破壊された口を見たことを思いだし、それから、誰かが階下で動きまわる物音を聞いて、部屋から飛び出したのだろうか。ほかのときには、チップのようすを見に、よろめく足で彼の部屋にはいり、そのとき、誰かが階下でたてる音を聞いたような気がするときもあった。そしてまた、チップのようすを見に行ったというのは夢ではなかったかとも疑った。チップのことを考えてやらなかったのは、それが初めてではなかったので、後ろめたい気持ちから、そういう夢を見たのだろう、と。

しかし、記憶は完璧な順序で展開されているのかもしれなかった。夢、マリリンの悲鳴、二階へ駆け上がる、打撃、意識の回復、一階で侵入者がたてる音、テラスのそばに侵入者がいるのを目撃する、ビーチへの階段を駆けおりる、格闘、それから、夜明けに目覚めて朝の光の中のわが家を見る、寝室でマリリンが死んでいるのを知る。つまり、自分が娘を腕に抱き、湖の中に立つマリリンが、黙って愛情のこもった眼差しでそれを見ているというのだけが夢なのだ。そして、この夢はシェパードに、子どもの頃、見た夢を思い出させた。それは彼がもっともはっきりと覚えている夢で、自分の部屋にはいると、カゴに入れられていた大きなフクロウがカゴから飛び出し、彼は身を守るために、フクロウのくちばしの横から手を突っこまなくてはならなかった。夢というものが、時から解き放たれていて、それ自体が一種の時であるということについて、彼は考えた。もっとも、長い年月が経つと、出来事も時から解き放たれていると思われるようになるのだが。

シェパードが階下におりていったとき、テラスへのドアの近くにいた侵入者の輪郭。そいつは大きかった。シェパード自身に劣らぬ背格好とたくましさだった。髪は逆立っているように見えた。もじゃもじゃのクルーカットだ。シェパードはその黒い人影がふり返り、彼自身の黒い影を見たのを悟った。彼はそいつを追って家から走り出た。

しばしば、シェパードはその夜の記憶だと思われるものを夢に見た。たとえば、侵入者のあとを追ってビーチに走っていったこと。ただし、夢の中ではほとんど飛んでいた。ひと足ごとに風を捉え、月面の宇宙飛行士のように跳躍して、ひととびで、四、五段ずつおりていき、獲物を襲うタカのように、その人影に強くぶちあたった。ある夢の中では、侵入者を地面に押さえつけ、両手で侵入者の首をつかんだ。だが、これは明らかに実際に起こったことではなかった。なぜなら、彼が締めつけて殺そうとしている顔と首は、彼自身のものだったからだ。「おれはこんなふうに見えるのか？」と彼は考えた。もちろん、自分自身は殺せない。だが、夢の中で、こう考えたことを覚えている。「ああ、これは夢だ。おれが自分自身と格闘しているのは、マリリンを殺したからだ」いずれにせよ、彼の分身はその驚きの瞬間を利用して、彼を突き放し、後ろの水の中に投げ飛ばした。そしてもう一度、パンチを入れようと拳をふりあげた。そして真っ暗になった。

シェパードは時折、いぶかった。自分は何かの精神病的発作の最中に妻を殺し、その記憶を遮断したのではないか、と。それを裏づける証拠はないけれども。ジャクソン・ポロックの絵のような血のはねにおおわれた部屋にいたのに、彼の身で血がついていたのは、膝頭と腕時計のベルトと、彼が半分湖に浸かっていたせいで内側から曇っていた、その腕時計のガラス面だけだった。たしかに、夢遊病者は驚くほど正確で、調整のとれた行動をすることができる。シェパードの父は眠りながら歩いて冷蔵庫まで行き、ハムを取り出して、薄くスライスしたことがあるとシェパードに話した。シェパードの母がそれを見ていたという。一方、人が単なる夢に対して、体を動かして反応することがあるのも事実だ。かつて、シェパードが夢の中で父親と四つに組んで戦っていたと思われるときに、彼のうめき声を聞いたマリリンが、起こそうとして、肘の一撃を鼻に食らったことがある。だが、彼は自分の魂をくまなく探しても、妻に対する破壊的な怒りを見出すことができなかった――もっとも陰鬱な心持ちのときにも。

それでも、完璧に確信をもって思い出すことがひとつあった。それは、ビーチで目を覚ましたあとのことだ。半裸でびしょ濡れで、シャツはどこかに行ってしまい、ポケットは砂でいっぱいだった。立ち上がって自分の家を見て、寝室の窓を見た。マリリンが生きていないことはわかっていた。彼が思い出すのは、そのとき、最初に浮かんだ考えだ。それは、自分がまさにこのことを望んでいた時間――永遠に続くかと思われた、みじめな時間があった、ということだった。

ケントに向けて車を走らせるあいだ、ホヴァステンはマリリンとのやりとりを頭の中で繰り返さずにはいられなかった。ただし、このバージョンでは、マリリンに「あんたは出来損ないよ」と言われたあと、向こうにもわかりきった事実を並べたてることはしない。それでは、女どものお得意の「純粋な感情論」のレベルに落ちてしまう。だから、その代わりに二度ほどうなずいて、言われたことを咀嚼するふりをしたあとで、返答として、両手で握ったパターで、あの馬鹿女の頭をかち割ってやる。「いや、もっといい考えがある」ホヴァステンは、幌をおろしたコンバーティブルから怒鳴った。「おまえの歯をへし折ってやろうじゃないか」そうだ、それがいい。唇のすぐ上を狙った、強烈なパターの一打。マリリンは茫然とし――口の周囲にはおそらく、男性器に負けないほど神経終末が密集しているだろう――のけぞって倒れる。「お楽しみは、そこからだ」ホヴァステンは叫んで、バックミラーに映る自分を見つめた。「ああ、愉快、愉快。頭の脇に回って、クラブフェイスをあて、大きくバックスウィングして思いきりたたいてやる」彼女は手足を痙攣させ、頬や鼻はサーロインのように柔らかくなるだろう。頭蓋が砕かれ、骨がナイフのように灰白質に刺さりはじめると、この大惨事に、全身の神経系が暴走を始めるはずだ。少し待って、物を言う暇を与えてやってもいい。大方、うがいのように聞こえるだろうが。言葉が、口の中や喉で出す音だけの連なりになるだろう。「おえがえ、あえぇ、おうあ、おえがえ……」その口に一物を突っこんでやるのはどうかな？　入れ歯を外した女にフェラチオをさせるようなものだろう。どうかね、マリリン、すてきなマウスファックは？

トレーラーを追い越すとき、ホヴァステンは片手で股間を隠さねばならなかった。

攻撃的な気分は、ケントまでの六十五キロをついてまわり、ホヴァステンはどれほどスピードを出しているか、まったく意識しなかった。おかげですばらしくはかが行き、開始時間より一時間も早く、スティーヴンスンのゴルフクラブに着いてしまった。それもすばらしいことだった。というのは、ホヴァステンは十分ウォームアップできた試しがなく、いつも賭け金をスティーヴンスンに攫われていたのだから。ホヴァステンはボールのバケツを持ってきて、打ちっ放しをし、芝の長い破片を飛ばした。ゴルフはしばらくやっていないし、いつもショートゲームから崩れてくるので、普段よりも時間をかけてピッチショットの練習をした。往年の名ゴルファー、ゲーリー・プレーヤーは、ピッチショットを打つときにはメッチを擦るつもりでやれ、と言っている。うん、今日はその感覚がわかるぞ！風はあったが、ホヴァステンはずいぶん熱くなっていた。ある程度のコントロールをもって、ドローも打てている。とくに、ボールをマリリンのこめかみだと思って打つといいようだ。

「誰かさんはずるいな。抜け駆けして練習ですか」スティーヴンスンが言った。

気づかないうちに、スティーヴンスンが背後から近づいていて、まるで熱心なゴルフ学習者のように腕組みをして、ホヴァステンの打ち方を観察していたのだった。ふたりはあいさつを交わした。ホヴァステンが暗く長い不機嫌のトンネルから覗いてみても、相手も相当荒れている様子が見てとれた。今日はいい勝負になりそうだ、とホヴァステンは思った。

キャディーを従えて最初のティーイング・グラウンドに向かう間に、ふたりは五ドルを賭けてナッソーをすることを取り決めた。われながら豪勢なことだ、無職の男にしては、とホヴァステンは思った。とはいえ練習場でのボールの飛びは絶好調で、とくにドライバーショットはプロのショットのような低い、単調な軌跡を描いて、ぐんぐん上がっていた。ふたりはコインを投げ、ホヴァステンが表を選んで勝ち、先行した。ティーショットはまっすぐ力強く飛んでいき、ホヴァステンは落下地点も確かめず、ボックスを出た。

「あれはうまくつながりそうだ」スティーヴンスンが言った。

「とってもいいところに行きましたね」彼のキャディーが言った。

スティーヴンスンはティーをグラウンドに刺し、フェアウェイを見渡した。スウィングを途中でやめて、ボールに向かってつぶやいた。「あれはうまくつながりそうだ」と、もう一度。ホヴァステンはスティーヴンスンの身のこなしから目を離せなかった。完璧なフォームの見本がそこにあった。スティーヴンスンは背が高くハンサムだ。伸びやかな骨格を持ち、贅肉がなく筋肉質の体つきで、その構えはアスリートらしい幾何学的な形を描いている。逆三角形の上半身が、広く開いた脚がつくる三角形の上に乗り、両肩の下にゆったりとおろした二本の腕が描く三角の末端には、彼の大きな両手がつくる三角がある。巻き毛の頭も気高く立てたその姿は、アポロンのようだ。ボールは矢の一本だ――フェアウェイを火を吹くように飛んでいき、ホヴァステンの球を二十メートル近く超えていった。

「こちらもすばらしいですね」スティーヴンスンのキャディーが言った。ほかの三人に先んじて、すでに歩きはじめている。

その後、ホヴァステンとスティーヴンスンはほとんど言葉を交わさなかったが、第四ホールまでくるうちに、ホヴァステンは相手がどれほど落ちこんでいるか、嫌でも感じずにはいられなかった。いやまったく、スティーヴンスンは荒れているようだった。だが、ホヴァステンにとってあいにくなことに、それがスティーヴンソンのゲームには吉と出ていて、バーディー、バーディー、パーときている。一方、ホヴァステンには忘れてはならない重要な課題があった。財布の有り金をスッてしまわないようにすることや、今夜、眠る場所を確保すること、などだ。

「ほかのだれかさんも練習していたようじゃないか」ホヴァステンはそう言って、唾を吐いた。

「まあ、調子が悪くはないですね」

「頼みがあるんだ。今夜、泊めてもらえないか?」

「今週はシェパードと仕事じゃなかったんですか?」

「ああ、そうだ。だが、あいつの女房と同じ部屋にいるのが耐えられなくてね」

スティーヴンスンは一瞬、ホヴァステンを見てから、ティーイング・グラウンドのマーカーの間に立ち、美しい構えにはいった。が、いったんやめて咳払いをした。第四ホールは百七十五ヤード、パー・スリーで、左手前五十ヤードに池がある。グリーンの左に接する池で、スティーヴンスンにとって問題になったことはない。いつも力強いフェードショットを打つからだ。だが、どうにも理解しがたいことに、スティーヴンスンはその池にまっすぐ打ちこんだ。

「そうですか。ぼくはあいつと同じ部屋にいるのが耐えられない」スティーヴンスンはぶっきらぼうに言い返した。

やり直しのティーショットは大きく右に逸れた。これでは次の四打目で、十八メートルほどのパットを打たねばならない。スティーヴンスンはハンマー投げのように5番アイアンを放り投げた。クラブはくるくる回転し、かろうじて池の手前に落ちた。

ホヴァステンは進み出た。旗は左になびいている。いつもなら、危険を冒さずグリーンの中程を狙ったことだろう。だが、ホヴァステンは池越えのフェードを打った。ボールは静かに着地して、ピンから三メートルのところで止まった。

ふたりはパターを脇にはさんで、グリーンに向かった。キャディーたちはガタガタと音を立てながら、先を行く。

「そりゃまた、どういうわけだ？」

「何がですか？」

「どうして、彼と同じ部屋にいられないんだ？」

「シェパードと？　やめてください、レス。空々しいことを」

ホヴァステンは肩をすくめた。

「知らないっていうんですか？」

「なんのことか、さっぱりわからんね」

「きみのスーザンか？」

「ス、、、ーザンですよ」

彼らは意外そうな顔もせず、ひどいショットを数知れず見てきた平静さでうなずいて、歩きはじめた。

スティーヴンスンはキャディーたちに声をかけた。「悪いが、先に次のティーイング・グラウンドに行っていてくれないか」

スティーヴンスンは、キャディーたちが、声の届かないぐらい離れるのを待って答えた。

「それが、蓋を開けてみれば、ぼくのスーザンじゃなかったんです。彼のスーザンだったんだ」

へえ、とホヴァステンは思った。「そうだったのか」あきれて首を振った。サム、おまえってやつはまったく、どはずれた野郎だ。ホヴァステンは頭の中で、これまでシェパードがベッドを共にした歴代の女たちを数えあげた。誰をとっても——スーザン・ヘイズはなかでも別格だが——とびきりいい女たちだ。「いつからいつまで？」

「ぼくらがつきあいだすずっと前に始まって、そのあとずずっと」

「婚約したあともってことか？」

スティーヴンスンはうなずいた。

ホヴァステンはなんとか笑いをこらえようと、ヒューッと口笛を吹いた。「サイテー野郎だ」

「まさしく」

こんな話を耳にしたあと、やれることといっては、パットに集中するだけだ。ホヴァステンの位置からは、下り斜面でスライダーを打てば、バーディーが狙える。だが、スティーヴンスンの四打目のショットはさっぱり伸びず、四、五メートル残っていた。うまく行ってもダブルボギーだ。気を良くしたホヴァステンは強気のパットを放ち、危うくボールがグリーンを通り越すところだったが、幸運なことに、カップの向こう側を打って空中に跳ね上がり、カップから三十センチ以内で止まった。いい流れだ、とホヴァステンは思った。

やがてパットを終えたスティーヴンスンが、ホヴァステンのそばにやってきて、ピッチマークを消した。爽やかに晴れた風のある日で、風がコースを静寂で包んでいる。あたりの物音をすべて飲みこんで、コース上がますます、ふたりだけの親密な空間に思えてきた。

「婚約破棄は、そういう理由だったのか」

スティーヴンスンは不快そうに唾を吐いた。

「いや、ロバート、おれはほんとうに何も知らなかったんだ。ただ、踏み切れなかっただけかと思っていた」

ふたりは、次のティーイング・ボックスで待っているキャディーたちに目をやった。

「こんなことを話していいのかな……」スティーヴンスンが言った。

ホヴァステンは黙って待った。

「自慢になるような話じゃないですけどね、スーザンと別れてから、というより、何もかも打ち明けられてから毎日ですよ。ほんとうに一日たりとも、考えない日はないんだ。あいつを……」

「それ以上言うな」

顔を上げたスティーヴンスンの目は血走っていた。

ホヴァステンは胸の高鳴りを抑えられなかった。コース上に二人きりだというのに、周囲に目をやり、立ち聞きされていないことを確かめずにはいられなかった。まるで、自分の心の中の思いが、なぜか声になって外に出てしまったかのように。それは、この美しい男を前にして感じた欲求――シェパード以外に対しては感じたことのない欲求だった。この男を悦ばせたい、どうにかして尽くしたい。この腕にかき抱き、唇にキスしたかった。

「いいかい」メビウスが言った。「おれはあんたの歴代の愛人を並べたてることができる。マリリンとデートしはじめた十四歳のときから、彼女が死ぬまでの」

「それはちょっと厭味が過ぎると思わないか」

「まず、フランシス・スティーヴンズ。あんたは高校の最終学年を終えた夏に、マリリンに友愛会（フラタニティー）のバッジをプレゼントした。マリリンがその秋、スキッドモアに旅立ったあと、胸のでかいフランシスがあんたの両親のガレージに現れた。当時、あんたはそこでA型フォードをいじって喜んでいた。フランシスとあんたはデートを始め、なんと驚いたことに、あんたは彼女にフラタニティー・バッジをやった。というのは、マリリンにバッジをやったことを父親に叱られて、とりもどしていたからだ。バッジに二度のお勤めをさせたわけだ。もちろんこれはマリリンには言わない、ほかの女たちとの関係の長い歴史の始まりに過ぎない。ロサンジェルスの医学校で一緒だった学生の妻のメラニーもいた。この女との関係が始まったのは、チップが生まれた直後だったね。マリリンは産後の肥立ちが悪くて、だんだん鬱っぽくなっていった。あんたにさわろうともしなかった。そうだよな？　一方、あんたは日常的に欲求を満たさずにはいられない男だった。毎日やりたかった。それで、レスター・ホヴァステンとふたりのナースと、四人組の関係をもった。そのすぐあと、同じデブのポン引きが仲をとりもち、看護学教官のマーゴット・ウェンディスと関係をもった。この女とは一年間つきあった。回復途上のマリリンがチップを連れてクリーヴランドに帰っていた間のことだ。そして、ジュリー・ロスマン。マリリンが死ぬ、ほんの二か月前に――」

「彼女とは何もなかった」

「いいえ、判事閣下。わたしたちはただの友人です。ロスマン夫妻とわたしども夫婦は。ある日、わたしたちはエリー湖でボート遊びをし、プットインベイの近くの小さな島に立ち寄ることにしました。そして、ジュリーとわたしはしばらく、森に消えることにしました――一時間あまりの間でした。そして、数年前、わたしたちは寝たことがありました。わたしたちの小遠足のあと、ジュリーの夫がジュリーの顔を平手打ちしたのは事実です。ですが、判事閣下。わたしたちが姿を消していた間、何もありませんでした。誓ってほんとうです」

シェパードは肩をすくめた。

「そしてもちろん、あのかわいいスーザン・ヘイズがいる。あんたと彼女は関係はどのぐらい続いた？」

「くっついたり、離れたりをくり返して三年間」

「一九五四年の三月まで続いたわけだな。われわれは彼女について話す必要がある。そうだろう？」

「なぜだ？」

「つまるところ、彼女こそ、あんたがマリリンを殺す動機だからだ」

シェパードはスーザン・ヘイズと一緒に、サンディエゴからサンフランシスコに車でもどる途中だった。知りあいの結婚式にふたりで参加した帰りだが、シェパードはもはや、その新郎の名を思い出すことができなかった。夜になっていて、外は凍えるほどに寒かった。ドクター・ミラーから借りたコンバーティブルのMGは暖房が壊れており、運転席側のワイパーががたついていた。ハイウェイ1号線を走っているうちに霧が出てきたので、シェパードは視界を確保しようと幌を開けていた。

「見える？」スーザンがきいた。

「時々」シェパードは、MG独特の、水の中に泡が上がっていくようなモーター音に負けないように声をはりあげた。騒音のせいで会話が制限されたが、シェパードにとっては好都合だった。どのみち話すことなどないし、スーザンの話は聞きたくなかった。だからといって、彼女が口を閉じてくれるわけではなかったが。

「はめ直せばいいでしょ」シェパードが耳を指さすと、スーザンはつけ加えた。「ワイパーブレードを」

シェパードは横を向いてスーザンを見た。腕を組み、背中を助手席のドアに預けている。少し怒っているような、半ばあきれているような感じがした。ダッシュボードのわずかな灯りに青白く浮かんだスーザンの肉の薄い面差しは鋭さをまし、まるで猛禽類のようで、数十年後に彼女がなるであろう鷹のような老女の姿が、暗がりの中にかいま見えた。空気がどんどん澱んできて、夫婦の間でしかありえないような喧嘩、彼がマリリンとするような喧嘩に近づく気配を感じて、シェパードはげんなりした。だが、そう思ったとたん、マリリンを除けば、これほど長くつきあった女はほかにいないことが頭をかすめた。

「そうすれば、幌を閉められるでしょうに」

三年前のスーザンは、どこへ行ってしまったんだ？

とはいえ、たしかにやってみて損はない。シェパード自身、不快なほどではないにしても、寒くはあったので、数分後、景色の開けた場所で車をとめた。太平洋に向けて突き出した石ころだらけの断崖の上だった。ヘッドライトをつけたまま、ワイパーブレードを調べてみると、フィリップスのネジ二本でとめてあった。トランクに工具がないか見てみたが、見つかったのはタイヤレバー一本だけだった。トランクを閉じ、その場に立って解決策を考えながら、霧の下端がヘッドライトの光を横切っていくのを眺めていたが、しばらくして、ほかの手を思いついた。シェパードは前に回って、車内に身を乗り出した。スーザンの嫌悪の表情は、恐怖のそれに近かった。ハンドルの奥に手を伸ばし、エンジンを切って鍵を抜いた。車はぶるっと揺れて、かすかな震えが車体全体に伝わったのち静止して、聞こえるのは波が打ち寄せる音と引いていく音だけになった。繰り返す波動は、一波ごとにミリ単位で海岸線を浸食してゆき、やがてある日、この道路も海になだれ落ちるのだ、とシェパードは思った。

「何やってるの?」スーザンがきいた。シェパードが返事をしないでいると、ぷいっと前を向いた。

シェパードはヘッドライトに鍵をかざしてみた。平らな側は角が尖っていてネジ穴に嚙み合いそうだ。ただ分厚すぎるような気もする。だが、やってみると、かろうじて、うまくはまった。ひとつ目のブレードの二本のネジを難なく外し、ゆがんでしまったブレードをボンネットに置いた。このあいだ、スーザンには決して目をやらないようにした。ほら、わたしの言ったとおりでしょ、と今以上に、えらそうにされてはかなわない。もう一方のブレードは問題なさそうに見えたが、ネジに汚れが詰まって固まっていた。ネジをはずそうと力をこめると、鍵が滑って、親指をこすってしまった。指の皮膚がえぐれ、痛みが腕まで伝わった。キーホルダーが手から落ちた。助手席のドアが開く音を聞いて、シェパードはどなった。「きみは中にいろ!」

スーザンは言われたとおりにした――少なくとも、しばらくの間は。シェパードは傷ついた手を握って止血し、それからハンカチを歯で挟んで、無事なほうの手で裂いて、細長い布を二本つくり、傷口に巻いた。シェパードは車の脇に回って、崖側でボンネットにもたれ、気持ちを落ちつけようとした。スーザンも出てきた。反対側から回ってきて、シェパードのけがをした親指を両手に受けた。間に合わせの包帯を親指のつけ根の関節あたりで結び、そっとなでた。「まずい思いつきだったわ」ふたりは海を眺めた。月のない晩で、霧の切れ間から点々と星の浮かぶ空がのぞいている。砕ける波の音の響きが岩を伝ってシェパードの靴底に届く。その反響の仕方と伝わり方で、崖の高さと、崖の前に広がる虚空の果てしなさがわかる。暗闇の中でその響きを感じていると途方に暮れるばかりで、何となく、朝まで生き延びられない危険の中にいるような気がしてきた。

「走っていなければ、そんなに寒くないわね」スーザンが腕をこすりながら言った。

シェパードはまた考えた。彼女はどこへ行ってしまったんだ？　おまえは彼女をどこに隠した？　もう一人のスーザン、昔のスーザンはもっと単純で勇敢だった。このスーザンが奪い去ってしまったのか？　たった数日前、マリリンとともにロサンジェルスに着いたときには、そこにいたのだ。ふたりは二月にスーザンがクリーヴランドからこの地へ移転したときから、連絡を取り合っていた。スーザンとドクター・スティーヴンスンが正式に婚約を解消した後のことだ。シェパードがこの出張を組んだのは、チャッピーのもとで集中研修を受け、血管と神経の手術の専門医として認定されるためだった。もちろんそれは、医師としてのキャリアにおける重要なステップだ。だが、真の目的は、スーザンに会うことだった。「おれがロサンジェルスにいるあいだに」シェパードはマリリンに言った。「きみはジョーと一緒にビッグサーに行ってもいいよ。そのほうがきみも楽しめるだろう？」シェパードのベッドにふたりでいたときのことで、マリリンはしばらく天井を見つめたあと、こう答えた。「ロサンジェルスねえ。なんだか、はるかな昔のことのように思えるわ」まだ四年しか経っていなかったが、シェパードは調子を合わせた。「ほんとだな」コツはもちろん、この提案を、心をそそられると同時に、飛びつくほどでもないものに見せかけることだ。彼としてはマリリンにそばにいてほしいのだが、いろいろと思うに任せないことがあるというニュアンスが大切だ――夫婦で旅行に来たのに、彼女はひとりで楽しまなくてはならないのだから。「チップは上の兄貴のところに預けていったらいいし。おれは手術室に張りついていないといけないが、きみは自由にあちこち遊びに行ってくれていい」マリリンは夫の腰に腕を回した。シェパードはヘッドボードにもたれてすわっていた。マリリンは寝る前に夫のベッドで過ごして、夫が眠りに落ちてから自分のベッドにもどるのが常だった。マリリンがふいに、マリリンが腕に力をこめて抱きついてきた。シェパードはマリリンの頭のてっぺんを見つめながら、彼女の頭皮がスクリーンで、そこに脳が映っていて、彼女が考えていることがわかるのだと空想した。シェパードは彼女にキスをして、髪のにおいをかいだ。慣れ親しんだ、独特のにおい。血のにおいを説明するのが難しいように、このにおいも言い表しがたい。

マリリンが彼の肩から頭を上げて、頬にキスをした。「ラケットを持っていって、またクラブでテニスをするのはどう？」

「そうだな。一日ぐらいは、昼から抜けられるかな」

「この頃、全然、テニスをしないわよね。どうしてかしら？」

「ふたりとも忙しいからだよ」

「あの頃だって、忙しかったのに」

「また、これからやるさ」シェパードは笑みを浮かべ、策を弄する一方で、まだロサンジェルス・オステオパシー*医学校附属病院のレジデントだった頃、よくマリリンとテニスをした、ハリウッドテニスクラブの灰色がかったクレーコートを思い出した。ボールを打ちはじめる前に、コートにブラシをかけて前の試合の跡を消し、ラインが輝いて見えるほど土を払う楽しさ、そして、マリリンを見る楽しさも。彼女の才能は本物で、彼女のラケットが球にあたる瞬間、シェパードにはどうしても出すことのできない音がするのだ。響きわたる打球音はむしろ銃声のようで、シェパードのフォアハンド、バックハンドへと打ちこまれる球は、打ち返しやすいよう絶妙にコントロールされていた。ラリーは慈愛に満ちた行為で、彼に、自分が主導権を握っていると感じさせてくれた……。

だが、それは昔の話だ。今は、そんな回想にふけっている最中でさえ、思考はスーザンに向かった。

＊オステオパシーは、アメリカの医師アンドリュー・テイラー・スティルによって創始された医療哲学体系で、解剖学的あるいは生理学的な医学知識に基づき、投薬や手術に加えて、手技を用いて治療を加える点に特色がある。アメリカでは、ドクター・オブ・オステオパシーという資格は、メディカルドクターと同等のもので、すべての医療行為を行うことができる。

スーザンはどこにでも割りこんでくる。まるで思い出のシーンの上に、見えないインクで、スーザンという名が書き散らされているかのようだ。シェパードにとっては、マリリンがついてこようが、こまいが、どうでもよかった。どうにかして、スーザンに会う方法を見つけるまでだ。

一年で一番短いその月は、毎日が三月に向けたカウントダウンとなった。チャッピーとのやりとりで日程が決まると、手帳に×印をつけたその二週間は、まるで道しるべの星のようにシェパードを牽引しつづけ、誘いつづけた。こうして妻とベッドに並んで、結婚生活の最初の数年、彼がスーザン・ヘイズに出会う前の、楽しかった思い出をよみがえらせているときですら。

スーザンとの出会いは、ありありと覚えている。場所は、ベイヴュー病院の病理検査室。長兄のリチャードがスーザンを連れて院内を案内していた。スーザンは臨床検査技師として採用されたばかりで、この月新しく雇われた職員は、彼女で三人目だった。シェパードはよくある虫垂炎の手術を終えたところだったが、寸分の無駄もない手順で一件落着し、神がかった気分になっていた。車のエンジンオイルを交換し、勢いよくボンネットを閉めたときに感じる小気味よさ、清々しさと似ている。手術着の下は裸だった。手術時はそう決めている。股間を締めつけるものもなく、揺らしながら廊下を歩いていくと、就寝時のような穏やかさ、心地よさを感じた。それは、独特なリビドー的覚醒でもあった。手術のあと、シェパードはもっとも雄々しい気分になる。

シェパードは病理検査室にはいっていった。スーザンは背中を向けて立っていたが、ふり向いたところで、リチャードが紹介した。あとになってシェパードはスーザンの姿を頭の中で再現してみた――力の強い、ほっそりとした手。ウェーブした赤褐色の髪。小麦色の肌。頬と鼻に広がるそばかすはとても鮮やかで、部族のペイントのようにも見える。シェパードが、あとでこうしてひとつずつ確かめてみなければならなかったのは、ひと目見たときの衝撃が強くて、どういうわけか細部の印象が消えてしまったからだ。

「きみ、忙しいのが好きだといいんだが」シェパードはスーザンに声をかけた。

「はい、好きです。シェパード先生」

「朝も早いよ」

「ロッキーリヴァーからのバスはいつも時間通りです」

「車はないのかい？」とリチャードが尋ねた。

「就職したら、いただけるのかと思ってました」スーザンは冗談を言った。

全員が笑った。リチャードまで彼女の魅力に、めろめろになっている。

「ロッキーリヴァーと言ったね？　家はどこ？」シェパードが尋ねた。

「五九〇三番地です」

「それなら、うちのすぐ近くだ」

「だったら、同じバスで通えますね」

「いや、乗せてあげてもいいかなと思って」

「サム、行ないに気をつけろよ」リチャードが口をはさんだ。「きちんとした家のお嬢さんだからな。まだ、ご両親と一緒に住んでるんだ」

「いえ、先生がバスを運転してくださるっていうなら、わたし、かまいませんけど？」

新進女優のような口の利き方をする、とシェパードは自分の執務室にもどったあとで思った。それに、見た目もそれくらい美人だ。だからもちろん、そういう口の利き方をされても気にならない。シェパードは机に足を上げ、頭の後ろで両手を組んで天井を見上げた。いつもは朝の手術と昼食の間に短い仮眠を取るのだが、この日は目が冴えていた。これまで、ほかの女たちと出会ったときは、また人生に刺激ができたと感謝するだけのことだったが、今回は違う。

明日会えるさ、とシェパードは自分に言い聞かせた。

まさにその翌朝、彼女はシェパードの赤いMGの車内で待っていた。

シェパードが車庫にはいっていくと、スーザンがいたのだ。まるでひと晩中そこにいたかのように助手席に座り、少しも物怖じせず、顔を上げさえしなかった。シェパードはぎょっとして、一瞬、凍りついた。まるで、魔神が先回りして、まだ口にしない願いを叶えてくれたようではないか。今朝、選んだスーツはブルーのピンストライプだった。シェパードはなんとなくネクタイに触れ、胸を見おろして、ひとりほほえんだ。それから、落ち着いた気持ちで歩いて行き、運転席のドアを開けた。スーザンがシェパードを見つめた。質問の隙を与えず、軽い言葉のやりとりなど虚しくさせるまっすぐな視線に、シェパードは驚嘆し、動揺を覚えながら見つめ返した。エンジンをかけ、バックして車庫を出て、いつもの彼には似ても似つかぬのろのろ運転で病院に向かった。その間、ふたりはただの一度も言葉を交わさなかった。車は三速からの加速を待ちかねて喘いだ。停止のためシフトダウンしようとすると、一速ごとにギアの歯に当たるのをシェパードは意識した。信号が変わると、シェパードはこわごわ加速した。まるで氷の上を走っているかのように。駐車場に着くと、スーザンが言った。

「ありがとうございます、シェパード先生」そして、そのまま待った。シェパードは本能的に車の反対側に回って、彼女のためにドアを開けた。マリリンのためには一度もしたことがないのに。

シェパードは病院のドアも開けてやった。スーザンはそのまま検査室に向かった。「それじゃ、また」のひと言すら口にしなかった。

今日このあと、廊下やカフェテリアででくわしても、どちらも何も言わないだろう、とシェパードは思った。シェパードには確信があった。彼女が翌朝、車の中で待っていることにも、同じだけの確信があった。

はたしてスーザンは待っていた。膝の上に手を重ねて。シェパードも今度はためらわなかった。今回も会話はなかった。口を開けば、何かが変わってしまうかもしれない。五月の半ばの見事なまでにうららかな日で、ハナミズキはくしゃみを引き起こし、桜は綿菓子のような花をつけ、ハナズオウははじけたてのポップコーンのように咲き、さまざまな色彩が隣にすわるスーザンと同じくハミングしているようだった。シェパードはスーザンをまともに見られなかった。見れば、彼女を隣にすわらせているのと同じ魔法が、今度は彼女を消し去ってしまうかもしれない。勤務中は何も変わりはなかった。必要があって話すときにも、仕事に関する会話のみで、しかも、彼女の領分である基礎病理学に限られていた。シェパードは具体的な指示だけを出した。ふたりのやりとりを目にした同僚たちには、軽蔑しあっているように見えたかもしれない。スーザンがシェパードに顔を向けないことも多かった。新進女優のような物言いはしなくなった。シェパードは自分たちふたりが合意に至っていることを理解していた。そのことは心を搔き乱す、奇妙なことだったが、不思議なことに彼の集中力を高めもした。明日もまた彼女が車の中で待っていると思えば、ほかの思いをすべて、意識から消し去ることができた。何かを変えようとすることは——ほかのやり方を試すことは——背教に等しいと思われた。

「あの人、誰？」その次の朝、マリリンがシェパードに尋ねた。車庫を見てきたところで、まだネグリジェ姿だった。このとき四歳だったチップは、ぐっすり眠っていた。

シェパードはコーヒーの最後の一口を飲んだ。「スーザン・ヘイズだよ。新しくはいった検査技師だ」

「あの人、何をしているの？」

「どういう意味？」

「あなたの車の中にすわってるのよ」

「病院まで乗せてやっているんだ」

「どうして？」

「通勤の足がないからさ」

「送っていく人がいないの？　それとも車がないってこと？」

「どちらも」

マリリンは腕組みをした。「手に入れる予定はあるの？」

「さあ」

マリリンは呆れて頭をふった。「それじゃ、明日も乗せてもらいに来るの？」

「訊いてみたら？」

マリリンは口をつぐんだ。言うべきことはひとつしか思い当たらなかったが、それはここ何年か言うのを避けてきたことだった。

「じゃ、出かける」シェパードは言った。

車に乗りこんでも、スーザンは気づいたようすさえ見せない。ほほえむでも、挨拶するでも、うなずくでもない。それでもシェパードのほうは、無表情ながら、思わずうなずいた。バスの隣の座席に人がすわったときや、エレベーターで横に誰かが立ったときにするように。シェパードはふり向いて、スーザンのシートの後ろに手をかけ、バックして車庫を出た。

「奥様ですか？」スーザンがきいた。

シェパードは驚き、庭先を出る手前で車を止めて答えた。「うん」

「きれいな方ですね」

シェパードは無言だった。答えれば、ふたりを比較することになる。それは絶対に不可能なことだ。

スーザンがそれ以上何も言わないのを幸いに、車を出した。

「どうして車にいるのかと訊かれました」数分後、スーザンが言った。「病院まで便乗させていただいていると言いました」

きょうもまた、ひどくのろのろと走っているので、たびたび、ほかの車に抜かれた。

「先生は遅くなるから先に行ったほうがいいって、奥様に言われたんですけど」

右折や左折をするとき、シェパードは両手がハンドル上部で触れあうようにして回し、また滑らせてもどした。その操作が終わると十時、二時のポジションに手をもどす。

「でも、わたし、わかってました。先生は遅くならないって」スーザンはサイドミラーを顔のほうに向けて、自分を見た。満足すると、元にもどし、前を向いた。「だから、そうですか、どうも、と言って、そのまますわっていたんです」

主導権は彼女の手にある、とシェパードは思った。テニスのときのマリリンと同じく、スーザンが指揮をとっている。マリリンとの経験から学んだことがあるとすれば、それは、シェパードが優位に立とうとして張り合えば、何もかも台無しになるということだ。まる二週間、スーザンはシェパードの車庫にやってきた。スーザンはもう車輪と同じくらい車の一部になっていて、目にするときの驚きも、フロントシートで寝ていた猫が起きだして、芝生のほうへ逃げていくのを見るのと同じぐらいだった。扉を開けて、スーザンを見る。長く美しい首、気位の高そうな眉。口紅を塗っていない小さな口。きつい罵倒の言葉が出てきそうな上唇。シェパードはしゃべることも見ることも許されない領域に至る前に、その姿をじっくり味わいたくて、ゆっくりと近づいていく。彼女の髪は赤みのある褐色で、ウェーブしていて、シャワーのあとなので首のあたりがまだ湿っている。鼻下の縦溝に接する上唇のふたつの頂点の付近にはそばかすがある。シェパードは運転席にすわり、キーを差しこみ、エンジンをかける。サイドブレーキを解除し、シフトレバーをニュートラルにし、一度左右に動かしてからバックに入れる。この操作の最後で、彼女の手が目にはいる。指は長く、血管が浮き上がっていて、手の甲の骨がくっきり見てとれる。コウモリの張りつめた翼に、繊細な指が浮かんで見えるように。

「今日の夕方は送ってあげられない」シェパードはエンジンを切るときに言った。病院の駐車場に着いたところだった。「今夜は当直だから」

「あら、よかった。わたしもなんです」

その日は水曜日だった。月二回、シェパードは七時から七時の二十四時間勤務を受けもっている。週末の病院は大抵忙しい。「忙しい」というのは、「最悪」という代わりの遠回しな言い方だ。とくに、六月にはいり春も盛りの今は、湖に出るボートが増え、事故も増える。ほとんどは無茶をやらかした少年たちだ。先月には十六歳の少年が死んだ。船外モーターの後方に落下したのだが、兄がそれに気づかず急発進させ、弟の両手と両腕と右脚を巻きこんだ。指六本ならびに上腸間膜動脈、内腸骨動脈が切断された。橈側皮静脈と尺側皮静脈もスクリューの刃で切り刻まれた。手術台に運ばれた時点で、少年は血液を二千ミリリットル近くも失っていた。この惨状を前にして、ショック状態の少年の蒼白な肌を見て、シェパードは立ちすくんだ。少年の右半身は、神話の怪物に襲われたかのようで、花咲くように開いた傷からは、原形をとどめないほど潰れた血管や腱や筋肉が見えた。この子にわずかでも生き延びる可能性を与えるためには、右腕、右脚の切断は不可避だろう、とシェパードは判断した。だが、少年は数分のうちに死亡した。そののち、死の知らせを受けて、少年の兄は災厄に顔を歪め、両親は愕然として、畏怖に似た表情を浮かべた。悲しみは、あまりにありありと激しく局所的に彼らのみを襲っていた。スクラムを組むように抱きあって耐え、苦悶する三人の姿は、反発しあう磁石の間の力の場のように、薄いけれども破れることのない見えない膜に隔てられているようだった。こんな突然の事故――死がどこからともなく現れるというより、爆発的に噴出してくるような事故に接したときに限って、シェパードは素直に感謝する気になるのだった。自身の安全に、苦痛のない人生に。その素晴らしい幸運に。

だが、その夜はあまりに静かすぎ、シェパードは何か起きないかと実際に期待したほどだった。彼は退屈していた。看護師にまかせても一向にかまわない見回りを進んで行なった。病理検査室のほうまで遠回りして、できるだけ目立たないようにドアの前を通ってみた。磨りガラスの向こうにスーザンの灰色の姿が見えた――寝かした鉛筆で輪郭に陰翳をつけたように。入り口をはいってすぐのところにいる。スーザンのヒールの足音が聞こえた。足音の向きが変わって、ドアに向かって近づいてきたのに気づいて、シェパードはあわてて前を通りすぎ、自室にもどって仮眠をとった。

その後、五時近くになって、三十代半ばの男が警官に連れられてきた。身なりはよく、スーツを着ているのだが、その姿は相当乱れていた。シャツは出ていて、ネクタイはゆるめてあり、コートはしわだらけ、ズボンの裾には泥がつき、靴も汚れて草まみれだ。一日分の髭が伸び、目は生気がなく充血している。だが、息に酒のにおいはしない。「レイク・ロードを歩いているところを保護しました」警官が言った。「わけのわからないことを言います」シェパードが名前をたずねると、男は、声が遠くから響いてくるとでも言いたげな顔をして、「それはその中に入れておいてくれ」と言った。「頼む」そして、両掌を顔に近づけ、激しく咳きこんだ。緑色の痰が足の間の床に落ちた。シェパードはナースに容器を持ってこさせて、本来は舌をおさえるのに使うへらで痰をすくいとり、男をベッドに寝かせた。男はほっとしたように目を閉じた。肺の音を聴くと、水笛のような音だった。脾臓が腫れ、腹部が熱い。シェパードが手を触れると、男は顔を歪め、身をこわばらせた。「いったい何回言わせるつもりだ?」と言って、たった今火星におり立ったかのようにあたりを見回した。血圧は低く、下がり続けている。シェパードは少し考えてから、点滴を指示し、血液を採取した。男は処置のようすを朦朧と眺めていたが、やがて眠りに落ちた。

「ミス・ヘイズに全血球算定を頼んでくれ。それに尿検査も」シェパードはナースに言った。「結果が出たらすぐ、もってくるよう伝えてくれ」それから、警官たちと話をした。男は結婚指輪をしていたが、財布や身分証明の類は何も身につけていなかったという。ふたりの警官のどちらも、男に見覚えがなかった。

「薬物ですかね？」

「そうではなさそうです」シェパードは答えた。

「じゃ、病気なんですか？」

「ええ、重篤です」

シェパードは患者のもとにもどり、つきそった。血圧はまだ下がり続けている。シェパードは腕時計を見た。二十分近く経っていた。スーザンが現れたとき、シェパードは努めて平静を保った。

「この患者さんですか？」

「そうだ」

スーザンは一瞬、患者に目を落としたあと、検査結果をシェパードに差しだした。それからしばらく、ふたりの手が同時にクリップボードにかかっていることになった。

「白血球数がかなり高いです」

「いくつだ？」

「二万二千です」

「ヘマトクリット値は？」

「三十五です」

結果は目の前のページに書き出されていたが、シェパードは答えさせたかった。「末梢血塗抹は？」

「白血球の一部に液胞が見られました」

シェパードはスーザンのにおいを深く吸いこんだ。

「明らかに、敗血症を起こしています」

「喀痰検査の結果は？」

「グラム陽性です」

「感染菌は一種類か」

「はい」

「形状は？」

「ランセット形です」

「続けて」

「おそらく、肺炎連鎖球菌ではないかと。でも、よければご自身で標本をご覧になってください」

シェパードはクリップボードをスーザンに返した。スーザンはあいている手を腰にあて、検査結果の報告書を胸にくっつけて、クリップボードを抱えた。そして、誤りを指摘されると予期しているかのように、シェパードを見つめた。

「よくできた」

スーザンはほほえんだ。

「ほかに気づいたことは？」

「赤血球に封入体が見られました」

シェパードも頬をゆるめた。これほど長く会話が続いたのは初めてだった。シェパードは一歩近づいて、患者のベッドの足元にふたり並んで立った。目の前に横たわる、スーツ姿の若い、身元不明の男。血圧は危険な水準まで落ちている。呼吸は苦しげで、わずかに喘鳴が混じる。

「きみの診断は？」シェパードは訊いた。

「わたしは医師ではありません」

「もし、医師だったら？」

スーザンはぱっと赤くなった。シェパードはその頬を両手で包んでキスをしたくなった。

「肺炎球菌性肺炎だと思います。血中酸素濃度が低下していることの説明がつきます。それに、意識障害についても」

「ほかには?」

「腹膜炎。そして敗血症」

「それに対する治療は?」

「ただちにペニシリン点滴を行います。もちろん、輸液も」

シェパードは患者のベッドのクリップボードを取って書きこんだ。「そうだね、ミス・ヘイズ。それで行こう」

スーザンはだまってしばらく患者を見つめ、それから、シェパードに向きなおった。

「ご苦労でした」シェパードはそう言って、立ち去るスーザンを見送った。

次兄のスティーヴンが早めに出勤してきた。六時十五分前頃だった。シェパードの患者の容態はすでに安定していた。シェパードはスティーヴンにこれまでの経過を説明し、自分の執務室に下がった。疲れきって白衣を脱ぎ、スーツの上着をはおったところで、帰りがけに病理検査室をのぞいてみようと思いついた。

だが、スーザンの姿はすでになかった。代わりにトリシアが、もうスライドの分析に取りかかっていた。

「おはよう」シェパードは声をかけた。

「おはようございます、先生」

シェパードは開いたままのドアを一回だけ軽くたたいて、検査室を見回し、立ち去った。

スーザンは車で待っていた。

外は驚くほど湿度が高く、雲が垂れこめていて、世界全体が憂鬱さを増していた。じきに雨が降りそうで、すべての音がくぐもって聞こえる。時折響く鳥の声と、夜更けか夢の中でしか感じない、奇妙て独特な静けさが入り混じる。シェパードは車に乗りこんでエンジンをかけた。「空腹かい？」と訊いた。スーザンを見ることはできなかったが。「ええ」スーザンは答えた。シェパードの内心と同じくらい不安そうな声だった。まるで、ふたりして何かから逃げているようだった。食事の必要が免罪符となって、シェパードは車を走らせはじめた。ロッキーリヴァーにもどるかわりに、ベイヴィレッジを西へ抜け、エイヴォン方面に走った。もっとも、行き先のあてはまったくなかった。さまようちに、シェパードは切羽詰まった気持ちになった。とにかくどこかに着かなくては。見知らぬ街の危険な地区にいて、ガス欠寸前で道に迷っているようだった。エイヴォンの手前で茶色の標識を見かけた。金色の文字で「ソーントンパーク」とあり、その下にピクニックテーブルとキャンピングカーとボートのマークがついている。シェパードが右に急ハンドルを切ったので、車の尾部がわずかに横滑りして、道端に砂利が飛び散った。曲がりくねった片側一車線の狭い道をたどっておりていくあいだ、スーザンはダッシュボードに片手を軽くついていた。最後のカーブを曲がり切ったとたん、目の前が開けた——広大なエリー湖が一望のもとにあった。鉛色の空の下に広がる鉛色の湖水。船着き場がある。波はない。ボートの姿は一隻もない。水は不気味だった。あまりの静けさに毒を含んでいるようにさえ見える。木々のあいだの駐車スペースに備えつけられたピクニックテーブルにも人の姿はない。シェパードはそこにはいっていって車を停め、エンジンを切った。あたりはしんとして、小さな水音が聞こえるだけだ。低木の茂みの向こうの、陰になって見えないビーチに小さな波が打ち寄せる音。シェパードは長い間、前を向いてじっとしていたが、何も目にはいらなかった。

スーザンがシェパードの脚に手を触れた。

シェパードは襲いかかった。できるものなら、彼女の唇を貪り食いたかった。唇と唇を力の限り強く押しあてた。スーツの上着の袖から片腕を引き抜くと、その手を彼女の後頭部に回した。彼女が離れようという気を一瞬でも起こさないようにしっかり押さえておいて、残る片方の袖を脱いだ。スーザンがシェパードの両肩を押しもどした。シェパードの唇が震え、歯がカチカチいいはじめた。スーザンのほうは穏やかで静かだ。湖面のように。「シートを」とスーザンが言った。シェパードは彼女の脚の間から手をおろし、レバーを引いてシートを一番奥まで下げた。それから、彼女の腰の向こうに手を伸ばし、頬をブラウスにうずめるようにして、ドア脇のレバーを引いた。バケットシートは水平近くまで倒れた。そして再びスーザンにむしゃぶりついた。キスしながら左右の手で確かめる彼女の脚の感触——わずかに湿った膝裏の窪みや、座席のレザーに密着して温まっている柔らかい太腿の裏——だけでも、彼を満足させるに十分だったろう。自分の下に横たわる彼女の靴のヒールがふくらはぎに食いこむ痛みだけでも、あるいはまた彼女が両肘を使って後ろに体をずらし、パンティーがはぎとりやすくなるように協力してくれるのを目にするだけでも、十分に満足だっただろう。シェパードは彼女の片脚を胸につくほど押し曲げてパンティーから引き抜くと、もう一方の脚の膝の上にパンティーを滑らせて、足首から垂らした。シェパードを焦らしながらスーザンは、シェパードのベルトのバックルを外し、彼の腰を浮かせて、とがった靴の先で一気にズボンを床まで押しやって脱がせた。そうなふうにされるだけでも、彼は十分に満足だったろう。ボクサーショーツは引っぱられながらペニスから外れ、ペニスは暖かい朝の空気の中、張りつめて反り返った。シェパードがそれを彼女の胸のほうへ近づけると、スーザンは手で包んで言った。「下になって」そして、握ったまま体を入れ替えると、自分の中に導き入れ、ゆっくりと腰を沈めた。狭い車内の中で、どちらも体が自由に使えないことによって、かえって歓びが高まった。「ああ、もう」スーザンがもどかしげにヘッドレストに手をついてバランスを取り、もう一方の手でドアハンドルを握った。ふたりともようやく体勢が落ちついた。シェパードのほうは体が次第にずれて、ほぼ斜め方向に横たわっていた。片脚はシフトレバーを越えて投げ出され、ブレーキペダルに足が当たっていた。「覚悟はいい?」と、スーザンがささやいた。シェパードは目を閉じた。彼女の動きはあまりに速く、シェパードは見るのが怖かった。それは肉体の秘術、彼女が彼の上にくりだす、ある種の魔法だった。もし目を開ければ、塩の柱に変えられてしまうかもしれない。そのまじないの力は、彼自身も知らないうちに彼の全身に裏打ちされていた柔らかい羽毛のような何かを吸いとった。彼女の動きが止まっても、シェパードは目を閉ざしたまま横たわっていた。しばらくはどうしようもなく胃が収縮していた。四肢がびりびりとしびれて、気を抜くと痙攣してしまいそうだった。そして、彼はそれを感じた。腿の上に温かいどろりとしたものが広がっていった。放出したことによって、彼はすぐまた勃起し、時を移さず再び射精した。じっと横たわり、うめきながら目を開けると、スーザンが彼を見つめていた。彼女の髪は額に貼りつき、首と胸元は輝いていた。大きな乳首はふたつとも白いブラジャーから飛び出している。スーザンはみだらな笑い声をあげると、屈みこんでシェパードのワイシャツの襟を両の拳に握りこんだ。彼女の中の彼のものが、さらにもう一度、大きくなった。

「一緒に行ったの、わかった？」とスーザンが訊いた。

シェパードは目にはいった汗を瞬きで散らした。

「きみは何者だ？」と問いたかった。

あのスーザンはどこに行った？　シェパードは崖の先の虚空を見つめながら考えた。スーザン自身もそう思わないのだろうか？　あのときもちょうどこんな車だったじゃないか。

にもかかわらず、シェパードは今一度、助手席側に回って彼女のためにドアを開けてやった。彼女のほうでは、礼すら言わなかったが。シェパードも乗りこんで、エンジンをかけた。親指の傷が痛かった。車を道路に出し、走りはじめた。ふたりの関係が変わってしまったことは、驚くにあたらない。健康と同じで、いつまでも同じ状態が続くことなどありえないのだから。しかし、ふたりの間には、完璧な取引だとシェパードには思われたものが成り立っていたはずなのだ。お互いが、互いの欲求を満たす理想の手段だったはずだ。結局のところ、マリリンには切り捨てられた。というか、少なくとも、自分にはかまわないでほしいといわんばかりの態度をとられていた。好きにしていい、でも、わからないようにやって、とマリリンは言うのだ。そういうわけで、その一九五一年の春から夏にかけて、シェパードとスーザンは車での性交を繰り返し、次第にそれは、愛の行為に近い行為であり、必要な行為だと、ふたりのどちらもが信じるものになった。だが、それは違う、とシェパードは気づいた。まったく新しく、より素晴らしいものだと。秋にはいってもまだ、ふたりは、この関係について実用主義（プラグマティズム）を貫いていた。暗黙の了解に従い、勤務時間のどこかで（回診の途中や、検査室に立ち寄った際などに）約束を交わす。そのあとはひたすら一日が終わるのを恋いこがれて待つ。彼女は彼の車の中で待っている。シェパードが運転し、そして彼らは見つける。閉店後の空っぽの駐車場を。窓のない壁に囲まれ、でこぼこの路面に水たまりができている袋小路を。緩衝用の黒いゴムが敷かれた立ち入り禁止の貨物積み降ろし場を。上部が有刺鉄線になっているフェンスを。空調の室外機やゴミ捨て場や縦樋が人目を避けて設置されるビルの裏側を。「配達専用」とか「ベルを鳴らしてください」とか書かれた通用門を。当直や急患の手術でほんとうに遅くなった夜には、ロブスター漁の罠を思わせる空の木枠が壁に沿ってうずたかく積まれた食料品店の裏手に車をとめた。エリー湖の岸沿いに点在する公園の舗装道路が途絶えて砂利道に変わるところで、けたたましく急ブレーキを踏んで、車をとめ、灯りを消すこともあった。

「わたしたちは未来永劫、ちゃんとしたベッドでできないの？」スーザンがとうとう言い出した。

シェパードにとっては残念な注文だった。数か月が過ぎていたが、まだスーザンが完全に裸になるのを見たことがなく、密かにそのままの状態が続くことを願っていたのだ。半裸の彼女のほうがより美しい。腕のないミロのヴィーナスや、頭部を欠いたサモトラケのニケのように、欠けているものの存在こそが、ある種の完全さを彼女に与えているのだ。それが事を致している最中の彼女の姿の魅力だった。そして、シェパードは勤務中にほかの医師と話しているとき、廊下を歩くスーザンのヒールの音が近づいてくると、床に目を落とし、少しずつ視線を上げていく。足首から細いふくらはぎへ。そして、スカートの裾からちらりと覗く腰頭へと。シェパードはスーザンを自分の執務室に呼び入れ、机を回ってそばに来るように言う。スカートの下の脚の間に手を入れ、太ももをなであげる。ぎゅっとつかんでも、彼女は拒まない。彼女の体から熱が立ち昇り、目が閉じかける。傾けると眠る人形のように。だが、そこで、スーザンは踏み留まる。

「ねえ、どうなの？　ベッドではできないの？」

シェパードは大胆さを増していった。

病院のハロウィンパーティーに、シェパードは女装していくことにした。すねの毛まで剃った。剃り落とされた黒っぽい毛が排水溝で絡み合っているのを見て、マリリンは笑った。「きみら女性は、よく毎日こんなことができたもんだな」シェパードは感嘆した。化粧はマリリンがしてやった。銀幕の女神のような長いまつげを授け、唇は彼のMGのように赤く、頬は酔っぱらいのように塗りたてた。ボリュームたっぷりのかつらをかぶり、マリリンが彼のサイズで見つけた最も魅惑的なドレスを身にまとった。マリリンは不思議の国のアリスの仮装をした。「わたしを飲んで」と書かれたカップを手にしたマリリンと鏡の前に並んだとき、彼女が言った。「チップが男の子でよかったわ」シェパードがなぜかと訊くと、「あなたが女の子だったら、不器量だもの」と、マリリンは答えた。シェパードは、緊張を和らげようとマティーニを二杯あおり、マリリンに運転させた。もっとも、こちらもきこしめしていたのだが。ふたりは腕を組んで、パーティー会場である、ベイヴュー病院のカフェテリアにはいっていった。シェパードはすぐにスーザンを見つけだした。男装をしている。というより、シェパードの父に扮しているようだ。口髭を貼りつけ、そっくりな黒縁の丸めがねをかけ、髪はてかてかのオールバックだ。スーザンはシェパードのところへやってきた。これもまた、大胆なことだった。となりにマリリンがいたのだから。「お嬢さん、パイプはお持ちかね?」スーザンは尋ねた。「はい」とシェパードは答えて、スカートのウエストからパイプを取って差しだした。スーザンは歯型のついたパイプの吸い口をくわえて、グルーチョ・マルクスばりの太眉を動かすと、パイプの先でシェパードの胸をこづいた。「ほら、これでぼくは、ドクター・サムだ!」マリリンは面食らい、ぞっとして夫を見た。彼は肩をすくめ、スーザンが人混みを肩で押しわけて歩いて行くのを見送った。「ぼくはドクター・サムだよ!」と名乗って、スーザンはダナ・ベイリーの尻をつまむ。シェパードはさらに飲み、客たちと歓談した。その間も常に、スーザンがどこにいるか意識していた。マリリンはシェパードとしゃべり、シェパードはほかの客たちとしゃべり、話に耳を傾けるふりをしたが、その実、何も聞いてはいなかった。彼はスーザンがレジデントのスティーヴンスンとダンスをしているのを見つけて、近づいていった。だぶだぶのズボンと腕まくりの必要なスーツの上着の上からでも、シェパードには、スーザンの少年めいた細い体の形がわかった。

「邪魔していいかね?」シェパードは訊いた。

スティーヴンスンは長身でひきしまった、肩幅の広い男だ。スーザンはシェパードの登場に、なんとなくがっかりしたような表情を見せた。だが、シェパードには遠慮するつもりはなかった。これだけ待ったのだから。

「どうぞ、彼をご自由に、先生」とスティーヴンスンは言った。

スーザンはいつのまにか首に聴診器をかけていて、シェパードをどんよりした目で見上げた。「ずいぶんでっかいお嬢さんだな」

シェパードの一物はいきり立っていた。パンティーストッキングをはいてきてよかったと、彼は神に感謝した。

ようか？」

「どうしました？」スーザンが言った。「直腸の具合が悪いですか？　直腸ヘルニアの検査をしましょうか？」

スカートの内側に手を伸ばしたスーザンを、シェパードが止めた。マリリンがショックを受けた顔で、ふたりを見ているのに気づいたからだ。

「ははあ、わかった、悪いのは心臓ですな」スーザンは聴診器をシェパードの胸にあてた。冷たい円盤が素肌に触れる。「ふむふむ。心臓の鼓動が止まっているようだ」スーザンは伸び上がって耳元に口を寄せた。「血が全部、股間に行っちゃったのね」

シェパードはスーザンに体を押しつけるようにして三曲、ダンスを踊った。そのあと顔を上げて見回すと、マリリンの姿はなかった。

帰宅すると、灯りがすべて消えていた。シェパードは階段の手すりにしがみつき、反対の壁にもう一方の手をついて、なんとか昇っていった。小用のあとで鏡を見ると、げっそりした不器量な女の顔がゆらゆらしながら映っていた。外したイヤリングを洗面台の縁から落とし、もつれる足でバスルームを出たところで、客用寝室にいるマリリンを見つけた。体に何枚も巻きつけた毛布が繭のようだった。

「ついにやったわね」マリリンが言った。「ほんとうにやったのね」

「何の話だ？」

「あの女をファックしているのね？」

シェパードは声をたてて笑った。考えただけで笑いたくなった。「うーん。こっちがむこうをファックしているとは、言いにくいなあ」

「わたしがあんなふうに言ったからって」

「触れるなと言ったこと？　それともよそでやれと言ったこと？」

「まさか、ほんとうにやるとは思わなかったわ」

「ほう。お気の毒なマリリンさん、どうしますかねえ?」シェパードはふらつきながら、夫婦の寝室に歩いていった。

朝になって目を覚ますと、マリリンが自分のベッドからじっと見つめていた。二日酔いが棺桶を包む布のように彼をおおっていた。

「好きにして。ただ、わたしに見えないところでやって」

シェパードは自分の姿を眺めおろした。まだ女装したままだ。こんな恰好で、しゃんとするのは難しい。

「約束して」

だが、彼には守れる自信がなかった。

秋も深まったころ、シェパードとマリリンはレイク・ロード沿いの家を買った。二階に寝室が三つあり、ボートハウスと、網戸に囲まれたテラスと、テラスからの素晴らしい眺望がついてきた。湖の上には大きな円盤型の雲がいくつも低く浮かび、さまざまな濃さの灰色を示していた。そのどれもが雪を孕んでいた。水の在り方はどれも神秘的だ、とシェパードは思った。その様相は日々移ろい、マヤの文字のように、ひとつとして同じものはない。マリリンはこの引っ越しを喜んだ。つむじ風のような勢いで新居を整えにかかり、シェパードにはボートハウスと書斎だけをまかせると言い渡した。何かが彼女の内部で和らいだようで、ものわかりがよくなった。ある晩、ふたりはそれぞれのベッドにはいって話していた。シェパードには黒いシルエットにしか見えないマリリンが、やり直したいと告げた。そこで、シェパードは、午後うちに帰るようになった。「昼食はうちで食べるよ」と予告してあるので、キッチンのテーブルには、サンドイッチとコップに入れた牛乳が用意されている。それを横目で見て、シェパードは二階の寝室に上がっていく。寝室にシングルベッドを二台置くと決めたのは、マリリンだった。夜中にシェパードが病院への呼び出しを受けたときに、眠りを邪魔されたくないからだ。マリリンは、その自分のベッドにはいって待っている。入浴したばかりで体はまだ温く、清潔で、においがしない。白いガウンは花びらが開くようにはだけている。シェパードが服を脱いで、上着とズボンとシャツを彼女のベッドの脇の椅子にかけていく間、マリリンはじっと窓の外を見ている。シェパードが体を重ねると、マリリンは身を固くして言う。「あなた、氷のように冷たいわ」ふたりはキスをする。彼女の口、柔らかい唇、そして、その唇と彼の唇との合わさり具合は、彼女の乳首の不思議議に金属的な味わいと同様、お馴染みのものだった。シェパードにとって、マリリンとの愛の行為の筋書きはすべて体に染みこんでいた。夜、灯りをつけずに居間を歩くようなものだ。マリリンはずっと目を閉じている。挿入のときに見せるのは、決まって苦痛の表情だ。だが、果てたあとになってシェパードは不安にかられる。マリリンの顔が目の前をおおいつくすそのとき、彼女が何かこちらが落ちこむような言葉を口にしそうな気がするのだ。そのひととき、ふたりはいつも無言だった。やがてマリリンは夫の頬に口づけし、両腕で首根っこを抱きすくめる。「よかったわ」と、そこでようやくささやくのだった。シェパードはバスルームに行き、洗面台で局部をすすぐ。事が終わった後のサイズを誇らしく感じながら。服を着て、サンドイッチを食べ、牛乳を飲む。仕事にもどるため車を走らせながら、彼はパラレルワールドを去るような気がした。チップとマリリン、そして三人の生活が、自分の見た夢に過ぎないかのようだった。

シェパードはそんな午後を、スーザンとの時間と比べずにはいられなかった。スーザンの注文を尊重し、今では本物のベッドでセックスしていた。病院がインターン用に借りているアパートメントの簡素なしつらえの四寝室のどれかで。プライバシーの問題はなかった。いちどきに三人以上のインターンが泊まっていることは稀で、全室空いていることもあったし、泊まっているインターンがいても、彼らのスケジュールは簡単に調べられた。スーザンの裸身についての懸念は杞憂だった。この新しい取り決めによって何かが変わると思うなど、間違いだった。いやむしろ、時間の余裕があるのでせかせかする必要がない上に、人に見つかる不安が取り除かれたので、新たな探求が可能になった。ふたりは別々にそこに行った。スーザンも今では自分の車で通勤していた。シェパードは静まりかえったアパートを訪れると、共用の居間に立って耳を澄ませる。どれかのドアの向こうから、スーザンの息づかいが聞こえてくるまで。スーザンはすでに服を脱いで、シングルベッドに横たわっている。その顔には、シェパードを焦らせていた最初の日々に見せていた無為の表情が浮かんでいる。その表情は、あなたはわたしのものだと知っているという表明であり、また退屈の表れでもある。彼女はシェパードを見るまでに、不自然なほど時間をかける。シェパードが彼女の前に立ち、手をつかんで引っぱりあげてすわらせ、顔を向き合わせてさえ、彼を見ようとしない。シェパードは一瞬、拒否されるかもしれないという恐怖にかられる。彼がスーザンの体に触れている一方で、スーザンは無表情、無反応のまま、彼の服を脱がしていく。上着、ネクタイ、シャツ、ズボン。まるで、こうすることに決めたのは自分だと、シェパードに誇示するかのように。「どうしてこんなに遅かったの？」ある日、スーザンが訊いた。「スピード違反で停められたんだ。何とか言いつくろって切り抜けた」機嫌の直った彼女は笑みを浮かべ、キスをして、すわっているシェパードの膝の上に向かい合わせにすわって抱きついた。両脚で彼の腰を挟みこんで、彼の体を腕でよじのぼり、肩までたどりつく。スーザンはか細いが強靭だ。シェパードは髪をつかまれながら、彼女の小さな秘所に口をつける。驚かずにはいられなかった。こんなちっぽけなものが、これほどの歓びを、水と同じくらい不可欠に思われるものをもたらしてくれるとは。シェパードは彼女の体を肩からおろし、ベッドにうつぶせに寝かせる。スーザンは尻をシェパードの前に突き出し、ふりかえってこちらを見る。頬と鼻に細かく散ったそばかすが赤らんでいるのを目にすると、シェパードの一物は魔法にかかったかのように吸い寄せられる。それはとても硬くなっていて、体の殻を内側から押すくちばしのように思われるぐらいだ。彼女の腰をがっちりつかまえるとき、シェパードは、ふたりで何かを猛然と追いかけ、追い詰めようとしている、という思いに駆られる。スーザンの体を仰向けに返し、オーガズムがゆっくりと花開くのを眺めた。彼女は髪をすすぐときのようにのけぞり、閉じたまぶたのふちに涙をためる。陰唇は熱く濡れて輝き、その熱が胴体や四肢にまとわりついて広がっていく。シェパードはスーザンの頰に頰を寄せ、胸を重ねる。日に照らされて温まったプールサイドのコンクリートに、濡れた体で寝そべる子どものように。「ここは誰の部屋なのかな？」何度か同じ部屋を使ったあと、ズボンをはいてベッド脇の椅子にすわっているシェパードが訊いた。スーザンがドレッサーにあった男物のコロンを取って開けるのを見たからだ。

素肌にシェパードのワイシャツをはおっているスーザンは、コロンの香りをかぐと、指に一滴落として、左右の耳の後ろにつけた。「ロバートの」と答えて、コロンの栓を閉め、丁寧に置き直した。

「ドクター・スティーヴンスンの部屋よ」

「まだ一人前の医者にはなってないぞ」

「でも、なるでしょ」

「そりゃあ、なるだろうが」

「あの人、わたしを愛しているのよ」

シェパードは片眉を上げげた。

「わたしも、彼を愛していると思うわ」

「つきあっているとは知らなかったな」

「わたしのことなんか、何も知らないじゃない」

そんなことはない。話だってするし。今も話をしているじゃないか。「知る必要のあることは知っていると思うけどな」

「じゃ、あなたのお父さんが、わたしをクビにしようとしているの、知ってた？」

シェパードは面食らって身を乗り出し、膝の上で手を組み合わせた。「何だって？」

「そうね、クビというのは正しくないかな。配置換えね。ダウンタウンのアームストロング研究所への異動が決まったの」

「どういう理由で？」

「仕事の妨げになるからよ」

「誰にとって？」

「あなたにとってよ。決まってるでしょ」

スーザンは話しつづけたが、シェパードは服を着るのももどかしく、聞いてはいなかった。病院にもどると、シェパードは院長室にノックもせずに踏みこんだ。だが、父はすわったまま顔も上げず書類仕事を続けた。彼は何もかも束にして積んでおくのが癖で、どこに何があるかは、本人にしかわからない。そのシステムはまるで一種の暗号体系で、秘書は頭が変になりそうなほど悩んでいる。積み上がった紙類の束は壁となって、キャビネットからデスク一帯を取り囲む。彼はまるで城壁に守られた老王だ。その身に危害が及ぶことは決してない。

「すわりなさい」ようやく父は言った。

シェパードは立っていたかった——両手をポケットに突っこんだまま。だが、ペンを走らせながらの父の言葉に、命令の響きを聞き取った。どれだけ腹を立てていようとも、逆らうことができなかった。デスクに向かいあって置かれた椅子のひとつに腰かけた。

「おまえがやってきた理由はわかっている」父はペンを置いた。もみあげも口髭も同じ灰色で、融けかけた雪のような同じ色合いだ。メガネをかけているのに、相手の顔を見るときに目を狭める癖があり、そのために頭をそらすので、いつも不機嫌そうに見える。「ミス・ヘイズのことで話があるんだろう」

「そうです」

「聞こうじゃないか。だが、何か言う前に考えてみるといい。言うべきことがほんとうにあるのかどうか」

「はい」

「というのは、もし彼女をここに残したいと言いに来たのなら、その主張に理屈のつけようがあるとは、わたしには思えんからだ。ここが病院だからというだけじゃない。おまえは、妻も子もある立場だろうが」

「それがどうだというんですか？」

「一部の職員が噂している。おまえのふるまいに眉をひそめている」

「わたしが仕事をおろそかにしているとと言いたいんですか？」

父は黙っている。

「どうなんですか？」

「わたしの言っているのは、それだけではない」

「わたしがそんなことで、集中力を欠いて、仕事に支障をきたすような人間だと思ってるんですか？」

父は椅子の背にもたれた。「サム、おまえはあの女と恋愛関係にあるのか？」

「恋愛とは思っていません」

「それじゃ、何だ？」

シェパードはちょっと考えた。「わたしたちの間には相互理解がある」

「それはどういう意味だ？」

シェパードは肩をすくめた。「親友同士だということです」

「ほんとうかね?」

「ええ、まあ」

「マリリンは、その関係について知っているのか?」

「知っていますよ」

父は首をふった。「大概の人間は信じない。信じたとしても、良しとする者はいないだろう」

「ほかの人にどう思われようが、かまいません」

「そうか?」

「はい」

父は目の前の書類の束を手にとり、揃えて置き直した。そして、その上で手を腕組みをした。眼鏡が光を受けて、ぎらりと輝いた。「では、今後は一人でやっていくんだな」

シェパードは一瞬、絶句した。「どういうことですか?」

「おまえとのパートナーシップをお終いにするということだ」父は言った。「わたしの言ったことは聞こえたな。人にどう思われようがかまわないような者と、一緒に働くことはできない」シェパードが言い返そうとすると、父は顔の前で払いのける仕草をした。「マリリンと離婚したいなら、するがいい。チップは母親のもとに残せ。おまえはカリフォルニアにもどるがいい。前にそうしたいと言っていただろう。かまわんさ。おまえはもう、わたしの病院の一員ではない。一族と病院の名誉を傷つけることは許さん。おまえがこの屋根の下で働いている限り、そんな行ないを見逃すわけにはいかん。わかったか? そういう生き方がしたければ、どこへでも行け。だが、マリリンと別れるなら、その前にこの病院から出て行け」

「わたしは、そんなつもりで——」

「何だ?」

シェパードは黙った。

「どうした？　そんなつもりでしたんじゃない、か？　やりたい放題やるが、報いは受けたくない。関係は続けたいが、ここに居たい、というのだろう。この家族の、おまえの家族の一員のままでいながら、馬鹿な遊びは続けたい。だが、自分がそうやって、何でもかんでも欲しがっていることを認める気はないわけだ。サム、おまえのことはどうもよくわからん。昔からそうだった。強迫的というのか、おまえは自分を抑えることができない」

「診断を下すのは、やめてください」

「医師としては優秀だが、人間としては最低だ」

「もう十分です」

「もし結婚が病んでいるのなら、治療の方法を見つけろ」

「わたしの結婚生活に口出しするな！」

シェパードは両手を父のデスクにどんとつき、身を乗り出して父と相対していたが、過去にもいつもそうだったように、父は救いがたい清廉さと、諦めと、謹厳さによって、どんな情熱も萎えさせてしまうのだった。シェパードの興奮は収まった。

「もういいな、サム」父が言った。

シェパードは目をこすった。そして椅子にかけ、腕組みし、足を組んだ。「すみませんでした」

ふたりはすわって向き合いながら、窓の外に目をやった。湖は一見、海原のように広く見えるが、海と同じ畏怖をかきたてはしなかった。

ようやく父が口を開いた。「なあ。わしも年を取ってきて、罪というものについての考え方が変わったよ。昔は、罪というものは人間がすること、行為だと思っていた。だが、今ではそうは思わない」

シェパードに興味があろうがあるまいが、父は聞かせる気だ。

「罪とは、人間が無視しているものだ」

シェパードはまだ、自分自身が父に対して取った態度に動揺していて、口がきけなかった。

「人は自分がしていることの是非を知っているからだ」父はメガネを外して、白衣の裾で拭いた。

「人がすることは、すべてそれに対する反応だ。知っているということに対する反応だ。知っていてやるのか、やらないのか」そして、レンズを光にかざし、かけなおした。「さあ、決めなさい」

「何をですか？」

「この病院に残るかどうか」

「出ていくなんて、ありえません」シェパードは、それが動かしがたい事実であることに驚きながら答えた。

「よろしい」父は言った。「では、仕事にもどらせてもらうよ。帰るまでに終わらせたいのでな」

三月、スーザンは黙ってベイヴュー病院を去り、新しい職に就いた。五月、彼女とドクター・スティーヴンスンは、彼の専門医学実習（レジデンシー）のためにミネソタ州に移った。スーザンが去る前に、シェパードが彼女に会うことはなかった。言葉もかけなかった。そうする必要がないかのようだった。もっとも病理検査室の前を通りかかると、習慣から、ちらりと中を覗いたが。スーザンがいない世界が、感情や満足感に欠けているというわけではなかった。ただ、わくわくする気持ちには欠けていた。ある夜、夕食時に、マリリンがだしぬけに言った。「スーザン・ヘイズとロバート・スティーヴンスンが婚約したそうよ」シェパードはナイフとフォークを構えた手を空中で止め、皿の上のミートローフをじっと見つめた。「そりゃ、めでたいね」と彼は言い、ミートローフにナイフを入れた。

五月と六月はとんでもなく忙しかった。夏が訪れるや、時の経つ速さは驚くばかりだった。チップの体の形だけが、時を捉えて表現しているように思われた。いつのまに、こんな男の子らしい顔つきになったのだろうか？　シェパードには一時間以上、チップとともに過ごした記憶がなかった。テラスでチップが塗り絵をしているのを見つけると、かがみこんで掌を彼の頬にあて、キスをする。だが、チップは父親を押しやって、母親を呼ぶか、ただひと言「やめて」と言い、塗り絵帳やクレヨンをまとめて立ち去るかするのが常だった。夕方、病院で仕事をしているとき、うちに飛んで帰ってチップを抱きあげたいと思うこともあった。だが、彼はそうしなかった。今でも、ランチを食べにうちに帰っていたが、キッチンでひとりで食べることが多かった。マリリンが抜いた浴槽の水が排出される音や、彼女が廊下を歩く足音が二階から聞こえたが、彼女を見るのがなんだか怖かった。八月のある日の午前中、いつもより早い時間に帰宅すると、マリリンは入浴を終えたばかりだった。シェパードはその気になって、マリリンを寝室に導いた。彼は服を脱いで彼女の隣に横たわった。「ペッサリーがはいっていないわ」とマリリンが言った。彼は洗面所の戸棚に取りに行った。彼らの寝室は温かく、光にあふれていた。風が湖に波をたて、その波が浜に打ち寄せる音が聞こえた。シェパードはベッドにすわって、ペッサリーのゴムのカップに殺精子ゼリーをたっぷり塗った。マリリンは彼の体の下に、ガウンの前を開いて横たわっていた。シェパードはペッサリーを挿入し、子宮口にあてた。彼はむきだしの体を見下ろした。マリリンの黒い陰毛にゼリーのしずくがついていた（マリリンも気づいて、指先でぬぐいとった）。シェパードは、もはや自分自身から隠しておけなくなった、あることを悟った。それが顔に出てマリリンに悟られることを恐れて、彼は窓の外に目をそらした。その、あることとは、自分がマリリンにまったく欲情を感じていない、ということだった。妻の傍らにすわるシェパードのペニスは死んでいるかのようだった。もしこれが、やがて過ぎ去っていくこの夏のように、結婚生活の一季節に過ぎないならば、どうしてこんなに、圧倒されるほど淋しいのだろう。それでも、父の言うことが正しくて、人は皆知っ﹅て﹅いるのだとしたら、これが自分たちふたりの結末であるということ、ふたりの間にあったものが何であれ、永遠に消えてしまったということに、どうして確信がもてないのだろう。「気にしないで」と彼女は言い、彼の腕をなでた。「今日でなくてもいいんだから」彼は彼女の隣に横たわり、網戸にあたる葉っぱの音に耳を傾けた。そして、泣いている彼女の頭に手をあて、こめかみとこめかみをくっつけて、彼女を抱いた。女きょうだいを抱くように。


「だが、スーザンはその秋、もどってきたのだろう？」メビウスが言った。

「そうだ」シェパードが答えた。

「ひとりで？」

「婚約者と。ドクター・スティーヴンスンと」

「あんたたちは関係を再開したのかい？」

「ああ」

「やめたところから続きを始めた、というわけかな？」

「厳密には違う」

「どう違っていた？」

「前ほど頻繁には会わなかった」

「どうして？」

「彼女は前ほど自由ではなかった。それにたぶん、前よりためらいが強かった」

「どうしてだと思う？」

「今度は彼女に失うものがあったから」

「だが、失うものがあるというのは、ふたりともそうだったろう？」

「言葉で言うのは難しいな」

「あんたのほうは、マリリンが寛容だったということだろう」

「寛容というよりは、諦めていた」

「あんたたちは『申し合わせ』をしていたから」

「わたしのある種のニーズに応えられないことを、マリリンは自覚していた」

「だが、あんたに離婚をほのめかすことは決してしなかったんだね？」

シェパードは肩をすくめた。「真剣な調子で言うことはなかった」

「スーザンは？」

シェパードは答えなかった。

「彼女は、離婚してくれと言わなかったのか？」

「言ったよ」

「あんたは、離婚を考えてみると言ったことがあるのか？」

「あるさ。だが、スーザンには親父のことも話した。そういったことがあると、一族が世間にどういう目で見られるかについて」

「それに対する彼女の反応は？」

「わたしにはもう会いたくないと言った」

「つまり彼女は、あんたとの関係を終わらせたんだな」

「彼女はそうしようと努力した」

「どういう意味だ？」

「数週間は言葉を交わさずに過ごしたかもしれない。だが、しばらくすると、わたしが電話し、彼女と再び会うようになった」

「あんたたちは愛し合っていた、というように聞こえるぜ」

「どうとでも思うがいいさ」

「ドク――」

「刑事だ」

「あんた自身の声に耳を傾けろ」

シェパードはパイプに煙草を足し、火をつけた。

「あんたが言うことの大部分は、常識に照らせば吹っ飛ぶぜ」

「何についての話だ」

「あんたの結婚生活」

シェパードは独房に向かって煙を吐いた。

「どんな結婚生活にせよ、常識で割り切れることがあるかね？」

「普通は自分のパートナーを人と分かち合う気にはなれないものだ」

「わたしはきみの意見に反対しているわけではない」

「人はその種の不幸に耐えられない」

「そここそ、きみが間違っていると、わたしが思うところだ」

「そうか？　スーザンを見ろ。スーザンは婚約者と別れたじゃないか」

「その決断を下したのは相手のほうだ」

「しかし、それは単にたまたま起こったことなのか？」

「きみが何を言いたいのか、わからない」

「説明として、都合よすぎないか？」

「わたしはきみがほのめかしていることには同意しない」

「いいかげんにしろよ、ドクター」

「刑事だ」

「事実を述べろ。スーザン・ヘイズはミネソタからクリーヴランドにもどってきて、あんたたちは、時を移さず、関係を再開した。一年後、彼女と婚約者は婚約を解消した。そうだな？」

「そうだ」

「あの二月――マリリンが殺害される四か月前の二月に、スーザンはカリフォルニアに移っている。あんたがいつも住みたいと思っていたところだ。教えてくれ。このとき、スーザンが発つ前に会ったのか？」

「ああ」

「彼女を気持ちよく送り出したのか？　惜別の意と前途を祝福する気持ちをこめて」

「そうだ」

「そして、あんたたちは計画を立てたのだろう。再び会う計画を」

「ああ、次の月にな」

「翌月、ロサンジェルスで、手術のトレーニングを受ける手配をしたのだな。だが、そうでなくてもどこかで会っていただろうな」

「そうだろうな」

「彼女が発つ前に、何か贈り物をしたか？」

「スエードジャケットを贈り――」

「彼女を温かく保つものだな」

「それから、シグネットリング*をやった」

＊指輪の上面の石や金属に、デザインや文字を彫り込んだもので、高校、大学などの卒業記念につくられることも多い。

「将来を約束するものだな」

「きみの解釈はすべて間違っている」

「あんたはカリフォルニアに着くやいなや、奥さんを五百キロ離れたビッグサーのジョー・チャップマンのところに送った。そして、すぐにスーザンに会いに行ったのかね？」

「そうだ」

「その夜、あんたは親友のドクター・ミラーの家にスーザンを連れていき、自分と一緒に泊まらせた。ドクター・ミラーの家ではパーティーがあり、マリリンを知っている人たちが集まっていたというのに」

「わたしが妻を殺そうと計画していたなら、そんな破廉恥なことをするだろうか？」

「あんたがそのとき、彼女を殺す計画をもっていたとは言っていない。おれが言っているのは、あんたはもう、どうでもよくなっていたということだ。破廉恥なことだからこそ、したんだろうと言っているのだ。あんたはマリリンにばれることを望んでいた。そうなれば、彼女にとっての選択肢が、離婚を要求することだけになるからだ」

「それも間違っている」

「マリリンが離婚を要求したら、あんたの親父さんはなんと言っただろうか？」

「そんなことは考えたこともなかった」

「あんたの中の超人(ユーベルメンシュ)はどこにいる？　あんたの気骨はどこにある？　あんたは親に楯突くことができないのか？」

　シェパードはくすくす笑った。

「二日後、あんたとスーザンはロサンジェルスのホテルに移った。あんたは昼間、研修を受け、夜は彼女と過ごした。ふたりで休暇を過ごしているかのように。夫婦気取りで――

外からどのように見えようが、きみは間違っている」

「そして、その週末には彼女を連れて、結婚式に出さえした。将来に備えた予行演習だったのかね？」

「スーザンとわたしはそのあと関係に終止符を打った。帰り道のドライブの途中で」

「そんなに簡単に？」

「いや。あることが起こったのだ」

「何が？」

「おぞましい出来事だ」

「教えてくれ、ドクター・サム。あんたたちの関係が終わっていたなら、マリリンが殺害されたあと、スーザンのことを刑事たちに話さなかったのはなぜだ？　マリリンが殺されたわずか数日後、スーザン・ヘイズと関係があったかと、ずばりと訊かれたとき、あんたは嘘をついた。ただの友だちだと言った。そのときだけでなく、陪審の審問でも嘘をついた。関係が終わっていたなら、なぜ、そんな嘘をつく必要があったのだ？」

「嘘をついたのは、関連性のないことだったからだ。終わっていたからだ」

「では、スーザンが嘘をついたのはなぜだ？　ロサンジェルス地方検事の尋問に対して、彼女はあんたと一度も関係をもったことがないと答えた」

「わたしには、彼女が何を言うかコントロールする力はなかった」

「彼女は、嘘をつくことによって失うものばかりだった。だが、おれもあんたも、彼女がなぜ嘘をついたか知っている。そうだろう？」

シェパードは腕時計を外し、ネジを巻いた。

「彼女は将来のことを考えていたんだ。そうだろう？」

「わたしにはわからないことだ」

「彼女こそ、あんたの動機だ。あんたたちはロサンジェルスで関係を絶つことに同意した。計画的に見えないように」

「わたしたちの関係はすっぱり終わったんだ。あのドライブで」

メビウスは首をふった。

「そういう情事を続けるには、深くかかわる覚悟がいる。ひと晩では終わるものじゃない」

「わたしは覚悟の話をしているんじゃない」シェパードは言った。「愛の話をしているんだ」


その夏、ドクター・スティーヴンスンから贈られた指輪をはめたスーザンが、クリーヴランドに――ベイヴィレッジにもどってからわずか数日後、彼女とシェパードがエイヴォンのモーテルで会ってからわずか数分後、彼らがセックスをしてからわずか数秒後に、シェパードは思わず叫んだ。「きみを愛している」と。

そして、彼はそれが真実でないことを知っていた。それは愛の不在を隠すベールに過ぎない発言だった。ソナーのように、返ってくるこだまを受けとるための叫びだった。しかし彼は、その言葉を口にしてすぐ、自制心を失った自分に腹を立てる一方で、そうなった理由を少しは理解していた。

一年以上もの間、シェパードとマリリンはほぼ清い仲だった。一年のうち、数夜の酔っ払った夜――シェパードとマリリンがアハーン一家やホーク一家、あるいは彼の兄たちとその家族らと夜更かしをした夜だけが例外だった。そういう夜、シェパードはマリリンが何杯酒を飲むか数え、砂時計の砂が落ちるように、それらのグラスが空になっていくのを眺めた。やがて、マリリンは彼の腕につかまり、部屋がぐるぐる回っていると告げるのだった。「うちに連れて帰って」と彼女は言う。シェパードは、ほかの人たちに挨拶をして、彼女を車に押しこみ、自分たちの家まで運んで、引っぱり出した。そして、ベビーシッターがチップについて報告している間、マリリンが彼女にほほえみかけながらも、実は何も聞こえておらず、何も言わず、目を赤くして、もう少しで瞼が閉じそうになりながら立っているのを眺めた。シェパードがベビーシッターに金を払い、見送っている間に、マリリンはよろめきながら二階に上がっていく。シェパードは冷蔵庫の脇で、制酸剤の発泡錠を水に溶かして飲む。タイミングを計って彼女のベッドの脇に立ち、自分の服を脱ぎながら、子どもの服を脱がせるように、彼女の服を脱がせた。彼女は時により嬉しげに、あるいは怒って、抗議のつぶやきを発した。そして、ようやく、彼は彼女にのしかかり、情熱をこめてキスをし、彼女の手を導いてペニスにさわらせた。彼女は朦朧としたまま、それをなでさすった。シェパードはマリリンの脚の間に顔を埋め、いくぶんスーザンの味に似たものを味わった。マリリンは一時的にはっきりと覚醒し、彼の腰にすわって、せっせと腰を動かした。シェパードは想像力を鮮明さの極限に至るまで酷使して、一秒間だけ、スーザンを幻出させた。それから彼はマリリンの腰をもちあげ、下半身を引きはがしてから果てた。ペッサリーがはいっていないからだ。そのあと、シェパードはマリリンの体に上掛けを引き上げ、自分のベッドにもぐりこんだ。自分自身に対してひどいショックを感じ、いつまでも眠れなかった。

「ああ、サム。わたしもあなたを愛してるわ」とスーザンはシェパードの言葉に応えて言った。

けれどもふたりの逢引きの頻度は以前より減った。週に一度ぐらいだった。ときには、言葉を交わすことなく、三週間が過ぎることもあった。物理的な条件も理由の一部だった。スーザンはロバート・スティーヴンスンと一緒に住んでいた。だが、ほかの理由もあった。スーザンは変化した。この地を離れていた間に、体重が増えていた――おそらく七キロぐらい。そのおかげで美人度は増した。もはや、あばら骨は見えなかった。腰の幅がわずかに広くなった。「向こうの食べ物のせいよ」とスーザンは言った。「肉とチーズばかりなの」そしてまた、彼女は喫煙するようにもなっていた。銘柄は、マリリンと同じ、フィルターつき紙巻き煙草のチェスターフィールド。だが、シェパードにとって、スーザンが煙草を吸うのを眺めるのは、妻がそうするのを眺めるほど楽しくなかった。スーザンは吸ったかと思うと、ほとんど時を移さず吐き出す。喫煙を楽しんでいる感じがしない。おそらく映画スターの仕種の真似だろう。一方、マリリンの場合、喫煙は今も昔も、彼女がするもっとも官能的な行為だ――シェパードが、うまくその場面に居合わせることができさえすれば。

「なあに?」スーザンがシェパードに尋ねた。彼らはモーテルのベッドに横たわっていた(すでに九月になっている)。彼女は上掛けで体をおおい、腹の上に灰皿を載せていた。シェパードは彼女が紙巻き煙草を半分残してもみ消すのを眺めた。

「何でもない」と彼は言った。

スーザンは灰皿をベッドサイドテーブルに移し、上掛けをはねあげて起きた。そしてシェパードに背中を向けて、パンティーとブラをつけた。「こういうの、もうやめないといけないと思うわ」と彼女は言った。スカートを見つけると、シーツを扱うように二回ふり、足を入れた。

「わかった」

「わたしに電話をするのをやめて。約束してほしいの」シェパードが黙っていると、ぐるっと回って、彼のほうを向いた。「約束してほしいと言ったのよ」

「約束する」と彼は言った。

一週間後、シェパードはスーザンに電話した。電話をとった彼女が黙っていることに、彼女が容易に屈したことに、彼は奇妙な喜びを覚えた。「一時間後、パーキンズモーテルに行く。きみが来なくとも、そういうこともあると、ぼくは理解する」シェパードはモーテルの部屋で待った。灯りもラジオもつけず、スーツ姿のまま横になり、頭の後ろで手を組んで、スーザンはあとどのくらいで来るだろうかと考えた。スーザンがそっとドアをノックすると、彼は彼女を中に入れ、ベッドに腰を下ろした。彼女はベッドのそばに立っていた。それから、彼は彼女をベッドに引きこみ、隣に寝かせた。彼女は最初のうちは、諦めたように、彼のキスを受けた——頰に、唇のすみに、口に。ほどなく、ふたりはいつもの場所にもどっていた……。

彼女にとって、失うものがはるかに多くなったことに、シェパードは思いを致した。

スーザンは鏡のついたタンスの前に立って、イヤリングをつけた。つけ終わると、タンスの上面に手を置いて、鏡に映った彼を見た。「サム。お願いがあるの」

彼は思わず腕を組んで頰をゆるめた。

「とても大事なお願い」

「言ってごらん」

「きっぱり別れてほしいの」彼女は泣きそうだった。「わたしから遠く離れていて。二度とそばに来ないで」彼女は両手の中指で、目を拭った。右、左。「わたしたちの間には、もう何も起こらない。だから、お願い。さようなら……お幸せにね。もう話はしないで、目の前からいなくなって」

「今すぐにかい？」

「ええ」

「何も訊かないで」

「ええ」

「そんなの無理だ」

「どうして」

「きみはわかっていると思う」

「なら、言って」

「きみから言えよ」

「わたしはボブを愛しているの」

彼はスーザンの背後で、勢いよく立ち上がり、鏡の中の彼女を見つめた。「ボブを愛していて、どうしてぼくとここにいられるんだ?」

「あなたこそ、奥さんを愛していて、どうしてわたしとここにいられるの?」

「きみがボブを愛する愛しかたと、ぼくが妻を愛する愛しかたが同じだからだろう」

だが、車を運転して病院にもどる道すがら、彼はそう言ったことを後悔した――弱い男のセリフだった。単なる政略的なセリフ。いや、もっと悪い。あれは嘘だから。スーザンとシェパードは話しているうちに、言い争いになることが多くなっていた。だから、スーザンの前で、自分の結婚生活については話したくなかった。彼のマリリンへの愛は神聖不可侵であるべきだ。だが、そもそも自分に愛について語る資格があるのか、と彼は自問した。

シェパードは、秋の日曜の午後、ボートの整備をしたり、ボートハウスにおりていく階段を修理したり、ボートハウスの鼻隠し板にペンキを塗ったりするのが大好きだった。そういう作業が好きなのは、切れ目なく続く病院の仕事、数限りなくやってきて、何度でももどってくる病人やけが人の相手とは違い、仕上げることができるからだった。それに作業を終えたあと、午後にビールを飲み、ほぼ邪魔される心配なく、のんびりして、インディアンズやブラウンズの試合のラジオ放送を聞くともなく聞きながら、デイベッドでまどろむことができる。それは子どもの頃、よく連れていってもらった自動車旅行で両親の会話を聞きながら眠りこんだのと同じくらい心地よい。十月には、水に落ちる木の葉はからからに乾いてまくれ上がっている。カブトムシの死骸の外骨格のように、硬くて脆い。強風が枝をたわませると、黒い葉がぼろぼろになって輝く水の上に落ちる。庭にはトチの実や小枝やドングリが敷き詰められている。草はずっと前から伸びるのをやめている。彼がテラスのロッキングチェアにすわり、まどろみかけたとき、マリリンが現れた。厚地のスクールセーターとジーンズという服装のマリリンは、網戸にもたれ、彼と向かい合った。

「きょう、スーザン・ヘイズを見たわ」長い沈黙のあと、彼女が言った。

いまや、はっきりと目を覚ましたシェパードは、ビールをひと口飲んだ。

「スーパーマーケットでお互いに気づいたの。わたしに向かって、こんにちは、だなんて……それで気持ちが悪くなってしまった。ほんとうよ。なんだって話しかけたりするのかしら？」

彼はビール瓶を床に置き、腹の上で手を重ね合せて、ロッキングチェアを揺らした。

「あの人がもどったこと、言わなかったわね？」マリリンが言った。

「言わなきゃいけなかったかい？」

「あなた、あの女と会っているの？」マリリンは言った。「いいえ、言わないで。煙草を一本、吸わなきゃ」

マリリンは足音荒く居間を通り抜け、キッチンにはいって、パンの収納容器の後ろや、銀のゴブレットの中、陶製の水差しの中など、以前の隠し場所を調べた。ガラス器が割れた。それから彼は、自分の書斎の医学書が彼女に引き出される音を聞いた。あとで、拾い集めなくてはならないだろう。

シェパードは目を閉じ、それからドアの方を向いた。「ボウリングのトロフィーの後ろにあるよ」

ガラスの灰皿を手に、マリリンがテラスにもどってきて、紙巻き煙草を長く吸った。まるで彼女の体がガラス瓶で、それが安堵感で満たされるのが目に見えるかのようだった。

「こういう感じなの？」とマリリンが言った。

「どういう感じ？」

マリリンは紙巻き煙草を示した。「煙草みたいなものかしら、あなたのニーズは？　わたしも煙草が吸いたいわけじゃないから。ううん、それは不正確ね。わたしがいやなのは、あとで、自分の弱さを感じること。負け犬だと感じるのがいやなの」マリリンはちょっと間を置いた。「ねえ、あなたもそんな感じかしら？」

「そうとは言えないな」

「だったら、説明してちょうだい」

シェパードはちょっと考えた。「説明しなくてはならないという事実自体が、十分な説明なんじゃないか」

マリリンは首をふった。「わたし以上にあなたを知っている人はいないわ」と彼女は言った。「あなたが何をしようと」

「それはわかっているよ」

「誰もあなたに与えないでしょうね、こういう種類の……余地を」

彼はロッキングチェアを揺すりつづけた。

「何か言うことはないの？」

「その質問は、ぼくらの申し合わせに反しているんじゃないか？」

マリリンの顔が暗くなった。彼女は彼の顔めがけて灰皿を投げつけた。それは椅子の背の、彼の左耳の横の部分にあたり、砕けた——電球が破裂するような音がした。破片が彼の頬をかすめて飛び散った。顔に触れた指先を見ると、血まみれだった。

シェパードがその指先から目を上げる前に、マリリンはドアの外に出ていた。彼女が車のエンジンをかける音、そしてタイヤのこすれる音がした。彼はさらに長い間、椅子を揺らしてすわっていた。

彼は血が固まるのを感じようとした——傷口に炎症を起こす新しい血の熱、傷の下に煉瓦のような層をつくる白血球と血小板の殺到、糊のように数分のうちに乾き、すでにかさぶたをつくっている血。あとで、コーキーがテラスにやってきたとき、彼は指を舐めさせた。舐め終えると、コーキーは彼の脚元にどさっと横たわり、大きな息をついた。

もし人生が常にこんなふうなら、もし人生が常にこんなに静かなら、今頃自分はノイズにあこがれながら、ここにすわっているかもしれない、と彼は思った。

マリリンはきっともどってくる、と思うことにした。以前なら思い惑っただろう。心配したり、希望を抱いたりしただろう。コツはもちろん、早晩、事態は自然に正される、ということを理解することだ。決断が強いられて、あるいは、ようやく下されて。

結婚とは、長い待ち時間のことだ。

十一月下旬のある夜、スーザンが彼の自宅に電話してきた。マリリンは二階でチップを入浴させていた。彼が電話に出たのはたまたまだった。「どうしてもあなたに会いたいの」スーザンが言った。ひどく動揺している声だった。どこでピックアップしようかと尋ねると、彼女は両親のアパートメントに来てくれと言った。彼にそのことの意味がわかったのは、病院から緊急呼び出しがかかったとマリリンに言って、車に乗りこんでからだった。外は雨が降っていた。晩秋によくあるひどい嵐だった。とても寒かったので、雨はほとんどみぞれに近かった。風が吹きつけた葉っぱがワイパーブレードにたまり、ヒトデのようにフロントガラスに貼りついた。その建物の敷地に車を入れると、ヘッドライトの光の中にスーザンが現れた。彼女はずっと外で待ち、ずぶ濡れになっていた。彼女が乗りこむと、車内が寒くなったように感じられた。彼女はすすり泣いていた。

シェパードは車を走らせた。遠くまで行く必要はなかったけれども。このような夜には、誰も窓の外を見はしない。まして、彼の車を覗きこみはしない。彼は横丁に車をとめた。そこはプライベートな空間も同然だった。

「ボブとわたしは――わたしたちは……」スーザンはまたしゃくりあげた。「結婚しないの」彼女は両目を腕にあて、それから彼を見た。泣いていてさえ、彼女は美しく見えた。「彼、心の準備ができていないって言うの」彼女は笑いだした。「そんな言い分がわたしにはどんなに滑稽に響くか、あなたにはわかるわよね」

シェパードは手を差し伸べた。

「わたしは結婚していたいの。でも、恋もしていたい」スーザンはシェパードの手をとって、すがるような目で彼を見た。「あなたは恋をしていたい？」

「ああ」とシェパードは答えた。

スーザンは彼を引き寄せ、キスをした。彼の顔はひんやりしていた。「どうしてもあなたに会いたかったの」スーザンはささやいた。「ボブが行ってしまったとき、あなたに会いたくてたまらなかったの。彼がいなくなったことで、何かが変わるかどうか知りたくて」彼女はシェパードにキスをした。彼はキスを返した。スーザンに対する彼の欲情は、無限に続く、説明のつかないものだった。スーザンは彼の脚の間に手をあてた。「そして、何も変わっていないことがわかったわ」

「ああ、そうだね」

「あなたにとっては、どう？　そのことで、何かが変わった？」

「いいや」と彼は言った。変わるわけがないじゃないか、と思った。

スーザンはすでに、彼のベルトのバックルを外していた。「ほらね」彼女は彼にキスをして言った。「わたしたちはいつもこんな風。あなたとわたしは」彼は腰を浮かし、彼女が彼のズボンをおろした。「わたしたち、ずっとこんな風でいることもできるわね」

「ああ」

「あなたはそうしたい？」

「ああ」

「わたしは怖くないわ。こういう種類の喜びを得ることが」

喜び？　スーザンがその言葉が使ったのが、シェパードにはとても奇妙な感じがした。彼女と一緒の時間が喜びに満ちているとは、一度も思ったことがなかったから。彼らがともにしているのは、自分たちがつくり、肯定する特別な種類の自由、ある種の肉体的正直さで、それは制約や「言葉、言葉、言葉」*を欠いているがゆえの恍惚感と結びついている。彼はスーザンの率直さ、彼を得るのに邪魔になるものをなぎ倒していく彼女の流儀に、称賛の思いを抱いたのだった。今でも、彼に快感を味わわせることで彼女が得る快楽は、気前の良さという形をとる。ちょうど、マリリンとテニスをすると、どういうわけか、自分がいつもよりうまくプレイできるのと同じように。だが、喜びというのはどうだろう？　シェパードは喜びを、妻のマリリンのためにとっておく。妻と自分の間に起こっていることが――あるいは起こっていないことが――何であれ。喜びは、彼女の領域だ。喜びとは、マリリンに初めてキスをしたときのことだ。彼は十四歳で、彼女のおじのバッドの書斎にふたりきりでいて、大人たちがいつもどってくるかわからない場所で、そういう場所にふさわしくひっそりとキスをした。喜びは、彼が彼女の背中のくぼみを押すと、ようやく彼女が彼の胸に飛びこんできたことだ。彼女の顔は紅潮し、唇は熱かった（誰にとっても、この女にキスするために生まれてきた、と信じられる相手が存在するのではないだろうか）。喜びとは、ハリウッドでマリリンと一緒に映画を観たときのことだ。彼は医学生で、ひと月に一日だけ、遠出ができる貴重な日だった。ビーチに行く計画だったが、雨が降りはじめた。喜びは、涼しい映画館で、彼女と並んですわり、彼女の腕と脚が自分のそれにぴったりとくっついているのを感じ、その接触そのものが秘密であるかのようなときめきを覚えること。彼女は白いショーツをはいていて、水着が覗いていた。白いブラウスの下の肌は日焼けしていた。映画は『疑惑の影』。喜びは、クレジットが流れる間に、彼女がこの映画の意味を説明してくれるのに耳を傾けることだった。監督がジョセフ・コットンのキャラクターを吸血鬼のように描いているとい

＊シェイクスピア『ハムレット』からの引用

うこと。「ねえ、気がついた？　彼は日の光を避けて、昼間眠っていたでしょう？」喜びは、彼女の頭の働きをなぞっていくこと。「きみはテレサ・ライトに似てるね」とシェパードは言ったことがある。「ほんとうに似ている。同じくらい美しいよ」照明がついて、係員が通路のごみを拾いはじめてからも、ふたりは長い間、席にすわっていた。喜びは、あとで彼女に「きみと一緒にいると、退屈することがない」と言ったことだ。喜びは、レジデントだった時期に、チップを自分自身でとりあげたことだ。お産に立ち会うように、産科医が誘ってくれたのだ。マリリンは十六時間の陣痛に耐えた。何か母と同じように、出産で死ぬのではないかというマリリンの不安は、破水するとともに消えた。何か月も彼女が抱えてきた恐れは、赤ちゃんを外に出そうという、スポーツウーマンにふさわしい決意に取って代わられた。この分娩には鉗子が必要だった。産科医が指示する引っぱり方はとても強いもので、シェパードはそんなに思いきって引っぱって大丈夫なのかとショックを受けた。子どもは漆喰の中のネジのように動かなかったが、やがて、産道の柔軟性が増してくるのが感じられた。「きみのもっているすべてをぼくにくれるつもりで、思いっきり押し出して」とマリリンに言った。そして、喜びは、チップがふいに、彼女の体からするりと出たことだ。シェパードは茫然としてチップを見るばかりだった。彼の両手の上で、新生児のチップの腕は肘で自由に曲がり、指は空中でごにょごにょ動いた。チップがとても大きな声で泣いた。まだ切られていない臍帯がこの子にさらなる力をもたらし、それとともに、マリリン自身が無限の力をもち、それをいくらでも与えられることを、その泣き声で示しているように、シェパードには思われた。チップはマリリンの血液と羊水にまみれていた。羊水は花粉のように黄色かった。シェパードは赤子の足首を指ではさみ、頭を掌に載せて、妻に差し出した。「愛しているよ」と彼は言った。親子三人とも泣いていた。「愛してるよ、とても」

喜びが何であるかは、それが全くないところで明らかになる。

二月、スーザンが仕事中のシェパードに電話してきて、ロサンジェルスのグッド・サマリタン病院に職を得たので、そちらに移ると告げた。人生をやり直すとのことだった。

　彼女が去る前日、シェパードはレイトンストーンズでのランチに誘い、ふたつのプレゼントを渡した。スエードのジャケットとブラッドストーンのシグネットリングだった。

　彼は、三月には会いに行くと言った。

　そしてそのときまで、そのことばかり考えて過ごした。


「詩を暗記する人もいれば」とメビウスが言った。「有名なスピーチを暗記する人もいる。わたしは告白を暗記している。もちろんあんたのもな」

「マリリン殺害の自白など一度もしていないぞ」

「聴きたいかい？」

　シェパードは椅子の上でもぞもぞした。

「囚われていたときにあんたが記した日記の一節だ」メビウスは咳払いをした。「〝この悲劇が起こったときも、そしてそのあとの数か月も、わたしは愛について少しも考えなかった――マリリンのことを別にすれば。そして、マリリンを愛したように誰かを愛することは、決してないだろう、真剣な愛を抱くことをもう二度と考えられないだろう、と思った。マリリンに対して優しさが足りなかったときがあったことや、わたし自身、家庭生活を十分楽しまなかったことに後悔の念を抱いた〟」

　シェパードはちょっとの間、考えてから言った。「わたしが愛について学んだことを話してもかまわないか？」

「もちろん」とメビウスが答えた。

「誰かをほんとうに愛し、相手も愛してくれたなら、告白などというものはないはずだ」

クリーヴランドからロサンジェルスへのフライトの途中、砂漠の上のどこかで、シェパードはマリリンが泣いているのに気づいた。

マリリンは窓に顔を向けていた。とてもひっそりと泣いていたので、シェパードは一度の短いむせび泣きを除いては彼女の声をまったく聞かなかった。どうしたんだと尋ねると、マリリンは「別に」と言った――結婚生活の間に彼女が何度となく口にした答えだったから、訊いた自分がばかだと改めて思った。しばらくの間、マリリンを無視しようとした。だが、なるべく声を立てないようにしようという本人の努力もむなしく、泣き方が本格的になってきたので、彼はトイレに行けと命じた。彼女は飛行機の後ろに急いだ。その頃には、誰が見ても、泣いているのがはっきりわかった。シェパードは通りがかったスチュワーデスに、ふたり分の飲み物を頼んだ。窓から眼下の砂漠を眺めた。雲がないので、よく見える。彼はアメリカの大きさに目をみはった。そして、その驚きに端を発して、眼下を流れていく、白い点にしか見えない小さなものは何だろうと思った。家だろうか。あまりにも辺鄙なところにあるのが、滑稽にさえ思われる。針で引っかいたような道の先端に位置しているのだ。いったいあんなところに、誰が住んでいるのだろう？　さっきのスチュワーデスが飲み物をもってきた。シェパードには、マリリンの苦悩の原因がよくわからなかったが、ロサンジェルスにもどることに関係があると推測していた。ロサンジェルスは彼らの大人としての生活が始まった地だ。飛行機で空を飛ぶと、夢を見ているような状態になる。その上、行く先がロサンジェルスだから、その反射運動として、そこを去ってからの四年間をふり返り、ひとコマひとコマを点検して、何が起こったかを調べ、現在を知る手がかりを探すことになるのは避けられない。そのネガフィルムはふたりのものだが、両者にとっての映像はまったく異なるものであり、その違いは絶望的なまでに大きいということを、彼は経験から知っていた。

マリリンが座席にもどってきて、マティーニのグラスをもちあげた。グラスの脚をもつ彼女の手は震えていた。「ありがとう」と彼女は言った。

飛行機がロサンジェルスに着くまで、彼らはひと言も話さなかった。

言うまでもなく、これらのエピソードについて腹立たしい点は、それらが突然に消滅することだ。それらはスコールのように、ふいに終わる。飛行機から出て、滑走路におり立ち、目が痛くなるほどまぶしい日の光の中で、マリリンは帽子が風で飛ばないように、つばをつかんで言った。「信じられないわ！　わたしたち、もどってきたのね」その上、はしゃいで腕を絡めてきた。シェパードはむかむかした。マリリンが放射能を帯びていて、触れられると病気になるかのように。しかし、彼女は一向に気づかず、そのため彼の嫌悪感はさらに強まった。彼女の気分は、ほかの人がどう感じているかに気づく彼女の能力を損なう。マリリンにとって、自分の気分が世界全体になるのだ。何か月も前、シェパードはそれをなんとかするために、じっくり考えようと決めた。だが、結局、その努力を放棄した。だから、ここに来たのだ。彼はそのことを考えながら、空港のポーターが彼らの荷物を見つけるのを手伝った。

そして、ふいにチャッピーの妻のジョー・チャップマンがターミナルに姿を現した。両腕を上げて手をふっている。「おふたりさん、おふたりさーん」ぴったりしたタートルネックのセーターに乗馬ズボン、ブーツという出で立ちで、褐色の髪をスポーツウーマンらしく後ろで束ねている。以前より顔が細くなり、目の周囲がややげっそりしている。煙草のせいだろうとシェパードは思った。外科医の妻というのはストレスがたまるに違いない。そこをなんとかリラックスしようとするのも大変だろう。ジョーは馬術家の強靭さで、シェパードをハグして——彼女の中心から力が伝わってくる——それから、腕の長さだけ突き放して顔を見た。「相変わらずの色男ね」と言い、マリリンのほうを向いた。「ハンサムはハンサムだけど、わたしの言ったのは、エロ男に近いほうの意味」マリリンが声をたてて笑った。シェパードは内心にやにやしながら、それでジョーはいつもおれに腕一本の距離を置いているかと得心した。シェパードは男で、ジョーはその事実を、彼に改めて認識させずにはいられないのだ。そして、彼女の考えでは男は皆、ほぼ、まったくのばかなのだ。男なんかいないほうが、彼女とマリリンは幸せに暮らせると考えているのだろう。あるいは、この四人組（ジョー、チャッピー、マリリン、サム）のつきあいの中では、マリリンを一番ひいきすべきだと感じているのだろう。

「ドクター・ミラーのところでおろせばいい？」ジョーはシェパードに尋ねた。

「反対方向ですよ」

「わたしはいいわよ。マリリン、あなたはいや？」

「そのせいで日没までにビーチに行けなくなるんだったら、残念だけど」

「タクシーに乗りますよ」と彼は言った。「ご婦人方はどうぞ出発してください」

シェパードはポーターに荷物を積みこませ、ジョーにさよならのキスをした。

「チャッピーがあなたを車に乗せて連れてくるのかしら？」ジョーが尋ねた。

「ええ」シェパードは答えた。「日曜日に」

ジョーは運転席にすわる前に、車の屋根越しに言った。「うちの亭主に伝えてね。くたばっちまえって」

ジョーはいつもこんなふうに、夫への不満を公然と口にする。ディナーの席で、もうずいぶん長いこと、夫と寝ていないとこぼすこともよくある。またかと思って、シェパードは笑ったが、ジョーは笑わなかった。紙巻き煙草に火をつけ、車のエンジンをかけるのに忙しかったのだ。

シェパードとマリリンは向かい合って立っていた。彼女はまた悲しそうに見えたが、シェパードは理由を訊く気にならなかった。

マリリンは両腕をシェパードの首に絡めてハグした。「向こうであなたのことを考えているわ」と彼女は言った。そして彼の返事を待っていたが、何も言わないとわかると、一瞬、彼の目を探るように見た。それから情熱のこもったキスをした。人前で、こんな愛情むきだしのふるまいをするのは、彼女らしからぬことだった。シェパードは度胆を抜かれ、マリリンに対する反発がいっそう強まった。マリリンは車に乗りこんだ。車が動き出す直前に窓を下げてほほえんだ。わかっているわよ、という悲しげな表情で。「お楽しみはほどほどにね」と彼女は言った。

車が出たあと、シェパードは、それがほかの車の流れにまじり、見えなくなるまで目で追った。

そのあと、スーザンのアパートメントに向かうタクシーの中で、シェパードはマリリンが言ったことを頭からふり払おうとしたが、どうしてもふり払えなかった。彼女がどういう意味であぁ言ったのか、わからなかった。深い考えなしに言ったことなのか、それとも彼がこれからしようとしていることに目をつぶってやる、という意味だったのか。もっとも、後者の場合、マリリンがどうやって知ったのか、見当もつかないが。マリリンはモナリザのような、いつもの笑みを浮かべて、あの言葉を口にした。言葉自体も、そのときの彼女の表情も解読不可能だ。マリリンがどういう意味で言ったにせよ、シェパードがあの言葉を心の片隅に押しやろうと懸命に努めたにもかかわらず、あの言葉は世界を不安定なものに見せる効果をもたらした。外のヤシの木はとてもひょろ長く見え、自分自身の重さで倒れてしまいそうだ。アルマジロの甲羅のような樹皮が裂けて、ぎざぎざに折れた中味が見えるだろう。ロデオ・ドライブ沿いから斜面の上に向かって並んで建っている家々は、今にも斜面から切り離されて路上に落ちてしまいそうに思われる。シェパードはそういうことすべてを無視しようとした。自分の不安は、時差の影響、高いところを高速で移動した影響など旅行に伴う症状だと片づけようとした。それに、スーザンに会いたいという欲求の結果でもあるだろう、と彼は思った。こんなに切実な期待は恐怖に近い、と彼は知っていた。だからと言って、不安感は去らない。まるで、マリリンがなんらかの方法で、彼を夢の世界に追放したかのようだった。その夢の世界の風景は変わりやすく、常にそれに向き合っていかなくてはならない。その夢の登場人物はいずれも、組み合わせなければならないパズル、あるいは解読しなくてはならない謎のようなものだ。それに失敗すれば、自分の人生が破滅する潜在的な危険がある。

そのことが彼の気力をそぎ、さんさんと日が注いでいるのに、スーザンのアパートメントの建物が陰鬱に見えた。それはノース・アルフレッド・ストリート沿いの、何の変哲もない三階建ての集合住宅で、白く塗られた煉瓦でできていて、門の向こうは中庭になっていた。中庭の噴水は故障していて、たまった水が藻で濁っていた。外のインターホンにスーザンは、「ショー／ヘイズ」とルームメートの名に追加する形で自分の名を書いていた。書いたというよりは引っかいただけのような、小鳥の骨を思わせる、細く弱々しい文字だ。スピーカーから聞こえた声は、識別不能なガーガー声だった。シェパードは「サムだ」と名乗って、待った。通りはがらんとして静かだった。遠くにサンタモニカ山脈が見えた。生きているのは世界中で自分だけのような気がした。

ブザーが鳴り、彼は門を通り抜けた。背後で門が閉まったあと、揺らしてみて、ちゃんとしまったかどうか確かめた。トンネルの中のように、靴音が中庭に響いた。オートバイがものすごい音を立てて背後を通り過ぎ、そのエンジン音が壁に反響した。シェパードはどきっとして、手で耳をふさぎ、音がしたほうへふりむいた。だが門の縦棒の間からは通りが見えるだけだった。各戸の窓はブラインドやカーテンで隠されていた。シェパードは自分が何を予想してここに来たのか、わかっていなかったが、これはどうも思っていたのと違うという感じがした。

まず、シェパードはスーザンが在宅していると期待していた。だが、インターホンで話したのは彼女のルームメートだとわかった。ドアに出たのもその女性だったから。その女性はナースのユニフォームを着ていた。ただし、帽子はつけておらず、制服の上のボタンをふたつ外していた。「あなたが、スーザンの話していたドクターね？」

「そうです」スーザンが自分のことを話していたことに、彼はにわかにうろたえた。

「わたしはジャネット」ジャネットは彼の手をとり、弱々しく繊細な握り方をした。そして、その腕を反対側の腕と同じく生気なく垂らした。部屋にはいるように勧められ、シェパードは従った。先に立つ彼女の両手が連続的に両側の腰に当たった。鐘の舌が鐘を打つように。

「スーザンはまだ帰っていないんです」とジャネットは言った。「きっと渋滞しているのでしょう」

ジャネットの声はとても低く、唇や口を最小限に動かして言葉を生み出しているように思われた。彼女はシェパードから見て右手のキッチンで飲み物をつくりはじめ、彼にも出そうとしたが、彼は遠慮した。ジャネットはトールグラスにアイスキューブを入れ、スコッチをなみなみと注ぎ、炭酸水を加えた。「夜勤明けなので」と彼女は言い、乾杯の仕種でグラスを掲げた。「今から寝ます。公園までドライブして、ちょっと歩いてリラックスするほうが賢いんでしょうけど、それは絶対やらないんです」

ジャネットは頬がぷっくりして、胸が平たく、目はけだるそうで、活気に乏しかった。あとちょっとで美人と言えるのにな、とシェパードは思った。残念ながら、小作りな胴体から下ぶくれの顔までマイナス要素がいろいろ重なって、彼女が美人の域に達するのを阻んでいる。手入れの行き届いた爪は、濃いチェリーレッドに塗られていて、ほとんど黒く見えた。シェパードが爪を見ているのに気づいて、ジャネットは手を肘の下に隠した。

シェパードは腕時計を見た。まだ一時にはなっていない。だが、彼は午前三時からずっと起きていた。「それ、いただけますか。あなたの飲んでいるのと同じものを。すみませんが」

ジャネットがカクテルをつくっている間に、シェパードはふたりの間のカウンターにもたれて、アパートメントを見渡した。壁にかかっている唯一のものは、太陽の形をした大きな鏡だ。鏡の周りに金メッキを施した、とんがった鉄片がついている。それは、向こうの奥の壁につけた見栄えの悪い緑色のソファーの上にぶら下がっていて、もし落ちたら、下にすわっている人が死にかねないぐらいの重さはありそうだ。ドレッサーの脇の靴を見てそうだとわかった、スーザンの部屋は、多少とも、この共有部分の延長のような感じで、キッチンとの間に、仕切りはあるが、ドアはない。彼女のシングルベッドは中庭に面したふたつの窓の間にあった。窓のベネチアンブラインドはおりていた。ジャネットの部屋だけは、三つの高い窓からの光がさしていたが、それも隣の建物によって制限されていた。

「乾杯」とジャネットが言った。

ふたりはグラスを触れ合わせた。

「こちらには、どのくらいのご予定で？」ジャネットが尋ねた。

「二週間です」

「一週間しかおられないと、スーザンから聞いたように思いますが」

「二週目はビッグサーに行くんです」

「あら、いいですねえ。景色の美しいところだそうですね」

「ええ」

「わたし、あそこに行けるなら、どんな犠牲を払ってもいいわ」

「ドライブして、いらっしゃればいいじゃないですか」

「家がもちたいという意味で言ったんです。ああいうところに別荘がほしいわ」

「誰だってほしいですよ」

「死ぬほどほしいんです」

「いつか手にはいるかもしれませんよ」

「医師と結婚しない限りは無理ね」

ジャネットは指先でグラスの氷をつつき、シェパードを見つめた。「おひとりで行かれるの？」

「えっ？」

「来週。おひとりでいらっしゃるの？」

シェパードは自分のグラスに目を落とした。甘く見られたものだと思いながら、どう返事をしようか考えた。だが、そのときジャネットが言った。「スーザンが帰ってきたわ」

戸口にスーザンが姿を現した。ドアが開きすぎないように手で押さえて立っていた。背後からのまばゆい光が陰鬱なアパートメントに差した。束の間、ふたりは向かい合い、ジャネットが冷蔵庫にもたれてそれを眺めていた。ふたりはどうふるまっていいかわからなかった。これもまた、シェパードが予期していなかったことだった。もっとも、彼は、彼女にとって大きな変化があったこと――ここでの新しい生活がぞっとするようなものであること――にすぐに気づいた。けれど、その大きな変化も、実際にはどうということはないのだった。というのは、彼も今ここにいるのだから。ふたりは無言で手をとりあった。彼女が化粧直しをしてきたのを知って、彼は心を揺り動かされた。

「遅くなってごめんなさい。仕事が……」と言いさして、スーザンはジャネットに目を向けた。ジャネットはまだ無遠慮にふたりを眺めていた。スーザンとジャネットの間にやりとりがあり、両人の間の何らかの申し合わせがほのめかされた。スーザンの表情から、その申し合わせにジャネットが違反したらしいと、シェパードにもわかった。

「わたし、横になるわ」とジャネットが言った。「知り合えてよかったわ、ドクター」

ジャネットは自分の部屋に行ってベッドに横になった――ベッドの足のほうは入り口から見えていた――が、ドアを閉めなかった。

ジャネットのほうを親指でさしながら、これはずいぶん勝手が違うな、とシェパードは思った。スーザンは首をふって、彼を薄暗い自分のスペースに連れていった。そこで、半ば隠れた状態で、ようやくキスを交わした。シェパードはつい何もかも忘れて、彼女に触れずにはいられなかった。「ここではだめ」とスーザンは言った。それから「彼女がいるからだめ」とささやいた。ふたりはまたキスを交わし、スーザンがもう一度彼を制止した。「今はだめ。ただ、あなたの顔をじっくり見させて」ふたりは幅の狭いベッドに横たわって、キスをし、相手に触れ、互いの目を見つめ合った。しかし、スーザンが彼を抱き、痛いほどきつく首にしがみついたり、ここでの生活がどんなに大変だったか説明したりしているうちに、彼の心に、さっきと同じ底知れぬ不安が忍び寄った。彼はスーザンの肩の向こうに目をやり、入り口から覗いているジャネットの脚を凝視した。その二本の脚はまるで切断されているかのように、じっと動かなかった。

シェパードはベッドのふちに腰かけて、ささやき声で言った。「これは無理だよ」

驚いて、スーザンも体を起こし、彼の腕にしがみついた。「どういう意味？」

シェパードはジャネットの「悪い魔女の脚*」を指さした。「彼女、ここにずっといるつもりかな？」

スーザンはけげんそうな顔をした。「だって、ここは彼女のアパートメントだもの」

「今週っていう意味だ。きみがうまく手配してくれてるかと、思っていたんだけど」

「まあ……。わたしはあなたがそうしてくれてると思っていたわ」

シェパードはそんなことは考えもしなかった。まさかこんなふうにはなるとは思っていなかった。いくらかのプライバシーはあるだろうと決めこんでいた。彼は鼻柱をつまんだ。フライトの疲れと酒の酔いが、今頃やってきた。

「行かなきゃいけない」と彼は言った。

「どうして？　どこへ？」

「友人の家に。ドクター・ミラーのうちに。そこに泊まるんだ」

「そんな……ホテルに泊まるのだとばかり思っていたわ」

「いや」

「でも、だったら、どうやって、わたしたち――」

「大丈夫だよ。うまくやれるさ」と請け合って、シェパードは彼女の手に自分の手を重ねた。頭の中では懸命に考えを巡らせていた。「約束する」彼は立ち上がった。

「行かないで」スーザンは彼の手首にすがった。

「ほんの二、三時間だ」彼女が怯えているのを見て、自分も不安になったが、にっこりして彼女の腕をさすった。「手筈を整えたらすぐ電話する」

彼は気を挫かれたような思いと猛烈な怒りとを同時にもった。スーザンの怯えぶりには、これまで見たことがない要素があった。マイケル・ミラーの家に向かうタクシーの中で、どうしたらいいのか考えた。ホテルに泊まると急に言い出したら、マリリンは不審に思い、諍いに至るだろう。シェパードには、それに対する心の準備がなかった。少なくとも今のところはまだ、諍いをする覚悟がなかった。だが、スーザンと離れていることで、すでに彼は切ない気持ちになっていた。そのつらさは、ふたりが愛を交わす前の日々を思い出させ、さらに、彼女と一緒にどこかに行きたいという切実な願いを抱かせた。こんなことになるとは予想もしていなかったし、こんなにもさまざまな障害のある状態は、彼が望んでいたものとかけ離れていた。

しかし、到着したとたんに、彼はそれらの厄介ごとのすべてを、一時的に忘れた。マイケルはビバリーヒルズの美しい家に引っ越していた。それは巨大なコロニアル様式の邸宅で、バートン・ウェイの近く、コールドウォーター・キャニオン公園から一キロ半ほどのところにある。マイケルはよい色に焼け、壮健そうに見えた。雪のように白い髪をオールバックにしていて、誇り高い長い鼻筋は、日差しのせいで、彼の着ているゴルフシャツのようなピンク色になっている（彼はヒルクレスト・カン

＊『オズの魔法使い』でドロシーの家につぶされて圧死した東の魔女の、家の下からはみ出ていた脚のこと。

トリー・クラブのゴルフコースで一ラウンド、プレイしてきたばかりだった）。彼の妻のエマは、おいしそうな遅めのランチをプールサイドに並べていた。プールは、この輝かしい一日と同じように、きらめいていた。子どもたちが姿を現した。四年の間に、彼らはずいぶん大人びていた。十歳のアンは、眼鏡をかけた本好きの少女になっていて、『アイヴァンホー』を脇に抱えていた。八歳のロジャーはオットー・グレアム*について知りたがった。「ほんとうに、おじさんの友だちなの？」シェパードはうなずいた。「一緒にカーレースに参加しているんだ」と答えて、サイン入りのポスターを取り出した。これはマリリンのアイディアだった。それをもらったロジャーは、自分の部屋に飾ると言って飛んでいった。アンには、ロアルド・ダールの『ガラスの大エレベーター』をプレゼントした。

「今すぐ読みはじめるわ」とアンは言い、彼女も走っていった。

　そういうわけで、おとなたちだけが残ってランチを食べつづけた。食べ終わってからもずっと、談笑しつづけた。このような日にこのような場所にいると、クリーヴランドが、エデンの東のノドの地のように思われた。

「第一に」とマイケルが言った。「ここに引っ越してきたら、きみのゴルフの腕が上がるだろう。第二に、ずっと金持ちになるだろう」

「移住を真剣に考えているの？」とエマが尋ねた。

「いつもそのことを考えています」シェパードは答えた。

「そうなの。今回はマリリンが来られなくて、ほんとうに残念だわ。大きなパーティーがあるというのに」

　シェパードはマイケルの顔を見た。マイケルは「どうってことないよ」と言った。

「あなたには、どうってことないでしょうね。パーティーの準備を何にもしないんだから」とエマ。

　マイケルは目玉をぐるぐる回してみせ、「毎月やるんだ」とシェパードに説明した。「若手の医師たちとその奥さんたちを招いて、ポーカーを楽しむ」

「あら、奥さんたちも参加できるような言い方ね」

「真剣にポーカーをやるなら、もちろん参加できるさ。だが、奥さん連中はしゃべってばかりいるじゃないか」

「だって、ポーカーはすごく退屈なんだもの」

マイケルはため息をつき、手を伸ばして、シェパードの肩をぎゅっとつかんだ。「なあ、サム。たまの自由な時間だろ。会いに行きたい女(ひと)がいるなら、こちらに気兼ねせず出かけてくれ」

「今晩、その女性を連れてきてもいいですか？」とシェパードは言った。

もちろん、それは冗談だったが、そういうふうに簡単に解決できたらすばらしいのに、と思った。ひと泳ぎする必要があるな。ひと泳ぎして、ちょっと昼寝をしよう。頭を冷やすために。そうしたら、スーザンと話をして、別の策を考えだせるだろう。シェパードは水泳パンツ姿になって、飛びこみ板の上に乗った。ジャックナイフ型飛びこみをして、元気よくプールを数往復した。嬉しいことに、昔と比べて少しも体力が落ちていない。だが、泳いでいる最中でさえ、彼の頭の中は妻と妻の言葉――「お楽しみはほどほどにね」――そして「わかっているわよ」といわんばかりの表情に占められていた。こうして離れていても、つきとまとわれている。ふたりの生活は、その多くの部分が別離のくり返しだ。朝、出勤するのもそうだし、夜中に病院から呼び出されるのもそうだ。過去に女たちとつきあったときも、彼女らと過ごすためにマリリンから離れたり、マリリンの留守を浮気の口実にしたりしたのだ。シェパードは遠い夏の日のフランシス・スティーヴンズのことを思い出した。彼は高校の最終学を終え、マリリンは大学進学のため、すでによそに行っていた。彼はA型フォードの車体の下

＊アメリカン・フットボールのスター選手。クリーブランド・ブラウンズで活躍。

から、ガレージの入り口に立って彼を見ているフランシスを見ていた。どのくらいの時間そうしていたかはわからないが、フランシスが近づいてきたあのときも、マリリンがそこにいて、このやりとりを目撃しているという、今と同じ意識があった。シェパードは医学校時代に、レスターと一緒に、ナースたちと四人で遊んだときのことを思い出した。マリリンはクリーヴランドの父親のところに二、三週間行っていて留守だった。何年も経った今でも、シェパードはレスターが彼に周旋した女が、心臓が止まるほど美しかったことを覚えている。名前はアンドレア。髪はカラスの濡れ羽色、唇はルビーのように紅く、鹿のような黒い目をしていた。シェパードは、独身男のように、四人で食事をし、酒を飲み、その後で、レスターの居間にもどって、飲酒ゲームのバズ*をした。四人は小さなコーヒーテーブルを囲んで胡坐をかいてすわっていた。全員、酔いが深まっていくなかで、レスターと彼の相手の女は、シェパードとアンドレアがある種の決断をするのを待っていた。やがて、シェパードが自分のグラスをレスターに渡す番になった。レスターは相手の女にそれを回すことになっていた。レスターと女の両方がそのグラスに手をかけていたとき、シェパードは、「レス、きみが彼女に」と言った。レスターはそう言われてやっと、グラスをテーブルに置き、最後にもう一度、許可を求めるかのようにシェパードの顔を見た。それから、脇の女にキスをした。そしてふたりは唇を重ねたまま、ソファーに移動した。一方、シェパードはアンドレアの手をとって寝室に駆けこんだ。彼女をうつぶせに寝かせて、スカートをまくりあげ、パンティーをむしりとり、首の後ろをつかまえた。四人の男女がたてる声と物音がまじりあう中で、彼はアンドレアに突っこみ、リズミカルに突いた。奇妙なことに、その間じゅう、マリリンの顔が彼の脳裏に現れたり、消えたりしていた。そのマリリンの表情がなんとなくがっかりしたように見えたのは、もうひとりの女とレスターが半裸で部屋にはいってきたときだった。女とレスターは、シェパードとアンドレアのいるベッドになだれこみ、四者が絡まりあった。シェパードはふと、体を起こした。自分が笛に踊らされている蛇で、ほかの連中は、とぐろを巻いている自分の体の残りの部分であるような気がした。それを、マリリンが上から観察していた。きょう車が出たときに見せたのと同じ表情を浮かべて。どうして今出てくる、とシェパードはいぶかった。まだいたのか？　「お楽しみはほどほどにね」彼は楽しみがほしいわけではなかった。そのためにここに来たのではない。もっとも、何のためにここにいるのかは、彼自身にとっても、それまでほど明確ではなくなっていた。

シェパードはプールの深いほうの端で、ふちに前腕を置き、固く握り合わせた手の上に顎を載せて休んでいた。頭のてっぺんに日光の熱を感じた。きょうのスーザンには、何か彼に嫌悪感を覚えさせるものがあった。化粧直しをしていても、目の下の隈は隠れていなかったし、彼女の息には、怯えと期待のいりまじったにおいがあって、興ざめした。すがりつかれたときには、彼女の爪が腕の肉にくいこんだ。その手を引きはがさないでいるためには、もてる限りの自制心を総動員しなくてはならなかった。そして、彼がようやく行動を起こす気になった、そのときにも、マリリンはそこにいた。まるで常に監視されているみたいだ。いや、正確に言うと、そういうことでは、まったくない。むしろ、彼女は彼が何かをするのを待っているかのようだ。だが、いったい何を？

その夜が更け、ポーカー・パーティーも佳境にはいった頃、シェパードはマリリンに電話した。長距離電話だった。十一時近かった。そして、ほかのみんなと同じように酔っ払っていた。マリリンと話したい気持ちと、単に、自分がここにいる――いると言ったところにいることを彼女に知ってもらいたい気持ちと半々だった。彼女が抱いている幻想――彼は明日、一日じゅう仕事なので、それに備えて、まもなく眠りにつくという幻想をもちつづけてほしかった。実際は、明日はスーザンに会うた

＊輪になって順番に数を数えていき、ある特定の条件にあてはまる数にあたった人は数字を言う代わりに、「buzz（ブー）」という。間違えると酒を飲ませるなど、やり方、ルールは変化に富む。

た。

い聞かせ、いや、もうちょっと待とうと思ったそのとき、ジョーが電話に出たので、彼は詫びを言っ

めに出かけるのだが。彼は呼び出し音を数回鳴らせた。十回目に、受話器を置かなくてはと自分に言い聞かせ、いや、もうちょっと待とうと思ったそのとき、ジョーが電話に出たので、彼は詫びを言った。

「ううん、かまわないわよ」とジョーは言った。「わたし、酔いつぶれてたみたい」

「もしかまわなかったら、ちょっとだけ、マリリンと話したいのだけど」受話器を落としたような音がして、沈黙がそれに続き、口の中でつぶやくような不明瞭な声がして、最後に足音が聞こえた。

「サム？」マリリンが言った。

「こんばんは」

「何かあったの？」

「別に」

「あなた、わたしたちを起こしたのよ」

「うん。また寝てくれ」

「そっちはどんな感じ？」

「パーティーをやってるよ。小さな集まりだけど」

「あなた、どこにいるの？」

「マイケルのうち。彼の家でパーティーをやってるんだ」

マリリンは黙った。

「ちょっと、きみの声が聴きたくなってね」

「はい、これがわたしの声。聴いたわね」

「うん。ほんとうに申し訳なかった、とジョーに伝えてくれ」

マリリンは彼より早く受話器を置いた。

シェパードはしばらく電話を見つめ、それから首をふった。

それからスーザンに電話して、すぐにこっちへ来いと言った。本気で言ってるの、と訊かれて、そうだとも、と答えた。スーザンが、きちんとした身なりで行くパーティーなの、それともそうでもないの、と尋ねたとき、その声には気持ちの弾みが感じられた。シェパードはたまたま近くにいた女たちが着ているものをひとつひとつ描写して、急いでおいで、と言った。バーに歩いていき、自分でマティーニのお代わりをつくった。これを飲んだことを、きっと明日後悔するんだろうなと思いながら、マイケルの書斎でポーカーに興じている男たちに加わった。カードテーブルの周りに八人の男がいた。紙巻き煙草とパイプの煙がもうもうと立っていて、カードテーブルの天板のフェルトが燃えているかのように見えた。男たちのうちのふたり、ジョゼフ・ニュートンとハービー・ホーキンズは、かつての医学校の級友で、彼らの妻たちはマリリンの友人だ。スーザンが来ることを思うと、シェパードは鋭い痛みのような恐怖を感じた。

だが、しばらくして、エマに案内されて書斎にやってきたスーザンが、男たちがすわっているところを照らす灯りの光の輪の中に足を踏み入れたとき、彼女の姿を見たとたんに、彼の心から不安や恐れが消し飛んだ。スーザンは緑のドレス、それに合う緑のベルトと上着という装いに、真珠の首飾りをしていた。シェパードが与えたブラッドストーンのリングが彼女の指を飾っていた。防御意識が働いたためだろうか、彼女の高慢さがもどってきていた。彼女は三年前の彼女と同じ女だった。持ち前の自信と率直さをとりもどしていた。身を屈めてシェパードの肩に腕をまきつけ――彼の手はそれより早く彼女の腰に回っていた――彼にキスをしたとき、スーザンは焰のように燃えていた。彼女がみんなに自己紹介をしている間じゅう、ふたりの手はそのままの位置にあった。人々の関心はたちまち、ゲームから彼女の美しさへと移り、そのことで彼女はいっそう大胆になった。次の勝負が始まると、シェパードの首筋にそっと爪を滑らせ、彼がカードを伏せて勝負からおりると、バーに飲み物をとりに行った。ドアが閉まるまでずっと、男たちは彼女を見ていた。ドアが閉まると、目配せを交わし、それからシェパードを見た。舌打ちする者も、微かな口笛を吹く者もいた。ひとりの男は――シェパードの知らない男だった――軽い笑い声を立てた。それが嘲笑なのか、称賛の思いをこめた笑いなのか、シェパードは酔っ払いすぎていてわからなかった。

「サム、よくもまあ……。まったく、けったくそ悪いやつだ」マイケルがついに言った。

シェパードは目の前に並んだカードを見つめていた。それから、椅子の背にもたれ、腹の上で両手の指を組み合わせた。自分の顔にひきつった笑みが浮かぶのを感じた。

「何と言ったらいいかわからん」マイケルが続けた。「たしかに、ありゃ、大したもんだが」

ニュートンもホーキンズも手元のカードから目を上げられずにいた。だが、ずいぶん沈黙が続いてから、ハービーが言った。「けったくそ悪いというのは、ほぼ適切な表現だろうな」

シェパードは書斎を離れ、女たちのいる居間を通り抜けた。彼の背後に沈黙の航跡が残った。シェパードはスーザンが外のプールのそばにいるのを見つけた。紙巻き煙草を吸いながら、水面に浮かべた蠟燭を眺めていた。シェパードは両腕を彼女の腰のまわりにすべらせながら、首筋にキスした。彼女の香水の香りが、風に運ばれてきたスイカズラとジャスミンの香りとまじりあっていた。シェパードはクリーヴランドから遠く離れた別世界に、スーザンとふたりでいることが嬉しかった。

「来るべきじゃなかったわ」スーザンが言った。

「そんなことはない。来てくれてよかった」

スーザンは家のほうを顎で示した。

「あそこの人たちは誰もわたしと話そうとしないわ」

「そんなことどうでもいい」

「あなたにとってはね」

「ぼくたちにとって、どうでもいいことだ」

「なぜ、そう言えるの？」

「いいから、一緒においで」

　シェパードはスーザンの手をとり、プールのすぐそばの引き戸をあけて、自分に与えられた部屋に連れこんだ。引き戸をしめるとき、エマがこちらをにらんでいるのと目が合った。彼女の目は怒りに燃えていた。スーザンとふたりきりになっても、そのことが忘れられなかった。妻のこと、そして妻が言ったことも頭を離れなかった。シェパードは荒々しくスーザンと情を交わした。だが、なんだか自分が、それが行われている上の空中にいるような気がしてならなかった――卓越した技をふるうのに、まったく超然としていることが必要だからか。別の言い方をすれば、自分が、今、マイケルの書斎でポーカーをしている男たちのひとりであるような気がした。この部屋の暗がりで起こっていることを知ってはいても、そのことについて何も感じてはいないかのようだった。

　眠ろうとしても、この超然とした感覚はつきまとった。スーザンがそこにいることを、彼女の肉体がそこにあることを意識してはいるが、彼女からできるだけ離れずにはいられなかった。妻以外の女と同じベッドで眠っているだけのことが、彼の犯した真の罪であるかのように。誰かが突然この部屋にはいってきたときに、スーザンと物理的に離れていることが、彼の無実の申し立てを裏づけてくれるかのように。誰かと空間を分かち合うのに慣れていないというだけのことかもしれない。マリリンとはもはやそうしていないから。いずれにせよ、不快感のせいで、眠りの表面に浮かんでいることしかできなかった。これでは困ると遅まきながら腕時計を見たのが、四時十五分。スーザンは彼とは反対の側を向いて横たわっていた。上掛けをはいでいて、裸の背中のくぼみを頂点に、V字型にシーツがかかっている。暗がりの中に浮かびあがる背骨の突起が、化石として残った痕跡のように見えた。シェパードは上体を起こして、スーザンの顔を見た。これまで彼女の隣で目を覚ましたことがなかったことに気づいた。彼女の両親の名も、彼女のミドルネームも、生年月日も知らない――基本的な事実や逸話を何ひとつ知らない。どうしようもなく気持ちが乱れ、仰向けに倒れこんだ。腕で両眼をおおい、努めてゆっくりと深い呼吸をした。心臓の拍動が遅くなった。今晩のうちに止まるのではないかという気がしてきたほどだ。一時間以上たって、窓の外の空がようやく青くなり、つらなる丘の稜線に沿って、光の帯がまばゆく燃えた。この情景を見せてもらったことを神に感謝した。さらにもう二時間横たわっていたが、眠ることはできず、まぶたの裏で、各一個の卵の黄身を焼いているような具合だった。コーヒーが飲みたくなったが、勝手に飲むのは気が引けた。それで、彼はスーザンを起こして服を着るように言った。そして、マイケルが彼のために、MGに鍵をつけたままにしておいてくれたのを見つけて、青い世界のがらんとした通りに車を走らせ、スーザンを彼女のアパートメントに送り届けた。朝のロサンジェルスは、一日のほかのどの時間にも増して、砂漠っぽさを感じさせる。

途中のどこかでとまって朝食を食べることはせず、まっすぐ病院に行った。チャッピーの顔を見て大いに安堵した。彼は元気一杯で包容力があり、よくしゃべる男で、固い握手のあと、彼の肩をギュッとつかんで、さらなる歓迎の意を表した。その力がとても強くて、シェパードはにやにやしながらも腕のしびれを感じた。チャッピーは背が低いが、握力では、二倍の体格の男にも負けないだろう。彼のエネルギーは全身の全線維に行きわたっているように思われる。腕や耳の毛は、そのエネルギーを放出して逆立っている。彼の眉は稲妻だ。シェパードも自分なりに仕事に熟達しているつもりだが、チャッピーのそばに身を置くといつも、自分は非常に努力してなんとか遅れをとらずにいるにすぎないと感じる。けさも手術に赴く途中で、チャッピーはこれからする手術について話した。口が頭の回転に追いつかないので、彼の話は順を追わず、途中から始まる。シェパードはうなずきながらも不安でたまらなかった。しかし、チャッピーとともに「手洗い」を行なうと、集中力がもどってきた。この手術前のルーティンが彼の脳の状態を手術に向けて整えてくれたのだ。そして、手術室にはいると、シェパードの疲労と感情的なトロトロになくなり、代わりに鋭敏さや平静さがもたらされた。彼がきょう見学させてもらうのは開心術で、見守るだけでも大変なものだった。胸骨にそって皮膚を切開し、丸鋸で胸骨を縦に切る。胸骨からは肋骨や鎖骨が伸びているので、切り裂かれる前の胸骨は、巨大な虫の背中のように見える。ステンレスの開創器を挿入し、クランクハンドルを滑らかに回す。そうやってできた長方形の窓の中に心臓がある。心臓は紫色の心膜に包まれている。この保護組織を切開し、プレゼントの包みを開くみたいに四つの三角をめくりあげ、先端を開創器のレールにとめつける。すると、むきだしになった心臓は、ハンモックのように上に向かって開いたキャンバス布に載っているように見える。チャッピーの説明によると、この女性患者は急性の大動脈弁閉鎖不全症にかかっており、非常に危険な容体なので、まだ実験段階の人工挿入物を必要としていた。弁の代わりをする、この人工挿入物はケージにはいったボールで、多点固定リングで上行大動脈にとりつけられる。技術的な精確さとテクノロジーへの信頼を必要とする七時間もの大手術で、シェパードがそれまで経験したことのないものだった（ここでなら、こんなふうに生きられるのだ。医学の最前線で、先鋒として働くのはなんと嬉しいことだろう）。彼は人工弁を移植することを許された。患者の大動脈の組織の状態がよくないので、それはとてつもなく難しい作業だった。

「これは妥協案なんだ」とチャッピーが言った。「ほんとうにしたいのは、肺動脈弁と取り替えることだ」

「それはどうやって手に入れるんですか」

「ドナーから」とチャッピーは答えた。「死体から。残念ながら、拒絶反応の問題が解決できないでいるが」

患者から人工心肺を外すと、チャッピーは彼女の心電図を見ながら言った。「このモーターがうまく働いてくれるか見てみよう」

その女性は手術台の上で死んだ。

スーザンを彼女のアパートメントに迎えに行ったとき、シェパードは疲労しすぎていて、自分の一日の出来事について何も話す気になれなかった。欲も得もなく、ただ眠りたかった。だが、スーザンは腹をすかせていたし、彼女の服装から、一緒に出かけたがっているのがわかった。チャッピーから、サンタモニカのレストラン――バーナード・ウェイに面したアーニーズという店がお勧めだと聞いていた。それは素晴らしい判定だった。ふたりは桟橋の見える店の外の席にすわった。メリーゴーランドのオルガンの物悲しい調べが鏡のような海面の上に流れ、遠くの観覧車は、シェパードの目には瞳孔の散大した目のように見えた。それでも彼は自分の内面の静かで超然とした世界から抜け出そうともがいた。長時間にわたる手術と前夜の状況のせいで、超然とした感覚が尾を引いていたのだ。居心地の悪さからだろうか、スーザンは自分の上司の話を始めた。それは病理検査室の長である女性だ。シェパードの注意はあちこちにさまよっていたが、それでも、スーザンは職場で必ず敵視する相手をつくるのではないかという考えが彼の頭に浮かんだ。スーザンの考えでは、その相手ははなから彼女の将来性を制限し、彼女の生活を生き難いものにする気でいる。ベイヴュー病院ではトリシアがそうだった。そういうふうに考えていれば、結局仕事を辞めざるを得なくなったり、解雇されたりしても、スーザン自身にはまったく責任がないことになる。

「今わたしが言ったこと、聞こえてた?」彼女が言った。

「ごめん」彼はスーザンの手の甲に自分の手を重ねた。これは、詫びの印であるだけでなく、ひとつの行為のようなもの、親密さを表すパントマイムでもあった。「すごく疲れてて」彼女の手をとり、自分が与えたブラッドストーンのリングに目を落とした。赤い斑点がまばらにある緑色の石。

「サム。あなた、こっちに来たら、わたしに話したいことがあるって何度も手紙に書いていたわね」

「そうだったね」自分の気持がまったくあやふやになっていることに、ふいに気づいた。

「そのことを話してくれない？」

「話すよ。でも、また着いたばかりじゃないか」

スーザンはとまどいを見せた。

「ぼくが言いたいのは、もうしばらく、自然体でいたいということだ。ただ一緒にいたいんだ。ぼくが落ち着くまで待ってくれ」

「でも、話してくれるわよね？」

「うん。もちろんだ」

食事をとるとシェパードは元気が出た。マリリンは遠のいた。レストランを出たあと、パシフィックコースト・ハイウェイをパリセイズの方向に北上して、それから東に折れ、ウィル・ロジャーズ州立歴史公園を通り過ぎた。時折、スーザンがもたれかかってキスをしたり、彼の腿をなでたりした。そのうち、彼の無関心とよそよそしさは融けてなくなった。ふたりが速やかにどこかに行かねばならないこと、この女に惹かれる気持ちが永遠に燃えつづけるものであることが、今再びはっきりとわかった。シェパードはマイケルの家にもどると――十時を過ぎていて、ドアの鍵をあけたとき、誰も彼らを迎えなかった――すぐに、スーザンをせきたてて自分の部屋にはいった。そのあと、ふたり並んで横たわっていたとき、スーザンがささやいた。「わたし、こういうの、夢に見たことがあったわ」

それから彼女は眠りに落ち、大きないびきをかきはじめたので、シェパードはベッドに起き上がった。それから考えはじめた。もうひと晩、眠れず過ごしたら、明日はとてももちこたえられないだろう。ワインを飲みすぎて、のどが渇いていたので、キッチンに行った。シンクの前に立って、水をコップに二杯飲み干し、灯りを消そうとしたときに、マイケルが姿を現した。ガウンのポケットに両手を突っこみ、厳しい表情でシェパードを見て、客用寝室を顎で示した。「いるのか、あそこに？」

「スーザンですか。ええ」

マイケルの両肩が上がり、がくんと落ちた。「サム、何をやっているんだ？」

シェパードは黙っていた。

「はっきりわかるように言い直してやろう。わ、た、し、の、家で何をやっているんだ？　子どもたちもいるというのに。何よりも、わたしたちはマリリンの友人だ。よくも、わたしたちをこんな立場に追いこんだな」

「黙っていてほしいです」

マイケルは、きみのここがいかれてると言わんばかりに、自分の額を指でつついた。「サム、そこが問題なんだ」

「そうですね。すみません」

「マリリンとは離婚するのか？」

シェパードは肩をすくめた。

「するべきだ」

「マイケル、頼むから――」

「聞くつもりはない。きみの行動は病的だ」

「あなただって、病的な瞬間はあったと思いますけど」

マイケルは近づいて、ささやき声で言った。「きみは常軌を逸している。そのろくでもない頭を検査してもらう必要がある。真剣に言っているんだ。精神科医に診てもらえ」

シェパードは恥ずかしいのと腹が立つのと両方で、相手を見ることができなかった。

「明日は早く出ろ」とマイケルが言った。「けさと同じように。あの車をもっていっていい。車でホテルに行って、あとは好きなようにしろ。とにかく、女房が起きたときに、ここにいてはいかん。もしいたら、あれが何をするか想像したくもない。わかったな？」

「わかりました」シェパードは言った。

　奇妙なことに、この対決のおかげで、頭がすっきりした。こんなところにぐずぐずしているなんて、どうかしていた。翌朝、シェパードはスーザンとアーガイルホテルにチェックインした。

　この移動は、スーザンにとって、何かを裏づけるものであるようだった。とにかく喜んでいた。その日の夕方、シェパードが病院からもどると、ドレッサーの上にスーザンの生けた花があり、彼のためにシェーカーから注いだばかりのマティーニがあった。

「お帰りなさい、ドクター」スーザンは両手でそのグラスをもって、彼に歩み寄った。そして、彼がマティーニを飲み終えないうちから、体を絡めた。三年前の彼女のように、貪欲で、創造的で、疲れを知らず、彼を求めた。だが、そのあと薄暗がりの中でこう言った。「あなたがわたしに何が言いたかったのか教えて。ずっと待っているのよ、サム。ずいぶんがまん強かったでしょう？」

「ぼくがきみを愛している、ということかい？」

「それなら前にも言ってくれたわ。でも、そうしたいなら、もう一度言ってもいいわよ」

　彼女の執拗さのせいで、シェパードは防御的になった。「たぶん、何か食べたら、思い出すと思う」と冗談に紛らわせた。

　身支度をしている間に、スーザンは黙りこみ、自分のために、もう一杯マティーニをつくった。彼が鏡に向かっている彼女の背後から両肩に手をかけると、彼女は身を固くした。沈黙を満たすために話をするのは、今度はシェパードの仕事だった。

　彼は会話をほかのことに向けようと努めた。たとえば自分の研修のことに。これまでなら、そういったことについて彼女と話すのはいつも楽しかった。マリリンと違って、スーザンは医学や病院のことをよく知っている――してはならない質問もよくわかっている。だが、今、彼女を憂鬱な気分から引っぱり出すことは、どうしてもできなかった。

デザートを食べながら、シェパードがきょうの午後のあの手術のことを説明していたとき、スーザンがスプーンを取り落とし、それが皿にあたって音をたてた。「あなたはいつ発つの?」と彼女は尋ねた。

「どういう意味だい?」

「ここを。ロサンジェルスを。いつ行くの?」

「日曜日に発つよ。知ってただろ?」

スーザンの目に涙がたまっていた。「それでいつ、もどってくるの? というか、いつかもどってくるの?」

「もどってくるとも」

「いつよ?」彼女が厳しい声で言った。隣のテーブルのカップルがちらりとこちらを見た。「いつなのか言ってよ。何月何日なのか言って」

「声が大きいよ」

「子ども扱いしないで」

「わかってくれ。ぼくだって、発ちたくて発つわけじゃない」思い入れたっぷりに言った。実際、ほんとうのことでもあるし。「きみにとって、クリーヴランドを去るのは容易なことだった?」

彼はスーザンの手に触れようとした。だが、彼女はさっと手を引っこめ、腕組みをした。

「発つことが、ぼくにとってどういうことか想像してみてくれ」

「わたしは経験済みよ」

ふたりはしばらく、別々の方向に目を向けてすわっていた。シェパードが支払いをし、ふたりは黙りこくって店を出た。だが、ホテルの部屋に帰ると、スーザンが言った。「ごめんなさい。もっと自分を抑えるようにするわ」スーザンは入口の鏡のところで彼の背後から身を投げかけた。「約束するわ」

　そのあと、ふたりはセックスをした。それは穏やかなものとして始まり、みだらで破廉恥なものに変わった。それがすむと、彼女はあっという間に眠りに落ちた。軽いいびきをかいている彼女の息は、ニンニクのにおいがした。目覚めているのは奇妙な感じがした。いつも妻より先に寝入るから。彼はいつしか、自分が眠りに落ちようとしているときに、妻が何かをしている、さまざまな場面のもやのような記憶の間を漂っていた。妻が自分の隣で本を読んでいたり、階下でひっそりと食器を洗っていたり、家の中の、消えているはずの灯りがついていたり、テラスへのドアがことんと閉まる音がしたり（つまり、妻が煙草を吸いに外に出たのだ）、といった場面を黄泉の国から見ているような、そんな記憶。彼はまた「お楽しみ」について妻が言ったことと、そのときの妻の表情を思い出した。あれは一種のからかいだったのだ。ばか息子に対する、母親のからかいのようなもの。彼は立ち上がって、裸のまま、窓のところに歩いていき、ロサンジェルスのダウンタウンを見つめた。その輪郭――遠くのほうで、ぎゅっと束ねられ、積み重ねられた、そのスカイラインは、それを取り囲む、明るく照らされた平らな広がりに守られている。人はロサンジェルスの中にいると感じることは決してない。ロサンジェルスは常に、外の世界のどこかにあるように思われ、それに到達しようと目指すものだから。だから、この眺めは実際、完璧な眺めだ。まるで自分が辺境に野営している遊牧民で、次の朝には、最後の行程を進み、準平原にはいるかのようだ。

　翌日、シェパードは六時よりかなり前に部屋を出た。スーザンの眠りを妨げないように細心の注意を払い、彼女と話さずに済んだことに大いにほっとしながら、病院に向かった。だが、車を走らせているうちにまた不安になってきた。自分はどうしてためらっているのだろう、と。病院にはチャッピーと手術が待っていた。医師用ラウンジで、若い外科医のひとり、バート・エルスターが、三年前、ベイヴュー病院で医学専門実習（レジデンシー）を終えましたと名乗り出て、外科医仲間とのランチに加わらないかと誘ってくれた。ほどなく、彼が土曜日にサンディエゴで結婚式を挙げることがわかった。ドクター・シェパード、披露宴に出席してくださいませんか。

夕方、ホテルにもどったとき、シェパードはスーザンが、海岸沿いに南下する旅の知らせを喜ぶだろうと思っていた。ところが、彼女は彼にくってかかった。

「どうしてわたしが、知らない人の結婚式に行きたがると思ったの？」とぴしゃりと言った。

シェパードは驚いて、その若い男は単なる知り合いだと説明した。自分だって、その披露宴で知っている人に会うことは、ほぼないだろう。披露宴はむしろ、この町を離れる口実に過ぎない、と。

「どうしてわたしたちに口実が必要なの？」とスーザン。「あなたは自分で何か考えだすことができないの？」と言ってシェーカーに飛び散った。「もう一度、彼のためにカクテルを注いだ。グラスからこぼれ出たカクテルが、カウンターのふたをとり、ミラー家に滞在するようなものだわ」どういう意味かわからない、と彼が言うと、スーザンはグラスを壁に投げつけた。「そんなにここを離れたかったら、ひとりで行きなさいよ！」そう言うと、ベッドに突っ伏して泣いた。

シェパードは彼女の背中が震えるのを見ながら、逃げ出すべきか、留まるべきか判断がつかなかった。彼女の肩に手をあてると、彼女は身を翻して逃れた。

「さわらないで！」そう言って、さらに激しくむせび泣いた。

「わかったよ」彼はただその場に立っていた。だが、一向に泣きやまないので、椅子にかけたジャケットをとって着た。

「どこに行くの？」

「何か食べに」

「わたしを置き去りにして？」

「何が気に障るかも言ってくれないんじゃ、仕方がないだろう」

スーザンは身を起こして、彼のほうを向いた。マスカラが頬に流れて、狂気じみた印象を与えていた。「わからないの？　結婚式なんでしょ。わたしは何も着ていくものがないの」

ホテルのコンシエルジュが遅くまであいている店のリストをくれ、ランソホフズが一番近いです、と教えてくれた。シェパードは喧嘩のせいで怒っていると同時に、弱気で腰が引けた感じになっていた。ここに来るまで、スーザンのこういう側面を見たことがなかった。それは自暴自棄で衝動的で激烈な一面だった。これが彼女の正体なのだろうか？　ふいに切実に、クリーヴランドに帰りたくなり、湖や決まりきった習慣やわが家を恋しく思った。今立ち去れば、自分には何の害も及ばない。無傷で逃げられる。

だが、店にはいっていくとき、スーザンは彼の腕をつかみ、もう一方の手で彼の手を握った。「わたしに怒っていいわよ。むちゃくちゃだったの、わかってるから」シェパードがため息をつくと、スーザンは耳元でささやいた。「言って」

「きみはむちゃくちゃだった」と彼は言った。

スーザンは彼に足をとめさせ、両腕を上げて、彼の首の後ろで両手を重ね合わせた。「あなたにかまってほしかっただけよ」

「ほんとうかい？」

「かまってくれる？」

「喜んで」

「じゃあ、これで」と彼女は言った。「一件落着ね」――摩訶不思議にも、そのとおり一件落着したように思えた。

店員は店の奥の試着室にふたりを案内した。モデルたちが更衣室から出てきて、ふたりがすわっているソファーの前を歩いてみせた。靴音はカーペットに吸いこまれて聞こえなかった。グレイの内装のその広い部屋はとても静かで、衣擦れが聞こえるほどだった。周囲の鏡にふたつのシャンデリアの光が反射していて、とても明るく、服のレベルの高さがよくわかった。新たにドレスが登場するたびにスーザンが興奮しているのを見て、シェパードはこれまでマリリンにこういうことをしてやろうと思ったことが一度もなかった理由を、いわば科学的な好奇心から考えた。どうしてほかの女性に言い寄ることや、彼女たちと（あるいはスーザンと）手に手をとって見知らぬ街を歩くことを、際限なく夢見るのか。どうして、こんな気前の良さを唐突に発揮するのか。このあとは上等なディナー。高級なホテル。医師である自分の消費力が存分に発揮される。店員が値段を口にしたときも、彼の本能的行動基盤には、少しのためらいも生じなかった。妻に対しては、事あるごとに節約しろと言うのに。

スーザンがとりわけ気に入ったのは、彼女の鎖骨とほっそりした肩を際立たせるボートネックの黒いドレスだった。彼女がそれを試着して部屋にはいってきたとき――鏡が互いを映しあって、鏡の奥まで、連続した像が続いていき、彼女が無数にふえたとき――シェパードは激しい欲情に突き動かされ、我を忘れた。彼女の中にある何か、彼女の美しさの中にある何かが、それまでにあったどんな不愉快なことも消し去った。海から生まれたばかりのヴィーナスのように、彼女は新しく生まれ変わったように見えた。くり返し生まれる彼女をその都度、迎え入れていかないのなら、それは怠慢だと言っていい。自分たちが今手にしている自由、自分がその気になれば、ずっともっていられる自由を彼は思った。

その夜、シェパードはマリリンに電話した。

「ねえ、こんなに美しいところはほかにはないわ。クリーヴランドなんかに住んでいることが、ばかばかしく思えてくる」

「こっちに住んでいたときは、そんなこと思わなかっただろう？」

「あら、思ったわよ」

「よく言うよ。いつも故郷に帰りたがっていたくせに」

「あの頃は若かったから。愚かだったのよ。でも、愚かさを重ねることはないじゃない。今、わたしたちは愚かなことをしているのよ、サム。ここでなら幸せになれるわ。チップが海辺で育つのを想像してみて」

「きみはきっとまた気が変わるよ。今、すばらしく思えるのは、束の間の滞在だからじゃないのか」

マリリンはちょっと黙った。「あのね、あなた。あなたは忘れているかもしれないけれど、チャッピーがあなたに仕事口のオファーをしてくれたわよね。故郷に帰りたがったのは、あなたのほうよ」

「こんな埒もない話、やめようよ」

電話回線に雑音が生じた。海の音のように聞こえた。シェパードには、双方が情緒不安定になっているのがわかった。

「忙しかったの？」彼女が訊いた。

「うん」

「楽しんでる？　ここにいることを」

「うん」

「もう一度考えてみるべきよ」

「そうするよ」

「じゃあ、日曜日にね」

受話器を置くとき、逃げてもいいんだ、と彼は思った。

土曜日、太平洋岸沿いのハイウェイ・ワンをドライブしていたとき、シェパードの心にはずっと、このことがあった。

彼とスーザンは午後四時近くに出発した。

このルートを通ると、運転時間は長くなる——ラホーヤまで、たっぷり二時間半。だが、天候はすばらしかった。この季節としては暖かい午後、空はシェパードの頭の中のように、すっきりと晴れ渡っていた。彼は彼女に話す覚悟ができていた。今晩話そう。明日の朝にはビッグサーに向けて出発するのだから、ちゃんと計画を立てておかないといけない。もちろん、今、話してもいいのだが、あまりに気分がよすぎて、話なんかするのはもったいない。ここで運転するということは、自分を取り囲むすべてと一体になることだ。潜水艦のようなエンジン音、カーブのたびに優しく引っぱる力、胃袋が空中に置き去りになるぐらい急な下降、視界に静かに現れて静かに去っていく対向車、道路から立ち上がり、高い松の木立に向かう、低木や草むらの緑に彩られた茶色い崖——それらすべてになることができるのだ。「こういうお天気が永遠に続いてほしいわね」とスーザンが言った。シェパードは賛成の意を表して、彼女の手を握った。

だが、彼らがヨットクラブに到着する頃には、前線が近づいてきていて、まったく静かな海が、もやのかかったような日の光の最後の輝きを反射していた。あとになってシェパードは、最後に食べたのはいつだっけ、と考えることになる。というのは披露宴にはオードブルがたくさん出ていたが、それ以上にシャンパンがふんだんにあったからだ。何杯も飲んでいるうちに、彼は自分でも気づかないうちにジンに移行していた。たまたま、この披露宴には、スーザンのクリーヴランドでの知り合いが数人来ていた。彼女はほとんどすぐにシェパードのそばを離れた。シェパードは眼科医との長話につきあわせられていたが、窓に雨粒が当たっているのに気づいて、会話を切り上げ、外に出た。おろしたままにしていたコンバーティブルの幌を急いで閉じた。それから、車のそばに佇み、目をつぶって深く息を吸い、停泊しているヨットのマストがぶつかりあう音や風の音に耳を澄ました。雨は断続的て、霧雨に近かった。だが、気温が下がったので、彼の頭も冷やされ、自分がひどく酔っ払っているということがわかる程度にはなった。

室内にはいり、やかましさとむっとする熱気に辟易しながら、スーザンを捜した。早く彼女とふたりきりになり、自分の心に溜めこんできたことを彼女に打ち明けたかった。だが、宴会場のどこにも彼女の姿はなかった。メイン・バーにはいってようやく、その奥に若い男と並んで立っているスーザンを見つけた。彼女は両手で自分のグラスをもち、相手の男の顔に向けて顎を上げて笑っていた。男は穏やかで高慢な物腰で壁にもたれ、スーザンの関心を一身に集めて満足げだ。男はスーザン同様、暗い色の髪とくっきりとした目鼻立ちの持ち主だった。彼は客のひとりを指さし、スーザンの耳元に口を寄せて、その客について何か言った。スーザンは声をたてて笑い、同感だといわんばかりに、男の手首をつかんだ。親密な空気とともに彼らを包みこむ透明な球が見えて、シェパードはその場に立ちすくんだ。こちらに顔を向けて彼に気づいたスーザンの目がきらりと光った。そのとき、彼女が彼に対して何の興味もないかのように背を向けなかったら、彼の心にこんなに烈しい嫉妬と憤怒が湧き起こることはなかったのだろうが。

「あら、サム」

「スーザン」

その見知らぬ若い男をじろりと見ると、相手も見返した。「ドクター・シェパードです」

「ドクター・ケスラーです」

「マークとわたしはグッド・サマリタン病院で一緒だったの」とスーザンが言った。

男たちは黙っていた。

「きみと話したいんだ」シェパードはスーザンの腕をつかんで脇に寄った。「ずっときみを探していた」

「そう。見つかってよかったじゃない」

彼はしげしげとスーザンを見た。彼女の視線は彼の首のほうにおりていって、上がった。

「そろそろ出よう」

「わたしはどこにも行かないわよ」

「何だって？」

「今はまだここにいたい。楽しいんだもの」

シェパードはスーザンの肩越しにケスラーを一瞥した。「酔ってるだけだろう」

「そうなのかしら？ 教えてくれてありがと。じゃ、さいなら」

もどろうとする彼女の腕をシェパードはまた、つかまえた。

「放してよ」

「ちょっと外の空気を吸いに行こう」

「空気なんかいらないわ。離れたいだけよ。あなたから」

「ほんとうかい？」

「ほんとうよ。あなたなんて、体裁の悪い、おっきなクエスチョンマークじゃない」

「スーザン、きみは――」

「マークにだって訊かれたわ。『誰と来たの？』って。あなたのことを話したら、『深い仲なのか？』ですって。答えられなかったわよ。答えられるわけないでしょ。わたしたちって何なの？ わたしはどう言えばいいの？」

「また、ばかなことを言っている」

「そのとおりよ。わたしはばかだもの。あなたには都合がいいんでしょう？ 頭が空っぽの体だけの相手が――

シェパードは彼女の両肘をつかんで、体全体をもちあげ、引き寄せた。彼女の耳が彼の唇に触れそうになった。「ぼくにもう一度会いたいと思うなら」と彼はささやいた。「今すぐ、一緒にここから出るんだ。わかったね？」

スーザンはくすくす笑った。シェパードは手に力をこめた。

「わかったね？」ともう一度言って、彼女をおろした。

スーザンは自分の両肘に目をやった。彼の手が握りしめたところについた赤い指の痕が薄れはじめていた。シェパードの真剣さを確かめた彼女は、考えを巡らすかのように目を細め、それからにっこりした。「おかしな坊やね」と彼女は言った。

海岸沿いのルートをとったのは間違いだった、とシェパードは思った。天候や車の状態だけでなく、距離が増えたことで、時間が余計にかかる。道路が曲がりくねっているのでスピードが出せない。ほかのルートなら、ロサンジェルスに早く着いて、ゆっくり眠れただろうに。明日の朝は早く起きて、チャッピーと一緒に、マリリンの待つビッグサーに出かけられたはずなのに。これは間違いだった。状況を考えると、危険でさえある。今までたくさんの間違いを犯してきたが、また間違えた、と彼は思う。さっき切ってしまった親指がずきずき痛む。これは縫わなければならない傷だ。そして、少し前に感じたのと同じ不安がきざした。それは、生きて朝を迎えることができないのではないかという、不合理で名状しがたい恐れだった。犯した間違いの多さを考えれば、それらが重なりあって、自分に死をもたらすのは避けがたい気がした。自分はきっと、スーザンと共に死ぬだろう。そしてその死は害にしかならないだろう。病気がさまざまな症状を呈しているとき、医師は原因となった感染や事故をつきとめて診断を下す。しかし、間違いはいくつもの選択の結果だ。それらの選択の経緯をさかのぼっていけば源に到達する。そもそも、とシェパードは考える。スーザンと深い仲になったのが間違いで、次に、愛人として馴染んできた女がそれ以上のものになれると考えたのが間違いだ。いや、違う。ふたりの関係は最初から、未来の可能性にさまざまな制限を及ぼすものだったのだ。しかし、こんな考察をいくらしても、解決策や救済策には到底つながらない。

そのときふいに、妻の最後に言った言葉が何を意味していたか、はっきりとわかった。「お楽しみはほどほどにね」。妻は知っているのだ。昔から知っていたのだ。シェパードは不明を恥じて笑みを浮かべた。こっちに来たときから、おそらくはそのずっと前から、おれがスーザンに会うことを知っていたのだ。マリリンはそれを知っていて、予め許していた。だが、それは彼女の言葉が意味することの一部でしかない。残りの部分はこれだ。「わたしは待っています」。これで夫婦の関係が終わるなら、仕方がない。これがただの浮気なら、かまわない。わたしはあなたが帰ってくるのを待っている。あなたはわたしを切り捨てるかもしれない。あなたはわたしを抱きしめるかもしれない。いずれにせよ、わたしのほうから、夫婦の絆を終わらせることはしない。わたしは待っている。あなたを愛しているから、もう一度チャンスをあげる――これが最後よ。

神よ、妻のもとに帰してください、とシェパードは祈った。

「車を止めて」スーザンが言った。

「なぜ?」

「凍死しそう。幌を上げて」

「寒いほうが、頭がはっきりするんだ」

「早く止めてよ。止めないなら、飛びおりるわよ」

「どうぞ飛びおりてくれ。かまわないよ」

「わたしのことなんかどうでもいいのよね。あなたはいつもそうだわ」

「今晩はね」

「いつだってそうよ」

「あんな大騒ぎをされたあとだからだ」

「ああそうか。あなたの狭い価値観に一致しないものは、すべて大騒ぎってことになるのよね。なにが大騒ぎよ。ほんとうのことを言っただけなのに」

彼は彼女の顔の前に右手をかざし、「勝手に言ってろ」と言わんばかりに指をひらひらさせた。

「情けない人ね」彼女が言った。「情けない意気地なし」

「くたばれ」

「何についても立場をはっきりさせない。誰に対してもはむかえない」

彼はラジオをつけた。

彼女がラジオのスイッチを消した。「お父さんに立ち向かえないでしょう。あなたはちっちゃな子どもで、お父さんがあなたのちっちゃな人生のためにつけてくれた狭い道を歩いていくしか能がないのよ」

「おれの家族について下らないことを言うのはやめろ」彼はタイヤをきしませ、時速百三十五キロで走っていた。

「それであなたは、ちっちゃな謀反を起こして、自分は大きくて自由だという妄想にふけるのよね」

彼は上唇を舐めた。

「あなたは奥さんにも立ち向かえない。わたしに愛しているとささやいている一方で、奥さんとも別れない。愛しているという言葉で、あなたはわたしたちの両方を侮蔑したのよ」

「口を閉じていろ」

「今にいたっても、立場をはっきりさせない。『あんな大騒ぎをされたあとだから』ですって。みんなわたしが悪いわけ？」

「黙ってくれないか？」

「ああ、わたしはなんてばかだったんだろう。ロバートはいい人だったのに。彼はわたしを愛してくれたわ。少なくともあの人は、愛するとはどういうことか知っていた。自分を律することを知っていたわ」

シェパードは笑いだした。唾を飛ばして大笑いした。時速百四十五キロに達していた。車を左にぐいっと寄せて、虚空の上に飛び出したかった。太平洋に落ちていきながら、恐怖にひきつる彼女の顔を見るために。

「あなたのせいで、わたしは転落の一途をたどっているわ。あなたはわたしの人生にかけられた呪いのようなもの。すべてに災いをもたらすもの」

「明日になれば、いなくなるさ」

「どなたがあなたの次のお相手？　その幸運な女性はまだ知らないんでしょうね。もうじき、サム・シェパードが血を吸いつくしにやってくることを」

「きみが最後だ。ほんとうだ。もう一生分、懲りたからな」

「奥さんがお気の毒！」

彼はスーザンのほうを向いて人差し指を突きだした。「妻のことを口にするな！」

スーザンが悲鳴をあげた――前方の何かに対して、彼女の目は大きく見開かれ、両手がダッシュボードに投げ出された。

体をもどして前を向き、ブレーキを踏んだ一瞬の間に、シェパードはその影を――そして、妻の髪とそっくり同じ色の茶色い毛を見た。その直後に、衝撃を感じた。彼は心の中で「マリリン！」と叫んだ。恐ろしい偶然か、魔力が動いて、何百キロも離れたビッグサーにいる彼女がこの瞬間に、この道に運ばれ、その体に彼らの車がぶつかったのだと信じて疑わなかった。衝撃と同時にぞっとするような音――肉と骨が砕け、裂ける音がした。衝突というよりはエンジンの爆発のような感じだった。それに続いて右側の後輪がそれを轢いて横滑りした。シェパードのカーレースでの経験が彼らの命を救った。彼は車の向きを修正する代わりに、車がスピンするに任せた。MGはちょっとの間、双胴船のように、左側の車輪だけに載って持ち上がり、すぐに着地した。この世のものとも思えぬ絶叫が響き渡るなか、車は三回転して、ゆっくりと隣のレーンに移動し、やがて、目指していた方向と同じ方向を指して止まった。

衝突地点をたっぷり三十メートルは過ぎていた。ふたりは数秒間、黙ってすわっていた。

「今の何？」スーザンが言った。「まさか、女の人じゃないわよね」

シェパードはギアをバックにし、アクセルを床まで踏みこんだ。そして、脚のようなものが見えるところで車を止めた。「じっとしていろ」とスーザンに言うと、サイドブレーキを引いて外に出た。

緊急時に起こるアドレナリンの急激な分泌が、彼に冷静さと鋭敏さをもたらした。職業的な訓練の賜物だ。ブレーキライトとテールライトがその場を赤く染めていた。彼の精神状態は、危機の程度を判定しようとするものだったが、それでも、その脚が犬の脚だとわかって、はっきり自覚するぐらい安堵した。彼は犬の体のほうに歩いていった。それは大型犬のスタンダード・プードルだった。五十センチぐらいのところまで来て初めて、まだ息があることを知った。

彼はその雌犬を見下ろした。犬は右側を下にして横たわっていた。一本の前脚が切り離された大きな傷口からは、蛇のような筋肉がとぐろを巻き、血の色の光を浴びて輝いているのが見えた。

彼は膝をついた。犬の胴は血で黒くなっていた。後脚は二本とも、先のほうでひどく骨折していた。両脚とも脛骨近位部が関節で複雑骨折し、自転車のキックスタンドのように曲がって、路面にぺたりとついていた。耳と口から血が漏れ出ていた。だが、理解力はあった。彼を見ると、人間であり、主人であると認識したのか、顔を上げて、彼の顔を見て弱々しい声を出し、残る前脚を腹の前に置いて服従の意を表した。

「よしよし、いい子だ」と彼は言った。

首を探ってみた。首輪はない。

「めんどうを見てあげるよ」彼はそう言って、車にもどった。

「女の人なの？　それとも男の子？」スーザンが訊いた。

彼は何も言わず、車のトランクをあけ、十字レンチをつかんで歩いていった。スーザンがついてきたが、あの脚の見えるところに来たとたんに、えずいた。

シェパードはもう一度、犬の前に膝をついた。

これが代償なのだ、とシェパードは思った。スーザンと出会った三年前から連綿と続く鎖のひとつひとつの輪がこれにつながっていたのだ。もし自分が強ければ、ここで止めることができる。この犬が唯一の犠牲者となるだろう。さもなければ、これは来るべきほかの犠牲の先触れとなるだろう。決してこれ以上の犠牲を招くことがあってはならない。

彼は犬の頬に触れた。掌を濡らす血が温かかった。犬はもう一度体を起こそうとしてキャンと鳴き、それから長々と横たわって力を抜いた。「大丈夫だよ」と声をかけた。背中が丸くなっていて、後ろ脚も腹の近くに寄せられている——こんなにひどい傷だが、筋肉は生きていて収縮しているのだ。犬はまっすぐに彼の目を見た。彼を見る犬の目にこめられた愛は、ひたすら懇願する受け身の愛、まったく従順な愛だった。彼が踏みにじった愛。

彼は片膝をついた体勢で、犬の首を優しく右手に載せた。そしてその頭目がけて、猛烈な速さでくり返し十字レンチをふりおろした。耐えられなくなって、大声で叫びながら、犬の頭蓋に打撃の雨を降らせた。レンチが路面に当たって大きな音をたてるまで。十字型がまっぷたつに割れ、沈黙の中で甲高く鳴るまで。彼自身が血糊でぐしょぐしょになるまで。犬からは何の声も音も聞こえなくなり、聞こえるものがただ彼自身の息の音だけになるまで。シェパードは、覚えている限り初めて確信がもてた——何が正しいことなのか。

こんなふうに心の奥深くで願っていることが叶うなんて、ごく稀なことだ、とリチャード・エバーリングは思った。

きょうは清掃を頼まれている家が四軒ある。その約束は果たさなくてはならない。だが、マリリンはずっと彼の心の中にいて、家から家へとついてきた。テラスに一緒にすわっていたときのことが心に浮かんだ。あのときは気後れして好機を逸したが、そしたらなんと、マリリンのほうから誘ってきた（「お掃除が終わったあと、うちのビーチで泳いだらいいじゃない。遊んでいって」）。仕事を一生懸命やれば、それだけ早く水曜日が来る、とエバーリングは考えた。そう思わないと、時間が耐え難いものになるだろう。孤児院にいた頃、必要であれば十五時間でもぶっとおしで眠れるようになったことを思いだした。だが、それは今はできない。やらなければならないことがたくさんあるから。彼はマリリンと会う日がどんなふうに進行するか、心の中でくり返しリハーサルした。彼女の寝室に上がっていくところで終わる、その空想をたどるたびに、自分に言い聞かせた。勇気をもて。自信をもて。一瞬たりともためらってはならない。ひんやりとしたシーツの間に体を滑りこませ、彼女におれの秘密を教えてやるのだ、と。

彼女にやるプレゼントを手に入れたかった。本が正解だと思った。詩集がいい。ハンティントン公園のそばのニューハート家にいたときに、湖が見渡せる窓（と埃を払ってやらねばならない女の像）のある大きな図書室で、知らない名前の人たちが書いた本を適当に抜き出して、ぱらぱらめくった。

運よく自分の欲しいものが見つかるのではないかと思ったのだ。

ヴィーナスのおかげで、わたしも匠の名に値するものになった
愛の教えに精通した、いわば芸術の匠
愛はたしかにやんちゃで、わたしをしばしば憤慨させる
でも彼は、まだ少年。優しくて動揺しやすい*

おれも少年だ。詩に感嘆しながら、エバーリングは思った。優しくて動揺しやすい。そして、愛は彼を憤慨させる。ドクター・サムのように医者になっていたら、そんなことはなかったのかも知れないが。エバーリングは、この前、こちらが挨拶をしたのに、ドクター・サムが無愛想に通り過ぎていったことを思い出した。エバーリングが透明人間であるかのように。高校のフットボールの試合で、選手のひとりが膝にけがをして、手当をするためにドクター・サムがグラウンドに飛び出していったとき、エバーリングの後ろにいた若い女の子がため息をついて友だちに言った。「ああ、あんなお医者さんに診てもらえるなら、わたし病気になりたいわ」それを聞いたエバーリングのほうが病気になりそうだった。エバーリングは詩の先を読んだが、あまり理解できなかった。次に続く数行は、奇妙な名前の人ばかり出てきて、やっていることも変てこだった。だが、エバーリングは、自分がマリリンのために詩を朗読しているところを想像した。朗読は彼からの贈り物だ。マリリンはそれをわかってくれるだろう。そして、あとでひとりになったときにマリリンがその詩を読むと、彼が読んでいるのを聴いているような、彼がまだそこにいるような気がするだろう。それを読むとき、マリリンには彼の声が聞こえてくるだろう。彼がごく小さくなり、彼女が巨人になって、彼が彼女の体をよじ登って耳の中にはいり、ささやいているかのように。エバーリングは本をつなぎの後ろのポケットにすべ

りこませた。

ニューハート家では楽をした。客用寝室には手をつけなかった。もっとも、先週以来、使った形跡がないようだったから当然とも言える。次はブラッドフォード家だった。ここでも何かマリリンのためのものを見つけられることを彼は確信していた。ミセス・ブラッドフォードの母親のプリシラはガレージの上の寝室で生活している。この婆さんはもはや自分の名前も忘れてしまったが、ドレッサーの引き出し一杯分の宝石類をもっている。宝石はグループごとに（指輪、イヤリング、ネックレスという具合に）分けて装飾的な小箱に収められている。そして、このドレッサーの上には、何段もの棚があるガラスの箱が置かれ、奇妙な小物が飾られている。銀製の魚の口がロケットになっていて蓋をあけることができるもの。石の下に秘密の隠し場所のある指輪。黒い文字盤に金の針がついた繊細な時計。ここから物をもち去る秘訣は、ミセス・ブラッドフォードに、老母について何か気の休まるようなことを言ってやることだ。「ミセス・ブラッドフォード、お母さんのところに紅茶をもっていきましょうか？」とか「わたしが掃除をする間、一緒にいていただくほうがいいかもしれませんね。お母さんが知らない人間を見て、びっくりなさるといけませんから」とか。そういうふうに言うと、ミセス・ブラッドフォードは彼の肩に触れて――この人も結構な年配でしかも好色だ――「ディッキー、母はあんなだから、あなたのことを息子だと思っているのかも。男の子は生まなかったんだけど」と言い、細い紙巻き煙草に火をつけて笑う。

エバーリングが階段を昇って行くと、プリシラは部屋のすみにいて、湖を望む裏手の窓に椅子を向けてすわっていた。最初のうち、彼はいかにも仕事をしていますと言わんばかりの大騒ぎをした。バケツやモップをがちゃがちゃさせ、便器とバスタブをごしごし洗い、便座をばたんと手荒く閉めた。

＊オウィディウス『恋愛指南　アルス・アマトリア』より。

やがて、網扉が閉まる音がして、ミセス・ブラッドフォードがウィスキー・サワーを手に、しゃなりしゃなりとビーチに出かけていくのを見届けると、エバーリングはプリシラのところに行き、彼女のクリーム色がかった目に映る自分の姿がわかるほど近くに立って、彼女がつけている宝飾品を調べた（毎朝、プリシラは娘に服を着せてもらう）。そして、どんな指輪やイヤリングやネックレスをつけているか見極めると――老婆は何をされているかもわからないのに、なんとなくわくわくして、人懐っこい犬のように頭を傾ける――彼は引き出しをくまなく調べ、真珠のイヤリングであれ、金のロケットであれ、可能な限りよく似たものを探しだし、プリシラが口のきけないモデルであるかのように、ひとつひとつの品をプリシラが身に着けている、それとそっくりの宝飾品に近づけた。それから、彼はそれらを交換し、彼女の着けていた宝飾品を自分の汚いバケツに放りこんだ。婆さんは彼の手伝いをした。イヤリングを彼のほうに向けたし、エバーリングが指輪を見ようと手をとったときには、腕をちょっともちあげさえした。

マリリンのことを考えて、彼は声を立てず口を動かした。きみにぼくの秘密を教えてあげるよ。

エバーリングがブラッドフォード家の大きな家を掃除するようになって二年経つが、ミスター・ブラッドフォードその人にはまだ会ったことがなかった。だが、彼がここで生活しているのはわかっていた。主寝室の脇の部屋のベッドが乱れていたり、クロゼットにはいっているのと同じようなスーツが安楽椅子にかけてあったりするからだ。エバーリングはよく、その胸ポケットやズボンのポケットをさぐり、思いがけないお宝にぶつかった。セロファンに包まれた上等の葉巻やモノグラム入りゴルフ・ティー、銀製の名刺入れ、文字を彫りこんだマネー・クリップなど。ここでも、秘訣は、目につ いたものすべてを盗ることは決してしないということだ。貴重な品であることが非常に明らかなものも避ける。そんなものがたやすく得られるというのは、罠かもしれないからだ。信頼に値するかの抜き打ちテスト、雇い主による待ち伏せであるかもしれない。だから、そういうものは常に、見つけたところに残しておく。真のギフトは、ドレッサーやベッドサイドテーブルの下に落ちていたり、クロゼットに詰めこまれた箱のうち、「写真」というラベルがバツ印で消されて、その結果忘れられた箱にしまってあったり、引っ越しのときや、誰かが亡くなって配偶者や子どもが遺品を整理するときしか手をつけないような場所に隠れていたりするものだ。

「ディッキー」ミセス・ブラッドフォードが呼んだ。「上に来て、休憩なさい」

まったく助平な女だ。彼女はベッドで待っている。両腕を高いヘッドボードのほうに伸ばし、豊かな銀髪の頭もヘッドボードにもたせかけて。ヘッドボードに彫りこまれた一対の翼が、彼女の肩から生えているように見える。彼女の飲み物はいつも十分に冷えていて、グラスには霜がつき、氷の下のチェリーは茶色い目の中の赤い光彩のようだ。ベッドサイドテーブルの決して盗まれることのない金のトレイでは、彼女の紙巻き煙草が燃え尽きようとしている。ミセス・ブラッドフォードは時間の節約のため、彼より先に服を脱いでおくのが好きで、そのあと、シーツの上で待っている。そのシーツはあとでエバーリングが責任をもって洗うことになる。彼は壁に掛けられた写真を見ながら階段を昇っていった。それらはいかにも幸せな家族というポーズのもので、ママ、パパ、息子、娘がみんな同じように、やや右を見つめて写っている。もちろんにっこり笑って。だが、エバーリングがこれまで掃除をしたどの家のどの結婚生活も、独自の汚れをもっていた。においのように独特で、一生分の料理のように深くしみこんだ汚れ。来週はこんなふうにマリリンの家の階段を昇るのだと思う一方で、エバーリングはすでに、紙巻き煙草の煙のにおいとミセス・ブラッドフォードの口の中の灰と砂糖の味を感じていた。彼女の長く冷たい舌の感触も、歯にはさまったチェリーのかす、門歯にわずかについた、乾いた血のような口紅も。彼の秘密はすでに猛りたち、彼の心は、彼を預かった里親の家、エバーリング農場にもどっていった。そこは彼が五つの家庭を転々としたあとにようやく定着して、大きくなるまで育った場所だ。そこでは彼が夢を見て泣き叫ぶと、里親のクリスティーンが彼のベッドにはいってきて、彼が眠りにつくまで抱いてくれた。そして真夜中、彼女は幼いエバーリングの体を自分の体の上に引っぱり上げた。夢うつつのようだった。違う誰かがそばに寝ている夢を見ているかのようだった。クリスティーンはエバーリングのパジャマのズボンを足で引きさげ、パンツを足指でつまんでおろした。足の爪が彼の細い脚をひっかいた。そして彼女は自分のネグリジェをまくりあげた。まだ楽しい夢から覚めないでいるのだろうとエバーリングは思った。クリスティーンは「ゆっくり、ゆっくり、ゆっくり」と言い、それから、彼を怯えさせる恐ろしい力で、両耳をつかんで顔を引き寄せ、自分の脚の間に押しあてた。エバーリングの頭が体から切り離されているかのように。クリスティーンは彼の頭を上下に動かし、突き出させた舌を時には指先でつまんで角度を調整した。お終いに、クリスティーヌは彼の口を手で拭った。相変わらず眠っているようだった。彼女は耳元でささやいた。「すてきね。かわいいわ」と。だが、彼女は決して彼の名を口にしなかった。「あんたはやりたいことは何だってできるのよ」ともささやいた。自分の人生のことを言われているのだと、彼は思った。「怖がっちゃだめ」とも、「あんたはわたしにとって特別な存在よ」とももささやいた。

それから、「さあ、パジャマを着なさい」と彼女は言った。

彼は眠った。

朝、クリスティーンはいつも彼より先に起きていて、朝食をつくってくれた。「ディッキー、おりてきて、お食べなさい」

クリスティーンのせいだ、と彼は思う。自分がとるにたらない人間なのは、ドクター・サムのような人でないのは、クリスティーンのせいだ。でも、おれだって、ドクター・サムのようになっていたかもしれないんだ。すべてが失われたわけではない。人生にはまだ驚くことがある。マリリンがおれにそれを証明してくれた。来週、彼女にこういうことをみんな話そう。彼女は怖がらないだろう。そう、それが肝心だ。怖がらないで、おれを信じてくれる誰かを見つけ出すこと。エバーリングはその誰かがマリリンだと信じて疑わなかった。彼女となら話ができる。おれの秘密を教えてやろう。そしたら、彼女もおれに自分の秘密を教えてくれるだろう。誰だって秘密をもっているのだから。そうだよな？

ブラッドフォード家を出たあと、ランチの時間になった。それで、彼はハンティントン公園にもどり、朝、駐車した場所にとめた。ここからわかる限りでは、シェパード邸は空っぽだった。彼は急に不安になった。疑念で頭がいっぱいだった。つなぎのポケットとバケツから獲得品をとりだし、乾かすためにダッシュボードに並べた。キラキラしてはいるが、エバーリングの目には、しょぼく見えた。安っぽい。マリリンはこんなものを見はしないだろう。何と言っていいかわからないだろう。こんなものは彼女を怖がらせるだろう。マリリンはおれのことを怖がるだろう。心の中の人物と外の世界の中の人物は同じではない、とエバーリングは思った。それぐらい、ちゃんとわかっているべきなのに。彼は過去にその間違いを何度となく犯していた。孤児院時代、トイレの個室で友だちのペニスにさわったら、言いつけられた。女の子にキスしようとすると、どの子もみんな悲鳴をあげて保母のところに走っていった。そもそもどうして、マリリンがおれなんかとかかわりをもとうとする？　ドクター・サムのようなりっぱな夫がいるのに、〈ディックのクリーニング・サービス〉の男と寝るだろうか？　彼女には失うものがたくさんある。子どもと金と眺めのいいすてきな家。幸せそうな感じじゃなかったが、どんな不幸せがあろうと、子どもと金と家の三つにはかなうまい。おれはばかだった。水曜日には水泳パンツをもっていくのもやめておこう。行くのもやめようかな。忘れたことにすればいい。あの家で仕事をするのをすっぱりやめてもいいかもな。

そもそもあの女が変な誘いをかけなければよかったんだ、と彼は腹立たしくなった。

エバーリングはバンを出した。

あんたに二度と会わなくてもおれは平気だ、と彼は思った。

ホークス家に行くのが少し遅れた。が、エスターは、そんなことは気にしない。エスター、つまりミセス・ホークは、いい人だ。彼女に悪いことが起こるわけがないと思えるほどいい人だ。ミスター・ホークも同様だ。彼は市長であるだけでなく、ベイヴィレッジ一番の肉屋でもある。エバーリングが仕事を終えたときに居合わせると、チップ代わりに、上等なステーキ肉をくれる。冷たく湿った紙包みを指で押して、肉の質を確かめてから手渡す。「まず、オリーブ油をこすりつける。それから塩と胡椒をふんだんにふりかける。片面につき強火で四分間。それ以上はだめだ。だが、一番の秘訣は、焼いた後、置いておくことだ。わかるかい？　焼いた時間の半分の時間、置いておく。そうすると、肉全体に肉汁が行きわたる」ホークはエバーリングの前で指をふりたて、それから父親がするみたいに、音をたてて頬にキスする。

きょう、ホーク家では窓だけをやる約束だ。だが、そのあともう一軒、ハンフリー家に行かなくてはならないので、結構忙しい。

あんたに二度と会わなくてもおれは平気だ。彼は二階の窓から後ろ向きに上半身を出して作業しながら、心の中でくり返した。そのとき、誰かが彼の名を呼ぶのが聞こえた。ミセス・ホークだと思い、返事をした。それから、窓の内側に体をもどし、窓敷居にすわって、目が慣れるのを待った。黒い淀みの中からマリリンの姿が現れた。

「こんにちは、ミセス・シェパード」

彼女は少し息切れしているようだった。階段を昇ってきたからだろう。だが、彼に明るくほほえみかけた。この間と同じように。エバーリングは彼女の姿を目にして圧倒され、人間は欲しいものを怖がるというのはほんとうだ、と思った。笑ってしまうか、縮こまってしまうかして、自分の動揺がばれてしまうのが怖くて、彼女の顔を見ることができず、床を見た。彼女は低い声で話している。エバーリングは、それぞれの家で音がどのように伝わるかをよく知っていた。それぞれの家が繊細な楽器てでもあるかのように。今、ミセス・ポークにふたりの声は聞こえないはずだ。だが、マリリンは念のため、用心しているのだ。

「来週のことだけど」と彼女は言った。「もしできたら、月曜日にお掃除に来てくれないかと思って」

彼女が落ち着かなそうに、唾を飲みこむ音が聞こえた。彼女がここにいるなんてありえない。これは夢だ。彼は有頂天になり、口が利けなかった。

「午後に来て」と彼女は言った。「チップはお隣で遊ばせてもらうわ。じゃまにはならないわ」

エバーリングはまだ床を見つめていた。頬がゆるんだ。

「この前も言ったけど、水泳パンツをもってくるといいわ」彼女は距離を縮めた。「遊びましょう」

彼は黙ってすわっていた。微動だにしなかった。

「どう？　そうしたい？」

「はい。でも……」

「でも、なあに？」

でも、こんなこと想像もしていなかったんですとエバーリングは心の中で言った。一日じゅう、考えていたことを今、彼女に言えるなんて、とほうもなく不思議で、すばらしいことだ。「もっと早ければいいのに」と彼は言った。口に出してしまってから、衝撃に備えて身構えた。これは、この先ずっと自分が何を望むか彼女に告げられるようになる、そのひとつ前のステップだ。そう思うと体が震えた。

「ほんとうにね」と彼女が言った。顔はうつむき、声はさらに低くなった。「今夜だったらいいのに」

彼は音とともに鼻から大きく息を吐き出した。そして目を上げた。ふいに怒りを感じた。これがミセス・ブラッドフォードなら、そんなことを言われても自分にとって何も意味しない。だが、これはまったく違う。これは愛だ。「ミセス・シェパード、訊いてもいいですか？」

「どうぞ」

「嘘をついているんじゃありませんよね？」

「もちろん、違うわ」

「おれみたいな人間を好きだと思えますか？」

「ええ」

「ずっと先まで？」

「もちろんよ」

彼女はあのみだらな笑い方で笑った。自信を含んでいる笑い。説得力のある笑い。

エバーリングはまたうつむいて、床に向かってほほえんだ。ドクター・サムは今、ここにいない。やっとマリリンとふたりきりになれた。

「それじゃ、月曜ね？」

彼はうなずいた。

「じゃあね」

そして彼女は立ち去った。

ホーク家での残りの作業とそのあとハンフリー家での作業の間、驚きがずっと尾を引いていた。時折、二回反射した自分自身の像をかいま見た。たとえば、鏡がたくさんあるハンフリー家のバスルームでは、自分の背面と側面の両方を見ることができ、まるで他人に出くわしたようだった。エバーリングは自分を値踏みした。たくましい腕。引き締まった体。毎日、午前も午後も窓の外に半身を出しているので、よく日に焼けている。いろんなことを考えている。大きなことだって、やろうと思えばきっとやれる。将来、今のこの時をふり返って、ああ、あれが始まりだったと思うだろう。きっといつまでも覚えているだろう。きょうはとても驚かされた日だから。不可能だと思っていたこと、手が届かないと思っていたものが、結局、可能なことであり、手が届くものであるとわかったのだ。そうである以上、これから先も、つかむことのできないものなんかないはずだ。できないことなどないはずだ。

今夜だったらいいのに。

エバーリングは期待で胸が一杯で、気が狂いそうだった。

うちに帰り、シャワーを浴び、夕食を作って食べた。酒を飲み、インディアンズのゲームをつけた。三回で、ホワイトソックスが攻撃中だった。彼はさらに酒を飲んだ。ベッドに横になり、眠ろうとして、枕を顔の上に載せた。もう一杯飲んで、この二年間に盗んだ宝飾品を分類することにした。指輪は指輪同士、ネックレスはネックレス同士。時計を見た。一時間も経っていなかった。

今夜だったらいいのに、、、、、、。

もうこれ以上、じっとしていられなかった。

今夜は湖の上に花火が上がる。独立記念日の明日の大騒ぎを前にした予告編だ。彼は車に乗り、ベイヴィレッジにもどった。ハンティントン公園の駐車場にはすごい数の車がぎゅうづめになっていて、数百メートル離れたところにようやく見つけた駐車スペースにとめた。家族連れで混雑している中にまじり、子どもに肩車をした父親たちの間を歩いて湖に向かった。それからビーチにおり、シェパード家のほうに歩いていった。ビーチも人でいっぱいだった。涼しくて、風があった。夕闇のおりる頃、湖上で、第一陣の一斉打ち上げがゆっくりと始まった。打ち上げ花火がひとつ、またひとつと上がり、最初のうちは、子どもがキャッチボールをしているぐらいのリズムだった。すべての目が空に向けられているので、エバーリングは誰にも見られずに動いた。ビーチからホーク家への段々を上がり、昇りきったところから庭をつっきって、シェパード家の下まで来た。シェパード家では集まりがもたれていた。たくさんの声の中から、エバーリングは、マリリンが「あら」と言ったのを聞き分けた。

エバーリングはシェパード家のテラスを観察した。ドクター・サムとチップの顔、シェパード夫妻の客たち――アハーン夫妻と彼らのふたりの子どもたちのようだ――の顔、マリリンの顔が見えた。全員の顔が花火のストロボ照明効果で、白、黒、赤と色を変えた。エバーリングが目を閉じると、瞼の裏に彼らの残像が漂った。そのうちの一つのネガに彼は注意を集中した。マリリンの口が開いている。口の中は白い。

今夜だったらいいのに。

花火ショーはクライマックスに近づいていった。一斉打ち上げがくり返され、間があかなくなって、花火の音も、太鼓をたたく音が速まって連打に変わるように轟へと変わった。エバーリングはシェパード邸の真下に歩いていき、配線配管管理のための地下室へのドアを調べた。最後の一斉打ち上げが始まり、ビーチから公園までを埋め尽くす人々の、空に向けられた何百もの顔が断続的に浮かびあがり、嵐の夜の山脈のように黒々と、あたかも無数の死者を垣間見るようだったそのとき、エバーリングはポケットからドライバーをとりだし、ドアをこじあけて中にはいった。

彼はエバーレディの長い懐中電灯をもちこんでいた。身を隠す必要が生じたときの隠れ場所を決めたあとは、シェパード家のさまざまな家財を見て時を過ごした。古い水上スキーと道具箱、船外機の交換用部品、子ども用の野球バット、積み重ねたボードゲーム。部屋の真ん中に吊り下げられた、へこんだパンチバッグ。花火が終わると、彼は懐中電灯を消し、暗闇の中にすわって耳を澄ました。大人の声しか聞こえてこなかったので、子ども時代のことを思い出した。これはもう眠ってしまうな、と思ったとき、ドアが開く音がして、電灯がつき、階段をおりてくる足音が聞こえた。

ドクター・サムとその息子だった。子どもはあのバルサ材の小さな飛行機をもっている。飛行機は翼が折れている。ドクターは疲れているように見えた。コーデュロイのズボンに白いTシャツとブレザーを着ていた。接着剤を使って模型飛行機の翼を修理するのを手伝うときも、顔を片手で支え、あくびをしながら、子どもと話した。おそらく本人は気づいていないのだろうが、いらいらした話しぶりだった。その口調を耳にして、エバーリングは自分が責められている気がした。そもそも飛行機を壊したのは彼だったから。親子は、翼を洗濯ばさみではさみ、作業台の上に飛行機を残して、灯りを消し、上にもどった。

エバーリングは暗闇にすわっていた。かくれんぼで見つけられずに済んだ子どものような気持ちだった。上から聞こえてくるラジオの音に耳を澄ました。インディアンズの試合の放送だ。アナウンサーの声はタクシーの配車係のとぎれとぎれの呼びかけのようだったが、それが時々、大きな叫び声に変わった。レースがスタートしたか、突然の事故を目にしたかのように。そして、エバーリングが次に目覚めたときには、家全体が静まり返っていた。

今夜だったらいいのに。

それともまだ夢の中なのだろうか。エバーリングは懐中電灯を手にして、キッチンに上がっていき、ドクター・サムの書斎にはいっていった。そうせずにはいられない気持ちになって、革張りの大きな椅子に腰をおろした。優しく抱いてくれる強い生き物の腕の中にいるような感じだ。それから、暗がりの奥に並ぶトロフィーに目をやった。ドクターのだろうと彼は思った。飾り板の文字は読めなかったが、人間の形をしたものは、アメリカンフットボールのパスや水泳の飛びこみの途中のポーズをとっていた。エバーリングは生まれてから一度もトロフィーをもらったことがなかった。何に突き動かされたのかもわからないまま、数個引き抜き、たたきつけて、まっぷたつにした。

エバーリングは書斎を出て、居間におりる階段と寝室に上がる階段の中間の小さな踊り場に行った。湖を渡ってきたそよ風を感じた。そしてそのとき、マントルピースの上の鏡に映る自分に気づいた。立っている黒い影。曲がっていて、未熟で、怖がっている。それを見たとたんに、彼の血が凍りついた。心臓が一拍飛んで、それから早鐘のように打ちはじめた。目を下に向けると、階段の下に、ドクター・サムがデイベッドで熟睡しているのが見えた――エバーリングは再び凍りついた。静かに階段をおり、ドクター・サムの上に屈みこんだ。きょうだいのように。エバーリングの首はトカゲか鳥のように前へ突き出た。ふたりはとてもよく似ていた。きょうだいのように。エバーリングのほうが禿げが進んでいて、肌の色が濃く、やや猫背だ。シェパードは長々と横たわっている。懐中電灯でこめかみを思いきり殴れば、一発で永遠に目覚めなくなるだろう。やったら、マリリンに言ってやったらいいんだ。旦那さんは目覚めないよ、と教えてやろう。おれが片づけた。おれたちの邪魔はしない。起こしてしまってすまないね。だが、待ちきれなかったんだ。

彼は階段を見上げた。自分の本能を信頼すると、自分に約束した。その瞬間になったら、決してためらうまい。早くなったんだ、とマリリンにささやこう。悲鳴をあげないように彼女の口をおおって。今晩にしたよ、と。

エバーリングは体をまっすぐ起こして、踊り場から階段に移ろうとした。だが、そのとき物音を聞いて、三度目に凍りついた。それは足音だった。エバーリングは居間にはいった。

レイク・ロードに面した窓から、キッチンのドアのところに人影があるのが見えた。急いで地下室にもどろうとしたとき、鍵の刻み目がひとつひとつかみ合って錠の中を進んでいく音が聞こえた。

「それがあんたの理論か?」メビウスが言った。

シェパードは感情のこもらないまなざしで彼を見た。

「それしかつけ加えることがないのか?」

シェパードは椅子の上でもぞもぞし、それから咳払いをした。

「あんた、ミスをしたの、わかっているか?」シェパードが黙っていると、メビウスは言った。「おれはわかっているよ」

エバーリングは寝室で、ふたり——ドクター・サムとマリリン——の両方を見下ろして立っていた。その光景に息は荒くなり、怖くてたまらず、彼の心臓は突風に破られた旗のようだった。ただ、彼の息を除けば、さっきよりずっと静かになった。エバーリングの手首の切り傷からはどくどく血が流れていた。彼は懐中電灯を手に部屋の入り口に立っていたが、恐ろしくてスイッチを入れることができなかった。暗がりの中、彼の左手には、マリリンが自分のベッドのマットレスの真ん中あたりまで引きずり下ろされて横たわっている。パジャマの上着は首の回りにたくしあげられ、両脚とも膝から先が、ベッドの足側の横木とマットレスの間から出て垂れている。顔はたたきつぶされ——目が慣れてきて、それがわかった——溶けているかのように見える。無表情に黒々と輝いている。黒い血だまりが、女王のひだ襟のように頭部を囲んでいる。それでも、エバーリングは彼女に触れたかった。触れずにはいられなかった。彼女の胴体は、無関係なものであるかのように、首から恥骨までまったく汚《けが》されておらず、乳房も腹も雪花石膏《アラバスター》のように白かった。胴体だけは今もマリリンのままだったから、彼はそれを愛したかった。けれども、そのせいで、彼女は、いっそう遠く感じられるものになってしまった。彼は自分が今にも泣きそうなのを感じた。シェパードはエバーリングの脚の間に横たわっている。彼の頭はマリリンの脚に近いところにある。白いTシャツを着たシェパードは少しの汚れもなく完璧に見えた。

とても静かで、まるで自分がそこにいないかのようだった。夢の中のようだった。それでエバーリングは動くことができなかった。顔をそむけることさえできなくて、目だけを漂わせた。白い壁にも天井にも大量の血が飛び散っていたので、部屋は星空のネガのように見えた。立ち去らなくては。だが、とても薄いガラスの上か、融けかかっている氷の上に立っているかのようだった。ひとつでもまちがった動きをすれば、たちまち、何もかも取り返しがつかないほど変わってしまうだろう。

じりじり後ずさりしようかと考えていたとき、彼の体のバランスが崩れてよろけた。この部屋は、彼の周り全体にペンキが塗ってあるようなものだ。自分がこの中に存在した痕跡を残さないで立ち去れるだろうか。いまや、彼はほとんど、すすり泣いていた。腕を伸ばし、おそるおそる後ろに一歩さがった。そのとき、彼の足元でシェパードがうめいた。

エバーリングは階段を駆けおりた。最初の跳躍で足を踏みはずし、踊り場まで、尻と片方の掌とで滑り落ちた——もう一方の手にはまだ懐中電灯を握っていたのだ。それから、居間に飛びこんだが、そのとき足首を横に倒してしまい、束ねた枝を折るような音がした。彼はほんの一秒、足首をつかんで胎児の姿勢で倒れていた。立ち上がったが、くずおれて膝をつき、それからもう一度立ち上がった。初めのうちは片脚で飛んでいたが、うっかり痛いほうの足をついて悲鳴をあげ、それでもなんとかテラスに出た。ドクター・サムが追ってくる足音をたしかに聞いた。裏庭に出てふりかえると、家の中にシェパードが立っているのが見えた——少なくとも白いシャツを着た黒い影が見えた、

どたどたと走ってくるドクターに追いかけられながら、ビーチへの段々をおり、ボートハウスのところで、彼は飛び越えるように手すりを乗り越え、段々を下って砂の上に出た。シェパードに殴られて、彼の背中が鳴った。衝撃が首まで走った。シェパードはいまや彼にのしかかっていて、顔を殴ろうと、酔っ払いのように腕をふりあげたが、ぐにゃぐにゃの腕をもてあましているようだった。反対側の手のつかむ力も弱かった。エバーリングはシェパードの胴の真ん中を蹴り上げ、彼の体全体をもちあげた。Tシャツの首を強くひっぱると裂けた。シェパードの体がエバーリングの上を飛び、エバーリングの背後の水の中に落ちた。

ふたりは膝をついて向かい合った。シェパードは両手を腰にあてていた。ぼうっとして、わけがわ

からないようすだった。

エバーリングは懐中電灯でシェパードの顎を殴った。その強力な一撃でシェパードは顔から先に水の中に落ちた。エバーリングは相手の体に馬乗りになり、腕で首をしめつけ、顎を無理やり自分のほうに向けさせた。「どうしておまえなんかが彼女を妻にしたんだ?」彼は相手を揺さぶった。「どうしておまえなんだ?」

だが、シェパードにはもう何も聞こえていなかった。

エバーリングは彼の体を再び水に落とし、ちょっとの間、むきだしの白い背中を見つめていた。クラゲのように浮かんでいるTシャツを自分の傷にあてて血止めをした。それから身を翻すと、足をひきずりながら波打ち際をハンティントン公園に向かって歩きだした。やがて右に折れ、斜面を登って木立の中にはいった。木や草の茂みに囲まれて体がすっかり隠れると、こんな証拠とともに発見されたら目もあてられないと考え直して、シャツを捨て、やみくもに木立から這い出した。


メビウスは首をふった。

「終わっていない」メビウスは言った。「ほんとうの終わりじゃない」

ふたりは長い間、無言だった。

「あんたが嘘をついているのでなければ」とメビウスは言い、足をひきずって独房のドアのところに行き、鉄格子を握ると、ロットワイラー犬のような口を鉄格子の間に押しつけた。「もう一度、チャンスをやる。あんたは妻を殺したのか?」

「否」

「おれは信じない」

「勝手にするがいい」

メビウスは鉄格子から離れ、腰をおろした。「見方を変えれば」と、彼は言った。「ある意味では完璧だ」

シェパードは怒りのために青ざめた。「完璧だと？」

「彼女に実際、何が起こったのか、誰も知らない」メビウスが言った。

「おそらく、あんたでさえも。これはすごいことじゃないか？　十二時半と朝の四時十五分のどの時点かで、マリリンはワームホール*に吸いこまれたことになる――それが信じられるかどうかは別として」

シェパードは舌の上から、パイプの柄のかけらを取り除いた。

「彼女だけが知っている」とメビウスは言った、「おれたちが今、彼女について知りうることは、おれたちが想像することだけだ」

シェパードはパイプに火をつけ、甘い香りのする煙をひと筋、吹きあげた。

「それは誰にもあてはまることだ」と彼は言った。


シェパードが死んだ少年についての考えを頭から追い出して、泣くのをやめると、シェパードとマリリンは立ち上がり、手をつないでボートハウスにおりていった。すでにシェパードは気分がよくなっていた。マリリンが夕食に何をつくっているかを教え、明日のパーティーは万事大丈夫よ――すっかり用意を済ませたから――と請け合ったからだけではない。マリリンはシェパードにキスし、彼の手がブラウスの下に滑りこみ、彼女の体をそっともちあげるのを許してくれたのだ。その上、彼が胸に口をつけやすいように、彼の体に脚を巻きつけた。口実をつくって逃げることも、彼を止めることもしなかった。彼は子どもをみごもっていることによって増した重みを感じた。彼女の存在感そのものが増していた。以前とまったく違う感じがした。しばらく前に、彼女の中で何かが変わったのだ。変わったのは、彼と彼の望むことへの抵抗だけではなく、彼女自身が、自分が何を必要とするかを意識することへの抵抗が崩れ落ちたこと。それはなぜかすっかりなくなったのだ。彼女は体をおろされると、彼のズボンを脱がせ、自分のショートパンツとパンティーを自分で脱ぎ、木に登るように、再び彼の体に登り、彼を自分の中に導いた。彼女のハシバミ色の目はうるみ、顔は紅潮していた。彼女は彼のキスを受け、彼にキスを返した。彼は彼女を必要とし、求めていたけれど、今彼がもっとも強く求めているのは彼女にキスすることだった。彼はそれだけでも満足しただろう。というのは、このキスはふたりが子どもだった最初のときから分かち合ってきたものと同じだと気づいていたからだ。ふたりが今している抱擁は、彼らの前にもあとにも存在する永遠なものだと思われた。今、この瞬間、彼ら自身が、地中に埋もれて、発見されないままのキスの彫刻であるかのように。このキスは一種の謎であり、科学には説明のできない仕方で彼らの人生を固く結びつける特別な種類の至福をもたらすものであるようだった。このキスによってふたりは、この黄泉の国を通り抜け、お互いの奥深くに到達しようと努めていた。この黄泉の国に住みながら、お互いの奥深くに必ずあると信じるものを求めてさまよいながら。まるで彼らが、洞穴の中で迷子になったふたりの啞者であると同時に、洞穴そのものであるかのように。

あとになって、マリリンと一緒にビーチからテラスへ向かう急な段々を昇っていきながら、シェパードが言った。「家がいやにひっそりとしているね」彼の手を握り、腕にもたれているマリリンが言

＊時空の遠く離れた領域を結ぶトンネル状の仮説的構造。あるいは、ブラックホールとホワイトホールの仮想的な連絡路。原意は虫食い穴。

った。「まさか、チップは自殺なんかできる子じゃないわよね」実のところ、彼女は少し心配だったのだ。だから、上に上がってチップを見つけたとき、マリリンは安堵の吐息をもらした。

チップはデイベッドで眠っていた。

シェパードは時計を確認した。それから手でこめかみをもんで言った。「やれやれ、今夜は寝てくれないだろうな」

「起こそうかしら」マリリンが言った。だが、あの癇癪のプロセスが始まると思うと、ぞっとした。彼女は夫の顔を見た。夫は彼女の顔を見た。ふたりが交わした目配せは、ほとんどテレパシーのようだった。

「やっぱり、やめときましょう」とマリリンは言った。そしてふたりはともに足音を忍ばせて、二階へ上がっていった。

こんな午後のひとときほどありがたいものはない。そののち、マリリンと一緒に自分のベッドに横たわっていたとき、シェパードはそう思った。チップはまだ熟睡している。マリリンとシェパードの横には、きちんと整えられたマリリンのベッドがある。真っ白でしみひとつない。湖からそよ風が吹いてきて、口の中に湖の味を残すこんな午後。木の枝が網戸にふれてかさこそいうのが、世界で唯一の音になるこんな午後。眠りからさめた体が心地よく温まっている、もしくは、気持ちよくひんやりしているこんな午後。こんな午後、シェパードは神の存在を信じずにはいられない。それは自分の息子を人間の歴史に送りこんだ、あの神ではない。具体的な指示を出し、儀礼を求め、よい行ないには永遠の命で報い、悪い行ないに対しては罰を与える神でもない——意味のない苦しみをシェパードと同じくらい見てきた医師であれば、そんな神は信じなくて当然だ。シェパードが信じたくなるのは、このひとときの神だ。愛を妨げる幾多の障害にもめげず奮闘し、愛のサイクルのどこにいるときも、愛を手放さない人々に、この完璧な静けさ、この穏やかさ、この恵みを与えてくれる気前のよい神だ。

彼はマリリンを抱きしめ、彼女の髪に触れ、頭のてっぺんにキスをした。結婚して以来、いや、うんと若い頃でさえ、この数週間のように愛を交わしたことはなかった。シェパードはマリリンが目を覚まさないように、静かに体を起こし窓の外の湖を眺めた。一隻のヨットが鋳鉄の色の湖面に立つ白い波に揺られて、おもちゃのトライアングルのように跳ねている。彼は今、いつ、それが始まったのかを理解した。愛を交わすことだけではなく、彼とマリリンの再生、この新時代、変化がいつ始まったかを。それはビッグサーから始まったのだ。その直前、シェパードはロサンジェルスからの三時間の長いドライブで、チャッピーから、ジョーと彼との結婚生活が崩壊しかけていることを打ち明けられた。ジョーはチャッピーの浮気に気づいた。サンタモニカに愛人がいることを知ったのだ。その話を聞いている間じゅう、シェパードはスーザン・ヘイズのことを考えていた。長い間、彼女の性的な魅力は自分にとって重要なものだと感じていたが、どういうわけか、もはや輝きが失せていた。スーザン・ヘイズは死にかけの犬を見てパニックを起こし、道路に吐いた。彼女の中には何か弱いものがある、と彼は思う。同時に、突然爆発するような激しさもあって、それは彼にいっそう激しい爆発をもたらすのだが。マリリンが自分と世界について知っていること、昔から知っていたことを、関知しない何か、非常に非マリリン的な何かがスーザンにはある。なんという奇妙な成り行きだろう。長年の間、彼はマリリンの欠けているところばかり見てきた。マリリンをほかの女たちと比べ、彼女に不満を抱いていた。だが、スーザンが吐いたあと、手や顔を洗えるよう、ガソリンスタンドに連れていってやったとき、彼はスーザンを——そしてこれまでつきあったすべての女たちを——マリリンと比べた。その全員がマリリンに及ばなかった。彼は三、四キロ先にシェル石油のガソリンスタンドを見つけて立ち寄った。スーザンは車をおりるときにハンドバッグをもっていった。そのことも彼の気にさわった。どうしてトイレにハンドバッグをもっていくのだろう？　あの中に何か必要なものがはいっているのか？　彼はスーザンが公衆トイレにむかって歩いていくのを眺めた。彼女のハイヒールは砂利の上でさえ、コツコツと気取った音をたてた。パーティー会場に到着して、広間にはいっていく女客のようだ。彼ははっと気づいた。スーザンは化粧を直したいのだと。口の周りや顎や上着の袖口がゲロで汚れていてもなお、自分はきれいに見えなくてはならない、体勢を立て直さなくてはならない、と彼女は信じているのだ。マリリンなら、そんなことは気にも留めないだろう。数分後、彼女はトイレから出てきて車に乗りこんだ。ふたりは話をしなかった。さっきの言い争いがふたりの間にあった何かを粉砕していた。いや、粉砕したというよりは、さらけだしたというべきかもしれない。その何かは、ある事実に注意を向けさせた。その事実とは、これは取り決めであること、彼らが一緒にいるこの時間が最後の情事であり、ほとんど終わりかけている短い休暇であること、未来がないことだった。終わりが目の前に来ていたので、もはや基本的な配慮さえ不要だった。

　お楽しみはほどほどにね。

　シェパードは妻の元に帰りたかった。

「ハンドバッグ」ホテルに着いたとたんに、スーザンが言った。彼らはドライブの最後のまるまる一時間、言葉を交わしていなかった。

「ハンドバッグがどうした？」

「さっきのところのトイレに忘れてきちゃった」

　さっきのところが火星だとしても同じことだ。どっちみちもどるつもりはない。

「腕時計がはいっているの。お母さんがくれた大事な腕時計がなくなっちゃった」

　彼は黙っている。

「あなたがあの鈍な犬を轢かなければ、こんなこと起こらなかったのに」

　シェパードは自分を抑えられなかった。彼女をしげしげと見て、それから笑いだした。彼は血まみれの服を脱ぎ捨て、シャワーを浴びた。そしてソファーに自分の寝床をつくった。

朝、スーザンをうちまで送ってやるまえに、彼女を連れてレストランに朝食を食べに行った。彼女がそうしてくれと頼んだし、彼も空腹だった。それにこれが、ビッグサーへのドライブの前にものを腹に入れる最後のチャンスかもしれなかった。ふたりは黙々と食べた。たまたま通りをはさんだ向かいに宝飾店があった。レストランの支払いを済ませてから、シェパードはスーザンをそこに連れていき、どれでもいいから、欲しい時計を選ぶように言った。スーザンはためらうことなく、レディー・エルジンを選んだ。ケースのガラスを爪の先でたたくその仕種は、いかにもつまらなさそうだった。等価交換（クイド・プロ・クオ）。ギブ・アンド・テイクに過ぎない。彼はとたんに後悔した。これは彼女の最後のいやがらせだった。彼はこの贈り物の代金を必要経費として請求すること、税金の控除を受けること、彼女との関係を終わりにすることを自分に約束した。アパートメントの建物の前で、スーザンは手紙を書くと言ったが、シェパードは承知していた。彼女は手紙を書かないだろう。書くとしても、ふたりのどちらもが知っていること——もう二度と会わない——を告げるためだろう。

「じゃあ、これでお終いね」とスーザンが言った。

　スーザンはひどい見かけだった。今朝、シャワーを浴びたばかりなのに。分厚く塗ったファウンデーションが固まって、お面をかぶっているみたいだ。シェパードは彼女を婆さんだと思った。そして、嫌悪を感じた。ひどい間違いをするところだった。「じゃあ、行くよ」とシェパードは言った。

　チャッピーの車に乗せてもらって、彼がどのようにして自分自身の人生を爆破したかの委細を語り、クリーヴランドに引っ越してベイヴュー病院で働きたい（おやおや、うちじゃないか、とシェパードは思った）と打ち明けるのに耳を傾けながら、シェパードはスーザン・ヘイズとの最後の数時間をふり返り、生まれてこのかた、彼がほんとうに愛した女はマリリンだけだとしみじみわかった。たしかに、一時的に、ほかの女がとても重要に思われたことはあった。だが、その重要性は、妻への愛と深く結びついており、夫婦がお互いを失ってしまったことの反映だったのだ。それに気づいた今、そのことをマリリンに少しでも早く伝えられるように、今からそのときまでに妻を再び失うことが起こらないように、チャッピーにもっと速く運転してもらいたかった。ようやく牧場に着いて、シェパードは居間にはいっていった。そこにはジョーとマリリンが暖炉のそばにすわっていた。ジョーとチャッピーが顔を合わせたとき、すでに重苦しい雰囲気が漂っていた。ふたりの女は膝と膝、顔と顔を寄せ合ってソファーにすわり、マリリンの右手はジョーの左手に触れんばかりで、そのふたりのようすから、緊急時のための計画ができあがっていること、脱出の方法が検討されたこと（ジョーのためだけでなく、マリリンのためでもあったかもしれない）が明らかだった。女たちが協力し合って立てた計画は、男たちが女たちに加われば、うやむやになるだろうか。いや、そうはいかないだろう、とシェパードは思った。そういうことは許されない。彼はある理解に到達していた。まっすぐ妻のところに行った。「きみに話したいことがある」シェパードはジョーには目もくれず、妻に言った。彼は妻の手をとった。

「あとではだめなの？」

「今でなきゃだめだ」

シェパードはマリリンのもう一方の手もとって立ち上がらせ、部屋の外に出た。妻の体に腕を回したかった（が、肘に触れることしか許してもらえなかった）。ジョーとチャッピーは自分たちで結論を出すだろう。シェパードはマリリンを導いて厩舎を通り抜け、そこでようやくマリリンの体から手を放した。チャップマン家の所有地の周りに廻らされたフェンスのところまで歩いていった。そこからは海が見渡せた。シェパードは自分が理解したことをマリリンに語った。自分たちふたりの気持ちがなぜか遠く離れ、その状態がずいぶん長く続いたため、今ではそれが自分たちの常態だという感じになってしまったこと、そのことが自分たちの不幸の源であること、間にある溝が大きくなっているという認識が、ふたりがその溝を横切ることを妨げるだけでなく、奇妙なことだが、お互いとさらに遠く離れることも防いでいるということ。

「ぼくらはお互いの周りの軌道を回っている」

「『ぼくら』という言葉を使うときは慎重にね」

「ぼくはきみがほしい」とシェパードは言った。「きみからも求められていると感じたい」

マリリンは頭をふった。彼女はフェンスの上に顎を載せていた。「そんな言い方だと、わたしのせいみたいに聞こえるわ」

「いや、そういうことじゃない」と彼は言った。「ぼくらふたりのことだ。ぼくはこういうことは得手じゃないが、ずっと考えていたんだ。お互いを感じることができたら、もっとうまく行くようになると思うんだ」

シェパードは、彼女がわかってくれたかどうか、心許なかった。だが、耳を傾けてくれているのはわかっていた。シェパードは言葉をつづけた。もしぼくがきみの欲求を感じることができたら、そして感じとることができるようにいつも待機していると証明できたら、ふたりは完全になるだろう、と。もはや彼は、彼女がその言葉をどのように受けとめるか、何をしようと決めるか、気にしていなかった。たしかに、ふたりの間には、非常にたくさんのことが起こった。その中には、許すのが不可能なこともあっただろう。だが、謝ったら、問題を過剰に単純化してしまうことになるだろう。ふたりは過ちなどというものから、何千キロも過ぎたところに来ていた。彼はただ、自分がこれが答えだと信じているということを彼女に知ってほしかったのだ。これがふたりに対する診断だ、と彼は言った。

「そして、容体はよくなっていく」と彼はつけ加えた。

そう、そこから始まったのだ、と今のシェパードは思う。彼らの間に起こった全ての変化は、あの瞬間から始まったのだ。そして、その夜も変化は続いた。深い眠りから目覚めたとき、自分がどこにいるのかわからないまま、裸のマリリンが彼の脚の間に頭を入れているのに気づいた（最初はそれがマリリンだということさえ、確信がもてなかった)。彼のペニスは彼女の口の中にあり、睾丸は彼女の手の中にあった。彼女はぎゅっと力をこめては緩めていた。そして、掌の下部をペニスのつけ根に押しあて、陰嚢を広げながら、彼の恥骨に強い圧迫を加えていた。唇で亀頭のハート形を囲み、上から下へ、下から上へ動かした。彼女はこれらの愛情のこもった技全体をリズミカルにこなした。彼女がこういうことをしてくれたのは初めてだった。これも彼女が変わった点だった。彼女はそれをやめるタイミングも自分で決めたがった。というのは、シェパードが身を起こして彼女にキスしようとすると、空いているほうの手で彼の胸を押して倒したからだ。その手は彼の胸をなでまわし、下にさがり、そしてまた彼の体をのぼった。彼のオーガズムは体の泉の底から広がっていくのだと言わんばかりに。彼は仰向けに寝て目をつぶった。部屋は真っ暗だったが、海の音が聞こえていた。砂の上に横たわっている気持ちになった。傍らのマリリンは、現にしてくれているように、彼を悦ばせるために海から生まれた女神だ。というのは、マリリンが用いている知識、そして心遣いと技は、まったく新しいものであり、神々しい感じさえしたからだ。マリリンはペニスをかまうのをやめて、彼の胃から首筋までの道を唇でたどった。そして彼に果てることを許さないまま、自分の中に導き、両手で彼の肩を押さえつけた。彼は風切り羽を切られた鳥のようだった。最後に果てたとき、彼は彼女の中で、海の波が砕けるのを感じた。それはやがて、泡が消えるように、ふたりの間の、長く続く静かな暗闇の中に溶けこんでいった。

今、シェパードが思い出にふけっているクリーヴランドの寝室では、湖を渡ってきた風が木々に吹きつけ、その枝が網戸にあたってかさこそいうのが聞こえていた。マリリンが彼の背中に触れて尋ねた。「何を考えているの?」

「ビッグサーのことを考えていた」彼はほほえんだ。

彼女はほほえみ返し、彼の手をとった。

感じて」彼女は彼の掌を自分の腹にあて、ふたりは一緒に、小さな蹴りを感じた。

「男の子だな」

「女の子よ」

それが始まったのはあそこだ。そして、マリリンがこの子をみごもったのはあの夜だ。そのことに彼は確信があった。彼は科学を信じる人間で、縁起はかつがない。それでも、あのような喜びに満ちた状態でこの子を授かったと思うと、この妊娠について、母子両方の健康について、安心していられる気がした。「もう六時近いぞ」と言うと、彼は立ち上がった。

マリリンは信じられないという顔で時計を見た。「まあ、大変。アハーン家に何時にいく約束だったかしら？」

「七時十五分前だ」

「それまでにディナーを用意しなくちゃいけないのに。どうしましょう」

シェパードは肩をすくめて「ぼくが手伝うよ」と言った。するとマリリンはちらりと彼を見た。彼女は立ち上がって、パンティーとショーツをはき、ブラのホックをはめているところだった。「料理のお手伝いは結構よ」

チップを起こしながら、シェパードは考えた。あのとき以来、ずっと順調だったと言えば嘘になる、と。そうであるには、あまりにたくさんのことが起こりすぎた。あまりに重い歴史があった。何週間ものち、カリフォルニアからもどって危機を脱したと確信していた頃、家に帰ると、マリリンがキッチンで煙草を吸いながら、窓の外のレイク・ロードを眺めていた。ただいまと声をかけても、ふり返らない。チップはどこかと訊くと、自分の父親のところに預けてきたと言う。彼女の前のテーブルには経費報告書が広げてあり、いくつかの金額が赤で囲まれていた――ホテルの宿泊料、マイケルの車の修理代、腕時計代。スーザン・ヘイズの手紙を転送するのと一緒に、ダナが病院から送ってきたものだった。スーザンの手紙には、きっと何もかも終わったと書いてあるのだろう、と彼は想像した。

「どうぞ、釈明を始めて」とマリリンが言った。「耳を澄ましているわ」

シェパードはため息をついた。それから、カリフォルニアでスーザンとの間に起こったことすべてを、感情を交えず客観的に語った。そして、どう感じているかも。「みんな、以前のことだ」

「何より前のこと？」

「ビッグサーより前のこと。もう済んだことだ」

マリリンは煙草をもみ消し、最後の煙が立ち昇るのを見守った。においも薄れた。怒りと卑下がまじりあった奇妙な空気が部屋に満ちた。「あなたはいつも」マリリンが絞り出す声は怒っていた。「直線的に考える」彼女は新しい煙草に火をつけて、片方の腕で自分の体を抱き、その掌の上に肘をついた。「始まりがあって、終わりがあるというふうに」

「きみの言っている意味がわからない」とシェパードは言った。

「これ」マリリンはテーブルの書類をつまみあげて、ひらひらさせた。「同じことがなんべんもあったでしょ。わたしたちはただ、ぐるぐる回っているだけなのよ」

「違う」彼は言い張った。「それは以前のことだ」

マリリンは煙草をゆっくりと吸った。「父のところに行ってくるわ」

彼は反対できる立場ではなかった。始まりと終わりがあると彼は信じていた。壁は崩壊し、自分たちはループからはずれた。だが、それは彼女がそう信じてくれれば、の話だ。

マリリンは父親のところに一週間滞在した。シェパードとはまる三日間、言葉を交わさなかった。それが過ぎると、彼女は朝一回、病院に午後一回、夜一回、彼に電話をするようになった。お互いに大したことは話さなかった。ほとんど何も言わなかったと言ってもいいぐらいだ。ただ、あなたがどこにいるか知りたくて電話しているの、と彼女は言った。彼は家の中をできる限り、きれいに保った。

それでも、一週間後、子どもを連れて帰ってきた彼女の最初の言葉は「なんて散らかりよう」だった。そのあと、チップを二階に上がらせてから、彼女は言った。「行動で証明してちょうだい」

「証明するって、何を?」

「よくなっていくってこと」

そのために、彼が奇跡的なことをする必要はまったくなかった。ただ、そこにいさえすればよかったのだ。マリリンのために、自分の息子のために。それはたとえば、家庭中心の生活をするとか、「今」を最優先するとかいう形をとる。実際的なレベルでは、それは非常に単純なことだ。仕事から帰ると、妻の手から子どもを受け取る。彼女に何か頼まれたら――急ぎの買い物をするとか、家の中の雑用とか――快く引き受ける。彼女が寝室に来たら、おしゃべりをする。けれども精神的な面、心理的な面から言うと、それは以前とはまったく違う状況で、見せかけではない本物の気持ちを必要とした。精神的、心理的に、そこにいるということが大事だった。それまでは、妻と息子を、いわば自分の人生への侵入者だと見なしていた。妻と息子の要求が激しいほど、自分のやりたいことがやりたくなるため、彼と彼がやりたいこととの間の距離は半分になり、四分の一になった。だからこそ、ちょっとしたことを頼まれるたびに抵抗を示していたのだ。いまや彼は正反対のことをしている。そして、それがすべてのことにつけ加える小さな喜びを感じている。その喜びはさらに利子を生み出す。ごく単純なことなのだ。彼はただそこにいればいい。それは、マリリンの望みであるばかりか、自分自身の望みでもあることに彼は気づいた。それに気づいたことで、彼の喜びはマリリンに広がった。同じ喜びが彼らの生活を包んだ。大きな一対の翼の下にいるかのように。一か月後、マリリンは、彼の両親ならびに彼の兄たちとその妻たちと一緒のディナーの際に、妊娠していることを発表した。しかも、彼に促されることなく、そうしたのだった。まだ妊娠初期を脱していなかったので時期的には少々早かったが、彼女はみんながそろっているときに言いたかったのだ。チップを妊娠したときには、マリリンは自分の母と弟の死を思いだし、不安でたまらなかった。しかも、その妊娠はのちに、結婚生活が悪い方向に向くきっかけだったとみなされるようになった。彼が長く留守にすることが多くなったり、彼女自身の自由がなくなったり、ふたりの間のセックスがなくなったりしたためだ。しかし、今回の妊娠はちがった。彼女は新たな子どもを抱くことを待ち望んでいるようだった。そのディナーで、マリリンが義姉たちに囲まれてお祝いを言われていたとき、シェパードの胸は後悔とチップに対する申し訳なさで痛んだ。自分とマリリンがつくり出した疑念、ふたり分の不安が、彼らの魂から子宮を通して息子に受け継がれていたらどうしようと心配になった。

もっとよい父親にならなくては。チップと一緒にアハーン家に歩いていきながら、シェパードはそう思った。おれは多くの点で、チップを失望させてしまった。もしかして、留守にしていたことが多かったことがこの子の脳裏に刻みこまれているのではないか？　愛と愛の欠如に対する子どもの感覚は、そのぐらい鋭いのではないか？　チップは靴紐の結び方や食事の際のナイフの使い方を学ぶのに、ひどく時間がかかったが、あれは父親の注意を引くためだったのだろうか？　この子はそういうささやかな作業に手を貸してもらうたびに、父親がそこにいるということを確認していたのだろうか？シェパードとチップは外見がよく似ているし、どちらも爆撃の音がしていても目覚めないくらい眠りが深い。だが、似ているのはそこまでだ。実際のところ、チップは両親から悪いところをもらっていた。チップはシェパードのスポーツ好きやそれに伴う自信を受け継いでおらず、一方、マリリンの感情的なところやすぐ拗ねるところ、気分のむらを間違いなく受け継いでいる。チップは明らかに超然としたところがある。これまで起こったことが、その原因であることは間違いない。人が救済されることはあっても、完全に、とはいかないのだろう、とシェパードは思った。自分とマリリンは救済された。だが、しわ寄せはチップに来た。

シェパードはチップの後ろに忍び寄り、抱き上げて、「きみのお父さんはきみが大好きだよ」とささやいた。

だが、チップは彼のほうを見ようともせず、身をくねらせて脱け出し、彼を置いて走っていった。

ドン・アハーンに幸いあれ。彼は飲み物のつくり方を心得ている。マティーニは簡単なカクテルだが、彼のつくるマティーニはほかの人のつくるものとは異なる。はるかにおいしい。アハーンとシェパードは裏手の芝生に立って、花火大会に集まってきたヨットや、ビーチを埋めはじめた家族連れを眺めた。アハーン家の息子と娘がチップを仲間に入れて、ボール遊びを始めた。ナンシーはマリリンのためのウィスキー・サワーを手にもって、マリリンのほうへ歩いていき、双方の家の間で出会った。

「大変な一日だったでしょう」とナンシーはねぎらった。

「一日半ね」とマリリンは答え、シェパードをちらりと見た。

「かねがね思っていたが」ドンが小さな声で言った。「おたくの奥さんは少女みたいにピチピチしているね」

彼らは妻たちがお互いの腕に手をあてて、グラスを合わせるのを見ていた。マリリンの姿が今一度、シェパードの目を引いた。まだ興奮できるなんて、とシェパードは驚いた。今夜は肉体的にひどく消耗しているので、自分の中に蓄えられている活力をいかに絞り出しても、早々に眠ってしまうだろう。それでもマリリンの手をとってこの集まりから抜け出し、この喜びの深さを測ってみたい気がした。

「きょうも何か奇跡を起こしたかい、ドク？　人命を救ったかな？」

「いや、実のところ、男の子がひとり死んだ」

シェパードはあの話をまた語った。ようやく、まざまざとその光景を思い出すことなく語れるようになった。それはひとつの物語になった。始まりと真ん中と終わりをもち、カプセルにはいった物語。ドンに語ったバージョンでは、少年の父親は端役に過ぎなくなった。もはや、シェパードが自分は告発されたとおり有罪と感じて取り乱し、病院から逃げ出さざるを得なくなった原因をつくった中心的人物ではなかった。シェパードはたしかに殺したことがある。あの少年を殺したのではなく、自分とマリリンがともに過ごす日々を殺したのだ。そしてさらに悪いことに、それでもなお、天使たちが自分の人生にはいってきて、同時に情けなくもあり、悲しくもある、彼の性格のさまざまな面に——主に彼自身の貪欲な性質に——気づかせてくれることが必要だった。もしあの少年が死なず、少年の父親がシェパードを責めなかったならば、シェパードは自分のあさましい行為を忘れたことだろうし、いまだにマリリンに対する感謝の気持ちもなく、自分自身のことをまったくわかっていないままだったろう。おれが本能的な傾向にのみ従って生きていくならば、ほかの人を自分よりも優先することはありえないだろう、と彼は思った。

「そうか」ドンが言った。「でも、きみはきっと、できる限りのことをしたと思うよ」

「うん。おれもそう思っている」とシェパードは言った。

そのとき、マリリンが近づいてきた。「病院から呼び出しがかかったわ。男の子が脚を折ったんですって。すぐに来て診てほしいそうよ」

レントゲン室で、シェパードは少年のけがを調べた。アメリカンフットボールの練習をしていて、兄の肩が彼の腿に当たったための単純な骨折だった。ギブスの助けがあれば、引力と筋肉組織が働いてしっかり骨をくっつけてくれ、最終的には以前と同じくらい頑丈になるだろう。八週間すれば、全快するだろう、とシェパードは思った。ギブスの用意をさせている間、患者のベッドサイドにすわっていたとき、シェパードは職場でしょっちゅう言っている言葉を口にした。「新品同様になりますよ」

これは、もちろん紋切型の表現で、あまりにも使われすぎているために、もともとその表現が奥深くに含んでいる希望も、はらんでいる人間的な問題も見えなくなってしまった例のひとつだ。進歩というものはほんとうにあるのだろうか？　わたしたちはほんとうに、よりよい人間になるのだろうか？

妻は、彼が直線的に考えると言ったが、その言葉ほど真実から遠いものはない。長年の間、彼は自分たちの人生を、苦しみながら同じサイクルをくり返し生きることだと考えてきた。その考えは彼自身の自己正当化であり、放縦さの論理的根拠だった。改善というものはなく、一時逃れがあるだけだ。ふたりのどちらもほんとうには変われない。だから、自分は人生が差し出してくれるすべての機会を貪るべきだ、と思ってきた。だが、今でもそう信じているのだろうか？　もしそうなら、また道を踏み外す運命にあることになる。この喜びのひとときは、次の悲しみの局面によっておおい隠されてしまうのだろうか？　それとも彼はようやくある種の邪悪さと罪深さを超えて成長することができるのだろうか？　自分とマリリンが今いるこの場所を、なんとかして永続的なものにすることはできるのだろうか？　そしていつか、まだ生まれていない息子か娘（マリリンは女の子を産むつもりでいるが）に、言うことができるだろうか？　わたしは変わった。わたしたちは変わった。わたしたちは幸せになった。わが子よ、これから先はすべてが違ってくるのだ、と。シェパードは願った。どうか、そのように言うことができるようになりますように。そして、単に待てとか、じっとがまんしろとかいう、希望のない助言ではなく、本物の希望を子どもに託すことができますように。

到達したい。病院の敷地から車を出しながら、シェパードは結論に達した。けりをつけたい。かつての自分とおさらばしたい。

家にもどると、マリリンとナンシーが髪をふり乱していて、その背景で子どもたちが金切り声をあげていた。ドンがそれを静めようと怒鳴っている。「野球放送が聞こえないよ！」

マリリンがキッチンから出てきて言った。「お料理の支度がひどく遅れているの」

シェパードは腕時計を見た。九時十五分前だ。「ぼくは何をしたらいい？」

ナンシーがさも驚いたように、手を胸にあてた。「この人、手伝いを申し出てるの？」

「そのようね」とマリリン。

「サム、熱でもあるの？」ナンシーはエプロンで両手を拭い、彼の額に触わった。「どこか具合が悪い？」

「ぴんぴんしてるよ」

「わかったわ」と彼女は言ってうなずいた。「うちの世話焼き父さんから、子どもたちを受け取ってちょうだい。あの人があの子たちを殺しちゃうまえに」

「いいとも」

息子と一緒に過ごすチャンスを得たシェパードは、子どもたち全員を連れて地下室におり、奥のほうの灯りをつけた。そこにはパンチバッグが吊ってある。「パンチの打ちこみ方を練習するのはどうかな？」アハーン家の男の子で一番年上のトッドはその提案に飛びついた。だが、その妹のジェニファーとチップは少し怖がっているようだ。

「やりたくないのかい、チップ？」

「好きになるかどうかわかんない」チップははにかんで、両腕をねじり合わせ、その腕をバッグのほうに伸ばした。

「じゃあ、試しにやってごらんよ」

最初にルールをはっきりさせておくのが肝心だと、シェパードは思った。パンチの打ち方を習ったあと、お互いを打ってはならない。ほかの子どもを打ってもいけない――無論、相手が先に手を出した場合は別だろうが。そう言い聞かせてから、彼はジャブと左のクロスカウンターを少々打ち、それから強力なボディーブローを打った。適切なフォームをとることを終始、強調した。手を高く保ち、足をしっかり地面につけること。「地面から力をもらうんだよ」と彼は言った。彼がバッグを打つとバッグが遠くまで飛んでいくのを見て、子どもたちはびっくりしていた。パンチのたびに、その衝撃で空気が動いて彼らの目に当たるかのように、三人全員が目をぱちくりさせた。彼の奮闘の結果だろう、子どもたちは上にいたとき以上に興奮し、シェパードが予想したよりも早い時点で、チップはバッグに立ち向かった。トッドがそのバッグを押さえてやっていた。やがてトッドは押さえるのをやめて両手をふり、笑い声をたてた。シェパードがチップのほうに屈みこんで、上手だったよとほめると、チップは彼の脚に飛んできて抱きついた。チップの頭のてっぺんはぐっしょり濡れていた。それを優しく拭ってやると、チップは彼の顔を見上げた。

「あと五分でディナーよ」マリリンが叫んだ。

シェパードは子どもたちに、手を洗うように指図して、彼自身も汗をかいたので、二階のバスルームに行った。湖を渡ってくる風がやや強くなり、さっきよりひんやりしていた。彼は寒気がした。歯をカチカチさせて震えながら、寝室のドアの内側にかけたコーデュロイのジャケットをつかんで、階下におりていった。ナンシーとマリリンはポーチのテーブルをディナーのために整える最終段階で、ドンはすでに席についていた。コッテージハムとインゲン豆とライ麦パンが出ていた。オーブンでは子どもたちはすでに食べ物をもらってキッチンで食べていた。おとな同士の会話が聞こえない程度にはブルーベリーパイを焼いていて、その香りがシェパードの頭からほかのすべての考えを消し去った。ドンは遠く、だが、何かあったらすぐわかる、程よい距離だった。マリリンもアハーン夫妻も、シェパードがおりてきた気配に気づかなかった。ドンはホヴァステンについてのうわさ話の真っ最中だった。ドンは州じゅうの病院を相手に換気装置を設置している業者だ。シェパードはテレビのそばで足を止め、耳を傾けた。

「あいつをしょいこんだら、サムはきっとひどい迷惑をかけられるよ。どういうふうに前職を失ったか知っているかい？　ほら、グランドヴュー病院でさ」

「いいえ」マリリンが答えた。「サムはどうしても言おうとしないの」

「その話、聞きたいわ」とナンシー。

「病院のスタッフの女性全員から冷たくされたんだ」

「冷たくされた？　どういうふうに？」

「無視されたんだ。彼は彼女たちからは見えなくなり、文字通り、いないものとされた。ナースはもちろん、事務員、掃除スタッフからも。彼は大勢の女性スタッフに対して、体にさわったり、わいせつなことを言ったりしたんだ。古株の数人が管理部門に苦情を言ったが、取り合ってもらえなかったという経緯があって、ある日、彼女たちはホヴァステンと一緒に仕事をするのをぴたっとやめた。主任外科医のひとりに聞いたが、あんな事態は初めてだったそうだ。そのドクターは、女性たちは直前に集まりをもったに違いないと言っていた。ある日を境に文字通り女性スタッフ全員が、ホヴァステンが存在しないかのようにふるまいはじめたのだからね。それほど見事な連携プレーだったんだ。彼が病院に出勤してきて、手術の予定を訊くと、事務員は自分の机から立ち去った。まるで彼が幽霊で、彼女には見えないかのように。彼は担当手術を自分で確かめ、手術の準備をしようとした。だが、手術用手袋や手術着のことで手を貸してくれるナースはひとりもいない。手助けを求めて叫んでも、彼女たちは皆、耳が聞こえないかのようで、彼のほうを見さえしない。よくある扁桃除去術のために手術室にはいったが、自分と患者以外には誰もいやしなかった。もちろん、そんなことになっているのを知った病院長はかんかんさ――それは数分もしないうちのことだった。というのは、ホヴァステンが大声でわめいていたからね。病院長はナース長を脇へ呼び、仕事にもどるよう命じた。それに対して、ナース長は自分たちをとるか、ホヴァステンをとるかの選択を迫った。ホヴァステンが出ていくか、病院全体が閉鎖に追いこまれるか、どっちにしますかってね。病院長だって、それまで何か月も、ホヴァステンがナースの体にさわったり、患者に色目をつかったりするのを知りながら、がまんしていたんだ。ただちに、ホヴァステンを執務室に呼んで状況を説明し、荷物をまとめるように言ったというわけさ」

マリリンが口を押さえた。

ナンシーは手をパチパチたたいて笑った。「正義が勝ったのね」

シェパードが姿を現したとたんに、みんな静かになった。

「ご心配なく」と彼は言った。「ぼくは別に怒っていないよ。正直言って、その話は初耳だ」彼はマリリンのほうを向いた。「で、その噂の男は今どこにいるんだい？」

「ゴルフに行ったわ。ケントに」

「誰と？」

マリリンはためらいがちに言った。「ドクター・スティーヴンスンと」

ナンシーがマリリンの顔を見た。

ドンがちょっと間を置いて、両手をこすり合わせ、「うまそうだな」と自分の皿に料理をとりはじめた。

「彼はもどってくるのかな」シェパードが訊いた。

「週末の間はもどってこないと思うわ」とマリリンが答えた。

シェパードはその沈黙に耐えられなかった。だが、疲れすぎて、かまっていられなかった――ホヴァステンの無頓着さも、みんなの気まずさも。「じゃあ」と彼は言った。「ぼくのパイの取り分がふえるわけだね」

それもまた、以前のことなのだ、と彼は思った。以前というのは、心理状態であると同時に、自分を取り囲む人々のことだ。たぶんドンは本人がわかっている以上に正しいことを言っていて、ホヴァステンは病院にとってだけでなく、シェパードの新生活にとっても厄介なお荷物なのだろう。これまでに起こったことを考えれば、長い年月をともに過ごしたよしみに縛られる必要はない。彼を身近に置く必要もない。自分の人生の外に置きたいほかのすべてのものと同様、あの男を放り出せばいいのだ。だが、ドクター・スティーヴンスンの名前が出たことで、シェパードは、スティーヴンスンがスーザン・ヘイズとの婚約を解消する数か月前のできごとを思い出さずにはいられなかった。スティーヴンスンとふたりだけで手術をすることになった折り、手術前にシェパードは、前夜のインディアンズの試合について話しかけた。ひと言ごとに、彼の小さな秘密——まさにその朝スーザンとしたセックスのなまなましい記憶——を意識した。

「ドクター・シェパード」スティーヴンスンがさえぎった。「申し上げたいことがありますが、いいですか？」

「どうぞ」

「あなたの指導下で働いている間、わたしはレジデントとして精一杯がんばります。あなたのいかなる命令にも、あなたの求める手順にも一言一句たがえず従います。あなたが教えてくださることをすべて学びとります。しかし、それ以外では」スティーヴンスンはシェパードとまっすぐ向かい合った。「あなたの口から出てくる言葉を、ひと言も聞きたいとは思いません」

シェパードは彼に顔を向け、怒りの表情と突き立てられた指を見た。それから目をそらした。笑みが浮かんできたからだ。口元がゆるむのをどうすることもできなかった。もう少しで笑い声をたててしまいそうだった。スティーヴンスンの芝居がかった物言いが何回もリハーサルしたものに思え、彼の正当な怒りも、空振りのパンチ同様ほとんどインパクトがなかった。シェパードはなぜか、相手の分までも気恥ずかしさを覚えた。シンクの上に手術室を覗けるガラス窓があり、シェパードに背を向けて猛然と手をこすり洗いしているスティーヴンスンの姿が映っていた。シェパードはその像を見て、同じように窓に映っている自分自身の笑みを浮かべた顔に目を移した。しかし、その笑みは彼に酔っ払いの笑みを思い出させた。彼の表情と彼が考えていることの間には大きなギャップがあった。酔っ払いなら、侮辱にもほめ言葉にも、同じくらい容易に笑みを浮かべるだろう。急にひどく嫌気がさしたのは、そのせいだったのだろうか？（彼の嫌悪感はとても強くて、その部屋から飛び出したくなった。）それとも、スティーヴンスンの要求に対して、笑みを浮かべる以外に反応のしようがなかったからか？ それとも、他人の心にかかわる深刻な問題についての自分の最初の反応がひどかったからだろうか？ おれは無頓着すぎる、とシェパードはそのとき思った。

こうしてテラスにすわっている今でさえ、そのときのことを思い出すと、気が咎めた。

デザートを食べていると、子どもたちがテラスに出てきた。そのあと数秒もしないうちに、花火が始まった。まるで子どもたちの体の中に、お祭りの始まりを告げる時計が備わっているみたいだった。チップは母親の膝の上にすわったが、シェパードは手招きして、自分の膝の間に立たせた。シェパードはチップに、火薬が爆発するしくみと、あのような美しい形ができるしくみを説明してやった。それぞれのロケットの先端の殻の中に、黒色火薬と〝星〟が詰まっている。空に見える光の点のひとつひとつが星だ。真ん中に入れられた火薬は、ロケットが一定の高度に達したあとで爆発するよう設定されている。それが爆発すると、先端部の火薬に火がつき、星をまき散らす。一様な強さで、星や同心円など、まえもって決められた模様の形に。そして、半秒後、それらが炸裂して華やかな色になる。「ぼくらが見ているのは、連鎖反応なんだよ」この説明でわかったかどうかは定かでないが、チップは一心に空を見ていた。花火ショーがクライマックスに達し、爆発のためにテーブルの上の食器ががちゃがちゃいうと、チップはシェパードの脚をつかんだ。小さな手がズボンのコーデュロイをぎゅっと握った。

「花火大会が終わると、わたしいつも気がめいるの」とナンシーが言った。

ドンは自分の子どもたちを寝かせるために、隣の自宅に連れて帰った。その間に、ナンシーとマリリンは皿洗いをした。ドンは立ち去る前に、ラジオをつけた。七回の途中で、インディアンズが一点リードしていた。シェパードはテラスにすわったまま、下の群衆がまばらになっていくのを見ていた。煙と火薬のにおいが湖の上から漂ってくる。夜の闇がおりた戦場もこんなにおいがするのかな？

彼は眠った。

目が覚めると、チップが腕を引っぱっていた。腕時計を見ると十時半だった。

チップはパジャマ姿で、バルサ材の模型飛行機（グライダーだ）を抱えていた。「ねえパパ、これを直すのを手伝ってもらえる？」

シェパードは飛行機を見た。左側の翼が折れている。折れてはいるが、完全にとれてはいない。日頃、チップが彼に手助けを求めることはほとんどなかった。「寝る時間を過ぎているね」シェパードはチップの頭をなでながら言った。「でも、おとなのようにきちんと頼むことができたから――いいよ、ぼくらに何ができるか見てみよう」

このときまでに、マリリンとナンシーはテレビの前に落ち着いて、のんびりしゃべっていた。ナンシーはソファーに横になっていた。ドンはラジオのそばにすわり、頭のてっぺんを壁につけて、ラジオを聞きながら、目は天井を見つめていた。まるでそこに画面があるみたいだった。

「煙草を吸ってもかまわないかしら？」ナンシーが訊いた。

「どうぞ」とマリリンが答えた。「テラスに灰皿があるはずよ」

ナンシーが立ち上がった。シェパードとチップがマリリンの椅子のそばを通ったとき、マリリンは手を伸ばしてシェパードの腕を手で包み、爪の先を手首へと、そして掌へと滑らせた。

「飛行機を修理しに行ってくるよ」とシェパードが言った。

「そのまえに、テラスへのドアをロックしてくれない？」とマリリンが頼んだ。

だが、灰皿を手にしたナンシーが、すでにロックしているところだった。

地下室におりたシェパードは灯りをつけ、チップの先に立って作業場に行き、エルマーの接着剤をとりだした。そして、翼の裏の裂け目に薄く塗るやり方をチップに教えた。チップが柔らかいプラスチック容器の口から白い液体の接着剤を噴出させて作業台の上にこぼしたときには、腹立ちをがまんするのに苦労した。「それを絞り出すときは、ちゃんと気をつけてやるんだ」彼は道具類のそばのバケツに洗濯ばさみがあるのを見つけて、二個、チップに渡した。「やってごらん」と彼は言った。「翼が元の形を保てるようにするには、どういうふうにとめたらいいかな？」疲れきって、今すぐこの場で眠りに落ちてしまいそうな気がしながら、シェパードはチップが洗濯ばさみで翼をはさむのを見守った。チップはこれでいいのかな、と確かめるように、シェパードの顔を見た。シェパードは再び、この子はちょっと問題があるなという思いにかられた。チップの性格の中に裂け目があり、そのせいで彼は明らかに、何事にも確信がもてないのだ。シェパードが洗濯ばさみの位置を調整し、翼の両側にとめると、飛行機は一見もとの形にもどったが、これは永遠に飛べないままだな、とシェパードにはわかった。

「また飛ばせるようになると思う？」

「まだわからない」シェパードはそう言うと、飛行機をひっくり返し、傷んだ翼が空き缶の上に載るようにして置いた。自分自身の重さが空気動力学に適った形態を回復するのに役立つだろう。チップの肩のすくめ方は、マリリンのそれとそっくりだ。「まあ、やれることはやったもんね」

上にもどり、シェパードはチップをマリリンの手に委ねた。彼女はチップを子ども部屋に連れていった。シェパードは彼女がすわっていた椅子に腰かけ、腕組みをした。

「寒いの？」とナンシーが尋ねた。

「少しね」と彼は言った。テレビの画面では、スーツを着た男がプランターのピーナッツのキャラクターの隣に立ち、そいつに話しかけている。相手のばかげたコスチュームも意に介さないようだ。そのマスコットは手ぶりやダンスの動きという形でのみ応答する。「何をやっているんだい？」シェパードは訊いた。

「スポンサーからのお知らせよ」とナンシーが答えた。

「ほかに何かない?」

「このすぐあとに映画が始まるわ」

ナンシーの視線を頭の後ろに感じて、シェパードはふり返った。ナンシーがシェパードたちのソファーに横たわり、煙草を吸っていた。上のボタン二個が外れている。

「亡くなった男の子のこと、残念だったわね」

「うん」

「そういうの、夢に見る? 昼間起こったことが夢に出てくる?」

「たまにはね」と彼は言った。

シェパードはもともとナンシーのことを魅力的だと思っていた。彼女もそれがわかっているようで、彼女自身もシェパードを魅力的だと思っているかのようにふるまう。そして、彼とふたりきりのときは、とても親しげな口調になる。だが、そのため彼らの会話は妙にぎこちなくなる。

ナンシーはどう話を続けたらいいかわからず、彼の顔を見て重々しくうなずいた。

シェパードがいたるところにセックスを求めていた時期があった。出会う女ひとりひとりの不満や関心を嗅ぎ出そうと努めていた。すべての相互作用が新しい世界、もうひとつのありうる現実に通じるドアだとでもいうように。すべての会話が話題になっているものそれ自体についての会話ではなく、何かほかのことについての会話であるかのように。そういう時期は去り、今はすべてが元にもどっていた。

マリリンが二階からおりてきた。「眠ってくれそうよ」彼女はささやいた。それからシェパードの膝の上にすわると、首筋に顔を埋め(うず)めて耳に唇をつけ、「眠ってくれそう」とくり返した。その言葉そのものによる快感に、彼は身を震わせた。

彼らの背後で、ドンがパチパチと手をたたき、それから大きな音をたてたことを反省してしょんぼりした。「ごめん。でも、インディーズが勝ったよ」それから、シェパードとマリリンを見て、妻のナンシーに目を移した。ナンシーは「わたしにもいくらかの愛情が必要だわ」と言った。

ドンは咳払いすると、ソファーのところに来て、横たわっているナンシーの頭を自分の膝に載せた。

「これでどうだい?」とドンはナンシーの肩を軽くたたいた。

ナンシーはマリリンの顔を見て、首をふった。

「悪くはないわ」と彼女は言った。

映画は『休暇異変』というタイトルだった。マリリンに膝にすわられ、頬と首筋に鼻をこすりつけられている状態のシェパードに理解できた範囲では、こういう話だった。ある男が釣りをするために深い森の中にはいっていき、もどってきたときには、国じゅうがファシストに乗っ取られていた。粗捜しをすれば百か所ぐらい文句をつけられただろうが、それはしないで、マリリンの髪に顔を埋めた。

「わたしが何を考えていたかわかる?」マリリンがささやいた。

「教えてくれ」

彼女は手を自分の脚と彼の脚の間に滑りこませ、ぎゅっとつかんだ。「サンダスキー*のことを考えていたの」

「あそこはよかったね」

「サンダスキーはとってもよかったわ」

シェパードは二週間前の週末、そこで借りたコッテージに、束の間思いを馳せた。あそこでは、朝と晩にセックスをした。マリリンは今、はたからはなるべくわからないように彼のものをこすっている。彼は笑いたかった。両家の間で、マリリンがナンシーから飲み物を受け取っているのを見たとき

＊オハイオ州エリー湖畔の工業・港湾都市、観光地。クリーヴランドからハイウェイで西に約八十キロのところにある。

と同じくらい、欲望が高まっていた。サンダスキーでは、アマチュアのカーレースに参加したのだった。彼のペニスは脚の間でひりひりして、一周するごとに痛みが増した。特別観覧席の前を走り抜けるたびに、何百人もの中にいるマリリンが容易に見つかった。彼女の顔だけは動いていないように思われ、不思議なことに目鼻立ちまでくっきり見えた。

「眠ってるの？」彼女が訊いた。

「立ち上がりたい」

「ここにいればいいのに」

「また、もどってくる」彼は立ち上がって、デイベッドのところに歩いていき、横になった。

彼は眠った。

彼は体を起こした。みんなは映画を観ていた。彼が目覚めたことを不思議な力で知ったかのように、マリリンが彼のほうを向いた。彼が目をこすっていると、マリリンが、こっちへ来ておすわりなさい、と手招きした。「一緒に観ましょうよ」と彼女が言った。

彼は画面に目をやると、鉄格子の後ろにすわっている男が同じ言葉を何度もくり返している。

「ねえ、サム」とマリリンが言った。彼女は首を傾けてにっこりした。「だんだんよくなってきたわよ」

シェパードはほのめかしにもとれそうなその言葉にくすくす笑った。それから再び横になり、押し問答するときのように胸の前で腕を組み、マリリンを見た。それから、彼はほほえみを返した。マリリンは肩をすくめて前を向いた。彼はしばらく、彼女の頭の後ろを見つめていた。ロッキングチェアの縦棒の間から見える彼女の髪や、小さな翼のような、ひらひらした飾りのついたブラウスや、スポーツウーマンらしい脚のカーブを見ていた。脚は組まれている。はいているモカシンの一方が脱げかかっていて、ぱたぱたと踵に当たっている。

結婚生活において、完璧に幸福であることは可能なのだ、とシェパードは思った。それには、自分たちの船が海上で方向を見失い、救助が来る保証がないときにも、なんとかその船に留まってもちこたえる覚悟がなくてはならないけれど。マリリンと自分はふたりともがんばった。ときには、相手にも知られない方法で――ほかの人から見たらがんばってもちこたえているというふうにはまったく見えないかもしれない方法で、がんばって、もちこたえた。完璧に幸福であることは可能なのだ。だが、もちろん、その幸福が過ぎ去ってしまうこともある。それは事実だ。新しい幸福が来たときは、永遠に続くもののように、永久的な恵みとして持続するもののように思われる。ただし、それには、火種を守るように、ちゃんと守っていくという前提があるのだ。

これを守ろう、と彼は思った。持続させよう。

喜びとともに彼は眠りに落ちた。

マリリンは目を覚ました。

ドンがそっと肩を揺さぶったとき、マリリンはまだロッキングチェアにいた。彼女は驚いてドンを見上げた。キッチンを除いて、家じゅうの灯りがほとんど消えていた。ナンシーが最後の皿を片づけている音がマリリンの耳に聞こえた。「そこまでにしておいて」と言って、マリリンは立ち上がり、まぶしさに目を細めた。

「終わったわ」ナンシーがにっこりして、布巾をたたんだ。

「今何時?」

「十二時半」ドンがささやき声で答えた。

ナンシーとドンは静かにキッチンを通り抜け、おやすみなさい、と言った。マリリンはドアを閉めようとしてちょっと手をとめ、木々を揺らす風の音に耳を傾けた。それから、灯りを消して、ドアをロックした。そして、アハーン夫妻が芝生を横切って木立の下を歩いていくのを窓から見た。ナンシーは腕組みをしている。

気の毒なナンシー、とマリリンは思った。デザートが済んで、ひと息ついていたとき、ふたりはシンクのそばで、しんみりと話をした。そのとき、ナンシーがこう言ったのだ。「あの人、わたしに触れないの。それはかまわないわ。受け入れられる。ふたりとも忙しいから——特に彼はね。でも、あの人はわたしを避けているの。今も避けている。たまに一緒にいられる時間があっても、彼は言うの。『そうだ、ナンシー。野球の試合がある。ずっと聴きたいと思ってたやつだ』野球の試合なんて、いくらでもあるのにね。よく見ていたら、あなたにもわかると思うわ。彼がわたしに対して距離を置くのが。まるでわたしたちは、テーブルの周りで追っかけっこしているきょうだいみたい」ナンシーは目を拭った。「あなたはどういうふうにして、サムとの関係を変えたの?」

マリリンにはわからなかった。それは彼女がしたことではなかった。彼女の考えでは、自分はただ待っていただけだ。サムもまた待っていた。そして結局、ふたりは同じタイミングで、待つことにうんざりしたのだ。

それ以外には表現のしようがない。

「あなたの役に立つようなことは何もないの」とマリリンは言った。「悪くとらないでね。ただ……自分にできると思っている以上に長く息を詰めている覚悟が必要だと思うわ」

マリリンは今、サムのいるデイベッドに腰かけて、彼の髪をなでている。彼は顔を彼女のほうに向け、Sの字の形をとって横たわっている。コーデュロイのジャケットを着たままで窮屈そうだ。口はぽかんとあいている。チップそっくり。少年のようだ。彼と並んで横たわるのに、かつかつのスペースがあったので、彼女は横になり、彼の息遣いに耳を傾けた。

マリリンは目を覚ました。寒かった。サムを起こそうかと思ったが、それはチップを起こすのと同じくらい大変だろう。それに彼がここで眠るのは、よくあることだった。マリリンは階段を昇り、寝室にはいった。暗闇の中で服を脱ぎ、きちんとたたんで椅子の上に置いた。そしてパジャマを着て、冷たいシーツの間にもぐりこんだ。ひとりで寝ることには飽き飽きしている。サムのせいで目が覚めても、今はもう気にならない。先週、マットレスをくっつけるか、新しい大きなベッドを買うか、どっちかにして、とサムに頼んだ。「夜、あなたが隣に寝ているのを感じたいの」と。明日もう一度、言ってみよう。

眠りが訪れるのを待ちながら、彼女はディック・エバーリングのことを考えずにはいられなかった。まず、窓掃除をしているときに窓の中で明らかになる彼の肉体の魅力。アルマジロの甲羅のようにひだになった腹筋、日焼けして浅黒い肌。マリリンはそっと下唇を噛んだ。彼が床を見ていたこと、そして、自分のような人間を好きだと思えるかと尋ね、さらに「ずっと先まで?」と訊いたことを思い出したのだ。その言葉を思い出して、マリリンは悲しくなった。誰だって長く愛されるという幸運に恵まれるべきだ。愛されること、変わること、それにまつわる苦しみを経験するという特典を与えられること、留まることがどういうことなのかを知るチャンスに恵まれるべきだ。彼女が知ったように、愛する人はひとりきりだと知ること。それをはっきりと知ること。そして、それに伴う制限とともに、それを受け入れること。そうすることができるとしたら、この世で、安全というものにもっとも近いものが手にはいることになる。

嬉しいことに、階段をゆっくり昇り、部屋にはいってくる足音が聞こえた。ふりかえると、近づいてくる影が見えた。

「サム?」と彼女は呼びかけた。

「では」とメビウスが言った。

「では」とシェパードが言った。

「等価交換(クイド・プロ・クオ)を」

シェパードは自分の椅子の下に手を伸ばし、原稿をもちあげた。

「コピーをとっていない、唯一の原稿かね？」

「そうではないが、これが元の原稿だ」

シェパードは鉄格子の間から原稿を差し入れた。メビウスは重さを量るように、原稿をもちあげた。

「明日の朝まで預けておく。読むならそれまでに」シェパードが言った。

「わかった」

「そのあと、アリス・ペピンについて、わたしが知る必要のあることをすべて話してくれ」

「あんたが知る必要のあることは皆、ここに書いてある」

「いや、なかった」シェパードは言った。「結末がないんだ」

「結末なら現れるさ」とメビウスが言った。

シェパードは椅子を折りたたみ、監視係のところにもっていった。監視係は彼を外に送り出した。

「あれは自殺するおそれがある」シェパードは言った。「やつの独房を十分ごとに点検してくれ。そして、すぐに医師を寄越してもらってくれ。やつの包帯を取り除き、ガーゼも取り上げるように。自分を傷つけるのに使いそうなものを一切もたせたくない。監視の人手をあとふたり増やして、裸にして所持品検査をしてくれ。独房内の再点検も。ベッドから寝具をはがしてくれ。毛布一枚も残すな。やつが読んでいる原稿以外のものは皆、とりのぞいてくれ」

「承知しました」

それだけ念入りな指示を出したにもかかわらず、シェパードは一日中、メビウスのことが気になってしかたなかった。同じ建物の中にある留置場に何度も電話して、監視係と話しただけでなく、二度、留置場を訪れた。二回とも、留置場にはいったとたんに、メビウスの高笑いが聞こえてきた。独房の前に立つと、メビウスは目に涙をためて、ページを指さして笑っていた。

「こいつのせいで笑い死にしそうだ」とメビウスは言った。

メビウスを自分の目で見たことで、シェパードの気持ちは落ち着いた。メビウスのガーゼの包帯は、ビニールの絆創膏に変わっていた。看守は念のため、独房内を三回チェックした。あとで、シェパードが電話したときには、メビウスは事もなく夕食を終えたところだった。電話の背景音として、メビウスがげらげら笑っている声が聞こえた。

シェパードはベッドにはいった。最初は眠りが途切れがちだったが、やがて深い眠りに落ち、夢を見た。そして目が覚めたとき、その夢を完全に覚えていた。

シェパードはあのビーチにいた。妻を殺した犯人を追跡していた。だが、殺害犯人はメビウスで、シェパードの妻はアリス・ペピンだった。彼はようやくメビウスに組みついた。相手は小男なのに、ものすごく強くて、おまけに魚のようにぬるぬるして捕え難かった。シェパードは彼にパンチを撃ちこもうとしては避(よ)けられ、組み伏せようとしては体勢を入れ替えられ、砂の上に投げ落とされた。そして、ふたたび打ちのめされ、メビウスにのしかかられて、膝で胸を押さえつけられた。メビウスが最後のパンチを撃ちこもうとして、拳を耳までふりあげた。そして、シェパードの目が覚めるよりも前に、メビウスのパンチが落ちてきて、真っ暗になるよりも前に、シェパードはあの惨めな敗北の感覚、妻を守ることも、妻を殺した犯人を打ち負かすこともできず、ある意味で犯罪の共犯者となっているという感覚に苦しめられた。

電話が鳴った。枕元の灯りをつけ、目をこすって時計を見た。四時十五分。

「失礼します」監視係が言った。「メビウスのことで」

「何が起こったんだ？」

「彼は死にました」

「死んだ？」シェパードは上体を起こした。「どういうふうに」

「窒息して」

「そんなばかな」

「喉を詰まらせて死にました」

「何を詰まらせて？」

「百パーセント確実だとは言えません。救急医療士がまだ処置をしていますので。ですが、どうやら、あの小説の原稿の紙を呑みこんで、気管を詰まらせたようです」

だが、真ん中は——とデイヴィッドは書いた——長くて苦しい。

小説と結婚との両方の意味だった。ある時点で、彼の小説は彼の結婚生活になった。あるいは、彼の結婚生活を食い尽くした。ほんものの作家は、そういう問題に悩むだろうか？　彼は決して、自分のことをほんものの作家だなどとは思っていない。ほんものの作家は芸術と生活の間の境界線を常にはっきりさせておく——そうではないだろうか。ほんものの作家は夢と昼間の生活を区別できる。そうでなくてはならない。でなかったら、どうやって物語のとるコースを見分け、自分のテーマを認識することができるだろうか。波に乗るように語りの論理に乗って、うねりから岸へと進んでいくことができるだろうか。彼の小説は、まったく違うものになっていた。それはもはや物語ではなかった。それは彼だった。それはアリスだった。それは彼ら、ふたりだった。

デイヴィッドの小説は、共食いの行為となった。

アリスの流産からの五年間、デイヴィッドとアリスは、ささやかな逸脱はあったが、同じルーティンに従って生活してきた。彼の小説書きは少しも進展しなかった。彼は書くことによって、自分を隅に追いつめることはなかった。彼は書くことによって、自分を循環へと追いこんだ。彼の小説も結婚生活も、何かが起こるまえの長い待ち時間と化していた。

だから、彼はこの新たな事の成り行きを歓迎した。もちろん、新たな展開がもたらされるために、アリスが入院することを必要としたわけではなかった。しかし、そのおかげで、いまやアリスは人生を変えようとしている！　それが何を意味するのか、厳密なところは彼にはわからなかったが、何か新しいことであるようだった。

だが、その一方で、アリスは相変わらず、よそよそしく、腹を立てやすく、彼女の気持ちを和ませるのは難しかった。ふたりはもう何か月もセックスしていなかった。デイヴィッドが帰宅すると、アリスが電話で話をしていることが時々あった。「誰だったの？」と訊いても、「別に」という答えが返ってくるのが常で、その話はそれっきりになった。彼女のノートパソコンの画面を覗くことも許されず、携帯電話の請求書も最近はまったく見当たらない。銀行やクレジットカードについての通知もない。アリスは何の形跡も残さず、生活している。アリスはしばしば仕事で遅くなった。謎の会合に出かけることも多かった。それらの会合について、アリスはデイヴィッドには何も語らず、念入りに化粧して上等な服を着ていく。「そんなにおしゃれして、どうしたんだい？」と尋ねたこともある。「どうしたって、何が？」というのが返事だった。デイヴィッドは、まじまじとアリスを見た。どのくらい体重が減ったのだろうか？　十キロ？　十五キロ？　それとも全然減っていない？　デイヴィッドは、アリスがきれいに見えるとは言えなかった。ただ、小さく見えるだけだった。だが、前より小さくなったとしても、アリスの場合は人並みより大きい。アリスは浮気をしているのだろうか？

「ジムに行ってくるわ」ある日、アリスはデイヴィッドに言った。

デイヴィッドはアリスがエレベーターに乗るまでずっと、ドアの覗き穴から見ていた。それから、八階分の階段を駆けおりた。そして、東のサード・アヴェニューに向かう彼女を追った。彼女はサード・アヴェニューでタクシーを求めて手を挙げ、すぐに一台つかまえて乗りこんだ。デイヴィッドもタクシーをつかまえようとしたが、一台も通りかからなかった。

デイヴィッドは断念した。映画なら、こんな問題は起こらないのに。

翌日、デイヴィッドはタクシー会社に電話し、サード・アヴェニューで待っているように頼んだ。だが、アリスは建物を出ると左に曲がり、レキシントン・アヴェニューに向かった。彼らの建物の面している通りは東向きの一方通行だ。デイヴィッドの乗った車がブロックを回ってレキシントン・アヴェニューに出たときには、アリスの姿は消えていた。

次の日、デイヴィッドはふたつのタクシー会社に電話し、一台をサード・アヴェニューに、もう一台をレキシントン・アヴェニューに待機させ、アリスが東に向かうと、レキシントンのほうをキャンセルした。

「あのタクシーを追跡してくれ」彼は運転手に言った。

「マジですか?」と相手は言った。

「仕事だろう?　言われたとおりにしてくれ」

映画の登場人物たちは駐車する必要がないのが普通だし、駐車しなくてはならない場合は、すぐにスペースが見つかる。パソコンが起動するのを待つ必要もない。決して遅れは生じない。筋を進めていく際に、少しの時間も浪費されることがない。だが、どうしてそうなのか?

アリスはＹＭＣＡでタクシーをおりた。

ＹＭＣＡと言えば、どうしてどこも同じにおいがするのだろう。人間の醸し出す湿度によるＹブランドの香り——腋のにおいと汗まみれのソックスのにおいに、プールの塩素の衛生的なにおいを少々混合したものだ。デイヴィッドがここに来るたびに、同じ発達遅滞の男性が、いかにもそれっぽい衣装(ドラッグストアで売っている太い縁の眼鏡、ＹＭＣＡのロゴのあるＴシャツ、短すぎる半ズボン、くるぶしまであるスニーカーに膝までひっぱりあげた黒い靴下)に身を固めて、掃除機をかけている。この男は、この服しかもっていないのだろうか?　掃除機をかけることだけが彼の仕事なのか?

「ここ、かけ忘れてるよ」指さして教えてやると、男は礼を言い、素直に、その幻の塵に向かって掃除機を押していく。デイヴィッドは男性用ロッカールームを突っ切っていった。そこは、彼が思うに、ダンテにしか思いつけないような場所だ。悪臭が漂い、汚れているというのではない。むしろ、かなり清潔で、照明も明るく、焼きたてのパンのように温かい、洗いたてのタオルがたくさんあるところだ。洗面台には、クラブマンのオーデコロンを満たした缶に、櫛がたくさん浸かっている。だが、ここには怪物どもがいる。円と四角いブロックで構成された体つきの人間の男どもだ。彼らは裸で歩き回らずにはいられないようだ。どうやら、子ども並みに自意識が欠如しているおかげで、幸せなことに自分たちの形状の異常さに気づいていないらしい。サウナから出たばかりで汗を滴らせ、ロブスターのように皮膚を赤くしている彼らは、通りで出会ったときのように無頓着に、ほかの男に近づいていく。「リーランド」と片方が話しかける。「調子はどうだい？」相手が応える。「おっ、スリム。どうしてた？」デイヴィッドは心の中で翻訳する。「おれはきみのペニスを見ていないよ」、「おれだって、きみのペニスを見ていないよ」と。だが、このデイヴィッドは目を向ける。これこそ、地下の世界の楽しみ、ウェルギリウスが地獄の案内役を買ってでたときに、はっきりと意識していたものだ。これほどに多様な形と大きさ。目を向けずにはいられない。ゾウのぶらさがりもの。馬の魔羅（まら）。犬のちんちん。ユダヤ男の蛇（シュロング）、ロバの一物。金玉が片方しかおりていないもの。どっちもおりていないもの。巨漢の短小ペニス。小男の巨根。むろん、体にふさわしいのがついてる場合もある。黒人のペニスは亀頭が犬の舌のようなピンク色をしている。サイズはさまざまで、あらゆる通説について裏づけるのもあれば、くつがえすのもある。東洋のペニスも同様だ。割礼を施されたペニス。顔のしわ取り手術のように、包皮の残りが強く引っぱられ、ぱんぱんになっていて、垂れていてさえ皮の余裕がほとんどないので、硬くなったらさぞ痛かろう。ピアスをしたペニスまである。プリンス・アルバートと呼ばれるもので、雄牛の鼻輪のように、陰茎からはいった輪が尿道口へと抜ける。ここはものすごい数のペニスを一挙に見ることのできる一望監視施設。見渡す限りの男根畑だ。これだけの大量のペニスを目にしてデイヴィッドが思うことはひとつだけ、宇宙を統べる法はないらしい、ということだけだった。善人に必ず贈り物が贈られるわけでもなければ、悪人に必ず罰がくだるわけでもない。神が与えたり、奪ったりすることに公正さはない。ただひとつの例外は、肉体についての否定不可能な事実――つまり、誰でも必ず死ぬということだ。

デイヴィッドはウェイトトレーニング場でアリスを見つけた。アリスはバランスをとりながら、巨大なボールの上に、仰向けに横たわっていた。足は地面につけ、両手でもうひとつのボールをもって、大きな胸の上に掲げている。顔を紅潮させ、トレーナーに回数を数えてもらいながら、小さなほうのボールを胴体に沿って前後に動かしている。

デイヴィッドは次の日の夕方も、アリスのあとをつけることにした。彼女が出かけるよりも先に家を出る口実があった。ジャック・ストーニーの誕生パーティーだ。デイヴィッドはアリスに一緒に来ないかと誘ったが、断られた。

「わかった」と彼は言った。「会合があるんだね」

アリスの目が光った。それは彼には理解できない怒りだった。いや、彼を当惑させるのは、彼女が非常に長い間、怒りを持続できることだった。

アリスは七十六丁目とセントラルパーク・ウェストの角のユニテリアン・ユニヴァーサリスト教会で、タクシーをおりた。そこでは一群の男女が外に立って煙草を吸っていた。

デイヴィッドは数分待ってから、中にはいった。だが、アリスを見つけるのは容易だった。長い廊下の先から、彼女の声が聞こえていたからだ。廊下の両側にはたくさんの部屋があり、それぞれサポートグループの集会がもたれていた。禁酒会、アルコール依存者家族の会、断薬会、共依存者の会、債務者の会。デイヴィッドはアリスのはいった部屋の入り口から中を覗き見た。太っている人ばかりだった。折り畳み椅子からはみ出してすわっている男たちや、肩や腹の盛り上がりがすごいので、膝の上に置いたハンドバッグになんとか両手が届いているという女たち。アリスはみんなの前で話をしていた。デイヴィッドには彼女の姿は見えなかったが、彼女の語る言葉は、ひと言、ひと言はっきり聞こえた。アリスは時折「イエーイ！」とか「アーメン」とかいった励ましの言葉にさえぎられながら、語りつづけた。

「わたしの言おうとしていること、皆さんよくご存じです」とアリスは言った。「通勤経路を、立ち寄る場所という面から考えてみること、おありですよね。ハドソンニューズのチェーンのスタンドで、雑誌とバターフィンガーを買う。ハーシーのお菓子とチャールストン・チューも。アーモンド・ジョイにはナッツがはいっているけれど、マウンズにははいっていません。スタンドは通勤経路から、ちょっと歩いていったところにあります――つまり、ちょっとは運動になります。スプレインブルック・パークウェイの十三番出口にはマクドナルドがあります。働き者のメキシコ人たちがやっています。朝番の人たちは常に新しい油脂を使っていて、おかげでハッシュブラウンやフレンチフライに、よくある苦味がつきません。ダイエットコークと味が混じって、変な味になることもありません。どういうことか、おわかりですよね。四十三丁目とレキシントン・アヴェニューの角にホットドッグ屋さんがいます。家に帰る前のおなかふさぎに、ちょうどいいです。『何をつけましょうか？』『もちろん、何もかも全部載っけて』フランクフルトの皮に歯をたてたときの、はじけるような、おいしい感触、たまりません。パンは湯気でしっとりして、申し分なく柔らかい。『ありがとう。もうひとつ、ちょうだい』このスタンドはスバーロの向かいにあります。ここで、豆知識をひとつ。純粋な砂糖よりもジャガイモを食べたほうが速やかに血糖値が上がります。ほっとひと息つける、おいしいジャガイモ料理と言えば何でしょう？　つづりを言ってみましょう。ケイ、エヌ、アイ、エス、エイチ……そう、クニッシュですね。

わたしが、いろんなものを組み合わせたおいしいものを空想して楽しむと言ったら、皆さんはその意味をわかってくださるだろうと思います。そういう発明って、最高のセックスと同じくらいの幸せをもたらしてくれますよね。わたしはサンドイッチづくりの芸術家なんです。サブウェイで売ってるようなサンドイッチのことを言ってるんじゃありませんよ。クリスピー・クリームのドーナツを半分の厚さにスライスして、片方にはジャムを分厚く塗って、もう一方にはホイップタイプのクリームチーズを均等に塗ります。そしてね――ちょっと信じられないでしょうけど、わたしを信頼してくださいね。ベーコンを加えるのです。ベーコンは何に加えてもおいしいですよ。ほかには、ニューヨーク・プレッツェルを半分にスライスしたものにピーナツバター――食べられないけど、夢見ることはできます――を塗ってバナナをはさんだり、シチリア風ピザ二枚の間に、プロシュートと揚げたナスをはさんだり。硬い耳は切り落としてくださいね。わたしは一番おいしいとこだけ、いただくわ。

ねえ、ご存じでしょう。ほかの人が見向きもしないものを食べるっていうのも、いいもんですよね。KFCの揚げた衣のかけら。骨つき下もも肉の先っちょの関節の白い靭帯。ブリーチーズの最後のひと切れにくっついている皮。ポテトチップの袋の底にたまったかけらを、シリアルみたいに、グアカモーレに加えるのもおいしい。ボローニャ・ソーセージに巻いてあるプラスチックの糸にこびりついた肉。皆さん、よくわかっておられますよね。オスカー・メイヤー社は熟知しているんです。ビー、オー、エル、オー、ジー、エヌ、エー、ボローニャの作り方を。

皆さん、感じたことがありますよね。恥ずかしい気持ち。笑ったら、おならが出てしまうことがありますよね。笑うのが二重に怖くなっちゃいますよね。愛する人に体をこすりつけるときに、決してきれいにすることができないお尻を意識する恥ずかしさ、おわかりですよね。凧のように幅の広いパンティー。大きなブラジャーのサイズは、FFとかEEEとか牛の焼き印みたいな文字で表示されていて、『ダブルF』とか『トリプルE』とか、観光牧場にありがちな名前で呼ばれますよね。病的に肥満した女性が病院に収容された際に、おっぱいの間に腐ったツナサンドイッチが挟まっていたのが見つかったという都市伝説をご存じですよね。あんまり太っていたので、埋もれてしまって本人にもわからなかったそうです。そういう肉のひだの間をチェックして、溝を埋めているねばねばと、その下の日のあたらないところで炎症を起こしているピンク色の肌とを発見したとき、どういう気持ちがするか、皆さん、ご存じですよね。ねばねばっていうのは、赤ちゃんの耳の後ろにたまって硬くなっている、あの黄色いのと同じものです。お湯を含ませた布きれで、それを拭いとるときの痛みをご存じですよね。ふと思ったこと、ありませんか。これ、ほっといたら、どうなるのかなって。

当惑することは、ほかにもたくさんありますよね、皆さん。列挙させてくださいね。お皿から顔を上げて、みんなが自分を見ているのに気づくこと。お尻から先に車に乗りこむこと。封切りの日に映画館に行くのが怖いこと。ブーツをはくのを永遠に諦めること。靴紐に腹をたて、階段を憎むこと。不審な人に話しかけられても、走って逃げられないのがわかっていること。CNNで肥満についてのニュースがあって、最初の内容紹介で、人の首からお尻までだけが映っているを見て、『あら、このおなかはわたしだわ！』と思うこと。飛行機に乗るとき、ほかのお客さんがみんな下を向くこと。バスの座席の間に盛り上がったスペースがあるのを見て、わたしのお尻の割れめにちょうど合うと考えること。夫より体重が重いこと。自分のいびきで目が覚めること。睡眠時無呼吸治療器のマスクをつけて、ブタに見えると思うこと。

皆さん、ご存じですよね。自分の体の中に囚われていると感じるのがどういうことか。手足が不自由になったような気がしますよね。食べ物依存症だし。たとえば『きょうこそ、ちゃんと自分をコントロールできるようになる』と決意するとします。最初の数時間、空腹があまりにつらくて、泣きたくなります。挫折して、おなかいっぱい食べるときの安堵感、覚えがあるでしょう？　そしてそのあとの罪悪感。不思議の国のアリスみたいに、どんどん大きくなると思うととても怖い。太りすぎて部屋から出られなくなり、救急車の到着とともにウィンチが必要になり、消防士が大ハンマーで出入り口を広げないといけなくなる、あの気の毒な人たちのひとりになってしまうのではないか。でも、しばらくすると、そんなことは忘れてしまいます――こうして敗北するのです。

でも、希望があります。『変わる』ということがどういうことか、ここにいる皆さんはご存じです。ご自分を見てください。わたしを見てください。わたしたちは、根本的に変わりました。以前のあの状態から、なんとか、今のこの状態になりました。でも、どのようにしてそうしたかは、もはや重要ではありません。ただ、わたしたちを見て下さい。今すぐお互いを見てください。回りにいる人を見てください。わたしたち自身が変身の可能性を示す見本です。わたしたちは、絶望に対する反論を、身をもって示しているのです。友よ、わたしは大いに変わりました。そして、もちろん、もっと変わります。けれど、もとにもどることは決してありません。

挑戦しましょう。親愛なる、はらぺこあおむしさんたち。自分の皮膚をさなぎの殻だと思いましょう。この脂肪の殻の中でヒナを孵しましょう。あなたもわたしも、わたしたちみんな、かつての状態にもどることはありえません。あの人たちはいなくなったのです。ということはつまり、この脂肪の殻の中に、新しい人がいるのです。このマトリョーシカ人形の中に、別のマトリョーシカ人形がいるのです。

でもどうしたら、その新しい人に到達できるでしょう？　それは簡単です。ものを書くときの第一のルールと同じです。知っていることから始めるのです。わたしが失った子どものことをお話しさせてください」とアリスは言った。「そうすることによって、わたしは皆さんにお話しすることができます。食べる理由や、わたしが埋めようとしていた空虚のことだけでなく、何がわたしを食べてきたか――蝕んできたかを……」

だが、デイヴィッドは立ち去った。もう聞きたくなかったのだ。その話は彼にとって済んでいた。

もう自分には関係のないことだった。

彼はパーティーに行った。タクシーでオフィスに行って、ジョージーンのいるパーティーへ。ジョージーンは、彼がはいってくるとすぐ気がついて彼を見た。彼を待っていたかのように見えたし、実際そうだった。デイヴィッドはまっすぐに彼女のところに行った。「率直であることについて、自分が言ったことを覚えているかい？」

「ええ」と彼女は答えた。

「きみが住んでいるところに連れてってくれ」


家に帰ったときには、アリスの就寝時間を大幅に過ぎていた。ジョージーンのところでは携帯を切っていたが、今電源を入れてみて、アリスが一度も電話してこなかったのがわかった。おれが何時に帰ってくるか、ほんの少しの興味もないのか。彼女の無関心さに、不安も後悔も消えた。デイヴィッドはシャワーを浴びて、ジョージーンの残した粉っぽい証拠をミスター・ペニスから洗い落とした。こんなことをする意味はあるのだろうか。どうせ妻は熟睡しているのに。

デイヴィッドがベッドの上掛けの下に身を入れたとたんに、アリスが彼の腹部をなでおろした。

「して」と彼女は言った。

デイヴィッドはぎょっとして、彼女の手首をつかんで止めた。

アリスは裸だった。デイヴィッドの背中に胸をおしつけた。乳首が大理石のように硬かった。そして、舌先を肩甲骨から首筋へと走らせた。「ねえ、デイヴィッド」アリスがうめくように言った。「ずいぶんごぶさたよね」アリスは両腕で、彼の腕を背中におしつけて動かなくした。警察が身柄を確保するときのように。それから、押さえこんだところに跨って、彼の親指に股間をすりつけた。「ぎゅっとして」アリスはささやいた。「うんときつく抱きしめて」

舐めたり、抱きついたり、いったいどうしたのだろう？　目新しいことではある。それに、わいせつな物言いも、今までにはなかったことだ。デイヴィッド自身が背信行為をしてもどってきたばかりなので、妄想がわいた。こいつは浮気をしているのか？　そっちでこんなことを覚えたのか？　新しく覚えたやり方を、おれたちのベッドで試してみようとしているのか？

デイヴィッドは言われたように、体の向きを変えた。疑惑は浮かんでも、体は猛烈に興奮していて、あまりに急速に勃起したので、地震のときに煉瓦からモルタルがはがれるように、自分の体からジョージーンのセックスがはがれ落ちるのを感じた。

「キスして」アリスが言った。デイヴィッドはキスしようとした。だが、アリスの唇にではなく、舌にぶつかった。その舌は、暗闇の中、こちらに向かって伸びていた。自分も舌を突き出し、舌で彼女の舌に触れた。ふたつの舌はポジションを争い、からまりあった。つがいのアザラシのように。ふたりはそうして長い間、舌を絡ませていた。やがてデイヴィッドは自分たちの唾が冷たくなっているのに気づいた。これもまったく新手だな、と彼は思った。

彼は動きをとめた。

「あら」とアリスが言った。「キスして」

「してるよ」彼はまたキスをしようとした。だが、そこにあったのは、やはり舌だった。雨粒を受けとめようとする子どもの舌のように、口から突き出された舌だった。「いったい、どうしたんだ？」と彼は言った。

「どうしたって何が？」

「これ」デイヴィッドは口をあけて舌を出し、「アー」と言った。彼女が医師で、その診察を受けているかのように。

アリスは声をたてて笑い、「ねえ」とさらにせがんだ。「キスして」

「ふつうのキスなら」とデイヴィッド。

「ふつうじゃないのがいい」とアリス。

暗闇の中でデイヴィッドの目に、アリスが白目を見せてにらんでいるのが見えた。

「もういい」アリスはそう言うと、ベッドから出てガウンをまとい、キッチンに行った。

「ぼくが何をした？」彼は叫んだ。やかんに水を満たしている音が聞こえた。

「何にも」アリスが疲れ切った口調で答えた。

何週間もの間、デイヴィッドは存在しないかのようだった。ようやく存在するようになったかと思うと、とたんに何か間違ったことをしたらしい。

やかんのホイッスルが鳴りはじめた。

デイヴィッドは上掛けをまくり、キッチンにはいっていった。アリスはテーブルにすわり、緑茶のカップを両手で包んで、彼を待っていた。

「わたしたちは話をする必要があるわ」

デイヴィッドは脱力感を覚えた。年寄りのように両手をテーブルについて、体を支えながら、のろのろと椅子にすわった。

アリスは耳に髪をかけた。彼女の目がうるんだ。アリスは咳払いをした。「あなたに話さなくてはならないことがあるの」と言って、掌でこぼれ落ちた涙をふいた。「これはずいぶん前から悩んでて、心がボロボロになっちゃったから、自分とあなたを守るために、考えないようにしていたの。でも、そういうふうにしていくのも、もう限界。これ以上、自分だけで抱えていられないわ」

デイヴィッドの心臓が激しく打った。

「わたしたち、マンネリになっているわ」とアリス。

デイヴィッドは心からほっとしたので、もう一度言ってくれと頼んだ。

「マンネリ」アリスはくり返した。「でも、その言葉は適切じゃないわね。実際はもっと深刻。危機のほうが近いかもしれない。でも、危機っていうと、何か選択肢があるような感じがするでしょ。何と何の間で選ぶの？　わたしには何の考えも浮かばないわ」

アリスはお茶をひと口すると、集中し、焦点を内面に移した。彼女はかつてないほど健康そうに見えた。頬の血色がよかった。がっしりした肩や腕に、いわば健やかな張りがあった。

「閉塞状態とも言えるかも。でも、閉塞の反対語って、あるのかしら。非閉塞状態になったら、幸せになれるのかしら。退屈というほうが、もう少し近いかも。でも、やろうと思ったら、やれることがあるのはわかっているの」

アリスは手を伸ばして、デイヴィッドの頬に触れた。

「あなたは感じていないの？」アリスは言った。「わたしたちはどこにいるの？　どっちつかずの煉獄みたいね。死んでもいないのに。何もかもがあるべき姿の反対になっている気がするの。かつてないほどお互いを深く知っているはずの今、お互いのことが何もわからない。誰よりもお互いの近くにいるはずのなのに、遠く離れてしまっている。うまく言えないけど。これから先もずっとこんな風なら、死んだほうがまし」

「そんなこと言うなよ」と彼は言った。

「こんなふうに思っているのは、ほんとうにわたしだけなの？」

「いや、そうじゃない」

「だったら言うけど、ずっと答えを探してきた問いがあるの。この状態をどうしたらいいのか、ということ」

「ぼくも同じことをくり返し自分に問いかけてきた」

「何か考えがある?」

デイヴィッドの頭にジョージーンの顔が浮かんだ。「きみが先に言ってくれ」

「これからのわたしたちの人生を、ひとつの実験として生きてみようと思わない?」とアリスが言った。「わたしたちの結婚生活を、月ロケットの打ち上げや宇宙探検のように扱ってみない? そう、最後のフロンティアとして。わたしの言っていることは、漠然としているかもしれないけれど、考えてみてくれない? たとえば、わたしたちはどうして、ほかのところではなく、ここに住んでいるの? どうして、この国の州のひとつひとつに順番に住んでみようと思わないの? どうして、世界から飢えをなくすことに人生を捧げようとしないの? どうして、フランスの田舎で鶏を放し飼いして暮らそうと思わないのか? ふたりとも海洋生物学者になって、グレート・バリア・リーフを研究するのはどう? わたしはグレート・バリア・リーフって何なのかさえ知らないわ。それは、わたしのことで忙しかったから。自分のことばかりにかまけていて、ばかになってしまったの。わたしは自分について学んだことを皆、忘れたいの。アパラチア山道をハイキングするのはどう?」

「冗談だろう」

「本気よ。今挙げた例は、どれもよくなかったけど。でも、デイヴィッド。あなたは何を恐れているの? どうしてわたしたちは尻ごみしているの?」

「尻ごみって、何に対して?」

「わたしたちが感じていないものすべて、わたしたちがしていないことすべてに対して」

「感じていないもの、していないこと?」

「そう、もっと感じて、もっとやらなくちゃいけないのに」

「十分感じていると思うよ。これ以上、感じたいとは思わない」

アリスはうなずいた。「あなたの言っていることは理解できるわ。でも、あなたの言っているのは、この二、三か月のことでしょう？　あなたはまだ、わたしの言うことが理解できないのね」

「いったい何の話をしてるんだ？」

「わたしたちの結婚生活を、お互いが幸せになることについての実験だと考えたら、どうなるかしら？　たとえば、毎日セックスするという誓いをたてたら——ギネス記録狙いの離れ業みたいだけど、別に記録を破ろうというんじゃなくって、ただそう努力したら——どうなるかしら？　つまり、一定の期間毎日、お互いに対して新しい形の快感を与えることにしたら、ということなんだけど」

「今のぼくたちの性生活はつまらないと言いたいのかい？」

「新味が必要だと言っているのよ、デイヴィッド。わたしたちには、ニュージーランドやニューファンドランドが必要なの。新しい状況、新しい世界が必要なの。何？　何よ？」

デイヴィッドが両目をおおっていたのだ。

「きみの言うとおりだ」彼は首をふりながら言った。

「だけど、何？　何か言いたいんでしょ？」

だけど、何でよりによって、酔っ払って、ほかの女にファックされたばかりのときに、アリスからセックスを再発見したい、と言われなきゃならないんだ。何週間もの間、自分たちの問題に触れないように、必死に努めてきたあとで、アリスはどうしてこんなに必死になって、その問題と取り組もうとするのか？　このことについて、たとえば、きのうにでも話し合っていたなら、少しはましだったろうに。

アリスはデイヴィッドの両手首をつかみ、目をおおっている彼の手をはがした。「ねえ、生活の中で、わたしたちに制限を加えているものをみんな書き出して、制限されない生き方ができるよう、助けあうことにしない？」

「セックスの面で、ということ？」

「性的にも、精神的にも、肉体的にも、空間的にも。まずは、性的なことから始めましょうか？」

「きみは、ほかの男と寝たいと言っているのかい？」

「あなたはどう？」アリスは再び、デイヴィッドの両手をとって握りしめた。緑茶のカップを包んでいた彼女の手は温かく、彼の手は冷たかった。「愛人をつくりたいの？ ひとつには、そういう意味で言ったのよ。愛人をつくって、その人とのことを、何もかもわたしに話して。したくなかったら、しなくてもいい。どっちにしても、あなたは欲しいものが得られる。あなたがそれを得られるように、わたしはあなたを解き放つから。わたしはあなたがそれを得られるように手助けするわ。だから、そのあとで、あなたもわたしを手助けして」

「愛人なんかほしくない」とデイヴィッドは言った。それは嘘だった。だが、アリスの言っていることに沿って言えば、真実だった。

「あなたには、何か望んでいることがあるに違いないわ」とアリスは言った。

デイヴィッドには、小説を書きはじめてからずっと、頭から離れない欲望があった。だが、それが何かを言う代わりに、彼は「きみは何を望んでいる？」と尋ねた。

「そうね」彼の手を握ったまま、アリスは顔をのけぞらせ、目を閉じた。「わたしが望んでいるのは……パプア・ニューギニアの人食い人種になって、干し首のつくり方を習いたい。ラクダで砂漠を旅して、蜃気楼を見て、それから、そのオアシスを見つけたい。カルト教団にはいって、それから洗脳を解除してもらって、自分自身、洗脳解除療法の専門家になりたい。一文無しになるまでお金を使って、無制限にお金を使うのはどんな感じか、実感してみたい。難破して何年も孤島に暮らして、『スイスのロビンソン』の一家みたいに、昇降機付きの小屋を建てるの」そう言ってデイヴィッドの両手を引っぱり、顔を覗きこんだ。「わたしはあなたに、ありえないほど幸せになってほしいの」

デイヴィッドは心が千々に乱れて、うつむかずにいるのがやっとだった。「何と言ったらいいか、わからないよ」

「『そうしよう』と言ってくれたらのいいの。『いつから始めようか』って言って」

「いつから始めようか」沈んだ声になった。

「今すぐ」と言ってから、アリスはテーブルを平手で打った。「スペルバウンドを辞めてくれる?」

「いいよ」

「あなたはニューヨークで暮らさなきゃいけない?」

「いいや」

「ねえ、いつになったら、書き上がるの?」

彼は目を狭めてアリスを見た。「何のことだ?」

「あなたの小説。あなたがずっと前から書いてるもの」

「どうしてそんなことを知っているんだ」

「だって……。いつだったか、あなたの机に数枚、原稿があるのが目についたの。でも一行ぐらいしか読んでいないわ。わたしにはかかわりのないことだもの」

「もちろんだ」

「書き終わったの?」

「いや」

「理由を訊いてもいい?」

「どう終わったらいいか、わからないんだ」

「処分したらいいわ」とアリスは言った。「燃やしたらいい。捨てちゃえばいい」

「いやだ」

「じゃあ、どこかよそへ行ってさっさと終わらせて。そうしていてくれるとわかっていたら、あなたが書き終えるつもりでいるとわかっていたら、たぶん、わたしだって、待っていられるわ」

「ぼくは、それを終わらせるために、どこかに行く必要はない」

「でも、終わりにする必要はあるでしょ？　わたしたちはそれを終わりにする必要がある。わたしの言いたいのはどういうことかと言うと……もしそれがあなたを引きとめているなら、それがわたしたちをばらばらにしているなら、わたしにとって自分の体重がそうだったように、それがあなたの重荷になっているなら、ひとりでよそへ行って。それがいやなら書くのを諦めて。そしたら、わたしもあなたと一緒に行けるわ」

「きみが何のことを話しているのか、ぼくにはさっぱりわからない」

「わからないなんて言わないで。あなたは賢いんだから、わかるはずよ」

「上からものを言わないでくれ」

「ほんとよ。あなたはわたしが知っている中で一番頭のいい男の人なんだから」

「きみは、ぼくたち、ふたりともが簡単に変われるようなことを言う。指をぱちんと鳴らして」と彼は指を鳴らした。「それで、もうすべてが片づくみたいな。これまでの自分の全人生を簡単に捨てられるようなことを言う。だけど、そんなんじゃないんだ。ぼくらにはできないよ」

「いいえ、わたしたちにはできるわよ」

「きみは、今までできなかったじゃないか」

「そうね」とアリスは言った。「でもそれは怖がっていたからよ。もう怖くないわ」

「どうして？」

「それはね」とアリスは言った。「わたしたちのあとには何も残らないから」

たしかにそうだった。子どもがいないから、ふたりの結婚はお互い同士の間のことだけだ。これまで、その考えが彼の頭に浮かんだことはなかったが、アリスに言われてみて、そのことこそ、自分が怖くて認められなかったことなのだと気づいた。

「もう、そのことを悲しんではいないわ」とアリスは言った。「怒りも感じていない。それどころか、だからこそ、わたしたちは特別なのだと思っているの。並外れた存在なのだと。わたしはあなたを通してだけ、世界を見る。あなたが大事なの。甘ったるく聞こえるだろうけど、それだけあなたを愛しているってことなの。あなたがいなくなることなんか想像もできないわ」

「だけど、いなくなっていたのは、きみじゃないか」

「そうね」アリスはうなずいた。「だからこそ、それがわかったの。それで、実験を提案したのよ。『わたしたち』という実験を。わたしたちがその実験になるの。でも、古典的な意味での実験ではないの。わたしたちは、目的は決まっているけれど、手順は決まっていない、そういう実験になるの。手順は、わたしたちが自分でつくっていくことになる部分なの」

「どういう意味？」

「わたしたちが道を切り開いて進んでいくということ」

「何に向かって」

「新しい何か」とアリスは言った。「新しいどこか。あした。行きましょうよ」

「たとえば、どこへ」

「あなたが選んで」

「きみに譲るよ」

「そう。わたしなら、たとえば――昔からグレート・バリア・リーフを見たかったの」

「ああ。オーストラリアだね」

「地球の裏側の国よ」

「いや、むしろ、オズの国*と呼ぼうか」と、彼はまぜ返した。

「やめてよ。これはわたしたちに残されたチャンスなのよ」

デイヴィッドは立ち上がり、レンジにもたれた。それから、両手を脇に挟んだ。ばかばかしい、と彼は思った。こんなのは非現実だ。現実は、自分は今夜ほかの女と寝て、もう一度その女と寝たいと思っている、ということだ。ああ、また、小さくて軽いジョージーンを、体の上で独楽のように回したい。アリスにそう告げたら、なんと言うだろうか！　彼がひと足先に始めたと告げたら、アリスの言う実験は、よけいにわくわくするものになるだろうか？　その答えこそ、実験なんかありえないということの証明なのではないか？

「わたしたち、何をしてもいいのよ」アリスは言った。「愛し合っているのだから」

「何でもできる？」

「したいことなら何でも」

「そうか。たった今、何をしたいかというと、ぼくは寝に行きたい」デイヴィッドはアリスとの生活について、ひどくしらけた、うんざりした気持ちになっていて、廊下を歩いていくのにさえ気力をふりしぼる必要があった。

「わたしの言うことを信じていないのね」とアリスが言った。「だったら、わたしが立証してみせるわ」

「ああ、やってくれ」と彼は言った。

翌朝、目を覚ましたデイヴィッドは、ベッドの真ん中に、対角線上に長々と横たわっていた。まだ頭がはっきりしていない幸福なひととき、妻との会話は夢だったのではないかと、彼は思った。ベッドの上に起き上がり、ジョージーンが自分の体の上で軽々と動いたのを思い出し、あれも夢だったのかと思った。だが、そうではなかった。日の光が寝室いっぱいに差した。だが、彼の後悔の念を消し去るほど、明るい光ではなかった。外は風が強くて、まぶしく晴れていた。みじめな気分でいるにはもったいない上天気だ。

デイヴィッドは妻の名を呼んだ。だが、答えたのは、急に震動しだした冷蔵庫のモーター音だけだった。コーヒーポットの底に残ったコーヒーの焦げ臭いにおいがした。そこで新たにコーヒーを入れようと、キッチンに行った。ジョージーンのことを考えた。恥じる思いは少しもなかったが、彼女との間に起こったことをどう扱ったらよいか考えた。すぐに終わらせるのが一番だ。ランチに誘って話をして、終わりにしよう。だが、心の別の部分では、きょうは何を着ていこうか、ジョージーンはおれを見て、どう反応するだろうか、と考えていた。ジョージーンに会えると思うとわくわくして、早く仕事に行きたかった。そして、心のさらに別の部分では、とても決まりが悪くて、今週いっぱい病欠すると連絡しようとか、アリスが提案したように、どこか新しい土地、携帯電話もかからず、Eメールも見られない辺鄙な場所に行こうとか、考えていた。

アリスからの手紙が、コーヒーメーカーに立てかけられていた。

デイヴィッドへ

しばらく留守にします。ゆうべ、打ち明けるつもりでいたけれど、あなたと話したあと、きっとあなたは理解しようとせず、わたしを止めるだろうと感じました。わたしがもどらない可能性もあって、それを思うと怖くなります。そういうことになった場合、あなたに事情がわかるように手配しておきます。

＊（475ページ）『オズの魔法使い』の「オズの国」にオーストラリアの略称のひとつであるオズを掛けた言葉遊び。

どうかわたしの言ったことについて考えて下さい。いいえ、考えなくてもいいです。どっちにしても、わたしはあなたに、わたしがもう帰ってこないかのように、生きてほしいのです——わたしが死んで、あなたが新生活をすることができるようになったかのように。今から、わたし抜きの人生を始めるかのように。

わかってくださいね。これは皆、実験の一部なの。捜さないでください。わたしがどこへ行ったか、知っている人はいません。二、三か月前、退院したとき、わたしは自分の人生を変えるつもりだと言ったわね。これがその第一歩です。覚えていてね。手順のない目的、ということを。

愛をこめて

アリスより

アリスの書き置きを二度読んだあと、デイヴィッドは、何の感情もわいてこないことに驚いた——きっと、ここに書いていることの一言半句も信じていないからだな。「わたしがもどらない可能性もあって、それを思うと怖くなります」か。やめてくれ、と彼は思った。これもまた、堂々巡りの一巡なのだ。アリスはもどってくる——今晩にでも。デイヴィッドは、アリスが戸口に現れるさまを思い浮かべた(彼女のクロゼットを調べて、スーツケース一個もなくなっていないのがわかった)。想像の中のアリスは頭を垂れ、自分の新たな挫折のことで、決まりが悪そうだ。デイヴィッドに対して腹を立てているのかもしれない。「言わないでね。わかってるから」とアリスは言う。彼は何も言わない。アリスは寝室にもどり、彼らふたりともが、起こったことや起こらなかったことを忘れるのを待つ、待ち時間にはいる。

デイヴィッドはこの問題をもう考えないことにした。そんなことより、ジョージーンとのことに、できる限り速やかにけりをつけなくてはならない、と彼は思い定めた。シャワーを浴びながら、彼女に何をどのように、どこで言うかリハーサルし、特別に時間をかけて髭を剃り、髪をときつけ、三枚のシャツを試しに来てみてから、ようやく会社に向かった。地下鉄まで歩きながら、アリスの携帯に電話した。この番号は使われておりません、というメッセージが流れた。その知らせに彼はいらっとした。この突然のやめ方は、アリスの以前の減量の試みと同じだ。週末前にもどってきたアリスに頼まれて、携帯電話会社に電話している自分の姿が頭に浮かんだ。サービス再開の料金を払わせられ、下手をすると、新しい携帯を買わせられるはめになるだろう。プラットフォームの黄色い線の近くに立っていると、電車が線路を走ってきた。電車が停まる前のひととき、窓に映った自分のしかめ面がはっきりと見分けられた。教師の仕事も同じように突然やめたんだろうな、と彼は思った。トリニティースクールを年度の途中でやめたとき、新たな職を得るのは、ほとんど不可能だった。それで、感情障碍の子どもたちのための学校であるホーソン・シーダー・ノルズ・スクールに勤めることになったのに、そこもまたやめたのか。だが、それはもはやおれの問題ではない、と彼は思った。

アリスがおれから休暇を取るなら——デイヴィッドは彼の机の陰に立っているジョージーンの脚をなであげながら、考えた。おれだって、アリスから休暇を取ってやる、と。彼の執務室のドアは開いていた。彼はジョージーンと一緒に仕事をしているふりをして、彼女のパンティーの中に手を伸ばして、さわっていた。ふたりとも黙りこみ、ジョージーンは目を半ば閉じて、体から熱を発していた。

「いつ」と彼女はささやいた。「ここから出られるの?」

そののち、グレニッチ・ヴィレッジのジョージーンのアパートの裏手のベランダで、デイヴィッドは、紙パックから直接オレンジジュースを飲んでいた。無事に国境を越えて逃げのびた服役囚のような気分だった。どうして、アリスのことなんか考える必要があるだろうか? アリスの提案に乗って、彼女がもう帰ってこないかのように暮らしてもいいじゃないか。ジョージーンがバスルームで服を着ながら、中庭の向こうで鳴っているピアノに合わせて、完璧な音程で鼻歌を歌っているのが聞こえる。デイヴィッドはベランダから、左手のアパートメントにいる、そのソングライターが、ピアノでちょっとコードを弾いては、耳の後ろにはさんだ鉛筆でメモをとるのを観察した。同じ部屋にいる年取った男が――一緒に曲をつくる相棒だろう――マントルピースの上の時計のネジをまきながら、うなずいて賛意を表している。デイヴィッドもうなずいた。高らかに自由を歌うラブソングだ、と彼は思った。デイヴィッドは、自分が再び、若く自由になった気がした。今、このときのすべて、たとえばこの眺め、新たに見つかったセックスパートナー、そして彼の全人生に対して、強烈な驚きの感覚を味わった。驚くべきこと、夢見たことさえないことができると感じた。自分の、一対の新しい翼の骨たち――上腕骨、尺骨、橈骨（とうこつ）、前肢末梢関節――が背中から伸びて大きく広がり、明るい日の光を浴びているのだから。これがアリスの話していた新世界だろうか。新しい状況だろうか。それとも、心と体が変容したのは、単に彼女がいなかったからだろうか？

アリスはその晩、帰らなかった。次の晩もその次の晩も――アリスの不在は、あっという間に一週間になり、二週間になった。最初のうち、デイヴィッドは妻がいないことに煩わされなかった。うちに帰るといつも、アリスの名を呼んだのは単に習慣からだった。彼にとって、ひとりの生活には目新しい魅力があった。アパートメントを独占できるという利点もあった。料理の配達を頼む。生ゴミを出すのはサボる。何でも食べたいものが食べられて、気の向くまま、どんな映画でも見られる。そして、逆に言うと、彼女がいないせいで、彼女の存在が痛いほどに感じられた。まったく同じ力をもつ者同士の綱引きのようなものだ。どちらかが疲れ切って手を放すまで、まったく静止してしまう。そして、デイヴィッドには手を放すつもりはなかった。ずっと綱をつかんでいるつもりだ。アリスが帰ってきたとき、自分はここにいるだろう。そして、アリスは必ず帰ってくる。

二週間がひと月になり――つまり十月になって――さらにもうひと月経った。時間をつぶすために、デイヴィッドはジョージーンにのめりこんだ。だが、それは奇妙な感じがした。時間が経つにつれて、ジョージーンとのひとときの興奮を維持するために、アリスが今にも現れるかもしれないと信じているふりをすることが必要になった。会社の自分の執務室で、ジョージーンに一物をしゃぶらせているときに電話が鳴ると、アリスが受付からかけてきているのだと、確信せずにはいられなかった。ジョージーンとホテルにいるときに自分の携帯が鳴ると、ジョージーンと合体したまま、彼女に応答させた。「はい、今、わたしのすぐ後ろにいます」とジョージーンは言って、彼に携帯を渡した。ジョージーンと一緒に街を歩いていて、アリスに似た女性を見かけると、彼はジョージーンの手をとり、歩調を速めて、アリスなのかどうかはっきりわかるぐらいに近づかずにはいられなかった。

ある夜――四か月経った頃、いやたぶん五か月だ、今は一月だからと彼は逆算した――デイヴィッドはジョージーンを説得して、一緒に家に帰ってきた。ジョージーンには、妻はうんと遅くならないと帰らない、と事実と異なることを言った。戸口まで来たとき、リスクはあるが、それでも自分のベッドできみと寝たいんだ、と言い張った。彼はこれまで感じたことのない高ぶりを感じた。アパートメントの中にはいると、彼はアリスの名を呼んだ。

「えーっ、奥さん、いるの?」とジョージーン。

「どうかな」デイヴィッドはそう言いながら、半ば笑っていた。自分たちだけなのかどうか、あやふやなまま、ジョージーンをそっと導き入れ、入り口のドアをわざと少し開いておいた。ムードづくりのためにステレオを鳴らし、アリスが黙ってはいってきたらわからないぐらいに音量を上げた。ジョージーンの抗議におかまいなしに、寝室のドアは大きく開いたままにしておいた。そして裸にしたジョージーンの手首を、容易にほどくことのできない、念入りな結び方で、ベッドの柱に結びつけた。過去の誕生日にアリスがくれたネクタイのうちの二本で。ズボンをおろしながら、ネクタイなんか締めやしないのに、と思った。

「ねえ、大丈夫？　奥さんが帰ってこないのは確かなの？」ジョージーンは心底、怯えていた。

「いや」と答えながら、デイヴィッド自身も怯えていた。「確かではない」そして怒りと情熱をこめて、ジョージーンに侵入した。アリスが見物しているかのように。そのアリスによく見えるように。

アリスはいったいどこへ行ったのか？

たしかに、とデイヴィッドは思った。五か月が六か月になり、冬が春になる間、早く終わらせなくてはと思いながら、ジョージーンとの不倫の関係を続けてきた。たしかに、自分とアリスは一種のマンネリ、あるいは危機、あるいは煉獄、あるいは名づけることの不可能な場所にいる。だけど、アリスのやってのけた、この離れ業は、もうおもしろくもなんともない！　デイヴィッドとアリスのふたりがこんなに長い時間、離れていたことはなかった。彼は妻がいなくても全然平気だし、彼女がこの息抜きもしくは中断を入れる決断をしてくれたことは、今でもとても喜んでいた。だが、アリスのささやかな「実験休暇」もしくは「自分探しの失踪」について、彼がもっとも腹立たしく思うのは、この山ほどの時間をどう過ごすか何も考えが浮かばない、ということだった。

もちろん、書き物を仕上げるのには、うってつけの機会だ。デイヴィッドはそれに気づいて、九か月目である五月の初めに、ようやく箱から原稿を取り出し、行き詰まりに至るまでのページを読んだ。何度も読んでは同じ袋小路に到達した。小説の真ん中にいることは、こんがらかった毛糸の塊の中に閉じこめられているようなものだ。ゲームをデザインするのとは違う。ゲームのプレイヤーはアクションの無限のバリエーションを楽しむことができる。だが、コードの文字列はいかに厖大でも限られている。ぜんまい仕掛けのおもちゃをつくっているようなものだ。そのおもちゃが動くのを作り手自身も見ることができる。しかし、いったん自分自身を小説の真ん中に書きこんだら、小説は、その自分の周りでどんどん大きくなる。デイヴィッドはページをにらみつけて待ち、それからまた、にらみつけた。今の環境はとても落ち着く。家の中は物音ひとつせず、世界も穏やかで申し分ない。だが、アリスが不在であるせいで、彼の集中力は壊滅的打撃を受け、想像力は死んだ。その小説は突然、すべての重要性を失い、生まれ出るべき理由をすっかりなくしたかのようだった。彼はキッチンのテーブルで、あるページを見ていた。あまりに長い時間見ていたので、そのページは消滅した。そして彼の考えは、アリスとの最後の会話と、自分たちは一個の実験――手順を欠いた目的であるという、アリスの人生に対する考え方とにもどっていった。彼女が何を言いたかったのか、正確なところはわからなかった。だが、彼は知っていた。フィクションを書くプロセスは、手順を欠いた目的だということを。何らかの種類の解決、あるいは終わりが手招きしているのは感じるものの、実際に到達するにはどうしたらいいかは、まったくわからない。どうしてもそこに行かねばならないのに。考えてみれば、人生もそれに似ている。心理学者、哲学者、政治家、聖職者が道を示してくれているが、その助言にもかかわらず、自分がどう進むか確信がもてることなんてめったにない。誰かほかの人が、自分の知らないことを知っていると思えるだろうか？　ほかの誰かは、おれよりもいいことを考えているのか？　自分が破滅への道をまっしぐらに進んでいるのに比して、ほかの誰かは正しい道に留まっているのだろうか？　それがアリスのしていることなのだろうか？　それこそが、アリスがおれに示そうとしていることなのだろうか？　そのことを理解したら、ごくわずかな努力で、今いる道から離れることができるのだろうか――ひとりで、あるいは一緒に。これまでは、ふたりともがお互いの目から、なんとかこの真実を隠してきたのだろうか？　これはこれから間違いを正すためのチャンスなのだろうか？　彼女がいなくなったのは、おれを見捨てたというよりは、おれに贈り物をくれたということなのか？

アリスのアイディアを試してみようかな、とデイヴィッドは思った。それから、おれに制限を与えていると感じられるものは何だろうと自問した。

おれの小説だ。未完の小説がおれの人生を破壊している。

デイヴィッドはこの小説を完成させたかった。だが、その術がわからなかった。どのように終わったらいいのか、そのヒントさえつかめていなかった。捨てちゃえばいい、とアリスが言った。処分したらいい、と。だが、その場合、小説を未完のまま放棄したという事実が永遠に、彼をさいなむだろう。アリスだって、それくらいはわかるはずなのに。デイヴィッドは、三回目の流産のあと、アリスから聞いたことを思い出した。アリスは医師に、あなたはおそらく胎児を満期まで保つことができないだろうと告げられた。「わたしのおなかの中には、何もくっつかないんですね」アリスは医師にそう言った。そして泣いた。でも、最悪の部分は、自分たちは決して子どもをもつことができないということではないの、とアリスはのちにデイヴィッドに語った。そうではなくて、産んでやれなかった子どもたちのことをいつも考えてしまうことだ、と。「あの小さなピーナッツちゃんたちのことをいつも考えているの」と彼女は言った。

小説を完成させた上で、小説とおさらばしなくてはならない。おさらばすることで、ひとつの全き新世界がおれの前に開けるはずだ。おれの小説のない世界が。

小説を完成させなくてはならない。だが、その方法がわからない。次に何が起こるかがわからない。それを知る唯一の方法は、それが起こるように仕向けることだ。

とまどいを覚えながら、デイヴィッドは椅子から立ち上がって、食器棚のところに行き、禁制の食品を隠している場所から、ピーナッツの缶をおろした。片手がいっぱいになるまでピーナッツを出して食べ、空っぽになった手の塩をズボンで拭った。颯爽としたプランターズ・ピーナッツマンがシルクハットをとって挨拶している絵柄を見て、アリスはピーナッツをちょっとかじっただけで死ぬのだろうなと思った。

そう、それだ！　デイヴィッドは心の中で叫んだ。

だが、それにはまず、アリスを見つけなくては。

妻が頭のいい女性であることを否定するつもりはないが、まったく痕跡を残さず姿を消せるはずがない、とデイヴィッドは考えた。だが、机周りを捜索して、ノートパソコンを発見し、ハードディスクの内容が消去されているのを知ってからは、彼女が見事にそれをやりとげたのではないかという気がしてきた。

それでも、うちの中に何らかの手がかりがあるはずだと信じて、彼は部屋じゅうをひっくり返しはじめた。何を探しているのか、自分でもはっきりわからないまま、まずクロゼットに手をつけた。上の棚にあるアリスの古い服の箱をみんなおろして中を探った。時折、作業を中断して、まだアリスのにおいが残る布地を嗅いだり、それぞれのドレスについて、彼女がそれを着ていたときのことを思い出したり、出勤前に服を着て見せた無数の朝を思い出したりした。服を着て見せるとき、彼女はいつも、まず、トンと足を踏み鳴らして彼の注意を引き、自分の全身を見せて、「これ、似合う？」と訊くのだった。彼が見てくれなければ、自分自身を見ることができないかのように。デイヴィッドは、セーターやTシャツの山、何段もある靴の棚を捜索した。アリスはハイヒールより、かかとの低い靴を好む。デイヴィッドはアリスの足を思い出した。体が太るずっと前から、ぽってりした足をしていた。骨格がまったく見えなかった。「わたしの足は父親似なの」アリスはよく恨めしそうに言っていた。「わたしたちに女の子が生まれたら、あなたに似た足だといいな」デイヴィッドは、アリスの家族や子どもの頃のアリスの古い写真を眺めて、物思いにふけった。それらの写真は二インチ×三インチのサイズで、縁に日付が書かれている。時の経過のせいで色が褪せている。今日のカメラと比べると、粒子が粗い。焦点は、スーラの絵のように柔らかい。夢の世界、思い出の世界の焦点だ。アリスの子ども時代の話をほとんど知らないことに気づいて、デイヴィッドは悲しくなった。そして、アリス自身が子ども時代の幸せな思い出をほとんどもっていないことに気づいて、もっと悲しくなった。五歳ぐらいのアリスが、ポロシャツとジーンズという姿で写っている一枚の写真があった。栗色の髪はとても短く、男の子のように見える。彼女は湖のそばにいて、彼女のゴールデン・レトリーバーが一緒にいる。この犬、プリンセスは、アリスにとって、大人になったのちも、決して忘れることのない、心の中の大切な存在だ、というのは、幼いアリスが杭垣を乗り越えるたびに、プリンセスも杭垣を飛び越えてアリスに駆け寄り、手首をそっとくわえて、うちに連れて帰ってくれたからだ。ところが、ある日、プリンセスは吠えすぎるという理由により（家の中で吠えることは許されていなかった）、アリスの父の意向でよそにやられてしまった。それは、のちにアリス自身の身に起こったことと同じだ。アリスと自分の写った古い写真で、デイヴィッドが覚えていないものもあった。写真のふたりの表情から、自分たちには幸せなときもあったのだ、とデイヴィッドは思った。また、その写真のふたりの外見を現在と比較すると、年齢による違いが歴然としていた。肌のなめらかさ、顔の大きさ、ウエストラインが違う。二重顎でもない。結婚生活というものは屠畜の前の肥育であるかのように思われた。ふたりが交わした手紙を収めたファイルフォルダーもあった。恐竜のように、カメラのフィルムのように、絶滅して久しいコミュニケーション形態。双方の月並みな表現や、アリスの少女っぽい活字体の筆跡の文字の形そのものに表れている無邪気さが、彼にはこそばゆく感じられた。アリスの書いた小さなb（ビー）やd（ディー）の無害な丸っこさ、a（エー）やg（ジー）のバランスを失した輪郭線。o（オー）は、誰も傷つけようとしない人に似ているし、z（ゼット）は見ているだけで楽しくなる。アリスは善良な女性で、愛情深い妻だ。デイヴィッドは次に何が起こるか知るために、アリスの居所を突きとめることを必要とした。それで、彼はすべてひっぺがしての大捜索を続けた。彼はアリスが「Xマス」と記した缶をおろした。ツリーの電飾は、前年アリスがどんなに注意深く巻いても、必ずこんがらかってしまう。しまっておいて出してくると必ず、コードが巣の中のヘビのようにとぐろを巻いている。そして、「かざり」と記された箱のほうは、細心の注意を払って片づけたにもかかわらず、あけるときには、ひと箱につき、少なくとも一個の飾り物が砕けている。使わなかったものさえ、壊れることがある。デイヴィッドはファイルキャビネットから、アリス個人のファイルをごっそり取り出した。求人への応募書類、仕事上の通信、そして彼女が大学時代に書いた論文。デイヴィッドはその論文を今、興味深く読んだ。ページをめくるにつれ、彼女の精神の形が明らかになっていく。だが、彼女が今、どこにいるかについての手がかりはまったくない。デイヴィッドはキッチンのキャビネットの中で、電話帳の間にはさまっていたレポート用紙綴りにざっと目を通し、彼のために書きとめた伝言の間にアリスが殴り書きしたメモを解読しようとした。大昔の買い物リストや、落書きや、やらなくてはならない仕事のリストにまじって記され、丸で囲まれた、名前のない電話番号もあった。アリスの授業計画にも目を通したが、秘密の計画らしきものは見当たらなかった。アリスの本棚から本を取り出し、小説の余白に、何かヒントになるメモが残っていないかまでチェックした。だが、見つかったのは、あまりに暗号めいていて、何を言いたいのか見当がつかない感想か、そうでなければ、一般的すぎて手がかりになるとは思えない感想だった。「その通り！」あるいは「ナットク」とアリスは書いていた。そういう書き込みを見つけると、デイヴィッドはそのそばの下線を引かれた部分を読みたくなった。「人間は、自分自身の中にほんの小さな善の火花をもってこの世に生まれてくる。その火花が神であり、魂だ。残りは醜さと邪悪であり、殻に過ぎない」*。その通り！　ナットク。デイヴィッドは思った。

結局、どこを探しても、袋小路以外には何も見つからず、弱り果てたデイヴィッドは、アパートメントを分解しはじめた。ベッドサイドテーブルの引き出しを引き抜いて、家具自体は焚きつけにすべく蹴っ飛ばし、引き出しの中身をあけて調べた。長くつながったコンドームの袋、使いきった潤滑ゼリーのチューブ、ベレー帽、糸巻と縫い針（縫い針だって？）、安全ピン、古びて黒ずんだり、緑青が吹いたりしているペニー銅貨。寝室のアリスのドレッサーの一番上の引き出しの奥に隠し場所があ

＊ハイム・ポトク『選ばれしもの』より。

って、ホテルのコンディショナーやクリーム（アリスが好んでくすねてくる品々）や、たくさんの櫛、彼女の髪が絡みついたブラシ、インクの出なくなったボールペン、そしてラブレターまでもが見つかった。アリスがそれらの手紙をまとめて、彼の字で「ＡＬＩＣＥ」と宛名が記された封筒に入れてとっておいたことに、デイヴィッドはじんと来た（彼はそれらの手紙も読んだ）。ほかの引き出しも引き抜き、底や奥を調べてから積み上げた。ドレッサーが軽くなり、彼の力でもちあげられるようになったので、それを壁から引き離して前に出した。そのとき、何かが床に落ちる音が聞こえた。何年も前になくしたとアリスが信じていた小さな宝石箱だった。彼がアリスに買ってやった（そして、買い直すはめになった）ダイヤモンドのイアリングがそこにはいっていた。それは家具と壁の間の煉獄に閉じこめられていたのだ。「見つかったよ、アリス」と、彼は声に出して言った。デイヴィッドはベッドの下を覗きこみ、彼らが眠る場所の下の凝結した埃がつくる月面風景から、そこに積み重なっているものを引き出した。鏡。ヒッチコックの『裏窓』のポスター*。そのあと残っている捜索場所は、ベッドそのものだった。キルトの掛布団とシーツをはがし、ハラーを思わせる縄編模様の生地のマットレスをむきだしにした。キッチンから肉切り包丁をとってきて、自分がもっているとは知らなかった力をふるい、マットレスの真ん中を大きく切り裂いた。そして、大きな動物の出産を手助けする農夫のように、その穴に腕を肩まで突っこみ、彼がそこにあると知っているものを求めて、スプリングとスポンジの内臓のまわりを探った。だが、何もなかった。残るはその下のボックススプリングのみ。必要とあらば、完全にばらばらにする覚悟で、道具箱に鋸を取りに行った。だが、腹を裂いたマットレスをもちあげて、竜巻に襲われたような部屋に立てかけたとたん、はっとして立ちすくんだ。ボックススプリングが巨大な額縁ででもあるかのように、その真ん中にあったのだ。彼がそう意識しないまま、探し求めていたもの――アリスの日記が。

　それはベルトつきの黒い本だった。ページには罫線がなく、表紙にはボッティチェリのヴィーナスが海から生まれ出る絵のプリントが貼られている。彼は日記を手にとり、最初のページを開いた。注意深く日付を調べた。唯一の書きこみは、アリスが病院から退院して数日後に始まっていた。

オシマイ

なんとしてもアリスを見つけなくては、とデイヴィッドは思った。次に何が起こるか知るために、彼女を見つけなくては。だが、自力では見つけられない。専門家の助けが必要だ。

「私立探偵」をグーグルで検索すると、ヒットしたサイトには、ポルノサイトと同じくらいポップアップ広告が多かった。言葉遊びをしたサイト名も多くて、そういうところが、きちんとした事業をしているとは信じにくかった。チェック・メイト、チェック・ア・メイト、インベスティ・メイト、チーター・ビーター、ヴァウ・バスターズ、スパウス・ア・ラウス。七百四十九万四千というヒット数自体に度胆を抜かれる。ひとつの市、あるいはひとつの州の人口に匹敵するだけの私立探偵がいるのだ。ピーヴィーティー・アイズ、ハイデム・シークム、シャーロック。検索をニューヨークに絞ると、ヒット数は百万四に減った。それでもこんなに多くの選択肢からどうやって選ぶのか、途方に暮れたが、結局、一番気に入った名前のサイトをクリックした。

ダイアルM・コム
行方不明人捜索スペシャリスト
喪失物発見

＊ユダヤ教の安息日用の縄編状の黄色い卵入りパン。

ここをクリック！

クリックしてサイトにはいるとすぐ、そのページには電話番号しか載っていないことがわかった。数分間、画面をにらんだ末、デイヴィッドは電話をした。相手はページャーだった。自分の番号をうちこみ、電話を切った。


ほとんど即時に、電話がかかってきた。男の声だ。「ご用かな？」

「妻のことで電話しました」デイヴィッドは言った。

「ああ」と相手は言った。「その女は何をしたのかね」

「わたしのところからいなくなった」

「別の男のもとに走った？」

「それは……わかりません。そうではないと思う」

「だが、はっきりと知りたい、ということだね」

「そうです」デイヴィッドは言った。「彼女を見つけたいんだ」

沈黙。あまりに長く続いたので、デイヴィッドは相手が電話を切ったのかと思った。

「もしもし、聞こえますか？」

「言いにくいことだが」と相手は言った。「その口ぶりじゃ、とくに動揺しているようではないね」

「何を言いたいんですか」

「妻に裏切られた夫がふつうするような口ぶりではないということだ」

「裏切られたかどうかわからない」

「わからないから、わたしに電話してきたんだろう？」

「じゃあ、わたしはどういう口ぶりで話すのが当たり前だというんだ？」

「腹立たしげな口ぶり。怒っているのだろう?」

「すごく怒っている」

「そして、見捨てられたような気がしている?」

「まさに、そのとおりだ」

「今なら、どんなことでもやりかねない気がするだろう?」

「今、あれがここにいるなら、ぎゅうぎゅうと——」

「そこまで」と男はとどめた。「今すぐ会うとしよう」

近くにあるギリシャ人経営のレストランで会うことになった。むちゃくちゃになったアパートメントにいたくない気持ちが強くて、デイヴィッドはすぐに外に出て、店までの数ブロックを足早に歩いた。店内はがら空きに近かったが、わずかにいた客からもできるだけ離れた奥のブース席に陣取った。彼の背後は、アクロポリスを描いた巨大な壁画だ。ウェイターが注文を取りに来た。相変わらず、ギリシャ人のウェイターたちが昔からほとんど変わっていないのを見るのは嬉しいことだ。相変わらず、白いシャツのボタンを外して、もじゃもじゃした栗色の胸毛を見せている。相変わらず、金の鎖をかけていて——一連より少ないことはないし、三連より多いこともない——その先にヘブライ文字っぽいシンボルの飾りをぶらさげている。だが、何より印象深いのは、注文を取るときの完全な無関心さだ。社交界の名士さながら、話しているこちらの肩の向こうを見て、こちらがシェフのおすすめ料理を注文しようが、紅茶一杯だけ注文しようが、いっさいおかまいなく複写式の伝票の上の一枚を投げやりに引きちぎる、その態度だ。ウェイターが去ると、その陰に隠れていたもうひとりの人物が姿を現した。

「デイヴィッドだね?」と男は言った。

一瞬、少年に話しかけられたのかと思った。その男は照明のスイッチの高さぐらいの身長で、ベルトはテーブルの面よりずっと下だった。ネクタイにはロブスターの絵の刺繍があった。年の頃は定かでなく、三十とも思えたし、五十とも思えた。黒い髪を長く伸ばして背中に垂らし、おろした前髪が半ば目を隠していた。その目は黒くて、海のもっとも深いところにいる深海魚の写真に見るように、明るく光っている。小柄であるにもかかわらず、肉体から来る威圧感があった。上半身ががっしりしていて、腕が長く、頭も大きかった。ボクサーやピットブルといった猛犬のように口が大きく、一度がぶりとやられたら、それだけで命を失いそうだ。男は大きなブリーフケースをもっていて、それをブース席の脇の床に置いた。そして男が手を差し出したとき、彼の外見に心を奪われていたデイヴィッドは、笑みを漏らさずにはいられなかった。

「ミスター・メビウスだ」男は自己紹介をした。

ふたりは握手をした。一瞬のうちに、デイヴィッドはブース席に押しつけられていた。カラテの技で、腕をねじられて押さえこまれ、手首は反らされて折れそうだ。

「動くな」メビウスがささやいた。空いているほうの手で、デイヴィッドの体をぱんぱんとたたき、腹や脇、背中の後ろや脚の間までなで回した。手が一物のすぐそばまで来たので、デイヴィッドはくすぐったかった。メビウスはデイヴィッドの目を見つめたまま、一方の足で、デイヴィッドの向う脛とふくらはぎをなであげた。それから、デイヴィッドの胸ポケットから札入れを抜き取ると、はらりと開いて、運転免許証の見える面を出し、パットの構えを調整するゴルファーのように注意深く、写真と顔とを見比べた。「結構」とメビウスは言った。「身元は確かだ」

メビウスはデイヴィッドの手を放した。

「すわっていいかね？」と、メビウスはテーブルを指さした。

「どうぞ」デイヴィッドはそう答えて、手首をふった。

メビウスはブリーフケースをビニールの座面に置くと、ブースの中を横歩きに移動して、かばんの上に飛び乗った。高さを調整するために電話帳の上にすわる小人のようだ。「手荒な真似をして悪かった」とメビウスは言った。「だが、あんたも今のでわかったろうが、当節は誰も信用できないんだ」

「なるほどね」とデイヴィッド。

ウェイターが再び現れると、メビウスはクラムソースのリングィーニと白のグラスワインを注文した。

「さて」と彼は言った。「あんたの側の物語を聞かせてもらおう」

デイヴィッドが自分のためにワインを注文し、最初から現在に至るまでの話を物語ると、メビウスは尋ねた。「何をしてほしい?」

「妻を見つけてくれ」

「いついなくなったんだっけ?」

「九月だ」

「九か月か。痕跡があっても古びてわかりにくくなっているなあ」

「無理だと言うことかな」

「時間がかかるかもしれないと言っている。それだけ費用がかさむだろう」

「金は問題ではない」

「わかった」とメビウスが言った。「答えにくいかもしれないことを訊いてもよいかな?」

「どうぞ」

「どうして、見つけ出したいんだ?」

デイヴィッドはどぎまぎした。「それは……知るためだ」

「知るって何を?」

「彼女がどこにいるかを」

メビウスはしばらく、視線をせわしなく動かしていた。「それはわかった。だが、その動機がどうも納得できない。つまり、あんたの説明によると、彼女はあんたの金を持ち逃げしたわけではない。あんたを裏切ったわけでもない。あんたは……自由なわけだ」

「何を言っているんだ?」

「ほうっておいてやればいいじゃないか」

デイヴィッドは驚いた。「ほうっておく? それはできない」

「どうして?」

デイヴィッドは首をふった。

「誤解しないでくれ。ご依頼はありがたい。だが、客の中にたくさんいるんだ。まさに……」

「まさに、何だ?」

「まさに、あんたのような身分になりたいと思っている男が」メビウスはスプーンを使って、パスタをフォークに巻きつけた。それから、ロットワイラーのような口をあけて、テニスボールほどの塊をひと口で食べた。

「彼女を見つけたい」とデイヴィッドは言った。「次に何が起こるか知るために」

「次に?」

「アリスとわたしは……終わっていないんだ」

メビウスは目を狭めた。

「変な話だと思われても仕方がないけれど」とデイヴィッドは言った。

「百パーセント疑っている」

「では、こう考えてほしい。わたしは小説を書いているのだと」

メビウスは椅子の背にもたれ、舌先を頬の内側に押しあてて、思案しているようすだったが、やがてゆっくりとうなずいた。「なるほど。自伝的小説かね？」

「まあ、そうだね」

「どういう話かね？」

「妻を殺したかもしれず、殺さなかったかもしれない男についての話だ」

メビウスはにやりとした。「なるほど」

「だが、行き詰まってしまった」

「そりゃそうだろう」

「次に何が起こるかわからないんだ」

「編集者が必要だな」

「編集者というよりは、プロットが必要なんだ」

メビウスはデイヴィッドを指さし、含み笑いをした。「こりゃ、いい」

「そうかな？」

「あんたが彼女を見つけたがっているのは」メビウスは言った。「結末にたどりつきたいからだ」

デイヴィッドは驚いた。「そのとおりだ」

「では、わたしが彼女を見つけたら、おれが……」

デイヴィッドは相手の言葉を待った。

「終わらせたらよいのかな？」

「何を？」

メビウスはなかなか答えなかったが、「小説を」と言った。

「ああ」とデイヴィッド。「なるほど」一瞬ぼうっとして、首をふった。「どういう風に終わるのか知りたくないと思うときもある」

「ふつうは、知らないでいるほうがいいんだがね」とメビウスが言った。

デイヴィッドは相手の顔を見た。こんなに黒い目も、こんなに大きな口もこれまで見たことがない。これは間違いだった。求めていた解決策じゃない。でも、目新しいことだ。目新しいことはいい。

「これは、ただ好奇心から訊くんだが」とデイヴィッドは前置きした。「いくらで……？」

メビウスは人差し指に空中に数字を書いた。8がひとつ。0（ゼロ）が五つ。「多少幅はあるが、こんなところだ」と肩をすくめた。

「そうか」とデイヴィッド。「で、支払いは……？」

「長期にわたって。これまでの顧客との経験では、毎日、少しずつ取り分けてもらうのが一番よいようだ。銀行の書類に、高額の引き出しが現れることがないように。記録に痕跡が残らないように。顧客には、わたしとの取引を一種の退職金積み立てだと考えてほしいと言ってある。誰かさんをお払い箱にするためのな」

デイヴィッドは束の間、強力な夢想に引きこまれた。

「これも、ただ好奇心から訊くんだが」と彼は言った。「いったいどういうふうにして……？」

「ああ、それは決まっていないんだ」メビウスは過去の芝居の演技について、面映げに語る俳優のような笑みを浮かべた。「どういう展開になるかはわからない。まず、標的を知ることが必要だ。その女のスケジュールとか、習慣とか。その上で、職人としての技量を発揮し、慎重にやっていく。準備が大事だ。もっとも個人的好みでは、都合のよい神の御業に頼るのが好きだがね」

ふたりの男は見つめ合った。

「どうやら、わたしは興味がもてないようだ」デイヴィッドが言った。

「そうだろう。きれいな技ではないからな」

「どの部分が？」

「仕上げの部分が」とメビウスは答えた。

デイヴィッドはメビウスがパスタの残りを平らげるのを見守った。メビウスは食べ終えると、ワインの残りをひと口で飲み干し、紙ナプキンで口のすみを拭うと、丸めて皿の上に放りだした。ナプキンがソースの残りを吸って花のように開いた。それから、メビウスは伝票をデイヴィッドのほうに押しやった。

「話ができて楽しかった」と彼は言った。「また連絡する」ブリーフケースから飛びおりると、それをつかんで立ち去ろうとした。

「ちょっと待って」デイヴィッドが呼びとめた。「われわれは何かについて合意したのだろうか？」

「いや」メビウスは答えた。「何も合意してないよ」


ぼうっとした頭で家路をたどりながら、デイヴィッドは強盗にあったような気がしていた――あまりに思いがけない、あまりに暴力的な出来事がわが身にふりかかったので、反応する機をつかめないでいるうちに、その経験が通り過ぎてしまったかのようだった。だが、悪寒が全身に走るのを感じながら、それは非常に邪悪な者のごく近くにいただけでなく、自分の結婚生活を無防備にさらけ出してしまうほど、そいつの邪悪さに乗せられてしまったことの結果だと気づいた。メビウスとの会話をふり返ると、ふいに、たまらなく恥ずかしくなった。自分がメビウスに言ったことと、言わなかったことの両方について。

まず、デイヴィッドは自分自身の情事を省略した。それを省略したことを恥ずかしく思うのは、その情事自体が重要だからではなく――といって、重要でないわけでもないのだが――むしろ、アリスが苦闘している問題、アリスを彼から遠ざける原因になっている問題への反応として、自分自身の不屈の精神に依拠するのではなく、ほかの女性の腕を選んだということだからだ。まるで、アリスが与えることのできた以上の慰めを受ける資格があったかのように。たとえ、アリスからまったく慰めを得られなかったとしても、パートナーに余裕がない、そういうつらい時期に耐える強さをもつことが結婚生活の一部であり、結婚の誓いの一部であるのに。そして、自分に婚外の慰めを得る資格があると感じることこそ、不貞よりも重い罪だとデイヴィッドには感じられるのだった。

デイヴィッドは、アリスが太ったままでいたらよかったのに、と心の深いところで思っていることを言わなかった。そういうふうに感じるのは、自分の気分次第で彼女に多くを与えても、少ししか与えなくても、彼女が感謝してくれるのは、彼女が太っているおかげだということを、彼の一部――小さくて黒くて醜い、わずかな部分――が知っているからだ。そして、このことをいったん認識すると、彼女が何らかの経緯で自分自身の美しさを自覚するのではないか、と常に心配するようになった。彼女が自分の美しさに気づかない限り、誰もそれに気づかないだろう。アリス自身も含めて誰も気づかなければ、彼女は決して彼のもとを去ることができるだけの自信をもたないだろう。彼はいつも彼女の世界の中心でいられる。自分を愛してくれるのは彼だけだとアリスは考え、彼は彼女が愛について知ることのすべてになる。彼女は永遠に彼のもとに留まる。このことを理解した上で考えると、デイヴィッドには自分の望みが、おそろしいまでの貪欲さに近いものであると感じられた。

最後に、これがもっとも恐ろしいことなのだが、デイヴィッドは、アリスの体重が増えたのは彼自身のせいだ――彼自身の性格の中の何か重いものが彼女に感染したのだ、という暗い思いに駆られることがあるのを言わなかった。専門家たちの話し合いでは、肥満を病気として扱っているのではないだろうか。そして、そういうとき彼は、自分たちの結婚生活が彼女を病ませているということが、完全には理解できないでいる以上、自分にできるもっとも気前のよい、もっとも利他的な行ないは、彼女から去ること、ふたりの関係を終わらせることだと感じた。そして、そのことがわかっていて実行に移さないでいるせいで、彼は自分自身が大嫌いになり、自分のことをいくらかでも思いやってくれる彼女に愛情を感じるのだった。

デイヴィッドは走りだし、通りを全速力で駆けた。メビウスとの間にできるだけ距離を置きたかった。それと同時に自分の心臓の鼓動を感じたかった。息切れして止まらざるを得なくなるまで、自分を駆り立てたかった。人々を追い抜き、腕をふりあげて疾走した。耳鳴りがした。家まで走り通したかったが、体を鍛えていないので二、三ブロック走るのがやっとだった。パーキングメーターにつかまり、息を吸った。脚が燃えるようだった。胃酸がこみ上げた。こんなに体を使ったのは何年ぶりだろう。自分の皮膚が、自分を永遠に閉じこめる分厚すぎるスーツのように感じられた。それから自由になりたかった。軽くなりたかった。シャツのように体を脱ぎ捨てたかった。

そして、アリスをとりもどしたかった。自分の価値をアリスに見せつけるためではなく、自分がアリスについて何も知らないということを告白するために。もっと正確に言うならば、こういうことがあった今でさえ、ほとんど何も知らないということを認めるために。そのことは、心からへりくだってひざまずくのに十分な理由だ。そうすれば、それは、始まりであるとともに終わりになるだろう。アリスの実験が必要とする結論になるだろう。

「お願いだ」デイヴィッドはパーキングメーターにもたれて言った。「ぼくのところにもどってきてくれ」

デイヴィッドが自分の建物のロビーで、自分のうちの郵便受けを見ると満杯だった。

郵便受けをあけると、八・五インチ×十一インチの大きなマニラ紙の封筒が目についた。宛名はデイヴィッドで、アリスの筆跡だった。消印はついていないので、ニューヨーク市内から出されている。デイヴィッドは、どきどきしながらも注意深く封を切った。いくつかの品が出てきた。ひと組の飛行機の切符。それから小さな封筒。これにも彼の名がアリスの筆跡で記されていた。中の手紙は一枚にも満たない長さだった。彼はさっと目を通した。

理解できなかった。

飛行機の切符を見て、アリスからの手紙を再度読んだ。それから、ほかの郵便物をすべて落として、手紙の紙一枚を両手でもった。床にしゃがみこみ、もう一度手紙を読んだ。彼の表情が歪み、涙があふれでた。「嘘だ」彼はつぶやいた。「嘘だ、嘘だ、嘘だ」彼はアリスの手紙をもう一度読んだ。心の中に、それを読んでいるアリスの声が聞こえた。読み終わると、彼はさっき走ったのと同じように叫んだ。すべての空気を肺から吐き出して叫んだ。そして、息を吸いこむと、また叫んだ。

デイヴィッドはそれに続く三日間をベッドの中で過ごした。

キャディーに電話し、無期限の休暇を取ると告げ、スペルバウンドの自分の持ち分を売ってもよいと申し出た。そして電話を切ったあと、引きちぎるように壁からコードを抜いた。

三日の間、破壊されたアパートメントの中で、ベッドに横たわっていた。ブラインドをおろしたままで、夜と昼の区別もぼんやりとしかつかなかった。ベッドを離れるのは、大小の用を足すためと、水道から水を飲むためだけで、またすぐベッドの上掛けの下にもぐりこみ、再び眠るか、灯りをすべて消したまま何時間も目覚めて横たわっているかのどちらかで、そのいずれの状態でも夢を見ていた。痛いほどの空腹感をずっと無視しているうちに、清められるような、快い空っぽさを感じるようになり――どうやら、それはいっそう強力な夢をもたらすらしかった――もう二度と食べることはないのではないかと何度か思った。しばしば、びくっとして目覚め、自分がどこにいるのかよくわからず、そしてすべてを思い出して、すすり泣きはじめる。そのサイクルを何度もくり返すうちに、何も感じなくなった。彼の中に滋養物がないのと同じように、悲しみもなくなった。日ごとに胃が縮んでしぼんでいくのがわかった。それは妊娠の反対のように思われた。あるとき、彼はいぶかしんだ。飢えのせいで、胃がひどくしぼんだら、二度とものを食べられなくなるのだろうかと。それから、また眠った。

三日目、目を覚ますと、ベッドから出てブラインドを開いた。何日なのかわからなかったが、何をするべきかはわかっていた。以前は、アリスを見つけたら、次に何が起こるかわかるだろうと思っていた。だが、次に何が起こるかわかった今は、結末に達するまでに、なしとげなければならない仕事があることを理解していた。

絶食のせいで弱った体で、用心深くバスルームに行き、何か月も砂漠に追放されていてもどったばかりの男のように入浴し、シャワーヘッドから水を飲んだ。髭を剃り、髪を洗った。しばらく剃刀を見つめたあと、全身の毛を剃ることに決めた。全身を剃るには長い時間がかかった。ようやくシャワー室から出ると、歯を磨いた。それからキッチンにはさみを取りに行き、豊かな巻き毛を切った。鏡の前にもどり、頭に石鹼の泡をなすりつけて頭全体を剃った。

ジーンズをはき——ウエストが少し緩かった——Tシャツを着た。そして、アパートメントの片づけに取りかかった。混沌をもたらす精神は、秩序を求める精神より、はるかに速やかに働く。ふたりの家庭を元どおりにするには、混沌をもたらしたときの三倍の時間がかかった。アリスの服を箱にもどし、封をした。それらの箱をクロゼットにしまう前に、クロゼットそのものを整理しなおした。アリスのセーターやブラウスをたたみ直し、靴をちゃんと一対ずつそろえた。彼はアリスの書類をファイルキャビネットにしまった。だが、もどす前に、不必要なページや請求書や不用な通信文を抜き取り、ファイル自体の厚みを以前の半分にした。ベッドサイドテーブルからすべてのがらくたを集め、インクの出なくなったボールペンとまだ書けるボールペンとを分け、前者を棄てた。ペニーとニッケルとクォーターとダイムを分けて、それぞれ別の瓶に入れた。古い電話帳を捨てた。レポート用紙綴りから、殴り書きのあるページをはぎ取っていき、それまでのページに書いたものの跡がへこんでいる以外には何も書かれていないページを出した。ひと言で言うと、彼は彼らの生活から生じたゴミを一掃した。アパートメントは前より広々として、きちんと整えられているように感じられた。マットレスに詰め物をもどし、破いた裂け目を縫って閉じさえした。マットレスをボックススプリングの上にもどす前に、アリスの日記を、発見した場所にもどした。それがそこにあるほうが、よく眠れるとわかっていたからだ。

彼は鏡の中の自分を見た。新生児のように見えた。剃りあげた皮膚は信じられないほど柔らかだった。

それから彼は原稿をテーブルにおいて腰をおろし、書きはじめた。すぐに、行き詰まっていた箇所を乗り越え、まったく新しい領域へとはいっていった。それまでは夢見たことしかなかった速度で、目と指が痛くなるほど長い時間、書きつづけた。ほかの人の声が彼を通して語っているかのように、すらすらと書けた。何時間もそれを続けた末、疲労困憊して、剃った頭をテーブルに突っ伏して休んだ。

そのようにして、何日も何週間も過ぎていった。決まった生活パターンができた。眼がさめるとコーヒーメーカーをしかけて、シャワーを浴びる。前の晩に必要なものをすべてダイニングテーブルの上に配置している――原稿、ボールペン、メモ帳、ノートパソコン。執筆にかかる前に、卵一個とか、果物とか、トーストとチーズとか、何か軽いものを食べる。それから数時間、執筆する。たいていは、一日のうちのもっとも新鮮な時間帯の三、四時間を執筆にあてるが、五時間書きつづけることもある。ひたすら書いていると、瞬きする間のことのように思われる。退化か進化かわからないが、動物の時間感覚に近づいている。言い換えると、時間の感覚がまったく無くなっていた。彼はよく声を出して読んだ。自分の書いた言葉を、抑揚をつけずに大きな声で読んで、言葉からの圧力を感じ、文章のもっているリズムに耳を傾けた。小さな声でつぶやきながら書くこともあった。そしてまた、ものを食べる。キッチンカウンターの前で立ったまま食べることが多かった。そのあと、セントラルパークに散歩に行くが、何も目にはいらない。新たにポット一杯のコーヒーをつくる。もっとも、残っているコーヒーがあれば、もう一度温め直して飲むのも平気だ。二回目の執筆時間は、ときに、すばらしい成果をもたらし、贈り物のように感じられる。精神的な疲労が彼を解き放ち、夢想に近い状態にもっていったり、激しい感情となって打ち寄せて、伸びてもいない髪を燃え上がらせたりする。一日の終わりには、走りたい気持ちになっている。服を着替えて、再びセントラルパークに行き、土のランニングコースをぐるっと走ってもどってくる。血が血管を駆けめぐり、脳に押し寄せて、幻覚剤のように、連想の嵐を巻き起こすこともある。帰るとすぐメモをとり、それから腕立て伏せと起き上がり腹筋運動をする。懸垂用の鉄棒を買い、毎日一、二回ずつ、回数をふやした。彼は強く、細くなり、引き締まった。彼のぼってりした顔は消えた。もっとも鏡の中に、彼が見ているのは彼ではなかったけれど。アリスの言うとおりだ。皮膚はさなぎのようなもので、その下には、新しい誰かがいる。彼はシャワーを浴び、着替えをして、自分のためにワインをそそぎ、飲みながら、夕食を作る。自分ひとりのために料理することは、意志を必要とする行為だけれども。夜になる頃には、一日のあれやこれやで疲れ切っていて、後悔の殻に包まれた至福の中にいる。そして、次の日になるとまた、同じことがくり返される。

あるとき、廊下の壁にかけられたお気に入りのエッシャー作品、『出会い』の前で立ち止まった。この絵では小さな男たち——一方は黒、他方は白——が画面の後方の、両者の結合した二次元のモザイク模様から出てきて、それぞれ平面の上に立ち上がる独立した存在になり、前景で出会う。彼の目に、ガラスに映った自分の姿が見えた。それに焦点を合わせると、絵は消えた。そして再び見えてきた。

いまやすべてが、どんどんはっきりしてきた。

このようにして何週間もが過ぎていき、彼の孤独が中断されることもなく、夏が来て、今は六月。そしてある夜、一日じゅう、食べるのも忘れるくらい集中して執筆した彼は、ドアで鍵が回る音に顔を上げた。なんと彼は椅子から飛び上がることはおろか、立ち上がることすらしなかった。ドアがばたんとしまった。堅い板の床に靴音が響いた。

「いるの？」声が言った。

アリスだった。

ペピンは彼女のほうが気づくまで、そこにすわっていた。テーブルを照らす灯りを除いて、家じゅうの照明が消えていた。

アリスは唯一の灯りが投げかける光の中に足を踏み入れて、彼の近くで足をとめた。「何があったの？」

彼女を見て、彼はものを言うことができなかった。彼女が消えてから九か月以上経っていた。彼女はよく日に焼けて、輝いて見えた。髪はアッシュブロンドに染めたのか、そうでなかったら、日の光で色が褪せたのだろう。五十キロ近くは体重が減ったに違いないと、彼は推測した。

「ぼくは変わった」彼はとうとう口を開いた。

「見るからに変わったわね」

「きみも変わったね」

彼女は両腕を広げてポーズをとった。

「あの手術を受けたんだね」と彼は言った。

「ええ」と彼女はブラウスの裾をひっぱりあげた。長いピンクの傷痕――貝殻のピンクだ――が胃のあたりに走っていた。

「きみはここに留まるの？」と彼は尋ねた。

「しばらくは。あなたのほうのことが終わるまで」

「そうか。それは嬉しいな」

アリスは彼のすぐそばまで来て、首に片方の腕を回し、剃りあげた頭に掌をあてた。そして彼の肩越しに、彼が手を加えていたページを覗き見た。それから、彼がこのときまでに書いたすべての原稿をぱらぱらとめくった。「ほとんどできあがっているのね」

「ああ、結末が目の前だ」

「もうすぐベッドにはいる？」

「ああ」

アリスは彼の額にキスした。「よかった」

すぐそばにいる彼女から、海の香りがした。

そして、ある日——とデイヴィッドは書いた——アリスの体重が減りはじめた。

以前にも数ポンド減らしたのは見たことがあった。だが、おそらく過去の試みの失敗のせいで、今回の進歩がいっそう目についたのだろう。あるいは、九か月離れていたためにすべてが目新しく感じられるのかもしれない。とはいえ、彼はそれまで彼女が今体験しているような種類の変身を目にしたことがなかった。朝が来るたびに、アリスは小さくなっていた。頬骨のあたりがほっそりとし、腹のへこみが深まっていた。尻も小さくなっていた。そういう点については、アリス自身が鏡を見て指摘した。自分の手品のタネを知っている奇術師のような無頓着さで。

アリスはベッドに横たわっている彼の鏡像に話しかける。

「びっくりしているみたいね」

「うん、驚いている」

「わたしもよ」アリスは顔を鏡に向けたまま、体を彼のほうに向けて自分の背中を見た。

彼はアリスの腹の三日月形の傷痕を見た。「きみはすごい成果をあげている」

「まだ、先は長いわ」

それは事実だった。彼女の減量はペースは猛烈に速く、彼は人狼から妻へのこの変身過程が示す新たな側面を見逃すまいと、瞬きすることさえ恐れたけれども、この変身には余波や残骸があった。彼女の体のあちこちが、すっかり伸びきってしまっていたのだ。三頭筋は、のしたピザの生地のように腕からぶら下がっていた。ウエストのまわりのたるみは、腹から背中までぐるりと回っていて、まるでセーターの裾のようだった。いくら運動しても、元にもどすことも、なめらかにすることも、収縮させることもできない。これを直せるのは手術だけだ。クジラの脂肪を取るように、切除してもらわなければならない。

「わたしの皮膚、大きすぎる宇宙服みたいね」アリスは感に堪えないように言った。彼女は鏡の前を離れがたいようすで、裸が新しいドレスであるかのように体の向きを変えた。「奇妙なことだけど、今はもうダイエットしている気がしないの。お医者さんが余分な皮膚を取り除いてくれさえしたら、きっと新しいわたしが見つかるわ。わかる?」

「わかるよ」と彼は答えた。

「以前はこんなじゃなかったわね」

彼の心に、ふいにさまざまな感情がこみあげた。

彼女は今でもアリスだった。アリスであってアリスでないアリスだ。彼女のほほえみは同じだ。ちょっとした癖も変わらない。だが、彼女の身の軽さと、九か月に及ぶ冒険の旅に由来する密かな自信が彼女を奇跡のようなもの、謎めいたもの——ただし解き明かさなくてはならないものではなく、ただ愛すべきもの——にしている。彼は詳細を聞くのを待っていることができた。

アリスは今、ふりかえって彼を見た。髪を耳の後ろにかけ、ベッドに上がって彼に近づいた。四つん這いになって、キスできそうなところに近づいた。そしてキスをした。「わたしが体重を量るから、そのあとわたしの写真をとってほしいの。それから、書きものをして」

ペピンがずっと抑圧していた感情が、表面に浮かびあがった。「ぼくは書きたくない」と彼は言った。

　アリスは彼の顎に手をあてて顔を上向け、自分と目を合わせると、あいているほうの手で彼の頭をなでた。頭は数千のピリオドのようにごく短い毛が一面に生えている状態だった。「完成して」とアリスは言った。「もうほとんどできてるんでしょ」

　アリスはバスルームに行き、体重を量った。目盛を読む彼女の顔を髪がおおった。「八十五キロ」とアリスは言った。それからワンピースを着て、髪を結わえた。そしてペピンを従え、キッチンにはいった。ペピンは、微笑を浮かべて冷蔵庫の脇に立つアリスの写真を撮り、ポラロイドカメラから舌のように出てきたフィルムを手に取り、ぶらさげて乾くのを待った。フィルムが白から黄色へ、そしてムードリング*のようにさまざまな色合いの青や緑へと変わっていき、ゆっくりと画像が現れる。デジタルカメラなど、どう写ったかすぐにわかるものより、はるかに満足感が高いプロセスだ。そしてようやく、待ったことに対する褒美のように、新しいアリスが現れ、ふたりは肩を寄せ合って褒め称えた。写真を見るアリスの顔は紅潮していた。アリスはセロテープを輪にして写真の裏につけ、冷蔵庫のドアの上部左側に貼った。

「じゃあ、また、あとで」と言って、彼女は出かけた。


　また、ひとりきりになったデイヴィッドは、執筆に没頭した。小説の頂上に至り、真っ暗な夜の闇の中でそこを越えてから、ずっと保ってきた超特急のスピードと静寂とともに。あとどのくらい残っているのかはわからなかった。だが、必要とされる動きも、この小説の最終的な形も、はっきりとわかっていた。結びに至るひとつ手前で、小説は枝分かれをした。どの枝も、十分ありうるものだったが、結局、そのうちのひとつに決まった。それが円弧を描いて、始まりにもどっていく。まさに、この小説の形式が求めているように。結末そのものについて、彼がたしかにわかっているのは、速やかにそこに到達するだろう、ということだけだった。

彼がランニングからもどると、アリスは夕食の中華料理とともに彼を待っていた。今では、彼女と食事をともにするのに、タイミングを合わせる工夫が必要だった。彼女の食べる量はリリパット人のそれと同じで、シンブル**で量るのがふさわしかった。彼はひと品ごとに、アリスに合わせて、食べるのを急がなくてはならなかった。彼女はひと口で飲める分量（ワンタン二分の一個入り）を浅皿に注いだ。彼のボウル一杯のワンタンスープ（ワンタン二個入り）に対して、チキンと、牛肉とブロッコリーの炒め物と白飯を皿に大盛りにしている——彼女がもどってきたので、彼は再び食欲旺盛になったのだ——傍らで、彼女は同じもののミニチュア版をソーサーに載せているのだった。アリスのこの食事をディナーと呼ぶのは不適切だった。というのは、いまや彼女の胃はピーナッツぐらいの大きさしかないので、このミニ食事を一日に九回とるからだ。だが、アリス自身と同じように、食事の分量も日ごとに縮小しているようだった。ペピンのほうはたらふく食べていた。

「わたしが消えていくにつれて食べる量が減っていく。じきに全然食べなくなりそうね」

「そんなこと言うなよ」

「シャワーを浴びてきて」とアリスは言った。「その間に後片づけをしておくわ」

＊はめている人の気分の変化で色が変わるとされている指輪。液晶クォーツが温度の微変化で色を変える性質を利用したもの。
＊＊縫い物のときに、針を押すために指にはめる陶製・金属製のキャップ。

「それから？」

「それからベッドにはいりましょう」

それからのことを考えると、彼は正直言って怖かった。シャワーの下で腕組みして、じっと立っていた。アリスと最後にセックスしてからずいぶん経っていたので、うまくやれるか心配だった。それに、悪くすれば、向こうはまったくその気にならないかもしれない。その恐怖が彼に、アリスの流産に続く数か月のことを思い出させた。あの頃の夜、抱きしめようとしただけで、彼女はさも痛そうにうめいた。彼としては、彼女に近づいた自分の体の部分を引っこめるしかなかった。腹もペニスも、頭から足までのすべても魂も。それで結局は、彼は孤独の鎧をまとい、彼の心は無期限に殻の中に閉じこもることになったのだ。そして、アリスにふれることを想像することもなくなった。彼女がキスしようとしたら、こちらの体がすくんでしまうのではないか。今はそれも心配だった。

タオルを一枚首にかけ、もう一枚を腰に巻いてシャワー室から出ていくと、アリスが手をとり、ベッドのほうに引っぱっていった。アリスはベッドの上にすわった。彼は魚が餌をつつくみたいに、彼女の体重に抗してその手をちょっと引いてみた。彼女は立ち上がって、彼の首にかかったタオルの端を引っぱり、取り去った。彼の胸をおおう生えかけの短い毛はハエの毛のようだ。アリスは彼の腰のタオルも奪った。彼のものはだらんとしていた。だが、アリスが体を寄りかからせてくると、彼の体は緊張してむずむずし、倒れこんで胎児の形になった。彼は自分が泣き出すのではないかと思った。目を固くつむったので、頬の筋肉がこわばった。アリスがワンピースを脱ぎ捨て、ブラを外すのが気配でわかった。パンティーが腿をこすっておりる音がした。それから、アリスは彼にキスをした。彼は意識的に唇と口の力を抜かなくてはならなかった。彼女の舌を嚙み切りたいという強い衝動を抑えるために。

アリスは優しく静かに、粘り強く舌を使った。ボウルの水を飲む猫のようだった。「キスして」と彼女がささやいた。

ふたりはキスをした。それは、砂の城が波に押し流されるのを見るかのようだった。胸壁の凸部分が狭間に崩れ落ち、小塔が落ち、射眼がつぶれ、胸壁全体が海に引きこまれていくのを。

「アリス。きみがいなくてつらかった」

しばらくのち、ふたりは並んで横たわり、手をつないで天井を見上げていた。

「どういうふうに終わりに到達したの？」と彼女が訊いた。


彼は始まりについて書いた。

ふたりは「結婚とヒッチコック」という、映画についての講座で出会った。

それはまったくの偶然だった。デイヴィッドはコンピューター科学の修士を得るのに、教養科目の授業をふたつ取る必要があった。彼はそれを先延ばししていたのだった。そして彼にとっての最後の学期に、空きがあった三つの講座のうちのひとつがその講座だった。あとのふたつのうちのひとつは、「五〇年代のフェミニズムと統合失調症」という講座名だったし、もうひとつのイタロ・カルヴィーノの作品についてのセミナーも興味がもてなかった。登録受付窓口の大学院生はこの作家について熱弁をふるい、著書のリストを書いて寄越したけれども。とにかく、デイヴィッドはそれまでヒッチコックの映画を一本も見たことがなかった。テレビのヒッチコック特集やアカデミー賞授賞式の放映で見られる写真や映画のモンタージュを通して、有名なシーンには馴染んでいた──『鳥』で女性が電話ボックスでカモメに襲われる場面、『裏窓』でジェイムズ・スチュアートが望遠鏡を目からおろす場面、『サイコ』でジャネット・リーがシャワーを浴びている最中に刺し殺される場面。けれども、筋はまったく知らなかった。彼は一時代を丸ごと見逃していたのだった。急に、そのことがとてももったいないことだったという気持ちになった。単位をとるのに必要な条件は、学期末レポートを提出することと、上映会と討論に参加することだけだったので、とても易しい講座のように思われた。彼の考えでは、映画を観て、それについてしゃべることは教育ではなく娯楽だった。だが、それらの映画は彼のものの見方を変えることになった――アリスとの出会いが彼の人生を変えることになったのと同じように。

授業は大きな階段教室で行われた。四つの階段によって、座席は三つのセクションに分かれていた。デイヴィッドは後ろの列が好きなので、真ん中のブロックの一番後ろの席を選んだ。主に学部学生が取るこのクラスは、定員の三分の二近くが埋まっていた。数分遅れてのんびりした足取りではいってくる者が多かった。教授もなかなか来なかった。デイヴィッドは読みかけのカルヴィーノの本、『見えない都市』を鞄から取り出した。その単純な複雑さに魅了され、ビデオゲームにしたら、すごいものができるだろうなと思って、あっちのクラスに移ろうかと考えていたとき、アリスが彼の左側の階段をおりていくのが目にはいったのだった。

デイヴィッドは動けなかった。この距離からでも彼の注意を引いたのは彼女の髪だった。腰のくびれの位置まで豊かに背中を流れているその髪は、馬のたてがみのような艶やかさとなめらかさがあり、頭のてっぺんでは光を反射していた。デイヴィッドは馬の手入れをする快感を即座に理解し、女の子たちが寝る前に鏡の前にすわり、うっとり瞑想にふけっているような表情で、ブラッシングをする理由も理解した。自分がこの若い女の父親だったらよかったのに、そうしたら、この見事な髪を何年も眺めていられただろうにと夢想した。彼女は背が高く、骨太だった。胸が大きく、ソフトボール選手のようにがっしりしていて、彼女の周りの女子学生が子どもっぽく見えた。らせん綴じのノートを一冊手にしていて、らせんの中に入れたボールペンが震えていた。荷物が少なく軽いのは、無駄がなく実際的であることに思えて、デイヴィッドは即座に好感を覚えた。彼女は一歩一歩、気取った足取りで段々をおりていく。そのことを楽しんでいるかのようだ。彼女に連れがいないこともデイヴィッドの注意を引いた。彼女は目の前に垂れる髪をかきあげ、耳の後ろにはさんだ。それからデイヴィッドのほうを向いた。デイヴィッドはもろに見つめていたけれど、彼女が彼の存在を心にとめたことを示すものは何もなく、いっそう悠々としているように見えた。彼女のハシバミ色の目にはクリーム色の部分があり、灰色に近いその部分があることで、狼の目そっくりに見えた。

この授業がこれまで取った最悪の授業だとしても、一回も休むまいとデイヴィッドは思った。彼女は彼の左側のセクションの前から三列目の席にすわった。そして、ノートのスパイラルリングからペンを引っぱり出して、物憂げに嚙みはじめた。犬がお気に入りのおもちゃをかじっているみたいだ。一方、デイヴィッド自身も、ポインターのような不屈さを発揮しはじめ、跳ね下げ式の机のふちをつかみ、いつでも動けるように神経を研ぎ澄ました。

このクラスの担当教授——オットー博士が駆けこんできた。彼は脚が長く、口調が柔らかだった。声がとても低いので、デイヴィッドはもっと前の席に移動しようかと思ったぐらいだった。オットー博士はもじゃもじゃの髪が白くなっていて、腹ははっきりとふくらんでいた。せっかく背が高くて、ジャコメッティーの人物像のように大股なのに、弱々しい印象を与える。四角い眼鏡が大きな垂れ鼻の上に載っている。彼は自分が遅れたことを気にして、うろたえているようだった。だが、急に立ち止まると、ズボンのポケットからプロジェクターのリモコンをだし、それを掲げて言った。「えー」それから、もう一方の手の人差し指を空中に突き立てた。

「アルフレッド・ヒッチコックの映画についての、ほとんど知られていない事実は」とオットー博士が言うと、みんな静かになり、A型行動様式の学生はノートの上でペンを構えた。「そのどれにも、鶏が出てくることだ」当惑して、互いに顔を見合わせる者たちもいた。デイヴィッドの左にいた訳知り顔の大学院生たちから高笑いが上がった。「そう、鶏です」とオットー博士は言った。「これはわたしの発見だ」博士の柔らかい笑い声は、あえいでいるかのようだった。「これをわたしは〝映画の鶏理論〟と呼ぶ。フランス語で言うと微妙な鶏（ル・プーレ・シュプティール）。どの映画にも――ヒッチコック映画だけでなく、これまでつくられたどの映画にも――文字通りの鶏、あるいは、わたしが〝微妙な鶏〟と呼ぶようになったものが登場する。さて、きみたちが訊きたいことはわかっている。〝微妙な鶏〟って何ですか、だね？　説明しよう。それは比喩的な鶏と言ってもいいかもしれない。あるいは、ある心理学的状態だ。卵という形をとることもある。この週末わたしは『月の輝く夜に』を見ていて、焼かれている目玉焼きのクローズアップに気づき、ああ、微妙な鶏だと思った。あの映画の登場人物たちが皆、愛あるいは死を恐れているのは言うまでもない」彼はリモコンをプロジェクターに向け、照明を一部落とした。「もちろん、きみたちの次の質問は『なぜ』だ。オットー先生、すべての映画に鶏が出てくるのはなぜですか、だね。これには答えられない。どうして、わたしのライフワークのオチを、きみたちに教えなきゃいかんかね」彼は照明をさらに暗くした。「もちろん、わたしの理論にはひとつ問題がある。全映画史にかかわる理論なのに、わたしはまだ、つくられたすべての映画を観てはいない、ということだ。おまけに、どんどん新しいのが出てくる。決して観終えることはない」オットーはまた笑った。セサミストリートのグローバーのような、たっぷりの唾液とまじりあった、べちゃべちゃした笑い。学生たちが笑っている間に、彼は口を拭った。だが、デイヴィッドは息をするのがやっとだった。「では、始めよう。あっ、そうだ。出席をとらなくては」

　オットーが彼女の名前を呼び、デイヴィッドはようやく、それを知った。アリス・リース。

　それから、オットーは照明を消した。だが暗くなる前に、アリスがすわったままふり返り――ペンを口に入れたままで、ノートはまだ開いていなかった――デイヴィッドを見上げた。彼がほほえむのを待っていたのかもしれないが、彼には無理だった。びっくりしすぎて、瞬きするのも忘れていた。

　オットーはリモコンをプロジェクターに向け、スクリーンのほうを向いた。ヒッチコック自身の姿が浮かびあがった。「サイコ」と書いたカチンコを手にしている。「わたしの考えでは」とオットーは話しはじめた。「アルフレッド・ヒッチコックは近代映画のウィリアム・シェイクスピアだ。この比喩はたくさんのレベルで当を得ている。一番ささやかなところでは、どちらも英国人の芸術家だ。何よりも肝心な点は作品の幅広さだ。ヒッチの作品に登場する面々の多様性、登場人物たちのカバーする範囲の広さ、彼のペーソス。悲劇から喜劇まで、ホラーから風刺まで、アクション映画から笑劇まで、さまざまなジャンルにおいて自由自在に力を発揮し、それらの形式に対して止(とど)まることのない革命を推し進めること。監督業を楽しんでいること。たとえば観客の予想を手玉にとること。彼の生み出した作品の質と量については、言及するまでもない。彼のすばらしい作品群！　六十本近い映画。サイレントからトーキーまで、モノクロからテクニカラーまで。3D作品さえある。しかもそのほかにテレビ作品がある」

　無音の映像のモンタージュが始まった。ヒッチコックのモノクロ作品の断片に始まり、華やかなカラー作品の世界になった。

「サイレント作品について語るなら、ヒッチは常に、彼がピュアシネマと呼ぶものを目指していると言っていた。映像という手段によってのみ物語を語ろうとした。図面書きやサイレント映画製作者として訓練を受けたため、会話については用心深かった。音について、ではないよ。彼は音の使用については、冒険的なまでに創意工夫に富んでいた。しかし、彼がもっとも興味をもっていたのは映像だ。物語る手段としての映像だ。彼は自分が使う映像については、何ひとつ運に委ねることなく、緻密に計算した。最初の映画――未完に終わった『第十三番』――を監督したときから、撮影の前に各ショットのストーリーボードを描いた。作為性のレベルの高さを考えてほしい。すべてのショットだよ。彼は、撮影は、全プロセスの中で一番退屈な部分だとよく言っていた。頭の中では、映画をつくり終えていたからだ」オットーはスクリーンのほうを向き、それからまた学生たちのほうを向いた。「俳優は嫌いだ、俳優は牛だ、とも言っていた」そこでまた汚らしい笑い方をして、口を拭った。「ちなみに、彼は牛を所有していた。農場と油田も。ヒッチは非常に金持ちになったとき、それらを税金逃れの手段として用いた。わたしの作り話じゃないよ」彼はスクリーンに目をもどし、また学生たちを見た。「どこまで話したかな」

「ピュアシネマ」と誰かが言った。

「ありがとう」オットーはあるモノクロ映像のところで一時停止した。ロンドンの通りを縫うように走る一台のタクシーが、後ろから撮影されている。後ろのふたつの窓を通して、運転手と乗客の頭が見える。

「たとえばこのショット。ヒッチのイギリス時代、一九二七年に公開された『下宿人』からのものだ。うさんくさい男が下宿屋に引っ越してくる。そこにはきれいな娘が家族とともに住んでいる。彼女の恋人は刑事だ。下宿人はロンドンのあちこちで女を殺している連続殺人犯かもしれないし、そうでないかもしれない。その犯人による殺人が新たに起こったばかりで、ロンドンじゅうがぴりぴりしている。ロンドンじゅうの誰もが警戒の目を光らせていることを示すために、ヒッチはこのタクシーにロンドンの通りを走らせ……」

オットーは再生ボタンを押した。車がレーンを変更しながら進んでいく。その動きにつれて、乗っている人たちの体が傾く。

「窓のふたつの頭が、せわしく視線を走らせている一対の目のように見えることに、注目してほしい」

学生たちは注目した。オットーは念を押すように、ビデオを巻きもどして、もう一度その映像を見せた。「そうそう、忘れちゃいかん。わたしの気に入りのピュアシネマの例は、主人公が船の旅をしているサイレント映画のものだ。ある夜、彼は酔っ払う。ひどい嵐の晩で、船は猛烈な揺れに見舞われる。ヒッチはデッキを写す。乗客たちが左から右へ、右から左へ、たたきつけられる。そこに酔っ払いの主人公が登場する。さて、何が起こっただろうか？　彼はデッキをまっすぐ歩いていく」

　学生たちが一斉に笑った。

「さて、と。きょうはイントロダクションの日だ。何か知っておきたいことはあるかな？　わたしはこの講座をもう何回もやっているので、もはや準備をする必要がない。淋しいことだな」オットーは指をふりたてた。「ええと。ヒッチは悪ふざけの名人でもあった。俳優やスタッフにいたずらをするのが大好きだった。サディスティックないやな奴にもなれた。わたしが気に入っている彼のいたずらはこういうのだ。彼はカメラマンのひとりをつかまえて、きみは防音スタジオでひと晩、ひとりで過ごすことはできまい、怖くて朝までもたないだろうよ、と挑発し、賭けを申し出た。カメラマンはその餌にくいついた。ヒッチは言った。『そうかい。でも、きみがたしかにこの場を離れなかったとわかるように、手錠で足場につないでおくぞ』カメラマンはそれを受け入れた。『だが、わたしは親切な人間だから』とヒッチはつけ加えた。『携帯ボトルにはいったウィスキーを置いといてやろう。闇の世界の精霊が現れたときに、神経を落ち着けることができるように』カメラマンは、自分は幽霊など信じないから要らないと言った。『いや、きっと必要になるよ』とヒッチは言い、カメラマンを手錠でつないだ。カメラマン以外の者は皆、帰った。翌朝、みんながもどってくると、カメラマンは自分の糞便にまみれて、震えながら泣いていた――ヒッチがバーボンに下剤を混ぜておいたのだ。ヒッチは勝ち誇って言った。『ほう、脱糞するほど悪霊が怖かったんだな』と」

　さざなみのような笑い声が広がり、学生たちは互いに顔を見合わせた。アリスはまたふり返ってデイヴィッドを見た。彼は、自分の口がぽかんと空いているのを感じた。

「もちろん、ヒッチがこういう悪ふざけを映画にする場合には」とオットーが言った。「サスペンスを加味している。それは彼のお気に入りの武器だ。〝サスペンスの巨匠〟と人は呼んだ。ヒッチほどサディスティックに観客を弄んだ映画監督は、彼のあとにも先にもいないね――まあ、デ・パルマだけは例外かもしれないが。誰か、サスペンスを定義してくれないか？」

学生たちはまた周りを見回した。デイヴィッドの右手の女子学生が手を上げた。「何かが起こるのを待っているときのことです」と彼女は言った。「不安におののきながら待っているときです」

「それは、登場人物が、ということ？　それとも、見ている人が？」

「見ている人が、です」

「どうして不安なの？」とオットーは重ねて尋ねた。

「これから起こることが……悪いことだから」

「なるほど。だが、誰にとって？」

「登場人物にとって」

「そうだね。だが、なぜ、見ている人が不安になる？」

「なぜなら……なぜなら、それについて何もできないから」

「俳優たちはなぜ、何もできないのかな？」

「それは……」彼女はちょっと考えてから言った。「知らないから」

「まさしくそのとおり」とオットーは言った。「彼らは知らない。だが、観客は知っている。ヒッチはこうやってサスペンスをつくりだす。簡単なことだと彼は言う。観客は知らされていなくてはならない、と。観客は登場人物たちの知らないことを知る。もしヒッチがさっきの悪ふざけを映画にしたとしたら、われわれはヒッチが携帯ボトルにバーボンを注ぎ、そこにエクスラクスか何か、下剤を加えるのを見ることになっただろう。彼は自分が犠牲者のほうに歩いていくところをクローズアップで撮らせただろう。携帯ボトルが前景にぼうっと大きく映ったことだろう。ヒッチは自分自身が、気の毒な犠牲者を足場につなぐ場面を示し、それから、後ろに下がって、犠牲者がバーボンをごくごくと飲むのを撮影しただろう。『さあ、ぐっと飲んで』とか声をかけて。それから、彼はさらにカメラを引いて、高いところから撮る。下剤が腹にはいった男が小さく映る。そして、その晩の残りの部分を犠牲者の観点から撮るだろう。彼は一生懸命バケツに手を伸ばすがどうしても届かない。手が届きそうで届かない、ぎりぎりのところにヒッチが置いたのだ。いやが上にも残酷さを発揮して……。もちろん、音楽はいらない。自然の音だけでいい」オットーは手の甲を口にあて、汚らしい音をたてた。

嫌悪を伴う笑いが広がった。あきれはてて、笑うしかないという笑い。

「暗闇の中じゃ、撮影できなかったんじゃないでしょうか？」デイヴィッドが大きな声で言った。

「何だって？」

デイヴィッドは手を上げた。オットーは耳の後ろに手をあてて、耳を彼に向けた。アリスがふり返った。

「暗闇の中じゃ、撮影できなかったのでは、と言ったんです」

「いい質問だ！　きみの名前は？」

「デイヴィッドです」彼はアリスをちらりと見た。

「彼はそういう細かい点にこだわらなかったかもしれない。到底信じられない話を、有無を言わせぬロジックで語りたい、とよく言っていたものだ」

オットーはモノクロのモンタージュをもう一本、映し出した。ニュージャージーのように見える沼地がディゾルブして、ジョセフ・コットンが暗くした部屋に横たわっている映像になり、そして、さらに橋が出てきて――ロンドン橋のカラー映像――それから、テームズ川に女性の裸の死体がうつぶせに浮いていて、ネクタイが首に絡まっている。そして金門橋。ジェイムズ・スチュアートが橋の下にいて、溺れた女性を抱きかかえて運んでいる。

「重要な伝記的事実をいくつか」とオットーは言った。「第一に――おそらく、ヒッチのエピソードのうちもっとも有名な話だが――少年の頃、食料品店をやっていた父親が一緒に来るようにと言い、何の理由もないのに、彼を警察に引き渡し、留置場に閉じこめさせた。『悪い子にはこうするんだ』と父親は言って、彼を置き去りにした——長い時間ではなかったが、ヒッチにとっては長すぎる時間だった。わたしは心理学的解釈はあまり好まないが、カトリック教徒であったことに、このささやかなトラウマが加わり、彼は特に警察に対して極端な恐怖感を抱き、権威一般に対して憎悪を抱くようになったのみならず、原罪意識を募らせた。所詮、わたしたちは皆、罪人だからね。もちろん、きみたちはまだ、罪人ではないだろう。若くて未婚だものな。わたしはもう長いこと結婚していて、殺人の夢をよく見るよ」

また、くすくす笑いが起こった。さらなる映像。プラザホテルでふたりの男に銃を突きつけられているケーリー・グラント。次は、グランドセントラル駅を駆け抜けている彼。エヴァ・マリー・セイントと一緒に、ラシュモア山のリンカーンの彫像の鼻をすべりおりる場面。自由の女神のたいまつからぶらさがっている、ひとりの男。もうひとりの男が彼の腕をつかむが袖がちぎれて転落する。国連ビルから逃げ出す男——俯瞰され、豆粒ほどにしか見えない。

「結婚についてお話しすると」とオットーが言った。「一九二一年に、ヒッチはアルマ・レヴィルと出会う。アルマはコンティニュイティをやっていた若い女性で——実質的には映画編集者というのと同じだが、わたしはコンティニュイティという古い用語が好きでね。彼らは一緒に映画の仕事をしていて、ちょっとつきあったのち、ヒッチは彼女に求婚した。なんと船の上で。ロマンティックだ、ときみたちは思うかな。だが、彼は嵐の最中にそれをしたのだ。アルマが船酔いで、船室でへたっているときにね。わたしの作り話じゃないよ。彼女の抵抗力が弱まっているときに、プロポーズしたかったのだ、とのちに説明した。生涯をともにしてくれと、彼が彼女に頼んだ直後に、彼女は吐いたらしい。皆さん。もし誰かに求婚して、相手が吐いたら、それはイエスというサインだ」

オットーは笑い声をあげ、口を拭った。

「言うまでもなく、これは幸福な関係と呼べるものではなかった。彼らは仕事上のパートナーとしてはすばらしかった。アルマは、プロデューサーたちや友人たち、一般大衆、すべてを含めて、人がヒッチに接触するのを厳しく制限した。ヒッチは目立ちたがりであると同時に、はにかみ屋だった。彼女は彼にご馳走を食べさせ——料理がうまかったのは確かだ——快適に過ごさせ、創造力豊かな状態に保った。しかし、彼らはきょうだいのような間柄で、その親密さの欠如は、アルマの妊娠中に確固たるものになった。ヒッチは彼女の変身、何と言えばいいかな、大きな女性への変身に嫌悪感を抱いた。彼自身大きかったのだから——これについてはあとでもう少し詳しく触れる——文句を言える立場ではなかったのだが、娘のパトリシア——のちに女優になり、『見知らぬ乗客』ですばらしい演技を見せた——が誕生してからは、二度と、アルマと性交をもたなかったと考えられている。きみたちはみんな若くて未婚だから、そういうことは想像もできないだろうね。だが、ヒッチは、この禁欲の人生への反応として、自分の映画に使うスターたちに強く固執するようになった。そのほとんどがブロンド美人だ。ブルネットの女優は、彼の映画ではひどい目に遭う。一方、理想化と完璧性の危険が主要なテーマとなる。それについてもまたあとで。それにしても、彼の映画の金髪女優たちのリストはすごい。マデリン・キャロル、イングリッド・バーグマン、ジャネット・リー、エヴァ・マリー・セイント、キム・ノヴァク、ティッピ・ヘドレン……恋に落ちたからと言って、誰がヒッチを責められるだろう。そして、何と言っても、グレース・ケリー——この女性は真性の色情狂だったらしい。大学当局に通報してもかまわないよ。年寄り過ぎて、今更クビにはならないし、政治的公正さを求められても無理なこった。とにかく、彼女は男と寝る前にバスルームに行って、素っ裸で出てくるのが常だった。それなら、わたしにもまだ可能性があるかも……。

何か言い忘れたぞ。何だったかな。そうだ、食べ物だ。ヒッチと食べ物。彼は生涯、自分の体重と格闘した。彼の体重は絶えず激しく変化した。一番重い時には、百五十キロぐらいあった。空腹は彼にとってサスペンスの一形態だった。わたしが思うに、もっとも基本的な形態だった。高いところからぶら下がることの次ぐらいだったろうか。彼は覗き窓のないオーヴンはもつ気になれないと言った。スフレを焼くときに、タイマーが切れるまで、スフレが破裂していないか確かめることができないとしたら、そのサスペンスに耐えられないというのがその理由だった。そして、それは——食べ物は、という意味だ——セックスの欠如を埋め合わせるものだった。彼はその空虚を満たさなくてはならなかった。わたしたちが皆そう努力しているように——そうだね？　わたしは自分の空虚を恋で満たす。わたしは一年に一度恋に落ちる。妻は怒り狂うけどね。さて……」

スクリーンでは、女たちがシャワーを浴びている最中に刺し殺されたり、椅子にすわっていて絞め殺されたり、眼鏡に映った像として、殺されるさまが示されたり、教会の塔から投げ落とされたり、カモメに襲われたり、恋人に襲われたり、自分のアパートメントの中で知らない人間に殺されたりしている。グレース・ケリーが、電話で話している最中に、カーテンの後ろから現れた男に殺されている。

「映画用語を勉強する必要がある」とオットーが言った。「これから配るプリントの束から一枚ずつとってくれ。二番目のはシラバスだ。だが、映画の文法にはいる前に、重要な用語をひとつと、いくつかの視覚的モチーフを心にとめていただきたいと思う。この講座を途中でやめるにしても、ほかのことは何も覚えずとも、それらを書きとめてほしい。それらを知っていさえすれば、ヒッチの作品がきみたちの前で、花のように開くだろうから。

というわけで、マクガフィンだ。簡単に言うと、これはストーリーを転がすけれど、導入されたあとで、重要性が薄れるものだ。『三十九夜』を例にとろう。主人公のハネイは、ロンドンの大衆演芸場で、暗殺者に狙われているスパイだと自称する女と出会う。自分が追われているのは、イギリスの軍事機密を盗む計画に気づき、三十九階段と呼ばれるものを発見したためだと、彼女は言う。彼女はその晩、ハネイのアパートメントで殺される。そのため、彼は自分の無実を証明しなくてはならなくなり、スコットランドとロンドンを駆け回って、秘密を探ろうとする。もちろん、その秘密は映画の内容とは無関係だ。この映画は、お互いを信頼しようとする主人公と女主人公の懸命な努力を描いている。これが、マクガフィンのおもしろいところだね。それが何なのかわかるとすぐに、それを無視しようと躍起になる。

次は、階段だ。ヒッチコック映画では、階段は常に重要だ。登場人物の、昇ろうという決意は、中心的な倫理的選択、コミットメント、愛する人のために自らを危険にさらす覚悟、文字通りにも比喩的にも、より高い境地に到るための苦闘を反映している。そして鏡。ヒッチコックは二重性をほのめかすために鏡を用いる。そしてこのシンボルは、後年、作品が暗くなるにつれて、より禍々しいものをはらむようになる。そういうわけで、『汚名』の鏡が意味するものと『めまい』や『フレンジー』のそれが意味するものは非常に異なっている。

それから母親。母親たちは彼の作品によって非常に重要だ。『疑惑の影』の、愛情深いが忘れっぽい母親。それから、『汚名』や『サイコ』の恐ろしい母親たち。そして、心が少年のままで母を愛しすぎている男たち。『北北西に進路を取れ』や『鳥』を見るといい。母を愛しすぎる男は、決して十分に妻を愛することができない。

それから、もちろん鳥。ヒッチにとって、鳥は女のセクシュアリティーのシンボルだ。あとで見ることになるが、『裏窓』のミス・トルソーのアパートメントの上には鳥がいる。『サイコ』のノーマン・ベイツの背後には猛禽が——恐ろしい剝製（はくせい）のフクロウがぼやけて映っている。彼の最初の犠牲者の名前は何だったかな？　そう、マリオン・クレイン（＝鶴）だ。『めまい』で、ジェイムズ・スチュアートとキム・ノヴァクがパレス・オブ・ファインアーツの前を散歩しているときに、水の上に鳥が飛んでいるのもあとで確認しよう。『めまい』からは、彼女の死の場面も見ることになる。サン・

ファン・バウティスタ伝道所の塔からの転落だ。わたしは、彼女は天使だったが、スコティの浮世離れした、理想化を伴う愛情を失って、羽根が折れて飛べなくなったのだと主張するだろう。もちろん『鳥』も観る。

それから、無為。環境のせいか、ほかの理由で、ひまにしているキャラクターたちを詳しく見てみよう。『三十九夜』の最初のほうのハネイ。『疑惑の影』の若いほうのチャーリー。『見知らぬ乗客』のブルーノ。『裏窓』と『めまい』のジェイムズ・スチュアート。『汚名』の最初のほうのイングリッド・バーグマン。『ロープ』で心理学的な無為から犯される殺人、あるいは『鳥』のティッピ・ヘドレンの無為。悪名高い『サイコ』のベイツ。じっとしていることは、ヒッチにとって、内面的な強迫的欲求の表現と直接的に関係しているようだ。そして、その表現——自分自身の奥深くに埋もれている何かを世の中に投影すること——は、これらのキャラクターのなしうるもっとも暴力的なことであると同時に、彼らにとって、自分が閉じこめられていると感じている人生から逃げ出すための最大のチャンスなのだ。

最後に、ブロンド女性。ヒッチの主演女優たちについては、すでに簡単に触れたが、理想化された完璧なブロンド女性たちと、不完全で常に拒絶を受けるブルネット女性たちとの対立を心にとめておいてほしい。理想化するとき、わたしたちは自分の見ているものが自分自身の欲望に過ぎないこと、愛する者がもつ無数のすばらしい不完全さではなく、完璧化されたイメージであることを自覚できない。そしてやがて、受け取るか、受け取らないかを決めなくてはならない許可証が出てくる。そこにヒッチコックの倫理性がある。

結婚に焦点をあてて、これらのテーマのすべてを見ていこう。ヒッチの映画は、わたしたちは自分の愛する人にふさわしい者になるよう進化していくと主張しているのだろうか？　すべての映画の第一の機能は、カップルを作ることだと言われてきた。さて、カップルができたとして、そのカップルはそのあとに来るものに対して心の準備ができているだろうか？　わたしたち観客はどうか？　このプロセス――これらの登場人物たち、アバターたちの肩越しに、映画の中の結婚の情景を見ること――が出口になるのだろうか？　結婚はわたしたちの人生を救えるのか？　それとも長期にわたる相互殺人の始まりに過ぎないのか？　わたしが思うに、ヒッチは自分が妻を見失ったことを、心の深いところで知っていた。死ぬまで彼に尽くしたアルマは、いつも彼に見捨てられ、見えない存在にされていた。ヒッチの映画はわたしたちを揺さぶり、この自己満足から抜け出させてくれるだろうか？カップルがお互いを新しい目で見る助けになるだろうか？　ゆっくり考えてみよう」

その日の午後、デイヴィッドは大学のネットワークに侵入し、アリスの時間割を知った。彼女は四年生で、専攻は数学と教育、そして翌日始まるフェミニズム理論の講座に登録していた。デイヴィッドは、二、三回パソコンのキイに触れて、彼自身のそのクラスへの登録を完了した。

この講座では、第一に女性のアイデンティティーに焦点をあて、五〇年代のメディアにおける女性のイメージ、特に「郊外の主婦と都会のキャリアウーマン」を検証する、とコンスタンス・ピーターセン博士（文句なしの美人）は説明した。「じっくり考えてみて。双方の数が爆発的に増加していることを」彼女は抑揚をつけて言った。「そして、そこに働いている、相等しい社会学的心理学的な力を。十年間で千九百万人もの専門職の女性が労働力に加わった一方で、ジューン・クリーヴァー[*]が理想の女性、幸福と安全の砦である郊外の家庭を守る第一人者として称えられていたことを」学生たちは物知り顔に声をたてて笑った。予想されたことながら、デイヴィッドを除く全員が女性だった。集団の仲間からの圧力と少なからぬ恐怖から、デイヴィッドも笑いに加わったが、彼女らの笑いは自負に支えられていて、さらに一抹の怒りを含んでいた。「男性中心の既成マスコミが、社会的に許容され

＊テレビの人気ホームコメディー『Leave it to Beaver』の主人公の少年の母親。

る範囲だが、往々にして女性を貶める効果をもつ言語表現や、性的対象としてのイメージを用いることにより、ヤヌスのようにふたつの顔をもつウェヌス（ビーナス）を同化させよう、あるいは——この言葉のほうが適切かもしれません——服従させようとしたことにも焦点をあてます。彼らのやり口は、今も昔も変わらず暴力に満ちています。言わば、マディソン・アヴェニューの狂った男たち（マッドメン）*による輪姦です。そして、それが、わたしが〈原始フェミニズム的統合失調症〉と呼ぶ病的状態を生み出したのです」その病的状態は、女性特有の精神疾患の一形態であると、彼女は説明した。その現代的な現れは多岐にわたる。過食症、拒食症、病的肥満、不育症。そして言うまでもなく、薬でコントロールされている鬱病の患者数は激増した。「プロザックやリチウムが、ビタミン剤同様、職の有無にかかわらず、女性全般に広く飲まれるようになりました。服従させられている専業主婦にも、ビジネススーツに身を固めた生意気女（ビッチ）たちにも」それに加えて、競争しあい、おそらくはお互いを排除するこの二つの役割の狭間で苦しむ女性たちの自殺は、一九五〇年代から現在にかけて、急増している。

　この講座では、最初に、有名なサム・シェパード医師の殺人事件と、それにかんするマスコミ報道——とりわけドロシー・キルガレンの仕事について研究する、とピーターセンは言った。ドロシー・キルガレンは多数の新聞に署名入りの記事を配信されるコラムニストだったが、検察当局は、シェパードの有罪はもちろん、何ひとつ立証できていないと書いたあと、いくつかの主要新聞から降ろされた。「生意気な女性は、黙らせられたのです」とピーターセン博士は言った。その話からヒッチコック映画の話になった。「『裏窓』で、自分の意見を表明するグレース・ケリーに、ジェイムズ・スチュアートがくり返し言っているのが、この『黙れ！』です。ケリーは大手デパートのバイヤーで、専門職として成功していて、性的にも積極的な女性として描かれています。文字通りにも象徴的な意味合いでも、足の不自由な恋人——インポテンツだというほのめかしですね——と違って、愛の空想に囚われてはおらず——否定形です、ここが大事です——現実世界の愛を欲しています。さらに、サディスティックな感情の持ち主である恋人とは違って、覗き趣味的に世界を観察するだけではなく、世界の中を動き回って、世界を実際にコントロールすることができます。『裏窓』は、女性とその苦闘――女性としての女性の苦闘、職業人としての女性の苦闘を描きだした先見性の高い作品です。まだ、この映画を観ていない人のために説明すると、これは仕事中にけがをして八週間自分のアパートメントにとじこもらざるを得なくなったカメラマンについての物語です。彼はひまつぶしに、向かいの建物の住人を観察します。彼は、自分と結婚したがっている恋人のケリーによって、自分の自由が脅かされていると感じています。それで、彼女を殺すという自分の空想を、ある宝石セールスマンに投影します。その男は、体の不自由な妻を実際に殺したかもしれないのです。注目すべきことに、『裏窓』はシェパード殺人事件のわずか一か月後に世に出ました。裁判が行われているときに、ちょうど上映されていたのです。ですから、女性大衆、沈黙を強いられている〝彼女たち〟は、二重のホラーショーを供されたのです。昼間は、夫のステータスシンボルであったはずの、郊外の家の若く美しくスポーツの得意な妻が無残に殺された事件を巡って、世紀の報道合戦と呼ぶに値する初めてのものがくりひろげられていました。この事件は国中の人々を夢中にさせました。シェパードに対して限りない階級的反感が向けられ、有罪判決へとつながりました。その結果、彼は服役しました。十年後、最高裁がその評決が無効であると決定するまで。さて、この事件は、女性にどういうメッセージを伝えたのでしょうか？　それは、女性は期待されるとおりのことをしていても、そのために殺されることがある、ということです。夜になると、映画館で『裏窓』の観客たちが、ジェイムズ・スチュアートが女性に対して抱くサディスティックな空想を楽しみました。性的な意味で積極的で、職業面でもやり手

＊マディソン・アヴェニューは米国広告業界の中心地。「マッド・メン」はマディソン・アヴェニューの広告業界の男たちが自分たちを指すのに用いた造語。

のグレース・ケリーに対して、弱々しいスチュアートが抱く仕返し願望に、自分の思いを重ね合わせたのです。ちなみに、一九五四年度の映画の中で第二位の興行収入をあげました。一位は『ホワイト・クリスマス』でした」

女子学生たちの、わかっています、と言わんばかりの笑い声が起こり、デイヴィッドは一拍遅れて笑った。「この交叉点こそ」ピーターセン博士は両腕を組み合わせて×印を作った。「女性の皆さん（レディーズ）……と男性おひとり（アンド・ジェントルマン）」彼女はそう呼びかけ、デイヴィッドのほうを向いてうなずいた。アリスだけがデイヴィッドをふり返って、にっこりした。「美学的領分と社会的領分とのこの交叉点こそが、わたしたちの出発的になります。というのは、ここで」とピーターセン博士は結論にはいった。「女性の現実の役割と想像上の役割が十分に表現されるだけでなく、悲劇的に衝突するからです」

デイヴィッドはピーターセンが言っていることの一言半句も理解できなかった。だが、クラスの規模は小さく、アリスは彼の右手の三列前の席にいた。彼はオットーのクラスでそうしたのと同じように、後ろにすわって見ていた。

そして、彼は見ずにはいられなかった。もちろんアリスだけではなく映画もだ。毎火曜の午後、オットーはそれぞれの映画を初めて見せ、単純に筋をつかむように言った。そして夕方、同じ映画を再び見せた。出席は義務づけられており、ノートをとることになっていた。木曜日の授業は完全に討論にあてられた。デイヴィッドはヒッチコックの映画に憑りつかれた。そして同時に、シェパード殺人事件をめぐる謎と曖昧さにも憑りつかれた。

アリスとの関係はどうかというと、デイヴィッドが彼女に話しかける勇気を奮い起こすのに、ひと月かかった。その時点までに『三十九夜』『サボタージュ』『第3逃亡者』『疑惑の影』を観ていた。『汚名』を観たときには隣同士にすわっていて、それ以降の映画を観るときには手をつないでいた。そして、つきあいはじめてからは、これらの映画を（ほかの映画も）何べんも観て、イメージを分析したり、スクリーンが溶暗したあと、キャラクターたちはどうなったのだろうと想像したり、セックスのあとでフェミニズムとセクシズムについて議論したり、ドクター・サムが妻を殺したのか、それともマリリンを殺したのは別の人物なのかを論じたりして、夜々を過ごした。だから、デイヴィッドがふり返って考えてみると、この時期の彼らの生活自体がモンタージュだった。これらの映画やシェパード殺人事件のイメージと、アリスについての、そして恋に落ちたことについての思い出がクロスカッティングされていた。そういうわけで、彼はよく、ヒッチコックの作品とシェパードの事件は自分たちのＤＮＡの一部だと考えた。それらはふたりの関係に編みこまれた繊維で、彼らの運命を予言するものだった。

「そういうことみんな覚えているわ」とアリスが言った。「あの頃、わたしたち、幸せだったわね」

ふたりはまだ、一緒にベッドに横たわり、手を握りあっていた。暗がりの中でアリスがほほえんでいるのがわかった。「じゃあ、きみは幸せだったことを覚えているんだね？」とペピンは訊いた。

「ええ」

「ぼくらはこれから、幸せになれると思う？」

「わからないわ。そうなったらいいけど」

「明日の朝、目が覚めても、こんなにうっとりした気分だといいな」

彼は目を覚ました。うっとりした気分だった。同じくらい幸せだった。ふたりとも幸せだった。そのあとの一か月、彼らは新しい段階にはいったかのようだった。

それから、空き巣がはいった。

ペピンが執筆を終えたときには、もう夜になっていた。

大変な一日だった——アリスも、原稿も。彼は飲み物を作りに行った。だが、冷凍庫からウォッカを出すまえに、冷蔵庫のドアに貼ってあるポラロイド写真を見つめた。それらは、アリスの週ごとの成果、彼女の体が次第に小さくなっていっているのを示している。だが、今、彼の目には、それらがひとつの大きなポートレイトを構成するピクセルに見えた。浮遊する死の頭部。それはいくつもの裂け目と、その間の黒いスペースから成る。この大きいほうの写真は、アリスの顔のそれではなく、今にもばらばらになって飛んでいきそうな、彼女の脆弱な精神を示す写真だ。何が起こったんだろう？どうしてこんなに速やかに状況が変化したのか？　まるで、ふたりは底のない穴に落ちてしまったかのようだ。

彼は居間に行って、ソファーにすわった。シャワーは浴びていないが、一日じゅう、ものはちゃんと食べた。彼の書斎を除いて、アパートメントに灯りはついていなかった。雲が灰色の腹をさらして、町の上に垂れこめ、ぎざぎざの高層ビルからの光に照らされている。アリスが玄関のドアで鍵を回す音がした。ペピンは目を閉じて、彼女の足音がはいってきて、立ち止まり、近づくのを聞いた。目をあけると、アリスは窓のそばに立っていた。その引き締まった体が彼を恥じ入らせた。アリスは喧嘩のあと、ジムに行ったに違いない。ガラスに映っているので、体がふたつ見えているのに、スパンデックスの黒のタイツに、アンダーアーマーのトップという出で立ちの彼女は、むしろ半分の細さに見える。変身後のスーパーヒーローのようだ。変身と言えば、彼自身も劇的な変身をとげていた。アリスがもどってきてから、大幅に体重が増え、かつてないほど太っていた。そして彼は見た目を気にしなかった。黒い髪は伸ばしっぱなしで、顎鬚もぼうぼうと伸びて、もじゃもじゃに縮れていた。アリスの変身は外的な変化だけだった。彼女の精神は相変わらず——いや、今までにないぐらいひどい状態だった。夜はそのために、いっそう暗さを増した。ペピンは彼女が帰ってくるのを恐れ（きょうも含めて、毎日）、彼女がどんな気分でもどってくるか、不安におののいた。そのせいで、いまやアパートメント全体が二倍暗くなった。アリスはよくない場所にいた。彼は表向き、アリスのことを心配していた。

アリスがこんなふうになったのは、四週間前に空き巣がはいってからだ。その土曜の午後、ふたりはセントラルパークから帰ってきた。朝食のあと散歩をして幸せな気分で――あの頃は幸せだったのだろうか？――もどってくると、ドアがちゃんと閉まっていなかった。ドアをそっと押して開くと、中の空気そのものが重苦しかった。混乱の気配をはらんでいるのが、実際にその混乱を目にする前から感じられた。ペピンはアリスを自分の背後に押しやり、外に出るよう促して、「警察に電話してくれ」と言った。その位置からさえ、本が棚から引き抜かれているのがわかったのだ。散らばっている本もあれば、積んである本もあり、なぜかはわからないが、ページが開かれたまま置かれている本もあった。キッチンの引き出しもすべて抜かれ、調理器具がぶちまけられていた。キャビネットもかき回され、ガラスの食器が割れていた。長い廊下の壁にかかっていた絵と版画は引きはがされ、額が壊れていた。寝室でも本が抜き出され、クロゼットがかき回され、ドレッサーやベッドサイドテーブルが転倒していた。それを見てようやくふたりは、侵入されたことを実感した。もっとも何も奪われてはいないようだった――もちろん、彼らの安心感は別として。だが、そうではなかった。アリスには言わなかったが、ペピンは、自分のコンピューターの電源がはいっていて、どういうふうにしてか、パスワードが盗まれたことに気づいた。そして、彼の小説の結末部分がカットされ、奪われていた。外付けハードドライブも同様だった。バスルームのほうから、アリスの嫌悪に満ちたうめき声が聞こえてきたので、彼が急いで行ってみると、戸棚の扉があけ放たれ、アリスの錠剤の瓶が流し台や床に散らばっていた。そして便器のふちに粘っこい物質が点々とついていた――木工用ボンドのように黄色かった。便器のボールの中にも同じものが浮かんでいたが、飛行機雲で書いた文字のように、形を失いかけていた。侵入者が精液でMの字を書いたのだ。覚束ないながらもぎざぎざを形作って。ありえない、とペピンは思った。

「何をしていたの?」今、窓のそばに立つアリスが訊く。

「別に」と彼は応える。

アリスは腕組みをして、足元に目を落とした。それから、何か聞こえたかのように、ふいに彼のほうを向き、ため息をついた。「きょう、とても奇妙なことがあったの」と彼女は言った。

ふたりの間の空気がぴりぴりしていたので、ペピンは彼女が尋ねてもらいたがっているのかどうかもわからなかった。それで彼は酒をひと口飲んだ。

「誰かがわたしを殺そうとしているのだと思うわ」

アリスが何を言っているのか、呑みこむのに時間がかかった。

「何だって?」

アリスは声を低めた。「聞こえたでしょ?」

「ああ。でも、どういう意味で、そんなこと言うんだい?」

そのやりとりは喧嘩の始まりのように響いた。この頃では、何を言ってもこんなふうになってしまう。コミュニケーションをつづけようとがんばってはみるのだが、必ず嵐が来るとわかっている船乗りのような気持ちになる。

「わたしの妄想だと言いたいのね」

彼は頭をソファーに倒した。

「わたし、けさ、あそこにいたのよ」と彼女は言った。

鬱病によくある自己中心主義だ、とペピンは思った。彼女から基本的な情報を引き出す手間をかけなくてはならない。「どこに？」

「あの事故のところ」

「どの事故？」

「クレーン車の」

ペピンは頭をもちあげた。「九十二丁目の？」

「ええ」

彼は身を乗り出した。

「けさのランニングのとき」とアリスは話しだした。「あれに向かって走っていたの。あれというのは、あの工事中のビルのことよ。近くまで来て、上を見上げたの。あと一秒遅かったら、下敷きになっていたと思うわ。弾丸が発射されるような音が二回したの。ビルそのものから、煙が出たように思ったわ。それから、ふいにクレーンが傾いて、倒れかかってきた。でも、はっきりとはわからなかった。高層ビルを見上げていると、雲があるせいで、建物が崩れ落ちるような幻覚を見ることがあるから。最初はすごくゆっくりだった。やがてみんなが、きゃあきゃあ言いはじめて、わたしはできる限り速く駆け抜けたの。あれが地面を撃ったとき、衝撃で足が浮いたわ」アリスは身震いした。「もうちょっとのところで直撃されてた」

一生に一度あるかないかの、きわどい経験だ。彼はその日仕事をしながら、そのライブ映像をコンピューターでずっと見ていた。奇妙なことに、アリスに電話して安否を確認しようという考えも浮かんだ。だが、そうはしなかった。だから、今話をしなくてはならないのだろう。「だからと言って、誰かがきみを狙っているということにはならないよ」と彼は言った。

するとアリスは列車のことを話した。通勤で利用するグランドセントラル駅までの地下鉄のことを。男の子がふたり、プラットフォームのふちの近くで取っ組み合いをしていた。列車が駅に向かって猛スピードではいってきたとき、子どもの体がアリスにあたった。アリスはくるくる回り、虚空の上で、夢中で腕をばたつかせた。「なんとかバランスをとりもどしたの」

「だからって、その男の子たちがきみを殺そうとしていたとは言えないよ」ペピンはそう言いながら、鼓動が速くなるのを感じていた。彼は怖かったし、怒っていた。笑いたかったし、泣きたかった。

「その子どもたちではなくて……」アリスは目を伏せ、震える手で涙を拭った。「痩せた男がいたの。背の低い男。そいつが子どもたちを押したの。取っ組み合いをやめさせようとしたのかもしれないし、子どもたちをわたしのほうに押しやろうとしたのかもしれない。そして、わたしがバランスをとりもどしたときには、そいつはもういなくなっていたわ」

ペピンは言葉もなく、アリスを見つめた。

「わたしの話を信じないのね」

「何も言っていないよ」

「あれは、わたしたちの家に押し入った男よ。わたし、知っているの」

「ばかな」と彼は言った。だが、彼女に言ったのではなかった。

「どこにいても、あいつが見えるの。わたしの視界のすみに。夢の中でも。カレン・ブラックのあのテレビ映画の小さな人形みたい」

「『恐怖と戦慄の美女』」そう言いながら、彼は驚いていた。まったく同じことを考えていたからだ。

「そう、あれ」

「でも、きみは——」

「わかっているわ」アリスはぴしゃりと言って、うなずいた。怒っている顔だ。「わたしは妄想を抱いているだけよ」

「違う。そうじゃなくて」と彼は言った。

「わかったわ。あなたは聞きたくないのよね。わたしが言おうとすることは何でも聞きたくないんでしょ」

アリスはすごい勢いで寝室にはいっていった。窓の外では垂れこめた雲に稲妻が走っていた。ペピンは携帯電話をつかんで、急いで下におりた。

「この人でなし」通りを歩きながら、彼は言った。

「おれが何をした？」メビウスが言った。

「もうたくさんだ。手を引け。ゲームオーバーだ」ペピンは言った。「すぐにやめるんだ。わかったな？」

「やめるって何を。正確に言ってくれ」

「どうしておれの小説の結末をもち去った？」

「今では、おれの小説だ」

「ばかを言うな。そうじゃない」

「いや、おれのだ」

「くそっ！」

「最初の結末はセンチメンタルすぎる。ふたつ目のは、きれいすぎる。おれとしては、バアンで終わるのがいいな」

「こんなことを終わらせるには、おれはどうしたらいいんだ？」

「おれから離れていろ」メビウスはそう言うと、電話を切った。

ペピンが力まかせに携帯を投げたので、それは歩道の上でばらばらになった。

急に雨が降りはじめ、たちまち土砂降りになった。チャーリー・ブラウンの雨雲と同じで、ペピンの頭の真上に来ると、とたんに降りだすらしい。彼は足元に目を落として立っていたが、何も目にはいらなかった。ただ、木々の間を吹き抜ける風の音と、自分自身の苦しい息の音と、縁石をたたく大雨とに耳を傾けた。

「デイヴィッド」

彼は顔を上げた。ジョージーンだった。

彼女は彼と同様、びしょ濡れになっていた。ジーンズとスウェットシャツだけで、雨具はもっていなかった。彼女は、近くのブラウンストーン張りの立派な建物のゲートから姿を現した。正面玄関に至る石段の下の暗がりにずっと隠れていたのだろうか。

「きみはここで何をしている？」とペピンは言った。

「あなたにどうしても会いたかったの。電話しようとしてたの。そしたらあなたが……ふいに現れたの」

ジョージーンはにっこりした。彼は目をそむけずにはいられなかった。彼女は彼のそばに寄り、濡れた顎鬚に手をあてて彼の顔を上向けると、目を覗きこんだ。自分の意思とはうらはらに、彼女の掌に顔を預けて、安らぎを感じている自分に気づいた。ジョージーンに会えなくてどんなに淋しかったか、彼はそれまで気づいていなかった。アリスが帰ってきて、再会して深く安堵したのも束の間、またアリスが鬱のスパイラルにはいってしまい、終始アリスのことで頭がいっぱいだったのだ。状況は変わるに違いないと彼は固く信じていた。雨のせいで、ジョージーンの金髪はくりんとした巻き毛になった。濡れて重くなり、癖がつよくなっているのだ。おれたちの子どもたちは、手に負えない髪の持ち主になるだろうな、と彼はふと思い、おれは何を考えているのかと自分に呆れた。

「あなたのことがずっと心配だった」と彼女は言った。

彼はうなずいた。

「いつものあなたじゃないんだもの」

ああ、違うと首をふった。

「会社では話さないとふたりで決めたけれど、こんなあなたを見ていられないわ。あなたに声をかけないではいられないの」

「わかるよ」

「だったら教えて。何が起こっているのか。あなたは大丈夫だと言って」

ジョージーンは彼にキスした。彼女の濡れた唇の味は救済をもたらした。彼は額と額をつけて、彼女の顔を見た。口と目を。ふいに、彼女とともにした快楽の記憶が押し寄せた。その快楽は、アリスとともにしたものとは種類が違っていた。どちらが大きいとか小さいとか言うのではなく、異なっていた。異なっていることがすばらしかった。ジョージーンはアリスとは違った意味で強い。そのことを認識しながらも、彼はいかなることについても自分の感情を示すことを恐れていた。とりわけ、女の前で自分の弱さの印を見せることは絶対に避けたかった。それが自分の結婚生活の結果のひとつ、つまり、アリスにそういうことをさばく能力があるとは思えないから、自分の性格を歪めたということなのか、逆に、弱さをさらけだして慰めてもらうはめにならないように、ことさら彼女のような要求の多い女を探しだしたのか、彼自身にもわからなかった。いずれにせよ、ジョージーンの差し出してくれるものは、恐ろしくなるほど大きなもので、彼に根本的な選択を迫っているようだった。ペピンの頭に、ある考えが浮かんだ。自分は何人の相手と結婚してもいいのだ。自分はただ、与える気のあるものと受け取る気があるものを交換しているだけだ。だが、どんなよいものも、何かしら悪いものを伴っているのだ。ある種の気楽さや幸福を受け取るための用意が、自分にはできていないかもしれないのも悲しい事実だ。だが、なぜ用意ができていないのか。そういうものを受け取ったら、自由になる——つまりその場合、何も決まっていなくて、すべての可能性が開けているから、だろうか？ 自分はそれが怖いのだろうか？

「ぼくは大丈夫じゃないよ」彼は言った。「大丈夫なもんか」

「だったら、雨のかからないところに行きましょう。何か温かいものを飲めるところに」

「ぼくにはできない」

「できるわ」

「上にもどらなきゃ」

「デイヴィッド。わたしとなら、これが何を意味しているかなんて、いちいち考えずに、おしゃべりできるのよ」

「それは嘘だ」

「嘘じゃない」

「こんなことはもうしないと約束してくれ」

「できないわ」

「きみは自分の時間を浪費している」

「わたしの時間だもの。好きなように浪費させて」

彼はシュレーディンガーの猫を思い出した。別の宇宙でなら、彼とジョージーンは食事に行き、体を温め、乾かし、そのまま駆け落ちする。だが、この宇宙では、そのようにして逃げたいという誘惑に駆られるのは、ほかのことがいろいろ、うまく行っていないせいかもしれないという疑念がふり払えなかった。「行かなくちゃ」と彼は言った。

彼はドアマンの脇を通って、自分の住んでいる建物にはいった。列をなすモニターに、画面に向かってまっすぐ歩いていき、立ち去っていく自分が映っているのが見えた。体から垂れたしずくがエレベーターの床に水たまりを残した。アパートメントの中は暗かった。腕時計を見ると九時過ぎだった。アリスは眠っているのだろう。廊下を歩いていくと、寝室がちらちら光っていて、稲妻を思わせた。

テレビがついているせいだ。外の嵐は雷を使い果たし、最悪の部分は過ぎたようだ。バスルームで濡れた服を脱いだ。そして自分の姿を目にした。鏡の中にではなく、寝室の窓に、バスルームからあふれでる長方形の光の中に立つ自分が見えたのだ。ずいぶん太ったものだ。すっかりたるんで体の線が崩れている。彼は自己嫌悪にかられた。自分の魂の期待に応えられなかったような気がした。灯りを消し、裸で寝室にはいっていった。アリスが上掛けの下から片腕だけ出して眠っていた。リモコンを手にしたままだった。その手からリモコンを取って、テレビを消すと、彼女はぼんやりと目を開き——どうして静寂が人を目覚めさせるのだろう？——またすぐ眠りへともどった。彼は暗がりの中に立って、彼女を見ていた。新たな犯罪の機会に遭遇した犯罪者のような気分だった。今、このような無防備な状態にいるアリスのもとを去ったなら、アリスは死ぬだろう、と彼は確信した。だが、同時に、お互いに相手をまったく受けつけなくなっているのだから、自分が消えても何の問題もないだろうとも感じた。この競争し合う恐怖が、ふたりの到ったこの場所の恐ろしさだ。

どこかに出口があってほしい。

ハストロールは夢から覚めて、はね起きた。

「どうやってやったかわかったぞ！」

「何ですって？」ハンナが驚いて言った。ふたりはベッドをくっつけて、ハストロールが「貧乏人のキングサイズベッド」と呼ぶものをつくっていた。真ん中に寄りすぎると、マットレスの隙間が広がり、落ちてしまうおそれがある。それで、ふたりはそれぞれの側に留まるようにしている。それはハストロールにとってありがたいことだった。ハンナは妊娠中期の終わり近くになっていて、オーブンのように体から熱を発していた。いや、たしかに、ある意味ではオーブンだ。彼らの愛の塊を焼き上げているオープン。

ハストロールはシェパードに電話し、捜査令状を取るように頼んだ。

翌朝、ハストロールとシェパードは、ペピンのアパートメントに行った。

「どなた?」ドアの向こうから女の声がした。

誰の声かわかった刑事たちは驚いて顔を見合わせた。

「警察だ」とハストロールが言った。

「入れるな」ペピンの声が遠くからした。

「ドアをあけろ」とハストロールが叫び、反応がないと見るや、ドアを蹴りこんだ。

ジョージーン・ダーシーがガウン姿で立っていた。彼女は刑事たちが拳銃を抜いているのを見て、もっていたコーヒーカップを取り落とした。

「やつはどこだ?」ハストロールが訊いた。

ジョージーンの視線が、ちらりと寝室に向けられた。

ハストロールが駆けこみ、すぐ後ろにシェパードが続いた。だが、遅すぎた。彼らが寝室に飛びこむと、ペピンはガウン姿でバスルームから姿を現した。髪は頭の形がそのままわかるクルーカットだ。彼は痩せて贅肉がなくなり、筋肉が増えて、丸ぽちゃから精悍な男に変わっていた。トイレからは、水の流れが終わりかけている音がしていた。

ハストロールがピストルを構えた。「ドアから離れろ」と彼は言った。

バスルームの中を見ると、戸棚の扉があけっぱなしになっていた。一番上の棚にはアリスの薬がずらっと並んでいる。ウェルブトリンとプロザックがその中にあった。瓶はからで、蓋は外れている。

「この人でなし」バスルームから出てきたハストロールが、からの瓶をかかげて言った。「はいっていたのは偽薬（プラセボ）だったんだな。メビウスが空き巣にはいったのは、そのためだったんだろう？ それだけを盗っていったんだな——奥さんの薬だけを。彼女は効き目のある薬は何も飲んでいなかった——そうなんだろう？　おまえは、薬を与えないことで、奥さんを毒殺したんだ。おまえが彼女を追いつめたんだ」

「わたしが？」ペピンが言った。「やつが、の間違いじゃないのか？」

ジョージーンが寝室の入り口に現れ、脇柱にもたれて腕組みをした。「この人、何を言っているの？」

ペピンはジョージーンに目をやり、それからハストロールを見た。

「どうやって彼女を追いつめた？」ハストロールがわめいた。「どうやって、あんなことをさせた？」

「何を言っているのか、さっぱりわからないね」とペピンは言った。

ハストロールは撃鉄を起こした。「本気でそう言うのか？」

「おいおい、刑事さん。わたしを撃つつもりかい？　ゲームじゃないんだぞ」

「ゲームかもしれないぜ。〈バアン、もう死んだ〉かもな」

「その拳銃には本物の弾丸がはいっている」とペピン。

シェパードがハストロールの肩にそっと手を置いた。「銃をおろせ」

ハストロールはペピンを拳銃で狙った。部屋の中で唯一聞こえるのは、ハストロールの息の音だけだった。

「そいつには罪がある」シェパードが言った。「だが、もはや逮捕する術はない」

これは小説がこういう風に終わればよかったのに、とデイヴィッドが思った終わり方——

彼女は減量した。伸びた皮膚を切り取ったり、縫いこんだりする形成外科手術が行なわれた。さまざまな合併症――とくに、前に受けた胃バイパス手術に関連する合併症がおこった。そのうちのひとつは急性のビタミン欠乏症だった。危険な時期もあり、死ぬまで経静脈注射で栄養物を摂らなくてはならないかもしれないと医師も考えたぐらいだった。だが、デイヴィッドとアリスはこの苦難を乗り越えた。お互いに対して敏感になり、それと意識しないうちに変わった。そして、今、アリスは六十キロ。〝ビフォー〟は、不可避の結果である〝アフター〟に変わった。彼にもたらされたのは、まったくの別人であるとともに、前と同じ人だった。ふたりはアリスの体重が今後も変わらないと確信できるとすぐ、何のためらいもなく、養子をとることに決めた。

友人に勧められてカトリック・チャリティーズに申しこみ、徹底的な予備審査プロセスの一環として、人物調査を受け、養子縁組準備クラスに参加した。待ち時間が何年にもわたることもあると警告された。一種の社会的ダーウィン主義の基準を用いているのだろうか。誰が親になれるかを決めるなんて傲慢だ、とデイヴィッドは思った。だが、初めてクラスに出た夜、周りを見回し、ほかのカップルたちとともに小グループに分けられて討論してみると、養子になる子どもが出てきたら、自分たちが、彼の――あるいは彼女の、あるいは両方でもいい――親の第一候補に選ばれるに違いないという自信を得た。双子だって、三つ子だって大歓迎だ。こちらは用意ができている。この団体は「開かれた養子縁組」の方針を固く守っている。「開かれた養子縁組」では、生みの母は匿名ではなく、むしろ、分娩からずっと、全プロセスを通じてある程度の接触が維持される。彼もアリスもそれでかまわない。ほかの条件にもまったく異存はなかった。

のちに、彼が病院ではじめてグレース（アリスと一緒に決めた名前だ）を抱いたときには、初期の絆の欠如とでもいうべきものがあった。その瞬間、一種のめまいがした。彼女の壊れやすさを意識すると、彼女を落とさなくてはならないという強迫観念に駆られた。岩壁が飛びおりろとささやくように。実を言えば、彼女がとても怖かったのだ。そして、それ以外の点では、知人の娘をだっこするのと何ら違いはなかった。そのことがグレースに伝わりはしないかと彼は心配した。だが、数週間もしないうちに、変化とでもいうべきものが起こった。変化というものは皆そっと、わたしたちに忍び寄り、感情に忍びこむものだが、この変化もいつのまにか起こった。ミルクをやり、顔が向き合うように、膝の上に寝かせてやると、赤ん坊は幸せそうな顔になる。おくるみにくるまれた赤ん坊は、愛にも包まれている。その愛は無尽蔵で、同時に脆いもので、彼がアリスに対して感じる愛と比べて、多くの点で良くも悪くもあった。悪いというのは、妻が死んでも生きていけるだろうが、この子が死んだら到底生きてはいけないと、わかっているからだった。それで、アリスが不注意だと思うと、がみがみ言うことがあった。もっとも、グレースに対してアリスが注意を怠ることはめったになかった。良いというのは、最初の頃、ろくに眠らず、ミルクをやったり、揺すってやったり、しまいには半分眠りながら揺すっていて、くずおれそうになった瞬間に赤ん坊に泣かれたり、という夜が続いて、忍耐力が培われたこと。そして、それがもたらす寛容さ、活力の増進。純粋に与えることで得られる安堵、美しさ、喜び。彼はいつも元気だった。いつも頼りになった。いつも子どもの前にいて、彼女が必要するものを与えてやれて、そのおかげで妻にとっても頼りがいのある存在になった。人生のどのときよりも強く、彼が感じていたことは、アリスと自分のふたりが融合しているということだった。目的を共有していて、何の問いも発する必要がない。多くの場合、話す必要さえないぐらいだった。「うん」と言って、アリスの腕からグレースを受け取る。何が求められているかは、すでに知っている。

知っている。ようやく到達したのだ、と彼は感じた。自分自身の核。自分自身の殻の中に含まれた滋養の多い何かに。彼はようやく、自分が何者なのかを知った。彼は父親だった。彼らは家族だった。そうだと知っていること。それを揺るがすものは何もない。

デイヴィッドはグレースと一緒に居間の床の上にすわっていた。午前の遅い時間で、外は輝くばかりに晴れていた。アリスは窓辺に歩いていって、外を眺めていた。ラグの上に、デイヴィッドはグレースのお気に入りの小さなマットを置いていた。そのマットには、川が流れる草原と牧草地と杭垣が描かれていた。鏡もついていて、グレースはいつも腹這いになって覗きこみ自分の顔をしげしげと見た。マジックテープでマットにくっつけられた、ふわふわの小さな端切れからは、牛や羊やニワトリや馬がグレースを見つめ返した。グレースは鏡で自分の顔を見て、次いで動物たちを見て、それから腕と脚を上げる。爪先を天井に向け、人形遣いのように、指の股を大きく広げ、スカイダイビングをしているように体を反らす。グレースがキャッキャッと笑う。その声に彼も笑いだす。

「あなたたち、ふたり、何をしているの」とアリスが訊いた。

彼は幸せそうな顔を上げてアリスを見る。「何にも」と彼は言う。「何にもしてないよ」

目を覚ましたとき、ペピンはベッドの対角線上に横たわっていた。上体を起こした時に、裸であることに気づいた。アリスはすでに出勤している。そのことと、時間が遅い――八時近い――ことを知り、恐怖のあまりめまいがした。腹が出ているせいで、上体を起こす途中で小休止しなくてはならなかったし、腿と胸の間の贅肉のせいで、この動作がそれ自体、ひとつのエクササイズになった。それで、彼は一番太っていた頃のアリスを思い出した。彼が目をさます頃、ちょうどアリスが動きだしていて、背後に、アリスの巨体の存在を感じたものだった。彼女の体から熱が発散されていた。まるで熊とひとつベッドに眠ったかのようで、彼女の体の輪郭は彼の体の輪郭の外側にあった。彼女はベッドから出るのに、彼が今上体を起こすのと同じような動きを必要とした。彼女はまず、右腕を突きだす。左肘をついて体を起こし、右脚を左脚の向こうに投げだし、パンチをくりだすみたいに、右腕を突きだす。右腕と右脚がどちらもベッドのふちからはみだしている。キックの途中で凍りついた武道家のように見える均衡状態で、ちょっと停止し、それからわずかに体を揺りもどして反動をつけ、左腕をつっぱる。傾いたのを元通りに直す船のように、彼女はまっすぐ体を起こす。両掌をマットレスに、両足を床について、彼に背を向けて、ほんの一秒、休む。「いつか、できなくなる日が来るわ」と彼女は言った。「そうなったら、ずっとベッドに横たわっていることになるのね」アリスの言葉は、睡眠時無呼吸治療器のマスクのために、くぐもって聞こえる。チューブが彼女の頭を二分し、長い三つ編みのように髪の中に垂れている。チューブはエビの殻の色の不透明なプラスチックだ。アリスがふり返って彼を見ると、彼はマスクのフィルターが豚の鼻にそっくりだと思う。そして、ハワイへのフライトのことを思い出す。すべての酸素マスクが天井からぶらさがり、乗客がそれを確保し、目をぎょろつかせてお互いを見ていたときのことを。豚だらけの飛行機、と彼はあのとき思った。豚の群れ。あんな姿で死ぬかもしれないとは、誰も思っていなかっただろうな。

この最後の考えにはっとして、コンピューターに走った。メビウスは自分から離れていろ、といった。それこそが、まさになすべきことなのだ。アリスを連れて遠くに行くこと。あの気持ちの悪いチビが追ってこられないところに。彼女がちゃんとやっていける、安全なところへ。ふたりがちゃんとやっていけるところへ。たとえ、地球を半周しなくてはならなくてもかまわない。彼はアリスをどう説得しようか考えた。彼の心に浮かんだ会話は、アリスがいなくなる前に彼女と交わした、グレート・バリア・リーフについての会話に近いものだった。それがオーストラリアのどこにあるのか見当もつかないという事実は、彼の好奇心の幅の狭さの証拠だろう。ペピンはグーグルで検索してみた。クィーンズランド州にあることがわかった。オーストラリア大陸の北東の海岸の沖合だ。ウィキペディアの記事によれば、生物によってつくられた単一の構造物としては最大のもので、数十億のサンゴポリープから成り、さまざまな生命の安住の地だという。生命に満ちた場所！　自分たちふたりにとっても安住の地になってくれるだろうと、ペピンは思った。それこそ、彼が望んでいることだ――生き物たちのチームの一員になること。彼は旅行予約サイトのエクスペディアに飛び、一瞬のうちに、ＪＦＫ空港を今夜出て、ＬＡＸ空港経由でブリスベーンに飛ぶ深夜便のチケットを二枚、購入した。世界はヴァーチャルになった。手段をもっている人にとっては、ビデオゲームのようなものだ。地球上のどの場所でも好きなところを選び、マウスを使って、二、三のボタンをクリックすれば、数時間のうちにもうそこにいる。

彼は服を着て、自分とアリスのパスポートをひっつかんで、外に出た。

アリスの教えている学校へ行く道は、ラッシュの流れとは反対だ。彼は狂ったような勢いで、ウェストサイド・ハイウェイ、ヘンリー・ハドソン・パークウェイ、そしてソーミル・パークウェイを走った。だが、ホーソーンにはいると速度を落とし、学校の敷地をゆっくりと走りながら、頭を整理し、どういう話をどういう調子ですればいいか考えた。アリスの学校は、虐待を受けた経験があり、情緒障碍をもつティーンエージャーのための州立の学校だ。建物はシンダーブロックでできていて、緑や灰色に塗られた廊下には蛍光灯の白い光があふれていた。どうして妻はこの場所に引き寄せられたのだろう？　ここの生徒たちが限りない母親的愛情を必要としているからだろうか？　それとも彼らが、彼女と同じように根本的に行き詰まっているからだろうか？

駐車場では、数台のスクールバスに生徒たちが乗りこんでいるところだった。アリスがバスの入り口の前で、ステップにのぼる生徒たちを名簿と照合しているのが見えた。だが、彼に気づくと、アリスは凍りついた。彼がここにいることをどう解釈していいかわからないようすだった。彼女が動きをとめた、その一瞬に、彼は彼女の変身ぶりに目をみはった。彼女はいまや、とても細かった。初めて会ったときより、痩せているぐらいだった。頬骨が突き出て、そのために唇がいっそう大きくぷっくりとして見えた。相変わらず美しい髪が顔をふちどっている。彼はこの姿を写真に撮って、冷蔵庫のドアの日付入りポラロイド写真に加えたかった。この新たな美しさのもつ何かが、彼女が鬱病だということと一緒になって、彼の心を温めると同じくらい怯えさせた。美しさは見ている者を動揺させる。病気と同じように。おとといの夜、すぐに医者に行くべきだと頼むようにアリスに言って喧嘩になったあと、彼はバスルームで彼女の脇に立ち、水のはいったグラスを渡した。そして「ぼくの目の前でこれを飲んでくれ」と薬を差し出した。彼女が飲んだあと、「口をあけてごらん」と彼は言った。「この薬、ちっとも効かないのよ」アリスは泣きながら言った。「いや、効くよ」と彼は言い、彼女の体をつかまえた。だが、彼女はその腕をふりほどいて、彼を押しのけて走っていき、ベッドにつっぷした。そこで彼女は泣きつづけた。彼の腕時計によれば二時間三十八分もの間。鬱病はものすごいエネルギーを秘めていて、彼女の食欲が最大だったときに劣らず貪欲だ。彼女に愛を注ぐことで、鬱病を追い出すことができるのではないか、とつい思ってしまうが、その期待はいつも裏切られる。

「こんなところで何をしているの？」とアリスが言った。

「どうしても、きみと話がしたい」

「今、忙しいの」

「大事なことなんだ」

「手短にね」

　彼女の目は赤くなっていて、すでに涙ぐんでいる。彼の存在自体が、彼女の中の導火線に火をつけたかのように。彼はふたりともが爆発を前に緊張しているのを感じた。結局、彼女はほかの教師にクリップボードを渡し、建物の中の自分の教室に彼を連れていった。

「怒らないで、ぼくの話を最後まで聞いてくれ」と彼は言った。「去年、きみは今の生活をやめて、よそに行こうと言っていた。手順のない目的という言葉を使っていたね。それで、ぼくは今、その気になっている。チケットも買った。きみとぼくの。今夜の便だ。オーストラリア行きの。行こう」

　アリスは腕組みをしていた。顔を上げて彼を見た。「何の話をしているのか、わからないわ」

「荷造りなんかしなくていい。今すぐ行こうと言っているんだ。きみとぼくとふたりで。何も訊かないでくれ」

「あなた、頭がどうかしてるわ」彼女は彼に背を向けて出て行こうとした。

彼は彼女の腕をつかんだ。思っていたより、乱暴なつかみ方になった。「違う。そうじゃない」

彼女は彼の手に目を落とした。「痛いんだけど」

「ぼくに話をさせてくれないからだ。どうしても言わなきゃいけないことがあるんだ」

「じゃあ、言えば」

「ぼくと一緒に来てくれ。今すぐに」

アリスは彼が手を放すまで待った。「あなたはいつも遅いのよ。わかってる?」

「そうかもしれないけど——」

「そういうこと、そういう考え。もともとはわたしが言ってたことよね」彼女は自分の胸を人差し指で突いた。「あなたじゃなくて」今度は彼の胸を突いた。「今頃、賛成されても、同情から言っているようにしか思えないわ」

「昔はそうだったかもしれないけど、今は違う。今はぼく自身の考えがそうなんだ」

「でも、わたしの返事はノー。何もかも捨てて、あなたと一緒によそへ行くつもりなんかない。どうせ二、三週間もしたら、オーストラリアの奥地かどっかで、ぼくはやっぱりここにはいたくない、とか言いだすんでしょう? そんなのはもう二度とごめんだわ」彼女は泣いていた。体を震わせながら。

「頼むよ」ペピンは言った。彼を見上げた彼女の目が一瞬和らいだように見えた。彼はそっと彼女の両腕にふれた。「今、ここで、ぼくを信頼してくれ。ふたりでよそに行かなきゃいけないんだ」

彼女は首をふった。「生徒たちが待っているわ」

彼女はバスに乗るために出ていった。彼は自分の髪をつかみ、ものも言わずに彼女のあとに続いて出ると、自分の車に乗りこんだ。怒りに駆られた彼の目に、助手席に鎮座する携帯電話が映ったとたん、それが鳴り出した。

「何をやっているんだ？」メビウスが言った。

「彼女をおまえから離しておこうとしている」

「痛い目に遭うぜ」

「まあ、見てるがいい」

「あんたは何がわかってないのか、教えてやろうか」メビウスは言った。「今、ここでとれる動きがふたつある。まっすぐ行くか、横に逸れるかだ。そして、そのどっちもおんなじところに通じているのさ。あんたが何をしようと変わらない。ゲーム理論じゃ、こういうのをタカ・ハトゲームと呼ぶ。チキンゲームとも言うが」

「アリスが何をするか、についてはどうなんだ？」

「おれは切り札を隠している」

「それは何だ？」

「結末さ」

「くそっ。おれは結末なんか望んでない」

「いや、あんたは望んでいる。だが、自分ではやらない。だから、おれがいるんだろ」メビウスは電話を切った。

ペピンは携帯電話に向かって金切り声をあげ、激しくふった。それから車の外に出て、周りを見回した。メビウスがそばにいると思っているかのように。糸電話で話していたかのように。なぜ、そんなことをしているのか自分でもわからなかった。アリスの乗ったバスも、その次のバスも駐車場から出ていった。最後に残った一台にも、すでに大方の生徒が乗りこんでいた。

「きみたち、行き先はどこだ?」ペピンは生徒のひとりに訊いた。

「自然史博物館です」とその子は答えた。


ひとりになったペピンは次のように書いた。

もちろん、わたしたちはふたりいる。デイヴィッドとペピンだ。ふたりは組み合わせられていて、別々で、ひとつのもので、同じものだ。わたしは、自分のよいほうの自己を書き、彼は彼の悪いほうの自己を書く。その逆の場合もある。そういうふうにして結末に至る。優れた読者なら——優れた刑事なら——すでに、このことに気づいているだろう。もしも、気づいていないなら、鏡を見るといい。そこにあるのは、結局のところ、あなたであって、あなたでない。なぜなら、あなたの心の中のその人は、世界の中のその人と同じではないからだ。あなたがまだそのことに気づいていないとしても、やがて気づくことになるだろう。


ウェストサイド・ハイウェイで、アリスのバスは三台前にいた。ペピンは運転席側のバックミラーに、黒いドッジのピックアップトラックを見いだした。マンハッタンでは決して見ない代物だ。ばかでかくて、並行駐車は不可能で、ヘミエンジンがライオンのように吠える。運転台のメビウスは、豪華ヨットの舵輪を回している子どものように見えた。

センターレーンを走っていたペピンは、トラックが横につくのを許したあと徐々にスピードを落として、向こうから見えにくいところに下がり、それから携帯の送信ボタンを押した。

「何だ?」

「おれにとれる動きがふたつあると言ったな？」

「そうだ」とメビウス。「まっすぐ行くか、横に逸れるか」

「おれはどうすると思う？」

「あんたか。あんたはいつも横に逸れる」

「当たりだ」

ペピンは車を左に向け、トラックの後輪に突っこんで回転させ、自分の車のフードと垂直になったところで、そのまま前に押していった。二台の車は白い煙に包まれた。メビウスが肩を窓に押しつけた恰好で、腕をまっすぐ伸ばしてハンドルと格闘しているのを眺めながら、ペピンはアクセルを床まで踏みこんだ。後ろの車や通りすぎていく車が盛んにクラクションを鳴らし、それが鳴り響く範囲がチューインガムのように伸びた。車の列は衝突現場を両側からぴったり包むようにして動いていた。レース用ヨットの大三角帆が風をはらんで、ぴんと張るときと同じくらい、空虚で、鈍いポンという音がして、トラックが宙に浮かび、ペピンの車のフードの上を飛んで、ペピンのサイドミラーで見える限りでは、もうもうたる煙の立ち昇るガラクタと化して、砕けたガラスを飛散させながら転がった。ペピンはクラクションを鳴らし、嬉しげに悪態をつきながらダッシュボードを平手でたたくと、どんな具合か見ようとそちらを向いた。車の列が残骸から立ち昇る煙を隠していた。ペピンが前方に目をやると、一台の車が道を横切って彼のレーンにはいってくるのが見えた。ペピンはそれをよけたが、その車の張り出した後部フェンダーと接触したのを感じた。修正しようとしてハンドルを切りすぎ、車はゆっくりと回転した。どうしようもなかった。彼の掌は空しくハンドルをたたいた。ちょっとの間、彼は車の流れと向かい合った。地下鉄の窓から見える、駅のホームの人々の顔のように、一台一台の車がはっきりと目に焼きついて、動かなかった。それから、超音速で通り過ぎた。彼がガードレールに斜めに突っこんだのと同時だった。激しい衝撃が首と背中にダメージを与えた。車は止まり、彼は生きていた。砕けたフロントガラスを通して、アリスのバスが遠く小さくなっていくのが見えた。生徒たちの顔が後ろの窓に貼りついている。そのあとをメビウスのトラックが——ボロボロになってはいるが、奇跡のようにまっすぐ立っていて運転可能なトラックが轟音をあげて追っていく。

ペピンは車のエンジンをかけた。車は何とか前に進んだ。動力伝達経路か、車軸か、とにかくどこかの部分を、車体の下にひきずっていた。左の車輪の収まるところが潰れて、ターンを制限していた。彼はなんとか九十六丁目の出口で高速を出て、リバーサイド・ドライブを横断したところで駐車場を見つけた。

「いったい、何が起こったんですか」と係員は目をみはった。

ペピンは財布を探って百ドル札を取り出し、相手の掌に押しつけた。「安全なところにとめてくれ」

そして彼は駆けだした。

オットー博士の講座のことではっきり思い出せることはほとんどない、とデイヴィッドは感じた——討論も、講義も。とても多くの時間がもはや失われてしまった。しかし、ちゃんと覚えていることもあって、それは最初のときのこと、それぞれの映画を初めて観たときのことだ。あのような偉大な作品に触れることがどんなに貴重だったか。それらの作品はとてもおもしろくて、ロマンティックで、それまでの人生が突然、味気ないものになってしまったぐらいだ。映画のおかげで彼は生きている実感を味わった。『汚名』のワインセラーの場面。ケーリー・グラントがワインの瓶をうっかり棚のふちのほうに押してしまう。もし瓶が砕けたら、それは彼とイングリッド・バーグマンの破滅を意味するだろう。とてもドキドキした、そのとき、彼とアリスは本能的に手と手を取り合った。瓶が落ちると、アリスは悲鳴をあげた。『裏窓』でグレース・ケリーが身をかがめて、ジェイムズ・スチュアートにキスしたのも覚えている。彼女の影が彼の顔にかぶさった。疑問の余地なく、この世に生きたもっとも美しい女性だ、とペピンは思った。あるいは、ティッピ・ヘドレンが校庭にすわって煙草を吸っている場面。その前は、一羽のカラスが曇り空を飛び、ジャングルジムにとまる場面で、校庭じゅうに何千羽ものカラスが集まっていることが明らかになるのだ。

そういう記憶はいくらでもたどれる。だが、特別な夜があった。彼は夕方の上映会を終えて自転車で帰るところだった。頭の中で、さまざまなイメージや連想や関係がきらめいていた。その日観たのがどの映画だったかは思い出せない。覚えているのはただ、暗い道で自転車を止めたことだ。彼の心は、映画に含まれていた愛と才能によって温められ、活気づけられていた。それに対する感謝の思いがとても強かったので、しばらくそこでじっとしていて、それが自分の中を駆けめぐるのを感じていたかったのだ。これこそが人生だ、虚空への贈り物だと彼は思った。芸術家がつくる——そして与える——ぼくはそれを受け取る。お返しに何かをさしだすことができなかったら、ぼくの人生、この人生は無に等しいものになるだろう。

彼にはそのことがわかっていた。自分はこれからの人生をずっとアリスと一緒に生きていきたいのだ、とわかっていたのと同じくらいはっきりと。

タクシーをおりて、ペピンは立ち止まった——目の前の光景に、混乱し、絶望し、恐怖を感じて。いたるところ、スクールバスだらけだった。

セントラルパーク・ウェスト沿いにも、八十一丁目沿いにも、そして〈地球と宇宙のローズ・センター〉のそばのU字形のドライブウェイ沿いにも、それらのバスが駐車されていた。もちろん、学校の生徒、児童もいたるところにいた。何千人もいるように思われた。これからはいる者、出て行く者が入り乱れて、博物館の複数の出入り口はどれも混雑していた。これではとても妻を見つけられない、とペピンは思った。どこからはいるのが一番いいのかもよくわからなかったので、セントラルパーク・ウェスト側の幅広い石段を昇り、高い柱にはさまれた金属のドアに向かった。ロマネスク様式の建物の正面の上部に、真実（トゥルース）、知識（ノリッジ）、先見（ヴィジョン）という文字が刻まれている。七十七番街の角の尖塔が遠くに見えた。尖がり屋根の上に、深い海の中のような緑色に塗られた球をもつこの塔は、大きな鷲たちの像に守られている。

ロタンダ*のアーチ型の天井の下には、高い窓から差す白い光の中に、昔のガリオン船の木材のように茶色いバロサウルスの骨格模型があり、子どもたちをアロサウルスから守るために、後ろ足で立っている。ペピンは恐竜のことをよく知っていた。スペルバウンドのゲームの〈ダイナゴンI、II〉は世界的な大ヒットになった。ここの環境音は何か大きな出来事が起こるにふさわしい。靴のかかとが大理石の床をたたく音が何倍に増殖して反響し、馬の蹄の音のように大きくなる。話される文章が明確に伝わっていく——「シロナガスクジラは一つ下の階です」というガイドの言葉。それらの言葉は、まるで自分ひとりにささやかれたかのように、はっきりと聞き取れる。その一方で、天井と壁の八角形の模様の反響効果によって変容されていく。このホールはすべてを曖昧模糊としたものに変える。

ヒッチコック映画なら、チケットを買うために並んでいると、背後に妻が現れるんだがな、とペピンは思った。チケット売場のほうに歩いていきながら、もしや妻がいはしないかと目を光らせた。長い時間かかって入場券を買い、館内案内図を取り、ざっと見て自分の位置を確認したものの、どうやってアリスを見つけ出すかについては何の手がかりもなく困惑していたとき、アリスの声が伝言ゲームをしているかのように、耳元で聞こえた。

「アンソニー、やめなさい」とアリスは言った。

奇跡のように、アリスが生徒たちを引率して彼の目の前を横切っていく。彼らはロタンダの向こう側の〈蝶の温室〉から出てきたところだった。アリスの生徒たちは、ヒスパニック、黒人、白人、アジア人、インド人など、いろいろな人種の寄せ集めで、女の子たちは校外学習にふさわしい恰好をしていて、男の子たちは、ぶかぶかのズボンに、きわどい文句をでかでかとプリントしたTシャツという恰好で、野球帽のつばを片方に寄せて斜めにかぶっている。人種はいろいろだが、ある意味では皆、同じ種類の子どもたちで、暴力的な家族歴や機能不全でキレやすい頭などの悲しい特色を共有している。

アリスのあとをつけよう、と彼は思った。見失わないようにしよう。あいつが現れても、彼女が餌食になるのを防げるように。そして、折を見て、彼女に声をかけ、一緒に逃げるよう説得するのだ。

アリスの受け持ちの生徒たちは、係員にチケットを渡し、〈アジアの哺乳類の部屋〉にはいった。ペピンは安全な距離を置いてついていった。ここはさっきのところより静かで、人々の足取りもゆったりしている。生徒たちはばらばらになって、展示に近づき、ガラスを息で曇らせ、展示物をネタに、気の利いたつもりの言葉を吐く。ペピン自身の注意は分割されていた。姿を現すかもしれないメビウスに対しても目を光らせていなくてはならない。もっとも、こうしてアリスを見ていると、心が落ち着いてきた。さっきまでより低い天井が自分たちを包み、守ってくれているような気がした。こぢんまりした部屋のほうが、視線を向けられる幅が狭くなり、見られる機会が制限される。実のところ、アリスを尾行するのは楽しかった。それは、実行に移すのはまれな空想だ――妻が彼女の世界、彼女が溌剌(はつらつ)としていられる世界にいるのを見るのは。彼女の生徒たち――年齢層は十二歳から十四歳というところだろうと彼は思った――が彼女とやりとりするのを見るのも楽しい。全身黒ずくめ――ズボンもシャツもバスケットボールシューズも――で、ひさしに白糸でゴシック体のAを刺繍した黒い野

＊セオドア・ルーズヴェルト・ロタンダ。正面入り口をはいってすぐのところにある、アーチ型の天井をもつ吹き抜け部分。

球帽をかぶっているヒスパニックの少年が、アリスのところに来て質問をした。彼女はかがみこんで、彼の腕に手をあてた。その子にとって、質問をするということ自体が弱みを見せることで、ふだんの彼らしくないことなので、励ましが必要だということを、彼女はちゃんとわかっていた。彼女が質問に答えるのを聞くうちに、彼はあけっぴろげで生き生きとした顔つきになった。彼女に親身な関心を寄せてもらって嬉しかったのだろう。ペピンは声が聞こえないかと思って、少し歩み寄った。その生徒とのふれあいに感動して、彼女を抱きしめたくなった。だが、それほど近くにいくのは危険なことだった。だから、彼はメビウスに対してしたのと同じように、相手から見えない場所に留まった。

彼らは右に曲がり、〈アジアの人々の部屋〉に移動した。コトの調べがスピーカーから流れていた。彼にとって、その音楽はハーモニーやリズムの感じられるものではなかったが、それを聞くと、いっそう気持ちが落ち着いて、スシが食べたくなった。けさは何も食べないで飛び出してきたのだった。それに最近はいつも腹が減っている。食事の回数もふえた。空腹感は痛みとして感じられ、その痛みは激しくなる一方だ。まるで、彼の肥満がひとつの病気であるかのようだ。いや、たしかに病気であるに違いない。陳列ケースに映った自分の姿を見れば、髪は麦わらのようにぼさぼさだし、顎鬚のせいで顔の幅が増している。ズボンのウエストは腹の下で椀の形を描き、ニコニコマークの口のようだ。アリスと一緒に逃げたら、なんとかしよう。きっとまた、ふたり一緒に楽しく暮らし、自分自身に対してもお互いに対しても良い感情を抱くことができるようになるだろう。

彼は気持ちを切り替えた。彼の前の展示物の中に金色のブッダの坐像があった。目を閉じて黙想し、掌を上にして両手を重ねて組み合わせ、組んだ脚の上に置いている。頭部光背は何匹ものコブラによって形作られている。説明プレートには次のように書かれていた。

　仏教では、人間は際限なくくり返す生のサイクルの中に囚われていると考えられています。次の生での姿は、今回の生での行ないによって決まります。このサイクルから脱する方法は、それがどのように機能しているかを理解し、情熱と理性をもって、正しく生きることです。

だが、彼はそれがどう機能しているかを理解するのが常に遅すぎて、それゆえに常にまちがった生き方をしている。今死んだら、次にとる形は何だろうか。人間よりも下の何かに違いない。おぞましい生き物。捕食者ではなく餌食になるほうだ。太っちょで、毛深く、繁殖が難しい。パンダだ、とペピンは思った。とはいえ、この説明プレートの記述に含まれた真実――際限なくくり返す生のサイクル――に注意を引かれ、出口、すなわちエッシャー・エグジットがあるという約束に元気づけられた。もう、横に逸れはしないぞ、と彼は思った。

ペピンはアリスたちの集団を見失って、狼狽した。足を速め、次いで走りだした。猛スピードで角を曲がったので、集団から遅れている連中にぶつかりそうになり、セマイ族の狩人の人形の後ろの壁にへばりついた。ちょうどその人形の前に、アリスと生徒たちが集まっていた。ペピンはアリス本人の背後に隠れた。物陰でもなんでもない、そして、手を伸ばせば触れられそうなほど近いところだ。アリスの匂いだって感じられそうだ。狩人は、籐を裂いて編んだ腰巻と素朴なナップサックを除くとほとんど裸で、棒高跳びの棒ほどの長さの吹き矢筒を口にくわえて狙いをつけていた。

「こいつのはいている水泳パンツ、ちょっと見てみなよ」と言ったのは、さっきアリスに質問をしていた少年だった。

「それは腰巻よ、アンソニー」とアリスが言った。

「これは腰カーテンです」

みんなが笑った。アリスも笑った。

「ジャジャーン。ほら見て、おいらのちんちん」

「こらこら」アリスが言った。「ふざけるのは、やめなさいね」

マレー半島の原住民たちは、非暴力を守ることによって、称賛を受けている、と説明プレートに書いてあった。


　セマイ族は数家族で、高床式の長屋に住んできた。（……）今日では、別々の家に住むことが多い。一緒に住む人たちは仲良くしなくてはならないというのが掟である。お互いの間に好意と敬意の絆がなくてはならない。


マレー半島はタイの先のどこかだ、とペピンは考えた。だったら、アリスと一緒に、グレート・バリア・リーフに沿って何日かドライブしたあと、ブリスベーンから真北をめざし、左に曲がってインドネシアの上を飛び、マレー諸島をまたいで、クアラルンプールに着陸して、セマイ族のところにしばらく滞在するというのはどうだろう。吹き矢を吹いていたら、おれもずいぶん減量できそうだ。米だけ食べて太るのは難しいだろう。こんな道具で大した獲物が得られるとも思えないし。高床式の小屋での共同生活は、悩むことなんか全然ないだろうな。水田でイネを育てて、相互の好意と敬意の絆を強めて。それが彼らの掟なんだな。

メビウスの黒い影がガラスに映ったような気がして、周りを見回したが、誰もいなかった。

「下に行きます」アリスが踊り場で言った。「固まって移動しましょうね」

「恐竜は上じゃん、先生」アンソニーが案内図を掲げて言った。

「恐竜は上です、でしょ。アンソニー。そうだけれど、まず、〈ヒト科（ホモニド）〉を見に行きましょう」

「ホモニドって何？」とアンソニーが言った。

彼の友人たちが笑い転げた。

「あなたはホモニドよ」

生徒たちは高く上げた手を打ち合わせて歓声をあげた。女の子たちは口に手をあてた。

「そして、わたしもホモニド。わたしたちはみんなホモニドなの。でも、あなたがあと一回、ふざけたら――」アリスはクラスのみんなが通り過ぎるのを待ってアンソニーに言った。「バスにもどってホモニドの運転手さんと一緒にみんなを待つことになるわ」アリスはアンソニーの肩に手を置いた。「わかったわね？」

アンソニーはクラス全員が声の聞こえないところに行くのを見届けてから言った。「ごめんなさい、先生」

「ちゃんと謝れたわね」とアリスは言った。

一階におりて大きなカヌーの脇を通ると、十五メートルはある巨大な丸木舟が、下側の絵がよく見えるように天井から吊るされていた。それは鳥の絵柄で、さまざまな色合いや濃さの赤と黒で描かれた、いわば古代の漫画のようなものだった。舳から始まる鳥の絵は、Ｐ―51ムスタング戦闘機のプロペラのそばに描かれる、サメの鋭い牙のある口と凄みのある目を連想させた。ペピンはアリスたちを追って、〈ヒトの起源の部屋〉にはいった。そこの入り口は出口でもあり、〈隕石の部屋〉への見通しがよくきいて、もし誰かがそこに現れたらすぐに目につくはずだ。メビウスの姿はどこにも見当たらないが。

アリスはさまざまな形と大きさの頭蓋骨の展示の前に、クラスの生徒たちを呼び集めた。頭蓋骨は点線で結びつけられ、枝分かれして、終点の「絶滅」に至る。生徒たちが集まってくる前に、ペピンは説明プレートを読んだ。

ヒトは、かつて多様であった霊長類ヒト科の唯一の現存する子孫です。（……）これらの種のほとんどが絶滅し、ただひとつ――現生人類であるホモ・サピエンスだけが最終的に生き残り、栄えています。

「これを見てください」アリスは生徒たちに言った。「これらの頭蓋骨が何かわかりますか？　これらはわたしたちの親戚にあたる人たち」

「おれには、こんな親戚いねえよ」

「ユージン」アリスはその生徒をにらんだ。「この人たちは、わたしたちホモ・サピエンスに似ているけれど、少し違う人たちで、わたしたちよりも先に出現し、絶滅しました。わかりますね？　地域によって分けられているけれど、線をたどっていくことができます。頭蓋骨の大きさや形をわたしたちのと比べてみましょう。そこから何がわかりますか？」

「おれらもこんなちっこい頭になってたかもしんねえってこと」ユージンが言った。

アンソニーがユージンの頭の後ろをたたいたので、ユージンの野球帽が前に傾いた。「ペピン先生の話をちゃんと聞けよ、ばか」

「静かに！」アリスが言った。「まじめに考えてね。この図はわたしたちに何を伝えていますか？」

全員がじっと図を見た。やがて、アンソニーが手を上げた。

「ぼくらは運がいいということ」と彼は言った。

「そう？　興味深い考えね。くわしく話してみて」

アンソニーは話しはじめる前に、おどすようにユージンをにらんだ。「ええと、このホモ……なんとかたちは、みんなうまくやれなかったんですよね？　そして、その理由は説明されていない。そうですよね？」

「ええ、理由は説明されていないわ」

「つまり、なぜうまくやれなかったかは、わかっていないんですよね？」

「そう思うわ」

「ということは、ぼくらがここにいるのは、運がいいから、ですよね？」

「そうね。で、そのことをあなたはどう思うの？」

「せっかく運がいいんだから、がんばって、それを生かさなきゃ」

アリスはにっこりした。「同感だわ」

「ほかのことを質問してもいいですか？」

「どうぞ」

「これ、どう発音するんですか？」

アンソニーは金づちの頭のような頭蓋骨をさした。

「ホモ・ハイデルベルゲンシスよ。どうして？」

「ユージンの母ちゃんにそっくりだから」

花火のようにどっとわいて、男の子も女の子も口を押さえて笑いながら走り回った。アリスは向かい合って立っているアンソニーの顔を見て首をふった。

「やれやれ、あなたって子は変わらないわねえ」


ランチの時間になった。

アリスは生徒たちを地階のランチルームに連れていった。ペピンはフードコートでチキンとスイスチーズのラップサンドを買わずにはいられなかった。狩られる狩人のように、何度も後ろを見ながら、がつがつ食べた。アリスは生徒たちやほかの教師たちから離れて、端っこのテーブルにすわっていた。目が暗かった。悲しそうに見えた。心の一部が死んでしまったようにさえ見えた。彼女の注意を必要とし、彼女を自分の思いから引っぱり出してくれる若い者たちが遠ざかったとたんに、ペピンがよく知っている女性が現れた。彼女は絶望の淵に沈んでいるように思われた。今こそ彼女に話しかける好機、もっとも成功の可能性が高い機会だと彼は思った。自分がここにいることを告げ、なぜ彼女を遠くに連れていきたいか話そう。そう思って彼女に向かって歩きだしたとき、メビウスがフードコートの向こうの端に立っているのが見えた。

ペピンが近づいていく間に、メビウスは八十一丁目の地下鉄駅に通じる通路を走ることなく、歩いていった。それから、ひょいと左側の男性用トイレに姿を消した。トイレの入り口のドアの前に黄色い折り畳み表示板があり、足を滑らせた男の絵とともに「注意」という赤い文字がかかれていた。

小便のにおいがしみついたタイル張りのトイレには、メビウスとペピンのほかに誰もいなかった。

「あんたはコトを不必要に複雑化している」とメビウスが言った。

「それでいいんだ」

あのアリスの生徒と同様、メビウスも黒ずくめだった。ただし、体にぴったり貼りついた彼の服はスポーツウェアで、首のところに前夜アリスが着ていたトップと同じロゴがついていた。Uの字を逆さまのUと絡ませた、アンダーアーマー社のロゴだ。

「だが、あんたには止められないよ」とメビウスは言った。「結末はもう決まっているんだ。おれは最初のベクトルに従っている。放たれた矢のように。それに、その部分を夢想したのはあんただ。忘れちゃいないだろう？　あんたがおれに電話したんだ」

ペピンは武器になるものはないかと周囲を見回した。すみにゴミ箱があった。銀色の弾丸型のやつだ。これをメビウスに投げつけるのは、原始的すぎるだろうか。「じゃあ、これからどうなるんだ？」

とペピンは訊いた。

「おれたちはもみ合う。おれがあんたをノックアウトする。あんたが意識をとりもどす。そして、コトを非常に悲劇的にするいくつかの事柄に気づく。そのあと起こることはほんの少しだけだが、今話して、楽しみを台無しにする気はない」

ペピンは前に出て殴りかかったが、空振りした。それまでの人生で誰かを殴ったことが一度もなく、今回も結局、殴ったことにはならなかった。メビウスの黒い目はきらめきはするが、瞬きはしない。

ペピンは再び殴りかかったが、空振りしてバランスを失い、足を滑らせて前に倒れた。

メビウスはすかさずペピンの襟首をつかみ、背中をまたいで立つと、彼の顔を白いタイルの壁に押しつけた。「ねんねしな」と彼は言った。

ペピンは打撃を感じた。


ペピンは目を覚ました。

首の後ろが痛かった。額も痛かった。どのくらい気を失っていたかわからなかった。しかし、よろよろとではあるが立ち上がり、トイレの外に出てランチルームにもどった。だが、アリスと生徒たちはすでに立ち去っていた。階段を駆け上がり、〈大ギャラリー〉、〈ニューヨーク州の環境の部屋〉、〈北米森林の部屋〉を通り抜け、〈海洋生物の部屋〉にはいった。ここの入り口は三匹のサメに守られている。

こんなときだが、シロナガスクジラには息を呑んだ。信じがたいことに巨大なシロナガスクジラが空中に吊りさげられていて、まるで海に浮かんでいるようだ。海の青に彩られたこの部屋で、天井のドーム屋根の青いガラスの下にいると、ノーチラス号のデッキに出たような気がした。アリスと生徒たちが、壁の少しくぼんだところに設けられた宝石をちりばめたジオラマの前を通っていくのが見えた。そして、そのとき、ズボンのポケットに震動を感じた。携帯電話だ――これも仕組まれたことなんだろう――そして、それが鳴りだした。

ペピンはメビウスが通路を挟んでこちらを見ているのに気づいた。

「始まりを覚えているか？」

「何の話だ？」

「あんたの小説の始まりだ」とメビウス。「瓦礫の下にアリスがいた。即死しているか、そうではなかったら、最期の瞬間の直前にペピンが挿入されて、アリスの傍らにいる。彼は彼女の手を握り、最後の言葉を交わし、彼女を安らかな死に送り出す」

「やめろ！」ペピンは携帯電話を耳にあてたまま階段を駆けおりた。「やめてくれ！」

メビウスは携帯電話をもっている手ではないほうの手を上げた。その手は小さな黒いものをつかんでいる。「ドッカーン！」と彼は言った。

巨大爆竹M―80を思わせるものすごい音の爆発が二回あって、クジラの上に、煙と放出された中身とが、二つの雲をつくった。爆発音とともにすべての人の目が天井に引きつけられた。どういうわけか、アリスひとりだけがクジラの真下にいた。彼女もまた音がしたほうを見た。そのため、ペピンが彼女にタックルするために走ってくるのは見ていなかった。

ガラス繊維とポリウレタンの粉塵の吹雪が舞い落ちるとも舞い上がるともわからず、たちこめて、何も見えないくらい部屋を暗くした。アリスは彼の体の下にはいなかった。彼の目にはかろうじて自分の手が見えるだけだった。しかし、ほどなく、視界が少し晴れてきた。塵が沈降しているのだ。人々は立ち上がった。子どもたちも立ち上がった。たちこめる粉塵にまみれて、ミイラのような白い姿で、初めはあたりをぐるぐる歩き回り、咳きこんだ。そばに倒れている人を助け起こす余力のある者はそうした。ショックのあまり、膝をついた姿勢で動かなくなった者もいて、膝から上をまっすぐに立て手を腿にあてた姿はサムライの石膏像のようだった。クジラの残骸は彼らの周りのいたるところにあった。

アリスはどこにも見当たらなかった。ワームホールに吸いこまれてしまったかのようだ。彼の膝の間に、彼女の体の痕がくぼみになって残っていた。雪の上に横たわり、腕を動かしてつくる天使の形のように。その雪の天使を彼は何度も両手でなでた。黒い床が見えてくるまで。

これが（ほんとうの）結末――

デイヴィッドへ

この手紙をあなたが読んでいるのなら、そのとき、わたしは死んでいます。

わたしが受けようとしている胃バイパス手術には大きな懸念があります。血栓を形成しやすい体質なので、合併症がおこるリスクが高いからです。実のところ、この手術を受けるべきではないと強く助言されました。でも、わたしは今のままの自分でいることに、もう耐えられません。

手術がぶじに済んだら、長い旅行に出るつもりでした。よかったら、あなたがそのチケットを使ってください。見つけてください。新たな始まりを。新しい世界を。

「結末」に達した今、あなたは何と言うかしら？　言うことはたくさんでもいいし、少しでもかまいません。もしわたしが言うとしたら、あなたを愛している、と言えるでしょう（そして、実際、愛しています）。あなたのためなら何でもする、ともいえるでしょう（そして、実際、そうしました）。そして、あなたもわたしのために同じことをしてくれるだろうと信じている、とも言えるでしょう。

九か月間は、あなたが知らせを受け取ることがないように手配しました。九か月と言えば、わたしの不在が現実感をもつのに十分な長さの時間です。胎内に芽生えた命が世の中に出ていくのに十分な時間です。言い換えれば、根本的な変化が起こるのに十分な時間です。だから、あなたにお尋ねしたいと思います。

わたしがいなくなってから、あなたは何をしましたか？

デイヴィッドは小説を書き終えた。そのあと、彼は泣いた。

事実において、あるいは彼の想像の中で彼女がどのようにして死んだにせよ、罪にかかわってしまったという意識が、逃れようもなくあると思ったから。芸術は悪魔祓いではない。少なくとも芸術家にとっては悪魔祓いではない。彼が真実だと知っていることはほかにもある――刑事も殺し屋も存在しない、何にも存在しない、ということだ。あるのは無だけ。そして、このとき、彼の望みが満たされたことによって、はるかに暗い認識が訪れた――決して、この罪の意識をふりはらうことはできず、ずっとこの場所に足止めされることになるだろうということ。だから、今、外の世界に歩きだそうと、この椅子から立ち上がったデイヴィッド――これは済んだことであるかのように、先に進んでいくデイヴィッドは、半現実でしかありえない。アバターに過ぎないのだ。

これがデイヴィッドの小説の終わり方――

ペピンはアパートメントにもどってきた。敗れたことに苦しみ、博物館周辺で待ちつづけたあげく、際限なく歩き回っては、役所や警察に問い合わせたが、何も得るところがなく、くたびれはてた。結局、唯一の頼みの綱は、家に逃げ帰ることだった。

自分の建物まで来たとき、正面のドアに映った自分自身が見えた。彼の体は、頭の先から足の先まで粉塵にまみれ、真っ白だった。だが、ドアマンはいないし、監視カメラのモニターも電源が切れていた。エレベーターは動かない。彼の階で止まっているらしい。階段の窓のガラスに、「出口」という赤いペンキの文字が書かれていた。

誰でも夢の中でよくするように、彼は月面歩行者のように、ゆっくりと高く踊り場から踊り場へと跳躍した。十段、ひとっ跳びで登った。それは気持ちのことで、実際は単に駆け上がっていた。

自分たちのアパートメントの前で立ち止まった。ドアがわずかに開いている。キッチンにはいると、アリスがテーブルの前にすわっていた。シャワーを浴び、着替えをすませている。ピーナッツの皿が彼女の前にある。青い円柱形の容器に描かれたミスター・ピーナッツが帽子を傾けて微笑していた。彼女はすでに泣き疲れて、いわばエネルギーを使いはたしている。彼女の顔は、頬のあたりが膨らみすぎて窮屈そうで、額にはテーブルの型がついていて、目は赤かった。泣いている幼児のように、頬がぐっしょり濡れ、その上にさらに涙の筋がついている。原稿のページがあたりに散乱していて、一枚だけは、彼女が手にしていた。

彼はその場に立ちつくした。

「こんなふうに終わらせるの？」アリスが言った。「これがあなたの望んでいることなの？」

「それ、どこからもってきたんだ？」

アリスはそのページをくしゃくしゃに握りしめた。「テーブルの上に載っていたわ」と言うと、それを彼に投げつけた。

「そんなことはありえない」

「あなたはとことんわたしを憎んでいるのね。こんなことを夢見たなんて」

ペピンは彼女が投げたページを拾いあげて読んだ。

「こんなもの書いてない」と彼はつぶやいた。

アリスがかっと目を見開いた。自分自身の心の奥か、彼の背後に何かが見えたかのように。

ペピンは足音を耳にして、あたりを見回した。何もなかった。だが、ドアが勢いよく閉まる音がした。

「あなたはわたしの喜びを台無しにしてしまう」アリスは穏やかに言い、皿の上のピーナッツを両手にひとつかみずつ取って、口に押しこんだ。

次の瞬間、彼は自分の目が信じられなかった。アレルゲンの生理学的作用により、アリスが椅子にすわったまま、激しくのけぞったからだ。「やめろ！」と彼は絶叫し、アリスに飛びついて、彼女の顔から両手をはがした。変容はすでに始まっていた。人狼の変容のように顔がふくれあがり、唇は腫れて歯茎から反り返り、指も頬もまるまるとなった。あらゆるところに蕁麻疹が生じ、融合してピンクの大きな腫れになり、首、胸、手に広がった。

「救急車を呼んで」アリスが息も絶え絶えに言った。

ピーナッツのかけらと唾液の混合物が口角にたまっていた。彼女はむせ、彼は悲鳴のような声で彼女の名を呼んだ。彼は寝室に走り、ベッドサイドの彼女の引き出しをあけた。ふたつの引き出しのどちらにもエピペンはなかった。洗面所の戸棚にもハンドバッグにもなかった。そして、エピペンの中身がベッドにぶちまけられていた。彼女は考え抜いてしたのだ。知っていたのだ。

彼は駆けもどって、彼女の前に膝をついた。惨状を前にしてたじろぎ、恐怖のために、手が空中で止まった。彼女は首を絞り上げていた。まるで自分を絞殺しているかのように。彼女の顔はスミレのように紫になり、青くなった。

できることは何もなかったが、彼はした。彼女の食道は腫れあがって閉じていた。彼は二本の指を彼女の口に押し入れ、ふくらんだ舌をよけて、狭くなった喉に、できる限り深く突っこんだ。もし誰かがはいってきたら、口に手を押しこんで、彼が彼女を殺しているように見えただろう。だが、実際に彼がしていたのは、それまでずっとできなかったこと、ずっと前にやるべきだったこと、彼が夢見ていたもうひとつのことだった。彼は、もう一方の手に握った髪束を引っぱりながら、もてる限りの力で彼女の中に押し入った。このことが彼女の最後の記憶になるのだろうか？　これが彼らの最後の抱擁になるのだろうか？　できる限り遠くまで来たけれど、まだ足りない。彼は必死になって進んだ。かつて彼女が彼に触れたところで、彼女に触れるために。ふたりが幸せだった時までもどるために

——彼女の心に至る道を。

謝辞

まず誰よりも、友人であり、編集者であるゲイリー・フィスケットジョンに感謝の意を表します。彼がこの作品に対してしてくれた並外れた仕事のおかげで、この本は刊行に漕ぎつけることができました。サム・シェパードの裁判に関する数冊の本が、必要不可欠な背景知識をわたしに与えてくれました。それは、ジャック・P・デサリオならびにウィリアム・メイスンの *Dr. Sam Sheppard on trial*(『被告席のドクター・サム・シェパード』)、ポール・ホームズの *The Shepard Murder Case*(『シェパード殺人事件』)、シンシア・L・クーパー、サム・リース・シェパードの *Mockery of Justice*(『形ばかりの裁判』)などです。そして、とりわけ、ジェイムズ・ネフの *The Wrong Man*(『間違えられた男』)は、その同情心の深さ、視野の広さ、新旧の証拠を示す際の説得力の点で称賛に値するもので、わたしはこの本の著者に深く感謝しています。また、私のエージェントであるスザンナ・リーとマーク・ケスラーの尽力には、いくら感謝してもしきれません。校正者の皆さんにも大変お世話になりました。カレン・マクナマラの鋭い洞察と数多くの論評は、フィービー・カーヴァー、ジョージ・キャシディー、ダイアナ・フィスケットジョン、エミリー・ミルダー、フランク・トータの意見や提案と同じく、大変ありがたいものでした。ニック・ポームガーテンはいつもわたしを励ましてくれました。ありがとう。兄のエバンは、何よりもハストロールの献立について手助けしてくれました。

ありがとう。ドクター・ダン・カナーレー、ドクター・ダナ・クロー、ドクター・ティファニー・ハインズのお三方には時間を割き、専門的知識を用いて助言してくださったことに感謝しています。そして、ハーペス・ホール・スクールとアン・タフ校長に特別の感謝を捧げます。おかげさまでライター・イン・レジデンスとして過ごした一年の間に、第一稿を完成させることができました。リチャード・ディラードには、わたしをヒッチコック作品に引き合わせ、また、それにともなって、妻とも引き合わせてくれたことを感謝します。この作品を書きはじめることができたのは、両親の信頼と励ましのおかげです。そして、作品の完成について言うならば、それに必要だった愛と支えを、すべてベスが与えてくれました。

訳者あとがき

アダム・ロスの初めての長篇『ミスター・ピーナッツ』の翻訳をお届けする。

アダム・ロスは一九六七年、ニューヨーク生まれ。育ったのもニューヨークで、名門私学のトリニティー・スクールに通った。俳優の父の影響で、子役として、映画やコマーシャル、テレビ番組、ラジオドラマなどに出演した経験がある。バッサー・カレッジに進学し、英文学科の優秀な学生向けのプログラムを修めて卒業したのち、ヴァージニア州のホリンズ大学とミズーリ州セントルイスのワシントン大学でクリエイティブ・ライティングを学び、ホリンズ大学からはM.A.（文学修士）を、ワシントン大学からはM.F.A.（芸術修士）を授与された。当時、ホリンズ大学ではリチャード・ディラードが、ワシントン大学ではスタンリー・エルキンやウィリアム・ギャスが教えていた。一九九五年、ロスは妻とともにナッシュヴィルに居を移した（夫妻は今でもその地に、娘ふたりとともに暮らしている）。ライターやエディターとして、また教師として働きながら文学に精進しつづけたロスが二〇一〇年、満を持して発表したのが、この長篇である。

さて、『ミスター・ピーナッツ』。この小説にはまず、いろいろな問題を抱えた倦怠期の夫婦、デイヴィッドとアリスが登場する。ところが、ほどなく、妻がピーナッツを食べ、重篤なアナフィラキシー症状を起こして死亡してしまう。彼女は自分がピーナッツのアレルギーをもっていることを承知していたのに、なぜ食べたのか。唯一の目撃者である夫は自殺だと申し立てる。捜査を担当する刑事たちは夫による殺人だという疑いを抱く。

この小説はこのように始まるが、妻の死が自殺なのか、他殺なのか、他殺なら、誰がなぜ殺したのか、どうやってピーナッツを食べさせたのかが、証拠にもとづく推理によって解明される警察小説だと考えると、あてが外れる。読んでいるうちに、これはなんだか変だな、と誰もが思いはじめるに違いない。

この小説はメビウスの帯のような構造、オランダの版画家M・C・エッシャーの騙し絵のような構造を言語によって形作ったものらしい。メビウスの帯を辿るときのように、裏と表、内側と外側がいつの間にか入れ替わる。エッシャーの絵の中を目で移動して、床を歩いているつもりなのに、天井を歩いていることに気づき、階段を昇っているつもりなのに下りていることに気づくように、読んでいるうちに足元がぐらぐらしてきて、めまいを覚える。

その世界は出口を見つけることができない閉塞した世界、循環する世界でもある。メビウスの帯なら、紙テープを捻って端を貼りあわせてつくり、机の上に置いて眺めることができる。エッシャーの一枚の絵の全体をひと目で見ることも容易だ。そうすることで、腑に落ちなくとも一応納得できる。だが、時間芸術である小説はどうか。全体を同時に受けとめることは不可能だから、読者は永遠にこの世界をさまよいつづけることになる。この本は恐ろしい本である。

言語によって、このような世界をつくりこむにはもちろん高度の技巧が必要なわけだが、うまくつくりこまれているだけでは、恐ろしい本にはならない。恐ろしい本になるのは、この世界に引きこむ力、この世界を歩きつづけさせる力があるからだ。書かれていることが、心の琴線に触れるかどうか、そして、この複雑な構造にマッチする内容かどうかが重要だ。

『ミスター・ピーナッツ』の中身は何かと言えば、結婚生活だ。愛と憎しみ、パートナーシップ、セックス、妊娠と不育症、摂食障害と肥満とダイエット、不倫、行き詰まりと八つ当たり、配偶者殺しの願望。そこに流れる感情も夫婦の間に交わされる会話も大変リアルだ。既婚者なら誰しも身につまされるだろう。

結婚生活の閉塞感と脱出願望、罪の意識や後悔に支配される思考の堂々巡り、さまざまな夢想、良い自分と悪い自分への自己の分裂と統合。これらはすべてメビウス的、エッシャー的構造によって表現にするのにふさわしい題材だ。作家が自伝的小説を書くと、その小説の主人公ももちろん自伝的小説を書く。その一方で、主人公の妻は万華鏡の像のように目まぐるしく姿を変える。あくまでも男の視点からではあるが、結婚生活に伴うさまざまな感情、夢と悪夢が見事に描き出されている。それはこの構造でなければ描けなかったもので、この複雑極まりない構造には、単なる趣向の面白さだけでなく文学的必然性がある。

ところで、アダム・ロスに多大の影響を与え、この小説の中で敬意を表されているクリエーターはエッシャーのほかにもうひとりいる。アルフレッド・ヒッチコックだ。

この小説に登場するふたり組の刑事の一方、ウォード・ハストロール（Ward Hastroll）の名はヒッチコックの映画『裏窓』でレイモンド・バーが演じた妻殺しの男、ラーズ・ソーウォルド（Lars Thorwald）の名のアナグラム（綴り字の順番を変えたもの）だ。ハストロールの結婚生活の奇妙なエピソードは、『裏窓』をなぞっている。このエピソードだけでなく、この小説全体のいたるところに、ヒッチコック映画の役名や演じた俳優の名がちりばめられている。ヒッチコック映画のファンをにやりとさせるであろう、おなじみの小道具やシーンもたくさんある。

ヒッチコックが広めた概念に、マクガフィンというのがある。これは映画や本の筋立てのきっかけとなるもので、『ミスター・ピーナッツ』の終盤のヒッチコック映画についての大学の授業でオットー教授が説明するように「ストーリーを転がすけれど、導入されたあとで、重要性が薄れる」。「デイヴィッドはアリスを殺したのか、殺していないのか」はマクガフィンだ、とロスは言う。

刑事たちに話を戻そう。ふたり組の刑事のもう一方、サム・シェパードは結婚生活にまつわる暗い過去をもっている。一九五四年、医師であったサム・シェパードは、妻の殺害について有罪判決を受けたが、服役中に判決がくつがえり釈放されたのだった（一九五四年に医師であった人間が、現代で現役の刑事であるのは、年齢の計算が合わないのではないかという疑問が当然出て来るが、それはちょっと脇へ置いておいてほしい）。

この一九五四年七月四日未明のマリリン・シェパード殺害事件は、実際に起こった、アメリカでは有名な事件で、真相は今も謎に包まれている。史実のサム・シェパードはこの年の十二月に有罪判決を受け、終身刑を宣告された。十年服役したのち、裁判が不適切であったことが認められて解放され、そののち一九六六年の再審で無罪を勝ち取った。だが、一九七〇年四月、過度の飲酒がたたって四十六歳の若さで世を去った。

一九六三年から六七年にかけて放映された人気テレビドラマシリーズ『逃亡者』*The Fugitive* は、妻殺しの容疑で死刑判決を受けた医師が逃亡しつつ真犯人を捜すという内容であったため、サム・シェパードの事件に想を得たものだと広く信じられた。デイヴィッド・ジャンセン主演のこのテレビドラマシリーズは日本でも放映され、人気を博したので、覚えていらっしゃる方も多いだろう。一九九三年には、ハリソン・フォードの主演で映画にもなっている。

エッシャー、ヒッチコック、サム・シェパードと、この小説は負けず劣らず魅力的なさまざまな要素を含んでいて、それらがひと組の夫婦の軌跡とからまりあい、ニューヨークタイムズの書評委員ミチコ・カクタニの言葉を借りると「ルービックキューブ」のような不思議な物語を成しているのだが、アダム・ロスの公式ホームページやカナダ版ペーパーバックの付録で彼自身が本作を語っている記事を読むと、この小説の材料や要素は、意識的に探し求められ、組み合わせられたというよりは、長い年月の間に、自然に集まったようだ。

　ロスによると、ピーナッツによる自殺または他殺は、なんと現実に起こったことだという。一九九五年のある日、彼は、またいとこにあたる女性がピーナッツを食べてアナフィラキシー反応を起こして死んだことを、自分の父から聞いた。彼女は自分のアレルギーのことを承知していた。唯一の目撃者である夫は、彼女が口論の末自殺を図ったのだと主張した。その話を聞いてすぐ、ロスは一気に三章分の文章を書いたが、その先を書くことができなかった。その先を続けるには、結婚生活を深く探究することが必要だったからだ。こうして長い年月にわたる創作の道のりが始まった。

　作中のデイヴィッドとアリスの場合と同じように、ロスはヒッチコック映画についてのクラスで妻になるベスと出会った（もちろん担当教授はオットーではなく、リチャード・ディラードだった）。ふたりは九か月後、婚約し、一緒に暮らしはじめた。最初の子どもが生まれるまでの十五年間、ふたりだけの時期があり、その間はそれぞれのキャリアの追求に勤しんだ。それぞれの成長にとっては非常によかったが、何年もの間、何の変化もなく、毎日同じことをくり返していると、エッシャーの「メビウスの帯II（赤蟻）」（本稿付記を参照）の中に囚われているような気がしてきた、とロスは言う。そして、その状態こそ、彼の書きたいものだった。

　メビウスの帯は永遠の循環のシンボルとされることが多いが、ロスは少し違うことも言っている。「ふたりの人をメビウスの帯の上に置いてみよう。一方の人が歩いている床は、もうひとりの人にとっての天井のように見えるかもしれない。だが、実際は、ふたりは同一の面の上にいるのだ」。そのふたりの人はお互いと隔てられているように見えるが、両者の歩く方向次第で、容易に一緒になることができるのだ。

　ロスはこの小説を書きはじめたときすでに、エッシャーとヒッチコックが大好きだったが、サム・シェパード事件を組みこむという考えはあとから生まれた。作品の中に、灰色の人物、罪深さと潔白とを同時に体現するとともに、結婚生活の謎の深さを表すような人物が必要だと考えはじめていた頃、ロスはたまたま、父と一緒に、テレビでハリソン・フォード主演の映画版『逃亡者』を観た。父はテレビシリーズの『逃亡者』のデイヴィッド・ジャンセンの演技がいかにすばらしかったかを語り、『逃亡者』は実際にあった事件に基づいているのだと言った。それがきっかけで、ロスはサム・シェパードのことを調べはじめた。そしてすぐに、自分が貴重な鉱脈を掘り当てたことを悟った。ピーナッツによる死、エッシャー、ヒッチコック、サム・シェパードという興味深い材料をもとに、ロスは長い時間をかけて、結婚生活というものを表現する斬新な形の小説を構築していったわけだが、ロスの発明した斬新な形式が、多くの先達から引き継いだ技巧に支えられているのは言うまでもない。ロスは影響を受けた先達の作品についての問いに答える中で、次のように述べている（オフィシャルサイト「Q&A　アダム・ロスとの対話」）。

『ミスター・ピーナッツ』を書いている間、くり返し読んだのは、常に変わらぬ愛読書でもあるミラン・クンデラの『存在の耐えられない軽さ』で、それはこの作品の形式の優雅さや、絡まり合う語りの効果に加えて、クンデラが登場人物たちから重さを取り去るやり方、社会派リアリズムが要請するような型通りの描写や説明をしないでキャラクターを際立たせているそのやり方に惹かれたからです。それは、実際、ヒッチコックのやり方とかなり似ています。そしてまた、クンデラは、男女間の親密さを美しく、また、皮肉っぽく描いています。彼が哲学的概念について書くときと同じように。それからカルヴィーノの作品、とくに『見えない都市』と『宿命の交わる城』もくりかえし読みました。形式が内容を決定し、内容が形式を決定するという、その主張のゆえに。ナボコフの『ロリータ』からは、インターテクスチュアリティー（テキスト間相互関連性）と、シェパードの場合のような、信頼できない語りの用い方を学びました。

この小説は八十数個の断片から成る。容易に想像がつくが、これらの断片は、今、本の中に並んでいる通りの順番で書かれたものではない。ロスがインタビューで語っているところによると、彼は「ナボコフに倣って」、順番とは関係なく、それぞれの断片を書いた。そして長い創作期間の最後の二年間は、「この小説に含まれるさまざまな要素や声が溶け合ってメビウスの帯を成す」ように、断片を並べ替え、手直しし、細工を施すことに没頭した。綿密に下絵をつくりこむ過程で、「内容が形式を生み出し、形式が内容を生み出し」た。「ビデオゲーム制作者についての小説だから」、初めて読む読者だけでなく、再読する読者も騙されるように、トリックが仕込まれた。

こうして念入りに仕上げられた『ミスター・ピーナッツ』は、二〇一〇年六月、英米で刊行された。長年にわたる執筆の苦労に比べ、刊行への道はスムーズだった。アダム・ロスはクノッフ社の辣腕編集者ゲイリー・フィスケットジョン（村上春樹の作品が世界中で読まれるようになるのに、大きな役割を果たした人でもある）と旧知の間柄だった。フィスケットジョンはロスが長篇小説を書いていることを知っていたが、お互いにそのことには触れなかった。だが、小説が完成し、ロスのエージェントがフィスケットジョンのところに原稿をもちこむと、フィスケットジョンはロスとの間柄とは関係なくこの小説に惚れこんだ。大々的な宣伝がなされ、本書は発売前から注目を浴びた。

スティーヴン・キングは、この小説はところどころ「噛み応えがありすぎる」けれども、実際の犯罪とフィクションの犯罪と想像上の犯罪をうまく混ぜ合わせた魅力的なもので、「『ヴァージニア・ウルフなんかこわくない』以来、もっとも深く鋭く、結婚生活の暗い面を探究した作品」だと、激賞といっていい賛辞を寄せた。舌鋒の鋭さで知られるミチコ・カクタニは複雑すぎる語りの構造がわざとらしい感じがする、結婚についての一般化がばかげている、と批判しつつも、結婚生活のディテールを描く際の筆致の力強さをほめ、「文学の曲芸師、言葉の魔法使い」という言葉を用いて、アダム・

ロスは稀有な才能の持ち主であると認めた。『推定無罪』などのリーガルサスペンスの作者として、日本でもよく知られているスコット・トゥローもニューヨークタイムズ日曜版に、非常に好意的な書評を寄せた。その中で彼はこんなふうに書いている。「以上の短い要約からわかるように、『ミスター・ピーナッツ』を読むには、かなりの暗号解読（デコーディング）作業が必要だ。これには戸惑いを感じるかもしれない。ディナーパーティーに行ったら、頭がよさそうで、親切そうなほかの客たちが皆、自分にはわからない言語をしゃべっている——そういう状況にちょっと似ているから。だが、たとえそうだとしても、この小説は並外れた成功作だ。説得力があり、読者をのめりこませる。しばしば深いところで心をかき乱し、常に、すばらしく独創的だ」

　穿った見方をすると、これらの手練れの読み手たちも、限られた時間では、この小説の複雑な構造をはじめとするロスのたくらみの全てを把握し、検証し、評価することはできなかったのかもしれない。それでも、ロスの才能の豊かさや独創性は誰の目にも明らかだった、ということなのだろう。

　このように本書は玄人筋からおおむね高い評価を受け、よく売れて、文学好きな読者をわくわくさせた。しかし、ロスによれば、プロモーションツアーでもっともよく投げかけられた質問は「この本について奥さんはどう思っていますか？」だったという。ロスにこの本を捧げられている奥さんのベスは、幸いにも「この本がとても気に入っていて、この本を書いたことでいっそう（あるいは、こんな本を書いたにもかかわらず）愛してくれている」そうである。

　この小説をちゃんと読めば、彼が結婚否定派ではなく結婚肯定派であることははっきりしている。『ミスター・ピーナッツ』は何よりも、結婚生活のさまざまな困難の中であがき、自分自身の暗い面や愚かしさといかにつきあうかを探りつつ、パートナーシップを維持する道を希求する物語だ。あるいは、自分の思いやりのなさや誘惑に対する脆さを後悔し、自責し、ありえたであろう、よりよい関係に思いを馳せる物語だ。

だが、何しろ、すべて男の頭の中の出来事なので、女性の読者にとっては、読んでいて腹が立ったり、いらいらしたりする点は多いと思う。実はわたし自身、初めてこの小説を読んだときには、知的な面でわくわくする一方で、感情的にはかなり反発していた。しかし、その苛立ちはある文章に出会って、すっと収まった。それはこの本の終わり近くにある、訳文で言うと「デイヴィッドは小説を書き終えた。」に始まる一節だった。なぜかわからなかったが、しんとした気持ちになった。その一節を美しいと感じた。この本の中に、自分が見落としたものや、読み取りきれなかったものがたくさんあるような気がした。この本をもう一度最初から読みたいと思った。

訳したり、推敲したり、見直したりする作業の中で、当然だが、この小説を何度も読んだ。その都度、新しい発見があった。そして、この一節に戻ってくると、そのたびに、しんとした気持ちになって立ちどまり、登場人物たちの変化に、自分の変化に、そして小説が自分に与えるものの変化に注意を向けた。この一節は常に、もう一度読むようにと、わたしを小説の最初に誘（いざな）った。そしてあるとき、この一節を読んでいて、ずっとここに（この小説の中に）いてもいいよ、という声が聞こえた気がした。小説の中に閉じこめられることは、楽しいことになっていた。

わたしはこの「訳者あとがき」のはじめのほうで、「これは恐ろしい本である」と書いたが、正確ではなかった。外から見れば恐ろしい本だが、中にはいってしまえば、楽しい本である。

この特別な小説と引き合わせてくださった国書刊行会の樽本周馬さん、語学的な疑問に答え、読解上の事柄について貴重なアドバイスをくださったロバート・リードさん、そしてこの本を手にとってくださったあなたに心からの感謝をささげます。

二〇一三年五月

谷垣暁美

〔付記〕

本書をお楽しみいただくのに役にたちそうな視覚的資料をまとめて、小説の本文から参照できるようにしておきます。

まず、題名でもあるミスター・ピーナッツ〔図版1〕。ナッツ製品のメーカー、プランター社のトレードマーク。

そして、ロスの談話に出てきたエッシャーの「メビウスの帯II（赤蟻）」〔図版2〕。木版。一九六三年。

次の〔図版3〕もエッシャーの作品。「出会い」と題された一九四四年のリトグラフ。ペピン家の廊下に飾られている版画のひとつで、本文三十五ページで「真っ白な男の形と黒い地の精（ノーム）の形が噛み合っていて、背景でお互いと分かれ、円弧の上の別々の道をたどり、二次元の姿から三次元の姿に変わりながら、最後の出会いに向かう」と形容されているものです。

図版 1

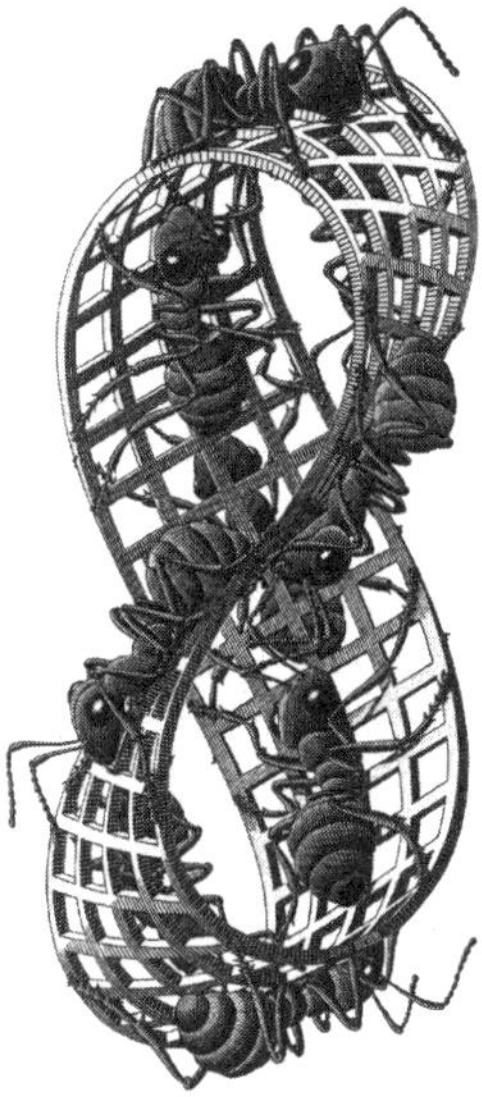
図版 2

図版 3

著者　アダム・ロス　Adam Ross
1967年ニューヨーク生まれ。俳優である父の影響で子役として映画・テレビに出演。ホリンズ大学、ワシントン大学でクリエイティブ・ライティングを学ぶ。その後、ライター・エディターとして地元ナッシュヴィルの週刊紙や〈ニューヨーク・タイムズ・ブック・レビュー〉などで活躍し、2010年『ミスター・ピーナッツ』で作家デビュー。〈ニューヨーカー〉〈エコノミスト〉など多数の雑誌で年間ベストブックに選ばれ、十を越える国々で翻訳刊行され話題を呼ぶ。短篇集に *Ladies and Gentlemen*（2011）がある。
HP : www.adam-ross.com

訳者　谷垣暁美（たにがき　あけみ）
翻訳者。訳書に、アーシュラ・K・ル゠グウィン『なつかしく謎めいて』『ラウィーニア』『いまファンタジーにできること』、〈西のはての年代記〉シリーズ（いずれも河出書房新社）、デイヴィッド・ヒーリー『抗うつ薬の功罪』（みすず書房）、ピート・デクスター『ペーパーボーイ』（集英社文庫）など、共訳書にジェフリー・フォード〈白い果実〉三部作（国書刊行会）などがある。

ミスター・ピーナッツ

2013年6月25日初版第1刷発行

著者　アダム・ロス
訳者　谷垣暁美
発行者　佐藤今朝夫
発行所　株式会社国書刊行会
〒174-0056　東京都板橋区志村1-13-15
電話03-5970-7421　ファックス03-5970-7427
http://www.kokusho.co.jp
印刷所　株式会社シナノパブリッシングプレス
製本所　株式会社ブックアート
装幀　榛名事務所

ISBN978-4-336-05675-7

聖母の贈り物

ウィリアム・トレヴァー／栩木伸明訳
四六判変形／四一六頁／定価二五二〇円

〝孤独を求めなさい〟——聖母の言葉を信じてアイルランド全土を彷徨する男を描く表題作他、圧倒的な描写力と抑制された語り口で、運命にあらがえない人々の姿を鮮やかに映し出す珠玉の短篇全十二篇。

アイルランド・ストーリーズ

ウィリアム・トレヴァー／栩木伸明訳
四六判変形／三七二頁／定価二五二〇円

稀代のストーリーテラーが優しく、残酷にえぐりとる島国を生きる人々の人生模様……O・ヘンリー賞受賞作を含む全十二篇。〈現代で最も優れた短篇作家〉トレヴァーのベスト・コレクション第二弾！

ポルノグラファー

ジョン・マクガハン／豊田淳訳
四六判変形／三二八頁／定価二五二〇円

ポルノ作家の僕は、ダンスホールで出会った女性と一夜を共にし、妊娠させてしまう。関係を絶とうと女性に冷淡に接する一方、最愛の伯母は不治の病に体を蝕まれていた。愛と欲望、生と死が織りなすドラマ。

湖畔

ジョン・マクガハン／東川正彦訳
四六判変形／四一〇頁／定価二六二五円

ロンドンからアイルランドの田舎の湖畔に越してきた一組の夫婦。近隣の住民との濃密な交流、労働と収穫の喜び、生、死——ゆるやかに流れる日々の営みを滋味溢れる筆致で描いた、マクガハン晩年の名作。

税込価格。定価は改定することがあります。